现代文学新传统

——北京十月学术论坛论文汇萃

赵京华　主编

中国大百科全书出版社

图书在版编目（CIP）数据

现代文学新传统／赵京华著．—北京：中国大百科全书出版社，2020.1

ISBN 978－7－5202－0636－5

Ⅰ．①现…　Ⅱ．①赵…　Ⅲ．①中国文学—现代文学—文学研究—文集②世界文学—文学研究—文集　Ⅳ．①I206.6－53②I106－53

中国版本图书馆 CIP 数据核字（2019）第 253601 号

责任编辑　鞠慧卿
责任印制　常晓迪
出版发行　中国大百科全书出版社
地　　址　北京阜成门北大街 17 号　　**邮政编码**　100037
电　　话　010－88390093
网　　址　http：//www.ecph.com.cn
印　　刷　北京君升印刷有限公司
开　　本　787×1092 毫米　1/16
印　　张　31
字　　数　387 千字
印　　次　2020 年 1 月第 1 版　2020 年 1 月第 1 次印刷
书　　号　ISBN 978－7－5202－0636－5
定　　价　98.00 元

总　序

近十余年来，在全球探讨文化多样性与普适性的大背景下，有关对话理论的种种阐述，令世人瞩目。其中，有的从话语权力的角度切入，期望以对话为契机，取得社会地位的客观认同与相应的尊重；有的则从多元文化的角度审视，试图以对话为支点，打破形形色色的文化中心主义，进而实现（哪怕是心理学意义上的）文化身份的平等与文化自律的权力；也有的从学理方法的角度出发，把对话视为一种理想的交流方式，着力于探讨相关命题如何从模糊走向澄明的可能途径，等等。

编纂本套丛书的根本宗旨是基于跨文化视野（trans-cultural views），参照相关历史语境，重思重估中外文化的传统积淀、精神导向、价值系统与因革流变等多种向度。在这里，跨文化对话既是学术探索中的一种特殊话语行为，也是方法论意义上的一种比较研究过程。在此过程中，所谓苏格拉底（Socrates）式的辩证性对话（dialectic dialogue），狄尔泰（Dilthey）式的主体间性对话（intersubjective dialogue），迦德默尔（Gadamer）式的解释学对话（hermeneutic dialogue），德里达（Derrida）式的互文性对话（inter-textual dialogue），以及哈贝马斯（Habermas）式的交往性对话（communicative dialogue），均有可能在开放而自由的原则统摄下，交互运用于相关议题的追问、反思、分析与评判之中。也就是说，举凡热衷于“究天人之际，通古今之变”的学者，有必要不拘一格，打破人为的“楚河汉界”，拓宽对话与思维的空间。这样，在涉入当下的、历史的、本土或异质文化的，尤其是跨文化的不同语境时，学理层面上的对话不但在读者与作者、读者与文本之间展开，而且在文本与文本、作者与作者之间展开，同时还需要本着“无限交流的意志”，在“批评的循环”中展开，借此达到不断深化、不断发掘、不断总结、不断走向澄明之境的终极目的。

值得指出的是，“跨文化”是一个外来术语，其笼统的汉译名称同时表示三个复合语词（cross-cultural，inter-cultural 和 trans-cultural），隐含着三种基本形态，即穿越式沟通、互动式交叉与会通式超越。至于广义上的“跨文化对话”，一般呈现为各有侧重的对话形式，譬如，因不同文化碰撞所引致的火花四溅的、具有冲突性和启迪性的对话形式，因文化边缘的生成而促发出创新机制的、具有互补性和会通性的对话形式，因时代精神的异同与流变而形成的彼此影响的、具有动态传承或因革特征的对话形式……无论采取哪一种形式，都需要在既能“入乎其内”又能“出乎其外”的相关历史、文化与文本语境中，以“博观”为手段，以“圆照”为态度，以“见异”为能事，以“鉴奥”为鹄的，实实在在地做一点有助于“识器”“晓声”的研究工作。本套丛书的编者与作者，也正是基于上述理念走到了一起。他们均想尽其本分，就个人感兴趣的问题做一点力所能及的探讨。无论其水准怎样、学养如何，但无人会怀疑他们的那份真诚及其那股涌动的“愚勇”。

借本套丛书出版之机，谨向积极支持丛书出版的北京市教委和第二外国语学院深表谢忱。另外，敬请大家积极参与，批评雅正，一起推进和深化跨文化领域的各项研究。

王柯平　胡继华

目　录

Contents

文化诗学

经典新释

域之内外

当代景观

· 文化诗学 ·

20 世纪女性革命战争小说的苦难书写

刘俐莉

“作为人类最自然的理解世界和自身本质的象征性形式，或许文学在本质上就是和悲剧或苦难拆解不开的”①。文学的本质特征是审美，美并不能和人生幸福美满简单等同，苦难具有深刻的精神向度和人生质感，表现了生命的本质，产生出艺术美感，具有特殊的审美价值，所以文学作品越是能深刻地描写和表现苦难，就越能揭示人生的真谛和世界的本相，越能提高审美力度和激发精神力量。苦难与人生的辩证关系成为许多作家创作的题材，苦难也进而获得了原型的意义。古代文人多通过对苦难母题的书写，抒发对人生的感慨、对社会政治的思考，从而提高文学的深度。20 世纪的中国更是如此：20 世纪中国的觉醒正是在苦难中的奋发，现代中国交织在苦难和渴望里试图重建家园，实现中国的现代化，个人也希望投身到战争中，在战争苦难里获得重塑。“五四”先驱者之一郭沫若的新诗《女神》就呼喊出了凤凰涅槃式的现代渴望，苦难由此获得了新的价值和意义。但由于民族国家意识、革命热情、乐观主义和英雄主义等强势话语带来的狂热的乌托邦幻象，往往会赋予苦难以实用主义和功利主义的价值和意义，更加强调激情和奋发精神，导致对苦难此岸性的背离

① 周保欣：《当下文学苦难叙述的现实性批判》，转引自文化研究网 www. culstudies. com，研究泛论，2004 年 3 月 5 日。

和逃避。比如以民族国家的道德理想取代传统宗教习俗的观念、智慧理性化的观念，用另一种宏伟设想或超然想象负担死的意义，身体的苦痛和生命的苦难被掩埋。战争小说的实践证明很多传统苦难母题并没有得到充分继承和书写，比如战争中的死亡多被回避，死亡引发的伤别、闺怨等情绪几乎不存在于小说系统中。

本文讨论的20世纪女性革命战争小说，即以革命战争状态为语境的女性书写，多少会受到这种创作观念的影响。由于题材的关系，女性写作呈现出与传统女性阴柔风格不同的阳刚之气，但毕竟“男女作家不仅在生理上有着差别，而且在社会地位，文化修养、伦理道德观念，以及审美心态和情趣上都有着差别，因而他们在创作上，有着鲜明而不同的特色”①。对苦难的态度就是其中最明显的表现之一。尽管同样拥有家国情怀、革命激情和乌托邦构想，但由于女性一向与现实及抽象概念相隔离，或者出于由女性身体承担的对战争苦难的经历和体验，长久以来形成的对安稳的日常生活的珍视，她们的创作能够自觉或者不自觉地延续文学中的女性苦难母题，同时也融入作家当下的生命感悟、深切体验与沉重思考，在保持苦难主题叙述活力的同时，赋予苦难以新的意义。

本论文的切入点正是女性对苦难主题的关注。女性苦难，顾名思义，即必须和女性的性别特色密切相关的——无论这种性别特点是纯生理性的，还是因为社会发展后天造成的，都已经融入女性的身体和心灵中——在革命战争时期，它们确实让女性的成长更为艰难。

---

① 陆文采:《男女作家塑造女性形象的比较研究》,《辽宁师范大学学报》(社会科学版), 1994 年第 2 期。

一、角色分裂的艰难

战争这个暴力事件的发生使生命被粗暴摧残、痛苦呻吟，带给女性心灵的磨难，一方面，她们和千年来文学中的中国女性一样会伤别、闺怨；另一方面，战争和革命的结缘、现代意义上的革命目的使她们在生命消失的背后看到了另一种女性希望，即通过战争参与获得社会身份的可能性，就获得了新的激情。但女性社会身份的获得不是自然而然得来的，于是在步入革命与参与战争之初，伴随着女性的新征程，新的苦难应运而生。在此之前，女性充当的角色早已被界定：女儿——妻子——母亲，或者妓女；空间也是固定的：卧室和厨房；她们的生存工具是针线、锅碗瓢勺和身体；她们的生存来源来自男性：父亲、丈夫或嫖客，她们的工作是生育后代、相夫教子或者成为男性的性工具，没有社会身份或者只具有被商品化的特殊身份。而一旦进入社会就要对这些自然角色完全或者部分舍弃，参与战争就是亲自参加对一部分生命的毁灭，这个参与的过程必然要与女性天性产生冲突，与传统道德观念发生撞击，承受角色分裂的艰难，这里既有社会成规和限制带给女性无法顺利突围的艰难；也有先天性的女性心理定势带给女性和过去决裂的艰难；亦有她们自身和过去无法断然决裂的心灵上的自我煎熬。

性别身份是生而有之的，但能不能够真正拥有做“社会人”的权利，却不是仅仅靠女性的个人努力能够达成的，而是社会性、政治性选择的结果。具有政治性质的战争对女性参与的号召，实际上等于承认女性的国民身份、社会身份，给予女性的自由和解放是一种社会支持，有了这个社会支持，女性的努力将会有所回应。这也是为什么自世纪之初，女性解放的先驱们就很强调女性参与战争的意义，因为她们看到了战争的颠覆性对女性改变自我位置的作用，战争的顺利参与和社会支持的获得带给女性黎明的曙光，在曙光的引领下，女性终于积累起抗争的勇气——这种反抗精神长期不被看作是女性应有的特征。20 世纪女性成长的社会阻力集中体现在对一种具有特殊身份的女性的书写中，她的名字叫作妓女。进入 20 世纪以后，随着女性职业的逐渐增多，妓女这种特殊的职业完全成为旧女性深重灾难的化身，书写她们和旧有身份的勇于决裂，无疑是表现女性和原有角色决裂艰难的重要叙事之一。在第一篇关于女兵生涯的日记体小说《战地日记》中，作者用外部视角观察妓女的苦难，试图寻找其社会根源，把她们的苦难归之于社会压迫。《晚间的来客》中，妓女自身终于觉醒，期望通过革命战争的参与，获得自身解放的过程无比艰辛。她们被转手于各种男性之间，既包括本民族的中国男性，还有代表着异族的日本男性，因而就带有了国耻的意味，获得了一定的社会支持。但在参与革命之初，必然被别人所不耻甚至阻挠，这种社会性角色分裂的艰难是社会带来的，社会生产了她们，社会又默默拒绝着她们。

在男女分工明确的传统日常状态下，女性自然品性的束缚表现得不那么激烈。凡是存在的就是合理的，合理性阻止了女性对束缚的怀疑。进入 20 世纪，女性对自由和解放、社会地位的强烈追求使女性的自然属性表现为一种压抑，而这种压抑本是对女性“原罪性”的赎罪，不容质疑，但革命的颠覆性使女性不仅勇于质疑而且已经付诸实践，她们试图用实践来改变长期被界定的命运，就必须要经历艰难的心路历程。20 世纪的女性革命小说描述了追求决裂的女性的心灵挣扎，比如白朗小说《出奔》的主人公许真嫂，她是解放区村里的妇女队长，因为带头替丈夫报名应征，遭到周围一些人的冷嘲热讽，丈夫则连夜离家躲避，婆婆骂她谋害亲夫，是大逆不道的女妖精，但许真嫂经过一番思想斗争，还是向区长报告了丈夫的藏身地点，并亲自领人去找。放置伦理判断不管，许真嫂的心理矛盾是一定的，她颠覆了男性对女性的奴役。而《战地日记》中女主角的阵地之行需要和老人孩子告别，离弃最难割舍的母子之情，“明知自己的身体不见得能耐的住长途跋涉和许多难以预料的艰苦；虽然明知在敌机疯狂的摧残下，对于那一老一小的安危见识一种无尽期的牵挂，但我用耐苦的决心，坚决的意志，冲破一切难关和顾虑勇往直前”，决心“为伟大的中国尽一点绵薄之力”，主动放弃女性分娩之后的家庭和养育后代的女性角色要求，导致夜夜被恶梦惊醒。在行动上，女性能够表现出彻底的决裂，但内心深处对自己的行动还负有深深的罪恶感，苦难和罪恶在她们的心灵深处无法清除，共同折磨着她们。

角色分裂的痛苦在 20 世纪初女性走出家庭之际被凸现了出来，而且这种改变不是能一蹴而就的。在社会的道德规范不能完全改变的前提下，这种痛苦可能将贯穿了女性自我追求的始终，成为女性写作永远的母题。

二、爱情革命的两难

“五四”时期，社会解放的重要内容之一是“婚姻革命”，竭力挣脱社会束缚，努力挣脱传统“门当户对”的等级地位差距，追求男女社交公开和恋爱平等自由成为婚姻革命的前提。“恋爱神圣”不只成为五四时期震耳欲聋的口号，实际上也可能是五四新文化运动中最具体的成就。然而从 20 年代开始，爱情又掉进了另一个牢笼，整个中国社会具有浓烈的民族主义色彩，知识分子难逃民族、国家危机下的“公义”，当革命和革命引发的战争成为正义的化身，并且“阶级”观念的出现对身份、地位、等级重新划分之时，私人感情必然受到它们的渗透和约束。基于这样一种逻辑思维模式，“‘革命’属于无产阶级的集体主义精神理念，而‘恋爱’则属于小资产阶级的个人主义情调，两者之间是一种无法调和的矛盾对立关系”①，“革命”“战争”和“恋爱”这些本来不相干的领域成为20年代后知识分子面对的另一种人生难题，革命时期对爱情的种种观念和选择正表示着个人的社会和革命态度，爱情在革命和战争中已经不是休闲的消费品，而是一种社会观念和政治倾向的象征，爱情对象就是其中最重要的象征符号。黑格尔曾经说过：“爱情在女子身上显得特别美，因为女子把全部精神生活和现实深厚都集中于爱情和推广成为爱情，她只有在爱情中才找到生命的支持力。”对男性来说，爱情是事业的点缀物，在追求革命道路的时候，爱情也只是革命的点缀物，当革命和爱情产生矛盾时，他们多会毫不犹豫地选择革命事业；而对曾经视爱情为生命全部的女性来说，却要更多地面对爱情和革命抉择的痛苦，要经历对女性天性的艰难裂变，这种痛苦只有女性曾经亲身经历过或者重视过才能够理解。

在依旧是男性为中心的社会中，国家不给予女性权利，女性也没有要求参与的权力，女性本没有义务和责任。在民族和国家苦难面前，女性觉得自己有比爱更重要的理想和责任，有了积极承担的自觉性。然而在女性成长史中，男性毕竟长期是她们接触世界和看待世界的媒介之一，爱情是她们认识世界的重要方式。俗语说：“男性通过自己掌握世界，女性通过男人来控制世界。”随着女性空间的开拓，女性的目光也许会投射一部分到社会，但不是全部，女性对爱情的态度还比较传统。无论革命为女性提供了多么新的历史舞台和活动空间，给予了她们多少自由和解放的希望，她们仍无法全然放弃爱情理想，爱情的失去和获得都曾经影响了她们的革命态度，甚至人生态度。

---

① 宋剑华：《百年文学与主流意识形态》，长沙：湖南教育出版社，2002年，第30页。

“革命 + 爱情”“战争 + 爱情”是从 20 世纪 20 年代已经开始的时髦文学叙事，一直延续至今。本文不是对这一模式进行价值判断，而是对此进行态度判断，审视女性对这一问题的态度，一般说来，“这种经由爱情而诉诸的斑斓驳杂的战争生活的描写，即体现了对于战争的诅咒，也透露出一种不可捉摸的无奈”①。从爱情的得失中，女作家敏锐地发现了革命时期女性的艰难，这种艰难正集中表现在女性对爱情得失的态度中。在 20 世纪女性革命战争小说的书写中，很多女性作家都从自己的深切体会出发关注这一问题。

战争年代里，个人生活的社会化使爱情和革命战争这两个本来不相关的领域构成了一种紧张的关系，但初踏征程的喜悦、对未来的希望和对革命的信心使她们重新选择迅速遗忘，女性的艰难被勉强掩藏在女性放弃爱情的决心和奔向未来的自信心中。战争结束了，革命终于胜利了，女性的社会梦想真正实现了吗？失去了的爱情真的能够被完全遗忘吗？对于男性来说，也许这已经不是问题，社会政治地位的获得，就是他们的一切。女性却再次以自己的写作证明，在女性的心中，失去的就是失去了，永远也无法再次获得，爱情的缺失成为女性将永远背负的苦难之一。小说《遥远的爱》《青春之歌》都从女性的爱情经历写起，透视爱情和革命的统一和矛盾，关注女性的成长，这种现代意义上的女性“成长小说”都不自觉地强调男性在女性革命道路上的引导意义——男性曾经在女性的成长史上承担了指导者的身份，他们一度是先进思想的载体，给予女性革命和爱情的共同幻想，但最终在女性投身革命的道路上，他们又成为新的障碍。当爱情和革命发生决裂，经过一番痛苦的挣扎，女性都能够勇敢告别过去，走

① 周政保：《精神的出场：现实主义与今日中国小说》，太原：山西教育出版社，1999 年，第 170 ~ 171 页。

向新生，把个人的幸福寄托到社会的自由和解放中。《红豆》《英雄的乐章》《我在天堂里等你》《走出硝烟的女神》没有从社会和政治的意义上拔高女性的爱情牺牲，而是以忧伤的笔调表达女性深深的遗憾和对失去爱情的无限回味，表现革命战争给予女性的爱情忧伤，共同叙说着20世纪文学延续的爱情悲剧母题。

三、躯体植入的苦难

躯体是个人存在的根本保证，是独一无二、不可替代的物质实体，躯体也是一种现象，我们在世间借此而所以为人，通过它感知世界。躯体进入文学视野中成为一种代码，形成“躯体修辞学”，文学化的躯体能够代表特定的社会文化观念对于躯体的种种预设和假定。男性躯体占据政治、历史优势，在历史中获得社会身份和性别身份。男性之所以成为男性，需要在社会拼搏中和对女人的征服中得到证明，性别身份在社会身份中得到强化，社会身份因性别身份而被赋予特权。男性和政治、历史形成同谋关系，“种族－国家”这样一个政治概念就带有了强烈的性别色彩，在“种族－国家”的语境下，性别认同是由男权文化设定的，该种文化实施权力关系以维持父权社会的秩序。女性身体附属于男性，栖息在历史的背阴处，不属于自己，而是男性以及相关的“种族－国家”共同拥有的财产。她们只能活跃在男性的目光中，身体不仅不能赋予她们特权，而且成为她们受难的源头：坚贞、守节、抗辱、孝顺等文学母题都凝聚着对女性身体的要求。男性用男性制定的道德律令规范女性，当女性符合男性的制约时，女性的身体就具有美感，但“女性的躯体之美同时还存在着扰乱男性正常秩序的危险”①。身体伦理的划分成为女性身体苦难的导

① 南帆：《文学的维度》，上海：上海三联书店，1998年，第165页。

火索。

在物种繁衍的使命上，男性担负一定的职责，但孕育的过程却完全是女性独立承担的，女性怀胎十月，自己面对分娩的艰难，这样的生育体验是男性永远无法体会和理解的，生育要么被定位为女性对“原罪”的承担方式之一，要么被神圣化却不具备社会实体意义。对于战争时期的女性来说，恶劣的生存环境带来的危险性、战争中生育环境的不便利及延续生命和毁灭生命的严重冲突，使她们的性别责任和社会责任剧烈碰撞，这种矛盾带给女性纯粹根植于女性身体体验的苦难——特殊环境下生育的艰难。母性常常被视为真善美的象征，代表着仁爱、牺牲、授予、温柔等种种人类崇高品性，是女性被神圣化的根源。在战争形态下，母性被挑战和践踏，无奈地面对生命被毁的痛苦，这是渗透着血与泪的女性体验。《生命》《走出硝烟的女神》和《疯子》等都对这一体验进行了书写，细腻而详尽地从生理和心理层面表现战争环境中的生育艰难，表现母亲的母性在战争中的被逼迫形态，令人触目惊心，让人的心灵战栗。

日常状态下，女性生活在封闭的空间里，得到较稳固的道德伦理和生存庇护；而在战争中，生存的遮蔽所被炮弹掀翻，挣扎在战争边缘的社会道德伦理自顾不暇（并不是放松制约），女性处于无助之中，随时可能面临身体被丢弃、被掳掠和精神失去尊严的危险。战争发生前，女性受尽折磨，比如《受难的女性们》中的娇永、《生死场》中的女人们，被丈夫打骂、为生活奔波，她们为生育和泄欲的工具，但毕竟丈夫还有一定的庇护作用，还拥有基本的生存权利，过着沉闷却真实的日常生活。在战争形态下，她们不仅仅失去了一切保护，还要完全靠自己直接地面对苦难生活，承受自己的命运，甚至被男性推到了身前，既要被侵略者的炮火追击，又可能被为了生存的男性出卖儿女和自己，甚至遭受作为男性的侵略者的身体侮辱，经受着多重的压迫。

在20世纪的中国，抗日战争时期是女性集体受难年代，大量的女性挣扎在身体受辱的边缘，受到战争和男性的双重积压，而传统道德伦理对女性的贞操却并未曾放松要求。而且女性在民族国家战争之中的受辱，还带着“国耻”的意味，这使得女性在身体苦难之外，还要承受贞节和国耻共谋的精神压抑，双重压力使女性生命不能承受之重。稍稍接触过中国现当代文学中反映抗日题材的人都会看到，年轻妇女遭日军奸污这类故事大多以女性绝望身死结局，她们以死彻底摆脱思想的痛苦；或者找个能怜惜自己的男人居家生活，但精神上的压抑就从此埋了下去。而且正面书写这类题材的作品较多停留在社会意义层面，仅仅把女性的身体苦难当作教育中国人抗战决心的案例，往往很少能够深入女性内心审视她们心灵的痛苦。作为时刻关注女性命运，同样在抗战的艰难日子里挣扎过的女作家，意识到了这种命运的悲剧性，她们在时代意义之外感知到受难女性精神的律动，再把这种精神压力当作出发点，在特定的革命战争背景下，赋予受难女性们在消极的死亡或者继续屈辱生活的结局之外的另一种生活。“身体”的遭遇无疑带给了受难女性们无尽的苦难，她们在内心受着巨大的折磨，但并没有自暴自弃，而是成为她们参与民族救亡、命运自救或者是奋起报复的动力，点燃起女性心中反抗的火焰，自愿勇敢承受自我命运，树立起女性的坚强意志，于是对这类女性苦难的书写既有深刻的女性关怀，又有鲜明的时代意义。《受辱者》《我在霞村的时候》从外部和内部的双重层面入手，对女性的精神重负进行了比较集中和深入的书写，并表现了她们受难后的反抗，她们用行动，也是用自己的心灵承担跨过“好女人”和“坏女人”之间不可逾越的鸿沟，书写了女性的新篇章。

女性的身体苦难因为女性的承担具有了深刻的意义。比如基于生育，母性之美被凸现出来，显示了女性的性别身份不逊于军人身份的伟大之处，甚至因此改善了男性眼中的女性形象；另一个意义上，战争也给予了这些女性和国家、民族命运相连的契机，时时可能发生的苦难促使她们改变传统的生存状态，尽管这种改变是无奈的，是屈辱的，却促成了她们的成长。战争中女性身体苦难的现实发生和对苦难的恐惧，促成了女性对战争的大量主动参与，白朗的小说《战地日记》就提及“因为敌人奸淫的兽行，一般妇女对敌人更是恨之入骨，她们的抗战意识也特别坚强。因此，她们都主动地烧熟了饭，再亲身送到火线。会大方地便拿起枪来替吃饭地弟兄站岗”。这是对女性参与抗战的一种现实描述。

身体被战争警醒，成为女性自觉参与革命工作的动因之一，也使得 20 世纪的战争真正成为女性的生活舞台。如果没有能够触及灵魂的、深重的受难体验，很多女性关注的将永远只是自己的生存状态——躯体的疼痛使她们开始思考自己的个体命运，意识到自己的身体和精神的存在，躯体苦难也成为了 20 世纪女性革命战争小说创作的重要母题。

四、苦难背后的沉重

作为“女性”的性别群体，苦难的背后掩盖着女性整体的沉重，也掩盖了个人生命的沉重。战争形态下，女性经历苦难并能够超越苦难，因为被承诺了未来——女性自由和解放的未来，既出于她们对新机遇的珍视，也出于现实道德伦理的压抑，传统男性道德伦理、现代民族国家伦理利用了她们的社会政治渴望，造就了女性苦难背后的沉重。

首先，这种沉重是各种男性化的道德律令给女性个人生命带来的沉重。传统意义上带给女性苦难的常常是传统道德伦理对女性的压抑，比如角色的分工、好坏女人的划分、贞节的要求、爱情婚姻的不能选择等，但是革命战争能够完全消除传统道德伦理的压抑，带来女性身体的解放和身体伦理价值的重塑吗？即使在特殊的革命战争年代里，即使战争的目的是为了明天的美好，即使男人的任务是“争取英雄的称号”，女人却仍然被要求“留下清白的身子”，身子的清白高于整个生命，这才是沉重背后的根源。无疑，承受苦难不无意义，但苦难的背后，这些男性化的赋予苦难意义的道德伦理叙事又成为新的现存制度，在某种程度上已经成为了另一种压抑，减少了女性质疑现实的空间。女性还常常被男性社会利用，比如被日军侮辱和“我方”借此获取情报的贞贞，《我在霞村的时候》中，其身体成为双重意义的工具，一方面受到传统男性宗法社会道德的压抑，一方面受到现代国家伦理道德观念的压抑。女性身体并没有被重塑和复活，而是进入道德伦理的陷阱，现实的利益仍然由男性均分。

其次，苦难的沉重还在于苦难的意义被抽象化，削弱了现实的具体性，使得苦难仅仅成为目的，强烈的目的性带来无意义化的压抑。20 世纪以来，中国女性被告知牺牲自我、解救大众苦难的人，才具有完满的生命，才能获得女性的解放和自由。人们必然通过解放他人才能自我拯救，经历苦难是自我拯救的必要手段，苦难甚至演化成一种崇拜。把承受苦难的意义几乎唯一地停留在承受苦难的方式本身，苦难成为了人们要永远背负的十字架。对自我拯救过程中苦难的种种重视使得人们卸不去这个沉重的十字架。尤其是女性，千年的苦难换来的依旧是不能改变的个人的必然牺牲，新的女性苦难又将滋生，使女性苦难源源不断。

而最沉重的莫过于苦难的承受之后，指向的终归只是一种乌托邦理想，勇于背负苦难无疑是因为设想了一个美好的将来，但未来的承诺是一种虚幻，并不是真实本身。现实层面上，女性通过女性的苦难对社会、历史、革命反思，发现自身苦难的沉重，决心改变苦难的根源，但是，在革命战争的现实参与，承受了更大的苦难之后，苦难的意义被无限的扩大，“责任”“义务”和

“权利”之间被乐观和强硬地划上等号，现实却无力完全实现这个理想的对等式，其中滋生着另一种苦难。在征程中（《我在霞村的时候》），女性还要面对男性对女性性别角色的利用；在征程后（《女兵日记》），最终还是被分割了社会权利和经历现实利益的男性遣散，女性毫无出路只能继续回到家庭，延续传统性别角色，嫁为人妻。而当和平到来后，女性经历了革命战争年代的艰难，承受了种种苦难，获得了一定的社会角色，甚至说在某种程度上，性别角色和社会角色的矛盾在和平状态的日常生活中得到弱化，但角色裂变的艰难没有消失，而且以新的形式呈现出来。《遥远的爱》中那些积极奋进的女性却失去了“女人”的身份——同志们都不把她当女人看，她“是魔鬼，是神，而不是人!”这里涉及到后一个命题：什么是女人？女人是怎么被定义和划分特征的？难道她行动了就不是女人了？作者没有正面回答男性的追问，而是用赞许的态度告诉男性：这样的女性才是时代的新女性，是未来女性的楷模。为了未来的承诺，却要完全丢弃女性传统和女性特质，这是不是另一种悲哀和沉重？

苦难是现实存在，在 20 世纪里苦难指向的是苦难后的光明。女性对女性革命战争苦难史的大量挖掘是对女性苦难和成长的关怀，是对女性承受苦难的肯定？既是对女性独特经验的肯定，也是不自觉地对苦难结束后性别境遇差别的忧虑。在女性解放的道路上，这种忧虑应该还将长期存在。

（作者：北京第二外国语学院文学院副教授）

架空和指南

——网络文学创作批评的走向

许苗苗

“穿越类小说”有大批痴情的铁杆粉丝，不仅“洒花”“砸钱”地追文，连相关历史知识都如数家珍。作为网络文学最兴盛的题材之一，穿越题材不仅为影视剧本提供了资源，其魅力也蔓延到了一系列文化活动中，如着汉服、品茶、焚香奏琴的雅集等。这些活动的拥趸多半是手拿智能机，时常玩自拍的时尚男女。网民喜欢“一觉醒来到古代”，但其实心中所想的是“古装”而非“历史”，大部分穿越小说和历史无关，写作的目的是好看而非信史。

一

即写即发的网络小说中，错别字、标点滥用和随意排版似乎成了标签。历史穿越类小说涉及特定朝代，很多作者却不具备相关的背景知识，硬伤更是在所难免。网络阅读是一种典型的冷媒介阅读，读者积极调动情绪运作，自动填补漏洞、忽略错别字。他们期望不太高，容忍度却很高。而在正式出版物中情形却截然不同，编审竭力消灭错误，创评双方都拥有某种话语权威，表达意见也都十分慎重，一个现象还会引起争鸣和对话。但大部分网络小说很少受“批评家”关注，处在网人自娱自乐、自说自话的状态，没有与专家对话的机会。专业研究者接触到的更多是被出版社或影视剧遴选出来、面临改编的网络作品，并不是原生网络面目。所以，当“清穿”“唐穿”们要脱离网络时，往往会进行非常大的修订。

而为数众多的、依然生存于网络的历史穿越小说则产生了分化：一类突出游戏性质——主角有清醒的穿越意识，承认其历史知识来自追文或连续剧，存在记忆的模糊和细节错误在所难免，这不仅为故事发展埋下伏笔，也为作者修订留出了空间。如《皇后难为》里说道：“清朝中晚期的皇后，我是谁？好歹还算是混过一段时间清穿文的，也算是比较靠谱地翻过一点清代常识的，清代的皇后……一个个皇后都是杯具！可以选择穿回去么？”另一类则“架空”历史背景——设计一个虚拟时代，作者自编官职体系、后妃品级等。比如《嫔妃这职业》在起始章节说明：“因为是架空文，所以嫔妃的等级是各个朝代杂合整理……”《宫妃的正确姿势》在推介文案中写道：“架空历史，考据党误入；文笔小白，不要期待太高；最希望的事情是：读者帮忙捉虫……”

对网络文学内容方面进行惩罚和规训的外部力量主要有三类。第一类也是最无可争辩的，是体制的监控。文学作品当然不能触犯政策法规，但有些时候，网络文学内部反应的激烈程度却远远超出管理部门的预期。2007 年 4 月，新闻出版总署要求全国网站立即下架十五部“有严重政治问题的网络长篇小说”，这之后，政治类小说在网上几乎再也看不到了，连歌颂热血男儿的军事战争类题材也受重创，走向式微；2012 年 7 月，在国家“扫黄打非”办公室开展的专项行动中，重点整治涉黑涉暴内容，此后，黑道、帮派、官场等容易触碰红线的题材基本从文学网站退出，只留下历史、玄幻、仙侠等纯娱乐类型[1]。第二类是专家意见。前面提到，网络文学对专家意见往往是（或）臣服（或）回避——专家指出穿越网文诸多历史不实，作者就回避容易查实的历史背景，选择架空。第三类是产业需求。一般认为，文学网站与网络作者是利益共同体，但实际上二者目的不同。对网站来说，首要目的是盈利，其次才是质量的提高，后者必须向前者妥协，而对作者来说则不然。但在实际操作中，网站确实为作者提供了谋生获利的渠道，所以网络作者对于产业需求是迎合态度。当前，面对网络文学，专家意见和外部管理规范总体来说采取友善和扶植的态度。制度的各项行动意在规范，而担心遭举报利益受损的网站则会不由分说、简单粗暴地一举封闭。所以在网民和公众眼中，难免有网络文学频繁遭制度打击的误解。有关制度和产业之间的博弈另文叙述，这里暂时不提，单说网络作者对于专家意见的态度。

二

为什么大部分网络作者没有勇气接受挑战，使作品经得起知识的检验，而是要冒着被指责为胡编乱造的风险去“架空”呢？这是由于相比一吐而后快的即兴创作，与专家对话，甚至仅仅是对抗粉丝意见都需要很大成本和耐力。一方面，业余码字的网络作者没有与权威专家意见抗衡的能力和兴趣，专业性和严肃性的缺乏导致其失语；另一方面，快节奏将文字变现的欲望也迫使他们遵从生存法则，与其恋战，不如退避。赢得专家青睐的作品都是有改编、变现（正式出版）前景的作品，所以必须积极配合专

① 参见张英：《网络文学“扫黄打非”十年记》，《南方周末》，2014 年 5 月 31 日。

家和市场策划。大多数时候，网络小说不是作者独立自足的产物，而是呈现未完成的迎合状态。网络作者信心满满——读者和市场需要什么，我就写什么。他们的信心并不来自对已然完成的作品的自信，而是来自源源不断的好主意和年轻人用“绳命”[①]去写作的勇气。他们自认作品并不圆满，所以乐于接受有待改编的胚胎状态。比如著名网络小说《甄嬛传》，原本架空历史背景，发生在虚拟的“大周”，但改编时面临真实度要求更高的电视观众，就不得不把故事落实到清代。电视剧《甄嬛传》远离其网络小说版本，它必须纳入参考史书和专家意见的框架。

网络小说的这种退避和迎合会导致什么样的结果？从最显著层面上看，是人文情怀和独立精神的消失。中国网络文学的发展基本上从最初想象的乌托邦走向良莠不齐的乌合之乡。人们在乌托邦幻想中，以为网络终于使文学找到了支撑独立情怀的场域。在这里，印刷体系培养的精英文人们能够换一个环境直抒胸臆，往还切磋。一度被看作启蒙障碍的媒介权力终于不再坚不可摧了！但这种想法却在实践中暴露出幼稚和片面。网络媒介的革命性恰恰在于反抗精英的封闭话语系统，为大批并不具备个性观点的民众提供发声场所。媒介权力松动了，独特的声音却并没有响起来，反而被淹没在了无意义的众声喧哗之中。乌托邦基于精英的想象，乌合之乡则是大众话语体系的现实，从这个意义上，走向商业化，迎合与媚俗并不是网络文学的堕落，只不过是最初对于乌托邦的期待过于理想化。

人文情怀和独立精神都是高度抽象的诉求，需要强烈的主体意识和理性决断。而能够尽快使趣味参差不齐的公众达成一致的，必然是最基本、最感性层面的内容。如果文学作品仅仅由众多在消费社会、媒体社会成长起来，爱偶像、爱名牌的青年在他

---

① 绳命：网语，带有地方口音的生命，也有因过度拼搏而命悬一线的意味。

们最多情的年纪生产和消费，那么大部分人选择与商业联手，走向通俗之路也就并不奇怪。因此，在早期网络文学中我们还能看到像吴过、元辰等偏重批评的作者，带着印刷文化的认真进入媒介交替时期的互联网，与“同道中人”批评和商讨。但随着网民的激增，“同道”的小天地守不住了，精心策划、以理服人的批评抵不过简单的“点赞”和“拍砖”以及粉丝们毫无理由的个人崇拜和金钱打赏。当网络写作作为一门职业迎来辉煌，那些具备专业素质，完全立足于网络的评论人却消失不见了——网文大神们都在接受作家协会、鲁迅文学院的专业化教导。网络文学作品研讨会上，仍是印刷体系的批评家拥有发言权。

这既令人遗憾，又让人反省。信息技术的发展就是填平数字鸿沟的过程。我们既然希望互联网上人人都有发声的权利，就要接受它走过个性声音被埋没、泯然众人的阶段。

三

当然，也不必就此悲观，认为网络技术越发展，就越是放纵思想的匮乏，甚至导致文学理想的丧失。对新媒介文化的认识有一个过程，憧憬和悲观之后，更理性的做法是观察、评论和积极参与其建构。仍以历史穿越类网文为例，痴迷网文读写者并不一定缺乏专业知识，爱好是自主学习最大的动力。网络文学不断发展，作者和读者也都在努力成长。滋养他们成熟壮大的一个重要因素就是网上帖子的互动。

相比专家批评，帖子随意琐屑，却更有针对性，其跨时空对话的功能尤其值得重视——虽然网络刷新快，一些真知灼见难免被忽略埋没，但由于以文字形式保存在网页上，它们也可能在沉寂数年之后被挖掘出来并重新讨论。以晋江清穿文《皇后难为》为例，第三章《养女名兰馨》里，穿越成皇后的女主角听到“容嬷嬷”“十二阿哥”“老佛爷”等称呼，开始猜测自己穿越到了“乾隆”时期。该章节首发于2010年1月，当年3月，有读者指出“老佛爷是慈禧时候开始叫的，百家讲坛有讲过”，又有人称“乾隆晚年也被称为老佛爷，这其实是对皇帝的称呼”。文章作者采纳了这两条评论意见，所以，我们可以看到3月底有了这一章的修订，故事主角钟茗想起“‘老佛爷’这个称呼，似乎是起自乾隆的自称，慈禧想称老佛爷还是费了好大劲儿才如愿的，万不能是从乾隆的娘开始就有这称呼的。”这一改动平息了当年的争论，但话题却并没有完结，两年半以后的2012年9月，又有读者这样写“错离谱了有木有，清皇帝的特称叫“佛爷”，老佛爷是康熙和慈禧叫的……满清建国后，将“满柱”汉译为“佛爷”……多么大的误区啊”，2013年5月有人表示附和；2015年2月，又一条发自手机的评论说“老佛爷是康熙和慈禧的自称，乾隆没有”①。一个网文中并不关键的小小词语，竟在网络上引发了来自各地的读者前后五年多的争论，类似的探讨在各种热门历史网文的论坛中也并不鲜见。

网络批评帖子形式随意，带有个人意见和协商性质。它们不如印刷出版物里的权威发言那样严肃，却也并不都毫无价值。虽然其影响力不能一下子凸显，却在网络环境中赢得了尊重。除了单独作品论坛中三言两语的评判，还有旁征博引、资料丰富、专门挑错的主题帖。那些友善地指出作品中知识谬误的行为被网民贴切地称为“捉虫”。这里既有《开贴总结一些网络小说中常见的错误的历史常识》《抓虫，那些穿越小说中的错误》等汇总相似问题并征集意见的帖子，也有针对单个大热网文的长帖，如《步步惊心的错误之处》，等等。帖子可能是对作品的纠错之作，

---

① 我想吃肉：《皇后难为》评论，http：//www.jjwxc.net/onebook.php? novelid = 642861&chapterid = 3

也可能是针对纠错的纠错。这类简单快乐的批评长帖主要是借题探讨，在知识方面，并不要求确实可靠的唯一性。读者虽然也能有所获益，但参与论坛讨论不是发表论文，本人无需对言论的专业性负责，所以即便是态度认真的网络发言也未必可靠。看到问题随手发帖，甚至简单归纳，征集讨论，都是为满足倾诉欲，实际上与网文创作和简单短评没有太大区别。

只有带有问题意识，有对某个问题提出排他性观点的时候，网络言论才算是超越了本能欲望的表达，呈现出批评的自觉。2011 年 5 月，当历史穿越题材在网络上如火如荼之时，网名“森林鹿”在天涯“娱乐八卦”版块发表了系列长帖《唐朝穿越指南：别装纯了，请我吃晚饭不就等于一起过夜么?》① 获得推荐，收获了上百万点击和一万余条回帖，此后，其“脱水版”和“出书版”又分别于当年 6 月和 2013 年 1 月在天涯“煮酒论史”“舞文弄墨”版块发布。这一系列帖子以带着读者穿越时空、去唐朝旅行的方式结构，针对穿越小说中主人公可能遇到的各种场景以及常见的各种知识谬误进行纠错。最后一次更新时，这个热门帖系列已经由北京联合出版公司出版，副标题也变成了《长安及各地人民生活手册》。作者自述“不断被错误百出的历史小说、电视剧进行精神刺激，一怒之下埋头读书奋笔写作……各种知识，全都来源于考古文物、史料和专家学者的研究成果”。自然，实体书出版时“除增加了很多内容外，还修正了原网帖中的不少错误”。此后，森林鹿还再接再厉地写出了另一本《唐朝定居指南》，在网络口碑和图书市场上也获得了不错的业绩。

最初《唐朝穿越指南》是网人自发、网络原生的产物，带有理性的自觉，其新颖的形式也受到追捧；而与出版社联手策划《唐朝定居指南》时，最初那些让人不得不一吐而后快的想法已

① http：//bbs. tianya. cn/post-funinfo－2649726－1. shtml

经消耗殆尽，所以在后记中森林鹿担心“以同一种文风絮叨题材近似的东西，看文的人和写文的人都不免审美疲劳”，所以明智地决定“见好就收”，但同时又写到“据我所知，秦穿指南、汉穿指南、南北朝穿指南、清穿指南日前都已经开始创作……”一方面，作为一名能够跳出感性的故事情节，审查并梳理穿越文知识弊端的作者，我们可以相信森林鹿已经具备研究者的清醒目光，有自省能力和判断力，意识到题材重复必将陷入语言泡沫的恶性循环，因此产生了抗拒。另一方面，出版市场的良好收益和颇具诱惑力的前景促使其与出版社再次联手，竭力发掘未尽话题，创作出了“定居指南系列”，并在文后为其他类型的穿越指南打广告。虽然我们说“穿越指南”从动机上是网络文学批评上升到一定层次的产物，但内容毕竟不比学术研究，只是依据史书和科考结果的历史知识普及读物，意在指出网络言论弊端，澄清历史知识性错误。这类写作虽然形式独特，也具备独立性，却并不是独创性的。因此，也最容易被模仿和复制。这恰好反映出个性化的网络创作、评论在商业力量和文化市场的挟裹下不得不顺应的现实。

四

虽然任何人都能够成为网络文学的读者，但如果不甘于被动地阅读接受，而是参与其中，就会发现网络文学对读者的要求远比印刷作品更高。

当前产业化的网络文学主体是通俗小说，以取悦最广大的阅读群体为目标。与其他媒介比较，网络最大特点在于互动，因此，受众是否“动”，是否反馈十分重要。具有高度活跃行动性的网民最有价值，也最受重视。这些积极的行动者可以分为两类：一部分慷慨地以金钱打赏，另一部分则以有用的意见做贡献，从物质和精神两个方面共同参与甚至干涉网文创作。当读者的金钱或者观点足够影响作者时，其意愿就能在文本中体现出来——“代入感”在网络小说中发挥了效力，网络文学成为一个“普通人也能改变世界”的梦境。因此，相对于文本自足的印刷作品，网络文学读者的能量更大。越是成功的网文，论坛里越热闹。绝不是一边倒的赞扬，而体现出众声喧哗。所谓好的作者必须具备在读者和作品角色之间建立起强烈情感依赖的能力，激发读者的行动欲望。

有足够数量的读者积极贡献意见，才有独立网络批评的生存条件。从简单的点赞激励，到三言两语的维护和争辩，再到为喜爱的网文发表专题长帖，以至于网络“野生历史爱好者”们抱着文物、史料、专家成果“埋头读书奋笔写作”……网络文学批评一步步地发展。虽然各种形式始终相互掺杂，并非简单线性前进，但质量的提升、精品数量的增加以及批评氛围的形成却在积累中相互影响。这一过程体现了网络文化的自我修复和成长：经历了随意言说的畅快、理性认识的自觉，个别论者产生了树立权威话语的欲望。类似“穿越指南”之类由资深网民创作，戴着嬉笑的网络面具，讲着研究界的话题，从确定事实里找依据、讲道理的作品，不可能在网络文学初始状态出现，而必须是其发展和修正到一定阶段的产物。比起传情达意的故事歌咏，文学批评和历史解读无疑是具有超越性的，它们指向的不是快感阅读，而带有更高的理性追求，是读者智性唤醒的表现。

当然，对于当前网络上大多数定位通俗、强调娱乐的穿越小说而言，故事好看最重要。只要逻辑完整，情节自洽，就能满足读者。但是，如果同时符合历史，使读者在消磨时光和浸淫娱乐之外收获教益，则是锦上添花。所以，即便是穿越，也要尊重朝代限定，消除背景知识错误；即便是架空，也要用符合逻辑的构架去说服读者。网络文学借助电脑和手机终端，但屏幕阅读的快节奏更适合影像，因此网络文学在表达上追求“即视感”，即将文字直接还原为视觉形象的效果。网文试图将情节变得像一连串图像。比起文字，图像更容易理解，也就是说，不同文化背景的人理解也许会有差异，但在图像解读上更容易达成共识。

网上诸多穿越小说中，如何才能甄别优劣？最关键的一点就是作者的构思必须既出乎意料又合乎情理。想象力源于现实的认知，即便创造一个史上不曾有过的朝代，也必须借助一些原有知识体系里的文化符号——这些符号就是将当代网民带入“虚构古代”的桥梁。

网络文学不断自我修正，其发展轨迹呈螺旋式上升。当网络作品遇到争议，先期反应是规避、是架空，继续以蓬勃的创作热情和庞大的作品数量淹没异议，使自己成为不容争议的事实。生存之后，才有发展和对理性的重视。

在网络文学的发展过程中，外部的规训指导和内部的自我完善共同发挥着作用。一方面，新闻出版管理机构多年来针对网络创作日渐出台的各项规定划出了网络文学不容触碰的禁区，限制了“黑道”“军事”“官场”等题材，无形中也有助于历史穿越、架空玄幻的壮大。同时，各级作协、报刊编审和文化产业也在很大程度上以文学经典的规范和审美品味为网络文学提供了模仿对象。另一方面，网络文化正走在自我修正的发展之路上，网络文学积极面向读者，也对管理机制和审读标准做出积极响应，其内部酝酿着从自发创作到自觉提升的力量。从穿越架空到穿越指南，是网络文学自我发展、自我完善过程的体现。

（作者：北京市社科院文化研究所副研究员）

文化精神的符号编码

——中国现代象征诗学初探

胡继华

引　言

20 世纪 30 ~ 40 年代，“象征主义”（symbolism）思潮流布甚广，诗文小说戏剧中的“象征”实验蔚然成风，“象征诗学”的建构也存有传世之论。虽说“象征主义”思潮乃域外舶来，而“象征”诗艺及其理论反思却蕴于中国古典传统，只不过“五四”发动的新文学进程显西而隐中，外来“象征主义”竟成文化主因（dominant culture），而自体传统中的“象征”诗艺却屈为文化残余（residual culture）。二者或者显性互动，或者隐性契合，都推动着中国现代文学文化传统之形成。外来“象征主义”，中国自体的“象征”诗艺，互相推助，风气互补，共同塑造了中国文学与文化的现代品格，共同驱动了中国现代诗学的建构。其塑造效果直接体现于中国现代诗文之词章、格律，以及义理、境界之内，而其驱动力量直接体现于中国现代诗学之立场、架构以及体系、范式之中。

一、“象征主义与中国现代文学”命题的涵义

作为异质文化之文学载体，“象征主义”继浪漫主义、现实

主义、自然主义之后对中国产生影响。称这一过程为影响，实因约定俗成之故，或权宜方便之策。以戏剧设喻，象征主义与象征诗学，乃是中国文学现代进程戏景之主体部分，而“五四”文学改良只是“序曲”，而随“文学革命”涌动的浪漫主义、现实主义，只不过是“入场歌”。

首先，在文学史层面上，“象征主义与中国现代文学”① 命题已经超越了泛泛意义上的文学关系史描述，其论旨在于揭示 20 世纪 30～80 年代的中国现代文学有一脉连绵不断的象征主义传统及其诗学反思。象征主义之渗透，远远不止于诗文、小说、戏剧等文类，甚至还渗透到绘画、雕刻、建筑等艺类。就其渗透之广、浸润之深，说象征主义赋予了中国现代文学新传统以整体性与取向性，亦非言过其实。象征主义与中国古典象征诗艺互相涵濡，不仅开拓了文学创新的空间，而且铸造了诗艺表现的手段，甚至在一定程度上还纠正了“五四”新文化运动的清浅单纯与诡言谬说，赋予了现代文学及诗艺的繁富与深度。

其次，在理论反思层面上，“象征主义与中国现代诗学”② 命题已经表明了一种在历史汇流之中展开文化编码的学术意识，力求在中国文艺复兴语境和文学革命的波折之中把握象征主义批评实践、理论建构的整体性。就其同新文化运动进程的关系而言，象征主义诗学及其批评的崛起与流布，显然是对五四激进主义的纠偏，对文化守成主义的补正。它既拒绝“以他役我”的卑微姿态，又避免“以我涵他”的自大心理。它一方面摆脱启蒙革命的狂热，一方面又净化伤今悼古的悲情。就其同中国现代文学种种

① 参见吴晓东：《象征主义与中国现代文学》，合肥：安徽教育出版社，2000 年，第 1～7 页；谭桂林：《本土语境与西方资源》，北京：人民文学出版社，2008 年，第 84～105 页。

② 陈太胜：《象征主义与中国现代诗学》，北京：北京大学出版社，2005 年，第 1～9 页；殷国明：《20 世纪中西文艺理论交流史论》，上海：华东师范大学出版社，1999 年，第 361～399 页。

思潮的关系而言，象征主义节制了浪漫主义的激情，赋予了现实主义以形而上的意蕴，提升了自然主义的审美情趣，让文学实验接通古典文化血脉，使诗学建构与中国文艺复兴的大业统一起来。

最后，在文化现代性层面上，我们还应该推进“象征主义与中国现代文学”“象征主义与中国现代诗学”两个论题，进一步提出文化精神的诗学编码议题。文化，乃是共同体的“生活方式”，或者说共同体运用符号进行创造的生命活动及其物质精神产品。“文化精神”相当于阿诺德所谓的“世间所思所言的至善至美”。具体到文化共同体意义上，“文化精神”乃是指凝聚在民族共同体生活方式及其物质精神产品中的独特生命个性。民族共同体之生活方式及其独特生命个性，深刻地铭刻在伦理与审美意识之中，构成一种文化的内隐维度。即便是在全球经济政治的同质化趋向中，民族共同体之伦理与审美意识依然构成文化的异质性。民族共同体的生活方式与独特生命个性，展开在文化的道德维度、人格维度、诗学维度、历史维度以及词语维度上。① 因此，“象征”就不只是一种文学手法、诗艺技巧、艺术思潮，而是文化精神的编码方式、在世媒介、诗学制序以及瞩望未来的视角。

在下面的论述中，“象征主义”“象征诗艺”“象征批评”

① 将“文化精神”论列几个维度，笔者深受宗白华、方东美以及卡西尔的启发。在《中国艺术意境之诞生》（增订稿）中，宗白华将“境界”分为六种：“功利境界主于利，伦理境界主于爱，政治境界主于权，学术境界主于真，宗教境界主于神……艺术境界主于美”（见《宗白华全集》（第2卷），合肥：安徽教育出版社，1994年，第357~358页）。在题为《从宗教、哲学和哲学人性论看“人的疏离”》演讲中，方东美图解“人与世界在理想文化中的蓝图”：“生命：之统贯体现于生命的大化流行，这个过程乃是一层一层地向上提升，由物质世界——生命境界——心灵境界——艺术境界——道德境界——宗教境界”（参见方东美：《生生之德》，北京：中华书局，2012年，第284页）。在其象征形式理论的建构中，卡西尔用“象征”连接文化的各个扇面，形成人类符号世界的整体，以“象征”为桥梁，将科学、哲学、宗教、艺术和历史境界统一到文化理念境界（参见卡西尔：《人论》，第一章，上海：上海译文出版社，1985年）。

等，也是一些基本视角，我们据以观照20世纪30年代以后文学现代性的进展、诗学现代性的展开以及文化叙述的制序化。我们将首先略述欧洲“象征主义”的历史脉络及其文化渊源，接着叙说象征诗艺的中国古典渊源以及同舶来的象征主义的遭遇，然后选取几个典型的个案，展示文化象征编码的伦理之维、人格之维、诗性之维、神话之维、历史之维以及词语之维。

二、“象征”与“象征主义”的脉络

“象征”（symbol），源出希腊文“συμβολον”，最初指“一块书板的两个半块，相关人各执一半，作为好客的信物”。后来成为神秘社团秘密相认的标记，或在宗教仪式上传递神秘信息的物件。

据伽达默尔考证，“象征”就是古代初民的通行证，它是人们藉以辨认故旧归来的密件。第一次在比喻意义上使用“象征”概念的，乃是古希腊哲学家克里西普（Chrysippus，公元前280～前207），随后演变出“以形式负载思想”“以有形物件传递无形观念”的含义。在形式与思想之间建立约定俗成的关联上，“象征”与“寓言”（allegory）最初并无区分。关于“象征”的种种思考，蕴涵在毕达哥拉斯数学形式主义之中，蕴涵在苏格拉底和柏拉图的“理念作为原型”的哲思之中，蕴涵在新柏拉图主义的宇宙象征图像学说之中，而经过基督教神秘主义的改造，象征进入了宗教领域，而湮灭在中世纪寓意解经传统中，象征遂为寓言所取代。这种“寓言”压制“象征”的情形，一直延续到启蒙时代。启蒙崇尚清楚明白的观念，因而也讲究在形式与思想之间、叙事与寓意之间建立一种简单并且透明的联系。18世纪末浪漫主义兴起，责难启蒙清浅随俗，相信水清无鱼，而意义在境界的幽深处，故而重构形式与思想、叙事与寓意之间的复杂关系。“象征”，因其形式与思想之间不确定的联系，而被置于“寓言”之上，因为在“寓言”中，形式与思想的关联是约定俗成、清楚透明的。

在基督教神秘主义尤其是“否定神学”中，“象征”成为见证超感性、超语言的神性之灵知中介，而浪漫主义复兴了“象征”的引申含义，而将之发展为一个解释学原则：象征导向了对神性事物的灵知，通往了一个不能为感性所把握的意蕴层面。伽达默尔断言，如果不能理解灵知功能，如果不考虑形而上背景，现代象征概念就根本无从理解，因为“象征决不是一种任意地选取或构造的符号，而是以可见事物和不可见事物之间的某种形而上学关系为前提”①。因此，现代意义上的“象征”是一种叩探幽深心灵境界的解释学原则，一种叙事传情的诗性创造原则，甚至是一种文化精神的编码策略。

“象征主义”有广狭义之分。在最为狭窄义上，它是1886年法国作家莫雷亚斯（Jean Moréas）创造出来的一个概念，专指一场对抗浪漫主义的诗歌运动及其所体现出来的诗性创造原则。在稍微宽泛一点的意义上，它是指19世纪末诞生于欧洲并以法国为代表的后浪漫主义文学运动及其所体现和传播的审美趣味与艺术风格。在广义上，它是指再兴起于上古的一系列异质的历史书写、神话制作、教义总汇、推理思辨所构成的复杂符号体系，诸如希伯来《旧约》，灵知主义神话教义，希腊多神教审美主义，东方王权中心论宇宙观，等等。不妨说，广义“象征主义”系指生成于茫昧泰古而流传于历史之流，并不断地被发明出来的文化

① ［德］伽达默尔：《真理与方法》，洪汉鼎译，上海：上海译文出版社，1999年，第94页。

传统，或者说文化精神的编码策略及其品貌各异的精神产品。①

在中外诗学中，“象征主义”一语的使用常有泛滥无边之势，以至于它成为一个“无底的深渊”，钟情者将自己所爱尽情投射其中，而贬抑者则将无数罪名横加其上。洛夫乔伊谴责“浪漫主义”一词大而化之，实则虚空无物，“象征主义”之境遇亦复如此。即便诸如象征主义的护法瓦雷里，亦称莫雷亚斯的象征主义潮流只是一个“神话”。莫雷亚斯本人在制定了这场文学运动的纲领之后，似乎有意反出族门，立即宣称象征主义乃是过渡现象，其归趣在于古典主义的复兴。重读1886年宣言，我们也能感觉到一阵复古之风迎面扑来。② 莫雷亚斯先是谴责浪漫主义莫焉下流，助长颓废之风，尽失优雅之韵，诗性英雄主义荡然无存，然后祖述柏拉图来压制说教之诗、宣泄之诗、虚情假意之诗以及客观描写之诗，锋芒不仅直指浪漫主义，甚至连新古典主义、现实主义也在咄咄逼人的剑气之下了。描述象征主义的综合气象，标举源始而复杂的风格，赞赏纯净而神圣的语言，呼吁古老的节奏与神奇的秩序，莫雷亚斯的《宣言》更引人注目的举措，乃在于溯源更为遥远的古典，重访柏拉图、莎士比亚、但丁以及歌德，从欧洲文化的经典体系中寻找“象征主义”诗学的正当性。

作为文学运动的象征主义虽然出现于19世纪末的法国，但作为一种诗学精神却蕴含在18世纪末19世纪初的德国早期浪漫主义及其流裔英国浪漫诗学之中。韦勒克指出，诗体风格之“象

---

① 参见［美］沃格林：《以色列与启示》，霍伟岸、叶颖译，南京：译林出版社，2009年，第38～49页。沃格林将泰古各民族的象征体系之创造描述为秩序的符号化，这一过程有三项特征：一是参与经验所占据的主导地位；二是对存在共同体中各个参与者的持续与流逝的高度关注；三是创造各种符号，尝试使本质上不可知的存在秩序变得尽量可知，而这些符号借助其同真正已知或假设已知的事物之类比来解释未知世界。

② 莫雷亚斯的《一份文学宣言》是目前为止笔者看到的最好的译文，出自董强先生的手笔。参见董强：《梁宗岱：穿越象征主义》，北京：北京出版社，2005年，第34～37页。

征与神话”，乃是浪漫主义统一性三要素之一。而且他还说：“浪漫主义把自然当作一种语言或是一首和声协奏曲的看法，恐怕找不到比这更确切的说法了。整个宇宙被认为是一个由各种符号、契合、象征组成的体系，整个体系同时又是有生命的并且是按照节奏颤动。诗人的任务不仅是译解这套符号，而且要与之共同颤动，感觉并再现其节奏。”① 这样的看法如果不是置身于象征主义的潮流之中将浪漫古事今情化，那就是以经典的浪漫主义诗学为断制论衡当代文学潮流了。波德莱尔的“契合”堪称象征主义之诗学纲维，瓦雷里、韩波所推重的“韵律与节奏”又是象征主义之形式圭臬，而这一切皆可溯源于浪漫主义。当代学者涵里密（Nicholas Halmi）撰著《浪漫主义象征谱系》，将独一无二的象征概念之诞生追溯到1770～1830年的欧洲大陆和英伦三岛。在这段历史之中，古典与浪漫互动，诗学观念盈虚消息，但德国的歌德及其同侪与英国浪漫诗人柯勒律治先后确立了现代意义上的“象征”概念。涵里密指出，研究“象征”绝非研究“诗歌意象”。尽管柯勒律治《古舟子咏》里的信天翁和诺瓦利斯《奥夫特丁根》中的“蓝花”也可以称之为浪漫的象征，但真正意义上的象征，严格来讲，“乃是一种理论建构，旨在奠定对客体的知觉，而非描述知觉的客体”。故而，歌德对象征的界定堪称典范：特殊代表普遍，“普遍不是梦境，不是阴影，而是不可言喻之物生气勃勃而且目击道存的启示”。因而，“观念于形象之中，永恒地而且无限地活动，不可接近，即便表现于一切语言中，它也仍然是不可表现的”。依据歌德的逻辑，象征蕴涵着一个悖论：一方面，象征必须成为偶然与绝对、有限与无限、感性与超感性、暂存与永恒、个别与普遍之间的接触点；另一方面，象征又必须返

① ［美］韦勒克：《批评的概念》，张今言译，杭州：中国美术学院出版社，1999年，第165～166页。

身直指，以便形象与思想互蕴互涵于内，水乳交融而不可分离。质言之，象征既蕴涵无限的意义，又无法还原为任何一种特殊的意义。由此可见，歌德的“象征”就不是一种修辞手法，不是一种艺术风格，而是一种情志结构，一种创建思想形象的诗学轨，一种在有限/无限、普遍/特殊、偶然/绝对、暂存/永恒之间建立互蕴互涵关系的编码策略。

将象征主义精神追溯到歌德时代，似乎还远远不够。在其《美学史》中，鲍桑葵认为，毕达哥拉斯哲学就是“象征主义”，因为它解释了宇宙之数的神秘意义，并揭示宇宙和谐之音乐效果，而使人免于将普通感官实在看作是终极的起源和目标。而这一象征主义精神进入柏拉图的哲学体系之中，便构成了西方形而上学、诗学、政治学说以及神学的根基。柏拉图依据原型与摹仿、理念世界与感官世界的二元结构，缔造了系统化的象征主义，强调用感官形式呈现无形无迹的终极实在，将整个知觉所把握的宇宙视为理念原型的象征，太阳及其光照乃是绝对至善的象征，蒂迈欧宇宙等级图式亦为中世纪基督教神学象征主义的滥觞。① 如此看来，德国浪漫主义象征谱系自然应该视为希腊象征主义的复活以及欧洲文化传统之根基象征的回归。在这层意义上，我们发现洛夫乔伊所言极是：一种在命名上无可争辩地属于德国的浪漫主义，乃是“基督教思想模式和情感模式的再发现和复兴，是一种神秘超俗的宗教典型，以及作为人类经验之独特现实……的内在道德冲突感的再发现和复兴”②。

于是，不难理解，内在于并通过德国浪漫主义而复活的象征精神展示在政治、神学、诗学、词语以及神话维度上：歌德笔下

---

① 参见［英］鲍桑葵：《美学史》，张今译，北京：商务印书馆，1985 年，第62～64页。

② ［美］洛夫乔伊：《观念史论文集》，吴相译，南京：江苏人民出版社，2005 年，第 240～241 页。

的麦斯特展示了政治与艺术教育之维，荷尔德林的《面包与酒》强化了希腊审美之维与基督教宗教之维的冲突，小施莱格尔笔下的女性艺术家卢琴德体现了审美之维与神圣之维的悖谬，诺瓦利斯的《夜颂》以女性为媒介重构了基督圣爱之维，其诗化教养小说《奥夫特丁根》则在神话之维上彰显了诗性之维与革命之维的异质化生。从历史角度看，诞生于1800年前后的德国浪漫主义"新神话"纲领断章便是象征精神的公开展示。谢林的《先验唯心论体系》之结论将艺术神化，小施莱格尔的《诗谭》赋予"新神话"一种包容一切艺术作品、负载诗的古老而永恒的泉源、揭示世间所有诗之起因的使命。他们分享的共同前提，乃是《德意志观念论体系源始纲领》中的前提："新神话"既是诗之诗，又是作为总体艺术的国家，因而是理性的神话和感性的宗教。佚名传世的《德意志观念论体系源始纲领》断章之最后一句，将浪漫主义的象征提升至人神对接而天地通融的境界："一种崇高的精神自天而降"，建构神话体系，必将作为"人性的伟业丰功"，正如道成肉身必须是昭明天理。① 1800年，谢林的玄学之思更加玄远，做出了天启神谕一般的断语：一套新神话出现之可能性问题，唯有从未来世运之中，以及在将来历史进程之内，才有望得到解决。

然而，德国早期浪漫主义同观念论纠结极深，而再造神话与重构象征之举，可谓困难重重。正如布鲁门伯格指出，再造神话、重构象征之维，在于德意志观念论自身就建立在一则神话之上。不是任何神话，而是一个特定的神话，一个力求穷尽神话之需要，而且执着地清除主体之世界体验中的一切怀疑和一切忧虑，从而完成启蒙大业的神话。"一个关于心灵的故事却不得不

---

① 参见佚名：《德意志观念论体系源始纲领》，林振华译，见王柯平主编：《中国现代诗学与美学的开端》，上海：上海锦绣文章出版社，2010年，第131~133页。依据现在的论述语境，表述略有调整。

讲述，一个只能从观念的实在历史之中朦胧一瞥的故事，而它恰恰就是现代自我意识中偶然性迷惑的努力之构成部分”。在这个故事之中，认知的主体自以为对认知的对象负有责任，且据有权威。布鲁门伯格还说：“这是一个不可验证的故事，一段没有见证的历史，却拥有惟有哲人方可指点的无比高贵的品格：不可证伪性。”① 而这种高贵至极的不可证伪的故事（神话），就是德国浪漫主义主义象征编码策略所望抵达的形而上境界。

因此，德国浪漫主义所建构的经典文类不是“诗”，而是蕴含着“诗”的小说。在《谈诗》中，小施莱格尔一篇《论小说的信》中写道：“一部小说，就是一本浪漫的书。”随后他特别强调，戏剧供人看而小说供人读，但小说要成为浪漫的书，还必须“通过整个结构，通过理念的纽带，通过一个精神的终点，与一个更高的统一体相连”②。一言以蔽之，小说乃是神性式微、宇宙秩序颠转之后上帝遗落在世俗世界的史诗，小说与史诗体裁的联系更为密切。施莱格尔希望打破惯常的体裁分类，超越传统的体裁轨范，还原小说体裁以原本的品格，使这个体裁重新焕发出青春活力。本雅明慧眼独到，早就看到“小说”乃是最为适合于浪漫主义反思及其文学绝对性的体裁。在凡俗的形式瓦解后，“超验的诗”便是施莱格尔所谓的象征形式。第一，这种象征形式具有神话内容，同感性的宗教、理性的神话纠结在一起，互相塑造。第二，诗借助于象征形式在主体的反思过程之中上达绝对之物。而最高级的反思媒介与象征形式便是小说，它无拘无束，不

---

① Hans Blumenberg, *Arbeit am Mythos*, Frankfurt am Main: Suhrkamp, 1984, pp. 618 – 609; pp. 297 – 298.

② ［德］F. 施莱格尔：《浪漫派风格》，李伯杰译，北京：华夏出版社，2005 年，第 206 页。

由正道，且独抒性灵。[①] 在论述歌德的《麦斯特学习时代》时，施莱格尔指出，小说的凝练形式和反思媒介，为观察和自我沉湎的精神提供了最佳途径，故而小说乃是最富有精神性的诗性形式。小说集浪漫诗之大成，因此成为浪漫诗文的负载者，文学绝对之基本象征物。

在历史的象征谱系图中，与注重内省、关注精神以及指向宗教不一样，法国文学象征主义一开始就聚焦于诗风、诗律和语句、词章。也许，新古典主义之渗透无孔不入，法国象征主义对形式、秩序、格律尤为关注，他们所建构的经典文类是抒情诗而不是诗化的小说。与瞩望形上之道，以诗思接近超验世界的德国象征诗学路数略别，法国象征主义诗学尤其注重语言形式。在某种意义上说，法国象征主义对语言形式的优先考虑，预示着 20 世纪诗学的语言学转向。从波德莱尔到马拉美、韩波和瓦雷里，以及魏尔伦，至于象征主义之后学布朗肖（Maurice Blanchot），诗人的实验、评论家的论说以及理论家的反思，大体上集中于语言形式、暗示手法、音乐性以及最高灵境这四个诗学要素上。语言形式是诗之所以为诗的基本，暗示则为手段，涉及比喻、隐喻等修辞手法，音乐性被视为诗的指归，且为一切艺术的向往，最后则致力臻于最高灵境。贯穿着象征主义诗学诸要素的，则是秩序——以诗的形式启示的天理、人情、物象，由词语所建构的“象征丛林”，通过音乐所表征的宇宙秩序，借助普遍应和所达到的幽眇灵境。

波德莱尔（Charles Baudelaire）被称为象征主义之“鼻祖”，

---

① 当然，施莱格尔的“小说”概念有非常广博的涵义，同今日文学理论所使用的“小说”相去甚远。这种宽泛地使用“小说”概念，类似于陈寅恪先生在论述《长恨歌》和《再生缘》时对于概念的选择。在陈寅恪看来，元稹、白居易、陈端生铺叙红妆情史，乃是“小说”写作，其中渗透着“自由之思想”与“独立之精神”。故而，“小说”体裁让人不拘一格，独抒性灵。这是一个相当富有浪漫韵味的概念。

其传世诗篇《通感》（又译“契合”“应和”“对应”）则被公认为是“象征主义的宪章”①。诗中将自然比作神庙，充满了神秘天籁的回音与神圣的交流，构成一座幽眇深邃的象征丛林，芳香、色彩、音响、意象互相感应，彼此共鸣。然而，波德莱尔在被本雅明视为高度发达资本主义世界抒情诗人的典范的同时，也是现代性的建构者。他将现代性定义为偶然、瞬息和过渡，而终结了古典的永恒整体，开启了现代的碎片篇章。现代性即碎片性，而诗人的使命是在碎片世界收集古老文化的残像，在往昔帝国的废墟上建构辩证的意象。所以，诗人面对丑恶、肮脏而毫无畏惧，自觉担负起于丑恶之中升华美、而于黑暗中遭遇光明的使命。以“象征丛林”为喻，波德莱尔的忧郁诗章挑战古典式的宁静，而描述现代性的震惊体验。《致一位交臂而过的妇女》就将这种“震惊”的一瞬记录下来，留给了永恒，从色情迷离的性欲之中升华出爱欲，升华出同诺瓦利斯一脉相承的“神圣的渴慕”②。

与波德莱尔一样，象征主义诗人都借助于诗及其音乐感，让灵魂窥见坟墓后面的天国，以美的秩序来象征一种狂怒的忧郁，一种属灵的吁求，一种在不完美中迁徙流浪的天命。马拉美（Stephen Mallarmé）之诗学脱胎于波德莱尔，《骰子一掷不会破坏偶然》可谓其登峰造极的碎片之作，在碎片之作当中又坚执地诱惑人们对于完美秩序的渴望。于是，他的诗就是“魔幻般地建造出来的那座理想的、惟一可以居住的宫殿”，一如波德莱尔建造象征丛林，他用词语铺成天路，引人进入不可触摸的天堂。③ 之所以说诗如魔幻，是因为在马拉美看来，诗艺之本质在于完全超

① 参见［法］波德莱尔：《感应》，见《恶之花/巴黎的忧郁》，钱春绮译，北京：人民文学出版社，1991 年，第 21 ~ 22 页。

② 参见［德］本雅明：《发达资本主义时代的抒情诗人》，张旭东、魏文生译，北京：生活·读书·新知三联书店，1989 年，第 163 页。

③ 参见［美］韦勒克：《近代文学批评史》（1750 – 1950）（第 5 卷），杨恒达译，北京：中国人民大学出版社，1991 年，第 4 页。

越感官世界，回避自然事物，而进入“纯诗”境界。他的名言是：诗人口中一朵花，就是“在所有花朵中找不到的花”[①]。那是一种音韵流荡、仙乐飘扬、柔情似水的本质之物，那是经过诗人的词语炼金而提纯的诗意菁华。马拉美本人曾经为“诗歌的危机”所困扰，而创作的低谷亦使他痛苦不堪。然而，他坚信写作乃是唯一的行为，而“某种像文学的东西确实存在着”，于是他在四面楚歌之时又绝处逢生：必须将诗歌还原为纯粹的存在。“让词这东西本身此刻存在”“这就是在场”“整个奥秘在此”。马拉美据此开创了诗的“词语拜物教”，其涵义在于：“语言在作品中在场……语言就是整体——而不是其他什么，它随时会从整体化为微不足道。”[②] 在《骰子一掷不会破坏偶然》中，马拉美写道：“……或者事件导致了每一个无效的结果。”作诗就像一场与虚无较量的赌博，不过马拉美让词语来到现场的行动却伴随着一项严酷的条件，即一切行动都必须简化为“虚无——纯粹的内在性”[③]。

瓦雷里（Paul Valery）将波德莱尔、马拉美开创的诗学观念提升起来，缔造了一种以“纯诗”为至境，以音乐为范本，以“抽象思维”为动因的象征主义诗学体系。所谓“纯诗”，是指诗作为精神作品的纯洁性。瓦雷里说，只要是精神作品，“无论是诗还是其他，只与产生它自己的那种东西有关，与其他绝对无关”[④]。可见，“纯诗”概念乃是诗学自律性的激进理论表述，同

---

① ［法］马拉美：《诗的危机》，见《马拉美诗全编》，葛雷、梁栋译，杭州：浙江文艺出版社，1989年，第281页。

② 参见［法］布朗肖：《文学空间》，顾嘉琛译，北京：商务印书馆，2003年，第25页。

③ 参见［法］巴丢：《存在与事件》，见陈永国主编：《激进哲学》，北京：北京大学出版社，2010年，第45～46页。

④ ［法］瓦雷里：《文艺杂谈》，段映红译，天津：百花文艺出版社，2002年，第316页。

纯粹主义绘画、纯粹主义的音乐一样，彰显了诗之现实的神圣性。超绝尘寰而遗世独立，那就是诗与俗世绝缘的绝对状态，是艺术创造的至境。而这种至境乃以音乐为模范，以超然于任何意义之外的声音为符号，传递朦胧飘逸的情感，而渗入灵魂最幽深的隐秘。在体验了瓦格纳的音乐之后，波德莱尔莫名兴奋，自称在音乐之中找到了真正的“通感”“契合”“应和”。他欣然命笔，给瓦格纳写信，自称在后者的音乐中“感到了一种比我们的生命更博大、更宏伟、更庄严的生命”①。马拉美从美学角度将诗所激荡的神圣状态比作“弦乐”，说它近乎思想，使文字失色，让意象俯首，而且更为奇妙的是：“它先后有序地构成一种节次分明的谐和……它就是掠过森林，洋洋洒洒，化入清流的天籁……可以把它称之为幽灵，是一个瞬息间带着闪电之回响自然化为音乐的同一性的幽灵。”② 瓦雷里在论说“纯诗”理念之时，特别强调“音乐拥有一个绝对自我的领域”，所以他想象诗歌也应该仿效“乐音的世界”，而与杂音的世界、世俗的世界泾渭分明。③同浪漫的情感恣肆与颓废诗风针锋相对，象征主义诗学高调重申诗学自律，而反对俗人乱道。因此，象征主义诗人一反情感表现、想象活动、突发灵感，而强调“抽象思维”是作诗的动力。“诗人于是致力于和献身于在语言中定义和创立一种语言，这份工作是长期、艰巨和棘手的，它要求思想具有全面的素质”，否则不可能在话语与精神、有形与无形、此岸与彼岸之间建立神圣的关联。④

---

① ［法］参见董强：《梁宗岱：穿越象征主义》，北京出版社，2005 年，第 103 页。

② ［法］马拉美：《牧歌》，见《马拉美诗全编》，葛雷、梁栋译，杭州：浙江文艺出版社，1989 年，第 263 页。

③ ［法］瓦雷里：《文艺杂谈》，段映红译，天津：百花文艺出版社，2002 年，第 331 页。

④ ［法］瓦雷里：《文艺杂谈》，段映红译，天津：百花文艺出版社，2002 年，第 182 页。

除了德法象征传统之外，英美浪漫主义及其后裔也伸延着象征主义诗学的境域。华兹华斯、柯勒律治、雪莱、济慈以及“湖畔诗人”，分别彰显了象征的情感之维、想象之维、神话之维、古典审美之维、自然景观之维。特别值得提出的是，T·S·艾略特不仅提出了回避情感而寻求“客观对应物”的诗观，而且重建古典主义轨范，创作宏大诗篇与神秘戏剧，呈现传统与现代之间有秩序的神圣的关联。象征的历史之维、宗教之维，因T·S·艾略特而充分彰显。而英美“意象派”之创作及其诗观受到了中国传统美学的浸润，反过来又对中国诗实验与诗学建构产生激励力量。“意象派”力举清除思维、语言、主观情绪对诗境的干扰，提倡一种物我通明、目击道存的无我之境，因而显示了中国古典诗学在现代世界的生命力，凸显了超越而又内在的形上之维。

综上所述，“象征”是一种渊源久远的编码方式和解释原则，深深植根于希伯来、希腊、基督教文化的复杂脉络之中，而“象征主义”可溯源至希腊古典时代，与神话审美主义、灵知教义神话以及基督教象征体系构成一个庞大而复杂的精神织体。中世纪基督教传统中，“象征”与“寓言”二分，而寓意解经法突出“寓言”而贬抑“象征”。直到启蒙时代之后，隐匿既久的“象征”又从渊深的“寓言”传统之中挣扎着复活，突出形式载体与内在意蕴之间不确定的关联，从而解放了语言符号指向无限的生命力，以及呈示幽微心境和玄远意境的表现力。18世纪末到19世纪初的德国浪漫主义突出了象征的精神性及其超越意味，19世纪末的法国象征主义诗学则在强调象征的精神性之同时，特别突出了语词自在性、诗学独立性以及诗境界音乐性，20世纪的英美象征主义与“意象派”诗学则突出了历史维度以及中国古典诗学的现代生命力。20世纪30年代之后，中国古典象征诗艺在现代文化语境下同上述三脉象征主义互相遭遇、互相契合以及互相涵濡，而开启了一条文化诗学之象征建构的方向，与古典复兴诗学、启蒙革命诗学一起共同塑造了中国现代文化新传统的基本品格。

三、中国的“象征”诗艺及其同象征主义的契合与互动

在此，我们用“象征”诗艺来指称中国古典诗学传统之中同象征主义诗学有所契合的部分观念。在思考中国诗学（文学理论）的系统性时，刘若愚（James J. Y. Liu）用“形上理论”（metaphysical theory）来描述其整体取向。“形上理论”是指以文学为宇宙原理之显示这种概念为基础的各种理论，其渊源是《易经》宇宙观，其基础是儒道两家关于人与自然的思想，而在刘勰的《文心雕龙·原道篇》中得到了系统的表述。在这一思想框架下，刘若愚进一步断言，“只有象征主义受到神秘主义的影响，提供了与中国形上理论之间（一些）有趣的对照和类似点”。①刘若愚的学生余宝琳（Pauline R. Yu）延续师说，将象征主义与中国形上诗学之间的“有趣的对照和类似点”具体化为四个方面：“诗歌的间接的表现方式和联想；对超越逻辑的直观性的偏好；非个人化；以及自我和世界的彻底统一，这种统一能把感性和景象融合在一起，也能使主客观的区别消失。”② 作为海外汉学研究者，刘若愚、余宝琳对中国古典“象征”诗艺的建构完全以西方思想系统为主导方式，在相当程度上抽离了中国古典诗学的历史脉络，割断了“象征”与其他古典诗学范畴之间的血脉关联。

在汉语词汇史上，“象”“征”二字连用是比较晚近的事情。

---

① ［美］刘若愚：《中国文学理论》，杜国清译，南京：江苏教育出版社，2006年，第80页。

② Pauline R. Yu, “Chinese and Symbolist Poetic Theories”, *Comparative Literature*, Vol. 30, 1978, pp. 291 – 312.

"象"，初见于"圣人立象以尽意"（《周易·系辞上》），"圣人有以见天下之赜，而拟诸其形容，象其物宜，是故谓之象"。"象"是《周易》的基本要素，是由"阳爻"和"阴爻"构成的不同图形。卜筮活动就是由"象"而知凶吉安危，所以"象"就被赋予了隐微的意义和启示的功能。筮辞一般分为两个部分，前一部分是呈征兆，后一部分定凶吉。例如："鸿渐于陆，其羽可用为仪。吉。"（《渐·上九》）"鸿渐于陆"，是"象"及其呈示的吉兆，"其羽可用为仪"，则是依据吉兆所推定的结果。在"象"与凶吉意义之间有一种隐而不显的关联，《易经》体现的这种关联就是后代象征诗艺的滥觞。

"徵"，初见于《左传·昭公十七年》："申须曰：慧，所以当除旧布新也。天事恒象，今除于火，火出必布焉。诸侯其有火灾乎？梓慎曰：往年吾见之，是其徵也。"杜预注曰："徵，始有形象而微也"。这起码能说明，"象征"之"征"常常是政体兴亡的表征，而在汉代又被纳入谶纬神学体系，与"象"具有同等的地位，建立在《易》《书》《春秋》之上，而成为一个神秘概念。

《汉书·艺文志》第一次明确地将"象"与"征"联系在一起："杂占者，纪百事之象，候善恶之征。"象为物象，而征是征兆，以物象为征兆则可"见天下之赜"，窥见天理、人情与物象之隐奥。"象征"在此已不局限于"词章"，而涵括了"义理"；作为"诗的胚胎"而又不仅是"诗艺"，而是一种"诗性的智慧"，并同依类象形、形声相益的汉语文字系统紧密相依，成为东方象征体系的原型。王弼《周易略例·明象》将"象征"从卜筮活动之中超度出来，赋予其意象建构的功能："触类可为其象，合意可为其征。"因而不妨说，"象征"诗艺脱胎于问讯未来、测定行为后果的卜筮活动，而被上升到了准宗教的地位。东方象征体系中的诗艺及其审美意识获得了形而上品格。诗人及其作品所要完成的使命，就不仅是创造并拯救自己，而且要创造和拯救整个世界。所以，考察中国古典“象征”诗艺就不能拘泥于狭义上的“象征”，而要在同“比兴”“譬喻”“意象”等范畴的血脉关联之中把握其丰厚意蕴。

首先，渊源于《诗经》的“比兴”传统，塑造了古典“象征”诗艺的整体审美特征。“事类相似”谓之“比”，“兴物而作”谓之“兴”，古典诗艺独标“比”“兴”，凸显普遍应和、万类契合、异趣沟通以及意义兴现的象征关系。所以，《文心雕龙·比兴篇》有言：“兴之托喻，婉而成章，称名也小，取类也大。”比兴并举，但比显而兴隐，言近而意远，境生于象外，中国古典“象征”诗艺大体上包容了西方修辞学的“隐喻”与“明喻”“象征”与“寓言”范畴，而具有了广泛得多的适应范围，甚至涵盖了各类文体，贯穿经史子集，体现于诗笔、史才与议论之中。

其次，盛行于汉代经学的“天人感应”与“人副天数”观念养育了古典“象征”诗艺的超验文化向度。董仲舒将先秦儒家“诗性智慧”系统化，进而提出了“美事召美类，恶事召恶类，类自相应而起”（《春秋繁露·同类相动》）的普遍应和观念，将天理、人情、物象视为一个互相感应、彼此招引的象征宇宙。淮南王刘安及其门客延续董仲舒的思路，在“天人感应”的象征宇宙中特别彰显出“知不能论”而且“辩不能解”的神秘维度，称之为“玄妙深微”的物类相应体系（《淮南子·览冥训》）。为了把握这个象征宇宙的个中奥妙，《淮南子·要略》提出了与“象征”等同的“譬喻”原则：“略杂人间之事，总同乎神明之德，假象取耦，以相譬喻……所以曲说巧论，应感而不匮者也。”同“象征”一样，“譬喻”既是用于编码的建构原则，又是用于解码的阐释策略。它喻意象形，穿通窘滞，决渎壅塞，最后指向意义之“无极”，即指向超验的文化之维。

最后，魏晋南北朝时代儒道释三教涵濡而凝练出“言象意论”，演化出古典“象征”诗艺的境界构造机制和意义生产法则。《周易》首倡“立象尽意”，《庄子》反“贵言传书”而主“得意忘言”，王弼将儒道教义玄学化而提出“得象忘言”“得意忘象”，佛学禅宗推崇不立文字独贵心传，中国古典“诗艺”在“言”“象”“意”三者之间设置了由低而高拾级上升的关系，而把意义生产视为一个祛除物象痕迹而渐次进入幽深玄远精神境界的过程。而境界依然是知不能论、辩不能解的心灵臻美之域，古典诗学称之为“象外之象”“景外之景”“韵外之至”。

综合上述三端，我们可以说中国古典“象征”理论远远超出了西方象征主义的论域，又包容了西方象征主义的层面，它不止于“诗艺”而又是根本的“诗艺”。“比兴”塑造了诗艺之整体审美特征，“同类相应”养育了诗艺的超验文化向度，“言象意论”演化出“诗艺”的境界生成机制与意义生产原则。杜甫诗《寄彭州高三十五使君适、虢州岑二十七长史》中有名句：“意惬关飞动，篇终接混茫。”在宗白华读来，那便是有尽的艺术形象映射在无尽和永恒的光辉之中，“言在耳目之内，情寄八荒之表”。以“比兴”为棱镜，宗白华收纳了歌德的“象征”概念，论说“一切生灭相，都是‘永恒’的和‘无尽’的象征”①。在钱钟书读来，杜甫诗的意境同西方“象征派”以后的诗学追求若合符节，“诗每能有尽而无穷，其结句如一窗洞启，能纳万象”，“而情韵仍如卷帘通顾”②。也许，正是因为中国古典象征诗艺文脉深厚，历时久远，且富有涵濡之潜能，中国古典“象征”诗艺在现代世界同欧洲象征主义的遭遇看似偶然，实即必然。因为，隐性之遥契在先，而显性之互动在所难免。而现代中国的“文学

① 宗白华：《略论文艺与象征》，见《宗白华全集》（第2卷），合肥：安徽教育出版社，1994年，第408页。

② 钱钟书：《谈艺录》，北京：商务印书馆，2011年，第498~499页。

改良”“诗体解放”又为古典“象征”诗艺与西方象征主义的涵濡互动、远缘杂交敞开了空间，同时为现代象征诗学建构累积起了“问题意识”。

拘泥于形迹，一般人们以为“象征主义”属于现代派，而中国象征主义诗歌和诗学兴起于20世纪30年代之后。然而，史料显示，中国新文学起步之初，就已经同“象征派”结缘。1915年，胡适所提出的“文学改良论”八大主张，可能直接脱胎于“意象派”诗人的“六大信条”，《尝试集》中的诗作既传承“托物起兴”的“象征”诗艺，又染色状物传情的意象诗风。[①] 同年，陈独秀撰文《现代欧洲文艺史谭》，描绘古典主义、浪漫主义（他称之为“理想主义”）、“写实主义”“自然主义”的进化轨迹，将比利时象征主义剧作家梅特林克划入“自然主义”作家行列。[②] 虽然有张冠李戴之嫌疑，但这毕竟是新文化运动的领袖人物第一次论及象征主义诗人。1918年，周作人译述俄罗斯象征派作家索洛古勃（Sologub）的小说《童子Lin之奇迹》，称其为“死之赞美者”，论其诗文“情动于中”而“隐晦辞意”。[③] 1924年，坚决抗拒新文学运动纲领的“学衡派”代表人物胡先骕毫不含糊地将“象征主义”同浪漫派及其流裔唯美主义、怀疑主义、写实主义、讽刺主义一并收拾，说象征主义“迷离惝恍”“筹张为幻”“不可方物”，总之是背离文学标准，而不由正道。[④]

虽然中国现代文学左右两翼都接触到欧洲现代象征主义，但

---

① 参见殷国明：《20世纪中西文艺理论交流史论》，上海：华东师范大学出版社，1999年，第393～396页。

② 陈独秀：《现代欧洲文艺史谭》，见《陈独秀著作选》，上海：上海人民出版社，1993年，第156页。

③ 参见张大明：《中国象征主义百年史》，郑州：河南大学出版社，2007年，第21页。

④ 胡先骕：《文学之标准》，见张大为、胡德熙、胡德焜编：《胡先骕文存》（上卷），南昌：江西高校出版社，1995年，第254页。

他们都是以熟知的文学现象来比类这一新文学现象，从而在相当程度上都迷失甚至扭曲了这一诗学的特征。从1918年到1920年，学者陶履恭、赵若英、雁冰以及谢六逸不约而同地将“symbolism”译作“表象主义”。而田汉、郭沫若等则将象征主义理解为“新浪漫主义”，从中去体验灵与肉之间的激战，诚与伪之间的角力，观念与实在之间的冲突。1919年，罗家伦第一次将“symbolism”译作“象征主义”，他所选择的诗文本是沈尹默的《月夜》，认为此乃用白话文作好诗的典范，同时回击新文化运动的反对者胡先骕对新诗的酷评。① 象征主义本来涵义模糊，学理飘忽，流派又不稳定，所以其舶来之初，中国人对它论析甚微，而且谬误百出。但有一个例外，那就是为复兴衰落的“小学”而畅言“革命道德”的“国粹派”灵魂人物之一章太炎，他取法德国神话学派，在中国古典学背景下对象征主义进行了学理上的辨析。

1902年，章太炎著《文学说例》②，集古典学基础之训诂、词章与义理为一体，援引德国神话心理学家马克斯·缪勒（Friedrich Max Müller，1823～1900）的语言起源学说，对“象征主义”（symbolism，他称之为“表象主义”）展开论析，在此基础上建构其“文”的观念。章氏的意图在于，牢牢扎根于“小学”基础上，推寻故言，责名求实，探究语言之本质，以获取真理为鹄的。然而，在类比的意义上，章氏断言，正如生活难免罹病，精神亦未免与病俱存，而语言之病质在于表象主义。马克斯·缪勒认为，神话乃是“言语之疾病肿物”（disease of language）。同样，言语从来就未能与外物完全吻合，因此人们就不得不依赖转义修辞和比喻手法。“如言‘雨降’，言‘风吹’，皆略以人格之迹象

① 关于20世纪20年代“象征主义”舶来中国的情况，参见张大明：《中国象征主义百年史》，郑州：河南大学出版社，2007年，第20～27页。

② 章太炎：《文学说例》，见舒芜等编著：《近代文论选》（下），北京：人民文学出版社，1999年，第403～419页。

表象风雨，且因此进而为抽象思想之言语，则此特征愈益显著。”所以，“人间思想，必不能腾跃于表象主义之外”。“象征”便成为传情述事、状物言志所无法拒绝的工具，甚至还可以说它直接构成了言语和思想的本质。不过，章太炎话锋一转，揭露“表象主义”（“象征主义”）的消极作用。俗事繁兴，文字孳乳，渐渐偏离“表象”（“象征”）之意，表象主义日益浸淫导致了“以代表为工”“以质言为拙”“以病质为美”。朴质的“小学”因象征主义蔓延而浸衰，而文辞至上恰恰表明言语之病入膏肓，思想之苍白无力。“文益离质，则表象益多，而病亦益盛……”章氏充分表露出尚质而不尚辞、贵朴而不贵华的审美倾向性。太炎论学，颇轻文士而专尚思想，对象征主义做出了否定的评判。但钱穆认为，章氏的意图在于“欲使雅言故训，复用于常文”①，在复古旗帜下隐藏着变古的锋芒。

章太炎对“表象主义”（“象征主义”）的否定基于语言与真理的关系、文学之质与辞、朴与华的关系。而另一类对于“表象主义”（“象征主义”）的否定则基于对文学进化轨则的自觉。1920 年，留学日本的谢六逸依据西蒙斯（A. Simons）和厨川辰夫的论文与著作编译成文，以《文学上的表象主义是什么?》为题发表于《小说月报》。该文从渊源、艺术特点和历史地位出发，第一次全面阐述了“表象主义”（“象征主义”）②。首先从渊源看，“表象”（“象征”）其来有自，乃是暗喻（metaphor）修辞的变体，自古至今源远流长，而非隔夜生成的新异之物。在比较宽泛的语境中，谢六逸将暗喻、比喻、寓言都视为表象（象征），

---

① 钱穆：《余杭章氏学别记》，见章念弛编：《章太炎生平与学术》，北京：生活·读书·新知三联书店，1988 年，第 25 页。

② 谢六逸：《文学上的表象主义是什么》，见贾植芳、陈思和主编：《中外文学关系史资料汇编（1898 - 1937）》（上册），桂林：广西师范大学出版社，2004 年，第 356 ~ 364 页。

将表象（象征）分为“本来表象”“比喻与寓言”“高级表象”和“情调表象”四类。其次从艺术风格看，“表象主义”（“象征主义”）以暗示（suggestion）为根本，表象（象征）诗风“多系晦涩难懂”，特重“情调”，而情调“茫漠”而“不可捉摸”。翻译并引证魏尔伦的《月下吟》和《秋歌》，征引马拉美“诗必谜语”之论，谢六逸强调象征诗学的自由性与音乐感，象征主义不重形式，破除格律，专写人生种相与生命几微，主张诗乐合一，以及色相音一致。最后从诗文进化轨则看，古典主义而浪漫主义，写实主义而自然主义，自然主义而象征主义，西洋诗文是进化而非退化，轨则必须遵循，逾越任何一个阶段都无法开拓“诗美的新领土”。囿限于诗文进化之机械轨则，谢六逸最后对象征主义在现代中国的命运做出了否定的预言：“没有受过科学的洗礼便要倾向神秘，没有经过写实就要到表象，简直是幻象罢了。”

象征主义舶来之初，在中国惨遭错误编排以及粗暴否定。不过田汉堪称例外，其对源出异域的象征主义一见倾心。戏剧家田汉、美学家宗白华、诗人郭沫若互相通信，畅论宇宙、人生、情感、婚姻，三人的通信于1920年结集出版，名为《三叶集》①。留学日本的田汉在观看了梅特林克的《青鸟》之后，亢奋万分，自觉长了见识、添了情绪、发了异想，并立愿成为戏剧家、批评家，还要为国民翻译梅特林克的戏剧。在田汉眼里，梅特林克的戏剧将不可思议的人生真相看作“运命之两种相，一为死，一为恋”，而两种力的错综纠纷便演成了人生舞台上光怪陆离的喜剧、悲剧与悲喜剧②。同年，田汉致书黄日葵，将象征主义置于“新罗曼主义”之下，引用西蒙斯“灵的方面，大告饥荒”之警世名

---

① 郭沫若、宗白华、田汉：《三叶集》，见《宗白华全集》（第1卷），合肥：安徽教育出版社，1994年，第211～299页。

② 郭沫若、宗白华、田汉：《三叶集》，见《宗白华全集》（第1卷），合肥：安徽教育出版社，1994年，第254、259页。

句，阐发“新罗曼主义”的精神：“想要从眼睛看得到的物的世界，去窥破眼睛看不到的灵的世界，由感觉所能接触的世界，去探知超感觉的世界。”质言之，象征主义的崛起，诗人意欲“由肉的世界窥破灵的世界”，乃是“灵的觉醒”的标志①。1921 年，身在东京的田汉撰述长文《恶魔诗人波陀雷尔（波德莱尔）的百年祭》②，从神魔二元论、波德莱尔生平与诗风以及意义、艺术宗教等五个方面论说象征主义诗学精神。引用日本学者树浦一《生命之文学》，田汉称波德莱尔为“艺术至上主义的代表”，是超越“小乘”的艺术“大乘”，而其《恶之花》的诗学精神，乃是“借恶魔之剑斩了人类浮浅的心魂，更斩了基督和他的神，又把美与魂的园中人类悲哀之泪水一般挥洒”。田汉全文翻译了波德莱尔的《通感》，称之为“象征诗的椎轮”，且为现代主义以及颓废主义文学之滥觞。蚌病成珠，美寓于丑，以波德莱尔为代表的象征诗艺之真谛在于，艺术是“病的美丽的产物”，是“死亡的欢欣与舞蹈”“异端者的祈祷”“地狱的唐长”。所以，波德莱尔主义之本质在于人生根本矛盾引起的“悲惆”，而“他的悲惆不是普通许多罗曼主义者那样空想的情绪的悲惆，而是由神经之烦闷来的人生之根本来的极深远极深远的悲惆”。最后，田汉将波德莱尔的艺术类比于“大乘佛教”，在“恶魔派”与“人道派”的争执中将艺术家的生命升华到“人天相接”处，造就“极紧极张空灵的世界”，“古今东西有生命的艺术品莫不是这个世界的产物”。与同侪论旨别无二致，田汉也在诗文进化的轨则上来定位象征主义的艺术宗教，并赋予了波德莱尔的诗学以清淤破执、疏通更代的革命意义：

---

① 田汉：《新罗曼主义及其他——复黄日葵兄一封长信》，原载 1920 年 6 月 15 日《少年中国》第 1 卷第 12 期，参见张大明：《中国象征主义百年史》，郑州：河南大学出版社，2007 年，第 29 ~ 30 页。

② 田汉：《恶魔诗人波陀雷尔的百年祭》，见贾植芳、陈思和主编：《中外文学关系史资料汇编（1898 – 1937）》（上册），桂林：广西师范大学出版社，2004 年，第 378 ~ 398 页。

近世文学拟古之极改变为罗曼，罗曼之极改变为写实，写实之极改变为象征，象征之极改变为达达。同时人道主义之极致，即恒接近恶魔，恶魔主义之极致，恒即接近人道，譬如活水滔滔无时或息，如必执一端以定一尊，则又像流水久积含污纳秽，清新活泼的生命，便一点也没有了孔子之道和基督教当其初创之时何尝不清新活泼，然一支配中国垂两千多年，一支配西洋垂一千多年，于是也等于积污之水，有疏通更代之必要。

我们能悟到这活水源头，然后能矗立天地，独往独来，时时敬神不为神所支配，时时礼魔而不为魔所诱惑，譬诸饮酒醉时则为恶魔之跳舞，醒则学耶稣之祈祷，然后美之乐园之谐调，乃引人心之旋而共鸣。这一种紧张的极致，空灵的极致，马上就是“美的极致”（the ideal perfection of beauty）。此即法即魔非法非魔的“美的极致”之女神，将为吾人开到天穹去的门，将美化这个丑恶的世界①。

田汉对波德莱尔以及象征主义诗学精神的论说一时激起强烈反响。彰显神魔二元及其诗境张力，强化诗境的空灵，标举美的极致，田汉对波德莱尔全盘接受，对象征主义诗学照单全收。他的这篇论文之重要，还在于凸显了象征主义诗学的属灵性及其宗教祈向，指点了由肉而灵、从俗到圣的生命上行之路。“美化这个丑恶的世界”，将淑世易俗的社会责任意识寓于唯美主义诗学之中，20年代田汉对于中国现代审美主义传统的形成确有开创之功。也许，正是在田汉的影响下，宗白华才立愿要迎着黑暗走去，通过遭遇世间的丑恶而探索以审美方式淑世易俗的可能性。同时，诗学以及美学中“灵”的境界，在宗白华的文化象征建构中被升华到形而上的高度。

---

① 田汉：《恶魔诗人波陀雷尔的百年祭》，见贾植芳、陈思和主编：《中外文学关系史资料汇编（1898－1937）》（上册），桂林：广西师范大学出版社，2004年，第397页。

象征主义之兴起，无形的推手当是时代精神。而中国古典“象征”诗艺与欧西象征主义的互动，背后的动力也当是时代精神。1922年，“五四”新诗运动的主要参与者刘延陵撰写《法国诗之象征主义与自由诗》①，从诗学内涵与艺术载体两方面论说象征主义之“共同精神”。从法兰西近代诗史角度看，刘延陵断言，“诗的精神方面是象征主义，在形式方面是自由诗”。刘氏独到之处，在于将中国新文艺视为整个近代世界文化的构成部分，并指出“文艺界的自由精神是一种普遍的时代精神”“近代与现代的精神是自由精神”。略述法国近代诗史，刘氏将象征主义运动置于代际世运之中，称波德莱尔为“曾祖”，称魏尔伦为“祖父”，称马拉美为“父亲”，“情调的浑漠”与“音乐的崇尚”表征着象征诗风，打破格律而独抒性灵体现出自由精神。与田汉不谋而合，刘延陵也特别嘉奖象征主义诗人抒写情调、建构灵境、表现灵性。诗学内蕴与艺术载体一体两面，因而“象征主义的命意与艺术的精神形式”都是自由的不同表现形式。基于这一观念，为“五四”时代精神呐喊助威又为诗体解放鸣锣开道的刘延陵，向现代中国呼吁一种诗学多元主义：“已成的主义有限，将来的主义无穷，ism的信条划一，ego的性趣纷歧……至于文艺家，则更当依自己的理智和情调的指导，不必怕主义的怒容，不必顾批评者的恶声，要怎样做就怎样做，虽‘一乡非之而力行不惑’……‘一国非之而力行不惑’，‘举天下非之而力行不惑’也!”虽隔着近乎百年的时代间距，我们今天依然能清晰地听出“五四”诗人对自由精神的赞颂。倾听这样的呐喊，我们还会情不自禁地想起晚明变古诗学中不拘一格、独抒性灵的主张，感受到乱云飞渡新潮涌流的“五四”时代精神。

至于实践中的“象征”诗艺，以及舶来的象征主义对于现代

① 刘延陵：《法国诗之象征主义与自由诗》，见贾植芳、陈思和主编：《中外文学关系史资料汇编（1898－1937）》（上册），桂林：广西师范大学出版社，2004年，第399～408页。

中国新诗文的浸润熏染，确实可以追溯到新文化运动的起步之初。依据朱自清的分辨，“五四”之后诗体解放，诗坛上自由诗、格律诗和象征派三分天下。象征派势力强大，而且为道不孤，其诗魂艺魄渗透之深、诗风诗格流布之广，在20世纪20～40年代几乎无与比肩者。1924年岁末，梁宗岱出版诗集《晚祷》，此乃中国第一部具有象征意味的诗集，其中收录1921～1924年写作的19首隽永的小诗，作品中反射出世运之变与情调之哀，渗透着对宇宙、社会、人生的思考，营造出晶莹剔透而惆怅若梦的诗境。李金发（1901～1974）堪称用汉语写象征诗而成就卓然的典范诗人。他在法国学习雕塑，深受波德莱尔、魏尔伦诗观的启发和象征诗风的浸淫，尤其喜欢抒发忧郁情调，创造怪诞意象，营造颓废意境，使用扭曲的语言，传递通过遭遇丑恶而获取的美的灵知。李金发自撰挽词，以“爱秋梦与美女之诗人”自命，在史诗之外独标抒情，在国族与人民的宏大叙事之外沉入怪异而凄美的诗乐境界。1925年，李金发出版诗集《微雨》，此乃中国象征主义的第一部标志性诗作。其传世名作《弃妇》情调凄凉，美艳直至惨处，传统的弃妇已不再低眉涕泪，而一任黑色长发飘飞，如狂风呼啸，“将隐忧堆积在动作上”，一个世界末日的怪异女流形象给人以深深的震撼。李金发与“创造社”早期成员王独清、穆木天、冯乃超一起活跃于20年代中国诗坛，刮起了一阵强劲的象征诗风。他们不独从事象征诗艺实践，还表述了明确的诗学主张。穆木天致信郭沫若，名曰《谭诗》①，堪称象征诗学经典篇章之一。文中特别强调诗的统一性、音乐性与纯粹性，特别彰显“统一性的诗，是一个统一性的心情的反映，是内生活的象征”，特别要求诗歌“有统一性有持续性的时空间的律动”，特别提倡涵养纯粹诗性的思维方式，“以诗去思想”。王独清

① 穆木天：《谭诗——寄沫若的一封信》，原载1926年3月16日《创造月刊》创刊号，参见张大明：《中国象征主义百年史》，郑州：河南大学出版社，2007年，第100～101页。

也致书穆木天、郑伯奇，名曰《再谭诗》[①]，文中坦然承认他自己爱上了象征表现法，并主张将“情”“音”“色”“力”四者融为一体，用中国文字创造出音韵洋溢的“纯诗”作品。

30年代之后，中国新诗实验进入反思总结的阶段，古典“象征”诗艺与象征主义的涵濡互动进入了凝练提升阶段，中国现代的文化象征诗学建构进入了创造综合的阶段。如果说，20年代古典“象征”诗艺与象征主义的遭遇显耀了西方而隐匿了中国，那么，30年代之后两脉传统的涵濡互动趋向于中西对等，古典“象征”诗艺从西方象征主义的压力下顽强地抬起头来，由隐渐显。如果说，20年代中国诗歌实践是以西方象征主义为蓝本进行文本摹制，用汉语文字写作象征之诗，而在理论表述上亦是尊奉西方象征诗学的权威，进行理论话语复制，用汉语的结构与逻辑表述象征诗学，那么，30年代之后中国现代诗歌实验则开启了另一轮探索。古典诗歌元素流兴不息，源源不断地进入现代主义诗章中，并在理论建构方面迈出了更大的步幅，理论家尝试以中国古典“象征”诗艺主动化合、积极融汇西方象征主义及其更为广阔的文化象征传统，展开文化象征诗学建构。这场反思、化合、融汇以至文化象征的诗学建构之标志性成果，体现在梁宗岱的抒情主义“纯诗”理论上，体现在李长之的人格主义象征理论上，体现在宗白华的文化精神基本象征物及其道德维度的探索中，体现在冯至的浪漫象征诗学及其文体建构上，体现在闻一多的神话象征诗学建构上，体现在钱钟书的词章象征诗学建构上，体现在陈寅恪的历史隐喻诗学建构及其解释方法上。

（作者：北京第二外国语学院文学院教授）

① 王独清：《再谭诗——寄给木天伯奇》，原载1926年3月16日《创造月刊》创刊号，参见张大明：《中国象征主义百年史》，郑州：河南大学出版社，2007年，第101~104页。

知识生产视域中的现代新儒家文化诗学研究[①]

牛 军

现代新儒学是萌生于20世纪20年代的一个重要学派。中国传统文化本位立场与中西文化比较的视角，使得他们有关文学的论述颇具民族个性和时代高度。其对文学的论述，既不同于传统诗文评，也不同于当下的文学理论体系，具有难以替代的学术史价值。

值得注意的是，对于现代新儒学学术史价值的评判是近年来学者们探讨的一个重要问题。侯敏在《现代新儒家美学论衡》《有根的诗学——现代新儒家文化诗学研究》等著述中梳理了现代新儒家建构的诗学体系，肯定了现代新儒家学者运用现代学术话语阐释中国传统美学范畴的贡献。胡晓明在《重建中国文学的思想世界如何可能》一文中指出：现代新儒家学术思想与现代性存在着合与不合的复杂性。现代新儒家学者以中国传统文化为内在的“认知图式”是合乎现代知识学要求的，但就现代新儒学整体思维范式而言还是具有更多的传统文化色彩。李翔海在《从后现代视野看现代新儒家理论特质》《论现代新儒学与后现代主义》

① 此文系河北省社会科学基金项目“现代新儒家文化诗学研究”（HB14WX012）和“河北省高等学校创新团队领军人才培育计划项目”成果。

两文中指出现代新儒家与后现代主义在处理宗教、哲学和科学的整体关系问题上，给予了两种截然不同的回答。海外学者、现代新儒学传人成中英在《美的深处》一书中则认为儒家美学是本体美学，是基于对本体——生命的认识，它对西方后现代文化语境中光怪陆离的问题美学具有启迪价值。

诸位学者从现代和后现代视野出发，对现代新儒家学术价值的分辨，对于厘清现代新儒家的学术个性和评判其学术史价值是颇富启发意义的。在现代性与后现代性杂糅的当下语境中，我们如何评判、吸收现代新儒家学者的学术智慧，成为一个难题。如果我们从知识生产的角度审视现代新儒学文学思想，或许可以将对此问题的探讨进一步深化。现代新儒学知识体系具有自己鲜明的独特性。它是生命的学问，更是经世治国的文化方案，还具有人文教化的功能。它不仅仅是大学里教授的知识，迥异于西方现代知识体系。现代新儒家学者关于文学的论述超越学科划分，他们立足于中国传统儒家文化的心性之学，又与西方文学理论在所讨论问题的根本之处相融通。他们的文学知识生产方式颇具中国传统文化的特点。

现代新儒家学者的认知图式受到了中国传统文化和现代西方文化思想的双重影响。他们以现代的知识表述方式来重新阐释传统儒学思想，使之具有阐释当下的理论效力，呈现为富有系统的知识体系。这可以说是迥异于传统儒学的“现代”儒学。与此同时，由于以“返本开新”为旨归，现代新儒家学者的认知图式受到了传统文化的更深刻影响。这使得他们的知识生产具有浓厚的中国传统文化色彩。透过他们的论述，我们可以看到一种颇具个性的文学知识生产方式。他们以传统儒家思想为理论生长点，吸收西方文化思想，用现代学术表述方式阐发新儒学，创造出一种具有中国文化特点的知识形态。这一特点鲜明地体现在第一、第二代现代新儒家学者（熊十力、梁漱溟、牟宗三、唐君毅、方东美、徐复观）的有关论述中。例如：徐复观的《中国文学精神》《中国艺术精神》，唐君毅的《文学意识之本性》《中国文学与哲学》《文学的宇宙与艺术的宇宙》《中国文学精神》等篇章，方东美的《中国人的艺术理想》《生命情调与美感》《生命悲剧之二重奏》等篇章以及熊十力、梁漱溟对于文学的零散论述和牟宗三的文学评论。他们生产出的是生命化的文学知识，迥异于西方文化中的知识形态。他们采用的是一种源于心性、注重体悟的生命化知识生产方式。

一、现代新儒学视域中的“文学”

现代新儒家学者将文学视为一条修身成德和经世致用的途径。他们从心性论出发来探究文学，认为文学是人之性情的自然流露。唐君毅认为：中国“艺术文学之精神，乃人之内心之情调，直接客观化于自然与感觉性之声色，及文字符号之中”①，“中国文学家、艺术家恒不以文学艺术之目的在表现客观之真美，或通接于上帝，亦不在尽量表现自己之生命力与精神，恒以文学、艺术为人生之余事（余乃充余之义），为人之性情胸襟之自然流露”②。在唐君毅看来，包括文学在内的中国各种艺术重在表现作者的性情。值得注意的是，在现代新儒家学者这里性情乃是出自天性之情，性情关涉宇宙本体与人生修养，不同于我们平时所说的情感。熊十力于《新唯识论》中倡导：本体即本心。他认为本体不是脱离人而独在的。正如每一沤都直接显现着大海水的全体之性，每一个人也都蕴涵着整全的本体之性。万物的本源即

① 唐君毅：《中国文化之精神价值》，桂林：广西师范大学出版社，2005年，第213页。

② 唐君毅：《中国文化之精神价值》，桂林：广西师范大学出版社，2005年，第231页。

人之本性。他认为本体不是超然存在于宇宙万物之上的，万物即是本体的发用，是本体的呈现。熊十力曾说："本心即性，但随义异名耳。以其主乎身，曰心；以其为吾人所以生之理，曰性；以其为万有之大原，曰天。故'尽心则知性知天'，以三名所表，实是一事，但取义不一而名有三耳。"[①] 在他看来，"心""性""天"虽因取义之侧重点不同而有三名，其实三名所指称的是一，即本体。"心"与"性"的称谓取义侧重于本体在人类身上的显现，"天"称说的则是人之本心与万物之本原其实是一。"心""性""天"异名而一体，道出了"天人不二"的最终理据。人是宇宙中的存在，人同万物一样都具有整全的宇宙精神，人是与宇宙大生命相通的。由此可见"性情"是符合儒家中庸之道的情感，也可以说就是一种生命化了的道德情感。因为道德在现代新儒家学者眼中具有本体的意义。这样道德便成为现代新儒家学者论述文学的关键词。但道德在他们眼中的含义不同于今日我们所谓的道德，更多的是指内在自我觉悟所达到的精神境界。

现代新儒家学者所讨论的"道德"是与他们的本体论、宇宙论、心性论密切相关的，是其学术思想的基石。

熊十力对于"德"之内涵做了这样的解说："德字义训曰：德者得也。若言白物具白德，则以白者，物之所以得成为是物也。今于本体而言真常等等万德，则真常等等者，是乃本体之所以得成为宇宙本体者也。"[②] 熊十力认为：德，指称的是一事物之所以成其为此的根据，我们可以将其理解为事物的根本性质。在熊十力看来，本体之德是本体之所以成为本体的根本性质。他还认为宇宙万物即是本体显发的大用流行，即用即体，所以宇宙万

① 熊十力：《新唯识论》，《熊十力全集》（第三卷），武汉：湖北教育出版社，2001 年，第 19 页。

② 熊十力：《新唯识论》，《熊十力全集》（第三卷），武汉：湖北教育出版社，2001 年，第 279 页。

物便也具有本体真实不虚的恒常之德。人作为宇宙中的万物之一，亦是如此。这样人之道德便也具有了本体论的依据，不再仅仅是一种对人的外在的要求与约束，而成为人之所以为人的内在根据。道德也就成为人的最重要、最根本的属性。因此在熊十力看来，人之道德才是人的生命之本真。被视为“成德之教”的儒家其之所以重视德性，由此得到了本体论意义上的说明。同时，儒家“天人不二”的主张（此也是熊十力的主张），亦由“德”贯通天人而得以说明。人之德与本体之德是相通而一体的，人之德与万物之德亦是相通而一体的。这样，我们又可以以人之德去体会本体之德。也便可以理解熊十力所说：本体不是外在于我们而独在的形上实体，其即内在于我们的生命。熊十力“体用不二”的本体论最终的命意即：道德既是宇宙本体之根本性质，又是内在于我们的真实不虚的人之为人的性质。我们可以结合孟子关于人禽之辨的话语，由体会人之德而去体会本体之德的意味。人区别于禽兽，成其为人的那点良知即人之德，即人之为人的根据，而且人之德正如本体之德是无待外求的。梁漱溟曾在《朝话》中说道：“‘德者得也’，正谓有得于己，正谓有以自得。自得之乐，无待于外面的什么条件，所以其味永，其味深。”① 由此我们可以看出，在梁漱溟看来人之道德的端倪是生而即有的，是非由外铄的。

在现代新儒家学者看来，“道德”其实就是“得道”，就是天道在人这里的显现，是对人生意义的贞定：即人生要实现天道之创化不息的刚健精神。梁漱溟更多的是从自己的生命体验中来谈道德，他认为道德乃是一种“好好色、恶恶臭”的情感力量，是安顿人心的内在力量。在他看来，生命的特点亦是创造。唐君毅

① 梁漱溟：《朝话》，《梁漱溟全集》（第二卷），济南：山东人民出版社，2005 年，第 90 页。

更是将道德视为文学创造的根本推动力，他认为：不能“志道据德依仁”，则创造精神会先自淤塞。总而言之，现代新儒家学者对于道德的谈论是从安身立命的角度来谈的，是关涉宇宙本体的，道德所体现的是在人生践履中对“天人合一”本体至境的追求。道德不是外在的规约，而是生命和谐的艺术。他们关于道德的论述，本身就具有审美的意味蕴含在其中。

在此我要指出的是，现代新儒家学者关于文学的论述也是关涉宇宙本体论、人生意义诸多层面的。当我们以道德一元论来对现代新儒学文学观念予以批判时，我们恰恰忽视了他们关于道德的认识是不同于我们的，对他们而言，道德可以说是真、善、美创造的生命动力。他们关于文学的论述是关涉儒家文化的根荄的。文学担负着人文教化与道德自我完善的使命，是从生命根底处生发出的性情书写。

二、现代新儒学文学知识形态特征

徐复观、唐君毅、方东美都有较为系统的关于中国艺术精神和文学精神的论述，牟宗三对于《红楼梦》《水浒传》《金瓶梅》等名著的评述独树一帜。这些具体的论述为我们提供了现代新儒家文学知识的具体形态。这样的知识形态具有迥异于西方现代知识的特点。

现代新儒家学者对于道德的重视，在文学思想中集中体现为美与善的统一。

（一）道德之知

现代新儒家学者认为知识是有价值判断统御其中的。他们关于文学的论述强调美与善的统一。道德是生命本体的自觉，是与生俱来的灵明，智慧的产生亦源于此。道德是统御于知识之中的。熊十力强调“转仁成智”，在他看来知识要有道德统御其中。徐复观在《中国艺术精神》一书中指出：艺术与道德在根源之地实现了统一。在方东美看来，艺术思维方式渗透在中国文化的各个领域，即美内化在真与善之中而圆融一体。这样的观点，使得他们关于文学的知识具有道德统率其中的特点。

对于美与善在文学艺术中如何实现统一，徐复观在《中国艺术精神》中为我们做出了回答。徐复观对于中国艺术精神的论说是基于传统文化中的心性论的。他所谓的根底处即指心性。众所周知，儒家有以孟子为代表的“性善论”和以荀子为代表的“性恶论”两种人性论。徐复观对此的论述兼及二者。他指出在荀子看来，“性”是恶的，与“性”息息相关的“情”便也是恶的。“性”与“情”是“人的生命根源之地”①，也是“人生命中的一股强大力量”②。“性”与“情”往往以声音动静的方式表现出来，音乐通过赋予声音动静以艺术性的旋律，把其中的盲目性予以澄汰和节制，从而“足以感发人的善心”③。在徐复观看来，艺术正是因为它的美的形式，才具有了对于性情中盲目性的冲动的克服作用。这是美对于善的促成。

如果从性善论的角度来看，孟子所谓的“仁之端也”的“恻隐之心”，便是生命的根底处。徐复观认为艺术也是由此根源处涌现出来的。在情的涌现过程中，情与根源处的良心相凑泊而化生出美与善相统一的音乐。乐由心而发，其发出的情感“本多偏于情欲的一面”④，但情欲与道德良心在根源之地的融和，使二者都得到了安顿，“此时情欲与道德，圆融不分，于是道德便以情

---

① 徐复观：《中国艺术精神》，上海：华东师范大学出版社，2001 年，第 13 页。
② 同上。
③ 徐复观：《中国艺术精神》，上海：华东师范大学出版社，2001 年，第 14 页。
④ 徐复观：《中国艺术精神》，上海：华东师范大学出版社，2001 年，第 17 页。

绪的形态而流出”①。因此，道德与欲望的冲突被消解，道德不再是外在的规约，而成为一种情绪的享受、一种快乐。这也是艺术对于道德力量的助成。

在美与善相统一的艺术最高境界中，仁与乐、道德与艺术是相得益彰的。这意味着艺术的最高境界的达成，需要道德（“人格的不断完成”）的支持。由此艺术境界实现的快乐，便成为“精神‘上下与天地同流’的大自由，大解放的乐”②。这种快乐其实就是道德对于情感的提升的结果。徐复观在这里虽然是论述中国艺术精神，但对于我们理解现代新儒家学者对于文学的认识是有帮助的。

（二）圆融之知

现代新儒家的思想可以说是一切从心性出发，心性是天道在人这里的显现，是“体仁成圣”的根基。现代新儒家的理想是“天人合一”，即与道合一。文学亦是此修养过程中的一环。心性作为人之为人的最终也是最初的依据，由此而发的文学便是包含着心性之所有信息与价值取向的。美与善在中国文学中是圆融一体的，我们甚至可以说以真、善、美为代表的诸种人生价值其实就圆融一体的存在于心性之中。由心性发展而来的文学，便也是圆融一体的诸种价值实现的载体。这使得新儒家关于中国文学的知识其实是圆融之知，超越学科的界限，超越诸种价值的独立之上而为圆融一体。

我们从现代新儒家学者关于文学的论述中不难发现，文学依然保存着中国传统文化的色彩。文学是文化的一部分。他们对于文学的论述并不像今日专业化的学者的论述那样具有明确的学科

① 徐复观：《中国艺术精神》，上海：华东师范大学出版社，2001 年，第 17 页。
② 徐复观：《中国艺术精神》，上海：华东师范大学出版社，2001 年，第 18 页。

归属和划分。文学独立成为一种学科，是西方现代化进程的一部分。伴随着西方现代化的进展，分化现象日趋明显。艺术亦分化为文学、音乐、美术等多种门类。分化的过程亦是学科独立意识确立的过程。然而中国传统文化中的文学并未经历这样的过程，现代新儒家学者从传统文化出发对于文学的论述也并不具有明确的学科独立意识。牟宗三对文学作品的评论具有很强的哲学性，或者说他是在用他的哲学修养来解读文学作品。熊十力、梁漱溟对文学的论述，亦多是从人格修养的角度来予以论述的。

（三）理想之知

现代新儒家学者认为中国文学精神毫不逊色于西方，最重要的原因就是从道德理性出发的文学作品具有理想性，不是单纯的对外物的客观描摹，而是基于生命体验的一种理想祈望。现代新儒家学者将文学视为传统文化的一部分，将文学视为性情之书写。他们又将心性视为宇宙之本体、人之本性，将提升人格修养作为自己的目标，通过将自己的人格境界提升到与道同一的境界的方式，来参与到“参赞化育”的过程，从而实现自己的理想价值。文学作为心性之抒发，亦是如此。在现代新儒家学者看来，文学不仅仅是照镜子似的对象的客观反映，还是具有理想色彩的对现实的批判与提升。徐复观认为中国文学所采用的是“反省性”的反应，方东美也认为文学是对现实的一种“点化”。这些主张都显现出这样的特点。

徐复观在《中国艺术精神》一书中指出：“艺术是反映时代、社会的。但艺术的反映，常采取两种不同的方向：一种是顺承性的反应；一种是反省性的反映。顺承性的反映，对于它所反映的现实会发生推动、助成的作用。因而它的意义，常决定于被反映的现实的意义……如由达达主义所开始的现代艺术，它是顺承两次世界大战及西班牙内战的残酷、混乱、孤危、绝望的精神状态而来的。看了这一连串的作品——达达主义、超现实主义、抽象主义、破布主义、光学艺术等等作品，更增加观者精神上残酷、混乱、孤危、绝望的感觉。”① 在徐复观看来，西方现代艺术是对现实的“顺承性”反映，这是一种对现实的揭示，是对现实的摹写。这种反映不具有理想性，主要是立足于当下的实际情况，犹如火上浇油般地加深现实的痛苦，并不能让人升起对理想之境的期盼。在徐复观看来中国的艺术则重在反省性的反映，他说：“中国的山水画，则是在长期专制政治的压迫，及一般士大夫的利欲熏心的现实之下，想超越社会，向自然中去，以获得精神的自由，保持精神的纯洁，恢复生命的疲困而成立的，这是反省性的反映。”② 在徐复观看来“反省性”反映是对现实的反思，是对理想的坚守，是以理想来衡量现实、超越现实，具有明显的价值导向。犹如炎夏的清凉饮料，它不是简单的对于现实的“顺承性”反映，而是以理想之境来对勘现实，疗治现实的苦痛，导引人们祈望理想之境。理想照耀现实，诸种理想价值导引现实走出困境。

方东美从道德的角度指出：“道德是生命的本质，也是生命价值的具体体现。我们本着中国人酷爱生命、尊重生命的民族性，不愿把生命只看作盲目的本能冲动，所以先要慎重的选择高尚理想，并且奋发努力，促使这些高尚理想一层一层地完成实现。”③ 方东美强调中国传统文化重视道德，与此相关我们中国人对于生命有着高尚的理想追求。艺术的表现也不仅仅是对现实的描摹，而是理想境界的一种呈现。他指出：“不管是儒家也好，

① 徐复观：《中国艺术精神·自序》，上海：华东师范大学出版社，2001年，第5页。

② 同上。

③ 方东美：《中国人生哲学》，北京：中华书局，2012年，第180页。

道家也好，或者是先秦的墨家也好，都是透过中国人共同的才情来点化宇宙，这个共同的才情是什么呢？就是艺术的才能。以艺术的才情，把有限的宇宙点化为无穷的境界。”① 在他看来，艺术的力量就在于对于现实的“点化”，这意味着对现实的超越，是以精神点染色相，是以价值导引现实世界。值得我们注意的是，他对文学的点化作用也有深刻的论述：“在文学上也含有神妙的点化作用，特别是诗，更有高度人文教化的妙用，不论写景或抒情，情都可以陶冶波澜雄浑的情蕴，培养气脉幽深的心性，透过神妙之美而提升生命精神。”② 在方东美看来，文学艺术创造的过程就是艺术家以自己高卓的生命精神、伟大的艺术才情点染现实世界的过程，而我们欣赏文学艺术的过程亦是透过奇幻的文学世界涵养心性，提升自我精神境界，点化自我的过程。方东美认为，文学艺术不再是对现实的模仿，而是超拔于现实之上，以自己充沛的创造力点化现实所完成的精神成就。文学艺术是对伟大的生命精神的表现，是对理想世界的瞩望。

通过徐复观和方东美的以上论述，我们不难发现，他们强调的理想亦是立基于心性之学的理想，是对理想人格境界的追求。由此可见，他们关于文学的论述都是从自我修养这个基点辐射出去的。在他们看来，生命与生命意义的实现是人生中最重要的事情。与此相关，他们的论述都是从人格修养的方面来展开。这和西方的文学理论中重视对现实的模仿的思想有很大的不同。透过人的心性，来展示世界；对于世界的展示，又是自我心性修养境界的呈现。透过这种思路，我们也可以发现现代新儒家学者独特的知识生产方式。

---

① 方东美：《原始儒家道家哲学》，北京：中华书局，2012 年，第 170 页。
② 方东美：《生生之美》，北京：北京大学出版社，2009 年，第 107 页。

三、现代新儒家文学知识的生产

儒家文化中生命化的道德观念，使得中国文学家对于外在世界的感知是同情性的了解，而非主客观相对立的认识。这种生命化的方法，使得他们关于文学的论述具有主客一体，以身体之、以心验之的特点。生命的体悟成为现代新儒家文学知识生产的独特方式。

（一）“学”“效”“觉”

现代新儒家学者继承儒家学统，强调“学”乃“效”也，即后“觉”效仿先“觉”。儒家之学的旨趣即在于“求仁”。熊十力就曾以“觉”来解说求仁之学的“学”，如他说：“学者觉义，于觉而识仁体焉。学之究竟在是也。不仁谓之麻木。麻木者，不觉也。不觉即仁体梏亡。”① “觉”意味着心灵有所省察、触动，是对一种价值归趣的认可。我们从《论语》的记载中可以知道，孔子对仁很少有直接的辨析，而更多的是予以提问者有针对性的指点。这亦是为了引发提问者生命的共感，以产生切己的生命体悟和省觉。现代新儒家学者继承了这种为学之道，他们关于文学知识生产，亦是从生命之觉与悟而来。

（二）生命化的知识生产

现代新儒家学者关于文学知识生产，强调知行合一，知从生命实践中来，是生命之“觉”。

在熊十力看来，没有本心的明睿，就没有知识可言。知识是

---

① 熊十力：《新唯识论》，《熊十力全集》（第三卷），武汉：湖北教育出版社，2001 年，第 399 ~400 页。

源自“本心之明”对外物的感应和认知。知识终究是要统御于道德之下的。因此，他强调：“悟道，即知识亦不离道。不悟道，则知识只是知识。”① 熊十力明确指出：“修养以立其本，则闻见之知一皆德性之发用。而知识自非修养以外之事，智周万物，即物我通为一体，不于物以为外诱而绝之，亦不于物以为外慕而逐之也。孔孟之精粹，乃在是耳。”② 在熊十力看来，关于客观事物的知识，也是源自人的修养，是德性之发用。这种知识是主客合一后而产生的，是生命主体与宇宙万物合而为一后的感悟。他甚至认为：“理性、知能、真理、实相、生命，直是同一物事而异其名。”③ 生命是理智、是知能、甚至就是宇宙本身，这种主客圆融的境界下产生的知识，是生命的知识，是有善之价值为主导的。那么关于作为人之性情书写的文学的知识，更是如此了。

徐复观就曾明确指出：“人性论是以人格为中心的探讨。人性论中所出现的抽象名词，不是以推理为根据，而是以先哲们，在自己生命、生活中，体验所得的为根据。”④ 儒家之学为心性之学，现代新儒家学者视域中的文学是性情胸襟的书写。他们关于文学的论述，亦是由生命体验中来，而非运用推理求得。徐复观所标举的文学艺术独特的研究方法——“追体验”就很好地印证了这一点。

徐复观强调：“要以‘追体验’来进入形象的世界，进入感情的世界，以与作者的精神相往来，因而把握到文学艺术的本

---

① 熊十力：《明心篇》，《熊十力全集》（第七卷），武汉：湖北教育出版社，2001 年，第 245 页。

② 熊十力：《十力语要》，上海：上海书店，2007 年，第 62 页。

③ 熊十力：《十力语要》，上海：上海书店，2007 年，第 60 页。

④ 徐复观：《中国人性论史先秦篇 · 再版序》，参见李维武编：《徐复观文集》（第三卷），2002 年，第 12 页。

质。"[①] 在徐复观看来，文学与人格修养境界关系密切："真正好的诗，它所涉及的客观对象，必定是先摄取在诗人的灵魂之中，经过诗人感情的熔铸、酝酿，而构成他灵魂的一部分，然后再挟带着诗人的血肉（在过去，称之为'气'）以表达出来，于是诗的字句都是诗人的生命，字句的节律也是生命的节律。这才是真正的诗，亦即是所谓性情之诗，亦即是所谓有个性之诗。"[②] 徐复观指出了文学是性情的表达，而性情即是诗人的生命与灵魂。这不是可以用科学的测量、推理来研究的对象，而只能通过切己的体认来予以同情理解。基于此，中国传统文学思想多是感兴时的点评，然而这正是生命化的随机表达，这正是中国文学思想的独特之处。正如徐复观所说："中国著作的传统，很少将基本概念，下集中的定义，而只作触机随缘式的表达。这种表达，常限于基本概念某一方面或某一层次的意义，必须由完善周密的归纳，虚心平气的体会，切问近思的印证，始有得其全、得其真的可能性。否则或仅能涉及文学周边的若干故事，而不能涉及文学自身，一涉及文学的自身，辄支离叛涣，放弃自己的立场反成翳蔽，甚至把自己的意思去代替古人的意思。"[③] 徐复观强调在传统文学论述中涣散的只言片语之间是有着内在的联系的，这是先哲们整体生命的立体呈现。因此将这些零散的论述集合起来，用追体验的方法，发现内在的联系，重新予以组织架构，才能真正理解传统文学思想。如果用西方逻辑的认知推理来研究中国文学思想，那所得到的不是鲜活的生命体验，而是没有生命气息的只鳞片爪。这样的研究方法是与中国传统文学思想格格不入的。这种

---

① 徐复观：《中国文学精神・自序三》，上海：上海书店出版社，2006 年，第 2 页。

② 徐复观：《中国文学精神》，上海：上海书店出版社，2006 年，第 1 ~ 2 页。

③ 徐复观：《中国文学精神・自序三》，上海：上海书店出版社，2006 年，第 4 页。

方法注重的是自己生命的体认。这种共同的体认，可以重复验证的体验，也是此种知识得以成为知识的依据与根本。

四、现代新儒家文学知识生产方式的当代意义

现代新儒家学者关于文学的知识生产是颇具中国传统文化色彩的。这种独特性正是他们为我们留下的宝贵学术智慧。他们从中国传统文化出发，将文学视为中国传统文化的有机组成部分，由此而展开对于文学的论述。中国传统文化的核心是心性之学，文学亦是立基于此。儒学乃成德之教、为己之学，其旨趣在于提高自身的人格境界，达到天人合一之境，体道而与之为一，融入大道流行之境，参赞化育，实现自我的生命价值。文学是与人格修养息息相关的。正如唐君毅所说："文学、艺术为人生之余事。"① 此处之余乃充余之意，而非多余之意。只有生命力盎然充沛，才能将性情化为文学作品。如果我们剔除了这样的文化背景，将文学孤立出来研究，这是有违中国文学本身特点的。这样的研究见木而不见林，且此木实乃死木。现代新儒家学者从传统文化来谈论文学，这使得文学获得了它本己的生命。文学在中国传统文化中是生命的学问。

现代新儒家的文学知识生产启发我们从文化角度来审视文学，我们会发现中国文学有着自身的独特性。新儒家学者论述中的文学，甚至不是具有独立学科意识的文学，但是这对于我们发掘中国文学自身的特点依然是非常重要的。他们的论述符合中国文学自身特点。我们与其用西方的文学理论来削足适履地整理研究我们的固有文学思想，倒不如像现代新儒家学者这样从文化的

---

① 唐君毅：《中国文化之精神价值》，桂林：广西师范大学出版社，2005年，第231页。

深处发掘我们文学的民族性。在现代文学史上，一批作家依然坚持着中国文学自身的民族性与特性。例如，傅雷先生就在给儿子傅聪的家书中，表明自己对儒家思想的服膺，并以儒者自居。他翻译的文学作品都是为人生的文学作品。他推荐儿子傅聪和儿媳阅读自己翻译的丹纳的《艺术哲学》，他认为这是一本可以改善人的精神气质的书。此种观点和现代新儒家学者关于文学的论述如出一辙。再有颇具佛缘的作家丰子恺，他优美的散文不正是书写他自己那灿烂的童心吗？他的性情胸襟跃然纸上。这些现代文学史上的作家的创作实践、翻译家的翻译实践，不也说明了传统文学思想在现代社会的活力与生机吗？

当社会已经完成现代化进程，甚至有人声言这个世纪将是中国为主导的世纪时，我们开始迫切地反思自己的民族特性何在。在这样的语境下，现代新儒家学者的文学知识生产为我们提供了范本，提供了一条走入传统文化，走入中国文学自身民族性的文化之路。

（作者：河北师范大学文学院副教授）

从彭斯诗歌译介看《学衡》的诗学理念

徐 婷

20 世纪 20 ~ 30 年代，围绕着《学衡》杂志形成了以吴宓等人为中心的“学衡派”作家群。从某种意义上说，“学衡派”只是一个相对松散的群体，成员的进入或退出均相对随意，但从杂志所刊载的诗作、译作及诗学研究论文来看，“学衡派”实际上已产生了较为清晰的诗学理念。在“学衡派”诗学理念的影响下，《学衡》的诗歌翻译形成了独特而稳定的风格。现以 1926 年第 57 期《学衡》所刊登的《彭士诗十三篇（参观本期插画彭士像）：附彭士烈传（Robert Burns）》为例，试对该杂志的诗学理念及译诗风格做一梳理。

序号	汉译题名	《学衡》标注原作题目	译 者	彭斯原题
一	寄 锦	*To Jean* (*Of a' the airts the wind can blaw*)	吴芳吉	*Of a' the Airts the Wind Can Blaw*
二	我爱似蔷薇	*My love is like a red, red rose*	吴芳吉	*A Red, Red Rose*
三	前 题	未另行标注	陈 铨	同上
（附录）	前 题	未另行标注	苏玄瑛（曼 殊）	同上
四	白头吟	*John Anderson, My Jo*	吴芳吉	*John Anderson, My Jo*
五	前 题（偕老操）	未另行标注	刘 朴	同上
六	高原女	*Highland Mary* (*Ye banks, and Braes, etc.*)	吴芳吉	*Highland Mary*

续表

序号	汉译题名	《学衡》标注原作题目	译　者	彭斯原题
七	久别离	*Auld Lang Syne*	吴芳吉	*Auld Lang Syne*
八	将进酒	*Willie brew'd a peck o'maut*	吴芳吉	*Willie Brew'd a Peck o' Maut*
九	来来穿过麦林	*Comin thro' the rye*	吴芳吉	*Comin thro' the Rye*
十	牧儿谣	*Ca' the yowes to the knowes*	吴芳吉	*Ca' the Yowes to the Knowes*
十一	高原操	*Myheart's in the highlands*	刘　朴	*My Heart's in the Highlands*
十二	麦飞生之别	*McPherson's Farewell*	吴芳吉	*McPherson's Farewell*
十三	自由战歌	*Scots Wha Hae*	吴芳吉	*Scots, Wha Hae*

题目虽为《彭氏诗十三首》，但却出现了14首汉语译诗，第三首陈铨译作后又附有一首苏曼殊对同一诗作的译文。因为第二、三（及附录）首诗歌均译自 *A Red, Red Rose*，第四、五首均译自 *John Anderson, My Jo*，所以《彭氏诗十三首》实际上翻译了罗伯特·彭斯的11首诗歌。

从《学衡》所标注的原诗题目看，首字母大小写的使用规则并不统一，个别题目甚至与原作存在出入，比如：在 *Of a' the Airts the Wind Can Blaw* 之前加上了 *To Jean* 的字样；*A Red, Red Rose* 被写作 *My love is like a red, red rose*；*Scots, Wha Hae* 脱漏了标点等。原诗题目的上述问题应是与译者所依据的彭斯诗集的版本存在出入有关，而与译者及《学衡》编者的外语水平无关。《学衡》编者应是出于对原版内容和译者的尊重而未加修正，否则，以吴宓等人的英文水准，在相邻的一组译诗里绝不会出现大小写规则不一这类较为明显的问题。

《学衡》选译的11首诗，囊括了 *A Red, Red Rose*, *John Anderson, My Jo*, *Highland Mary*, *Auld Lang Syne*, *My Heart's in the Highlands* 等彭斯的传世之作。就风格而言，既有缠绵悱恻的情

诗，亦有叙写田园情致的谣曲，还有振聋发聩的战歌，基本能够反映彭斯创作的整体面貌。在这组译诗前面，是篇幅颇长的《彭士烈传》。在同一期《学衡》上，还刊出了彭斯的画像，可见彭斯是此期杂志推介的重点所在。罗伯特·彭斯（Robert Burns，1759～1796年）出身于苏格兰西南部的佃农家庭，1783年开始诗歌创作，1786年出版诗集 *Poems Chiefly in the Scottish Dialect*，集中收入了 *A Red, Red Rose* 等作品，诗集使彭斯一举成名。他的诗作从民间歌谣中汲取灵感，并将苏格兰方言引入抒情诗的创作，与当时英国诗坛盛行的“新古典主义”诗风大相径庭。曾致力于彭斯诗歌翻译的袁可嘉如是评价彭斯的作品：“其中有根据流行的歌谣部分或全部改的（如《麦克孚生的告别辞》），有根据一支歌谣的几种歌词综合改编的（如《红红的玫瑰》），也有彭斯根据民间曲子自创作的（如《苏格兰人》）。不论在哪一种情况下，彭斯都依靠了苏格兰北部山地的曲子，各地的旧歌谣和苏格兰方言，出色地抒写了人民的生活、思想和感情。这种深厚的民间基础——这个基础不仅是形式的（如歌体和语言），还是内容的（如抒情主题和生活素材）——使得彭斯的抒情诗歌流传非常广泛。”① 彭斯诗歌的译作深受现代期刊青睐，除刊载于《礼拜六》《学衡》《晨报副刊》《新月》等刊物上之外，也出现在《南开大学周刊》《燕大周刊》《光华周刊》《光华附中半月刊》等校园期刊之上。梁实秋、李健吾等人均曾发表过彭斯诗歌的译作②。在现代期刊刊登的为数甚众的彭斯译作之中，《学衡》所刊的《彭氏诗十三首》不仅数量多、品质佳，而且风格统一，体现了一种古

---

① 袁可嘉：《彭斯与民间歌谣——罗伯特·彭斯诞生二百周年纪念》，《彭斯诗钞》，上海：上海译文出版社，1985年，第341页。

② 梁实秋翻译的《译 Burns 诗四首》（《写在一张钞票上》《一瓶酒和一个朋友》《一株山菊》《蠹魚》）发表于《新月》1930年第9期；李健吾翻译的《给一个老鼠》发表于《文学周报》1928年第301～325期，第318～322页。

朴典雅的情调，如将其置于20世纪20年代的时代背景之下加以考量，这种情调就愈发值得推敲。以 *A Red*, *Red Rose* 的翻译为例，据笔者所见，刊载于现代期刊上的该诗译作有：

译诗题目	作者①	译者	杂志	年份	卷数/期数
颎颎赤墙靡（Ared, redRose-Burns. ②）	Burns	（苏曼殊）	《民国》	1914年	第1卷第3期
彭斯情诗：颎颎赤墙靡（旧体诗）③	彭　斯	曼　殊	《礼拜六》	1921年	第102期
彭斯情诗：一朵红玫瑰（新体诗）	彭　斯	枕　绿 秋　镜	《礼拜六》	1921年	第102期
译英人彭士（Burns）诗一首	彭　士 （Burns）	田世昌	《国学丛刊》 （南京）	1924年	第2卷第3期
彭士诗十三篇④ （我爱似蔷薇）	Robert Burns	吴芳吉 陈　铨 苏玄瑛 （曼殊）	《学衡》	1926年	第57期
我爱似红薇（中英文对照）	Robert Burns.	钟达生	《英文杂志》	1927年	第13卷第1期
一朵红的红的玫瑰	Burns	鹤　西	《晨报副刊》	1928年	3月15日
红玫瑰	Robert Burns	洪　水	《南风》 （广州）	1928年	复活号
一朵红的，红的玫瑰花	Robert Burns	岩　野	《朝花》	1928年	第1期
一朵红红的玫瑰	彭　士	何德明	《南开大学周刊》	1931年	第118期
一朵红的，红的玫瑰	Robert Burns	蒋慕恽	《晨风》 （上海1933）	1934年	第9期
一朵红红的蔷薇花（中英文对照）	Robert Burns	顾文盈	《英语周刊》	1935年	（新）第128期
花想容	彭斯	孟　康	《光华年刊》	1935年	第10期

① 此栏保留了相关期刊对彭斯的称呼的原貌。

② 《民国》原文题目既有此格式错误，现保留其原貌。这是该期《民国》所刊载的苏曼殊一组作品中的一首。

③ 即《民国》杂志《颎颎赤墙靡》一诗，《礼拜六》在这两首译诗前有主编周瘦鹃所作小序。

④ 包含吴芳吉、陈铨、苏曼殊各自独立完成的三首 *A Red*, *Red Rose* 的译诗，第一首题作《我爱似蔷薇》，第二首称为“同题”。陈铨译诗后所附一首是苏曼殊译作，但未录《颎颎赤墙靡》这一题目，亦从上两篇称为“同题”。盖因此诗早已刊载于《民国》及《礼拜六》，并非在《学衡》上首次发表，故未录译诗题目，仅作附录出现。

续表

译诗题目	作者①	译者	杂志	年份	卷数/期数
一朵红红的玫瑰	Robert Burns	甘运衡	《诗林双月刊》	1936 年	第 1 卷第 3 期
情诗	Robert Burns	邢光祖	《光华附中半月刊》	1936 年	第 4 卷第 4/5 期
我的爱：英国名诗选译之八	彭斯		《金声》	1948 年	第 34 期

A Red, Red Rose 是民国时期最受译者欢迎的彭斯作品，其次是 *My heart's in the highlands*。就上表所涉及的译作来看，在译作诗体的选择方面，多数译者选择了自由诗体，以旧体翻译的只有《颎颎赤墙靡》《译英人彭士（Burns）诗一首》《我爱似蔷薇》两首和《花想容》。其中，仅《学衡》上刊登的就有三首，这三首译作分别是：

（二）我爱似蔷薇（*My love is like a red, red rose*） 吴芳吉译

卿颜红似蔷花，自彼六月新放。卿言柔似琴声，自彼曲中清唱。

温存美艳如卿，沈我情爱深处。我当依旧爱卿，直到海水干去。

爱卿直到海干，爱卿更到石烂。我当依旧爱卿，爱到灵魂飞散。

别矣唯卿珍重，珍重暂时别矣。不久我将当还，虽则行行万里。

（三）前题 陈铨译

吾爱如玫瑰，六月正新开。吾爱如仙乐，音响绝尘埃。

容华洵绝代，深情若沧海。沧海有时干，深情终不改。

沧海尽枯干，岩石皆焕然。恋我意中人，生命若流年。

① 此栏保留了相关期刊对彭斯的称呼的原貌。

珍重分别矣，分别不多时。我将复来此，万里亦奚辞。

附录：前题　　　　苏玄瑛曼殊译

颎颎赤墙薇①，首夏初发苞。恻恻清商曲，眇音何远姚！予美何天绍，幽情申自持。沧海会流枯，相爱无绝期。沧海会流枯，顽石烂炎熹。微命属如缕②，相爱无绝期。掺袪别予美，离隔在须臾。阿阳早日归，万里莫踟蹰。

为便于比较，兹录彭斯原诗及袁可嘉所译《红红的玫瑰》如下：

A RED, RED ROSE③

O MY Luve's like a red, red rose,
That's newly sprung in June.
O my Luve's like the melodie
That's sweetly played in tune.

As fair art thou, my bonie lass,
So deep in luve am I;
And I will love thee still, my Dear,
Till a' the seas gang dry.

Till a' the seas gang dry, my dear,
And the rocks melt wi' the sun:

---

① 《礼拜六》题目及首句均作“颎颎赤墙靡”，《民国》题为“颎颎赤墙靡”，正文第一句作“颎颎赤墙薇”。

② 《礼拜六》作“属如缕”，《民国》作“如纱线”。

③ Meikle, H. W. & Beattie, W., *Poems of Robert Burns*, London: Penguin Books, 1953, p. 164.

I will love thee still, my Dear,
While the sands o' life shall run:

And fare thee still, my onlyLuve!
And fare thee weel, a while!
And I will come again, myLuve,
Tho' it ware ten thousand mile!

红红的玫瑰①

啊，我的爱人像红红的玫瑰，
它在六月里初开，
啊，我的爱人像一支乐曲，
美妙地演奏起来。

你是那么美，漂亮的姑娘，
我爱你那么深切；
我要爱你下去，亲爱的，
一直到四海枯竭。

一直到四海枯竭，亲爱的，
到太阳把岩石烧裂；
我要爱你下去，亲爱的，
只要是生命不绝。

---

① 袁可嘉：《红红的玫瑰》，《彭斯诗钞》，上海：上海译文出版社，1985年，第192～193页。

再见吧——我唯一的爱人，
我和你小别片刻；
我要回来的，亲爱的，
即使万里相隔！

袁可嘉主张译作应当贴近原诗的风格和情调①，故而他的译诗《红红的玫瑰》遣词造句的格调与 *A Red*, *Red Rose* 比较接近，最大限度地保留了彭斯原作的风貌。但是，《学衡》的同题译作则与之风格迥异，无论是诗体还是语言，都体现了“归化”的翻译策略，不明就里者甚至很难察觉这居然是译诗。在这三首译作之中，苏曼殊的《颎颎赤墙靡》出现得最早，发表于 1914 年，此时，新旧文化的冲突尚不显著，以旧体译西诗亦在情理之中；到 1921 年，《礼拜六》再次刊发苏曼殊的这首译诗时，同时也发表了译为新体诗的《一朵红玫瑰》，这当然与新文学运动影响下译风的转变有关；《彭士诗十三首》发表于 1926 年，此时，汉语诗歌创作已经历了五四新文化运动的涤荡，整体呈现出趋新的倾向，外国诗歌译作更是得风气之先，一般均以自由诗体为主流。《学衡》所译彭斯诗作反而大兴“复古”之风，看起来当然是颇为“不合时宜”的。

就译者而言，吴芳吉翻译了 10 首（同时也是《彭士烈传》的作者），刘朴 2 首，陈铨及苏曼殊各 1 首。《学衡》为何独重吴芳吉的彭斯译诗？这要从吴芳吉的文学成就及其与《学衡》的关联之中寻找线索。

与彭斯相似，吴芳吉也是一位英年早逝的诗人。吴芳吉（1896～1932），江津人，字碧柳，别号白屋吴生，据吴宓所做的

① 参见《关于英诗汉译的几点随想》，《中国翻译》，1989 年第 5 期，第 12～15 页。

《吴芳吉略传》记载，吴芳吉“家素贫”，“宣统三年考选游美，入北京清华学校中等科一年级。民国元年秋校中起风潮，以言论狂激被革。自是往来各地，流转谋食”①，在四川、上海等地任教或担任编辑、校对等职。吴芳吉“自幼即做旧诗，以盛唐为宗，尤得力于汉魏乐府，才气横溢。而格律亦颇深细。至是值文学革命，新诗初兴，君亦多为新诗……然其后乃复为旧诗，造诣宏深。但君之旧诗终与人异，盖真能融合新诗旧诗之意境方法材料于一炉者”②。生前自编有《白屋吴生诗稿》上、下卷。吴芳吉的诗歌创作是对他诗学理念的实践，在创作之外，他还以诗人论诗、以诗人译诗，曾在《东北大学周刊》《湘君季刊》《学衡》等刊物上发表《吾人眼中之新旧文学观》《再论（三论）吾人眼中之新旧文学观》《谈诗四则》等论文，表述了他对中国文学（尤其是诗歌）现代转型的理解。

吴芳吉与吴宓结交于清华，意气相投，情感甚笃。《学衡》创刊后，吴芳吉成为杂志作者群的重要成员，1922 年第 3 期《学衡》既已刊发他的《秋日从家君渡江登玉峰护国寺诗十六首（丁巳）》，其后，他的作品频繁见诸该刊“诗录”“通论”“译诗”“文录”栏目，直至其故世。《学衡》所刊登的吴芳吉作品，集中反映了他对于如何利用传统和异域资源的思考，这也正与《学衡》杂志《简章》中所称“论究学术，阐求真理，昌明国粹，融化新知。以中正之眼光，行批评之职事”的主旨相呼应。1933 年，《学衡》终刊号上刊登了《本社社员白屋诗人吴芳吉君遗像》、吴芳吉生平简介及刘永济（度洪）所做长诗《哭碧柳》③，

① 吴宓：《吴芳吉略传（1896－1932）》，《国风》，1932 年，第 4 期，第 71 页。同期还刊有刘咸炘所作《吴碧柳别传》及周光午《周光午为吴芳吉逝世致海内师友公函》，见于该期第 72～82 页。

② 吴宓：《吴芳吉略传（1896－1932）》，《国风》，1932 年第 4 期，第 71 页。

③ 参见《学衡》，1933 年第 79 期，第 7 页。

以示纪念。

在以往对吴芳吉的研究中，多侧重于褒扬其作品中洋溢的爱国主义激情，比如他在九一八事变之后创作的《巴人歌》。但是，从中国文学的现代化这一角度来说，吴芳吉的诗歌创作和诗学理论同样具有研究价值。

吴芳吉认识到，随着时代的变化，诗歌这种艺术形式也需要随之发生改变，“国家当旷古未有之大变，思想生活，既已时代精神，咸与维新。则自时代所产之诗，要以不能自外”。“系辞有言：穷则变，变则通，通则久。余恋旧强烈之人，然而不得不变者，非变不通，非通无以救诗亡也”①。这种求新求变的态度，与五四新文学阵营诸君似乎并没有太大分歧，但是，吴芳吉的“新”诗写作却是别有一番天地。他认为，“新派多数之诗，俨若初用西文作成，然后译为本国诗者，余所理想之新诗，依然中国之人、中国之语、中国之习惯，然而处处合乎新时代者。故新派之诗，与余所谓之新诗，非一源而异流，乃同因而异果也”②。比之全盘否定旧体诗歌，他似乎更倾向于在反思中国古典诗学的得失的基础上，寻求实现中国传统诗歌创新的可能性。

晚清时期，黄遵宪主张“我手写我口”，力图使旧体诗的形式之中能够容纳新内容，以“新派诗”表现“古人未有之物，未辟之境”。在此基础之上，梁启超进而倡导“诗界革命”，诗歌创作既要在语句意境、精神思想等方面取法西方，又要与“旧风格”协调。时至辛亥，南社柳亚子、苏曼殊等人均致力于旧体诗创作。但就总体而言，这一时期的旧体诗歌是趋于没落的。五四前后，新体诗迅速崛起，旧体诗的空间愈发狭窄。然而，吴芳吉却遥继黄遵宪开辟的道路，探索出旧体诗歌写作的新方向。他大

① 吴芳吉：《白屋吴生诗稿自序》，《学衡》，1929 年第 67 期，第 46 ~ 48 页。
② 吴芳吉：《白屋吴生诗稿自序》，《学衡》，1929 年第 67 期，第 49 页。

大拓展了旧体诗写作的内容，将具有现代意义的事物作为诗歌表现的对象，如《学衡》刊载的《驰汽车万山中赠车夫阿宝》①：

阿宝行车如行文，倜傥纵横扫万军。满座名媛含浅笑，两行官柳正斜曛。浪花闪闪冈陵过，山木萧萧风雨闻。只有诗人难惯奈，素心渊静为君纷。

诗句看似工整，却与传统诗歌大相径庭，内容活泼、语言生动，似旧而新。吴芳吉还尝试以独具个性的诗体进行创作，“在形式上，是一种旧体诗的改良，句法上活用了诗词曲的句式，长短不葺，随其自然，具有声韵铿锵的音乐旋律美；在语言上又融入了大量现代口语的词汇，通俗易解”②。时人对吴芳吉诗歌创作风格既已有了比较清晰的定位，柳诒徵在《哀吴碧柳》③一文中称道其中西合璧、雅俗共赏：“直合九歌、七发、五噫、四愁、八哀之笔为一手；更与摆（拜）伦、哥德、莎士比亚相后先。十九首、三百篇，北征、南山、新乐府镕锤陶冶内贯穿；下及方言俚语眼前事，写生妙如秋毫颠。”博采众长，为其所用。郭沫若、于右任等人对吴芳吉诗的评价也相当高④。以吴芳吉《白屋吴生诗稿》中的首篇《吴碧柳歌》⑤的第一节为例：

吴碧柳，吴碧柳，碧柳无奇常有偶。

---

① 吴芳吉：《驰汽车万山中赠车夫阿宝》，《学衡》，1925 年第 42 期，第 132 页。

② 江津师专《白屋诗选》校注组，《白屋诗选·前言》，《白屋诗选》，成都：四川人民出版社，第 8 页。

③ 吴芳吉去世当年，柳诒徵的这篇文章先后发表于《时代公论》及《明德旬刊》，参见柳诒徵，《诗录：哀吴碧柳》，《时代公论》（南京），1932 年，第 15 期，第 29 页；耐庵，《哀吴碧柳》，《明德旬刊》，1932 年，第 7 卷第 1 期，第 2 页。

④ 参见施幼贻：《吴芳吉评传》，重庆：重庆出版社，1988 年，第 56 ~ 57 页。

⑤ 吴芳吉：《吴碧柳歌》，《白屋诗选》，成都：四川人民出版社，1982 年，第 4 ~ 5 页。

或在东洋与西洋，或在南斗与北斗。
天地来时相与来，常向羲皇一携手。
天地闭时相与归，讵随日月共衰朽。
莹莹何洁白，神瑛射琼玖。
造化而无我应无，造化而有我应有。
呜呼唯德邻不孤，碧柳之外有碧柳。

七言与五言交错，笔意流畅，突破了格律诗的束缚，有返璞归真的汉唐歌行意味，音韵自然，琅琅上口。再如《自湘江望岳麓》① 之三：

不语我将问他："携我去去仙家?"
他仍无声响，脉脉望长沙。

清新婉转，不事雕琢，有新诗的自然，又较五四以来的新诗更为规整。

吴芳吉的诗体在当时是颇有影响的，有人将这种诗体称为"芳吉体"，亦有人称之为"白屋体"。在他去世后，周绍门曾作《哀吴篇·效芳吉体》②，因篇幅所限，亦录其首段，可见他人对"芳吉体"风格的领会与运用：

夜梦吴芳吉，翩然来我前。持我以生花之彩笔，示我以文采之佳篇；貌癯骨瘦苦吟久，属意相知若有言：觉来颜色空茫然，援笔乃作哀吴篇。

---

① 吴芳吉：《吴碧柳歌》，《白屋诗选》，成都：四川人民出版社，1982 年，第 123 页。

② 周绍门：《哀吴篇·效芳吉体》，《民族诗坛》，1939 年第 5 期，第 49～52 页。

吴芳吉并不拒绝对外国诗歌的借鉴，“故余取于外人亦犹取于古人，读古人之诗，非欲返作古人，乃借鉴古人之诗以启发吾诗。读外人之诗，断非谄事外人，乃利用外人之诗改良吾诗也”①。这一点，从他亲力亲为翻译彭斯诗歌也可见一斑。而在他的译作当中，自然也会贯彻其在诗歌写作中得到的经验，打通古今中外的壁垒，形成似旧实新的风格。似旧实新，其实也正是“学衡派”诗学的总体风格。胡先骕在《评〈尝试集〉》② 中几乎全盘推翻了胡适“诗体解放”的理念，主张“诗之有格律，实诗之本能”，并认为“对仗增加诗之美感”。基于这样的诗学理念，《学衡》所刊发的诗歌创作，基本上都是旧体诗作，以至于译诗也广泛应用旧体。

需要说明的是，“学衡派”的译风并不是复古的，吴宓发表于《学衡》上的译诗和小说就采取了相对“自由”的体例，并不固执于“旧体”和“文言”。就此而言，《学衡》刊发旧体译诗，其实也是出于阐释自身文化立场的策略需要：以对“旧体”主张，反抗“新体”对传统的否定和断绝。“学衡派”也有一个关于“新文化”的设想，而这种“新文化”与以《新青年》为代表的五四新文化是有差异的，为了呈现这种差异，当然要反其道而行之。

刊物的诗学风格当然要服务于其文化立场。《学衡》为何要重点推介罗伯特·彭斯，本身也是一个极其耐人寻味的问题。在现代期刊之中，《学衡》的诗歌创作及翻译是以古典化和典雅化著称的，但罗伯特·彭斯却并不是一个“典雅”的诗人，他的写作灵感、语言等都来自民间。然而，在表面上不和谐的背后乃是深层的和谐，“学衡派”诗作、译作的“典雅化”，仅限于与

① 吴芳吉：《白屋吴生诗稿自序》，《学衡》，1929 年第 67 期，第 49 页。

② 胡先骕：《评〈尝试集〉》（未完），《学衡》，1922 年第 1 期，第 119～142 页；胡先骕，《评〈尝试集〉》（续），《学衡》，1922 年第 1 期，第 142～160 页。

“新青年派”倡导的高度西化的自由诗体对比。跟传统诗歌相比，《学衡》却有着趋于现代的“去典雅化”倾向。因此，吴芳吉对彭斯的翻译无疑可以代表“学衡派”的诗学理念：旧体诗能够容纳新内容，甚至兼容舶来的文本。——这是合乎“学衡派”诗学理念的“新诗”。

（作者：中国社会科学院文学所副研究员）

复制技术：作为历史中“文化”变革的动因

宋革新

本雅明曾指出，机械复制替代人工复制成为主流，是“机械复制时代艺术作品”诸多变革的动因。① 如果我们借鉴杰姆逊对“文化”三种含义的梳理：一是“个性的形成、个人的培养”，其对位概念是“自然人”；二是“文明化了的人类所进行的一切活动”，其对位概念是“自然”；三是“日常生活中的吟诗、绘画、看戏、看电影之类”，其对位概念是“贸易、金钱、工业”②；并在第三种含义上，即约等于“艺术”的含义上使用“文化”一词。那么，本雅明的论断就可转换为：复制技术从人工到机械的演进，是彼时“文化”产品诸多变革的动因。如果我们将此论断的时间限定去掉，并在使用“文化”一词时主要指涉文化产品、文化市场、文化产业等相关范畴，那么就可进一步得到一个假设：复制技术是历史中“文化”变革的动因。

这显然是一个相当有价值的命题。因为本雅明在 20 世纪 30 年代那个历史节点的上述论断，通过这一假设，将可扩展为一条联通历史、现实与未来的理论道路，抑或一条原理——正在建构

---

① ［德］本雅明：《机械复制时代的艺术作品》，单世联编选：《文化产业研究读本》（西方卷），上海：上海人民出版社，2011 年，第 4 ~ 28 页。

② ［美］杰姆逊：《后现代主义与文化理论》，唐小兵译，西安：陕西师范大学出版社，1987 年，第 2 ~ 3 页。

之中的文化学学科的原理，就像三大定律之于牛顿力学、经济基础与上层建筑辩证关系原理之于马克思主义政治经济学一样。

在做过“大胆假设”之后，我们将通过如下步骤“小心求证”。

一、哲学史溯源：从技术本体论，到技术认识论，再到文化技术方法论从复制技术域的展开

此步骤要解决的，是复制技术的哲学史定位问题。

（一）工业革命前，从技术本体论到康德抵达的技术认识论边缘

尽管技术现象有悠久的历史，可在工业革命之前，其变革速度很慢，故其哲学意义曾长期被忽视——当然也有例外，如亚里士多德就在《尼各马可伦理学·技艺》篇中强调，技艺是使一种可以存在也可以不存在的事物生成的方法；技艺的有效原因在于制作者，而不是被制作物①。将技术放在主体（制作者）与客体（被制作物）的关系范畴中予以定位，指出其本质（原因）在于主体，这是明显的技术本体论。再如我国的典籍《庄子》中“庖丁解牛”的叙事，则探讨了“道”与“技”间的关系：“技”之上的“道”，并不能靠逻辑分析确证，而是需要在实际操作活动中不断体悟，逐步趋近。这无疑已是在探讨技术现象发生、发展的规律，露出了技术认识论的端倪。

但在真正的技术认识论出现前，哲学家们主要关注的是另一个与“技术”相互缠绕的论题——知识。而且长期以来，我们或者认为技术就是“知识”，或者认为技术是“知识的分支”，是

---

① ［古希腊］亚里士多德：《尼各马可伦理学》，廖申白译，北京：商务印书馆，2003 年，第 171 页。

“对知识进行应用”①，尽管目前技术已被令人信服地论证为：是以一种相互建构的方式与知识“堆积在一起的”②。

主宰欧洲千年的柏拉图—基督教式悲观主义认为，我们的知识不仅会犯错误，而且总体上无法改进。例如，阿奎那就认为：除了具有一些极不完备的知识之外，我们并不知道上帝的本质；而且，谁也没有足够的知识从知道上帝的本质而证明上帝的存在。③

笛卡尔及其追随者，提出了一种与此不同的对人类知识的解释：我们之所以了解外部世界，是因为我们已具有了这个世界的知识，而且这知识就在我们的大脑里。这个观点的依据，是无数明显的先天理念可以以某种方式，与我们在外部世界中的潜在经验，清晰地联系、匹配在一起。笛卡尔曾就此论述道：“检视我们赖以认识事物而丝毫不必担心会大失所望的那些悟性作用，应该只采用其中的两个，即直观和演绎。我用直观一词，指的不是感觉的易变表象，也不是进行虚假组合的想象所产生的错误判断，而是纯净而专注的心灵的构想，这种构想容易而且独特，使我们不致对我们所领悟的事物产生任何怀疑……使用演绎的方法：我们指的是从某些已经确知的事物中必定推演出的一切。”④

英国经验主义学派的洛克等人，则认为知识的来源并无先天基础：“我们的一切知识都是建立在经验上的，而且最后是导源于经

① ［美］阿瑟：《技术的本质：技术是什么，它是如何进化的》，曹东溟、王健译，杭州：浙江人民出版社，2014年，第244页。

② ［美］阿瑟：《技术的本质：技术是什么，它是如何进化的》，曹东溟、王健译，杭州：浙江人民出版社，2014年，第69页。

③ ［英］罗素：《西方哲学简史》，文利编译，西安：陕西师范大学出版社，2010年，第238页。

④ ［法］笛卡尔：《探求真理的指导原则》，管震湖译，北京：商务印书馆，1991年，第10~11页。

验的。”① 这显然对笛卡尔的先验主义知识观构成了尖锐的批评。

中国古代典籍《大学》中说：“致知在格物。”“格物”按程颐和朱熹的解释是“剖析事物”，按王守仁的解释则是“匡正事物”②。按前者的解释，“致知在格物”属于经验主义范畴；按后者的解释，“致知在格物”则应属于先验主义范畴。

把经验主义发展到逻辑终点的休谟指出，经验主义对笛卡尔先验主义的批评有其合理性，但经验主义本身在此问题上并非无懈可击：“我们在看到相似的可感性质时，总是谬想，它们也有相似的秘密能力，而且期望它们会生出一些与我们所经验过的结果相似的一些结果来。”③ 此言实质上揭示出，在从经验到理论的飞跃过程中，人的先天智识提供了“秘密能力”，而经验中则没有这一飞跃的位置。

在工业革命之前，真正把我们带到技术认识论边缘的，是康德。他在《纯粹理性批判》中提出了一个先天知识模型：从逻辑上看，人的理解力一定要比消极接受知识的能力强得多，因为在理解过程中，理解力必然要把自己的特征强加于被理解的事物上。也就是说，我们要提供具体的事例和理论之间缺失的联系环节。这就通过物质和精神的互动，解除了休谟所言的“秘密能力”与经验之间的紧张关系，从而在一定程度上解决了知识源泉问题，“问题不在于因果概念是否正确、有用，以及对整个自然知识说来是否必不可少（因为在这方面休谟从来没有怀疑过），而是在于这个概念是否能先天地被理性所思维，是否具有一种独立于一切经验的内在真理，从而是否具有一种更为广泛的、不为

---

① ［英］洛克：《人类理解论》，关文云译，北京：商务印书馆，1959 年，第 68 页。

② 冯友兰：《中国哲学简史》，赵复三译，北京：生活 · 读书 · 新知三联书店，2013 年，第 413 页。

③ ［英］休谟：《人类理解研究》，关文运译，北京：商务印书馆，1972 年，第 33 页。

经验的对象所局限的使用价值：这才是休谟所期待要解决的问题。这仅仅是概念的根源问题，而不是它的必不可少的使用问题。根源问题一旦确定，概念的使用条件问题以及适用的范围问题就会迎刃而解”①。

但康德体系的麻烦是，它是一个封闭的完全包容在理性领域的体系，从而不能指明它宣称的精神物质的一体化是具体可感的。恰恰在这里，技术作为物质和精神的混合物，生动地补足了康德指出的缺失的联系环节，并将之物化——无论是一面镜子还是一张照片，仅仅凭其存在，就证明了物质和精神互动的物化，及其具体可感性。这提醒我们，康德对知识的看法有着内在的、开启新的可能的活力。

（二）工业革命后，马克思开启了技术认识论时代

工业革命的发生，把新的议题——变革摆到了人们的面前。先是达尔文以其《物种起源》，研究并揭示了世界的自发变革的原则——自然选择，适者生存；接着，马克思对由人引发的变革进行了卓越的研究。

马克思认为，人及其技术与自然界的接触点，是劳动——“劳动不过是外化范围内人的活动的表现”②；且“正是通过对对象世界的改造，人才实际上确证自己是类的存在物”③。把改造世界而非认识世界作为人的类特征，使马克思超越康德，把我们带入了探索技术现象发生、发展规律的技术认识论时代。同时，马克思还提出了异化劳动的概念：劳动者“在自己的劳动中并不肯

---

① ［德］康德：《任何一种能够作为科学出现的未来形而上学导论》，庞景仁译，北京：商务印书馆，1978年，第8页。

② ［德］马克思：《1844年经济学—哲学手稿》，刘丕坤译，北京：人民出版社，1979年，第97页。

③ ［德］马克思：《1844年经济学—哲学手稿》，刘丕坤译，北京：人民出版社，1979年，第51页。

定自己，而是否定自己，并不感到幸福，而是感到不幸，并不自由地发挥自己的肉体力量和精神力量，而是使自己的肉体受到损伤、精神遭到摧残”①，从而开启了对技术负面价值的反思议程。

进入20世纪，技术作为一个需要考察的认识论问题已无法回避。在杜威看来，“技法与工具的相对性常常被忽视”②，并指出：“技法上的重大进步不是与技术性问题的解决，而是与从新的经验模式的需要中生长出来的问题的解决联系在一起的……在老式车辆的改造中，存在着技术的改进。但是，比起马车到汽车的技术变化来说，它们是微不足道的，这时，社会的需要呼唤着迅捷的运输，甚至火车的机车也做不到这一点。”③ 而技术的失控现象以及负面效应只是局部的，且技术对于人本身而言有巨大的规制作用：“有技术的人，总是按部就班的，循一定的次序的，有条理的，有系统的。那种没有技能的人，就是乱来了。”④

海德格尔认为：“在最广义上并且按其多样的显现来看，技术被视为人所筹划出来的规划，这种规划最终逼人做出决断：他是想成为其规划的奴仆呢，还是想依然作为其规划的主人。”⑤ 这一情势造成了现代的生存危机。于是他进一步呼吁：“让我们最终摆脱一味技术的，也即从人及其机械方面来设想技术的东西吧！让我们把注意力放在一种呼求上吧！在我们这个时代里，不仅人，而且所有存在者，自然和历史，就其存在而言都处于这种

---

① ［德］马克思：《1844年经济学—哲学手稿》，刘丕坤译，北京：人民出版社，1979年，第47页。

② ［美］杜威：《艺术即经验》，高建平译，北京：商务印书馆，2005年，第159页。

③ ［美］杜威：《艺术即经验》，高建平译，北京：商务印书馆，2005年，第156页。

④ ［美］杜威：《杜威三大演讲·教育哲学》，刘伯明口述，沈振东笔记，泰东图书馆，1920年，第19页。

⑤ ［德］海德格尔：《海德格尔选集》，孙周兴选编，上海：三联书店，1996年，第654页。

呼求之中。”①。

技术变革造成的现代社会的危机或断裂，引发了对技术作用于实践手段、机制的广泛探讨，即技术方法论的出场。而要探讨技术方法论，我们有必要先引入两个概念：域、域定，和一个原理：技术的发展机制。“某种具有共性的外在形式，或者是可以使共同工作成为可能而共同固有的能力，可以定义为一个技术集群，对于这种集群或技术体，我们称之为域”；“工程设计是从选择一个域开始的，也就是要选择一组适合建构一个装置的元器件，这个选择过程，我们称之为‘域定’”②；技术有两种发展机制：“内部替换（internal replacement）和结构深化（structural deepening）。内部替换是指用更好的部件（子技术）更换某一形成阻碍的部件。结构深化是指寻找更好的部件、材料，或者加入新组件。”③

鉴于本文此步骤的目的——为复制技术进行哲学史定位，我们有必要将视域从技术方法论缩小至文化技术方法论，即仅聚焦与文化创作、生产、传播、消费、再生产相关技术作用于实践的机制。而文化技术方法论的展开，是从本雅明对复制技术的“域定”（在此我们认为科学研究与工程设计的选择过程相似）开始的。

（三）本雅明将其文化技术方法论研究“域定”于复制技术，并分析了该域的第一次结构深化——从人工复制到机械复制

在本雅明之前，文化技术方法论尚未出现于人们的视野。本

① ［德］海德格尔：《海德格尔选集》，孙周兴选编，上海：三联书店，1996年，第654页。

② ［美］阿瑟：《技术的本质：技术是什么，它是如何进化的》，曹东溟、王健译，杭州：浙江人民出版社，2014年，第76～78页。

③ ［美］阿瑟：《技术的本质：技术是什么，它是如何进化的》，曹东溟、王健译，杭州：浙江人民出版社，2014年，第147页。

雅明对此现象的解释是：伴随着工业革命，资本主义生产方式出现，但“上层建筑的转变却要比基础的转变慢得多。它花了半个多世纪方在文化的各个方面表明了生产条件的变化。只有在今天我们方能说明这种变化的形式”。[①] 可见，在本雅明的视野里，文化技术方法论以研究对象的身份出场了，而他对此研究对象分析的突破口，则选在了“复制技术域”——“在1900年左右技术复制达到了一种标准，这使它不但能够复制所有流传下来的艺术作品，从而导致它们对公众的冲击力的深刻的变化，而且还在艺术的制作程序中为自己占据了一个位置”[②]。也就是说，本雅明将自己的文化技术方法论研究进行了“域定”。

本雅明接着分析了“复制技术域”第一次显著的“结构深化”，即由人工复制发展到机械复制：希腊人只知道铸造和冲压两种复制技术，那时青铜器、陶器和钱币是仅有的可批量复制的艺术品；远在印刷术使手稿变得可复制之前，绘画艺术就通过木刻而成为一种能够“机械复制”的东西了；中世纪，在木刻之外产生了镌刻和蚀刻；19世纪，则出现了平板印刷，和第一次把手从最重要的工艺功能中解脱出来的照相术。以平板印刷（1814年滚筒式蒸汽动力印刷机出现）为标志，复制技术进入了一个根本性的新阶段，即在文化生产环节突破人类身体技能局限的阶段。[③]

在这一新阶段，“凋萎的东西正是艺术作品的灵晕”[④]。“灵晕”是指艺术品的原真性、膜拜价值和审美上的距离感等。机械

---

① ［德］本雅明：《机械复制时代的艺术作品》，单世联编选：《文化产业研究读本》（西方卷），上海：上海人民出版社，2011年，第4页。

② ［德］本雅明：《机械复制时代的艺术作品》，单世联编选：《文化产业研究读本》（西方卷），上海：上海人民出版社，2011年，第6页。

③ ［德］本雅明：《机械复制时代的艺术作品》，单世联编选：《文化产业研究读本》（西方卷），上海：上海人民出版社，2011年，第5～6页。

④ ［德］本雅明：《机械复制时代的艺术作品》，单世联编选：《文化产业研究读本》（西方卷），上海：上海人民出版社，2011年，第7页。

复制通过破坏“灵晕”而改变了人工复制的创作传统，如电影制作就要涉及导演、演员、制片、摄影、美工、录音等不同工种以及后期剪辑、特效、洗印等多个制作环节，从而改变传统艺术作品的膜拜价值为展示价值，改变传统艺术作品审美上的距离感为震惊等全新审美感受。本雅明指出，机械复制技术实现了艺术的大众化、民主化，可以服务于进步政治，但也可能导致艺术的肤浅化，并可能被用来支持压迫性的政治制度。

（四）麦克卢汉分析了复制技术域的第二次结构深化——“新组件”电拟复制

如果说以照相术（1839 年实用照相机出现）为代表的机械复制技术，体现了人类对光现象的深度把握；那么以录音、电视扫描为代表的电子模拟复制技术（不妨称为“电拟复制”），则体现了人类对电现象的深度把握。人类于 19 世纪末掌握了复制声音的技术①，1920 年世界上第一家商业广播电台——美国 KDKA 广播电台出现，20 世纪 30 年代广播在美国、德国、苏联、英国等国家迎来了发展的“黄金时代”；1884 年德国人尼普科夫发现电视扫描原理，1939 年美国推出世界上第一台黑白电视机，并于 1953 年设定全美彩电标准，进而于 1954 年推出彩色电视机，电视开始深入千家万户。以录音、电视扫描为代表的电拟复制技术，在文化传播环节突破了地理空间的局限，从而作为“新组件”构成了复制技术域的第二次结构深化。

麦克卢汉正是从媒介传播这一突破口，对此次结构深化进行了分析：媒介是“人的延伸”，像书籍是人视觉的延伸，广播是人听觉的延伸，电视等电子媒介是人中枢神经系统的延伸。而

---

① ［德］本雅明：《机械复制时代的艺术作品》，单世联编选：《文化产业研究读本》（西方卷），上海：上海人民出版社，2011 年，第 6 页。

且，“任何媒介（即人的任何延伸）对个人和社会的任何影响，都是由于新的尺度产生的；我们的任何一种延伸（或曰任何一种新的技术），都要在我们的事物中引进一种新的尺度……人的工作的结构改革，是由切割肢解的技术塑造的，这种技术正是机械技术的实质。自动化技术的实质则与之截然相反。正如机器在塑造人际关系中的作用是分割肢解的、集中制的、肤浅的一样，自动化的实质是整体化的、非集中制的、有深度的”①。另外，电子媒介重构了时间与空间，整个世界成为了一个新的“地球村”，人类社会的发展经历了部落化——非部落化——重新部落化的历程。

（五）莱文森分析了复制技术域的第三次结构深化——“新组件”数字复制

文字的数字复制技术，早在19世纪30年代就通过电报的发明而出现了，但声音数字复制技术在20世纪70年代才开始发展，影像数字复制技术更是在20世纪90年代中期才开始实用化（1994年卫星数字电视开播）。恰逢其时，可大规模传播数字化文字、声音、影像的互联网技术，也于20世纪90年代中期开始民用，所以，数字复制时代，即数字复制作为“新组件”进入复制技术域的第三次结构深化，全面启动于20世纪90年代中期。与以电视扫描为代表的“电拟复制”阶段相比，数字复制时代的核心变迁显现于两个环节：在文化创作环节，人类想象力的局限被突破，技术体已经能够自主“拟像”；在文化消费环节，实时移动互联（如Google眼镜等可穿戴设备）突破了受众原来的时间、空间局限。

---

① ［加］麦克卢汉：《理解媒介——论人的延伸》，何道宽译，北京：商务印书馆，2000年，第33页。

被称为“数字时代麦克卢汉”的莱文森，就数字复制时代的文化创作和消费提出了自己的看法。例如，他继麦克卢汉提出“地球村”概念之后，提出了“地球脑”概念：“地球上的任何人挖掘思想对话的能力，为思想对话做贡献的能力，远远没有完全实现……一个名副其实的地球脑的创生引人注目、前途无量，这个地球脑是真正的地球脑，而不是比喻意义上的地球脑；调动智能的能力，在任何地方、任何时间表现智能的能力，都生机勃勃、气势如虹”。① 而就文化消费而言：“媒介的发明和传播过程也就是选择数量的增长过程……正如媒介及其进化的许多关键侧面一样，手机既是选择数量增长的反映，又是负担增长的缩影。”②

而且，莱文森认为，媒介演化总体上呈现“人性化趋势”，即人是媒介的“自然环境”，人要对技术和媒介做出理性选择。所以，媒介的发展机制可以描述为“补偿——补救”：“因特网及其体现、证明和促进的数字时代，是一个大写的补偿性媒介。这是电视、书籍、报纸、教育、工作模式等的不足而产生的逆转，差不多是过去一切媒介之不敷应用而产生的逆转……在新千年里，许多媒介集中起来、结合起来，以助于解决过去媒介面对的各种问题，这当然不是偶然的。数字媒介使传播速度加快、省事省力。于是，有意发明的媒介，和歪打正着解决问题的媒介之间的差异为之缩小：数字传播提升了人的理性把握，在这一点上，一切媒介都成为立竿见影的补偿媒介。”③

总之，上述文化技术方法论在复制技术域的展开显示：文化

① ［美］莱文森：《莱文森精粹》，何道宽编译，北京：中国人民大学出版社，2007年，第222页。

② ［美］莱文森：《莱文森精粹》，何道宽编译，北京：中国人民大学出版社，2007年，第282页。

③ ［美］莱文森：《数字麦克卢汉——信息化新纪元指南》，何道宽译，北京：社会科学文献出版社，2001年，第288页。

技术演进的主导机制是结构深化，虽然内部替换（如印刷术中激光照排替换铅字排版）也具有重要意义。

二、文化生产史梳理：以复制技术域的演进为线索，看现代文化市场是如何形成的？

此步骤要解决的，是复制技术在文化生产史中的作用问题。

英国学者威廉斯的研究认为，文化生产经历了“资助”、“专业市场”、“专业公司”三个时代；美国学者赫斯蒙德夫则在借鉴威廉斯成果的基础上，提出自20世纪50年代以来，由于文化生产的劳动分工越来越复杂，所以宜用“专业复合”概念来取代“专业公司”，以更恰当地描述当前文化生产中占统治地位的形式[①]。文化生产是文化市场的基础性因素，所以上述两位学者的研究，以及德国桑巴特、法国鲍德里亚、美国考恩等学者的相关研究，为本文对现代文化市场形成历史的描述，提供了基本概念和视野。

至于推动现代文化市场形成的动力机制，虽然有技术、经济、文化等复杂的因素，但本文倾向于借鉴20世纪七八十年代以来逐步成型的“演化经济学”观点，即每隔一定时期出现的新技术集群，是社会演化和经济增长的根本动力——“我们认为当一个特定技术体制（这里是大规模生产体制）达到极限时，必须改变其制度和社会框架”[②]。而文化作为给新技术集群提供支撑结构的子系统之一，其现代市场的形成显然也应在此“技术—经济范式”的覆盖之下，所以，要探究现代文化市场形成的历史动

① ［美］赫斯蒙德夫：《文化产业》，张菲娜译，北京：中国人民大学出版社，2007年，第57~59页。

② ［英］弗里曼、［葡］卢桑：《光阴似箭——从工业革命到信息革命》，沈宏亮主译，北京：中国人民大学出版社，2007年，第312页。

因，我们必须回答的一个问题是——

文化生产的通用技术是什么？

面对这个问题，我们显然又与本雅明相遇了——他将这个问题的答案，“域定”在了复制技术上。以复制技术域的演进为线索进行梳理，并借鉴其他相关研究成果，我们大致可以将现代文化市场的形成过程，刻画为如下四个发展阶段：

（一）“人工复制”与前现代供养制阶段

从人类早期的摹画、摹写、制模及铸造，直到19世纪平版印刷、照相术出现以前，人类的复制技术一直没能突破自己身体的物理局限——手动印刷机其实也没能突破这一局限。明确此点，有助于解释为什么印刷术公元600年左右就在中国出现；木制凸版印刷机1439年就在德国被制造了出来，而前文化市场阶段的“供养制”作为主流体制一直延续到了19世纪。

因为“人工复制”技术使文化生产高度依赖身体技能，而相关生产技能与农业等一般生产技能相比又高度稀缺，结果“几个世纪以来，一直是数目很小的作者面对成千上万的读者”①；更为关键的是，人工复制没能突破人类身体的物理局限，“数目很小的作者”在一定的时间、空间，实际上也只能“面对”数目很小的读者；这就要求“数目很小的读者”具有很强的经济能力，才能“供养”得起他面对的文化创作者。

虽然对文化创作者实施“供养”的人，被18世纪作家塞缪尔·约翰逊在《英文辞典》中定义为：“通常是一个以傲慢态度施舍资助、获得阿谀奉承的回报的坏蛋”②，但他们中的一些人还

① ［德］本雅明：《机械复制时代的艺术作品》，单世联编选：《文化产业研究读本》（西方卷），上海：上海人民出版社，2011年，第18页。

② ［美］考恩：《商业文化礼赞》，严忠志译，北京：商务印书馆，2005年，第84页。

是颇有眼光，“例如，西班牙的腓力四世便雇用了委拉斯开兹作为自己的宫廷画师。与之类似，法国的路易十四宫廷支持了莫里哀，德国的魏玛、克滕和莱比锡等城市雇用了约翰·塞巴斯蒂安·巴赫担任它们的乐师”①。所以，“供养”的效率往往取决于“供养”者。

只是，因可供求助的人一般情况下寥寥无几，故文化创作者如果找不到具有同情心的“供养”者，便无法从事自己的事业。结果“大多数作家依赖赞助，要么是受到政府喜欢的奴仆，要么是富有贵族的儿子。女性作家或少数民族作家得到的机会甚少”②。值得注意的是，在各种“供养制”模式中，家庭化的“供养”，是具有比较优势的模式。例如，在19世纪的法国，大多数重要艺术家（至少在其事业的某些阶段）是依靠家庭资金为生的，“这份名单上的人包括德拉克洛瓦、柯罗、库尔贝、修拉、德加、马奈、莫奈、塞尚、土鲁斯－劳特累克、莫罗”③。在18世纪的中国，古典小说的巅峰之作《红楼梦》，实质上也是在家庭化的“供养”模式下产生的。

所谓“供养制”，是指诗人、画家、音乐家等被政府、贵族或富裕的亲友资助、保护、支持的一种体制。这种体制直到19世纪早期在东西方都还占据着统治地位，在今天也还通过诸如介入文化链条的“非营利机构”等，继续保持着对文化市场的影响。

在供养制阶段，可供流通的文化产品和服务非常昂贵。例如，“在美国殖民地时期的1760年，一本低档教材的价格是一双

---

① ［美］考恩：《商业文化礼赞》，严忠志译，北京：商务印书馆，2005年，第48页。

② ［美］考恩：《商业文化礼赞》，严忠志译，北京：商务印书馆，2005年，第93页。

③ ［美］考恩：《商业文化礼赞》，严忠志译，北京：商务印书馆，2005年，第23页。

上等皮鞋的两倍；购买一套斯摩莱特的《英国通史》的钱可以买到80双皮鞋、6头牲畜或30头猪。普通劳动者工作两天，才能挣到购买一本教材的钱，要工作144天才能挣到购买一套斯摩莱特编写的《英国通史》的钱”①。

与产品和服务昂贵的价格相适应，此阶段相关产品和服务的消费及评价，也并非依据其自身的价值，而是处在少数有权有势者的控制之下——常常是为政治精英们所操纵。“供养”者慧眼识珠奖励优秀文化产品和服务的想象，大多数情况下是一种神话；“供养”者之外的消费者被创作者等相对忽视，却是实情。

另外，文化监管因素在这一阶段也是不容忽视的。在第一个现代化国家英国，“历史学家习惯把英国新闻史概括为报业反抗王室及政府压制逐步走向独立的斗争史，而这部斗争史的主线，是由‘星院法’的废除、特许出版制的终结和‘知识税’的废止等标志性事件构成的”②。可见，在前文化市场阶段的后期，西方文化监管逐渐放松的趋势是明显的。而在东方的中国，文化监管虽因朝代更替的因素而有强弱之分，但总体而言，在封建制发展后期的元明清等朝代，对文化的监管有强化趋势。东西方在迈入现代前于文化监管方面的这种差异，是双方以不同速度形成现代文化市场的原因之一。

在以“供养制”定义、以“人工复制”技术支撑的阶段，由于整个文化链条局限于人类身体技能，导致文化得以积淀的时间长度，往往成为文化产品和服务水平高下的尺度。此阶段的领先国家是四大文明古国，尤其是唯一的文明没有被中断过的中国。

---

① ［美］考恩：《商业文化礼赞》，严忠志译，北京：商务印书馆，2005年，第67页。

② 唐亚明、王凌洁：《英国传媒体制》，广州：南方日报出版社，2007年，第28页。

（二）“机械复制”与文化产业阶段

在19世纪的复制技术域内，以平版印刷、照相术为代表的“机械复制”新组件出现了，人类文化链条首先在生产环节突破了自己身体的物理局限。这导致可供流通的产品和服务的数量、种类急剧增加，价格大幅下降——以大规模生产和消费为特征的文化工业/产业（两者在西文中往往有单复数区别）出现了。其典型标志是廉价大众化报纸，如美国的《太阳报》（1833年）、《纽约先驱报》（1835年）、法国的《新闻报》（1836年）、《世纪报》（1836年）、英国的《每日电讯报》（1855年）等相继创办。

“廉价报纸”因其“廉价”而有意将新的收入来源——文化营销者广告商引入。例如，美国第一张获得成功的“廉价报纸”——《纽约太阳报》就在创刊号上宣称：本报的宗旨“是在每个人都能支付的价钱下，将一天中发生的所有的新闻奉献在公众面前，同时也给刊登广告提供一个便利的工具”①。可见，文化生产者开始有消费者本位（关注消费者购买力）的意识，这是文化生产者主要从消费者身上赚钱的自然结果；而且，从《纽约太阳报》的宗旨来看，文化生产者亦已开始顾及文化营销者广告商的利益。

从消费者变迁的角度看，廉价大众化报纸把随工业革命出现的“蓝领阶层”纳入日常文化消费者的行列；“牧师、邮政人员、经理、市政官员、薄记员以及来自日益壮大的中产阶级的其他人为了自己欣赏音乐而购买钢琴”②；文化消费者整体上扩大了，但因为阶层更加复杂，消费者品味的“高雅”和“粗俗”也开始有

① ［美］阿特休尔：《权利的媒介》，黄煜、裘志康译，北京：华夏出版社，1989年，第53页。

② ［美］考恩：《商业文化礼赞》，严忠志译，北京：商务印书馆，2005年，第173页。

了分野，而这种分野导致了文化产品、服务进一步分裂为“大众”的和“精英”的。“精英”知识分子对“大众”文化产品、服务的“沉沦”非常悲观，“其中最悲观、最有影响的是法兰克福社会学派主要成员阿多诺。他创造了‘文化工业’一词描述大规模生产范式对艺术作品的影响”①。

在此阶段，成功的文化创作者不仅开始获得“独立的职业地位”②，人数逐渐增多，且其行列中出现了不少女性的身影。“在19世纪出版作品的英国小说家中女性占了一半”③。正是“供养制”衰落——因男性比女性拥有更好的政治、经济关系而曾几乎独占被“供养”位置，和技术进步导致的材料费用下降——“在19世纪，妇女突然可以利用她们的空余时间作画，不用在材料上支付过高的费用”④，导致了成功文化创作者中女性数量的稳步上升。另外，文化创作者在此阶段获得了更多的自由：“在19世纪末期……摄影设备的价格急剧下降，冲印照片也变得更加容易了。摄影者们很快用上了手持相机，而且拍摄之后再也不用立即冲洗照片了”；而且，“印象派画家没有要求法国沙龙立即接受自己，抽象表现主义画家们即使在只有佩吉·古根海姆一个人愿意买画时也能够继续其创作活动”。可见，无论在创作手段上，还是在创作品味上，文化创作者的自由度增加了。

而且，文化监管因素在此阶段也发生了变化——“在19世纪中叶，自由主义的理论渐趋成熟，自由主义的新闻体制也在西

---

① ［英］弗里曼、［葡］卢桑：《光阴似箭——从工业革命到信息革命》，沈宏亮主译，北京：中国人民大学出版社，2007年，第305页。

② ［美］赫斯蒙德夫：《文化产业》，张菲娜译，北京：中国人民大学出版社，2007年，第58页。

③ ［美］考恩：《商业文化礼赞》，严忠志译，北京：商务印书馆，2005年，第82页。

④ ［美］考恩：《商业文化礼赞》，严忠志译，北京：商务印书馆，2005年，第26页。

方各国先后确立”。自由主义理论化为了一些文化监管方面的基本操作原则：“政治上和经济上的独立性原则，新闻自由的界限问题上的（社会控制）法制化原则，以及传递信息内容上的市场化、多样化原则。”① 尽管许多西方学者也承认，所谓“新闻自由”其实只是报业主等有产者的自由，但时至今日，自由主义理论及其操作原则仍在左右着西方的文化监管，相关政府政策习惯于采取无为而治的策略。

文化产业阶段的领先国家，有英国、美国、德国、法国等。由于廉价大众化报纸的出现除技术因素外，还需要教育普及等基础性条件，所以我国真正意义上的廉价大众化报纸是在改革开放后的晚报热、都市报热中才出现的，竟比领先国家晚了近一个半世纪！

（三）“电拟复制”与地缘文化产业阶段

以录音、电视扫描为代表的电拟复制技术，以“新组件”的身份构成了复制技术域的第二次结构深化——在人类文化链条的传播环节突破了地理空间的局限。这使超越国家界限的“地缘文化市场”出现，从而为文化企业大型化和跨出国门在有众多文化联系的一定区域内发展（即“地缘文化产业”的出现）提供了可能。关于“地缘文化市场”，赫斯蒙德夫曾做过这样的形象描述：“一个生活在英国的印度裔妇女可能会感觉到自己是母语为英语的地缘文化市场的一部分，她会对英国、美国和澳大利亚的大部分节目感到亲切。然而，她也可能感觉自己属于一个由印度本土和阿拉伯湾等地的印度移民社区所构成的地缘文化市场。”② 依托

① 唐亚明、王凌洁：《英国传媒体制》，广州：南方日报出版社，2007 年，第 34 页。

② ［美］赫斯蒙德夫：《文化产业》，张菲娜译，北京：中国人民大学出版社，2007 年，第 212 页。

地缘文化市场的地缘文化产业滥觞于20世纪初，但到20世纪50年代以后急剧扩张。自那时起，地缘文化产业经过大型化、集团化（横向一体化）、纵向一体化等发展历程，市场集中度越来越高，逐渐形成了三类基于协同效应的大企业居于统治地位的局面：媒介集团（the media conglomerate），拥有一系列核心媒介利益，如新闻集团；休闲集团（the leisure conglomerate），除了对媒介感兴趣以外，还对酒店、主题公园等其他休闲项目也很感兴趣，如迪斯尼公司；信息/传播公司（the information/communication corporation），即媒介、电信和计算机公司之间相互合并、收购，并在相关市场参与深层次集中化运作①。

在大型企业中工作的文化创作者（如记者），即便“在日常工作中表现得相对自主（所有者和执行者赋予他们自主权），他们也不能摆脱为公司追逐特殊利益而工作的压力；而且，他们的日常自主权也是由他们所为之服务的组织的总体利益决定的”②。而文化创作分散的、去中心化的本质，决定了在接近创作的领域，小公司虽所占市场份额较小、不占统治地位，但相对于大企业在复制、营销等环节有比较优势而言，它们在将原创纳入产业方面有一定比较优势，所以仍有继续生存的空间，且其中的文化创作者更具自主性（当然也会承担保障更少等风险）。

可无论如何，文化创作者的自主性都得受制于一种新崛起的要素——文化营销者，因为在地缘文化产业阶段，文化消费者大批量的注意力开始成为商品，广告等营销业务的重要性空前提高，广告主本位（关注消费者注意力）意识开始在一定程度上取代消费者本位（关注消费者购买力）意识，成为此阶段文化生产

---

① ［美］赫斯蒙德夫：《文化产业》，张菲娜译，北京：中国人民大学出版社，2007年，第164~165页。

② ［美］赫斯蒙德夫：《文化产业》，张菲娜译，北京：中国人民大学出版社，2007年，第191页。

者、营销者的主导意识。广告等营销业务成为大型文化企业营利的重要形式，广告本身也成为一种重要的文化形态。

从消费者变迁的角度看，随着在西方发达国家“白领阶层”（如专业人士、管理经理、技术人员等），开始在数量上超过流水线上工作的“蓝领阶层”，一种消弭了“高雅”和“粗俗”界线的“流行”意识开始主导文化消费者的品味。“消费逻辑取消了艺术表现的传统崇高地位”，文化被系统世俗化，被“祛魅”了。“这是一种疯狂的野心：取消、超越整个文化的大事记录（及其根基）”①。

文化监管因素在地缘文化产业阶段发生的变迁是：因为用来传播广播讯息的频率非常有限，所以即使在美国这样有很强反管制传统的国家，人们还是普遍接受了政府对波段的分配——只有如此，广播公司的波段之间才不会相互重叠；电视出现以后，因最初也依赖无线电波传输节目，故大多数国家对电视也进行管制。但是，到了20世纪80年代，新自由主义兴起，且新的电缆、卫星技术克服了电磁谱资源有限的问题，致使市场特定管制形式的合法性受到质疑，结果许多崇尚国家控制、国家所有权传统的国家，也启动了市场化、自由化政策。在管制政策的这一轮变迁中，大型文化企业的利益被有意识地移入了。此点一直没有被足够揭示和重视。

此阶段的领先国家是美国、德国、苏联、日本等。广播在中华人民共和国建立后的20世纪50年代开始普及，电视则在改革开放后的20世纪80年代才开始普及，比领先国家又晚了二三十年。

（四）“数字复制”与全球文化产业阶段

20世纪90年代中期，以文字、声音、影像的数字复制技术

---

① ［法］鲍德里亚：《消费社会》，刘成富、全志钢译，南京：南京大学出版社，2008年，第104～105页。

为代表的“新组件”大规模进入复制技术域，开启了该域的第三次结构深化历程——相关技术在文化创作环节，突破了人类想象力的局限，开始能够自主“拟像”；并在文化消费环节，通过实时移动互联突破了原有的时间、空间的局限。这导致了重大的变迁：

首先，作为文化产品的文字、音频（如一首乐曲）、视频（如一段动态影像）在生产、传播成本方面原来由低到高的明显梯度被打破了，曾经生产和传播成本最高的“视频”，变为了最简单、最便宜的文化产品形式。试想：一个尚不具备读写能力的小孩，现在完全可能用 iPhone 拍一段视频，然后上传到视频网站上；但我们不可能指望这孩子同时也能写出一段故事。这意味着，阻挡地缘文化产业发展为全球文化产业的最后一个障碍——语言文字，在相当程度上已被跨越，以全球文化产业定义的全球文化市场，已成为技术发展的内在逻辑要求。

其次，文化生产与消费的边界开始模糊，工作与休闲的边界开始模糊，继“蓝领阶层”“白领阶层”之后，“创意阶层”（又称“无领阶层”）开始崛起：“我们的创意思想反过来也决定了我们的休闲爱好。因为我们通过自己的创意对经济发挥作用，也由此将自己定义为‘创意人’。”① 这导致文化生产和消费成为社会的中心，创意成为人类最根本的经济资源。

面对上述变迁，文化创作者开始发展起一种受众欲望本位意识，即关注对受众欲望的刺激、挖掘；文化生产、营销者的主导意识则开始由广告主本位（关注消费者注意力）意识，向“信息受众量”本位（关注抢先占足够受众数量）意识转移，因为虽然“足够数量”并不能保证创造出价值，但它开始成为新兴的以全

---

① ［美］佛罗里达：《创意阶层的崛起》，司徒爱勤译，北京：中信出版社，2010 年，第 200 页。

球文化产业为内在逻辑要求的创意经济创造价值的前提①。

全球化和融合的趋势（包括文化形态的融合、相关公司产权的融合、传播系统的融合等）②，对文化监管构成了相当大的压力。一方面，一国之内文化市场阻碍兼并、融合的政策壁垒有被削弱的趋向；另一方面，国际政策机构（如欧盟、东盟、世贸组织等）的重要性不断加强。但是，在现实市场发展中，为了避免美国文化产业成为全球文化产业，保护文化多样性，一些国家（如加拿大、法国等）在国际政策机构对全球文化产业发展方向提出了质疑，并采取了切实的保护本国文化产业的措施。

值得注意的是，在2008年6月底，我国互联网民数量达到2.53亿，首次大幅超过美国，跃居世界第一。迈特卡尔定律（Metcalfe's Law）认为，网络的价值与网络使用者数量的平方成正比③。按此定律推理，2008年以后我国网络的价值已是世界第一，这使我国具备了在全球文化产业阶段成为领先国家的基础。

三、三种经济理论的当代启示：如何在“数字复制”与全球文化产业阶段，令我国文化产业“蛙跳”？

此步骤要解决的，是在当下“数字复制”与全球文化产业阶段，“复制技术是历史中‘文化’变革的动因”这一命题，对我国文化产业发展有何启示的问题。

当下，一些文化产业发展现象成为我国相关研究者必须回答的问题：同样以广告为主营收入，2000年才成立的“百度”，为

① ［美］艾文斯、沃斯特：《裂变：新经济浪潮冲击下的企业战略》，刘宝旭等译，上海：上海远东出版社，2000年，第148页。

② ［美］赫斯蒙德夫：《文化产业》，张菲娜译，北京：中国人民大学出版社，2007年，第263～264页。

③ 该定律是由以太网的发明人罗伯特迈特卡尔（Robert Metcalfe）提出并以其名字命名的。

什么能在2013年超越“央视”？同样以将文学原创纳入产业为主业，众多文学类出版社、杂志社生存艰难之际，为什么2008年才成立的以起点中文网为核心的“盛大文学”，2010年的营收能达3.93亿元，2011年更是达到了7.01亿元[①]？

上述问题的一个延伸性问题是：2000年才在国家重要政策文件中获得“正名”的我国文化产业，可能像百度、盛大文学一样，在相对短的时间内“蛙跳”式超越原强势对手——美欧日等国的文化产业吗？

（一）“两种机会窗口”理论：“蛙跳”机遇在新兴技术体系所供“窗口”（即域结构深化早期）

在对美国、德国于19世纪下半叶“蛙跳”式发展进行解释时，美国经济学家佩蕾丝（Carlota Perez）提出了“两种机会窗口”理论[②]。

该理论指出，“第一种机会窗口”（With mature technologies there can be no catching up）是指当某种技术体系（即“域”）在先进国家趋于成熟后，落后国家就具备了劳动力成本低廉的比较优势，但在这种情况下，由于先进国家已占据技术创新的制高点，落后国家凭劳动力成本优势进行的追赶，只能有限进步，并无法缩小与先进国家的技术、经济差距。

“第二种机会窗口”（Periods of change of paradigm as dual technological opportunities）是由处于酝酿阶段的新技术革命（即域的结构深化早期）所提供的，这是落后国家“蛙跳”（Making a leap forward）的真正机遇。在“第二种机会窗口”期，虽然新技

① 资料来源：盛大文学2012年6月向美国SEC（证券交易委员会）提交的F-1/A文件。

② Perez Carlota, “*Technological Change and Opportunities for Development as a Moving Target*”, *Cepal Review*, No. 75, 2001, pp. 109-130.

术最初出现于先进国家，但因该技术体系处于早期阶段，相关科技知识大都属于“公共知识领域”，其“默会性”程度及对经验、技能的要求都很低，故处于此阶段的新技术革命几乎将所有国家都拉回到同一起跑线上。如果落后国家在这个阶段能够以更快的速度进入新的技术体系，就可有效缩小与先进国家之间的技术差距，进而实现经济“蛙跳”。

19 世纪下半叶，已引领了水力机械化、蒸汽机械化两次技术革命的英国，受困于旧技术经济范式的锁定效应，被更加适应电气化新技术经济范式的美国、德国“蛙跳”式超越。目前的所有发达国家，都是通过“第二种机会窗口”，在英国之后相继跃入发达国家行列的。

佩蕾丝提出的“两种机会窗口”理论，属于“技术—经济范式”的演化理论①，为我们揭示了 18 世纪 70 年代以来人类社会发展的一种明显规律性。而文化产业的发展（19 世纪机械复制作为“新组件”构成第一次复制技术域结构深化后），显然也应在此“技术—经济范式”的覆盖之下。这就意味着，始于 20 世纪 90 年代中期的“数字复制”与全球文化产业阶段，其实是文化产业一个新的“技术—经济范式”的启动，而目前世界正处于这一新技术体系发展的早期（即域的结构深化早期）；并且，从前述进入“数字复制”新技术体系的速度绩效等方面看，我国文化产业已具备了实现“蛙跳”的可能性。

要抓住机遇，促成这种可能性变为现实，相关部门显然宜在文化产业生产要素、产业结构提升方面做更多工作。

例如，当前文化产业最重要的生产要素是创意劳动，而加强教育、培训以激发“数字原住民”（在我国一般指 90 后）的创意

① ［美］佩蕾丝：《技术革命与金融资本：泡沫与黄金时代的动力学》，田方萌等译，北京：中国人民大学出版社，2007 年，第 21 页。

能力①，无疑有助于提升此要素禀赋。另外，随着年轻人开始在文化消费市场上逐渐占据主导地位，进入到其内生性文化视野当中，而不是用“数字移民”的文化视野来臆测其指向，越来越成为当下文化产品扩大市场占有率的重要因素。试想：当90后能够把“二十四史”及浩繁“野史”中丰富的中国故事，精致地转化成其喜闻乐见的文化产品（如动漫、游戏等）时，我国文化产业的要素禀赋和市场（包括国内、国际市场）会是一种什么状况！

再如，在为文化产业结构升级提供正的外部性方面，科研的作用越来越凸现，所以宜充分利用现有政策性资金（如“国家文化产业发展专项资金”等），鼓励“数字复制”与全球文化产业阶段新技术体系的相关知识传递和商业应用。具体来说，可资助文化产业相关研发项目，支持定期举办政、产、研多方参与的国家级高端论坛，为有关新知识的扩散和向商业转化建立渠道。

（二）“比较优势”理论：我国比较优势在于人工、数字复制两阶段内容及“规模”等

在研究发展中国家经济增长问题的过程中，林毅夫与其合作者提出了“比较优势”战略理论：“一国最具竞争能力的产业、技术结构（或者说产业区段）是由其要素禀赋结构决定的”；“遵循比较优势发展，会使得整个经济具有竞争力，经济发展速度加快，资本积累的速度将远高于劳动力和自然资源增加的速度，要素禀赋结构得到较快的提升。”②

① 著名教育游戏专家Marc Prensky于2001年首次提出“数字原住民”（Digital Natives）和“数字移民”（Digital Immigrants）概念，将那些在网络时代成长起来的一代人称作“数字原住民”。

② 林毅夫、孙希芳：《经济发展的比较优势战略理论——兼评〈对中国外贸战略与贸易政策的评论〉》，《国际经济评论》，2003年第6期，第12~13页。

那么，我国文化产业的比较优势在哪里呢？

麦克卢汉曾指出：“任何‘媒介’的内容都是另一种媒介。文字的内容是语言，正如文字是印刷的内容，印刷又是电报的内容一样。”[①] 莱文森则进一步指出：“过去的一切媒介是因特网的内容”。[②] 而任何复制技术，从文化传播环节来看，其实都是一种媒介。这样，麦克卢汉、莱文森上述论断的一个推论就是：如果说文化产业是内容产业，那么过去各种复制技术所定义的文化市场发展诸阶段所创造的内容，都是当下“数字复制”与全球文化产业阶段的文化产业的内容。

基于本文以复制技术域的演进为线索，对现代文化市场形成过程中的四个发展阶段进行分析，我们发现当下中国文化产业的内容特点呈现为：“人工复制”与前现代供养制阶段内容在世界范围内有比较优势；“机械复制”与文化产业阶段、“电拟复制”与地缘文化产业阶段内容与先进国家比，相当落后；而“数字复制”与全球文化产业阶段内容又一次具备了领先的基础。

上述理论“发现”，在我国近年大力推动的中华文化“走出去”工作中，得到了相当程度的实践印证——

我国文化产品“走出去”后真正能有“市场”的，主要是“人工复制”与前现代供养制阶段内容（或其依托不同阶段复制技术的转化形式），如介绍气功、中医、菜谱、旅游景点等内容的图书，和舞剧《丝路花雨》[③]、杂技综艺舞台剧《龙狮》[④] 及传

---

① ［加］麦克卢汉：《媒介即是讯息》，单世联编选：《文化产业研究读本》（西方卷），上海：上海人民出版社，2011 年，第 304 页。

② ［美］莱文森：《数字时代麦克卢汉——信息化新纪元指南》，北京：社会科学文献出版社，2001 年，第 53 页。

③ 刘玉琴、胡妍妍：《丝路飘落花和雨》，《人民日报》，2011 年 12 月 22 日第 024 版。

④ 孙奇茹、王国平：《“龙狮”缘何“舞动”欧美?》，《光明日报》，2011 年 10 月 9 日第 001 版。

统戏曲等①能够展示深厚传统文化积淀的演艺项目。

而且，我国在“数字复制”与全球文化产业阶段的内容也开始具备一定的竞争力。例如，“2011 国际数码互动娱乐展览会，苏州蜗牛推出了全新 3D 网络游戏产品《九阴真经》。目前，该游戏已在全球 20 多个地区完成版权销售，分成收入保守预估将超过每年 2000 万美元”②。再如，“截至 2011 年年底，中国知网累计出口实洋超过 4300 万美元，2011 年出口收入达到 730 万美元，占全国出版产品出口总额比例超过 23%”③。

这些实践情势，客观上要求我国的大、中、小各型优势文化企业，要将内容生产向中华文化在“人工复制”与前现代供养制阶段内容的转化、再造（类似韩剧《大长今》所做的工作），及在“数字复制”与全球文化产业阶段内容的创作、传播（如我国一些优势游戏企业目前所做的工作），做方向上、结构上的倾斜。只有如此，才能为中华文化形成实在的“软实力”，并真正地“走出去”，奠定产品和市场基础。

另外，在“数字复制”与全球文化产业阶段，“规模”作为一种竞争因素的地位越来越高，像前述“信息受众量”本位、迈特卡尔定律等均与“规模”因素息息相关，所以，宜尽快组织政、产、研各方力量，加大力度充分利用、转化我国网民数世界第一等诸多“规模”方面的比较优势。这方面有值得我们借鉴的榜样：在“电拟复制”与地缘文化产业阶段，美国正是利用其世界最大电影市场的规模比较优势，一方面有能力在国内市场收回高额的电影生产成本，另一方面有余力以低价倾销支配国际市

---

① 赵少华：《中国文化走出去：左手传统，右手创新》《人民日报》（海外版），2010 年 3 月 22 日第 007 版。

② 薛颖旦、徐宁：《文化走出去，赢得共鸣更要赢市场》，《新华日报》，2011 年 10 月 13 日第 A02 版。

③ 王玉梅：《中国知网：推动学术文献规模走出去》，《中国新闻出版报》，2012 年 3 月 23 日第 003 版。

场；结果，在1979年时，非社会主义世界电影租金毛收入的70%以上，都进了美国的腰包①。

（三）“价值链”理论：生产性、消费性文化服务业价值链各应水平最大化、垂直最小化

在研究与企业相关的竞争和战略时，波特提出了“价值链”概念：“企业的价值链是一个交互依存的活动系统，由联结点衔接。当执行某项活动的效益会影响到其他活动的成本或效益时，联结点就会出现，并造成原本应该形成最大效果的个别活动出现取舍效应。”② 此后，许多经济学家指出，价值链不仅存在于单个企业之内，还可将价值链概念扩展至行业价值链、产业价值链等。

从价值链的角度来观察，前述“百度”超越“央视”，及以起点中文网为核心的“盛大文学”能在众多文学类出版社、杂志社生存艰难之际高速发展等现象，可在相当程度上得到解释：

央视对其广告客户的“门槛”要求相当高，所以其广告服务只面向部分行业的部分机构——基本是大型机构；而百度对其广告客户几乎没有“门槛”要求，所以其广告服务几乎是面向所有行业的所有机构。在更多的价值链条上找到了自己的位置，无疑是百度的广告收入能超越央视的主要原因。所以，在“数字复制”与全球文化产业阶段，央视、百度这类文化企业的价值链条，应“水平最大化”，即将跨行业、跨企业、跨商品的水平价值链最大化，几乎面向所有行业的所有机构提供服务。

文化产业可分为生产性文化服务业、消费性文化服务业，前

---

① ［美］赫斯蒙德夫：《文化产业》，张菲娜译，北京：中国人民大学出版社，2007年，第222页。

② ［美］波特：《竞争论》，高登第、李明轩译，北京：中信出版社，2003年，第72页。

者是指主要通过提供中间性产品，满足生产性需求的文化服务业，如创意设计、广告会展业等；后者是指主要用来满足人们最终消费需求的文化服务业，如出版、演艺业等。所以，同样以广告为主营收入的“央视”和“百度”，主要属性都应归于生产性文化服务业（当然，“央视”从意识形态等其他角度看，还有更为复杂的性质）。而由于央视可算作“电拟复制”与地缘文化产业阶段的典型，百度可算作“数字复制”与全球文化产业阶段的典型，所以比较两者价值链的不同，对探讨当下生产性文化服务业的价值链走向就具有了典型意义——生产性文化服务业价值链应“水平最大化”。

另外，因同样以将文学原创纳入产业为主业，诸如文学类出版社、杂志社和以起点中文网为核心的“盛大文学”，都应属于消费性文化服务业；文学类出版社、杂志社可作为“机械复制”与文化产业阶段的典型，以起点中文网为核心的“盛大文学”可作为“数字复制”与全球文化产业阶段的典型。这样一来，比较两者价值链的不同，对探讨当下消费性文化服务业价值链的趋势，也具有了典型意义——

从垂直价值链的环节来看，文学类出版社、杂志社的产品送达消费者，都要经过分销商、书店等中介环节；而在起点中文网等文学网站，创作者则直接面对消费者，绝大部分中介环节都被取消了。从对产品内容起主导作用的角色来看，文学类出版社、杂志社的产品内容由创作者、生产者（编辑等把关人）主导，即出版社、杂志社生产什么，消费者就只能读什么；但起点中文网等文学网站的作品内容则由消费者主导，即根据只有消费者爱读的内容题材，创作者才有机会按图索骥地去创作——目前起点中文网等文学网站的作品内容越来越集中于玄幻、仙侠、言情、军事等有限的通俗题材，其产品表现出显著的针对年青“数字原住民”的“定制”特征。上述差异，对在众多文学类出版社、杂志社生存艰难之际，2008 年才成立的以起点中文网为核心的“盛大文学”缘何能高速发展，显然有着较强的解释力。可见，当下消费性文化服务业价值链的核心趋势之一，可以描述为“垂直最小化”，即创作者直接面对消费者生产“定制”产品，中介环节被最小化了。

所以，打破国有、民营界限，以法律、法规等政策资源，扶持若干“百度”类的价值链“水平最大化”生产性文化服务企业，及若干“起点中文”类的价值链“垂直最小化”消费性文化服务企业，以促进我国文化产业占据产业价值链先机，尽快形成我国具有先进商业模式的大型文化企业集团；同时，注意引导大量中小文化企业进行适合自己的专业化选择和转型，乃是促成我国文化产业“蛙跳”亟待采取的措施。

（作者：中国轻工业出版社教授）

试论胡金铨导演的电影诗学

周　宁

当前，我们对电影理论的探讨难以避开电影产业和文化视野的观照。在大数据和“互联网+”的大环境下对电影的思考炙手可热，而对电影诗学的探讨却显得门庭冷落。因此，笔者认为有必要重新思考电影诗学的边界，重新对电影诗学进行界定。笔者在本文中对“电影诗学”研究概念的界定及这一研究路径的重新思考，缘于对文学理论里中西方诗学理论渊源的追溯，进而厘清中西方“电影诗学”的不同本源和发展脉络。在本文中，笔者试图提出和论述跨文化视角下的“电影诗学”：一方面以西方形式主义理念为其轮廓；另一方面以中国诗学精神为其内核。进而以中国武侠电影对外交流史上胡金铨导演执导的武侠电影为研究对象，论证跨文化视角下“电影诗学”这一研究概念的合理性。

一、本文中“电影诗学”的界定

1. 从西方诗学到西方电影诗学

在文学理论中，中西方诗学是两种不同走向的诗学理论体系。不同的源头取向不仅影响了中西诗学体系建构中的艺术规律和审美规范，而且还波及到电影诗学体系的建构。中国电影理论界对电影诗学的探索大致可分为两种类型：一种是大卫·波德维尔提出的西方视野下的电影诗学体系[①]；另一种是从 20 世纪 80 年代开始，在林年同、罗艺军等中国电影人倡导下的民族电影诗学体系[②]。其实，还有一种“华语电影诗学”的构想是在华语电影的整体语境下提出的。但是，此华语电影诗学的构想究其理论脉络依然沿袭于大卫·波德维尔的西方电影诗学。因此，笔者将其归为一类。

从西方诗学理论的渊源来看，“亚里士多德则是第一个用科学的方法、理性的观点阐明诗学观念，有目的、有系统的研究诗学的人”[③]。“亚里士多德的《诗学》在我们今天而言其实就是文学理论。虽然亚里士多德的研究对象是一种狭义范围上的诗歌，甚至可以说是悲剧和史诗，但也由其“摹仿说”不难看出西方文学理论中的思维认知是一种不同于中国心识理念的理性认识。如果说“从亚里士多德的诗学研究可以看出西方诗学一早就渗透了逻辑学方法的方法论”[④]，亚里士多德更多的是从技艺上认知诗学，那么在亚里士多德之后的西方文学理论中理性认知一直贯穿其始终。并且在之后语言学与文艺学的联姻中，俄国形式主义电影理论、结构主义电影理论和西方电影诗学理论等也都是从形式技艺上进行探讨。

俄国形式主义文学理论在 20 世纪 20 年代发展鼎盛，“维·

---

① 大卫·波德维尔是俄国形式主义理论的忠实信徒，他试图将形式主义理论创造性地运用于电影艺术的研究之中，并写出《电影诗学》这一著述。此后，电影诗学、电影叙事学和认知心理学成为大卫·波德维尔理论体系的三大支柱。

② 林年同先生毕生致力于把中国传统美学缝合在电影艺术之中。他在 1985 年 4 月 1 日《电影艺术》杂志的《中国电影理论研究中有关古典美学问题的探讨》一文中提出“游”的美学，之后被概括为“镜游美学”。罗艺军在刊载于 1999 年 7 月 20 日《文艺研究》杂志的《中国电影诗学断想》一文中提出建立民族的电影诗学体系。

③ 赵振宇：《亚里士多德诗学的形而上解读》，吉林大学博士论文，2010 年，第 18 页。

④ 汪涛：《求本溯源：中国诗学体系辨析》，《首都师范大学学报》，2008 年第 3 期，第 77 页。

厄利希为此把这一时期称作俄国形式主义的‘狂飙突进’时期（1921－1926）”①。也正是在这一狂飙时期之中的1926年，俄国形式主义文学理论开始介入电影，最直接的表现为艾亨鲍姆论文集《电影诗学》的出版。他认为“电影最接近于诗，电影中的各个部分要分节押韵，就像诗作里的诗句那样”②。而在之后的1930～1934年，苏联诗电影的年代开启，在当时一并引发了苏联“诗”电影和“散文”电影之论争。多年之后，多宾针对这场争论写下了著名的《电影艺术诗学》，并肯定了苏联诗电影的价值和对世界的影响。他写道：“正如著名电影评论家雷让在1931年写道‘电影艺术中最伟大的成就在苏联电影的革命作品（即1930年－1934年五年间的苏联诗电影），只有苏联电影才能挽救无声电影而使其免于衰亡。’③”苏联“诗电影”的代表人物爱森斯坦、普多夫金等导演创造出的类似“诗语言”的电影手法——隐喻，使其电影作品富有强烈的诗意，并成为影视经典一直沿用至今。

20世纪二三十年代，高举“纯电影”旗帜的法国先锋派电影大力强调“敌视情节和事实”“敌视叙述和小说性”④。这批法国先锋派电影被称作“银幕上的诗人”。可以说这又是一场世界电影史上对“电影诗学”的探索。法国先锋派电影极端肯定电影形式语言的价值，甚至认为隐喻、对比等手法在文学中的表现力是有限的，只有在电影中才能真正发扬光大。这种完全省略情节

---

① 张冰：《陌生化与蒙太奇：俄国形式主义电影美学述评》，《俄罗斯文艺》，2013年第4期，第144页。

② ［苏］多宾：《电影艺术诗学》，罗慧生、伍刚译，北京：中国电影出版社，1984年，第11页。

③ ［苏］多宾：《电影艺术诗学》，罗慧生、伍刚译，北京：中国电影出版社，1984年，第40页。

④ ［苏］多宾：《电影艺术诗学》，罗慧生、伍刚译，北京：中国电影出版社，1984年，第19页。

的纯形式层面的探索大约持续了十余年之久。坦白讲，这种纯电影的探索就是对电影技艺的形式性思索，其开创的电影技法为后世所沿用。

俄国形式主义文学理论在电影领域的影响范围波及到之后“布拉格学派、洛特曼、塔尔图学派电影理论的根据和由来”①，还包括此后的结构主义理论以及结构主义电影理论。在俄国形式主义理论和结构主义理论的基础上，美国电影学者大卫·波德维尔的电影诗学理论应运而生。在《电影诗学》一书中他对“诗学的词源、对象和方法作了系统梳理”②。如果说此前法国先锋派和苏联诗电影是纯粹的对作品文本的关注，那么大卫·波德维尔的电影诗学的价值在于不仅关注电影文本中形式主义层面的“诗学惯例和程式”，也关注作品之外的经济、文化和意识形态等。大卫·波德维尔的电影诗学理论在世界范围内具有很大影响，在中国甚至世界电影理论领域，他的“电影诗学”理论一直被视为范例式的研究概念和研究路径。

由此可以看出，整个“西方电影诗学”理论发展脉络可以说是对其诗学之源——“亚里士多德诗学”技艺理念的延展。“中国电影诗学”领域则另成一脉。

2. 从民族电影诗学到中国电影诗学的重新界定

中国早期电影的核心美学观念最早起源于钟大丰先生和陈犀禾先生概括的“影戏观”。中国传统戏曲艺术的剧诗精神是中国早期电影“影戏观”的内核。钟大丰先生没有否定诗，但也未否定剧，而是将剧和诗结合起来。钟大丰先生的“影戏观”与笔者在本文中所界定的“电影诗学”颇为类似。或者可以说是本文中

① ［苏］多宾：《电影艺术诗学》，罗慧生、伍刚译，北京：中国电影出版社，1984 年，第 145 页。

② 蒋述卓：《比较文学视野下的华语电影诗学的整体建构》，复旦大学博士论文，2015 年，第 94 页。

跨文化视角下“电影诗学”界定和论述的前人研究现状和理论依据。

从中国早期电影的影像作品来看，中国式的戏剧关注，古典戏剧和文学话本中的传奇性和戏剧性一直贯穿其中。“戏剧电影，在中国电影近一百年的历史上基本成为一种主流的电影形态①。”然而，正如罗艺军先生指出：“中国美学的精神在诗而不在叙事。”这也是笔者思考中国民族电影诗学，并对“电影诗学”进行重新界定的理论依据。

从这一点上切入进行回溯，中国第一部美学专著《乐记》在艺术发生学上就与《诗学》大相径庭。中国诗学本体论中的诗言志、诗缘情等理念更多的是关注个体内心的审美体验。由中国诗学本体论出发便走出了中国电影学术界对电影诗学的第二条阐释路径——民族电影诗学。同时，在香港学者林年同先生的文章中可以看到他不断为民族电影诗学增添的色彩。如：中国文人长镜头理论、镜游美学等。林年同先生对电影诗学的研究着重于研究电影领域具有中国民族特色的影像技法（形式）。

然而，民族电影诗学的理论在20世纪八九十年代的热潮之后“杳无音信”。尤其是在后工业时代的语境下，碎片化的日常审美成为主角。我们有必要重提电影诗学，但是这一次，笔者试图以中国诗学精神②为立足点，将形式主义影响下的西方电影诗学和中国的民族电影诗学结合起来，形成跨文化视角下的电影诗学，试图以此为商业角逐下的中国电影提供新的创作路径。下面我们将以胡金铨导演执导的武侠电影为研究对象，试图以跨文化视角下“电影诗学”为研究路径对胡金铨执导的武侠电影进行新的阐释和读解，从而发现胡金铨导演武侠电影的影像本质，进而

---

① 罗艺军：《中国电影诗学之断想》，《文艺研究》，1999年第7期，第50页。

② 中国诗学精神是书法、绘画和诗三元一体形成的气韵生动的整体。在本文第二节第2部分“胡金铨导演电影之韵”中有谈到。

论证本文所提出的电影诗学的合理性。

二、形神兼备：胡金铨导演电影的读解

1. 胡金铨导演之“形”

从亚里士多德到艾亨鲍姆再到大卫·波德维尔，从诗学到俄国形式主义文学理论再到电影诗学，以及此后的电影结构主义、电影符号学等，西方理论与批评逻辑更多是从技艺入手，在形式层面（即表现技巧）进行探索。这种对电影影像形式的探索在胡金铨导演执导的电影中呈现得淋漓尽致。胡金铨导演在一次访谈中谈到自己执导的电影《独臂刀》时说：“我觉得对电影而言，主题不要紧，故事也不要紧，故事的好坏与主题不足以影响一部电影，电影最重要的是表现技巧。”①

1960 年代的中国影坛，流转于各大银幕的电影影像大都借鉴于中国式戏剧的表现形式。尤其是在这一时期的香港武侠片中，电影视点和电影语言难以摆脱戏曲舞台程式的桎梏。例如：在凌云导演执导的《如来神掌怒碎万剑门》（1965 年）中，空间场景内的演员调度多模仿地方戏中的舞台站位和演员调度（图 1），同时，镜头语言也常以中近景的观众视点为主。张彻、胡金铨等导演执导的武侠电影的出现，改变了以往武侠电影影像语言的表现方式。尤其是胡金铨导演对于视听语言的关注和使用，对电影表现技巧的思考和探索，使其导演的电影从同时期电影中脱颖而出。他对电影技法的思索不只是流于表层的“花拳绣腿”，而是“镜头内外皆章法”“字里行间有深意”，这也是胡金铨导演区别于张彻导演所拍摄的武侠片，并真正走向世界的原因所在。正是由于胡金铨导演对电影技法的熟稔运用，使得他与同时期影院上

① 胡金铨：《胡金铨谈电影》，上海：复旦大学出版社，2013 年，第 106 页。

映的常规影片相比颇为异类，加之他在电影制作上的精益求精加重电影的投资成本，以至于《侠女》在香港难以上映。也正是缘于他对电影技法的追求，其作品在走向国际之时，很合事宜地符合了西方人的欣赏逻辑，进而在国际A类电影节上赢得盛誉，成为将中国武侠电影推向国际征程的第一人。

图1　《如来神掌怒碎万剑门》

胡金铨导演对电影技法的运用主要表现为以下几个方面：

其一，善于利用小景别组接出新的节奏、意义和视觉效果，形成独具情绪感染力的镜头。在其执导武侠电影的动作戏中，常会组接两组较量人员的面部近景，以一种类似京剧亮相的电影化手法渲染气氛、形成独特的极具情绪张力的镜头。这样的做法在胡金铨导演动作戏的动作招式设计中同样得以有意味的使用。如：在电影《大醉侠》（1965）茶馆一戏中，利用刺在梁上的暗箭（图2），散落在扇面上的铜钱（图3）和飞出后砸在门匾上的铜钱（图4）展现出独属于金燕子的高超武功技能。在胡金铨导演的拍摄理念中，武侠电影的动作设计不是花拳绣脚，也不是走马观花，而是出于一种有意味的形式上的考量。打戏是武侠电影之必须，可怎么打才是武侠电影得以久存之根本。

又如：在电影《侠女》中，慧园大师带领的僧团和许显纯对峙较量，僧团们用轻功从竹林深处的较高地势飞下（图5），为展现僧侣团高超的轻功技能，胡金铨导演用剪辑手法组接袈裟衣衿略过草丛的特写（图6）、水面的特写（图7）、丛林的特写（图8）等空镜头，形成一种极具张力的空间。

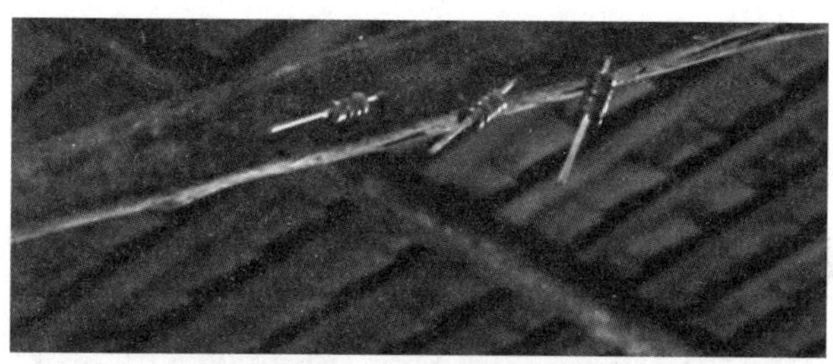

图2 《大醉侠》

图3 《大醉侠》

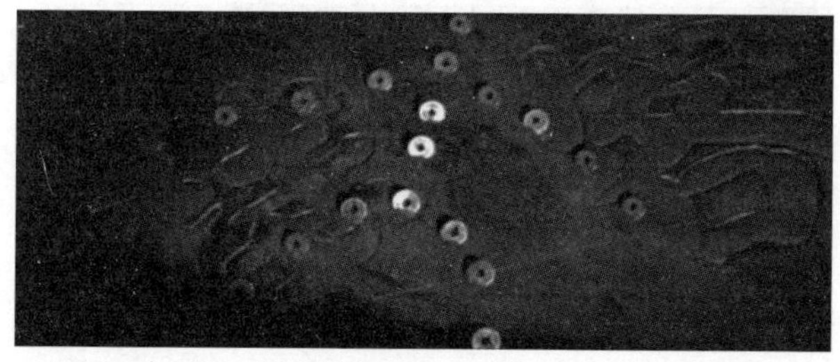

图4 《大醉侠》

图5　《侠女》

图6　《侠女》

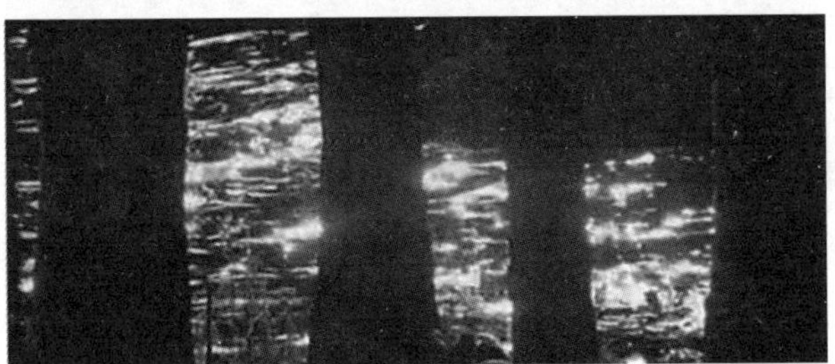

图7　《侠女》

图8　《侠女》

其二，不仅考量故事和情节，更运用视听语言所有手段考量如何对故事和情节进行设计。因此，在胡金铨导演的镜头之下，台词不再是电影叙述的主体。景别、光影、声音等交织在一起“字字玑珠”地进行叙述。

在《大醉侠》的茶馆一戏中，胡金铨导演用全程 7 分 30 秒的时长有章法地展现了一段简单的故事情节：金燕子入客栈谈判。其实谈判的内容只有不到一分钟时间，准确的说只有 26 秒。然而，胡金铨导演设计了四个镜头段落起承转合地进行叙述。

第一个镜头段落（8 分 8 秒——10 分 04 秒），这一镜头段落内通过长镜头内跟镜头运动，配以雷电等造型元素；其中运用四个镜头来叙述正面较量前的情绪和表情，为正式较量这一情节做气氛铺垫，这四个镜头分别是：团伙 1；金燕子（郑佩佩饰）警觉地打量周围；团伙 2 互使眼色准备就绪；客栈的俯拍全景配以雷电造型。这一镜头段落中起以郑佩佩的全景长镜头，结束以客栈俯拍全景，在镜头语言层面做有意味的收束。其中配以雷电这一造型和音响因素，将紧张气氛抬高推到下一镜头段落中。

第二个镜头段落（10 分 04 秒——10 分 32 秒），依旧没有开始故事情节的叙述，而是通过恶狠狠扎在酒桌上的尖刀特写镜头、落荒而逃的客栈客人之脚步特写来继续抬高紧张情绪。

第三个镜头段落（10 分 58 秒——12 分 45 秒），是两人正式对峙。这一镜头段落才正式算是真正的故事情节。为了表现这一故事情节，不仅在对峙之前配以第一、第二个镜头段落，同时，在正式叙述中通过台词做故事内容的陈述，并通过第四个镜头段落武打招式的设计等视觉语言进行进一步的烘托。直到第五个镜头段落（14 分 40 秒——15 分 40 秒）情绪逐渐缓和，整个故事情节的叙述也由此接近尾声。

在当前电影创作语境中镜头语言之章法与叙述已经非常熟稔和常规，也正是由于这种镜头表现技法太过于“日常”，导致对镜头语言“花拳绣腿式”的玩、“走马观花式”的用也是常态，完全忘记或忽视了1960年代前辈们为电影语言之表现技巧所流过血汗的艰难探索。即便是很多当下的电影作品或是“应试教育式”程式化的使用，或是在商业语境中走失等现象也屡见不鲜。因此，胡金铨导演的电影镜头表现力度，不仅放在当下的电影语境中章法句式间的深意依然所向披靡，而且在当时的电影创作语境来看，这种对镜头语言章法的探索已经可以称作某种意义上的实验电影。尤其是他拍摄的武侠电影《忠烈图》，虽然该电影因为故事情节的失语而显得生涩难懂，但是导演在电影纯形式上的探索已可见一斑。

其三，在胡金铨导演对形式的把玩中，形式不仅被赋予意义，还成为一种巨大的概括——隐喻或象征。影片中诗的力量于简练的、浓缩的情绪色调体现出广泛的意义概括。这种寓意的形象也可以看作是“诗的形象”。

在电影《侠女》中最典型的“诗的形象”在于僧侣团体“无动机”的出现。电影前半段僧侣团总会无叙事动机地任性出现。例如：在影片开场寺庙门口，当欧阳年想继续一探究竟的时候，僧侣团从市井街道穿行而过。又如：在欧阳年准备继续行刺杨慧贞之时，窗外出现拿着佛珠的僧人影子（图9）。僧人的出现固然阻止了故事情节的推进，达到积淀情绪的力量，但是出现在影像之中时，无前因也无后果，恍若凭空降落的“拯救者”。事实上，结合整部影片中的“僧团叙事”来看，又如侠女的英文名字《A Touch Of Zen》一般，整部影片的僧侣形象是神圣力量的象征，是禅的概括，也是一种诗的形象，甚至可以说是诗禅合一的形象化象征。

在影片结尾，慧园法师被许显纯暗伤后缓缓走向小高台。慧园大师作为度化者的形象，受伤的身体流出金色的血（图10）。慧园大师身后的日光刚好出现在他的头顶（图11），并用镜头组接其他空间中的顾省斋感受到光芒摄受跪拜的场景。金色的鲜血和头顶日光其实都是禅的形象的概括，慧园大师宛若佛祖，其神圣力量摄受在大千世界。

图 9　《侠女》

图 10　《侠女》

图 11　《侠女》

又如在《山中传奇》中，书生和乐娘的洞房花烛采用鱼水之欢、蜻蜓交配和蛛网捕虫等一系列象征性画面和写实画面的交替。

胡金铨导演执导的武侠电影中概括的形象，即隐喻式的语言贯穿其中，隐喻和故事不断交织形成独具一格的诗的力量。从一种宏观视角上讲，正如《阴阳界：胡金铨的电影世界》中所说："'中间'一个位于古代和现代的中间，即位于'现代隐喻的古典叙述'和'古典故事的现代寓言'的'中间'。"① "电影技巧背后的文化救亡情节，'乱世明朝图景'背后的幽深国家情怀，世俗信念到超越性信仰的人性追寻。"②

2. 胡金铨导演电影之"韵"

胡金铨导演电影中的"韵"是指其武侠电影作品中的神韵与灵魂。胡金铨导演不仅用有意味的形式深描故事，而且在他的武侠电影作品中中国古典审美与气韵得到浑然一体之呈现。正如外国评论家常常评论其电影"太中国了"，又如胡金铨导演自称自己的电影在西方评论者眼里很不一样。很多人会自然而然地认为这是西方评论者对胡金铨导演电影技法层面的认知，但经过前部分的叙述我们不难发现，胡金铨导演的电影技法其实是学习于苏联形式主义理论，尤其是由苏联形式主义理论 1930 ~ 1934 年五年间的诗电影。因此，笔者认为胡金铨导演是在拿西方形式之技法，融合中国诗学精神之神韵，进行跨文化层面上的影像深描。这其中中国诗学精神首当其冲地成为其武侠电影中的重要神魂。在这种意义上，笔者认为胡金铨导演的武侠电影作品同跨文化交流大家程抱一先生的文学理念有某种程度上的相似性。他们的作品中既有西方文化形式技巧上的探索，也融合了中国诗学的传统气息，形成一种难以明示、似曾相识之感觉。

正如程抱一先生的观念：在中国人的生命体验中，书法、绘画和诗并不是三元对立的存在，准确的说这种整体性的"气""韵"的观念也是中国诗画理论的核心。"他们（中国人）很快

---

① 吴迎君：《阴阳界：胡金铨的电影世界》，上海：复旦大学出版社，2011 年，第 312 页。

② 吴迎君：《阴阳界：胡金铨的电影世界》，上海：复旦大学出版社，2011 年，第 278 页。

就把大自然的美质和人的精神性结合起来①”，也就是说人与自然同时达到一种“此中有真意”之境。因此，笔者认为提到中国诗学精神，最好还是要将中国诗学、中国绘画和中国书法的理念结合起来，形成气韵生动、浑然一体的大美境界。例如：在胡金铨导演的众多武侠电影中，《侠女》（1971 年）里月下古宅中杨慧贞抚琴雅唱（图 12）（图 13）；《忠烈图》中围棋棋盘的隐喻式剪辑；《侠女》中顾省斋的文房四宝的真实再现和中国人物画的细节呈现；《空山灵雨》中中国古代士大夫游山玩水、游赏寺院的情节设置以及古代生活图景（图 14）的精致再现以及不论是《空山灵雨》还是《山中传奇》中“山水有清音”般的中国山水画意境的开头。所有这些要素都融会贯通成“气”，氤氲于胡金铨导演的每一部武侠电影之中。

图 12　《侠女》

图 13　《侠女》

① 乐黛云、[法] 李比雄：《跨文化对话 · 7 辑》，上海：华东师范大学出版社，2005 年，第 104 页。

图 14 《侠女》

三、兼容并蓄：胡金铨导演的影像成因

由上文可知，胡金铨导演执导的武侠电影结合西方形式之技法，融合中国诗学精神之神韵进行跨文化层面上的影像深描，形成“形神兼备”的影像内核。而其“形神兼备”的影像内核很大程度上缘于其跨文化的生活背景所形成的“兼容并蓄”的文化态度①。

回溯胡金铨导演的生活成长坐标：出生于河北，成长于北京。1945 年独自南下香港，在香港自力更生，后辗转于台湾。每一个成长阶段，每一座生活城市，每一段文化记忆都镌刻于他的生命历程中。北京城里母亲常临摹的日本工笔画、家中百科全书般的图书馆、大家族的群居式生活文化以及躲不掉的京剧剧院，成为他博学、开放兼容性格的成因和日后电影影像创作的来源之一。在香港工作时对电影行业各个工种的熟悉，对苏联蒙太奇学派的研究都成为其影像创作的源泉。正如文化研究领域学术界对“旅行文化”的阐述：“旅行书写是伴随着旅行而产生的各种文化产品，是各种文类的混杂体。”在各种文化的杂糅和建构中，胡

① 贾磊磊在《中国文化精神辉映下的胡金铨电影》中谈道：“胡金铨先生的电影中具有一种兼容并蓄的文化态度和开放、兼容的文化立场。贾磊磊着重从中国传统文化精神的视角来分析胡金铨导演的电影中的美学品格和艺术个性。”

金铨导演形成了“兼容并蓄”的影像态度和兼容开放的文化立场，进而在影像表述上形成“形神兼备”的电影诗学。这也导致西方评论者认为他的电影是不一样的，是“太中国”的东西，而这种“太中国”的东西，当时的中国观众和评论者又无法真正认同，在当时不能真正将他置放于像费穆先生这样的中国式银幕诗人的位置。胡金铨导演武侠电影中这种跨文化层面电影诗学的表现直到电影本体（即电影技法：视听语言）在中国电影领域的广泛普及，才越来越得到认可，可又难免将其归于电影本体浪潮前的银幕诗人或单纯从传统文化视角下进行鉴赏。然而，从胡金铨导演兼容并蓄的影像态度、开放兼容的影像风格来看，单一的传统文化视角是无法解释其始终的。这也是笔者在全文中提出跨文化视角下的“电影诗学”的原因，希望这一研究概念有幸成为之后电影研究的新路径。

（作者：武汉传媒学院讲师）

理查德·霍加特：反/无关理论者？

——文化研究中的文学、理论和民主批评[①]

赵　冰

理论即其后果（Theory has to be defined in its effects.），卡勒在《文学理论简介》（*Literary Theory：A Very Short Introduction*）中对理论如此定义。姑且不论此命题所包涵的学术真理，“理论”至少在现实层面导致了理查德·霍加特离开自己一手创建的伯明翰当代文化研究中心。按照戴维·洛奇的解释，20 世纪 60 年代末，英国文化研究历史的理论时刻已然到来，这位“以无法效仿的会话式（conversational）、实际（down-to-earth）的自传式风格”写作的英国文化研究奠基人待在中心继续自己的事业，恐怕是逆流而游、打一场打不赢的战争，甚至沦为中心发展的桎梏[②]。因此，霍加特的“激流勇退”是明智且值得庆幸的：他得以在接下来的 40 年内延续自己的文学（而非理论）写作，笔耕不缀。

洛奇对霍加特的“激流勇退”赞誉有加，然而，也有人对他和威廉斯天真的“经验主义”“表现主义”“人文主义”和“本质主义”进行指责，欲将他们的早期作品一同扫进历史的垃圾

① 本文受外交学院中央高校基本科研业务费专项资金项目“文化研究中的文学、理论及民主批评”（3162014ZYQDYB06）资助。

② David Lodge，“Richard Hoggart：A Personal Appreciation”，*International Journal of Cultural Studies*，Vol. 10，2007，p. 37.

堆。“毁”抑或“誉”，批评家们在一点上却并非莫衷一是：霍加特是反/无关理论的。他们（以洛奇为例）的观点通常基于两点假设：其一，理论与文学的对立。霍加特深受阿诺德—利维斯传统的影响，对任何理论——大写或小写的，马克思主义、心理分析、女性主义或者后现代的都嗤之以鼻。其二，读者喜欢文学作品胜过理论，原因在于理论的语言艰难晦涩，而读者往往倾向于拒绝参与“可写性”文本的意义建构。这两点假设作为关于理论的“常识”，可谓老生常谈了。然而，若按卡勒所说，理论乃对常识的质疑，乃自我反思，那么理论必须对这些常识进行反思，以探究这样一个问题：在霍加特的案例中，这些“理论常识”究竟是诉说了古老的经验智慧，抑或洛奇先生先入为主了？换言之，理论与文学之间是真实的对立，还是粗暴的两分法——无所不在的结构主义思维之后果？文化研究领域需要艰难晦涩的理论语言吗？霍加特当真是反/无关理论的？

一、理论：复制阿诺德模式

以文化理论著称的斯图亚特·霍尔自己承认，英国文化研究最突出的特色就是反对抽象性。① 这无疑是在向文化研究的文学传统致敬。通常认为，作为英国文化研究的创始人，霍加特接过了阿诺德和利维斯的衣钵（弗兰西斯·马尔赫恩称霍加特为“工人阶级的阿诺德”），注重文学及其对经验特性的专注，他的作品具有英国经验主义的地域特色。然而，这恐怕只是硬币的一面，硬币的另一面是，当代理论在很大程度上复制了阿诺德模式。因此，考虑到霍加特与阿诺德的血统关系，声称他是反/无关理论的观点便失之偏颇。

① Stuart Hall，“Cultural Studies：two paradigms”，*J. Storey*（*eds.*）*in What is Cultural Studies*?，London：Arnold，p. 39.

文学的目的在于教导人们生活，传导人文价值；生活密集且具体，集中于亲密的、感官的、细节的和个人的事物，文学追求经验、感官和整体性，由是，对抽象理论的厌恶之感。在这种语境下，理论成为与文学相对的天枰的另一端。套用索绪尔语言学的说法，差异产生意义，理论必须在与非理论的对立中才能够安身立命。在众多捍卫文学的话语中，理论被表征为文学甚至人文学科的对立面和导致危机的诱因，主要表现在：首先，理论打破了文学的边界，使得文学不再“纯粹”。文学理论专业的学生时常抱怨，自己的阅读书单上有马克思主义、心理分析、语言学、人类学等五花八门的理论，却唯独没有“文学作品”。其次，理论的专业化特点与人文学科的“通才”“普适”理想背道而驰，理论的有用性和文学宣称的“无利害性”也是针尖对麦芒。

然而，理论是双面的杰纳斯：如果说理论是导致危机的原因，它同时亦是治愈的良药。通常认为，阿诺德为文学的辩护建立了英语专业，他的意识形态对于无法像实用领域一样宣称自己有用性的英语系而言，具有特别的吸引力——这些人文学者总可以以“亲切的多面手”（hearty generalist）① 标榜自己。然而，按照维奇和格拉夫的观点，文学领域的专业化是文学学科建立之可能性条件（condition of possibility）。为了与自然科学相竞争，文学系必须规范自己的课程，要求并提供专业认证②。因此，理论作为文学专业化的代理，如果不是更早的话，至少与文学系同时诞生。而当代理论不但加强了文学分工，而且在自身被物化的过程中扩大了文学的市场，巩固了文学系的地位。举例而言，在美国，后现代理论“丑闻”恰巧在文学的研究生教育前景最为黑

① Lawrence Veysey, *The Emergence of the American University*, Chicago: university of Chicago Press, 1965, p. 184.

② Gerald Graff, *Professing Literature*, Chicago: university of Chicago Press, 1987, pp. 65 – 80; Lawrence Veysey, pp. 176 – 177.

暗、资金上捉襟见肘时“挺身而出”，将人文学科变成了攻击、同时捍卫所有重要原则的战斗场。同样，如约翰·吉约里所认为的，女性主义理论和种族批评对经典的质疑实则重申了经典和文学研究的重要性。这些理论强调不可言说、未被言说之事物，强调差异、“他者”、边缘和异质性，对被忽视的经验进行了重新概念化。因此，当伊格尔顿说“尽管仍激起担心被驱逐的人文主义的敌意，理论却部分由于它的高性能性、奥秘性、与时俱进性、稀有性和新鲜感，在学术市场获得了崇高威望”① 时，他未必是在完全否定的意义上评价理论！

理论在寻求合法的意识形态时，往往把自己构造成反阿诺德主义。它揭穿人文学科的虚伪性：学术实践何以在带有价值偏向（批判）的同时不涉及价值观（“无利害”）？它攻击普适、无关历史的人文主义的自我神秘化。然而，在制定新的方向时，当代的理论家实则跟随了阿诺德的步伐。理论在何种意义上复制了这位保守的人文主义者？我们不妨回到阿诺德的《文学与科学》中，一问究竟。

《文学与科学》出版于1885年，在这篇向剑桥学生发表的演讲中，阿诺德回击了赫胥黎的观点：（自然）科学应取代文学成为教育的重点。首先，他在继柏拉图、康德之后对人类心灵进行了三分：知识能力（the power of intellect and knowledge）、审美判断能力（sense for beauty）和实践能力（sense for conduct）。然而，对整体性的希冀乃人之本性，文学而非遵守加法逻辑的科学为弥合三者之间的鸿沟提供了可能。阿诺德写道：

跟随追求知识的本能，我们获得了块块的知识（pieces of

① Terry Eagleton, *Literary Theory, An Introduction*, New Jersey: Blackwell, 2008, p. 206.

knowledge)；现在，从人的一般性中（in the generality of men）生发了将这些知识与我们的实践感官、审美感官相联系的欲望；如果欲望受阻，便会产生厌烦和不满。我认为，文学对我们的掌握之力就在于这种欲望①。

尽管阿诺德将牛顿和达尔文都归于文人的范畴，他的“试金石”却无一不是来自《圣经》和荷马，文学非但没有扩展，反而变成了专业化的领域；正是专业化的文学才能够克服专业分工，产生新的认知统一。为了证明这一点，阿诺德诉诸经验，即文学有益于读者道德意识的提升。然而，“经验”指向过去，知识能力、审美能力和实践能力的“三位一体”要待未来实现，阿诺德的论证于是从经验证据转移到了对假想未来的呼吁：“我们会发现……”

未来所允诺的认知调和为阿诺德的政治方案提供了理论的支撑，因为心灵能力的弥合预示了社会的统一。阿诺德相信，每个接受古希腊人文教育的人都能够看穿当下的党派之争，克服自私和狭隘的阶级利益；文学批评将诞生新的秩序，来自社会各阶层的个体都将参与其中，追求长期的共同目标和共同利益。以此，阿诺德不仅捍卫了文学在学院内部的重要性，也证明了学院之于社会的巨大意义；不仅表明了文学对社会的批判功能，而且展示了其整合作用。他在承认智力分工的基础上克服了分工，在利用专业化的同时攻击了专业化。他的批评克服了教学和政治参与之间的鸿沟，当然，将来时的使用暗示，批评要想在学院之外发生作用，尚需假以时日。

现在，我们可以清楚地看到当代理论在何种程度上复制了阿诺德。如果说理论并非关于什么（theory is not theory of），尤其不是关于文学的理论——大部分的理论都萌芽于其他领域——那么这种

① Matthew Arnold, “Literature and Science”, in *The Portable Matthew Arnold*, Lionel Trilling eds. , New York: Viking, 1949, pp. 405 -423.

学科不确定性同时标志着传统智力分工的模糊。威廉斯的“大文学”概念或许在一定程度上宣告了文学之终结，然而，“文学性”和关于文本性的理论重新定义了知识领域，作为文学批评传统功能核心的文本研究已经在各个领域蔓延开来。反过来，后现代对父权制、逻辑中心主义和意识形态神秘化的解构，阐释学、符号学等无一不是直接来自对文学的凝神观照。此外，如果说理论取代了政治行动，那么它同时将解放事业引入了教室。因此，从这些意义上讲，声称当代理论家实为阿诺德似的“通才”或许并不为过。

我们无意将霍加特等同于阿诺德，但当这位文化研究创始人在文化研究的奠基性文本《英语学院与当代社会》（‘Schools of English and Contemporary Society’）中主张打破学科边界，对文学、历史学和社会学等进行跨学科研究时；当他主张工人阶级用“批评性的文化知识”（critical literacy）分析大众文化产品，以抵制商业文化的文化剥削时；当他在任职艺术委员会、联合国科教文组织过程中，通过对政策和行政机构的“实践批评”促进文化的发展时；我们惊喜地意识到，根本而言，他确实是“战后英国劳工运动的阿诺德”。他并非反/无关理论，而这要求我们重新思考文学与理论的关系。

二、“理论”的语言

洛奇断定，霍加特是位反理论家的第二个论据与语言风格有关。尽管“霍加特的‘经验维度’将他的思想从阿多诺‘对概念的恶意着迷’（baleful enchantments of the concept）中救出”，但他的语言有时难免给人虚张声势之感，亦夹杂着实用主义的常识①，

① Bill Hughes, quoted in Sue Owen (eds.), *Rereading Hoggart*, Cambridge: Cambridge Scholars Publishing, 2008, p. xxvii.

而“常识”告诉我们，理论可是常识“高攀不上”的！霍加特本人关于理论语言的阐述更加强了人们对他的反/无关理论印象。他在《生活与时代》（*Life and Times*）中写道：

> 我不信任一些人使用抽象概念的方式：他们将此用作道具或拐杖，思想之替代物或向他人展示并使自己确信他们属于一个内部团体的手段。我对任何不断地向自己的论文投掷（pepper his papers with）“探索式的”“霸权”“等级”“范式”“问题群”“物化”“同构性”及其类似物的人都表示怀疑。有时一个人可能在好不容易读完几乎无法理解、的确令人生厌的论文后愕然发现，尽管他们所说的合乎情理（sensible）且某种程度上富有洞察力（perceptive），那套内部团体的理论语言（in-group theoretical language）却大可不必①。

霍加特对理论语言之不满溢于“言”表。这很容易让人联想到巴特、福柯、克里斯蒂娃和德里达等后结构或后现代理论家——身为理论家的伊格尔顿称他们为“宁可从事哲学而非雕塑或小说的晚期现代主义作家”②。他们将所生产的文本有意识地困难化，要求读者对形式（而不仅是内容）进行本雅明式的凝神观照。相比之下，霍加特“很少使用专家语言”，他的词汇“不同寻常地普通”③，多为英格鲁撒克逊、单音节的派生词，充斥着令某些理论狂热者鄙夷的经验主义。以上述引文为例，“sensible”“perceptive”直接诉诸感官和直觉，pepper 原意为“胡椒粉”“辣

---

① Richard Hoggart, *A Local Habitation*: *Life and Times*, *Volume One*: 1918 - 40, Chatto& Windus, 1988, p. 95.

② Terry Eagleton, *After Theory*, New York: Basic Books, 2003, p. 65.

③ Jon Nixon, “The Legacy of Richard Hoggart: Education as a Democratic Practice”, in *Re-reading Richard Hoggart*, p. 31.

椒”，此处引申为“赢得战争的武器”，火药味十足。

然而，这并不意味着霍加特没有使用复杂词汇的能力或缺乏语言技巧，实际上，他的语言于朴实简易中“暗藏玄机”（详见本文第三部分对 truculence 的分析）。一种更准确的理解是，霍加特的简易与巴特的晦涩一样，乃为了满足自己的政治需求“有意为之”。为了探讨知识的生产、组织和散播及它们如何反映并加强了社会结构，巴特诉诸于复杂的风格。他的策略是，要质疑甚至颠覆意识形态的“不言而喻”，必须打破常规的语言——意识形态之载体，转向语言的嬉戏性、模糊性和多义性，同样，霍加特简单的语言并不意味着他对语言—意识形态问题无所意识，恰恰相反，他对该问题的敏感远远超出一般预期：“我们每个人所继承的特定语言控制着我们的意识；它们激起必需的态度并阻止不为文化接受的另一些态度；然后这看起来像极了‘常识’和‘坦白谈话’；一如既往且无所不在。”① 因此，他提倡，要认清貌似中立、显而易见的陈述中所藏匿的意识形态编码：

对于知识分子，尤其是初出茅庐的知识分子而言，打破常识的保证，拒绝陷入它的泥潭是令人钦佩且绝对必要的。约请“常识”可能不是为了替意识——通常推测普通人会表现这样的意识辩护，而是为了证明，在受到智力挑战、被接受的看法（而非思想或意识）被动摇时，寻求庇护是正当的。它最亲睐的箴言是：‘理所当然的是……’意即‘它在这些方面是普适的、未受质疑、不加思考的假设，因此必定是正确的’②。

① Richard Hoggart, *Tyranny of Relativism*: *Culture and Politics in Contemporary English Society* 1995, repr. New Brunswick and London: Transaction, 1998, p. 157.

② Richard Hoggart, *First and Last Things*, New Jersey: New Brunswick Transaction Books, 2002, p. 122.

如同巴特对资本主义意识形态的“去神秘化”，霍加特对“常识”的解码亦是个政治问题。他强调，资本主义利用“常识”“接近工人阶级，尤其是……沿着他们被暴露的方向”①。为了将自己的主张表征为工人阶级的惯常生活方式，广告商、播音员和流行报刊模仿他们的成语、语气等，因此，读者不能只寻求对作者本人的理解，而必须审视看似自明之物，“努力思考词语的重量，或苦心探索细微的差别，或跟踪……适度复杂的句子结构”②。

这样看来，霍加特对理论语言的批判并非对巴特式复杂散文风格的拒绝，反而在一定限度内为该风格提供了支持。实际上，霍加特所反对的是“为理论而理论”。他指出，理论已沦为封闭的话语，一个备受局限的研究对象而非探讨智力和政治问题的方法。他曾援引卢西恩·古德曼说明此观点：“尽管一个人不希望低估理论的重要性和理论语言的必要性……古德曼指出，有些理论忘形了，变成了形式主义体系，倾向于以极端的形式消除对历史和意义问题的任何兴趣。”③ 理论语言本乃说明、理解外在于它之事物和问题的手段，现在却成为这项工作的替代品。更有甚者，如霍尔对“理论流利”（theoretical fluency）的批判所认为的，尽管权力和政治问题总是深藏于表征中，总是话语问题，但某些学术话语已经取代了政治实践④。岂不令人扼腕！

霍尔将此现象归结为体制化的结果，即问题并非内在于理论思想，而是职业结构造成的不良后果，这种结构迫使“理论”成

---

① Richard Hoggart, *The Uses of Literacy*: *Aspects of Working Class Life*, London: Chatto & Windus, 1957, p. 89.

② Richard Hoggart, ibid, p. 166.

③ Gibson and Hartley, “Forty Years of Cultural Studies: an Interview with Richard Hoggart”, *International Journal of Cultural Studies*, 1998, p. 177.

④ Stuart Hall, “Cultural Studies and its Theoretical Legacies”, in Lawrence Grossberg, Cary Nelson, and Paula A. Treichler, eds., *Cultural Studies*, London and New York: Routledge, 1992, p. 280.

为萨义德所说的“学术自身之追求”①。而理论一旦成为学院体系的一部分，势必削弱它对“墙外”实践的参与，这不但抹煞了文化研究的成人教育渊源，而且削弱了它的实践品性。对于文化研究而言，理论化应当成为“必要的迂回，努力影响并改变物质条件和力量、社会关系结构、实践组织和社会生活本身。然而，理论常常取代了危机分析，取代了理论与历史具体性的接合”②。理论以自身为目的，成为了高级的文字游戏。在这种语境下，理论语言的自我复杂化沦为专业知识分子借以巩固自己“一亩三分地”的战略，即霍加特所说的“向他人展示并使自己确信他们属于一个内部团体的手段”。专业化的术语成功地将理论家的追随者与“墙外”人士、邻近专业（比如文学）的学者区分开来，而有区分便有高低优劣，理论家从此可以高枕无忧了！

更重要的是，对“内部团体语言”的强调意味着“少数派”仍持有问题讨论的特权，他们将自己标榜为“进步的”代表。然而，不与大众对话何谈代表大众利益？这是文化研究左派不可回避的问题，也是伊格尔顿缘何说“激进的文化理论蓄意晦涩是丑闻”。这不是因为它只要运用简短的单词就可以获得劳苦大众，而是由于文化理论的整个观念从根本上说是民主的③。

总的看来，在批判语言—意识形态问题方面，霍加特与巴特“同归”却“殊途”。在“阅读”脱衣舞女郎、红酒、摔跤手等符号时，巴特将自己塑造为具有高尚品味的鉴赏家，漫不经心地玩弄着盛满“先锋理论”的高脚杯，而霍加特更加关注理论的民主性质、沟通方式及与谁沟通：批评必须有助于“聪明的外行读

① Edward Said, “Orientalism and After”, in Peter Osborne eds. , *A Critical Sense Interviews with Intellectuals*, London and NewYok: Routledge, 1996, p. 73.

② Lawrence Grossberg, “Introduction: CCCS and the Detour through Theory”, in Ann Gray et al, . *CCCS Selected Working Papers*: Vol1, London and New York: Routledge, 2007, p. 42.

③ Terry Eagleton, *After Theory*, London: Allen Lane, 2004, p. 77.

者”（霍加特的理想读者）参与民主讨论。他的批评并非反对理论而是关于理论的探讨——理论不能僵化为体制形式，而应表达更为广泛的社会关注和政治旨趣。

三、语言、文学与民主批评

那么，与谁沟通？对此，霍加特这样回答：

对我而言，意识到可能的受众就在那里总是有意义的。“你认为自己为谁写作?”我有时会被这样问到，问话人偶尔带着挑衅（truculence）。“谁构成了你经常自信地召唤的‘我们’？你难道没有意识到，你所假设的惯常观众——“保存的残余”（the saving remnant）——已然消失，或者已被专业培训驱散开来，鞭长莫及了？你难道没有意识到，今天大部分人只忠于关乎自己职业的专门化阅读”?①

霍加特心目中的“理想读者”是“聪明的外行人”（intelligent lay man）。他在一次采访中对约翰逊博士的名言“我为与普通读者共鸣而欣悦”表达了敬意。在面对这个读者群时，霍加特力求拿下顶在利维斯夫人鼻子上的“撑碟杆”，这不仅是出于对

---

① Richard Hoggart, *First and Last Things*, London: Aurum Press, 1999, p. 181. 接下来要讨论到本段的语言技巧，故此处附上原文：There has always been, for me, the sense of a possible audience, of someone out there. ‘Whom do you think you're writing for?’, I am sometimes asked, now and again with near truculence. ‘Who makes up the “we” you invoke often and with some apparent confidence? Haven't you realized that your supposed habitual audiences, “the saving remnant”, have all but disappeared or been, through professional training, dispersed beyond reach; that most stick to their own specialized professional reading nowadays?’ Stefan Collini, “Critical Minds: Raymond Williams and Richard Hoggart”, *English Pasts: Essays in History and Culture*, Oxford: Oxford University Press, 1999, p. 219.

工人阶级智识能力的尊敬和肯定（他从成人教育中获得的认识），而且基于这样一种想法：有效的批评取决于辩论。正如哈贝马斯所认为的，“主张的合法性取决于将自己确立为‘更好的辩论’（better argument）能力”[1]。批评家必须像古罗马时期的辩论家一样，向公众展示丝丝入扣的论证逻辑，甚至将整个推理交由他们“细察”，而太多的专业词汇不但提前预设了观众类型，而且阻碍民主交流的过程。

因此，霍加特在写作（尤其是后来的散文）中通常采用第一人称“我”“我们”以唤起观众的认同。他的语言不同寻常地普通、口语化，却在必要时“一招制敌”。在上述引文中，“truculence”（凶猛、粗暴、好斗）被用于几乎全部由英格鲁撒克逊、单音节的派生词组成的段落中，它的使用机智诙谐，因为它将作者的贬低者与略微不合礼节的词语联系起来。霍加特仿佛在说：“我能够使用类似‘truculence’的词语，但我选择不用，因为它们是你们的词，而不是我的。”[2] 霍加特通过一个词语巧妙地回击了质疑者。

在霍加特的文本中，工人阶级语言被表征为一种独特文化的组成元素，而非单纯的学术研究对象。我们“听到”（阅读）工人阶级和平地发表与知识分子迥异，甚至抵触的观点和意见，形成了比尔·休斯所谓的“巴赫金式的多声部”（Bakhtinian multiplicity of voices）[3]。“公平交易”（straight dealing）、“对事物抱乐观态度”（looking on the bright side）、“伸出援手”（lending a

---

① Harbermas, *Moral Consciousness and Communicative Action*, Cambridge, The MIT Press, 2001, p. 160.

② Jon Nixon, “Richard Hoggart's Legacy of Democratic Education”, *International Journal of Cultural Studies*, 2007, p. 66.

③ Bill Hughes, “The Uses and Values of Literacy: Richard Hoggart, Aesthetic Standards, and the Commodification of Working-Class Culture”, *Richard Hoggart and Cultural Studies*, p. 220.

helping hand)”等尽管都使用了引号，但却形成了文章结构的一部分。而且，它们构成了工人阶级思想和阐释传统，必须放在该传统中加以理解。其达到的效果是，批评的能力被再现为内在于工人阶级，而非由学者或评论家从外部引入或自上而下“教化”之结果。各种声音的交织暗示了一个相互交流、有来有往的过程，为诸如祖母的个人的“自得的想象性智慧”（self-acquired imaginative wisdom）和他们“对生活自足的、未经表达的沉思”(self-contained, unarticulated reflection on the terms of life)① 预留了空间。

霍加特的文本即构成了辩论场域，被代表的工人阶级不仅于其中发言，而且以他们自己的声音发言。他们操着方言“Ah tek a man as'e is. （Take a man as he is.)”“I don't like nobody. ”(双重否定)，自由地发表自己的观点。在这里，语言根据社会阶层分层为巴赫金所说的的“话语”，它“并非一个命名形式的抽象系统，而是关于世界的具体的、它谓的（heterological）观点。每个词语都散发出一份职业、一种风格……的气味。每一个词语都有一种语境和所有语境的味道，它们于其中度过了自己紧张的社会生活；所有的词语和形式都是意图的居住地”②。

除了使用非专业的口语化语言之外，霍加特对文学的关注促使他能够更好地与“聪明的外行人”交流。这就涉及知识形式的问题。在霍加特看来，工人阶级极少对理论感兴趣，却有着小说家般的想象力；他们不依靠概念进行判断，却拥有惊人的直觉判断能力。而文学强调“诗性、形而上、直觉判断”之价值，故与工人阶级之间“有择亲和势”。文学通过对“生活的经验完整性

---

① Richard Hoggart, *Everyday Language and Everyday Life*, New York: Transaction Publishers, 2003, p. 126.

② Tzvetan Todorov, Mikhail Bakhtin, *The Dialogical Principle*, the University of Minnesota Press, 1984, p. 35.

(the experiential wholeness of life) ——情感的生活、思维的生活、个人生活、社会生活和承载着物的世界 (the object-laden world) 的探索[①]"，体现了直觉判断这一通常被学术作品排斥的知识形式。然而，文学并非对社会结构的被动反映，而通过修辞和美学形式积极探索社会的外在形式和含蓄假设：最优秀的小说家不仅对个体赖以生存的社会物质结构和其心理结构极其敏感，而且通过形式和内容的相互作用——尤其在现代主义文学作品中，形式即内容，"有意味的形式"——获得对社会的洞见。在对材料证据的选择使用和组织形式方面，文学有别于社会学，总能发现"有意义的细节" (significant detail)，而非首先预设了一个先验的逻辑结论，后有目的地寻找支持该观点的数据，舍弃其他。

在评论《识字的用途》时，威廉斯写道：

> 显而易见，现实主义小说日益衰亡，声名狼藉，我们正因此蒙受损害。既然我们都是且深知自己乃生活在社会里的个体，这一传统理应复兴。有效的批判工作、社会观察和思想分析能够进行，然而，最终，除了凭借更加传统的想象方式之外，我不知道该如何充分地调和事实和感觉的世界。[②]

威廉斯认为，必须提倡一种更加"文学"的学问形式，该形式不仅将文学的对象用作文化分析的素材，并且强调文学的方法，即对想象和主观事物的敏感，对形式的高度意识。在他看来，霍加特在这方面并非至善至美，因为他在小自反之和社会学之间徘徊不定。然而，他到底意识到了霍加特的"形式极端主

① Richard Hoggart, "Literature and Society", *American Scholars*, 1966, p. 126.

② Raymond Williams, "Fiction and the Writing Public", *Essays in Criticism*, 1957, p. 428.

义”。实际上，与其说霍加特的作品因为不同风格的混杂而支离破碎，不如说它对多重视角保持开放的姿态，通过将各种迥然的分析形式（个人记忆、社会学数据、名言等）并置，打破了既成的学科分界。而这一切都基于这样一种想法：智力活动、学术研究并非学者的职业活动，而是社会之普遍关注。霍加特对文学的热爱和他的文学方法激活了他的民主批评，使他能够“伸展开来，与他者对话”①，这正是文化研究真意所在。

（作者：北京外交学院副教授）

① Richard Hoggart, *An Imagined Life*, London: Chatto & Windus, 1992, p. 26.

·经典新释·

鲁迅“尼采”的生成与迁延

——《鲁迅“尼采”的踪迹及意蕴》（节选）

李林荣

“托尼学说，魏晋文章”——1941年10月鲁迅去世五周年之际，他的弟子孙伏园在一篇纪念文章中特别提到：刘半农曾把这么一副联语赠给鲁迅，并且，当时不但知道的朋友们都认为很恰当，连鲁迅自己也未表反对。按照孙伏园的说明，“所谓‘托尼学说’，‘托’是指托尔斯泰，‘尼’是指尼采……而鲁迅先生在学生时代，很受托尼二家学说的影响[①]。

不过，孙伏园接着也指出：

> 托尼二家的学说，一般的说法，是正相反对的，尼采的超人论，推到极端，再加以有意无意的误解，在德国，便成了上次大战前的裴伦哈特的好战论，和这次纳粹主义的侵略论。鲁迅先生却特别欢喜他的文章，例如萨拉图斯脱拉语录，说是文字的刚劲，读起来有金石声，而他的学说的精髓，则在鼓励人类的生活，思想，文化，日渐向上，不长久停顿在琐屑的，卑鄙的，只注意于物质的生活之中。至于托尔斯泰的大爱主义，那是导源于

---

① 引自孙伏园：《鲁迅先生逝世五周年杂感二则》，鲁迅博物馆、鲁迅研究室、《鲁迅研究月刊》选编：《鲁迅回忆录》（上册），北京：北京出版社，1999年，第109页。

基督教的精神，与后来思想上的平民主义，民族自决主义，国际平等主义，都有精神上的联系。

托尼学说的内容既有很大的不同，而鲁迅先生却同受他们的影响，这在现在看来，鲁迅先生确不像一个哲学家那样，也不像一个领导者那样，为别人了解与服从起见，一定要将学说组成一个系统，有意的避免种种的矛盾，不使有一点罅隙；所以他只是一个作家，学者，乃至思想家或批评家①。

作为鲁迅早期弟子中，唯一一位从绍兴到北京、再到厦门、又到广州，一路追随了鲁迅将近 20 年，并且在这期间还一直能与鲁迅稳定保持师友情谊的有缘人和有心人，孙伏园对鲁迅的这种观察和评析，不仅满含着来自历史现场的真切感和细腻感，而且征诸鲁迅这一时期及这一时期之前留下的各种形式的文本，也显得恰当、合理，颇具说服力。但另一方面，孙伏园也好，他在这里谈起的刘半农也好，他们和鲁迅的相处往还，都未能持续到鲁迅文学生涯和思想历程的终点，而且碰巧，他们都是大约从 1928 年开始，也即鲁迅移居上海，生活、写作和思想各方面的境遇和状况都面临急剧转变之后不久，和鲁迅疏远起来的②。如此一来，孙伏园所忆述的刘半农的联语，是否还能概括和凸显鲁迅后期思想及写作的特质，显然就成了一个需要求证的问题。

而在鲁迅的上海岁月里，最能全面、集中地呈现他的思想和

---

① 引自孙伏园：《鲁迅先生逝世五周年杂感二则》，鲁迅博物馆、鲁迅研究室、《鲁迅研究月刊》选编：《鲁迅回忆录》（上册），北京：北京出版社，1999 年。第 109 ~ 110 页。

② 关于鲁迅和孙伏园关系疏远的具体缘由，张永泉《真情与寡义的碰撞》（刊于《鲁迅研究月刊》1995 年第 7 期）一文有过较细致的梳理。鲁迅与刘半农关系变化的情形，则在鲁迅《忆刘半农君》（《鲁迅全集》（第六卷），北京：人民文学出版社，2005 年，第 73 ~ 75 页）一文中有所述及。

写作风貌的，就是这一时期耗费了他大部分案头时间和笔墨心血的杂文。“托尼学说”的思想内涵，“魏晋文章”的体裁风格，在鲁迅上海时期的杂文写作中，究竟是得到了进一步的延续、丰富和发展，还是发生了逐渐的消退、变异或者突然的中断、决裂？如能把杂文领域的这一问题先行解明，那么，整体意义上的后期鲁迅，与他之前在学思和文风上以“托尼”和“魏晋”内外互现、表里相参的独特姿态，是疏离背反还是一脉相承，以及背反或相承的具体程度又是如何的这一大疑问，也就能露出一块水落石出的实地。但鲁迅杂文与“托尼学说”的关系也并不是通过一次简短的探究就可望求得解决的小问题。以下，仅就这一问题前一方面的一个小局部，——鲁迅杂文中尼采印记的存在细节和迁延轨迹，究竟是怎样的？由此造成的直接的阅读观感和可能的隐含蕴味，又有哪些别致之处？——试做一番粗浅的探析。

鲁迅所留的全部文字中，到底有多少篇目出现了尼采其名、其人、其文、其事的印记？张钊贻曾做过相关统计：“除日记及译文外，鲁迅提及尼采及其著作的文章书信，共 42 篇，包括译后记及说明 6 篇，书信（连《两地书》）12 封。其中 1918 年至 1927 年间，共 15 篇（封），另译《查拉图斯特拉前言》2 次（第二次有译者解释），日译《查拉图斯特拉如是说》序言 1 篇。”①这同笔者从 2005 年版的《鲁迅全集》检索所得的结果，也基本一致：文 30 篇，信 12 封（其中包括“250428 致许广平”及由其整理编订的《两地书・一七》这两封基本相似的信），日记 9 则，总数 51。如果再加上 3 篇次的翻译，鲁迅笔涉尼采的文字总篇目数就是 54（含 1 篇日译）②。在对这当中的 28 篇文展开进一步讨

① 引自［澳］张钊贻：《鲁迅：中国“温和”的尼采》，北京：北京大学出版社，2011 年，第 266 页脚注②。

② 承张钊贻先生指教，为我初次检索的结果补足了遗漏的两篇：《〈现代日本小说集〉・〈沉默之塔〉译者附记》《七论“文人相轻”——两伤》。谨志谢忱。

论前，不妨全盘查考一下尼采的印记在鲁迅各类文字篇章中的历时性分布状况①：

1907 年　2 篇——《摩罗诗力说》《文化偏至论》；

1908 年　1 篇——《破恶声论》；

1918 年　2 篇——《渡河与引路》《察罗堵斯德罗绪言》；

1919 年　2 篇——《随感录 · 四十一》《随感录 · 四十六》；

1920 年　3 篇——《察拉图斯忒拉的序言》《〈察拉图斯忒拉的序言〉译者附记》，《日记第九 1920 年之 8 月 10 日》；

1921 年　2 篇——《〈工人绥惠略夫〉· 译了〈工人绥惠略夫〉之后》《〈现代日本小说集〉 · 〈沉默之塔〉译者附记》；

1923 年　1 篇——《〈现代日本小说集〉· 附录　关于作者的说明之“森鸥外”》；

1924 年　1 篇——《论照相之类》；

1925 年　2 篇——《再论雷峰塔的倒掉》《两地书 · 一七》（《250428 致许广平》）；

1926 年　4 篇——《有趣的消息》《无花的蔷薇》《新的世故》《261205 致韦素园》；

1927 年　1 篇——《怎么写》；

1928 年　2 篇——《我和〈语丝〉的始终》《〈食人人种的话〉译者附记》；

1929 年　3 篇——《致〈近代美术史潮论〉的读者诸君》《哈谟生的几句话》《〈恶魔〉译者附记》；

1930 年　1 篇——《“硬译”与“文学的阶级性”》；

1933 年　3 篇——《日记二二 1933 年之 7 月 14 日》《祝〈涛声〉》《由聋而哑》；

① 以下，大体依各篇写作时间的先后为序排列，写作时间未见载的，按其首次发表的时间列人。1 篇日译《查拉图斯特拉如是说》序言未计，内容相似的《两地书 · 一七》与《250428 致许广平》计为 1 篇，故合计篇目数为 52。

1934年　5篇——《拿来主义》《340124致黎烈文》《341212致赵家璧》《341225致赵家璧》《日记二三1934年之12月12日》；

1935年　17篇——《350115致赵家璧》《350121致赵家璧》《〈中国新文学大系〉小说二集序》《日记二四1935年之3月3日》《寻开心》《350309致赵家璧》《日记二四1935年之3月13日》《日记二四1935年之3月14日》《350315致赵家璧》《日记二四1935年之3月16日》《日记二四1935年之5月10日》《350510致赵家璧》《日记二四1935年之6月1日》《350817致徐诗荃》《“题未定”草（五）》《七论“文人相轻”——两伤》《且介亭杂文·序言》。

纵览上列情形，可以清楚地知道：尼采最初进入鲁迅的文字世界，是在鲁迅留日后期弃医从文而又遍尝败绩的1907~1908年。但此后十年，随着鲁迅在社会、思想和文学多重空间里的一度向古和刻意沉寂，尼采的印记完全从鲁迅的笔墨生活中消遁，直到1918年鲁迅终于重新振作起精神，以从旁“呐喊”的身姿介入方兴未艾的新文化运动和文学革命之际，尼采才从鲁迅的公共话语中复归、再现。此后，除1922、1931、1932及鲁迅辞世的1936年外，其余15年里，鲁迅都会在年均超过3篇的著译作品或书信日记里直接或间接地写到尼采。而且，与一种曾流行一时的论断——“鲁迅和尼采的彻底决裂是在三十年代以后”① ——几乎正相反，跨入20世纪30年代的鲁迅，不但并没有和尼采彻底决裂的表现，反而还显示出了一种越到生命后期越是对尼采这一自己青年时期神往过的“个人主义之至雄桀者”② 萦萦系怀、未能忘情的不寻常意态。

从1933年到1935年，他在杂文、日记和书信中念及尼采的

① 引自乐黛云：《尼采与中国现代文学》，《北京大学学报》（哲学与社会科学版），1980年第3期，第26页。

② 语出自鲁迅：《文化偏至论》，《鲁迅全集》（第一卷），北京：人民文学出版社，2005年，第53页。

次数和频度急速增加：1933 年是 2 篇杂文、1 则日记，1934 年是 1 篇杂文、3 封书信、1 则日记，1935 年是 5 篇杂文（含《〈中国新文学大系〉小说二集序》1 篇 7 次言及尼采）、6 封书信、6 则日记。对这部分杂文在语涉尼采时，是否表露了批判尼采以至要同他彻底决裂的意思，将留待后文详析。这部分书信和日记的内容，倒是一眼即可明鉴：它们都是围绕着几件前后相接、相关的事，先是鲁迅向编辑黎烈文和赵家璧大力推荐作者、译者徐诗荃（梵澄）所作的类似尼采风格的作品和所译的《尼采自传》，后又为争取把这部《尼采自传》的译本编校出版得尽可能精良，而不厌其烦地提供图像、筹划版式，以至决定亲自代替突然"神隐"失联的译者做校对，待此书出版，还接着引荐徐诗荃向郑振铎投寄《苏鲁支语录》的译稿。

显而易见，这样的言行举动，无论变换怎样的角度，都很难理解和判定成鲁迅是在和尼采彻底决裂。只有在相反的意义上认识和阐释这一切，于情于理才能说得通。换句话讲，即便暂时抛开杂文不谈，仅就书信和日记看，尼采留在鲁迅的文字和生活里的最后这抹背影，也绝不像丑角或反派那般可笑、可鄙和灰暗，倒更像故旧重聚似的，带着些温情、留恋和亮意。

上节所列的篇目清单中，有 30 篇属"文"的范畴①。其中，

① 详目如下：1.《文化偏至论》；2.《摩罗诗力说》；3.《破恶声论》；4.《渡河与引路》；5.《随感录·四十一》；6.《随感录·四十六》；7.《〈察拉图斯忒拉的序言〉译者附记》；8.《〈工人绥惠略夫〉·译了〈工人绥惠略夫〉之后》；9.《〈现代日本小说集〉·〈沉默之塔〉译者附记》；10.《〈现代日本小说集〉·附录 关于作者的说明之"森鸥外"》；11.《论照相之类》；12.《再论雷峰塔的倒掉》；13.《有趣的消息》；14.《无花的蔷薇》；15.《新的世故》；16.《怎么写》；17.《我和〈语丝〉的始终》；18.《〈食人人种的话〉译者附记》；19.《致〈近代美术史潮论〉的读者诸君》；20.《哈谟生的几句话》；21.《〈恶魔〉译者附记》；22.《"硬译"与"文学的阶级性"》；23.《祝〈涛声〉》；24.《由聋而哑》；25.《拿来主义》；26.《〈中国新文学大系〉小说二集序》；27.《寻开心》；28.《"题未定"草（五）》；29.《七论"文人相轻"——两伤》；30.《且介亭杂文·序言》。

《文化偏至论》《摩罗诗力说》和《破恶声论》3 篇，若照鲁迅自己的说法，当算“论文”①，但一则作为尼采印记在鲁迅文字世界里最初亮相的关键文本，二则也因连同这 3 文内的 8 篇留日时期的文言论作，本身就是鲁迅思想成型的重要纪录，所以在以“鲁迅杂文中的尼采”为聚焦点的探讨中，也理应把鲁迅这 3 篇有尼采存焉的文言论文，纳入视野，首先观照。除此之外，30 篇文中，还有 7 篇译作附记、1 篇显具杂文面目的《新的世故》，鲁迅生前未及以收入自己杂文集的方式确认为杂文，归在鲁迅身后问世的鲁迅“集外集拾遗补编”和“译文序跋集”之中。另外，还有 30 文之外的《两地书・一七》等十来封书信，参照鲁迅自编杂文集中也屡有收入译作序引和书信的先例，在此也将它们一并纳入，以杂文相待。

尼采初入鲁迅文字世界，是同样写于 1907 年而在 1908 年 2～3月和 8 月先后刊发的《摩罗诗力说》和《文化偏至论》。两文中尼采共露面 6 次：2 次在前文，一为直接引译尼采语录，一为间接转述尼采见解，均属尼采精神思想的侧影小照；4 次在后文，始用条分缕析的描述，针对尼采其人其学的总体风貌，既做纵的社会历史背景介绍，又做横的共时性的同代同类比较。

细究前者所示的尼采思想的侧影小照，貌似语录引述，其实却不无含糊，很有些写意点染、随兴挥洒的格调：

> 求古源尽者将求方来之泉，将求新源。嗟我昆弟，新生之

---

① 鲁迅在 1930 年、1934 年两次所作的自传里，都将《坟》特别指称为“论文”集（参阅鲁迅：《鲁迅自传》《自传》《鲁迅全集》（第八卷），北京：人民文学出版社，2005 年，第 343 页、第 402 页）。而跟被鲁迅以“短评”集的名目与《坟》并举的其他杂文集相比，《坟》最大的不同，就是它收入了《人之历史》《科学史教篇》《文化偏至论》《摩罗诗力说》这几篇文言论文，其他篇目在文风体例上则皆与别的杂文集中所收篇目相类。

作，新泉之涌于渊深，其非远矣。——尼佉①

尼佉（Fr. Nietzsche）不恶野人，谓中有新力，言亦确凿不可移。盖文明之朕，固孕于蛮荒，野人狉獉其形，而隐曜即伏于内。文明如华，蛮野如蕾，文明如实，蛮野如华，上征在是，希望亦在是。②

上引第一段，在《摩罗诗力说》中被标举为全篇的题记，且在段末特地以破折号加注字样，说明语出尼采。其字面意义，是呼唤、鼓舞那些历尽探索“古源”之苦的同伴，转向寻求新源，并安慰他们“新源”必将很快出现。但正如已有论者所发现的③，鲁迅对这句原见于《查拉图斯特拉如是说》第三卷“新旧标榜”之二十五节开头两句的译引，有明显销抹尼采原著中以源泉喻指民族或种族之意的痕迹，被引的第二句在尼采原著中本来明示了“民族”一词——依鲁迅亲自校订过的徐梵澄（即鲁迅书信、日记中所称的“徐诗荃”）的译本，这句中译是：“兄弟们哟，不久将要兴起新的民族，新的泉水将下注于新的豁谷。”④ 可在《摩罗诗力说》里，这句中的“民族”或“种族”却被隐没到了“新生之作”背后，被一个“生”字替代和掩盖，“古源”“新源”和“新泉”的喻义因之剥离殆尽，只看鲁迅的译文全然无从知晓。

---

① 引自鲁迅：《摩罗诗力说》，《鲁迅全集》（第一卷），北京：人民文学出版社，2005 年，第 65 页。

② 引自鲁迅：《摩罗诗力说》，《鲁迅全集》（第一卷），北京：人民文学出版社，2005 年，第 66 页。

③ 参阅钱碧湘：《鲁迅与尼采哲学》，《中国社会科学》，1982 年第 2 期，第 123 页。

④ 引自［德］尼采：《苏鲁支语录》，徐梵澄译，北京：商务印书馆，1992 年，第 213 页。

如果说上述两句引译的转意，只是在局部做点削足适履的处理，以求引译能更适切地跨越语境、“为我所用”，那么，上引的第二段，也即《摩罗诗力说》里第二处出现的尼采印记，其中转述和发挥的尼采的观点——野人中有新力，就离尼采原著更远，甚至很可能并无确切着落。虽然在鲁迅能够接触到的勃兰兑斯和登张竹风的尼采论作里，寻得着些许相近的词句表述①，但两相对比，《摩罗诗力说》对“野人”的“新力”“隐曜”与“文明之朕”的紧密关联做再三的铺排渲染、唯恐言有所不及的强度修辞，似更显出一种欲向尼采借名托言，以浇自家胸中块垒的意图。而这时压在鲁迅心头最重的块垒，正是《摩罗诗力说》中紧接在这段话之后的一番感慨所指——文化烂熟之古国民中的一派无可救药的沉沉暮气：“惟文化已止之古民不然：发展既央，隳败随起，况久席古宗祖之光荣，尝首出周围之下国，暮气之作，每不自知，自用而愚，污如死海。”②

相形之下，《文化偏至论》里有关尼采的4处刻画，就精确、周详得多：

明者微睇，察逾众凡，大士哲人，乃蚤识其弊而生愤叹，此十九世纪末叶思潮之所以变矣。德人尼佉（Fr. Nietzsche）氏，则假察罗图斯德罗（Zarathustra）之言曰，吾行太远，孑然失其侣，返而观夫今之世，文明之邦国矣，斑斓之社会矣。特其为社会也，无确固之崇信；众庶之于知识也，无作始之性质。邦国如是，奚能淹留？吾见放于父母之邦矣！聊可望者，独苗裔耳。此其深思遐瞩，见近世文明之伪与偏，又无望于今之人，不得已而

① 参阅［澳］张钊贻：《鲁迅：中国“温和”的尼采》，北京：北京大学出版社，2011年，第170页。

② 引自鲁迅：《摩罗诗力说》，《鲁迅全集》（第一卷），北京：人民文学出版社，2005年，第66页。

念来叶者也。①

若夫尼佉，斯个人主义之至雄桀者矣，希望所寄，惟在大士天才；而以愚民为本位，则恶之不殊蛇蝎。意盖谓治任多数，则社会元气，一旦可隳，不若用庸众为牺牲，以冀一二天才之出世，递天才出而社会之活动亦以萌，即所谓超人之说，尝震惊欧洲之思想界者也。②

如尼佉伊勃生诸人，皆据其所信，力抗时俗，示主观倾向之极致；而契开迦尔则谓真理准则，独在主观，惟主观性，即为真理，至凡有道德行为，亦可弗问客观之结果若何，而一任主观之善恶为判断焉。③

故如勖宾霍尔所张主，则以内省诸己，豁然贯通，因曰意力为世界之本体也；尼佉之所希冀，则意力绝世，几近神明之超人也；伊勃生之所描写，则以更革为生命，多力善斗，即迕万众不慑之强者也。④

较之此前此后，这都是尼采在鲁迅笔下最系统、最全面的一次展示。这4段在原文中先后出现但并不连贯的表述，清晰地体现出了鲁迅看取和推重尼采为文、为人、为学的几个要点：一为

① 引自鲁迅：《文化偏至论》，《鲁迅全集》（第一卷），北京：人民文学出版社，2005年，第50页。

② 引自鲁迅：《文化偏至论》，《鲁迅全集》（第一卷），北京：人民文学出版社，2005，第53页。

③ 引自鲁迅：《文化偏至论》，《鲁迅全集》（第一卷），北京：人民文学出版社，2005，第55页。

④ 引自鲁迅：《文化偏至论》，《鲁迅全集》（第一卷），北京：人民文学出版社，2005，第56页。

犀利之见识——不为斑斓的文明表象所蔽，深揭奉众庶和物质为尊的社会主流思潮所造成的精神无确信、知识无创新的弊害；二为鲜明之主张——高倡个人主义，将匡正世风、拯救时代、推进社会的责任寄托于能够抗避“多数”“愚民”“庸众”的个别“大士天才”；三为坚定之信念——“据其所信，力抗时俗，示主观倾向之极致”；四为前瞻之理想——希冀“意力绝世”“几近神明之超人”的降临。

一个值得注意的细节是：尼采是以“察罗图斯德罗”形象的塑造者，也即《查拉图斯特拉如是说》的作者的身份，从《摩罗诗力说》和《文化偏至论》里亮相的。而《摩罗诗力说》和《文化偏至论》中所谈到的尼采的上述见识、主张、信念和理想，也一概都本于鲁迅对《查拉图斯特拉如是说》及其诠释著作的阅读认知。根据鲁迅藏书研究专家姚锡佩的介绍，鲁迅留日期间购置的德文书里，确有一册收有《查拉图斯特拉如是说》的 1906 年袖珍版《尼采文集》，还有两册分别出版于 1901、1907 年的《查拉图斯特拉如是说》的评释本①。钱碧湘和张钊贻的考察更进一步证明，不单是《摩罗诗力说》和《文化偏至论》里的尼采印记是得之于《查拉图斯特拉如是说》，甚至在这两文之后，鲁迅有关尼采的绝大部分表述，实际也都主要是以《查拉图斯特拉如是说》为依托的。

钱碧湘的判断比较果决：“如果把鲁迅一生引述尼采的话收集起来，我们不难发现，它们都出自《扎拉图斯拉如是说》（即

---

① 参阅姚锡佩：《现代西方哲学在鲁迅藏书和创作中的反映》（上），《鲁迅研究月刊》，1994 年第 10 期，第 10 页。这三本书里，有两本的出版时间都在《摩罗诗力说》和《文化偏至论》的写作时间 1907 年之前，另一本的出版时间则恰在 1907 年（因《摩罗诗力说》和《文化偏至论》的具体写作月份已不可考，所以无法判定其写作时间是在此书出版之先还是之后）。

指《查拉图斯特拉如是说》——引者注）一本书。”① 张钊贻的推究和勘查要细密、谨慎得多。在略有存疑的前提下，他为似乎只是熟读过尼采一部著作，却对尼采多有征引的鲁迅，做了以国际上尼采研究的相关成果为基础的辩护：“《查拉图斯特拉如是说》差不多包含了尼采所有重要的哲学命题和最为人们熟悉的语句，诸如‘超人’‘权力意志’‘永远重现’‘重估一切价值’，等等，把它当作尼采的代表作并不为过。……事实上，尼采认为自己通过《查拉图斯特拉如是说》找到自己哲学思想的最佳表达方式。因此，尽管鲁迅没有读过很多尼采的著作，但读了《查拉图斯特拉如是说》，也就接触到了尼采的主要思想。”②

基于此，或许可以说，《摩罗诗力说》《文化偏至论》是鲁迅“尼采”的诞生地，而其魂魄、血脉所自，则在《查拉图斯特拉如是说》。鲁迅“尼采”也就是尼采的鲁迅化，与其把这视为一个固定的结果，不如理解成一个不断增益减损和移形换位的过程。在内，这一过程是鲁迅对尼采其人、其文、其学的印象、感受和体会随境而迁的持续变化；在外，这一过程体现为鲁迅文字世界中尼采印记的隐显疏密及生成语境的前后差异。从根本上看，这是流露鲁迅本人思想情态的一个过程，尼采其名、其言、其事在这一过程中，更多地是作为一种话语符号和修辞标识而起作用的。

大概正因此，在《文化偏至论》之后，鲁迅文中的尼采印记，就再也不曾有过与《文化偏至论》同等直接、同等完整的那种直陈尼采自身的意味。一部震动了青年鲁迅心灵的《查拉图斯特拉如是说》，在促使《摩罗诗力说》和《文化偏至论》里走出了鲁迅“尼采”的同时，也使鲁迅对尼采的认识就此永远地停驻了下来。

---

① 引自钱碧湘：《鲁迅与尼采哲学》，《中国社会科学》，1982 年第 2 期，第 122 页。

② 引自［澳］张钊贻：《鲁迅：中国“温和”的尼采》，北京：北京大学出版社，2001 年，第 179 页。

到了1908年底发表的《破恶声论》中，鲁迅的“尼采”仅有1次出场：

至尼佉氏，则剌取达尔文进化之说，掊击景教，别说超人。虽云据科学为根，而宗教与幻想之臭味不脱，则其张主，特为易信仰，而非灭信仰昭然矣。顾迄今兹，犹不昌大。盖以科学所底，不极精深，揭是以招众生，聆之者则未能满志；惟首唱之士，其思虑学术志行，大都博大渊邃，勇猛坚贞，纵迕时人不惧，才士也夫！①

这段话在原文中，前承反驳“破迷信”之恶声的一段总论——“不悟墟社稷毁家庙者，征之历史，正多无信仰之士人，而乡曲小民无与。伪士当去，迷信可存，今日之急也”，以及一个实例——海克尔（Ernst Haeckel）既专事科学研究，又能力主科学与宗教一元、共奉诚善美三位一体为真，意在举尼采为海克尔之外的另一种实例，说明尼采初衷在于“据科学为根”，兴超人之说，抨击旧信仰，重建新信仰，只可惜其“科学所底”不够精深，所以感召力有限，目标未济。但尽管如此，作为瞩望深远的新思潮、新观念的首倡者，尼采迕时人而不惧的勇气和坚毅，还是可敬的。《破恶声论》里的这段尼采描述，很像是对《文化偏至论》里的尼采给了一个局部特写，它凸显了尼采思想中的超人主题及其生发背景中的科学与宗教因素的存在，赞美了尼采为捍卫自己的超人说而敢于逆众的强悍品格。

（作者：北京第二外国语学院文学院教授）

① 引自鲁迅：《破恶声论》，《鲁迅全集》（第八卷），北京：人民文学出版社，2005年，第31页。

“经典”的评论　评论的“经典”

——论茅盾的中国现代作家作品论

廖四平

一

茅盾是中国现代文坛上的一颗“巨星”，然而，他“是从理论批评开始踏上文坛的，从事创作是后来的事”①，“作为一个文学批评家，茅盾对现代中国文学创作，一直关怀备至”②。但是，“人们通常忽视了作为理论批评家的茅盾的贡献而主要把他当成作家，其实，从他的实际贡献来看，理论批评家的茅盾即或不比作家茅盾更为重要，起码也可以平分秋色”③。在长达60多年的文学生涯中，他既创作了一大批优秀的文学作品，又撰写了大量的文学理论和文学批评文章，此外，还留下众多作品的序、跋。他“在充分的生活积累和理论积累的基础上，在中与外的文学批评和古与今的文学研究的借鉴中从事创作，又以自己的创作实践经验和吸收别人的间接的创作实践经验为雄厚基础，把经验升华

---

① 丁尔纲：《从经验到理论—茅盾作品自序和跋学习札记》，见于《中国现代文学研究丛刊》，1985年2月。

② 夏志清：《中国现代小说史·茅盾》，转引自《茅盾研究资料》（中），中国社会科学出版社，第440页。

③ 丁尔纲：《从经验到理论—茅盾作品自序和跋学习札记》，见于《中国现代文学研究丛刊》，1985年2月。

为理论，又在新的经验与理论指导下进行新的创作”①。从而，在文学创作和文学理论以及文学批评等领域都取得了令人瞩目的成就。本文仅就他在中国现代作家作品评论方面所取得的成就，做一些探讨②。

作为一个杰出的文学批评家，茅盾对中国现代作家作品给予了足够的关注。在从1916年到1949年的30多年间，他始终关注着中国现代文坛，并对中国现代文坛上的各种文学现象进行了广泛而深入地研究，写出了大量的文学评论文章。具体说来，这些评论文章主要有两类：一类是以《鲁迅论》《王鲁彦论》《徐志摩论》《庐隐论》《冰心论》《落花生论》和《女作家丁玲》等为代表的作家论；一类是以《读〈呐喊〉》《法律外的航线》《一个青年诗人的“烙印”》《诗人与“夜”》《关于乡土文学》《论赵树理的小说》等为代表的作品论。这两类评论文章既相对独立，又相互联系，全面而又深刻地论述中国现代文学发展的30多年里的一些重要的文学现象。

在作家论中，茅盾所评论的基本上是一些中国现代文学史上的“经典”作家，如鲁迅、冰心、丁玲、徐志摩、许地山等。《鲁迅论》一文结合张定璜、成仿吾、尚钺等人对鲁迅及其作品的评论和鲁迅的《呐喊》《彷徨》《野草》《坟》《热风》《华盖集》和《华盖集续编》等作品对鲁迅进行了评论。鲁迅是中国新文化运动的主将，同时又是中国新文学的巨匠。然而，在新文学运动的初期，新文学界对鲁迅及其作品“众论纷纭”，如张定璜认为，鲁迅目光犀利，思想深刻——“从我们的眼睛、面貌、举

---

① 丁尔纲：《从经验到理论—茅盾作品自序和跋学习札记》，见于《中国现代文学研究丛刊》1985年2月。

② 本文所论及的茅盾的中国现代作家作品论全部见于《茅盾论中国现代作家作品》一书，概述部分由北京大学出版社于1980年1月出版。此书以下简称《茅论》。

动上，从我们的全身上，他看出我们的冥顽、卑劣、丑恶和饥饿”①，“他在我们里面看见……一群在饥饿里逃生的中国人”②，并对他们进行了无情的“剥脱”，从而使他们裸露出了原形。尚钺认为：“他（鲁迅）拿着往事，来说明今事，来预言未来的事。”③ 成仿吾认为，鲁迅的小说特别是前期小说存在着许多的毛病，如太急于再现典型，缺乏暗示等，有些作品如前期的《孔乙己》《药》《明天》等作，都是劳而无功的作品，与一般庸俗之徒无异④。针对这些评论，茅盾在经过冷静、客观地分析之后指出：“鲁迅站在路旁边，老实不客气的剥脱我们男男女女，同时他也老实不客气的剥脱自己”⑤；“他（鲁迅）能够抓住一时代的全部，所以他的著作在将来便成了预言”⑥；鲁迅小说的成功之处恰恰在其典型形象的塑造上，如《孔乙己》《药》《明天》等小说都是如此，因而不是“‘劳而无功的作品，与一般庸俗之徒无异’”⑦；茅盾还在对鲁迅作品具体分析的基础上指出：鲁迅确实是一个“老于手术富于经验的医生”⑧；是一个手拿投枪，随时都准备脱手一掷的战士，是青年们没有挂金字招牌的导师。《冰心论》一文结合冰心的《繁星》《春水》《冰心诗集》《冰心小说集》《往事集》和《冰心全集》等中的作品对冰心进行评论，认为冰心是一个“美”和“自然”的礼赞者，是一个非常超然的理想主义者，“在所有‘五四’期的作家中，只有冰心最最属于她自己。她的作品中，不反映社会，却反映了她自己，她把自己反

① 张定璜：《鲁迅先生》，转引自《鲁迅论》，见《茅论》，第47页、第48页。
② 张定璜：《鲁迅先生》，转引自《鲁迅论》，见《茅论》，第47、第48页。
③ 尚钺：《鲁迅先生》，转引自《鲁迅论》，见《茅论》，第66页。
④ 成仿吾：《（呐喊）的评论》，转引自《鲁迅论》，《茅论》，第64页。
⑤ 茅盾：《鲁迅论》，见《茅论》，第48页。
⑥ 茅盾：《鲁迅论》，见《茅论》，第66页。
⑦ 茅盾：《鲁迅论》，见《茅论》，第64页。
⑧ 张定璜：《鲁迅先生》，转引自《鲁迅论》，见《茅论》，第42页。

映得再清楚也没有”[①]，“这位富有强烈的正义感的作家，不但悲哀着‘花房里的一朵小花’，不但赞美刚决勇毅的‘小草’，她也知道这两者‘精神’上，物质上的一切，都永远分开了”[②]。《女作家丁玲》一文则结合丁玲的身世和作品《莎菲女士的日记》《韦护》《一九三〇年春上海》等对丁玲进行了评论，认为：“在《莎菲女士的日记》中所显示的作家丁玲女士是满带着‘五四’以来的烙印的……她的莎菲女士是心灵上负着时代苦闷的创伤的青年女性的叛逆的绝叫者”[③]；丁玲又是一个勇于创新的作家，她既写过像《韦护》《一九三〇年春上海》等这样的“革命与恋爱”题材的作品，又写过《水》这样的“不论在丁玲个人，或文坛全体，这都表示了过去的‘革命与恋爱’的公式已经被清算”[④] 的作品，“在左联的干部中，她（丁玲）是一个重要的而且最有希望的作家”[⑤]。此外，《徐志摩论》《王鲁彦论》《庐隐论》《落花生论》等文也分别结合徐志摩、王鲁彦、庐隐、许地山等各自的作品对他们进行了评论。

在作品论中，茅盾所评论的基本上是中国现代文学史上的一些“经典”作品，如《呐喊》《山雨》《倪焕之》《李家庄的变迁》以及文学研究会的其他一些主要作家如冰心、庐隐等的作品。

《〈中国新文学大系·小说一集〉导言》从宏观的角度着重对新文学第一个“十年”里的文学研究会以及这一时期里的文坛上出现的几种主要倾向进行了评述，同时也对文学研究会诸位作家的小说创作进行了颇为详细地评论。茅盾认为：文学研究会是中

---

① 茅盾：《冰心论》，见《茅论》，第 130 页。

② 茅盾：《冰心论》，见《茅论》，第 132 页。

③ 茅盾：《女作家丁玲》，见《茅论》，第 102 页。

④ 茅盾：《女作家丁玲》，见《茅论》，第 104 页。

⑤ 茅盾：《女作家丁玲》，见《茅论》，第 105 页。

国现代文学史上“最早的一个纯文学社会团”①，其大多数作家如冰心、庐隐、王统照、叶绍钧、许地山、孙俍工、徐玉诺、潘训、彭家煌、许杰等都主张文学要反映生活、反映人生，他们的作品也大都以现实生活为表现对象，因而，“当时文学研究会被称为文艺上的‘人生派’”②，新文学的第一个“十年”的前半期的创作较为寂寞，但后半期大不相同了——“这一时期，是青年的文学团体和小型的文艺定期刊蓬勃滋生的时代……先后成立的文学团体及刊物，不下一百余”③。《〈呼兰河传·序〉》这篇“序”在简析二伯、老厨子、老胡家的一家、漏粉、冯歪咀等人物的主要性格特点和分析老胡家的小团圆媳妇的不幸遭遇的根源后，指出:《呼兰河传》“是一篇叙事诗，一幅多彩的风土画、一串凄婉的歌谣”④，它里面“有讽刺，也有幽默。开始读时有轻松之感，然而愈读下去心头就会一点一点沉重起来。可是，仍然有美，即使这美有点病态，也仍然不能不使你炫惑”⑤。

《读〈呐喊〉》《读〈倪焕之〉》《读了田汉的戏曲》《读〈上沉剧本甲集〉》《读〈北京人〉》《读〈乡下姑娘〉》和《〈地泉〉读后感》等“读后感”分别就其所评论的作品的思想内容和艺术特色进行了评论。《读〈呐喊〉》一文，茅盾在对鲁迅的《呐喊》这部小说集中的诸篇小说进行了分析之后指出：鲁迅的小说注重对人生的反映，如《药》《明天》《风波》《阿Q正传》等小说都是旧中国的灰色人生的写照，《头发的故事》《故乡》《端午节》等小说都表现了作者浓厚的悲观情绪；同时，鲁迅的小说也很注重形式上的创新——“在中国新文坛上，鲁迅君常常是创造‘新

---

① 茅盾:《中国文学大系·小说一集·导言》，见《茅论》，第5页。

② 茅盾:《中国文学大系·小说一集·导言》，见《茅论》，第25页。

③ 茅盾:《中国文学大系·小说一集·导言》，见《茅论》，第8页。

④ 茅盾:《呼兰河传·序》，见《茅论》，第292页。

⑤ 茅盾:《呼兰河传·序》，见《茅论》，第292页。

形式的先锋’；《呐喊》里的十多篇小说几乎一篇有一篇新形式”①。《读〈倪焕之〉》一文结合新文学第一个十年的文坛概况，对叶绍钧的长篇小说《倪焕之》进行了评论——“《倪焕之》是他（叶绍钧）的第一个长篇，也是第一次描写了广阔的世间。把一篇小说的时代安放在近十年的历史过程中的，不能不说这是第一部；而有意地要表示一个人——一个富有革命性的小资产阶级知识分子，怎样受十年来时代浪潮所激荡，怎样地从乡村到都市，从埋头教育到群众运动，从自由主义到集团主义，这《倪焕之》也不能不说是第一部”②，尽管它在艺术上存在着结构上后半部不如前半部精密，人物形象后半部不如前半部鲜明生动等缺点，但它在当时仍可称得上小说创作中的“扛鼎”之作③。《读〈北京人〉》一文着重分析了曹禺的《北京人》这一剧本中的袁氏父女等人物形象的塑造、故事的背景以及“北京人”的象征意义等，并指出了它在这方面都存在缺点，而且，这些缺点使它的一些优点如成功的人物描写，鲜明的反封建主题等都失去了光彩。《读〈上沅剧本甲集〉》一文着重对余上沅的《兵变》《回家》和《塑像》等剧本进行了分析，指出了这些剧本存在的主要问题即忽视了作品的社会作用，把文学作品变成了“太太小姐解闷的玩意儿”④。《读〈乡下姑娘〉》一文对于逄和易巩合作的《乡下姑娘》这篇小说中的人物描写、人物形象、故事背景的设置，故事的结构以及作品的文笔等方面进行了分析，肯定了这篇小说中的心理描写，何桂花这一典型形象，人物对话中方言的使用等方面的成绩。《读了田汉的戏曲》一文概括地对田汉的剧本集《暴风雨中的七个女性》中的几个剧本进行了评论，指出了田

---

① 茅盾：《读〈呐喊〉》，见《茅论》，第149页。

② 茅盾：《读〈倪焕之〉》，见《茅论》，第158页。

③ 茅盾：《读〈倪焕之〉》，见《茅论》，第162页。

④ 茅盾：《读〈上沅剧本甲集〉》，见《茅论》，第211页。

汉剧本中所存在的浓厚的浪漫蒂克和“社会主义的写实主义”[1]色彩。《〈地泉〉读后感》一文结合华汉的《地泉》这部长篇小说的实际和当时文坛的状况，对《地泉》中的概念化、公式化的创作倾向进行了分析，并指出了其危害性及其产生的根源以及《地泉》这部小说对全体文坛的教训作用。

《关于乡土文学》《关于〈武则天〉》《关于〈遥远的爱〉》《关于〈吕梁英雄传〉》《关于〈李有才板话〉》《关于〈虾球传〉》《法律外的航线》《〈西柳集〉》《〈北方的原野〉》《丁玲的〈母亲〉》《王统照的〈山雨〉》《彭家煌的〈喜讯〉》《一个青年诗人的“烙印”》《诗人与“夜”》《叙事诗的前途》《〈窑场〉及其他》《谈〈赛金花〉》《论赵树理的小说》等基本上是一些“漫评”，这些“漫评”不拘一格，灵活多变，或着重肯定所评论的作品。如《丁玲的〈母亲〉》一文从肯定的角度对丁玲的《母亲》这部长篇小说进行了评论：“《母亲》的独特的异彩便是表现了‘前一代女性’怎样艰苦的在‘寂寞中挣扎’！……我们不能不把这部《母亲》作为‘前一代女性’怎样从封建势力的重围下挣扎出来，怎样憧憬着光明的未来，——这一串酸心的然而壮烈的故事的‘纪念碑’看了”[2]；又如《王统照的〈山雨〉》一文通过对王统照的《山雨》这部长篇小说里主要人物的细致分析，揭示了作者真正的用意在于“表现那本来是百分之百的农民意识的奚大有怎样渐渐因生活的转变而取得无产阶级的意识”[3]，从而肯定了《山雨》这部长篇小说的主旨。《法律外的航线》《西柳集》《彭家煌的〈喜讯〉》《关于〈遥远的爱〉》《关于〈吕梁英雄传〉》《关于〈李有才板话〉》等都是从肯定的角度对作品加以评论，而《谈〈赛金花〉》《关于〈武则天〉》则着重指出了所评作

---

① 茅盾：《读了田汉戏剧》，见《茅论》，第179页。

② 茅盾：《丁玲的〈母亲〉》，见《茅论》，第184页。

③ 茅盾：《王统照的〈山雨〉》；见《茅论》，第201页、第202页。

品所存在的问题——前者结合现实生活和文坛动向，从剧本的艺术性和戏剧效果等方面分析了《赛金花》这一剧作所存在的问题及其原因；后者从作者的主观目的和作品的客观效果两个方面分析了《武则天》这一剧本所存在的问题。

二

综观以上所述及的茅盾的中国现代作家作品论，我们可以看出，茅盾的中国现代作家作品论具有如下几个突出的特点：

（一）内容丰富多彩，形式多种多样

茅盾的中国现代作家作品论内容丰富多彩——它们中间既有不少作家论，如《鲁迅论》《王鲁彦论》《庐隐论》《落花生论》等，也有大量的作品论，如《读〈呐喊〉》《王统照的〈山雨〉》《论赵树理的小说》。在作家论中，既有对像鲁迅这样具有“公认性”的“经典”作家的评论，如《鲁迅论》；又有对像徐志摩这样的有很大影响但也有很大争议的“经典”作家的评论，如《徐志摩论》；还有对像许地山这样的个性鲜明、风格突出的“经典”作家的评论，如《落花生论》。在作品论中，一方面既有对小说的评论，如《读〈倪焕之〉》《关于乡土文学》等；又有对诗歌的评论，如《一个青年诗人的“烙印”》《叙事诗的前途》等；还有对剧本的评论，如《读了田汉的戏曲》《读〈上沅剧本甲集〉》等。另一方面，既有对“老作家”的作品的评论，如《读〈呐喊〉》《读〈倪焕之〉》《王统照的〈山雨〉》《关于〈李有才板话〉》等，并且对个别作品还进行了反复的评论，如对鲁迅的《呐喊》，在《鲁迅论》《读〈呐喊〉》《读〈倪焕之〉》《换巢鸾

凤·篇末感言》① 等文中进行了的反复的评论；又有对新近作家的新作品的评论如《北方的原野》《谈〈乡下姑娘〉》《关于〈遥远的爱〉》等；还有对存在着一定问题的作品的评论，如《〈地泉〉读后感》《读〈上沅剧本甲集〉》《谈〈赛金花〉》《关于〈武则天〉》等，这些评论所论及到的几乎都是中国现代文学史上的一些非常值得重视的作家作品。

茅盾的中国现代作家作品论不仅内容丰富多彩，而且形式多种多样——他们中间既有像《鲁迅论》《读〈倪焕之〉》等这样的“长篇大论”，又有像《读了田汉的戏曲》《论赵树理的小说》等这样的精悍短评；既有像《〈中国新文学大系·小说一集〉导言》这样的“导言”，又有像《〈呼兰河传〉序》这样的“序”；既有像《读〈呐喊〉》《读〈倪焕之〉》《〈地泉〉读后感》等这样的“读后感”，又有像《丁玲的〈母亲〉》《一个青年诗人的“烙印”》《西柳集》《关于〈虾球传〉》《谈〈赛金花〉》等这样的“漫评”；既有像《王鲁彦论》《庐隐论》《论赵树理的小说》等这样的“‘专’论”，又有像《诗人与夜》《〈窑场〉及其他》等这样的“‘合’论”；既有像《冰心论》《北方的原野》等这样的“散文体”，又有像《落花生论》这样的对话体。

（二）注重从社会——历史的角度对作家作品进行评论

茅盾的中国现代作家作品论绝大多数都是注重从社会——历史的角度来进行评论的。所谓从社会——历史的角度即运用社会——历史学派的评论方法。“社会——历史学派的评论方法是人类文学批评史上历史最悠久、影响最大的方法体系，无论在中国还是在西方，这种方法几乎伴随着文学批评的整个历史发展过

① 茅盾：《换巢鸾凤·篇末感言》，《小说月报》，1921 年第 5 期。

程。”[1] 它从文学的社会性和社会历史发展的角度出发，对作家的思想观点和作品的思想内容进行评论，注重“考察文学作品的真实程度，分析作品的社会价值和进步意义以及评价作家的社会理想和人格，等等”[2]；重视对文学作品中人物形象的分析，并把典型性作为对文学作品进行评价的重要尺度；强调“文学的手段和形式必须有利于文学表现社会历史的发展运动，必须有助于提高文学的社会效果和作用”[3]，为图“影响和推动文学向着符合一定社会理想和艺术理想的方向不断地向前发展”[4]；在具体的评论中，它通常表现为对被评论的对象进行阶级分析、传记评论和文化—心理评论等。

茅盾的中国现代作家作品论是很注重从社会—历史的角度即用社会—历史评论方法对作家作品进行评论的。

《鲁迅论》一文先列举了对鲁迅的几种有代表性的看法，然后针对这些看法，结合鲁迅的作品，从鲁迅的个性气质、思想观念、文艺观念等角度对鲁迅进行了评论，认为：鲁迅冷静、深沉，因而，他真正看到了时代的落后、社会的黑暗、人生的险恶；主张文艺反映生活，所以，他的作品都是取材于现实生活……在这篇评论里，阶级分析、传记评论和文化—心理评论融为一体。

《徐志摩论》一文从徐志摩作品的思想内容角度，论述了徐志摩的思想观念；从徐志摩与时代、社会的距离的角度，论述了他的诗情逐渐“枯窘”的原因；从徐志摩的阶级观点的角度，论

---

① 王先霈、范明华：《文学评论教程》，成都：四川文艺出版社，1990 年，第 111 页。

② 王先霈、范明华：《文学评论教程》，成都：四川文艺出版社，1990 年，第 127 页。

③ 王先霈、范明华：《文学评论教程》，成都：四川文艺出版社，1990 年，第 129 ~ 130 页。

④ 王先霈、范明华：《文学评论教程》，成都：四川文艺出版社，1990 年。

述了他的作品的特色形成的原因，从而全面而又深刻地论述了“志摩是中国布尔乔亚‘开山’的同时又是‘末代’的诗人”①这一问题；这篇评论主要是通过阶级分析来对作家进行评论的。

《女作家丁玲》《丁玲的〈母亲〉》等文结合作家的身世、阅历对丁玲及其作品进行了评论——前者在叙述丁玲的姓名、姓名的来由及其所体现的丁玲的思想观念的基础上，指出了丁玲的《韦护》这部小说的主角丽嘉是以作者的好友王剑虹为原型而塑造的，肯定丁玲思想的不断进步和文艺观点正确是其作品质量不断提高的根本原因；后者结合丁玲的身世肯定性地指出：丁玲的《母亲》这部小说是“以作者的母亲作为中心”②的，所以提名为《母亲》；同时又结合犬马的《读〈母亲〉》一文对丁玲《母亲》的评论，对《母亲》的成败得失进行了评论。这两篇评论主要是用传记评论来对作家作品进行评论的。

《王统照的〈山雨〉》《读〈乡下姑娘〉》等文都着重对作品中的人物形象进行分析——前者对王统照的《山雨》这部长篇小说中的主要人物奚大有、奚二叔、陈大爷、魏二、徐老秀才、宋大傻、徐利等进行了颇为详细地分析，并认为“奚大有的经验是一个典型的描写”③，通过对奚大有这一人物的描写，作者真实地写出了“农民怎样的活不下去，以及怎样的从‘靠地吃饭’到‘另打算’”④的过程。后者对于逢和易巩合著的《乡下姑娘》这部中篇小说里的主人公何桂花进行细密地分析，认为“何桂花这一个人物即使不能说是我们现在所有的农村妇女典型人物中写得最好的一个，那就一定是最有力量的一个”⑤。此外，《读〈倪焕

① 茅盾：《徐志摩论》，见《茅论》，第84页。
② 茅盾：《丁玲的〈母亲〉》，见《茅论》，第181页。
③ 茅盾：《王统照的〈山雨〉》，见《茅论》，第194页。
④ 同上。
⑤ 茅盾：《读〈乡下姑娘〉》，见《茅论》，第275页。

之〉》《〈地泉〉读后感》《丁玲的〈母亲〉》《彭家煌的〈喜讯〉》《〈西柳集〉》《关于〈吕梁英雄〉》《关于〈虾球传〉》等文也注意到了对作品人物形象的分析。《〈地泉〉读后感》一文还把"脸谱主义"即公式化地描写人物看作是《地泉》这部长篇小说写作失败的根本原因之一。

茅盾的其他中国现代作家作品论也大都注重对社会—历史评论方法的运用，这里就不一一阐述了。不过，茅盾的中国现代作家作品论并没有忽视对作家的艺术个性和作品艺术特色的评论。如《〈中国新文学大系·小说一集〉导言》一文就很重视对王思玷的《偏枯》、徐玉诺的《一只破鞋》《祖父的故事》等小说的艺术特色的评论，《鲁迅论》一文很重视《鲁迅论》对鲁迅艺术个性的评论，《读〈呐喊〉》一文对鲁迅小说艺术特色进行了较为具体的评论……

（三）重视"实证评论"

在这里，所谓的"实证评论"是指评论家从他所评论的对象出发，基本上摆脱了其自身的情感因素影响的评论。茅盾认为："批评和艺术的进步，相激励相攻错而成。苟其完全脱离了感情作用而用文学批评的眼光来批评的，虽其评失当，我们亦认其评有价值。"① 茅盾的中国现代作家作品论基本上贯穿了这种观点——具体说来，它们具有如下两个颇为鲜明的特点：

其一，注意对各种材料的引用。

茅盾的中国现代作家作品论注重对材料的引用——或引用原作，或引用时人的评论，或引用作者的观点。如《鲁迅论》一文共引用了42条材料，其中有的是对原作如《这样的战士》《伤逝》《在酒楼上》《孤独者》等的引用，有的是对时人的评论如

① 茅盾：《通信—致郑振择》，《小说月报》，1921年第2期。

马钰在《初次见鲁迅先生》、曙天女士在《访鲁迅先生》、陈源在《致志摩》、张定璜在《鲁迅先生》、尚钺在《鲁迅先生》、成仿吾在《〈呐喊〉的评论》中对鲁迅评论的引用；有的是对鲁迅作品的序、跋，如《〈呐喊〉自序》、《写在〈坟〉后面》等文的引用；《冰心论》《徐志摩论》《诗人与“夜”》《一个青年诗人的“烙印”》等文都引用了大量的材料；其他的一些评论也大都注意了对材料的引用。

其二，注意从所评论的对象的“实际”出发进行评论。

茅盾的中国现代作家作品论都是从所评论的作家作品的“实际”出发来对其进行评论的——无论是对所评论的对象的肯定，还是否定，都是持之有故、言之有理的。如《读〈呐喊〉》一文是针对《呐喊》中诸篇小说的形式特征的“实际”情况做出“在中国新文坛，鲁迅君常常是创造‘新形式的先锋’，《呐喊》里的十多篇小说几乎一篇有一篇新形式”① 这样的评价的。同样，《〈法律外的航线〉》一文对沙汀的同名短篇小说集中的《法律外的航线》这篇小说的肯定和对《码头上》这篇小说的否定，《徐志摩论》一文对徐志摩诗的艺术成就的肯定和思想内容的否定，《〈地泉〉读后感》一文对田汉的长篇小说《地泉》的否定，《谈〈赛金花〉》《关于〈武则天〉》对《赛金花》《武则天》题材处理的否定等都是从作品的实际情况出发的，其他的一些评论也大抵如此。

（四）重视“比较评论”

在这里，所谓的“比较评论”是指通过对所评论的对象进行“比较”来凸出异同进行评论，而不是指在文学评论中通常所使用的比较文学评论方法，即“考察各国、各民族之间文学的相互

---

① 茅盾：《读〈呐喊〉》，见《茅论》，第149页。

影响与作用的比较研究方法"①。茅盾的中国现代作家作品论绝大多数都十分重视对所评论的对象进行"比较评论"——大致说来，这些"比较评论"主要有如下几种类型：

第一，对不同的作家作品的比较评论。如《诗人与"夜"》一文对林庚和蒲风及其诗作中所描绘的"夜"进行了比较评论；《女作家丁玲》一文对谢冰心和丁玲早期作品中的主题进行了比较评论；《关于乡土文学》一文对萧红的《生死场》和马子华的《他们的子民们》进行了比较评论；《〈中国新闻学大系·小说一集〉导言》对庐隐的"问题小说"与冰心的"问题小说"以及孙俍工的小说与庐隐的小说进行了比较评论。

第二，对同一作家的不同作品的比较评论。如《西柳集》一文对吴组湘的《一千八百担》和《天下太平》《金小姐与雪姑娘》与《卍字金银花》等作品进行了比较评论；《读〈北京人〉》一文对曹禺的《雷雨》《日出》和《北京人》进行了比较评论；《读〈上沅的剧本甲集〉》一文对余上沅的《兵变》和《回家》进行了比较评论；《读〈呐喊〉》一文将《幸福的家庭》和《伤逝》以及《在酒楼上》和《孤独者》等作品进行了比较评论。

第三，对不同历史时期作家作品的比较评论。如《〈中国新闻学大系·小说一集〉导言》一文对1921年前后两个时期的作家作品进行了比较评论。

第四，对同一历史时期作家作品的比较评论。如《〈中国新闻学大系·小说一集〉导言》一文对同一时期的李渺世及其作品与利民、朴园、王思玷等及其作品进行了比较评论；《读〈倪焕之〉》一文将同一时期的叶绍钧及其长篇小说《倪焕之》与其他作家及其作品进行了比较评论。

① 王先霈、范明华：《文学评论教程》，成都：四川文艺出版社，1990年，第238页。

第五，对不同国籍的作家的比较评论。如《〈中国新闻学大系·小说一集〉导言》对李涉世与陀思妥耶夫斯基的创作特点进行了比较评论。

第六，对同一评论对象的不同评论的比较评论。如《鲁迅论》一文对马钰、曙天女士、陈源、张定璜、尚钺、成仿吾等人各自对鲁迅的评论进行了比较评论。

第七，对同一作品中不同人物形象的比较评论。如《王统照的〈山雨〉》一文对奚大有的上一代的奚二叔、陈大爷、魏二、徐老秀才等、同一辈的宋大傻、徐利、杜烈等和奚大有进行了比较评论。

（五）文学评论与文学理论的探讨融为一体

茅盾是一位集创作、理论和批评于一身的“大家”，他既在自己丰富的创作经验的基础上、在正确的文艺观的指导下对一些中国现代作家作品进行了评论，又在这些评论中结合所评论的作家作品和当时的文坛状况以及自己的文艺理论素养对一些文学理论问题进行了探讨，并将这两者有机地结合起来、融为一体。

茅盾主张文学要真实地反映时代、社会、人生，服务人生，反对“为艺术的艺术”。他在他的许多理论文章，如《现在文学家的责任是什么》① 《小说新潮栏宣言》② 《新旧文学平议之平议》③《文学上的古典主义浪漫主义和写实主义》④《为新闻学研究者进一解》⑤ 中都阐述了这一文学观点，并且把他的这一文学观点运用于指导自己的创作实践，创作出了像《蚀》《虹》《春

① 见《东方杂志》第17卷第1号，1920年1月。
② 见《东方杂志》第17卷第1号，1920年1月。
③ 见《小说月报》第11卷第1号，1920年1月。
④ 见《学生杂志》第7卷第9期，1920年8月。
⑤ 见《改造》第3卷第1号，1920年9月。

蚕》《林家铺子》和《子夜》等这样的作品；同时，他又把他的这一文学观点用于指导自己的文学评论，撰写了像《鲁迅论》《冰心论》《读〈呐喊〉》《读〈倪焕之〉》《王统照的〈山雨〉》《〈西柳集〉》等这样的从社会—历史的角度，着重对现实主义作家作品进行评论的评论文章，并且在这些评论文章中，结合所评论的作家作品，从自己现实主义文艺观的角度对一些文艺理论问题进行了探讨。

《读〈倪焕之〉》一文从作品的鲜明的时代色彩和现实的思想内容的角度对鲁迅的《呐喊》和叶绍钧的《倪焕之》予以了充分的肯定。同时，又结合《呐喊》《倪焕之》和当时文坛的状况，从正反两个方面对时代、社会、人生对于文学创作能产生的巨大影响这一问题进行了讨论。《〈地泉〉读后感》一文结合《地泉》及同时代的其他作品对“一个作家应该怎样地根据他所获得的对于现社会的认识，而用艺术的手腕表现出来”①这一问题进行了讨论；认为《地泉》及同类作品写作失败的根本原因之一是：(一)“缺乏社会现象全部的非片面的认识”②；(二)“缺乏感情的去影响读者的艺术手腕”。《读〈上沅的剧本甲集〉》一文结合《兵变》《回家》《塑像》等剧作与时代、生活、人民的关系，对作品的艺术真实性、典型性和功利性等问题进行了讨论，认为《兵变》《回家》《塑像》等剧作脱离了时代、生活、人民，艺术上不够真实典型，它们是资产阶级“太太小姐解闷的玩意儿”③。《徐志摩论》一文结合徐志摩及其作品对作家的世界观与作品的思想内容和艺术成就之间的关系进行了讨论，认为徐志摩的作品之所以思想内容空虚、艺术形式“圆熟”，主要是其资产阶级世界观作用的结果。此外，茅盾的其他评论也用现实主义文艺观点

① 茅盾：《地泉〈读后感〉》，见《茅论》，第168页。

② 茅盾：《地泉〈读后感〉》，见《茅论》，第169页。

③ 茅盾：《读〈上沅剧本甲集〉》，见《茅论》，第211页。

对一些理论性的问题进行了探讨，如《谈〈赛金花〉》《关于〈武则天〉》等文结合《赛金花》《武则天》等剧作对如何处理历史题材这一问题进行了讨论；《叙事诗的前途》一文结合田间、臧克家、蒲风等人的诗作对中国叙事诗的前途这一问题进行了讨论，《〈窑厂〉及其他》一文结合葛琴的《窑厂》《总退却》等作品对作品的艺术性和趣味性以及两者的关系等问题进行了讨论。

总之，茅盾的中国现代化作家作品论在对中国现代作家作品进行评论的同时，也对与所评论的作家作品有关的理论问题进行了讨论，并且将这两者有机地结合了起来。

三

茅盾的中国现代作家作品论不仅内容丰富充实、特点鲜明突出，而且所起的作用也积极巨大——它们对整个中国现代文坛乃至整个中国当代文坛都产生了积极的影响。具体说来，它所起的作用主要是有以下四点：

第一，及时正确地引导了中国现代文学的向前发展，有力地促进了中国现代文学创作的繁荣。

茅盾的中国现代作家作品论所论及的都是中国现代文坛上有很大影响的作家作品，这些作家作品或以其独特的思想内容，或以其独特的艺术形式，影响着中国现代文学的进程；茅盾的中国现代作家作品论或是对他（它）们的积极评论——充分肯定一些思想深刻、艺术修养深厚的作家如鲁迅、冰心、丁玲、王统照、赵树理等和思想性强、艺术性高的作品如《彷徨》《母亲》《繁星》《春水》《山雨》《李有才板话》《李家庄的变迁》等；或是对他（它）们的一分为二的评论——既肯定其优点，又否定其缺点，如《徐志摩论》一文就既肯定了徐志摩的艺术造诣和徐志摩作品的艺术成就——“志摩是中国文坛的杰出代表”[①]，是新诗人中间最值得注意的，他的诗作如《猛虎集》里的诗具有很高的艺术性，又指出其作品思想内容的消极颓废空虚——《猛虎集》“不外乎感伤的情绪”[②] 的表露，《志摩的诗》“大部分还是情感的无关的泛滥”[③]，《翡冷翠的一夜》“几乎完全是颓唐失望的叹息”[④]；其他如对王鲁彦、庐隐、曹禺等作家及其作品的评论也大都是一分为二的，或是对他（它）们的中肯批评——着重指出并分析其存在的问题，如《〈地泉〉读后感》一文直言不讳地指出“本书《地泉》非但不能达到它写作的本来目的，且亦浓厚地分有了那时候同类作品的许多不好倾向”[⑤] ——“脸谱主义”和“方程式”的描写，并分析这一问题产生的原因是：“（一）缺乏社会现象全部的非片面的认识，（二）缺乏感情的去影响度读者的艺术手腕”[⑥]；《谈〈赛金花〉》《关于〈武则天〉》等文也是着重指出并分析其存在的问题的……通过对他（它）们的评论，或扩大了他（它）们的积极影响，或减弱或消除了他（它）们的消极影响，使中国现代文学在其自身的发展过程中的经验得到了及时的总结、问题得到了及时的指出或纠正，从而及时正确地引导并推动了中国现代文学的向前发展，有力地促进了中国现代文学创作的繁荣——可以这样说，中国现代文学之所以始终都是处于一种良性发展的状态之中，之所以能够在短短的30多年的时间里出现众多优秀的作家作品，这与茅盾的中国现代作家作品论以及同类评论所起的积极作用分不开的，假如没有这些评论，那么，像鲁迅那样的作家及其作品至少不能几乎在

---

① 茅盾：《徐志摩论》，见《茅论》，第84页。

② 同上。

③ 同上。

④ 茅盾：《徐志摩论》，见《茅论》，第90页。

⑤ 茅盾：《地泉（读后感）》，见《茅论》，第169页。

⑥ 同上。

他（它）们出现的同时就被文坛认可，并及时地对一大批作家产生巨大的积极的影响；像徐志摩那样的作家及其作品至少不能让人们认识得那样清楚全面——既能让人们看到其艺术方面的可取之处，又能让人们看到其思想内容方面值得否定的地方；像华汉那样的作家及其《地泉》那样的作品所存在的问题至少不能及时地被指出，其消极影响至少不能及时地得到削弱或遏止。

第二，继承了中国古代文学批评的优良传统，确立了中国现代文学批评的基本模式。

中国古代文学批评历史悠久，远在先秦时代，中国古代文学批评就已经开始了：孔子在《论语·为政》中就对《诗经》进行了评论，他说“‘诗三百’，一言以蔽之，曰：思无邪”①。此后，历代众多的批评家如孟子、钟嵘、刘勰、欧阳修、刘辰翁、李贽、袁枚等都对各种文学现象进行了广泛深入的评论，到王国维在《〈红楼梦〉评论》一书中对《红楼梦》的评论为止，中国古代文学批评的历史长达数千年。在漫长的发展过程中，中国古代文学批评积累了丰实的经验，形成了鲜明的特色，其中如下特色尤为“耀眼”：

1. 注重从社会—历史的角度对作家作品进行分析。中国历代的文学评论，始终都是把作家作品与时代社会联系在一起进行评论——无论是孔子、孟子、吴季札等人对《诗经》的评论、司马迁对屈原及其作品的评论，还是钟嵘对从汉代到梁代122位诗人的评论以及梁启超对维新派诗人黄遵宪、谭嗣同等的评论，都注重联系时代背景和社会生活对作家的思想观点、创作倾向和作品的思想内容进行评论，并强调时代、社会对作家作品的影响以及

① 刘俊田、林松、禹克坤译注：《四书全译》，贵州：贵州人民出版社，1988年，第91页。

作品对时代风貌、社会生活的反映。

2. 重视对作家的创作个性和作品的艺术特色进行评论。

中国古代文学批评从总体上说很重视对作家的思想倾向和作品的思想内容进行评论，但也很重视对作家的创作个性和作品的艺术特色进行评论。如钟嵘的《诗品》就很重视对诗人风格的评论；刘勰的《文心雕龙·知音》一文明确指出评论文学作品要从“位体”“置辞”“通变”“奇正”“事义”“宫商”等六个方面即从作品的形式方面着手；刘辰翁对《世说新语》的评论就很重视对作品的文学性、人物性格的描写和语言的运用等方面的评论。

3. 注意对评论文章样式的精心选用。

中国古代文学批评在漫长的发展过程中产生了众多的文章样式，常见的就有像《毛诗序》、何炳麟的《红楼梦论赞跋》、黄遵宪的《〈人境芦诗草〉跋》这样的序跋体；像曹丕的《典论·论文》、陆机的《文赋》、王国维的《〈红楼梦〉评论》这样的论文；像刘勰的《文心雕龙》这样的著作；像杜甫的《戏为六绝句》、元好问的《论诗三十首》等这样的诗歌体；像欧阳修的《六一诗话》、袁枚的《随园诗话》、梁启超的《饮冰室诗话》等这样的诗话体；像刘辰翁、李贽、金圣叹等人的评点体；像白居易的《与元九书》、陆云的《与兄平原书》等这样的书信体，等等。这些文章样式各有所长，并且某一种样式总有其特定的适应面，如诗歌体一般来说适宜于评论诗歌，评点体适宜于评论戏剧、小说等。中国古代文学批评都选用不同的文章样式来对不同体裁的作品进行评论，如元好问就使用诗歌体来评论诗，李贽、金圣叹就使用评点体来评论小说戏曲（李贽、金圣叹都评点过《水浒传》，金圣叹还评点过《西厢记》）。

如前文所述，茅盾的中国现代作家作品论一般都着重于从社会—历史的角度对作家作品进行评论，注意对作家创作个性和作品艺术特色的评论，注意评论文章样式的选用……这些实际上是对中国古代文学批评优良传统的直接继承。可以说，正是有像茅盾的中国现代作家作品论及其同类的评论，中国文学批评才得以顺利地从古代过渡到现代。

茅盾的中国现代作家作品论不仅继承了中国古代文学批评的优良传统，而且还确定了中国现代文学批评的基本模式。中国现代文学批评是在充分地继承了中国古代文学批评的优良传统的基础上，伴随着中国现代文学的诞生和发展而诞生和发展起来的。它具有独特的内涵，茅盾的中国现代作家作品论可以说是其内涵的一种具体阐说——它是用现代白话文、着重从社会—历史的角度对所评论的对象进行的评论，其基本的类型主要有作家论和作品论两类，其基本的文章样式主要有“论文”“读后感”“散评”“序跋”等；茅盾的中国现代作家作品论以外的其他中国现代文学评论大抵具有这样的内涵，与茅盾的批评路数大抵相同或相似，而就那些较茅盾的中国现代作家作品论后出现的评论而言，前者无疑是具有引领作用的。

第三，为中国现代文学的研究提供了宝贵的第一手材料。

中国现代文学从开始到结束总共有 30 多年时间，在这短短的 30 多年的时间里，却涌现出了数以百计的优秀作家和数以千计的优秀作品，而其中有的作家作品还属世界第一流的，这在中国文学史上乃至世界文学史上都是一种十分重要的文学现象，认真地研究这一文学现象产生的原因，探索其所存在的内在规律，对推动我国文学事业的健康发展具有十分积极的意义。然而，由于各种原因（主要是政治、战争方面等原因），过去的许多关于现代文学研究的第一手材料都散失了，而现存的一些关于现代文学研究的第一手材料又由于各种原因，如由于政治观点、思想观点、艺术观点的局限性而存在着一定的问题，如褒贬失实。茅盾的中国现代作家作品论由于其深刻的思想内容和“普适性”的表现形式而在其发表的当时就广泛流传，因而基本上没有散失，并且今天收集起来也并无太大的困难，这些评论无疑成了我们今天研究中国现代文学的第一手材料。而且事实上，在中国现代文学的研究中，这些材料也都被充分地利用过，如王瑶在其《中国新文学史稿》这部研究中国现代文学的筚路蓝缕之作就大量地引用过茅盾的中国现代作家作品论中的观点或承载的信息——据初步统计，全书引用茅盾原文的地方就有十三四处之多，而且该书在论及一些影响很大而又不易把握而茅盾又论及过的作家作品时，基本上都引用了茅盾评论中的原文，采用了茅盾在其评论中所阐明的观点。其他一些研究中国现代文学的专著，如丁易所著的《中国现代文学史略》、刘绶松所著的《中国新文学史初稿》、唐弢、严家炎主编的《中国现代文学史》、黄修己的《中国现代文学简史》和《中国现代文学发展史》等，都有不少地方或直接或间接地引用过茅盾的中国现代作家作品论，这些专著通过对茅盾评论的引用，或增加了其内容的“实在性”，或增加了其观点的“说服力”，从而增加了其学术价值。因此，我们可以这样说，中国现代文学研究之所以能在短短的三四十年间（其中还包括“文革”十年）就取得令人瞩目（仅学术价值颇高的教材就编写了数十部）的成就，某种程度上来说，是与茅盾的中国现代作家作品论所起的作用分不开的。

第四，对中国当代文学创作和评论产生了积极的影响。

中国当代文学在其发生发展的 40 多年里虽然受到过各种运动的猛烈冲击，但是，仍然产生了为数众多的优秀作品，而且现实主义作品占受绝大多数（任何一个对当代中国文学稍有了解的人都会有此同感）。这固然主要是受时代社会的影响，但与茅盾的中国现代作家作品论及其同类评论的影响也有关。茅盾的中国现代作家作品论及其同类评论所论及的主要是现实主义流派的作家作品，并且主要是从现实主义的批评原则出发对作家作品进行评论的，所以，一大批现实主义流派的作家作品及时地引起了当时文坛的关注，并对当时的文学创作产生了广泛积极的影响，而中国当代文学又是中国现代文学在新的历史时期的自然延伸部分。因此，中国当代文学创作就不可能不受其影响了。可以这样说，现实主义作品之所以能占中国当代文学优秀作品的绝大多数，在某种程度上正是茅盾中国现代作家作品论及其同类评论潜在影响的结果。

如果说，茅盾的中国现代作家作品论对中国当代文学创作的积极影响还较为潜在的话，那么，它对中国当代文学批评的积极影响则较为明显了，这主要表现在以下两个方面：

第一，对中国当代文学批评的观念产生了影响。

中国当代文学批评的主体是社会—历史批评，绝大多数文学评论文章都是在现实主义批评原则的指导下，从社会—历史的角度对作家作品或其他文学现象进行批评的。如邓友梅的《评〈金锁〉》、企霞的《无敌的力量从何而来——评碧野的小说〈我们的力量是无敌的〉》、康濯的《我对萧也牧创作思想的看法》、李希凡的《读了〈组织部新来的青年人〉》、严家炎的《谈〈创业史〉中梁三老汉的形象》、林贤治的《一部振聋发聩的作品——试论长篇小说〈人啊！人!〉》、唐因、唐达成的《论〈苦恋〉的错误倾向》等即如此。当代文学批评这种局面的形成，固然主要是由于时代、社会等方面的原因，但明显地受到了茅盾的中国现代作家作品论的影响——注重从社会—历史的角度对作家的思想观念和作品的思想内容、人物形象进行评论——这正是茅盾的中国现代作家作品论的主要特点。

第二，对中国当代文学批评的文体样式产生了影响。

中国当代文学批评的文体样式大致有以下几种：

1. 专著。如曾镇南的《王蒙论》、洪子诚的《当代中国文学的艺术问题》。

2. 论文。如冯牧的《关于近年来文学创作的主流及其他》、李运抟的《论当代小说两大象征类型》。

3. 文艺随笔。如茅盾的《读书杂记》、秦牧的《艺海拾贝》等书中的文章。

4. 书信体评论。如何镇邦的《谈谈〈男人的风格〉的成就与不足——致张贤亮》、王蒙的《关于〈春之声〉的通信》等。

5. 对话体评论。如吴亮的《自动的艺术还是主动的艺术》、王蒙、王干的《自由与限制——当代作家画面观》等。

6. 序跋体。如何镇邦的《一部引人入胜的作品——〈使命与情网〉代序》、季红真的《激情生命的诗意呈示——序〈榭冕先生评论集〉》和《〈忧郁的灵魂〉后记》。

7. 评点体评论。如宇峰的《析杨炼的〈自在者说〉》、樊发稼《圆圈和三角的进行曲——写在自行车厂》等。

当代文学批评的这些文体样式一面是对中国古代文学批评的文体样式的发展和利用，另一方面也是对中国现代文学批评的文体样式的发展和运用，而茅盾的中国现代作家作品论的样式基本上就是中国现代文学批评的文体样式。因此可以说，茅盾的中国现代作家作品论对中国当代文学批评的文体样式产生了明显的影响。

从本书所论及的几个方面来看，茅盾确实是我国一位现代文学批评大师，他在对中国现代作家作品的评论这一领域确实取得了令人瞩目的成就，他的中国现代作家作品论简直就是我国现代文学评论中的“经典”评论，是我们文化宝库中的一笔宝贵财富，认真严肃地研究作为批评家的茅盾及其中国现代作家作品论，对于繁荣我国社会主义文学创作，促进当代文学批评的健康发展以及深化中国现代文学研究都是十分有益的。本文只是这方面研究的一个初步的但不定是一个很成功的尝试。

（作者：北京第二外国语学院文学院教授）

政治规约下老舍对“新北京”形象的生产

刘程程

老舍作品中独特的京味幽默一直是人们津津乐道的话题，老舍也因其独特的语言风格为读者所喜欢，但老舍在政治意识形态影响下创作的作品中，其独特的语言特色、京味幽默特征等在不断消解以期达到新政府理想中的首都形象的建构的目的，在政治需要、个人情感的联合驱动下，这个时期老舍塑造的“北京”形象是完全祛除市井气息的、生态环境得到有效改善的、人民政府爱人民的、社会人际关系和谐的“新首都”形象。

“马克思主义认为，意识形态不是什么‘理念的科学’，只不过是特定的一群人用来自我辩护的一种虚构。意识形态中的概念完全是主观的，都是用来为社会中的统治阶级辩护。因此，任何社会中的支配性政治概念，或者说意识形态，均反映了统治阶级的利益，而且是依据对政治本质的错误诠释。[①]”意识形态即ideology，陶东风的《文学理论基本问题》一书中这样诠释意识形态对文学的影响：“是社会政治、思想观念对作家创作的渗透和某种文学体制对文学发展的制约。”[②] 在经过了八年抗日战争，三年

① ［美］利昂 . P. 巴拉达特：《意识形态起源和影响》，张慧芝、张露璐译，北京：世界图书出版公司，2009 年，第 8 页。

② 陶东风：《文学理论基本问题》，北京：北京大学出版社，2012 年，第 235 页。

解放战争的洗礼之下，中国人民政府终于在1949年成立，新成立的国家在战争的摧残下不仅在经济层面上百废待兴、满目疮痍，而且在政治层面上也得不到欧美等国家的承认，新生的人民政权处于内忧外患的处境之中。在这样的背景下，中国共产党领导人民进行的轰轰烈烈的经济、政治、文化等各个方面的建设就此展开。在内忧外患的国内外情势下，人民政府迫切需要对国内外各界展示一个新的国家形象去重建国内人民的信心以及还击国际上反华势力的攻击。北京作为新中国的首都首当其冲地受到国内外各界的关注，重塑新的首都形象也在中央政府的指示下提上日程。作为新中国的首都，此时的北京已经具有了作为一个首都该具有的所有职能与机构。“在红色激情的涌动之下，北京城正经历着自其建城以来从未有过的大手术、大改造，城墙被拆，街坊被打通，街道被拓宽，古城面貌发生了巨大的变化，新的城市规划完全以政治意识形态为指归，煌煌帝都成为人民共和国的新首都。①”在这种情势下，作家笔下的北京形象无疑就充当了政府对外展示的宣传工具，老舍笔下的“老北京”形象势必需要向祛除市井气息的“新首都”形象转变。

除去政治上的需要，老舍对新中国的个人情感也成为促使他塑造新“北京”形象的主要原因。在成立于1938年3月的中华文艺界抗敌协会中，老舍不仅是创始人之一，更是被推为秘书，成为该组织在事实上的负责人，可以说老舍对于民族解放事业的发展是推崇的，并给予了极高的热情，因此新建立的政权必然得到老舍内心的拥护。从个人情感来说，老舍对于新的“北京”形象的建构也是充满热情与希望的。他在自传中兴奋地写道：“我高兴回到祖国来，祖国已不是半封建半殖民地的国家，而是崭新

① 刘勇、许江：《20世纪中国文学进程中的“北京”》，《北京师范大学学报》（社会科学版），2009年第3期，第103页。

的，必能领导全世界被压迫的人民走向光明，自由，与幸福的路途上去的伟大力量![1]” 1949 年 12 月，老舍应周恩来的邀请从美国讲学归国，回国后的老舍急切打开《毛泽东选集》学习毛泽东的《讲话》以及精神内涵：“在毛泽东看来，五四以来的革命文艺运动最大的缺陷就是没有很好地与工农大众相结合。文艺与大众相结合不仅是为了创作人民大众喜闻乐见的文艺作品的需要，也是艺术家转变立场的必由之路。”[2] “《讲话》试图建构的一种类似于希尔斯所提出的‘作为指导范型的传统’”[3] “这样的一种文艺新传统是在强大的政治力量的规约下生成的。《讲话》对‘文艺与政治的关系’‘文艺为什么人服务’等创作的核心问题作了毋庸置疑的论断，关于文艺的一些提法和要求更加明确、具体、深入、系统。”[4] 在《在延安文艺座谈会上的讲话》一文中，老舍知晓了文艺为谁而作，此时的老舍内心处于极度亢奋的状态中，他在自传中表明了他的写作态度：“我要听毛主席的话，跟着毛主席走！听从毛主席的话是光荣的！假若我不求进步，还以老作家自居，连毛主席的话也不肯听，就是自暴自弃！我要在毛主席的指示里，找到自己的新文艺生命。”[5] 事实上，老舍回国之前，曾明确的对美国朋友说起不愿卷入政治当中。但回国后，老舍却迅速将自己定位为“为政治写作”，这与其个人情感的定位是息息相关的。老舍曾在散文《北京》（作于 1954 年）中热情洋溢地写道：

---

① 徐德明：《老舍自传》，南京：江苏文艺出版社，1995 年，第 236 页。

② 胡玉伟：《文学：历史与现实》，哈尔滨：黑龙江人民出版社，2007 年，第 24 页。

③ 胡玉伟：《〈讲话〉与一种文艺“新传统”的生成》，《当代作家评论》，2012 年第 4 期，第 127 页。

④ 同上。

⑤ 徐德明：《老舍自传》，南京：江苏文艺出版社，1995 年，第 254 页。

我生在北京，热爱北京。现在，我更爱北京了，因为伟大的毛泽东住在这里。

自从定为新中国的首都，五年来北京起了很大变化。它已不是我幼年间看到的北京，也不是前十年的北京；甚至于今天的北京已不是昨天的北京！北京天天在发展，一天比一天更美丽，更繁荣，更可爱！①

而在详细的介绍了北京在中华人民共和国成立后发生的种种变化之后，作家又不由自主的开始感叹：

这就是我热爱的北京，也就是一切为了人民的福利，一切为了和平，一切为了社会主义的建设，而建设着的新中国的首都②！

老舍在《毛泽东选集》中找到了自己创作的新方向，不仅如此，老舍更被新政府委以要职③，并于1951年被赋予“人民艺术家”的称号——这些是老舍在蒋介石政府那里从来没得到过的。可以说，老舍对新中国是抱有感恩意识的，他得到了前所未有的尊重。在《生活、学习、工作》（作于1954年）一文中，老舍有这样的描述文字：

在精神上我得到尊重和鼓舞，在物质上我也得到照顾和报

① 老舍：《老舍文集》（第十四卷），北京：人民文学出版社，1989年，第333页。

② 同上。

③ 中华人民共和国成立后，老舍曾任政务院文教委员会委员、中国文联副主席、中国作家协会副主席兼书记处书记、中国人民代表大会代表、中国人民政治协商会议全国委员会常务委员会委员、北京市人民政府委员、中国民间文艺研究会副主席、北京市文联主席等职。来自 http：//baike. sogou. com/v72386. htm

酬。写稿有稿费，出书有版税①。

新生的人民民主政权也使一直为人民解放事业奔波的老舍看到了希望的曙光，新的统一的国家的建立使为人民写作的老舍内心激动得无以复加。“他兴致好极了。他自己想，政府也这样鼓励他，人民也需要他，重新再写新的北京、新的中国。②”建国初期，在红色激情的影响下、在意识形态的政治感召中，老舍创作了大量与政治生活以及政府政策相关的作品（主要是戏剧创作），如《方珍珠》（1950 年）、《龙须沟》（1951 年）、《春华秋实》（1953 年）等。在这些剧作中，老舍成功地将北京这个新中国的首都形象展示于世人面前：《龙须沟》中的新“北京”是生态环境得到改造的新首都形象；《全家福》中的“北京”则是人际关系和谐发展的城市典型。

在建国后轰轰烈烈的经济、文化、政治等生活的建设中，治理首都环境以及进行基础设施建设也适时地被提上日程。北京市人民政府秘书长薛子正在报告 1950 年度工作计划时指出：“下水道在北京时很严重的问题，经过去年的调查，不能不想办法，即或财政再困难，也要解决这个问题，因为是关系几百万人民的健康，所以把这项列为市政建设最重要的一项。”③ 龙须沟本来是北京极其有名的一条臭水沟，老舍的同名剧作写于 1950 年，取材于现实生活中的真实场景，为三幕剧。该剧以时间为线索，分别为：北京解放前、北京解放后以及 1950 年夏。在作品中，老舍是这样描述解放前的龙须沟的：

---

① 老舍：《老舍文集》（第十四卷），北京：人民文学出版社，1989 年，第 330 页。

② 转引自王玉琦：《老舍新中国时期的政治文化心态》，《宁夏社会科学》，2004 年第 2 期，第 109 页。

③ 《北京市第二届各界代表会议协商委员会第三次全体会议记录》（1950 年 2 月 9 日），北京市档案馆档案，第 127 页。

这是北京天桥东边的一条有名的臭水沟，沟里全是红红绿绿的稠泥浆，夹杂着垃圾、破布、死老鼠、死猫、死狗和偶尔发现的死孩子。附近硝皮作坊、染坊所排出的臭水，和永不清除的粪便，都聚在这里一齐发霉。不但沟水的颜色变成红红绿绿，而且气味也教人从老远闻见就要作呕，所以这一带才俗称‘臭沟沿’。①

而建国后经由人民政府改造后的龙须沟则发生了翻天覆地的变化，老舍借剧中人物四嫂的嘴里向读者展示了一个新的“龙须沟”：

“谁想到咱们门口会有了马路，会有了干干净净的厕所，会有了自来水？谁能说这儿就不该有个公园呢！”②

实际上，这里的“龙须沟”形象就是“北京”形象的真实写照。解放前的“北京”形象是破败不堪、环境恶劣的，经过了人民政府与人民的集体努力，解放后的“北京”形象成为了生态环境良好、基础设施逐渐完善的新的国家首都形象。这里的“北京”形象塑造符合老舍呼应国家政策的意图，是对解放后由政府改造后的新“北京”形象的真实描摹。张慧珠认为，“为中国首都北京市政府树立起一块人民政府爱人民的历史丰碑，是《龙须沟》的创作主题”③。联系到老舍创作《龙须沟》的背景，正是建国初期，新生的人民政府面对的是内忧外患、经济瘫痪的困境，龙须沟只是北京城里一个隐蔽处所的水沟，但政府却实实在在为人民的生活谋求福祉，想群众之所想，急群众之所急，切切

① 老舍：《老舍文集》（第十一卷），北京：人民文学出版社，1987年，第99页。

② 老舍：《老舍文集》（第十一卷），北京：人民文学出版社，1987年，第161页。

③ 张慧珠：《老舍创作论》，上海：上海三联书店，1994年，第513页。

实实的为人民的生活着想。老舍在这里塑造的“北京”形象是实实在在为群众谋福利的政府的形象，也是个党的光芒普照、惠泽到普通人身上的红色首都形象。

此外，除了生态环境改造完好、党全心全意为人民的新首都形象，老舍在《龙须沟》里塑造的新“北京”形象同样也是一个政治清明的新的首都形象。剧本中“龙须沟”形象的变迁事实上是“北京”形象变迁的真实写照。解放前，在蒋介石政府的统治下，政治黑暗，人民生活暗无天日，而在解放之后，人民翻身当家做主，且由共产党执政的新政府进行了一系列的改革整顿，奉行“全心全意为人民服务”的宗旨，作为共和国的特邀回国作家，作为曾经“文协”的骨干分子，老舍是怀着感恩、欣喜等复杂的情绪去讴歌这个新政府的。老舍对国家的未来式充满着憧憬与渴望。“龙须沟”是老舍构建红色首都的一个重要环节。在剧本《龙须沟》中，老舍借“龙须沟”这一形象将解放前后政治上不同的境况做了对比。在剧本中，老舍并没有将龙须沟的脏乱程度以文字的形式表达出来，而是巧妙地将这一环节设计到了人物日常对话之中。语言大师老舍借剧中几个主要人物之口间接透露了解放前的“龙须沟”，而这些人的身份地位也只是处于社会底层的普通劳动人民。与此同时，人物特有的语言风格以及性格特征也通过寥寥数语展现到读者以及观众面前。

咱们这儿除了官儿，就是恶霸。他们偷，他们抢，他们欺诈，谁也不敢惹他们。前些日子，张巡管一管，肚子上挨了三刀！这成什么天下！（赵老语）① 他们背后有撑腰的呀，杀了人都

① 老舍：《老舍文集》（第十一卷），北京：人民文学出版社，1987年，第110页。

没事！（巡长语）[①]。

而在解放之后，政府的官员奉行的是：“大家选举我当委员，我就得为大家出力。好人，我帮忙；坏人，我斗争”[②]（赵老语）这样的宗旨。在群众眼里的政府则成了“自从有了新政府，咱们穷人还没吃过亏呀！[③]”（四嫂语）的全心全意为人民的新政府。而更为真实的是，老舍在《龙须沟》里通过一个普通群众对新政府由怀疑到信任的态度的转变更加突出了新政府是穷人的政府，新的“北京”首都形象更加深入人心。

而在剧本《全家福》中，老舍则将新的“北京”形象塑造成了一个社会关系和谐的新首都。《全家福》作于1959年，也是与政策相关的作品，作品创作的时间正处于“大跃进”运动期间，且在剧本中也充斥着“大跃进”“伟大的毛主席”这样的字样，主人公在对白中也时刻透露着新中国与旧中国人民的生存境况。这些都是符合老舍在建国初期“创作为人民”的创作主旨。《全家福》中的“家”这一形象有两重主旨：一是小家，二是从大的角度说的国家，老舍以“小家”的和谐关系暗示新中国成立后的社会安宁、人际关系和谐健康发展的国家新面貌。

剧本通过一系列小人物的故事建构了这样的一个和谐、安宁、幸福的社会：受过旧社会压迫的女子在新社会中重新收获了爱情；失踪了多年的父母兄弟姐妹经历了旧社会惨绝人寰的对待后，却在人民警察的帮助下找到了彼此；在旧社会压迫下人心变得狰狞的人可以在新社会的净化下，认识到自己的错误诚恳道

---

① 老舍：《老舍文集》（第十一卷），北京：人民文学出版社，1987年，第110页。

② 老舍：《老舍文集》（第十一卷），北京：人民文学出版社，1987年，第124页。

③ 老舍：《老舍文集》（第十一卷），北京：人民文学出版社，1987年，第137页。

歉，使得心灵变得纯净……这些琐碎的幸福最终拼凑了剧末的那张“全家福”，这才达到了全剧本的最高潮桥段——歌颂北京城里普通人的和谐幸福生活，暗示在新中国的成长环境中人与人之间美好的感情。老舍也在创作自述中这样说道：“人与人的关系的确起了令人赞叹不已的变化！这个剧本就是要写一写这种变化。尽管我的知识有限，我的热情却使我欲罢不能。”①

剧本中老舍通过主要人物的语言经历不仅刻画了人物角色迭宕起伏的人生经历，更加重要的是经过新旧社会的对比，产生了一个政治昌明、人与人之间关系和谐、精神面貌向上的“新首都”。正如剧中人物王仁利对着诸所长等人发出的感慨：

我告诉您实话，胜利以后，解放以前，我挣的那点钱，全喝了酒，一醉解千愁嘛！要不是北京解放了，我早就真死啦！②

实际上，文本中的“全家福”式的“北京”只不过是老舍意念中的在中国共产党领导下的缩影，新社会里的王秀竹不仅找回了失散已久的弟弟，而且“既是工人，又有了文化，多么叫人高兴啊！③”（王新英语）

老舍在这一时期的剧本创作中，主要是通过新旧社会的对比来展现新社会的和谐、人民生活的富足。《全家福》里的王仁利在解放前受尽警察气，却在解放之后在人民警察的帮助下找到了失踪了多年的妻儿。王秀竹在解放前被卖到妓院，后在新的社会环境中通过一系列社会中人的帮助，在未婚夫丁宏的鼓励宽慰下

---

① 老舍：《老舍生活与创作自述》，北京：人民文学出版社，1982 年，第 146 页。

② 老舍：《老舍文集》（第十二卷），北京：人民文学出版社，1987 年，第 59 页。

③ 老舍：《老舍文集》（第十二卷），北京：人民文学出版社，1987 年，第 53 页。

找到自我的价值，重新过上幸福的生活。王秀竹时刻在怨恨着旧社会的黑暗，老舍也用其生动的笔触借用她的内心活动的书写去讴歌新社会，利用观众的情绪重新塑造展示了一个新的“北京”形象。《全家福》里塑造的人物是善良的、有正义感的，这些完全符合老舍当时创作的动机——为人民、为政策。即使在解放前做人方面有一些瑕疵，可在新社会恩泽阳光的沐浴下，一样可以达到内心的纯净追求。这些虽符合主流意识形态影响下、国家对作家笔下“北京”形象创作的要求，可在追求这些的同时，作家作品的文学性以及价值便随之大打折扣。

老舍在这一时期的创作中，少有自我风格的流露，在他此时的创作中，为党、国家、毛主席、大跃进大唱讴歌的言辞随处可见。例如，在《我热爱新北京》（作于1951年）中就有这样的句子：“我怎么不感谢毛主席呢？是他，给北京带来了光明和说不尽的好处哇!”① 又如在《新社会就是一座大学校》（作于1951年）一文中，老舍明确的表明了自己的态度：“新社会就是一座大学校，我愿在这个学校里作个肯用心的学生。”② 这样的句子在这一时期老舍的作品中是时常出现的，而地道的“京味”也在其作品中减少了出现的频率。北京地方的语言特色、民俗等等也在渐渐淡出读者的视野。此时的老舍真真正正的成为“人民艺术家”。

前面我们已经详细探讨老舍在建国初期对新的首都的建构方式。但老舍在红色激情退却之后，内心又重新对自己的创作产生质疑与问询。老舍在创作了一系列“政策型”的作品之后，内心追求与政治政策的要求产生矛盾，老舍继而转为追求内心，在

---

① 老舍：《老舍文集》（第十四卷），北京：人民文学出版社，1989年，第314页。

② 老舍：《老舍文集》（第十四卷），北京：人民文学出版社，1989年，第327页。

“双百”方针的政策的鼓励下，相继创作了《茶馆》《正红旗下》等经典之作。在作品中，对“北京”形象的建构重新发生了转移与变化。

（作者：中国社会科学院研究生院副研究员）

身体书写与欲望叙事下的人性景观

——话剧《雷雨》再解读

吕彦霖

《雷雨》作为一部以一系列的罪恶完成对人性的追问，“暴露大家庭罪恶”的戏剧，剧中所罗列的罪行都与情欲具有直接的关系。正因为如此，这部戏剧中不乏各种形式的身体书写，以及附着于身体书写之上，起到情节推进作用的欲望叙事。然而长久以来，由于对《雷雨》性质的界定及其他各种原因，剧本中的这部分质素长期被有意或无意地忽视，这无疑是《雷雨》研究中的一个遗憾。质实而言，身体作为传达情感意向的主要载体，欲望作为人类的本能之一，都是理解剧中人物深层心理动机的钥匙。而唯有对剧中人物深层的心理动机有所了解，才能让我们有可能接近作者创作《雷雨》的真实目的，进而发掘话剧《雷雨》是如何做到无论时代如何变幻，都能保持持久的文学魅力的内在原因。

一、作为隐形“欲望女神”的四凤

作为《雷雨》中的三个为情欲所笼罩的人物之一，较之于蘩漪和周萍，四凤无疑是最少为研究者所关注的一个。虽然她在剧中承担着重要的串联作用，勾连起鲁周两家第二代的纠葛，并以自己的死亡印证了“天地的残忍”。然而她毕竟只是女性序列中的“间色”，作者并没有赋予她过多的心理内容，这让她始终是人物中内涵比较单薄的一个。仅有的一些研究中，也多是将四凤视之为“期待甜蜜爱情的天真女仆”①，强调其宽容与善良，这一定位自然能够从文本中找到不少的证据。但是，对四凤性格的这种概括，显然不能囊括作者在塑造这一人物时候的全部用心。细读《雷雨》，我们不能忽视文本所提供的另一些有关于四凤的细节以及它们所传达的信息，在这些信息中，四凤的形象俨然是拥有众多身体书写成分的《雷雨》中的“欲望女神”。首先请看第一幕中四凤出场的提示语：“四凤约有十七八岁，脸上红润，是个健康的少女。她整个的身体都很发育，手很白很大，走起路来，过于发育的乳房很明显地衣服底下颤动着。”“她有大的嘴，嘴唇自然红艳艳的，很宽，很厚，当着她笑的时候，牙齿整齐地露出来，嘴旁也显着一对笑涡。她很爱笑，知道自己是好看的。”这段对四凤形象描写的措辞堪称“露骨”，作者不仅描绘了四凤的青春，还特意凸显了她身材的丰满，尤其是对其“过分发育的乳房”的细致描摹，富于情欲暗示。其后，作者又在写给鲁大海的提示语中细致地比较了四凤与大海的嘴唇：“他有一张大而薄的嘴唇，正和他的妹妹带着南方的热烈的，厚而红的嘴唇成强烈的对照。”丰满青春的身体，鲜红热烈的嘴唇，这一描写又为四凤的身体吸引力加成。可以说，作者对四凤外形的塑造，已经赋予了她担任“欲望女神”的基本条件。然而作者并未就此结束，相反的，作者进一步以叙述坐实了对四凤“欲望女神”的定位。且看作为四凤“情敌”的蘩漪出场时作者对她的塑造：“她那雪白细长的手，时常在她轻轻咳嗽的时候，按着自己瘦弱的胸。直等自己喘出一口气来，她才摸摸自己胀得红红的面颊，喘出一口

① 李传璋:《期待甜蜜爱情的天真女仆—我看四凤的悲剧》,《安徽师范大学学报》,2007 年第 7 期，第 478 页。

气。”相对于四凤丰满健康的身体，作者笔下蘩漪的身体纤细而病态。这当然与她在周公馆多年的压抑生活有关，但也基本上剥夺了她担任“欲望女神”的可能（尽管她被塑造得拥有更原始的一点野性）。在她出场之后，作者又勾勒了她的整体形象给人的感受：“整个地看她，她似乎是一个水晶，只能给男人精神的安慰，她的明亮的前额表现出深沉的理解，像只是可以供清谈的”，具备文化素养且病弱的蘩漪，被认为精神气质更接近“水晶”，因而也更加适合成为精神爱恋的对象。虽然其后作者强调她也是“可以被爱的”，但是文本中对她的整体塑造已经使得她与“欲望的化身”这样的形容有了相当的距离。值得注意的还有周萍的出场提示语中的一段对四凤的描写：“他见着四凤，当时就觉得她新鲜，她的‘活’。他发现他最需要的那一点东西，是充满着流动着在四凤的身里。她有‘青春’，有‘美’，有充溢着的血。”在这里作者是以周萍的视角描述了四凤蕴含着青春生命气息的身体的迷人魅力。这种魅力无疑是周萍选择离开蘩漪的重要原因。最后，需要指出的还有鲁大海在周冲来家探访时对四凤的一段评价：“四凤是我的妹妹，我知道她！她不过是一个没有定性平平常常的女孩子，也是想穿丝袜子，想坐汽车的。”“我没有看错。你们有钱人的世界，她多看一眼，她就得多一番烦恼。你们的汽车，你们的跳舞，你们闲在的日子，这两年已经把她的眼睛看迷了，她忘了她是从哪里来的，她现在回到她自己的家里看什么都不顺眼啦。”经笔者查阅和对比，这段文字在《雷雨》的多个版本中都被删除掉了，主要是由于这一番评价中透露出的信息否定了阅读者投射于四凤身上的美德想象，进而影响了其所代表的阶层人物的形象光辉。当然，鲁大海与四凤之间的隔膜使得我们并不能对这一明显情绪化评价报以完全的信任，但是这种美德的“否定”确实对周冲等人附着于四凤身上的道德理想主义成分产生了消解。正是缘于这种消解，最终完成了作者对四凤“欲望女神”形象的塑造。

同时，我们也不能忽视，相对“单纯”的四凤也未曾摆脱文化律令的折磨。不过这种折磨的方式比较特别，在剧中周萍、鲁侍萍、周冲这三个为文化律令所苦的人都试图挣脱这种困境，而他们所采取的方式便是“心造出一个充满美与力的幻影，这就是四凤”①。在他们的意识中，显然都希望四凤成为带领他们脱离这种生存困境的领路人。然而事与愿违的是，他们的行为只是“加以她所不可能承受的超负荷精神压力”②，这种难以承受的精神压力，最终断送了四凤年轻的生命。

从作者对四凤的“欲望女神”式的塑造中，我们不难发现作者在创作中对以身体为载体的原始欲望的关注。正如前文所述，是四凤肉体的吸引力促使着周萍主动地逃离蘩漪，从而造成了蘩漪的一系列应对行动，并最终导致了家庭悲剧的爆发。作者通过对四凤的形象塑造及其她的存在对剧情造成的影响，向我们暗示了原始欲望在这场家庭悲剧中所扮演的重要角色，也为书写剧中人物陷于本能与文明两种质素夹攻的险境埋下了伏笔。

二、身陷情热“火坑”中的蘩漪

相对于作者有意凸显其肉体魅力的四凤，在蘩漪这一角色身上，作者更倾向于表现情欲的力量。正如研究者所指出的那样：“我们不能不想到‘情欲’。正是这个炽热的情感，这个不可遏制的人类原始本能造就了蘩漪。”③ 在《雷雨·序》中，作者称蘩漪为“最雷雨的”人物。正是因为她的性格中“不是恨便是爱，

---

① 钱理群：《大小舞台之间》，北京：北京大学出版社，2007 年，第 27 ~ 28 页。
② 同上。
③ 邹红：《曹禺剧作散论》，长春：吉林文史出版社，2010 年，第 20 页。

不是爱便是恨；一切都走向极端”①。这种极端的性格在蘩漪试图挽救自己与周萍感情的过程中得到了淋漓尽致的表现，当周萍执意要离开的时候，她竟然不惜将亲生儿子作为赌注，做最后一搏。尽管有研究者指出：“在二三十年代作家努力发掘的是女性形象中的‘女人性’。因此，二三十年代作品中的女性形象对传统的反叛性是十分明显的”②。然而，蘩漪的行为中所展现出的对“女人性”的强化和对“母性”的舍弃的程度仍然是惊人的。当她疯狂地喊出“不要以为我是你的母亲，你的母亲早死了，早叫你父亲逼死了，闷死了。就只有他才要了我整个的人，可是他现在不要我，又不要我了”的时候，她口中赤裸裸的真相瞬间压垮了周冲对现实的所有幻想，将他推到崩溃的边缘。同样的，从这样一段话也能体会到蘩漪对周朴园热烈的憎恨。蘩漪之所以与周朴园势同水火，首先源自于周朴园对其人身的控制，周朴园逼迫蘩漪喝药的场景已为大家所熟知，蘩漪实质上长期处于一种“被拘禁”的生存境遇之中。除此之外，更重要的原因应该是夫妻间感情长期的淡薄，我们注意到，周朴园极少回家，蘩漪要求四凤开窗透气的时候便说：“他在外头一去就是两年不回家。”也正是周朴园的缺席，才为蘩漪与周萍的偷情提供了可能。而从蘩漪询问周朴园的素菜的制作情况中，我们可以想见周朴园在家中过得极有可能是清净自守的佛教徒生活，他独有的生活习惯以及对侍萍的旧情难忘，很可能使得他与蘩漪难以具备和谐的夫妻感情。有研究者就指出实际上两人的感情从一开始就是淡漠而痛苦的：“17 岁的蘩漪是很难走进 37 岁的成年人周朴园的心灵的，那等于说她被排除在爱情的门外。这样，一直到 30 岁左右，她才认识

---

① 曹禺：《雷雨·日出》，北京：人民文学出版社，2010 年，第 373 页。

② 王晓明：《批评空间的开创：二十世纪中国文学研究》，上海：东方出版中心，1998 年，第 254 页。

了周萍。这十三四年对一个女人来说，折磨是非常之大。”① 蘩漪的人身与精神对自由的极度渴求以及不断被压抑的生理欲望，毫无疑问是造就她变态心理的主要原因。那些被不断压抑的需求显然不会凭空消失，而是会以更强烈的冲击力反弹。然而，在公馆的日常生活中，面对家中的仆从，她又不得不控制着自己心头的火焰，因此作者笔下才会这样勾勒她的形象和动作：“她的眼光会充满了一个年轻妇人失望后的痛苦与怨望。她的嘴角向后略弯，显出一个受抑制的女人在管制着自己。”这种生理满足长期缺席，又生存于一个难以发泄自身情绪的环境之中，使得她只能以消极等死的态度自我麻醉。而周萍出现终于解放了她所承担的沉重压抑，正如弗洛依德所言：“力比多依附于对重大生命需要的满足，而且将参与这个满足过程的人们作为它的第一对象。”② 因此作为“解放者”的周萍，成为了蘩漪最重要也最依赖的人。由此可知，尽管周萍也曾经表达过对父亲周朴园的憎恨，两人在对待周朴园的态度上很有共同话语，但是两人的乱伦关系显然不能仅仅视为对周朴园的报复，其根本原因还是压抑已久的原始欲求的总爆发。正是这种被压抑许久的原始欲求的强烈喷发，才会让蘩漪陷于被“情热烧疯了心”的状态，以致陷于非理性的精神状态无法自拔，关键时刻弃母子深情于不顾。

通过对以上细节的梳理，我们不禁要思考，蘩漪作为一位激烈的封建伦理道德的反抗者，支撑她做出如下行动的力量到底来自于何方？果真是由于“受到了五四运动的洗礼，接受了渴望自由、平等、个性解放的反封建思想”么③？答案显然是否定的，从

---

① 陈思和：《细读〈雷雨〉——现代文学名作细读之三》，《南方文坛》，2003 年第 5 期，第 23 页。

② ［奥］《西格蒙德·弗洛伊德．弗洛伊德后期著作选》，上海：上海译文出版社，1987 年，第 110 页。

③ 吕恩：《我和蘩漪：〈雷雨〉的舞台艺术》，上海：上海文艺出版社，1982 年，第 259 页。

剧本中我们发现，蘩漪并未遵循以上所路恶劣的道德原则，她并没有什么平等思想，在周冲对她诉说对四凤感情的时候，不断地表现出鄙夷（当然还要考虑到她与四凤的情敌关系），显然较之四凤她是以上层人自居的。而且她为了自身的情感诉求不断地威胁和控制他人，最终致人死命，显然也并没有认识到需要维护他人自由的权利。无怪乎有人这样指出："蘩漪最大的问题是，她压根儿就没有想到要尊重别人的自由和选择，她是极端的自我中心，唯我主义。"① 传统惯用的经受精神洗礼造就意识觉醒而表现于行动的推断在此并不适用。因此，我们不得不把目光重新转移到欲望因素上来，正如同作者在《雷雨·序》中一再强调的那样，"情热"才是蘩漪反抗封建伦理道德的原初动力。有敏锐的研究者指出了剧中一直为大家有意无意忽略的一段对话。这段对话产生于蘩漪挽留周萍无望之后，她选择了这样恳求周萍："不，不，你带我走，——带我离开这儿，（不顾一切地）日后，甚至于你要把四凤接来——一块住，我都可以，只要，只要（热烈地）只要你不离开我。"这段对话如同前文提到的鲁大海对四凤的评价一样，都属于对人物光辉形象的"祛魅"，有意思的是这种"祛魅"反而在很多时候更接近作者的原始构思。正如研究者所说的那样："这句话透露出来的正是蘩漪反抗周朴园的内在驱动力，是出于本能的对个人幸福的追求，使蘩漪走上了反抗的道路。"② 基于此我们可以推断，驱动蘩漪完成反抗的可能并不是崇高精神的洗礼，而是长期不能得到满足的本能需求的发动。作者在对待这种强大本能力量时，他流淌于笔端的暧昧态度无疑是很值得我们玩味的：他一方面写出了蘩漪在本能欲望得到满足之后身体的复苏，赞美本能的"蛮性"所具有的强悍力量；但另一方

① 蓝棣之：《现代文学经典：症候式分析》，北京：人民文学出版社，2006年，第69页。

② 李扬：《现代性视野中的曹禺》，北京：人民文学出版社，2004年，第51页。

面他也并未试图掩盖这种力量彻底爆发可能带来的后果——大家庭的崩溃，无辜者的死亡，为本能欲求所控制的人物在毁灭他人的过程中也未能幸免于难。在作者的笔下，“雷雨”过后，玉石俱焚。作者以蘩漪的生命经历道出了生命本能在伦理社会中所面临的困境：“性不再以一个革命者的形象出现，性的表演如今成为一场充满悖论的闹剧，这场悖论闹剧无论如何不能免除它的悲剧色彩。这就是：当它轻而易举冲破了它编织的牢笼之际，性的革命以及伴随革命的美学同时荡然无存。”① 与此同时，这种“雷雨”的性格也造成了蘩漪陷于进退维谷的生存险境。综观全剧，她的不断地给周围人以伤害，她的步步紧逼让她的“爱人”周萍感到恐惧，加快了离开她的步伐；她的歇斯底里让周朴园以“神经病”待之；她沉溺于情爱却忽视了与周冲的亲情，最终还因为情欲而失去了自己的儿子。这种性格让她在不同的社会角色中屡屡受挫，过得极为压抑和痛苦，可以说这种性格特征在一出场即为她的生活蒙上了悲剧色彩，无怪乎论者指出：“她的斗争一开始就带有一种悲剧的性质。”② 而这种悲剧性，正来自于她本身遵从本能欲望的人格特征与文明社会对个体规约之间的道德律令之间的矛盾冲突。通过蘩漪的命运悲剧，作者已经向人们展示了生命个体在本能与文明之中艰难挣扎的痛苦图景。

三、进退维谷的“冲动者”周萍

如果说作者在蘩漪身上更多地展现出的是个体本能欲望占据精神主导地位所带来的疯狂，那么他在周萍身上则更多地表现出个体欲望与内心文明规则的冲突造成的矛盾。仔细阅读周萍的出

① 汪民安：《身体、空间与后现代性》，南京：江苏人民出版社，2006 年，第 40 页。

② 钱谷融：《〈雷雨〉人物谈》，上海：上海文艺出版社，1980 年，第 37 页。

场提示语，除了作者赋予他的“可以炼钢融铁的，火炽的”强烈生命力之外，我们还很容易发现他性格中蕴含的两种互不调和的倾向。作者强调周萍一方面“是有道德观念的”、被文明教化了的人。另一方面又很缺乏理智，极容易陷于盲目的冲动，正是这种盲目的冲动使他犯下了乱伦的罪过。随后，我们注意到作者描写了周萍对鲁贵与周朴园两个人的态度：他羡慕可以肆意作恶的鲁贵，但他体内存在的文明规则使得他不能做到对自己曾经的罪恶毫不在意，他总要陷于痛苦的悔过之中。同时，他佩服能够一直遵从道德规范的周朴园，因为他的性格中缺乏坚决执行道德律令所需要的毅力与恒心，始终难以自我控制。一边是文明带来的耻感，一边是不断制造罪恶的冲动。这样的性格使得周萍不断地陷入“冲动—犯错—内省—痛苦—再次冲动”的恶性循环，他敏感的内心不断地被冲突折磨，陷于沉重的精神压力之中。而蘩漪的苦苦相逼又不断加重这种痛苦。为了救赎自我，他决定离开蘩漪，奔向四凤，希望以新的感情斩断困扰自己精神的恶性循环。文中说：“他要死心塌地的爱她，他想这样忘了自己”，很能使我们看到周萍对平稳心境的渴望以及压抑自己冲动性格的努力。然而，这场本意是自救的爱情的结果却是——周萍从一个罪恶走向了一个更大的罪恶。不但没有拯救自己，还大大加深了自己的罪孽，当周朴园宣布侍萍与他的母子关系，他所背负的所有精神压力最终造成了他的崩溃，这时的他也唯有选择自杀来斩断自己与这些罪恶的关系。

然而这并不是周萍面临的唯一矛盾，周萍在选择离开蘩漪，奔向四凤的过程中，同样陷入了矛盾的泥淖。正如前文所分析的那样，在文本中扮演“欲望女神”的四凤最先吸引周萍的地方便是她迷人的身体，作者指出：“他这次的爱不只是为求自己心灵的药，他还有一个地方是渴!”而这种“渴”显然是情欲本能需求的代称，其后的“经过她那有处女香的温热的气息后，豁然地他觉出心地的清朗”，则进一步印证了我们对四凤“情欲女神”位置的猜想。四凤充满生命力的身体显然要比蘩漪病态的身体更能够激发出尚在壮年的周萍的生命能量。周萍爱的不仅是四凤的身体，还有她的“粗”，我们注意到：“渐渐地他厌恶一切忧郁过分的女人，他也恨一切经些教育陶冶的女人，同一切细致的情绪，他觉得‘腻’！”这句话中“厌恶”的对象显然指向蘩漪，其时蘩漪也觉察到了周萍对她的疏离，为了挽回感情，她不断在周萍面前提及两人当日的情景，这对于早已经无数次悔恨自己当年冲动的周萍，无异于伤口撒盐，只会再次刺激他竭力忘却的罪恶感，激起他内心的冲突。于是，一切与蘩漪有关的特点都成为了周萍反感的对象——包括她的文化修养。所以，尽管“固然他也看到她是粗”，但是他仍然听从自己的直觉走向四凤。然而不幸的是，四凤的“粗”还是影响到了周萍与她的精神交流，周萍所梦想的“灵与肉”的双重契合未能实现，周萍发现四凤并不是他所追寻的“心灵的药”。作者指出：“四凤不能了解也不能安慰他的疚伤的时候，便不自主地纵于酒，于热烈的狂欢，于一切外面的刺激之中。”虽然并不和谐，然而周萍终究是心存善念的人，他“不得不爱四凤”。吊诡的是，具有文化修养的蘩漪反而在此时担当了周萍另类的“精神伴侣”，周萍所说的：“你是我认为最聪明，最能了解人的女人”固然不乏恳求的成分，但也绝非纯粹的恭维。面对文本中多次出现的周萍与四凤的交流不畅，可以说四凤与周萍即使不是同母异父关系，他们的结合最终也极有可能因为文化水准的显著差异而走向互相隔膜的悲剧结局。

作者在周萍情感取舍之中埋下了两难的线索，所痛恨的与自己有精神默契，所喜爱的与自己始终存在着隔膜。周萍在盲目的冲动下与蘩漪发生关系，心中的悔恨终生纠缠着他。其后他听从直觉而选择四凤，那种无法沟通的痛苦，也时时逼迫他寻找其他的刺激。由此看来，每一次依据本能的选择都让周萍付出了沉痛的代价，而承担惩罚任务的正是他自己经过文明训练过的内心，难怪作者要感叹天地间的残忍！相对于四凤和蘩漪，周萍的形象可以说具有更广泛的代表性，他在本能与文明规则之间的进退维谷，正可以被视为作者对现代社会中生命个体所面临的普遍性困境的深刻象喻。

通过对以上三个人物的分析，我们可以发现《雷雨》为我们描绘了这样一幅本能与文化律令搏斗的图景——在作者的笔下，文化律令显然是生命的牢笼："因为文化虽是生命过程的产物，但一旦存在，则获得了自己的固定形式，不再具有生命本身的永不停歇的节奏和裂变。"① 这种稳定的形态结构，自然会限制个体的精神生长，而个体只有两种选择，被塑造或者反抗。作者固然不主张甘于被律令控制，然而，他似乎也对反抗的结果抱有悲观的态度。在他的笔下，本能及其执行者无一例外遭受到了严厉的惩罚，那些由情欲所引起的身体的热度与张力与禁锢它们的坚固牢笼相比，显然是不值一哂的。

四、余论

《雷雨》诞生已 80 余周年，其间时代变迁，观念更迭，然而这部戏剧能够始终保持魅力，作者灌注于这部戏剧中的思考仍能让生存环境已经极大转变的我们感同身受，这实在不能不说是一个奇迹。除去剧情设计的巧妙、戏剧语言的优美等技术性因素。最重要的恐怕还在于作者通过戏剧所表现的人物困境：挣扎于本能与文明之间，或者说挣扎于感性与理智之间，正是具有普遍性的现代人的生存样态。作者对生命个体生存境遇的深切关注，恰

① 成伯清：《格奥尔格·齐美尔：现代性的诊断》，杭州：杭州大学出版社，1999 年，第 94 页。

与审美现代性的核心原则——“人是什么，人在存在中的地位是什么?”相互契合。作者笔下的人物一方面受到非理性本能的驱使，一方面又为无法预知的现实所吞噬。作者笔下的人物的反抗，用舍勒的话来讲：“是人身上一切晦暗的、欲求的、本能的东西反抗精神诸神的革命，感性的冲动已然脱离了精神的整体情愫。”① 而这种冲突模式自人类进入现代社会以来就从未停止。正因为如此，每一代观众都可以从《雷雨》的人物生命形态中找到自己的影子，并获得心灵的深刻共鸣。

另外，值得注意的还有存在于《雷雨》之中的大量身体书写。中国现代文学的身体描写起自“五四”，西方的思潮影响使中国现代文学的先驱者相信——身体解放才是各中解放的最终旨归，脱离了身体，各种形式的思想推演不过是空谈。曹禺的《雷雨》显然切合这一重要的意识转向，加之剧本的题材需求，使得身体书写与欲望叙事在文本中占据了相当重要的位置。身体与表现为性爱的欲望的重要性不言而喻：“性本能是使一个人有一个经历的原因。一个人的性经历之所以是他的生活的关键，是因为他把世界，即在时间方面和其他人方面的存在方式透射在人的性欲中。”② 在绝大多数情况下，身体比精神更能成为一个人特征的代表。通过对主要人物的身体与欲望书写，《雷雨》极大地强化了人物的个性特征，赋予了人物持久的艺术生命。《雷雨》中的人物总能给观者赤裸裸地与不可知的命运“肉搏”的观感，设若去除了作者的身体书写，剧本的表现力量恐怕也会大打折扣。

历来对曹禺戏剧的研究，都更倾向于表现其中所蕴含的启蒙主义思想，更关注戏剧所表现的精神维度，而有意无意地忽略曹

---

① ［德］马克斯·舍勒：《资本主义的未来》，北京：生活·读书·新知三联书店，1997 年，第 15 页。

② ［法］莫里斯·梅洛·庞蒂：《知觉现象学》，北京：商务印书馆，2001 年，第 209 页。

禺戏剧中密集的身体书写，这无疑是受制于前现代性的审美趣味和对理性精神的过度重视。实际上，任何思想的深切表达，都必须借助身体这一媒介。即便从启蒙主义角度控诉封建制度和传统伦理对个体的人的伤害，反映于身体的“伤痕”也是最有力的证据。在笔者看来，曹禺的戏剧的伟大之处，正源自于作者对生命个体的肉身感受和生存境遇的深切关注，作者是站在审美现代性的维度之上反思人类的生存现状的。

（作者：南开大学文学院博士研究生）

“借镜西方”与“本来面目”

——朱自清文学鉴赏观念的理论取径及其思想意涵

罗　成

一、引言：为何而鉴赏？

作为中国现代文学批评的重要开创者，朱自清的文学鉴赏观念，近年来重新获得了许多关注。其缘由在于，朱自清的文学鉴赏观念与实践对今天的文学教育与文学研究仍然具有相当重要的意义。孙玉石将朱自清定位于“中国现代解诗学最早的提倡者”，他认为：“朱自清倡导的现代解诗学，不仅包含了古典诗歌与现代诗歌阐释方法之间的内在联系，同时也是在西方与传统解诗方法双向吸收与融会中逐渐完成的。”季剑青则看到现代学科体制下“文学鉴赏”所处的困境，指出“朱自清虽在课堂上以鉴赏态度讲陶潜和李贺，研究过程中却不得不走考据的道路”)，并进而认为朱自清“以传统的体验方法讲授古典诗词而‘讲不出东西’时”，便转向了以“分析”为优势的“外国的影响”。陈国球却更关注朱自清在文学鉴赏的知识化努力中所体现的学科化意义，“朱自清等努力引进瑞恰慈（I. A. Richards）等的批评理念，把文学的欣赏结合分析以充实其‘知识’含量，由此提升文学的‘本体’活动的学术位格”，因此这种“以‘分析’作为方法学标志的‘文学批评’，却可以把文学‘鉴赏’的活动‘学术化’”。无疑，这些讨论为朱自清的文学鉴赏观念打开了新的意义阐释空间。但是，深入一层来看，在现有的解诗学、文学教育、学科化等讨论视角中却存在着某些共同倾向：第一，多聚焦于朱自清鉴赏观念的文学意义，无论是“传统解诗学的一种发展延伸和现代性重建”，还是将“文学的‘本体’活动”“如何可以安置在以创发和传授‘知识’的学术架构之内”，其根本视野都不脱“为诗而鉴赏”或“为知识而鉴赏”。第二，多依据朱自清对瑞恰慈、燕卜逊（Empson）文学批评方法的借鉴，将其鉴赏实践归结为西方批评理论与传统诗学修养的结合。进而，在西方理论与传统资源的把握上，多持某种“刺激—转化”说，即以西方理论的刺激为朱自清转化传统资源，提供现代文学批评的契机，乃至奠定基础。由此，现有研究中的文学中心论和西方刺激论两个根本性观念，既为我们提供了重新考察朱自清文学鉴赏观念的学术契机，又限制了我们更深入理解朱自清的文学鉴赏观念之于现代中国文学乃至人生的价值与意义。

如果只是将朱自清的文学鉴赏实践视为“为诗而鉴赏”的“纯文学”活动产物，以往这些看法应算持中、公允。但是，此处的问题恰恰在于，朱自清以解诗为核心的文学鉴赏观念从未仅仅以纯文学目的为旨归，朱自清始终是在以文化思想的方式回应着一整个面向“现代生活”理想的中国社会历史结构的剧变。因而，“为诗而鉴赏”的“纯文学”视野容易落入脱历史脉络与脱社会结构的封闭理解。进一步而言，文学思想史的真问题并非仅止于搞清楚历史细节，更在于把握到历史主体在具体而丰富的社会历史结构之中展开“思想—行动”实践所真正持存的知识感觉与观念感觉。仅仅立足于“为诗而鉴赏”“为知识而鉴赏”，其实是无法认识到朱自清的文学鉴赏与其整体思想之间的有机联系，更无法认识到后来经历了抗战烽火的朱自清为何一步步走向了“社会主义倾向的诗歌”与“人民的立场”。以往，有论者就曾将朱自清的晚期思想变化直接视为接受了外来民粹主义思潮的影响①，这种解释的问题在于，它完全回避了朱自清思想中一贯强烈的中国“本来面目”意识，而过度强调“借镜西方”的影响力。其实，从“诗的鉴赏”到“雅俗共赏”，前后并非两个朱自清，关键在于，我们究竟怎样才能以更贴合社会历史结构以及历史主体感觉的方式去认识、理解与把握朱自清的文学鉴赏观念背后的整体问题意识。

本文试图以1925~1935年间的朱自清文学鉴赏观念为考察对象，集中探讨身负学者和教育者双重身份的朱自清有关“鉴赏”为何“教育”及如何“教育”的诸种思考。本文并非仅仅将朱自清的文学鉴赏观念定位在“诗”“知识”或“学科”的内部，更多地还将关注到文学鉴赏与文学教育的重要关联，以及此种关联对于理解朱自清的整体文化思想的意味，乃至文学、知识与人生之间的连带性意义。

二、后五四时代的文化焦虑：“为现代”的文学教育

1925年8月，经俞平伯推荐，朱自清进入清华学校大学部任国文教授，开始了他的学者生涯。1928年8月，国民政府改清华学校为国立清华大学，杨振声出任文学院院长兼中文系主任，朱自清协同参与了中文系的创建工作。1930年7月，杨振声因赴青岛筹办青岛大学而辞教清华，朱自清被任命为代理中文系主任。随着其学者、教师、教育管理者多重身份的叠加，加之后五四时代（文学革命和国民革命的双重落潮）的北平现实境况，朱自清的文学理解进入了一个“为现代”的阶段。正是在这样一个探索

① 许纪霖：《朱自清与现代中国的民粹主义》，见《学人》（第13辑），南京：江苏文艺出版社，1998年，第237~263页。

文学如何“为现代”的过程中，朱自清逐渐形成了较为自觉而完整的文学鉴赏观念。

1926 年 4 月，刚任教清华不久的朱自清写下了《现代生活的学术价值》一文，指出：

> 据我所知，只在国语文学运动和五四运动以后数年间，现代的精神略一活跃而已。这时期一般人多或少承认了现代生活的价值，他们多或少从事于现代生活的研究。研究舶来的新的‘文化科学’的，足以遮没了研究国学的人；于是乎兴了‘国粹沦亡’之叹。但这种叹息，实在大可不必；因为不久国学就复兴了，而且仍是老样子……所谓老样子者：一，国学外无学；二，古史料外无国学。在这两个条件之下，现代生活的学术价值等于零！

朱自清进入学术界不久，就感受到了学术界与文学界的差异。之前虽任教中学①，但他一贯积极参与文学研究会、少年中国学会等新文学团体的活动，思想上也一直倡导通过文学来彰显“活的人生”与“表现人生”，“为人生”是其早期思想的核心关怀。但清华的氛围却是朱自清始料未及的。据杨振声回忆，“国文系是最不时髦的一系，也是最受压迫的一系。教国文的是满清科员出身的老先生们，与洋装革履的英文系相比，大有法币与美钞之别……我到清华时，他就在那受气的国文系中作小媳妇!”边缘化的院系地位，遗老气的专业氛围，激发了朱自清打破“正统国学”与“崇古轻今”风气的呼吁。他认为，要改变“国学外无学”和“古史料外无国学”的面貌，就要打破“经史之学”这条传统学术的唯一道路，要认识“经史以外的材料”和“现代

① 朱自清自 1921 年夏从北京大学哲学门毕业至 1925 年八月入职清华学校大学部前，数年间辗转任教于杭州、扬州、上海等地中学。参见姜建、吴为公：《朱自清年谱》，合肥：安徽教育出版社，1996 年，第 25 ~ 64 页。

生活”的学术价值。

但现实处境留给朱自清进行“现代生活”开拓的空间并不容乐观。1925～1928年间，朱自清主要开设“李杜诗”“大一国文”“古今诗选”等课程，这些课程具有明显的旧文学色彩。1928年初，他更是说：“国学是我的职业，文学是我的娱乐。”此时的朱自清在“国学”与“文学”（即“新文学”）之间彷徨不已，而此种彷徨心情需要回置到当时后五四时代的社会历史结构状况中来理解。首先，新文化运动后期，学术风气逐渐转向了胡适倡导的“整理国故”运动，进入后“文学革命”时代，历史考据极大地影响了人文学术的评价标准，文字、音韵、训诂、校勘等代表了“科学的方法”；其次，国内政治进入后“国民革命”时代，南方与北方、革命与反革命在数年间的势力消长，造就了朱自清所谓的“动摇时代”。对自我小布尔乔亚性格有着清醒自觉的朱自清，感受到了同时来自学术与政治的压力。学术上，学院化评价标准使得国学比文学重要、考据研究比文学创作重要；政治上，现实的残酷斗争使得新文化知识分子要么在政治上选边站，要么就只有向着学术、文学、艺术“这三条路里躲了进去”，且“国学比文学更远于现实”，“是个更安全的逃避所”。在这种夹缝的境况中，朱自清虽“终于在国学里找着了一个题目”，但又自认“是个乐意弄弄笔头的人”。现实与理想，时代与性格，国学与文学，种种矛盾纠葛在1928年的朱自清思想中逐渐表征为这样一种文化焦虑：文学如何“为现代”服务？

1928年，清华改为国立大学，杨振声的到来，新国文系的筹建，给朱自清带来了摆脱困境的新方向：改革文学教育。同为新文学作家，杨振声与朱自清有着相当的默契。他们共同商定了“一个国文系的新方向”：“（一）新旧文学的交流（二）中外文学的交流。国文系添设比较文学与新文学习作，清华在那时也是第一个……中外文学的交互修习，清华在那时也是第一个。”据杨振声称，这些举措“都是佩弦先生的倡导”。显然，文学教育革新是要以文学补充国学，以新文学与外国文学补充旧文学，一扫国文教育的陈腐境况，开创“为现代”的学术研究与文学教育。而这一“为现代”的突破口，朱自清放在了文学鉴赏教育上。

1931年，时为清华中文系主任的朱自清在《清华大学中国文学系概况》中谈及：

> “中国各大学的国学系，国文学系，或中国文学系的课程，范围往往很广：除纯文学外，更涉及哲学、史学、考古学等。他们所要造成的是国学的人才，而不一定是中国文学的人才。对于中国文学，他们所要学生做的是旧文学研究考证的工夫，而不及新文学的创进。”

朱自清认为，国学不是文学，旧文学考证不等于新文学创进。在“并不看轻旧文学研究考证”的前提下，他提出“更重大的使命”应是“创造我们的新文学”。显然，在国学与文学之间，在考证与创作之间，他看重的是文学和创作。这是因为，倡导文学和创作的最终目的是要造成属于现代生活的“中国文学的人才”。无疑，早期“为人生”的文学观被朱自清顺势转化成了“为现代”的文学观乃至教育观，其实质是要通过文学教育来实现文学与人生的现实融合。

同时，朱自清也注意到，就学生而言，因为缺少人生阅历和生活感兴的缘故，很少能“在学生时代就成为一个作家”，因此文学教育最重要的是“给他打好基础”和“启发他的才性”。由此，基于文学创作要求的现实考虑，他进而悄然将文学教育的重点由“创作”转向了“鉴赏”。而他关于文学教育的设想，也初步构建出了“基础教育”和“才性教育”两个层次的整体框架。

“打好基础”与“启发才性”，实质上正是朱自清早年有关“鉴赏权”与“鉴赏力”思想在文学教育观上的转化与再现。对于进入学院内的朱自清而言，此时的新问题是如何在教育岗位上延展自己对普通人之文化主体性的思想关怀。因此，早年从人道立场出发对鉴赏权与鉴赏力的强调，也就自然地转化成了如何开展鉴赏教育的问题。

三、鉴赏的知识化：精英独赏，还是大众共赏？

鉴赏教育包含了两个问题：其一，鉴赏为何教育？其二，鉴赏如何教育？

对于第一个问题的理解，朱自清是在对鉴赏、考证、创作三者关系进行辨析的基础上展开的。1934 年 6 月，朱自清在介绍中国文学系概况时，谈道：

> 研究中国文学又可分为考据，鉴赏及批评等。从前做考据的人认为文学为词章，不大愿意过问；近年来风气变了，渐渐有了做文学考据的人。但在鉴赏与批评方面做功夫的还少。旧日文献涉及这方面的大抵零碎琐屑，不成片段；发挥光大，是现在人的责任。这等处自当借镜西方，只不要忘记自己本来面目。至于创作，我们也注意；习作一科，用意就在此。

这段话十分扼要地勾勒出了鉴赏在现代学术体制中的尴尬位置。在旧文学时代，文学属于词章学，在学术位格上低于以经史为主要对象的考据学。“文学革命”以后，文学的地位上升，“渐渐有了做文学考据的人”，如王国维、胡适等学者开始经考据而研究文学。但问题是，尽管文学已与经史之学平起平坐，可研究方式却还是治经史的方式。如果说，1926 年的朱自清尚要替作为研究对象的“现代生活”在“经史之学”面前争合法性的话，那么，1934 年的朱自清更关心的则是如何研究“现代生活”的方法论问题了。对比一下 1931 年和 1934 年两份清华中文系的介绍《概况》：1931 年，朱自清强调文学教育应该体现在“新文学的创进”，尤其是“现在觉得习作一项为重要”。1934 年，朱自清则明显淡化了创作问题，而将更多关注起了“鉴赏与批评”。对这一变化的理解，仍需置于后五四时代的社会历史中去考察。首先，在后“文学革命”时代，教授文学创作面临着双重困境。教授诗词的模拟习作，易被视为对新文学的反动，朱自清就曾记载过郑振铎的批评：“振铎谈以‘五四’起家之人不应反动，所指盖此间背诵、拟作、诗词习作等事。”而教授新文学的创作，朱自清又看到了“人的才分不同，趋向各异”，且因“大学生活缺乏感兴”，因此“也不敢希望他在学生时代就成为一个作家”。就此，旧诗词的程式性可教，但易使文学创作回到词章学的老路。新文学的现实性则不可教，因需有相当的现代生活的阅历与悟性，并非任何人能轻易达致。因此，处于“可教而不宜学”与“宜学而不可教”之尴尬夹缝间的文学创作最终未能成为文学教育中的重头戏①。

综合来看，文学考据终究属历史方式而非文学方式，文学创作则需要生活基础和特有才性，因此文学教育中只剩下文学鉴赏（文学批评）最能实践朱自清对文学与人生的双重关怀。在他看来，文学教育革新的重要途径，便是将“为现代”的文学鉴赏“发挥广大”，这才是“现在人的责任”。在文学鉴赏中，文学关怀与人生关怀成为朱自清文学教育思考的重心。

---

① 后来到了 40 年代，朱自清更是主张：“我们觉得欣赏与批评跟创作没有有机的关联，前两者和后者是分得开的。”“与其分力创作，不如专力阅读。”参朱自清：《部颁大学中国文学系科目表商榷》，《朱自清全集》（第 2 卷），合肥：安徽教育出版社，1996 年，第 12 页。

那么，鉴赏如何教育？对于传统鉴赏，朱自清认为“大抵零碎琐屑，不成片段”，现代人若欲将文学鉴赏“发挥广大”则需要“借镜西方”，同时更“不要忘记自己本来面目”。朱自清对待传统鉴赏与西方批评的态度如此复杂，关键问题其实在于：现代鉴赏如何才能摆脱旧文学的自娱自赏方式，有效通过现代知识化途径来提升普通人的鉴赏力？

“为现代”的鉴赏教育如何开展？这个问题，朱自清最初是从英国学者瑞恰慈的文学批评中获得方法论启示的。1931 年 8 月至 1932 年 7 月，朱自清学术休假访问英国，开始阅读瑞恰慈的著作。瑞恰慈本人则早在 1929 年就应聘到了清华大学，与李安宅交往甚密。1934 年 3 月，李安宅在瑞恰慈的帮助下于商务印书馆出版了《意义学》。此时的朱自清已经深有兴趣地持续关注过了瑞恰慈、燕卜逊、李安宅的著作。英国批评对于正在探索文学鉴赏现代化的朱自清无疑有着很深的启发。朱自清曾与叶圣陶提及：“弟现颇信瑞恰慈之说，冀从中国诗论中加以分析研究。又连带地对中国文法颇有兴味。”问题是，瑞恰慈究竟给了朱自清什么启示？

1933 年，朱自清在讨论传统文学批评时早已指出：“兴趣论所论的其实也与作家或作品无多交涉，只是用感觉的表现描绘出作品的情感部分而已，但情感以外还有文义、口气、用意等（用英人瑞恰慈说），兴趣论都不去触及。”而对于“体性论”及其“性状形容词”的使用，他也认为“这些性状形容词对于诗文的文义、情感、口气、用意四项都经指及，但只囫囵地说，加以用得太久，意义多已含糊不切，所以没有很大的效用”。显然，相较侧重于“感觉”和“囫囵”的传统批评，引起朱自清关注的正是注重“分析”和“多义”的西方现代文学批评。

在朱自清看来，首先，只有基于“分析”，鉴赏才能真正知识化，也才能教授。1934 年，朱自清开始尝试将英国燕卜逊的

《多义七式》的分析法“试用于中国旧诗”，并认为“了解诗不是件容易事……就一首首的诗说，我们得多吟诵，细分析；有人想，一分析，诗便没有了，其实不然。单说一首诗‘好’，是不够的；人家要问怎么个好法，便非先做分析的工夫不成”；其次，多义“并非有义必收”，而应“搜寻不妨广，取义却须严”；再次，强调取义标准应是“切合”，“必须亲切，必须贯通上下文或全篇才算数”。显然，就朱自清理想中“为现代”的文学鉴赏观而言，要点有三：其一，鉴赏一定是可分析的；其二，分析一定是多义的；其三，最终解释一定是切合而贯通的。

可供佐证的是，顾随有一次来清华讲《辛稼轩及其词》，朱自清感觉他“全用中国批评方法。其讲词颇有趣味，然牵引太多，于稼轩词本身，未说出所以然”。对于已展开“为现代”鉴赏而探索的朱自清而言，顾随博学而偏“趣味”式的批评方式，不足以支撑起作为现代知识体系中的文学鉴赏，因为此种趣味式鉴赏“未说出所以然”。问题关键在于，鉴赏如不能有效知识化，则仍然不能为“现代生活”的价值做出文化合理性的真正支撑。

进一步来看，真问题的核心或许还不仅仅止于鉴赏未能有效知识化。另一个事例会有助于我们更深地理解“鉴赏的知识化”究竟还意涵着什么？相较顾随式带有浓郁传统趣味的鉴赏，朱自清更为肯定的是朱光潜式的现代美学鉴赏。1932 年，访学英伦期间，朱自清为朱光潜的《谈美》和《文艺心理学》写了两篇序。其中，朱自清这样谈及：

“若你觉得‘美’而在领略之馀还要好奇地念着‘这是怎么回事’，我介绍你这部书。人人都应有念诗看书画等等权利与能力，这便是‘美育’；事实上不能如此，那当别论。美学是‘美育’的‘百尺竿头更进一步’，或者说是拆穿‘美’的后台的。有人想，这种寻根究底的追求已入理知境界，不独不能增进

‘美’的欣赏，怕还要打消情意的力量，使人索然兴尽。所谓‘七宝楼台，拆碎不成片段’，正可用作此解。但这里是一个争论；世间另有人觉得明白了欣赏和创造的过程可以得着更准确的力量，因为也明白了走向‘美’的分歧的路。至于知识的受用，还有它的独立的价值，自然不消说的。”

由此来看，朱自清为美学所做的辩护首先是在肯定鉴赏知识化的意义层面展开的。与认为美学知识将“打消情意的力量”的常见观点不同，朱自清认为，理知力量与情意力量并不绝对矛盾，美学只会使人“明白了欣赏和创造的过程可以得着更准确的力量”。“更准确的力量”，意味着鉴赏作为现代知识应具有的确定性特点①。在这点上，朱光潜同样认为：“遇见一个好作品，我们只说‘我觉得它好’还不够，我们还应说出我何以觉得它好的道理。”显然，两者都认为，鉴赏应该不仅能获得“美”或“情意”的趣味，进而还应该能够将趣味分析为可理解的知识。

然而，更值得注意的是，朱自清为鉴赏知识化而辩护的更根本缘由在于：“美育”是有助于争取“人人都应有念诗看书画等等权利与能力”。此处的“权利”与“能力”，再次重现了朱自清早年关心的“鉴赏权”与“鉴赏力”的核心问题意识。按照朱自清的思考，如果“人人”都要获得这些权利与能力，那么美育就应当是可以通过知识化形态加以普及的。知识化，实际上正是实现普通民众文化主体性的必然途径。只有通过知识化鉴赏的力量，趣味才能真正成为现代社会需要的共通性知识，而不再是带

---

① 朱自清的这一看法与黑格尔对于艺术哲学的肯定颇有异曲同工之妙。黑格尔曾指出：“艺术的科学在今日比往日更加需要，往日单是艺术本身就完全可以使人满足。今日艺术却邀请我们对它进行思考，目的不在把它再现出来，而在用科学的方式去认识它究竟是什么。”可见，两者同属于艺术知识的理性化和去神秘化的这一现代性过程的产物。参见黑格尔：《美学》（第1卷），朱光潜译，北京：商务印书馆，1979年，第15页。

有神秘个体性质的私人体验，趣味也才能真正起到教育引导大众的文化效果。

比较朱自清对于顾随和朱光潜的不同评价，可以看出，顾随式鉴赏是一种“感觉”和“囫囵”的鉴赏，它无法向受众细致传递出文学作品中的意义，无法完成文学鉴赏的知识化。更重要的也许还在于，这种“未说出所以然”的方式仍是一种传统型少数个体精英化的自我鉴赏，它无助于在实践中提升多数受众的鉴赏力，进而实现普通民众在文化上的鉴赏权。在朱自清“为现代”的文学鉴赏观念思考中，无论是在考据、创作之外突出肯定文学鉴赏的独立意义，还是借鉴西方文学批评尝试将文学鉴赏进行知识化的努力，其目的并非“为文学而文学”“为知识而知识”，而是饱含了尊重与提升普通民众文化主体性的根本关怀。

四、哪个西方？何种“分析”？

但是，这里仍然有一个问题：既然在顾随与朱光潜之间，朱自清更多肯认了朱光潜，加之他对瑞恰慈和燕卜逊的自觉关注，这是否意味着他完全认同了西方心理美学？是否意味着他主要是在西方理论影响下构建其现代文学鉴赏观念的呢？以往研究多认为朱自清受到西方理论刺激而转化了传统解诗方法，但问题在于，他们主要都只是关注了以瑞恰慈和燕卜逊为代表的英国批评方法与朱自清文学鉴赏之间的显在关联性，而忽视了曾经一度出现在朱自清文学鉴赏观念与西方心理美学之间的隐藏关联性。基于对此种隐藏关联性的挖掘与分析，本文认为历史事实的褶皱部分实际上一直尚未真正展开：朱自清并非笼统单一地面对过以英国批评为代表的西方理论，他还曾面对过以心理美学为代表的西方理论，但是他为何最终取前者而放弃后者，何况这后者还曾受到过他的褒扬？原因其实正在于，朱自清对传统解诗学体悟至深，所以才会接受英国批评方法而不是西方心理美学，西方理论于他仅仅是外来的助力，而绝非“为现代”的根基，“为现代”的文学鉴赏观念最终其实是深深扎根于“为中国”的文化主体性问题思考之中。

1932 年，朱自清曾评价《文艺心理学》：“书中虽以西方文艺为论据，但作者并未忘记中国；他不断地指点出来，关于中国文艺的新见解是可能的。”“书里有不少的中国例子，其中有不少有趣的新颖的解释。”显然，朱自清在肯定朱光潜基于“分析”而鉴赏的同时，十分关注如何才能“并未忘记中国”。朱光潜的方式是，用“中国例子”阐释西方心理美学理论。值得注意的是，当时朱自清正在展开鉴赏如何知识化的思考。几乎同时，朱自清接触到了瑞恰慈的文学批评与朱光潜的心理美学这两种方式。那么，真问题便在这里凸显：1932 年旅学英伦期间的朱自清，曾面对过语义学分析和审美经验分析两种西方理论路径。但为何朱自清最终没有汲取审美经验分析的鉴赏，而是选择了语义学分析的鉴赏？传统的看法是，朱自清接受文本细读和语义分析是直接受英国批评影响，而后才去融汇传统解诗学的相关方式。但是，当朱自清曾经面对过两种西方理论的这一历史褶皱得以展开，我们不由得怀疑起英国批评是否真的对于朱自清文学鉴赏观念的建构具有优先决定性。如果朱自清对于英国批评的汲取只是在某种隐性选择过程后的产物，那么这一西方理论对于朱自清解诗学乃至其整个文学鉴赏观念的构建而言，是否还是根本性的？哪怕仅仅是刺激？由此，这个问题就产生了一种全新理解的可能性：朱自清选择这种而不是那种西方理论进行文学鉴赏观念建构，原因不在于西方理论本身的合理性，而在于这种选择或许是基于另一种隐而不现的合理性。那么，这一合理性又会是什么呢？

要解开这个问题，朱自清与朱光潜之间的一场讨论就特别值得注意。1935 年 12 月，朱光潜发表了《说“曲终人不见，江上数峰青”》一文，答复夏丏尊的一个提问：这两句诗“究竟好在何处”“有什么理由可说”？朱光潜说，自己曾在《谈美》中对此句诗就早有过探讨，认为它所呈现出的是情感与意象的“调协”。“江上数峰青”这句“所传出的意象”是“物景”，而整句诗“原来都是着重人事”，“人事”中插入“物景”却不使人感觉“不伦不类”的缘由是“它们在情感上是谐和的”。但现在要强调的是，“个人各时各地的经验，学问和心性不同，对于某一首诗所见到的也自然不能一致”。自己“此时此地”爱这两句诗，“多少是因为它对于我启示了一种哲学的意蕴”，即所谓“消逝之中有永恒”的道理以及含韵其中的“静穆”之“风味”。

在读到朱光潜的文章后，朱自清有感写了《再论“曲终人不见，江上数峰青”》作为回应。朱自清指出，诗题《湘灵鼓瑟》典出《楚辞·远游》篇，历来对钱起此诗的评语不外两端，一是切题，一是“远神”。古人常以“湘灵”为“湘夫人”，洪兴祖补注《楚辞》方才指出湘灵实为湘水之神，而钱起远在洪兴祖之前，应是将湘灵视为了湘夫人，因此这两句诗实是说“人虽不见，却可想像她们在那九嶷山或‘洞庭之山’里”。但朱自清认为，这只是解释了“切题”，还不足“称为绝唱”，亦即这个解释不能说明这首诗到底“好”在哪里。朱自清援引了沈德潜“远神不尽”的评价，认为这个说法才说明了诗“好”在哪里。所谓“远”和“不尽”，朱自清指出了两个意思：一是“曲终而馀音不绝”，一是“词气不竭”。他认为，前者是就诗所咏对象而言，后者是就诗本身而言。从前者看，这句诗脱化自《列子·汤问》中“馀音绕梁”和“响遏行云”两个关于声音的典故，说的是“曲调高远，袅袅于江上青峰之间，久而不绝”，但意境全新，“所以可喜”。从后者看，这句诗是“落句”，它“不说尽”且“留下了一个新境界给人想”，“所以为胜”。

从这场讨论中，不难看出：朱光潜的两次解释都是依托西方美学理论资源而做出的，第一次依托的是审美经验理论中情感与意象的“调协”，第二次依托的是温克尔曼关于古希腊艺术阐释的“静穆说”，隐藏在情感与意象、短暂与永恒、热烈与寂寞诸阐释背后的，是以主客体对立（心与物）为核心的西方哲学思维。相较之下，朱自清的解释则遵循了中国古典注诗的“事”与“义”的传统：所谓“事”，“重在举出处”，所谓“义”，重在“切合与否”。古典注诗，以“详密为贵”。详即细致，密即切合。经过比较，不难发现朱光潜偏于西方和朱自清偏于中国的鉴赏方式差异，但如果思考不止于表面，深入这个差异的内部，一个更有意思的问题就会显露出来：在面对同为西方鉴赏理论重要资源的语义学分析和审美经验分析两个传统之间，朱自清为何会更多地倾向于实践瑞恰慈、燕卜逊的“多义”与“细读”的鉴赏方式，而不是实践西方心理美学的那种心物之辩的讨论方式？这里的根本原因就在于，朱自清始终“并未忘记中国”。在朱自清的理解中，“借镜西方”的基础就是“不要忘记自己本来面目”，两者的关系并非并列，而是始终以“本来面目”作为“西方借镜”的接受基体。就此而论，朱自清的现代解诗学乃至整体鉴赏观念，从根本上是以更深厚的本土古典解诗传统作为基体，以“事”与“义”、“详”与“密”等中国方法作为基本，接受视野与西学东来的“细读”“含混”“多义”进行理论互启的结果。

文学鉴赏，在朱自清的理解中，绝非“为诗而鉴赏”，亦非“为知识而鉴赏”，更非为追慕西方新潮而鉴赏。朱自清之倡导文学鉴赏，实质还是为现代中国的人生和生活，而要达至对“现代生活”的理解，又不能不对“历史生活”有相当把握。文学鉴赏往哪里寻找资源，同时能够“为中国”又“为现代”呢？就此，重新理解、选择可资依托的中国传统资源就显得异常重要。而中国古典解诗传统恰恰不只有顾随式的那种自我兴会与独赏趣味的一路，还有并重“事”与“义”、讲得清道得明的另一路，从这个意义上来看，中国古典解诗传统本身也是异质化的。朱自清选择立足的恰恰是并重“事”与“义”，亦即兼容了诗歌美学维度与历史维度双重可能性的一种中国式传统鉴赏。其中“事”的考究注重出处，亦即隐藏了向现代鉴赏中历史分析转变的可能性，而“义”的辨析注重切合，亦即隐藏了向现代鉴赏中美学分析转变的可能性。这种可能性是中国文学传统内部本来就具有的知识化、学科化的合理性倾向，而朱自清正是对这种源自传统内部的知识化合理性倾向有着相当深入的理解。再来看英国的语义学批评，尽管它注重细读和多义的“分析”，但是这种“分析”本身其实具有浓厚的“非历史化”的解释倾向，而如若以中国的“事义”传统作为接受基质，那么经过“事义”糅合的语义学分析最终也还是可以为历史分析和审美分析同时服务的。相较而言，西方审美经验理论则注重的主要是伴随现代性历史社会变迁而来的个体主义式的主体经验，它的“非历史化”倾向不仅难以和中国传统的“重在举出处”的“事”的传统找到契合点，就是与“切合与否”的“义”的阐释传统也存在有相当的距离。朱光潜自己也都承认：“个人各时各地的经验，学问和心性不同，对于某一首诗所见到的也自然不能一致。”如若这样，即便能够得出一二新见，但此美学主观经验主义的阐释方式终究是“非历史化”的，最终也终将会是“去中国化”的，这其实也正是朱光潜日后反思自我早年美学思想的非历史化问题的一个先兆症候。

因此，只有从中国文化主体性自觉的问题意识中，只有从贴合历史脉络与社会结构的知识感觉、观念感觉的梳理中，我们才能真正发现朱自清现代文学鉴赏观念的本来面目。朱自清最终选择汲取了语义学的方法而非审美经验的方法，其隐藏的深层旨趣正是在于能够找到一种将古典中国对历史与审美的双重关注加以现代化、知识化乃至大众化的有效途径，这种双重关注的目的就在于通过文学认识真实的生活，而不是止步于“为艺术而艺术”的主观审美体悟。因此，朱自清的文学鉴赏观念，说到底，既是“为现代”的，也是“为中国”的，更是“为人生”的。这个“人生”，不是个人主义式的主观人生，而是能够融汇进入历史、时代与社会的大写的“人生”。这也才是朱自清探索文学鉴赏作为“教育”的真正意义所在。

参考文献

孙玉石：《中国现代解诗学的理论与实践》，北京：北京大学出版社，2010 年。

季剑青：《北平的大学教育与文学生产：1928－1937》，北京：北京大学出版社，2011 年。

陈国球：《文学如何成为知识》，北京：读书·生活·新知三联书店，2013 年。

朱自清：《朱自清全集》，合肥：安徽教育出版社，1996 年。

杨振声：《纪念朱自清先生》，《新路周刊》（16），1948 年。

容新芳：《I. A. 瑞恰慈与中国文化》，北京：商务印书馆，2012 年。

朱光潜：《朱光潜全集》（新编修订版），北京：中华书局，2012 年。

（作者：中山大学中文系副教授）

中国左翼文艺思潮的发生

石天强

关于中国左翼文艺思潮的发生，一种直接而简便的方法，就是考察具有左翼色彩的语言的使用，但这种方法在考辨左翼文艺思潮的发生时并不有效。因为，当“阶级”“阶级斗争”“社会主义”之类的关键词在 20 世纪 20 年代的中国开始传播的时候，这些概念其实并不具有十分具体的无产阶级社会政治的内涵，在学术探讨的多重态度中，还掺杂着先锋的意识、叛逆的精神，甚至是博取社会注意力的自我张扬，因此它们的含义更多的是学术性的、文化性的，而非社会政治性的。这也就让这种语言检索丧失了作为重要风向标的功能。因此，对左翼文艺思潮的发生，首先要注意的不是语言层面的应用，而是具体的文艺观念和文艺创作实践，在与社会运动的碰撞中，产生的价值观念上的根本性变化：由知识阶层大脑中的想象物，转化为一种介入现实的实践力量。事实是，对于左翼文艺思潮的发生，早期的左翼学者已经进行了有益的探讨，并为我们的思考提供了有力的借鉴。

一、左翼文艺思潮发生的不同观点

关于中国左翼文艺思潮的发生，早期中国学界向来有不同的观点。

最早对中国左翼文艺思潮的发展阶段做出划分的，应该是成仿吾那篇著名的论文《从文学革命到革命文学》，该文发表于1928年2月1日出版的《创造月刊》第1卷第9期上。它以创造社的创立发展为历史轴线，以所谓“奥伏赫变”为思考方法，并以新的阶级主体的生成为思考视点，对新文化运动以来的文学发展进行论述。从作者的语气可以看出，1928年以前应该是“文学革命”的时期，以后则应该是“革命文学”的时期。而“革命文学”的诞生，则是新的阶级主体——农工大众的主体诞生的必然结果。出身于小资产阶级的知识分子必须完成这种质变，以跟上时代的发展，“莫忘记了，你是站在全战线的一个分野![1]”在文学思潮的演进上，成仿吾的划分实际是比较模糊的，但他的确感应到了时代的变化，还有这种变化中所蕴含的价值意义。而他的这种划分在语言上的表述形式，也迅速为时代所接受，“文学革命”和“革命文学”这一对概念自此获得了相对独立的时间意义。

郑振铎《五四以来文学上的论争》一文，虽然其所讨论的时间是在1915年到1925年之间，但他认为，1925年以后是完全另外一个时期：

> 这以后，便进入另一个时期了——从文学革命到革命文学的一个时期。
>
> 五卅运动在上海的爆发，把整个中国历史涂上了另一种颜色，文学运动也便转变了另一个方面。
>
> 以另一方式来攻击，来破坏传统的文学乃至新的绅士文学的运动产生了。又恢复了五四运动初期的口号式的比较粗枝大叶的

① 成仿吾：《从文学革命到革命文学》，见中国社会科学院文学研究所现代文学研究室编：《“革命文学”论争资料选编》（上），北京：人民文学出版社，1981年，第137页。

一种新文学运动的情态。新文学运动的“第一个十年”便终止于这样的一个“革命时代”里。①

郑振铎此文写于1935年，应该是比较早地从文论史的角度，对新文艺思潮运动的发展阶段做出划分的一篇论文。该文明确将1925年后的文学论争划分为另一个时期，即“革命文学”的时期。但在郑振铎看来，革命文学是文学革命的自然承继，两者是相互关联的，这与提出“文学革命”和“革命文学”划分的成仿吾的观点完全相反，因为包括成仿吾在内的后期创造社同仁是从根本上否定五四运动的。应该说，郑振铎的论述中，1925年五卅运动的价值意义得到了凸显，这实际上是抓住了文学运动背后一直起着积极推动作用的政治运动的价值意义，并在文论史的层面上，肯定了政治运动在现代文学发展中的根本性作用。

另一值得注意的是李何林在1939年所著《近二十年中国文艺思潮论》中的论述。李何林将1917~1937年近20年的中国文艺思潮的发展划分为两个阶段，第一个阶段即1917~1927年的10年，李何林认为此10年恰是资产阶级文艺思想较多而无产阶级文艺思想萌芽的时代；而从1927~1937年的10年则是无产阶级文艺思想发展的时代。李何林的观点基本上为玛利安·高利克所承继，他的重要著作《中国现代文学批评发生史（1917~1930）》可以说是对李何林这一观点的细化。所不同者，李何林的划分是建立在文艺的“阶级性”这一立场上进行阐述的，而高利克则是以系统发生论为基本的分析方法；相较于李何林时段式的研究，高利克是理论家所惯用的文艺思想关键词的梳理。李何林将1917~1927年的第一个10年划分为3个阶段：首先是1917~1920年新

① 郑振铎：《五四以来文学上的论争》，引自蔡元培等著：《中国新文学大系·导论集》，上海：上海书店影印，上海良友复兴图书印刷公司版，1982年，第73页。

文学奠定白话文基础的时期；其次是1921～1924年文学研究会和前期创造社对立的时期；其三是1924～1927年创造社发生转变的时期。也是在这个时期，“革命文学”的问题提了出来。有趣的是，李何林又将此20年选择了三个具有重要历史意义的时刻，作为文艺思潮的坐标，即五四运动、五卅惨案和九一八事件，这三个坐标之间的时间间隔恰恰是6～7年，从而构成了20年文艺思潮的发展。这一选择实际肯定了左翼文艺思潮首先不是文学问题，而是社会政治问题。

1940年1月，毛泽东《新民主主义论》在延安《中国文化》创刊号上发表，该文对建国后中国现代文学的性质、特征及文学发展阶段的划分等认识产生了决定性的影响。毛泽东此文的主要目的在论述中国政治革命和文化革命的发展动向问题，也因此他将自五四运动以来的20年左右的文化发展划分为四个阶段。第一个阶段是从1919～1921年的2年，其标志是五四运动；第二个阶段是从1921～1927年的6年，其标志为中国共产党的成立、五卅运动和北伐战争；第三个阶段是自1927～1937年的10年，这个时期的特点是一方面反革命的围剿，另一方面则是革命的不断深入；也是在这个阶段出现了“共产主义者的鲁迅”，在反革命“围剿”中成为“中国文化革命的伟人”①。第四个阶段是从1937～1940年。毛泽东的论述是高度政治化的，他以中国从20世纪20～40年代的重大政治事件为划分标志，并力图把握每个时期政治革命及其文化的基本特征。他对五四运动到30年代文化革命发展的认识，对我们有着重要的启示意义。

1951年，王瑶在《中国新文学史稿》中，将1919～1927年划分为中国文学的第一个时期，但他明确否认了1919～1921年的

---

① 毛泽东：《新民主主义论》，参见《毛泽东选集》（一卷本），北京：人民出版社，1964年，第695页。编选者为中共中央毛泽东选集出版委员会，《选集》的出版说明写于1951年8月25日。

文学史作为一个独立时段的意义。王瑶的根据是，五四时期还没有纯粹文艺性质的社团和期刊，尽管《新青年》杂志上有不少抨击旧文艺的文章，但这些文章的性质是社会性的，并没有发展文学的意义。这也就取消了这个时段文学上的意义。1921 年中国共产党的成立，“这标志着中国新民主主义革命运动的第一次分化，激进的革命知识分子更激进了，而温和改良一派的则趋于和封建势力及帝国主义势力妥协①”。其结果是《新青年》的革命化和社会政治化。可以看到，王瑶判断的前提是明确来自于毛泽东在《新民主主义论》中对中国现代文学性质的厘定的②。

事实是，在王瑶的这一判断写定以后，对于左翼文艺思潮发生的认识基本上没有什么大的变化，尤其是 1921 年 7 月这个时间点，中国共产党的成立为无产阶级文论的诞生奠定了社会政治基础，这一事实，也为多数理论家所认定。但这一认定的确忽略了政治理论的发生和文艺思潮发生的非同步性这一特征，相对于政治理论，以此政治理论为基础的文艺思潮的发生往往是滞后的。王瑶也认识到了这一点，他以为中国现代文艺发生的源点，应该是以 1921 年文学研究会的成立为标志，五四新文化运动则为新文学的发生奠定了社会政治基础。

二、左翼文艺思潮的发生

我们可以看到，在上述各种论述中，左翼文艺思潮发生的时

---

① 王瑶：《中国新文学史稿·绪论》（上），上海：上海文艺出版社，1982 年，第 19 页。

② 在 1950 年，李何林根据钱俊瑞、范文澜及何干之的意见，否定了他在 1939 年对中国文艺思潮发展时段的划分，而钱、范、何观点的依据还是毛泽东的《新民主主义论》中对中国文化革命性质的划分。见李何林：《〈近二十年中国文艺思潮论〉自评》，引自《李何林全集》（第三卷），石家庄：河北教育出版社，2003 年。

间划分基本上是集中在 1921 ~ 1927 年，而在这个时间段中，一个十分重要的时间节点是 1925 年的五卅运动。尽管这些论述中相当一部分并不是文艺思潮的专门研究，但都意识到了政治运动在文学运动中所起到的根本性的、决定性的作用。事实上，中国左翼文艺思潮根本上是高度政治化的，它一直是被视为中国无产阶级革命的重要一翼而被理解接受并被传播的。而这一思潮的参与者、鼓动者、传播者，多数也不完全是纯粹的文学作者、理论探讨者，他们还是政治家、社会活动家、媒体编辑、出版人、革命运动的策划人、参与人。这种复杂的身份赋予了左翼文艺思潮以丰富的意义和多样的价值。

明确地讲，“左翼文艺思潮”的主要含义是指以中国无产阶级文艺理论发展为主导线索的文艺思潮。大致而言，中国左翼文艺思潮的发生经历了以下两个阶段：

第一个阶段是在 1925 年五卅运动以前，即左翼文艺思潮的准备酝酿阶段。从比较宽泛的角度看，左翼文艺思潮的发生还可以追踪到 1919 年，李大钊发表的社会评论《布尔什维克主义的胜利》一文。这一时期的特点是，关于“无产阶级文学”“无产阶级革命”之类的语言，散见于沈雁冰、沈泽民、郭沫若、郁达夫、蒋光慈等人早期的政治论述和文学论述中。这些概念不仅多数缺少严格的限定，而且还缺少明确的内涵，大多只是一个十分模糊的言语。与这一时期相对应的是，无产阶级文学写作的实践，如瞿秋白关于俄国的纪实报道，蒋光慈歌颂莫斯科红色革命的诗歌，都展示出早期具有无产阶级价值倾向的作家、文艺家对一种新生文学和社会制度的想象。这种想象建构于异邦，并与中国的社会现实相对比，激起了一批向往社会主义革命的青年的最初的梦想。但此一时期，中国共产党的发展还处于萌发阶段，其主要目标还是集中于社会政治运动的策划和参与，对社会话语权的争夺，还依旧在为党的存在而奋斗，其政治力量依然薄弱，也因此，文艺问题还在党的思考之外。同时，由于无产阶级文学实践还处于萌芽状态，相关的理论思想还处于译介时期，导致此一时期的各种关于无产阶级、普罗大众文艺的论述，都难免空洞甚至内涵混乱，多数只是停留在概念的机械应用层面。

从 1925 年“五卅”运动之后到 1926 年，对于年轻的中国共产党是一个十分重要的时期。“五卅”运动前，中国共产党的党员不过千人，但随着党在“五卅”运动中所发挥的积极领导作用在社会上产生了广泛的影响，中国共产党的党员人数激增。1925 年年底，中国共产党党员已超过两万人，成为中国社会上广受关注的一支政治力量。同时，“五卅”惨案的发生，也带动了整个社会思潮的左转，中国具有自由主义思想的知识分子的价值观念，在西方列强的暴力面前遭到了前所未有的质疑。这一大的社会背景，都促进了整个社会文化语境的“左”倾，并影响了人们对五四以来的西方民主自由思想观念的再思考，中国知识阶层也在这一矛盾纷争中开始分化。与此同时，无产阶级文学进一步发展。蒋光慈的《短裤党》作为最早的无产阶级的小说作品登上历史舞台，尽管在内容和形式上还显得相对粗劣，但它毕竟是一次宝贵的尝试。伴随着社会文化语境“左”倾的，是多数知识分子开始注意到苏俄的文化动向、价值观念。同时，党的最早一批赴俄国、日本学习的知识分子也相继归国。这些因素，都为无产阶级文艺思潮的真正发生奠定了坚实的物质基础、人力基础和思想观念基础。

第二个阶段是无产阶级文论的真正发生，它以郭沫若《革命与文学》一文在 1926 年《创造月刊》第 1 卷第 3 期上发表为标志，其影响一直延续到 1930 年 3 月左联的诞生。这一时期的无产阶级文艺思潮呈现出如下几个方面的特点：其一，大量来自苏俄、日本的无产阶级文艺思想著作被译介到中国，尤其是一些马列主义原典被翻译了过来。这对于深入理解马列主义文艺思想有着重要的理论启示意义。其次，初步形成了左翼文学观念的理论思维模式。无产阶级文论，在日本和苏俄的无产阶级政治理论和文艺理论的影响下，大致划分为两大流派：一是以后期创造社为主的阶级意识派，他们深受日本福本主义政治思想、文艺思想的影响，以个体阶级意识的塑造为基本的理论建构和批评核心。同时，他们否认文艺的独特性价值，并积极鼓吹文艺的社会政治功能、宣传功能，试图将文艺打造为社会政治斗争的工具。二是以太阳社的主要成员蒋光慈、瞿秋白等人为代表，其思想观念主要来自于苏俄版本的理论译介，注重无产阶级文化的社会价值观念的社会派。其特点在于注意文学作品在保持无产阶级特性的同时，关注其独特的艺术价值，还有这一艺术价值塑造的方式方法。这两大流派都对中国的无产阶级文论的发展产生了深远的影响。

与此同时，在跨越了蒋光慈早期作品的粗陋之后，真正的、比较成熟的无产阶级文学登上了历史舞台。在诗歌上，郭沫若的《恢复》以成熟的白话诗形式，表达了1927年大革命失败之后带来的精神阵痛和继续革命的热望，而茅盾的小说写作则以清晰流畅的笔法，记录了1927年大革命失败的惨痛经历，他像巴尔扎克一样，试图成为时代变化的记录人，传达出革命亲历者的精神迷茫与积极追求。而文艺理论也经历了从文学革命到革命文学的“奥伏赫变”，无产阶级的文艺理论思考成为一种文艺自觉。文艺问题开始成为早期中国共产党认真思考的一个严肃的社会政治问题和文化问题，左翼文艺由黑格尔所谓的自发状态，转变为一种自觉的状态。这一转变的催化剂，就是1927年的大革命失败。在政治斗争上，中国共产党被迫抛弃了国共合作的政治路径，走上武装斗争的独立自强之路；在这一现实的政治要求下，革命宣传机器的塑造、革命文化阵地的建立、革命思想传播方式的反思，都必然要经历一个与原来的国民党的宣传及其独立出来的过程。

而这也是无产阶级文艺思潮具有独立价值意义的重要的政治基础和社会背景。如果说1926年郭沫若的《文学与革命》是左翼文艺思潮觉醒的信号的话，那么在经历了大革命失败的精神阵痛之后，1928年发生的“革命文学”就是这先声的自然结果，而它十分激进的展开方式，丝毫不影响它存在的价值和意义。左翼文艺思潮全面铺开，通过后期创造社、太阳社与鲁迅、沈雁冰等人的争论，迅速扩大影响，真正成为一种社会文化思潮。这一争论的结果，就是“左联”在1930年3月的诞生。一个新的左翼文艺组织出现在了中国的历史舞台上，而它所产生的结果，也将在中国现代革命史中书写上浓墨重彩的一笔。

三、左翼文艺的政治性

特定的政治文化背景使得左翼文艺从一开始就具有鲜明的政治性。左翼文艺发端于工农运动风起云涌之时，开启于残酷的现实政治斗争之中。血雨腥风的现实决定了它的文艺品性不可能是风花雪月，不可能是浅唱低吟，更不可能是个体的自由抒写，而只能是阵痛中的悲愤与呐喊。事实是，在郭沫若对于革命文艺貌似极端的“留声机器”的召唤中，隐含着大革命失败之后强烈的愤怒和不满，复仇的情绪散播于理论的叙述中：“这儿所说的那种声音是那大地最深处的雷鸣‘Gonnon-Baudon’（工农－暴动）。这是中国革命的现阶段。”① 这种语言如同战鼓一般反复出现在郭沫若的论文中，而文艺青年只有放弃肤浅的个体自由，投身于集体主义的浪潮中，借助这新的革命文艺以反抗现实的暴政。在郭沫若的论述中，“中国革命的现阶段”奠定了这一“留声机器”

① 郭沫若：《留声机器的回音》，见《郭沫若全集》（第十六卷），北京：人民文学出版社，1989年，第68页。

的文艺生成的时代特征。而成仿吾则这样写道：“但是在前线的战士们，他们在敌人的猛烈炮火之下，生与死的搏战和表面上的孤单，紧紧地，重重地压迫着他们的心身，这是怎样悲惨的苦痛的恶斗。”① 这句话，可以说将郭沫若所谓的“留声机器”的时代背景具体化了。这也就奠定了左翼文艺的基本的价值倾向：政治性是内在于左翼文艺的反抗性话语结构中的，它的理论表达也成为召唤并塑造高度政治化的反抗主体的表达形式。

与文艺的政治性特征相关联的，还有文艺的高度现实性。1929 年五月，尚在日本避难的茅盾，为了回应创造社诸人对他的指摘，写下了长文《读〈倪焕之〉》。文中茅盾特别谈到了小说的“时代性”问题：“所谓时代性，我以为，在表现了时代空气而外，还应该有两个要义：一是时代给予人们以怎样的影响，二是人们的集团的活力又怎样地将时代推进了新方向，换言之，即是怎样地催促历史进入了必然的新时代，再换一句话说，即是怎样地由于人们的集团的活动而及早实现了历史的必然。”② 显然，在茅盾的“时代性”中，隐含着历史的必然性，但这历史的必然必须由“人们的集团的活动”推进，方有实现的可能。历史不仅是一个自然的演变过程，还是人们的主观选择过程；而恰恰是人们的主观选择在起着根本性的作用。茅盾又特意说明，在时代的推进中，成仿吾和郭沫若抛弃浪漫主义和“为艺术而艺术”的文学价值观念，向社会性、现实性的文学观念转变。在逻辑上，茅盾实际上肯定了创造社的转变不仅是社会时代风气的影响，还是个体主观选择的结果。而只有从个体主观选择的角度理解文艺的演

① 成仿吾：《维持我们对于时代的信仰》，见《成仿吾文集》，济南：山东大学出版社，1985 年，第 256 页。

② 茅盾：《读〈倪焕之〉》，见北京大学、北京师范大学、北京师范学院中文系中国现代文学教研室主编：《文学运动史料选》（第二册），上海：上海教育出版社，1979 年，第 176 页。

进过程，文艺才是有生命的，才不会沦为简单的事实记录。因此，中国左翼文艺的现实性，是时代使然，更是彼时人们的选择使然。

文艺的阶级性构成了左翼文艺的第三个维度。1926 年前，无论是郭沫若、沈雁冰还是成仿吾，他们的文章中都已经出现了阶级、工农、大众、革命等关键词。但这些关键词往往又与人性、人道主义、人类等观念相混合，并因此消解了阶级性概念中所隐含的社会政治含义。在经历了五卅惨案、省港大罢工、大革命失败等现实政治斗争的洗礼之后，文艺的阶级性这个概念被突出了出来，进步的作家意识到一个真正具有社会政治力量的群体正逐渐成为中国革命的主体，失去了这个主体也就失去了革命的基本动力。这就是阶级这个概念从理论想象转变为现实的社会根据。在文艺观念上，尽管如鲁迅、茅盾所批评的，在创造社、太阳社诸人颇为生硬的文学论述中，文学依然脱离现实，脱离群众，而创造社、太阳社诸人在理论阐述中所表现出的高高在上的姿态，更是让人难以接受。但无可否认的事实是，文艺的阶级性观念逐渐占据了文艺的主流，的确是在革命文学观念得到张扬之后的事情。即如鲁迅，在这场革命文学的争论之后，逐步接受了文学的阶级性观念；而茅盾也一再承认，尽管他对于那个新的阶级还很陌生，他还只能以小资产阶级的知识分子为创作的主角，但新的社会力量的出现的确也向作家提出了新的要求，这是不容忽视的。在彼时茅盾的思考中，已经隐含了后来瞿秋白详细阐述的“文艺为什么人”的问题。

也是在这种语境中，左翼文艺的艺术性遭遇到了空前的危机。茅盾在 1928 年发表的《从牯岭到东京》一文遭到了创造社、太阳社诸人的尖锐批驳，其中的一个重要原因，就是茅盾在叙述中所表露出的艺术理想，对于现实革命文艺的写作提出了技术要求，这在激进的革命理论家看来是不合时宜的。文艺的真实性和艺术性问题由此而凸显。在郭沫若所说的要真实地反映现实，甚至真实到成为现实的“留声机器”的论述中，真实性和艺术性似乎成为互相排斥的两极。真实，成为衡量作品艺术水准高低的唯一标尺，对于此，郭沫若这样说：“‘当留声机器’并不是甚么耻辱的事情，客观有甚么存在，我们发出甚么声音。这是我们求真理的态度。”① 至于怎样做才是真实地反映现实的好作品，郭沫若并没有具体说明，或者说他根本无暇顾及这个问题。由此带来的问题就是，具体的艺术手法在反映现实真实的艺术作品中的价值功能变得模糊不清。对于此，捷克学者普实克的如下评论值得注意：

正是因为尊重现实和真实性，中国文学才没有跌进不加约束的想象的泥潭里，它使中国作家对文学创作一直持有特别清醒的、有意识的和负责的态度，使他们的大部分作品具有高度的道德水准，即使是从道德观念出发，也不允许作者歪曲真理，把文学作品变成卖身求荣的工具，象在其他文学中出现的情况那样。尽管如此，这种清醒的意识往往使文学艺术太缺乏想象，妨碍了它在想象性的小说领域的充分发展，这也是实际情况。②

普实克是在反思中国五四以来的文学对文学真实性的执着态度时，写下这段话的，它同样适用于左翼文艺。艺术的虚构功能，是达到艺术真实的直接手段，是艺术真实获得现实力量的直接而有效的方式。但艺术真实往往又与现实真实形成一种张力关系，在遵循现实逻辑的同时，又超越现实逻辑，形成了所谓的

① 郭沫若：《留声机器的回音》，见《郭沫若全集》（第十六卷），北京：人民文学出版社，1989 年，第 69 页。

② ［捷］普实克：《中国文学中的现实和艺术》，李燕乔译，见《普实克中国现代文学论文集》，长沙：湖南文艺出版社，1987 年，第 100 页。

“虚”的部分。现实真实作为最终的评价标准，在为艺术真实提供建构因素的同时，又在一定程度上排斥艺术真实中的虚构成分，甚至成为颠覆艺术虚构的直接依据。想象在对现实表达的过程中，被视为一种不真实的破坏性力量。因此，艺术虚构，在左翼文艺的具体实践过程中，往往不是被理解为一种积极的力量，而是被看作一种消极的因素。虽然郭沫若的“文艺是现实的‘留声机器’”的提法，即使在左翼文艺内部，也是颇有争议的。但郭沫若所强调的反映现实的真实，就是在反映真理的逻辑，赋予了现实不可置疑的地位，并进而突出了现实的政治性。“中国文学作品极其重视的往往是‘真实性’，也就是对事实的精确记录，用‘实’这个词来表示，有‘充实’‘完全’之意，与此同时，想象则遭到排斥，被视为‘空洞’的东西，只在艺术想象‘虚’中存在①。”

显然，如何在左翼文学中思考艺术的虚构问题，它的价值和意义、实现方式，在左翼文艺内部曾被反复讨论。毋庸置疑的是，左翼文艺的艺术性是以政治性为前提的；五四意义上的艺术独立，如同普实克所论述的，在左翼文艺是没有存在的空间的。因此，对于左翼文艺而言，如何实现政治的艺术性，也就成为左翼作者们反复思考的问题，贯穿着左翼文艺的始终。

（作者：北京航空航天大学副教授）

① ［捷］普实克：《中国文学中的现实和艺术》，李燕乔译，见《普实克中国现代文学论文集》，长沙：湖南文艺出版社，1987年，第100页。

·域之内外·

圣经翻译的中国化：从白话译本（1874）到浅文理译本（1902）

——对施约瑟两个《雅歌》中译本的比较研究*

刘　燕

《圣经》之重要书卷《雅歌》（又译《所罗门歌》）的汉译经历了近百年的漫长历程。其翻译主体既有传教士也有后来的女性译者。他们依据希伯来语、拉丁语、英语等圣经版本，使用过文言（深文理，High Wenli）、浅文言（浅文理，Easy Wenli）、白话（Vernacular）、方言（Dialect）和现代汉语（Modern Chinese）等语体；采纳直译（literal translation）、意译（literary translation），也有编译（compilation）或某种程度上的文学改写（rewriting）；亦有从古诗体（五言）到散文体再到新诗体的文学化渐进过程。近两个世纪以来，西方汉学家、中国翻译界产生出不同文体、风格迥异的《雅歌》汉译本，它们对中国现代思想、文化和新文学运动产生了深远的影响力，体现了圣经文本翻译的调适性、可变性与再塑性，同时也在历史的变迁中谱写了一曲曲中西文化具魅力/文学/语言彼此交融回应的爱之赞歌。

在中国，对《雅歌》的翻译是一个极为严峻的挑战，这不仅因为它是一部用词优雅、想象丰富、直抒胸臆的爱情诗（文学性），也是一部把男女之炽烈爱情升化为圣爱的信仰之诗（宗教性）。不过，为数众多的《雅歌》中译本，如许地山译本（1921）、吴曙天译本（1930）、陈梦家译本（1932）、吕振中译本（1970）等，皆不同程度地得益于1919年版《圣经和合本》（*Chinese Union Version*），而后者的翻译底版则可追溯到此前的各种《圣经》中译本，尤其是施约瑟（Samuel Isaac Joseph Schereschewsky，又名 Shi Joseph，1831～1906）从希伯来语直接翻译为中文的《北京官话旧约译本》（1874）与《浅文理新旧约译本》（1902）。“在圣经和合译本出现之前，施约瑟的旧约官话本与北京翻译委员会的新约官话译本，显然是使用最广的中文圣经。”① 施约瑟的两个《圣经》中译本承前启后，不但忠于原文，而且文字清澈通俗、优美流畅，被誉为“40年来无竞争对手”②，在圣经汉译史上具有划时代的意义。恰如乔治·史蒂文斯（George Stevens）的高度评价：“施约瑟的中文圣经的意义就像威克里夫译本与马丁·路德译本之于英国人和德国人一样”（In this respect it is not too much to say that he was to China what Wycliffe was to England and Martin Luther to Germany）名垂青史③。

本文选取施约瑟《北京官话旧约译本》（1874）与《浅文理新旧约译本》（1902）中的两个《雅歌》中译本片段，通过翻译上的比较研究，总结施约瑟圣经翻译的翻译策略与跨语体、跨文化特征。这涉及到几个方面：1. 凸显翻译主体的多重文化身份与

① 感谢以色列希伯来大学东亚系教授伊爱莲（Irene Eber）和斯洛伐克科学院东方研究所研究员马里安·高利克（Marián Gálik）提供施约瑟《雅歌》中译本及相关《圣经》研究资料，谨以此文献给两位德高望重的汉学家。此外，还要感谢台湾的沈秀臻购买施约瑟《新旧约圣经全书》影印版（台湾：橄榄山基督教出版社，2005年），感谢上海的邱云复印相关研究资料。参见伊爱莲：《施约瑟传——犹太裔主教与中文圣经》，胡聪贤译，台湾：橄榄山基督出版社，2013年，第334页。

② Marshall Broomhall, *The Bible in China*, London: British and Foreign Bible Society, 1934, p. 82.

③ George H. Steven, *Jewish Christian Leaders*, London: Oliphants, 1966, p. 61.

语言训练对于圣经翻译的主导作用。2. 强调读者需求决定了译者对译入语的选择，如文体、风格、修辞、注释等皆可达成这一目标。3. 探讨施约瑟的翻译特色，如译本中的注释、解经法，来自于犹太拉比的“米德拉什”（Midrash）① 传统与中国经典注疏传统的融合，以此规范、引导中国读者更好地阐释与理解《雅歌》这样一部宗教爱情诗。4. 中文圣经的翻译是一个跨语体、跨文化的处境化进程，不同风格的译本有助于更广泛地传达圣言和普及福音；同时，它也是一个日趋世俗化、调适化和本土化的过程。20 世纪 70 年代至今不断涌现的《圣经》新译本再次显明了圣典翻译与阐释的多元维度。

一、译者的多重文化身份：“译经王子”施约瑟

译者的主体身份对于翻译活动往往举足轻重。一个人的出身、职业、家庭、信仰、文化、教育、学识乃至语言训练、身心状况等方面有助于我们理解译者的翻译原则、策略及追求的最终效果。施约瑟被美国圣公会的同仁海克斯（John Hykes）誉为“译经王子”（Prince of Bible translators）；大英圣书公会（British and Foreign Bible Society）称之为“世界最伟大的圣经翻译者之一”；格雷伍斯（Frederick R Graves）赞赏他是“世界英雄之一”（one of the world's heroes）②。当我们考究施约瑟对中文圣经翻译做出的伟大贡献与惊人天赋时，其特殊的身份引人注目。施约瑟是一位出生在俄罗斯帝国统治下立陶宛小镇陶罗根（Tauroggen）

---

① 米德拉什或密德拉西，英语为 Midrash，希伯来语为מדרש，即解释、阐述之意，指犹太教讲解《圣经旧约》的布道书卷，全书按《圣经旧约》各卷的顺序编定，对之进行通俗的解释与阐述；每篇可有单独名称，如《出埃及记》的米德拉什。公元 2 世纪已具雏形，6 ~ 10 世纪成书。

② *American Church Mission*，District of Shanghai，Nov. 23，1906.

的美籍犹太人，与生俱来的犹太身份、多语种的语言天才和多元文化的教育熏陶、训练有素的犹太—基督教神学背景、怀有使命感的使徒品质和曲折动荡的人生磨砺，使之成为一名无可挑剔、出类拔萃的《圣经》中译者。

施约瑟的非凡才智得益于其犹太身份和早期接受的犹太拉比教育。施约瑟出生于犹太家庭，从小接触到希伯来语和俄语。但他幼时父母双亡，由同父异母的兄弟抚养。由于他聪慧好学、具有特殊而敏感的语言天赋，家人希望他成为一名拉比。于是，16岁时施约瑟离家就读于乌克兰的日托米尔拉比学校（Rabbinical School of Zhitomir）。当时以解放犹太人、接受西方文化的犹太启蒙运动（Haskala）风靡欧洲，到此地传播福音的伦敦基督教犹太人传道会（The London Society for Promoting Christianity among the Jews）把《旧约》《新约》翻译成意第绪语，吸引了一些像施约瑟这样的年轻犹太人。1852 年，施约瑟前往德国的布雷斯劳大学（Breslau University，今弗罗茨瓦夫）攻读东方语言课程，他结识了伦敦传道会成员、犹太基督徒纽曼博士（Dr. H. C. Neumann，1778 ~ 1865），得以了解当时德国的现代圣经批评学。1854 年 6 月，施约瑟乘船去了美国纽约，深受犹太裔传教士里拉德博士（M. G. R. Lederer）的影响，在一个逾越节晚上接受浸礼，皈依基督教。后他就读于宾夕法尼亚州阿勒格尼市的西方神学院（Western Theological Seminary in Allegheny City，Pennsylvania），两年后转往纽约的圣公会总神学院（the Episcopal General Theological Seminary in New York）继续神学学习，并于 1859 年 7 月被授以执事（deacon）职位。此时施约瑟决意要成为一名海外传教士，许愿要前往中国，把《圣经》翻译成中文。不久，他以美国圣公会海外传教士的身份前往上海，在航行途中开始学习汉语。1859 年 12 月，施约瑟抵达美国圣公会总部所在地上海后，刻苦学习中文、上海方言、文言文和中国文学，并在中国内地进行了两次远游，逐渐熟悉民情，体验到地方方言的特色。他深有感触："与其说我要学会中文，不如说我要掌握多种中国语文。因为一个渴望能够熟习中文的人，必须研习至少两三种独特的中国语文：第一种是他所居之地的人所说的方言；第二种是全中国的官员，以及很多省份的人都使用的官话；第三种是中国知识分子们所使用的文言文。"施约瑟敏锐地意识到中国人"对语言的挑剔"的程度比其他民族更甚，他们对只会讲"几句破句子"就想传道的外国人，不屑一顾①。

施约瑟很快明白北京才是大清帝国的中心，北方方言的覆盖面极广。他于1862年来到北京，在刚成立不久的美国公使馆担任翻译。在此后的12年（1862～1874）中，他任职于"北京译经委员会"（The Peking Translation Committee），这个委员会由英美二国的五位新教传教士组成，除施约瑟之外，其余四位分别是美国人丁韪良（W. A. P. Martin，1827～1916，他断断续续参与译经工作）和白汉理（Henry Blodget，1825～1903），英国人包约翰（John S. Burdon，d. 1907）和艾约瑟（Joseph Edkins，1823～1905），他们都在中国生活多年，精通汉语，于1862～1863年间陆续聚集北京，筹划把《圣经》翻译为北京官话。鉴于施约瑟精通希伯来语和具有犹太文化背景，他被"北京译经委员会"指派承担将希伯来语《旧约》翻译成北京官话的艰巨任务。在1864年写给美国国外布道团会员会（American Foreign Committee of the Board of Mission）的信中，施约瑟解释了汉译《圣经》的重要性，提倡把《圣经》翻译为满洲方言（即北京官话），因为它适用于四分之三的国土，实际上是全中国的官员、商人和文人之间的通用语②。

---

① 参见 http：//www. answers. com/topic/samuel-isaac-joseph-schereschewsky

② James Muller，*Apostle of China*：*Samuel Isaac Joseph Schereschewsky* 1931－1906，Harrisburyg：Morehouse Pub. Co.，1937，p. 66.

当时通行中国的圣经译本是用文言文翻译的深文理译本（High Wenli Version），如最早的马什曼（J. marshman）译本（1822）、马礼逊（R. Morrison）《神天圣书》（1823）、委办译本（Delegates'Verison，1852）、裨治文（E. C. Bridgman）《新旧约全书》（1864）、“高德”（J. Coddard）《圣经新旧遗诏全书》（1868）等；另外有些仅供东南局部地区使用的方言译本（如广东话、厦门话、客家话和吴语等），还没有一本是用北方方言的译本。不过，随着中西双方在政治、经济和文化等领域的不断接触以及时局的发展，这种情况逐渐得以改变：“早期中文圣经主要是文理译本，对象是受过教育的中国人。然而，中国教会信徒日益增多，由于教育水平大多不高，在阅读文理译本时感到困难，以致对官话译本的需求渐增。”① 北方方言作为“官话”，既是大清帝国的官方权威语言，也是大部分北方普通老百姓使用的语言，具有无可比拟的重要性。施约瑟认识到：“官话就是正式语言的意思，它不但是通俗文学所使用的语言，也是自宋代以来，一些哲学及形而上学著作所使用的语言。”② 施约瑟对于独自承担把希伯来语《旧约》译成北京官话的神圣任务，充满信心：“其他翻译者告诉我，将旧约圣经翻译成人口最多的帝国口语，是特别委托给我的责任。一直到这项工作做完为止，我应该将它看作是我在这个国家的使命。”③ 1874 年 12 月，在上海美华圣经公会（American Bible Society）的资助下，历时十多年完成的第一个北京官话《施约瑟旧约译本》出版（由日本京都美华书院印制）；1878 年，该译本和 1872 年已出版的《北京官话新约全书》

---

① 蔡锦图：《中国圣经翻译的历史回顾和研究》，见梁工主编：《圣经文学研究》（第 5 辑），北京：人民文学出版社，2011 年，第 202 页。

② 施约瑟致 Denision 函，转引自伊爱莲：《施约瑟传——犹太裔主教与中文圣经》，胡聪贤译，台湾新北：橄榄出版社，2013 年，第 161 页。

③ 同上。

合并成《北京官话新旧约全书》，作为英美两国传教士和圣经公会共同合作的硕果。这个圣经中译本具有划时代的意义，它的语言清晰明细，简洁有力，虽浅白却不流于俗气，虽庄重敬虔却不舞文弄墨，成为1919年《和合本圣经》之前通行最广、最受中国信徒欢迎的官话译本，并为此后的圣经中译本提供了出色的模板。

1877年施约瑟被任命为上海教区第三任主教（Bishop）。1881年在武汉视察之时，积劳成疾的他不幸中风，导致身体瘫痪。1882～1895年间施约瑟在英国剑桥、瑞士日内瓦、美国等各地养病，虽饱受病痛折磨，却依然在轮椅中坚持用两个手指头翻译，不仅继续修订北京官话《新旧约圣经》，还将其翻译成浅文理（Easy Wenli Version）。对于外国传教士而言，“19世纪末期，可以说是文言文圣经从深文理向浅文理过渡的中间阶段。以前只有深文理圣经译本的出现，是意料之中的事。对中国人而言，浅显的白话只用于日常生活的口语中，而不运用于文字表达中。对传统文化和文字颇为自负的文人来说，他们更不会接受用这种浅显语言写成的书。[①]”英国传教士杨格非（John Griffith）描绘了一种被称为“浅文理”的语言形式，它既像官话一样容易明白，广泛通用，同时又容易被知识分子接受[②]。在1890年上海举行的中国传教士代表大会后，施约瑟拒绝了该译经委员会的邀请，独自开始浅文理圣经的翻译工作，并以残疾之身完成了《和合本圣经》翻译团队花费18年才完成的事业，堪称世界圣经翻译史上的一个奇迹。修订版《北京官话圣经》和浅文理《旧新约全书》（又称《施约瑟浅文理二指版圣经》）分别于1899、1902年

---

① Marshall Broomhall, *The Bible in China*, London: British and Foreign Bible Society, 1934, p. 50.

② Matthew Tyson Yates, *Records of General Conference of the Protestant Missionaries of China*, Shanghai: American Presbyterian Mission Press, 1878, p. 221.

（1913、1922 年再版）在东京印行。1910 年由施约瑟修订的《浅文理串珠圣经》（Reference Bible）出版，但他本人却无缘见到此书，于 1906 年 10 月 14 日在日本东京去世。

从以上施约瑟曲折漂泊、千辛万苦的人生经历不难看出，作为传教士和圣经译者，施约瑟所具备的多重的文化身份、特殊的个人禀赋和坚强不屈的性格决定了其译经事业与众不同：属于犹太教改信基督徒的犹太裔美国人（在俄国统治下的立陶宛、波兰、德国、美国、中国、英国、法国、瑞士、日本等多国居留，有助于他以平等、同情的态度对待异国文化和不同人群）；属于美国圣公会（曾担任美华圣公会上海教区主教）；具有罕见的语言天赋（掌握了希伯来、意地绪语、俄、德、波兰、希腊、英、法、中、蒙古等十多种语言），他受到了犹太教—基督教文化、德国启蒙文化、英美盎格鲁撒克逊文化、中国传统文化等多元文化的熏染，视野开阔，治学严谨，博大精深，形成了尊重异国文化的开放精神。此外，他信仰虔诚，品德高尚，意志坚定，谦卑专一，具有热诚奉献的精神和透彻的分析能力。更难能可贵的是，施约瑟在半身不遂、艰难困窘的恶劣环境下，依然倾注 32 年之心力于《圣经》翻译。这不得不令人敬佩而惊叹不已。在去世的前几年，施约瑟自叙到："我坐在这把椅子上 20 多年了。一开始很艰难。但上帝知道这样的安排最好。他让我从事最适合我的工作。"① 美国圣公会史蒂芬牧师（W. B. Stevens）在写给施约瑟的悼文中称赞道："世界上最伟大的英雄所达至的最伟大的成就，当拿来与施约瑟主教所作的相比时，都会变得渺小……因为他使圣经用中文来向人说话，把福音传遍了半个地球。"②

---

① 参见 http：//www. bdcconline. net/en/stories/s/schereschewsky-samuel-isaac-joseph. php，by Paul Claspar

② Dan Graves，MSL，A Feast for Samuel Schereschewsky，Church History Timeline.

二、从白话到浅文理：两个《雅歌》中译本之比较

施约瑟坚持认为，在中国传教的目的是建立“中国的基督教”（Chinese Christianity），传教士不应破坏中国的民族特性（ethnic characteristics），不应把外国特性（foreign traits）生硬地嫁接到汉语中，应原封不动地保留中国人的衣食住行、风俗习惯。故其中文圣经的翻译亦体现了这一目标的达成：一方面，他强调中国是一个崇尚“文质彬彬”的文明古国，传教士若要与中国精英人士沟通，在讲述时必须引经据典。唯有如此，才能以中国人的思考模式，表达自己的心灵和精神层面。而另一方面，他认为中国地域辽阔，方言众多，汉语的书面语与口语面对的是不同的阅读对象，如果使用形式多样、风格迥异的“合适的文体”（the appropriate style）来翻译《圣经》，则有助于基督教在不同民众中的传播与理解。因此，施约瑟大半生不遗余力，专注于北京官话和浅文理圣经两个种语（及后来《浅文理串珠圣经》）的工作，目的就是要使用“合适的文体”面对不同的中国读者。也即，施约瑟是唯一一个用白话和浅文理两种语体独自翻译中文圣经的传教士译者。

以下选取《北京官话旧约圣经》（1874）和浅文理《旧新约全书》（1902）① 两个译本中的《雅歌》（又名《所罗门歌》）片段，试以第一章为例：

---

① 此处引用《北京官话旧约圣经》（1874）之“雅歌”部分由伊爱莲教授提供。浅文理《雅歌》引自根据施约瑟《新旧约圣经全书》（上海大美国圣经会印行，1913）的影印版（台湾新北：橄榄山基督教出版社，2005 年）。圣约翰科技大学校长杨敦和在该版《序》中言及：“只可惜后来由于中国战乱不已，加以年代久远，这一部巨著竟然失散零落，除了大英图书馆保存了一套之外，全球已不剩几部完整的版本了。”

官话版：这是所罗门所作的歌中的雅歌、愿他与我接吻、因你的爱情胜于酒霖。你的膏、香味甚美、你的名如倾出的香膏、因此，众女子都爱慕你。愿你引导我、我们速速随在你后、王携带我进入宫殿、我们也仍因你欢欣喜悦、称赞你的爱情胜于美酒、他们都诚诚实实爱慕你。耶路撒冷的众女子、我颜色虽黑、却仍秀美、我虽如基达的帷幕、却仍似所罗门的帐幔、我受日晒、颜色微黑、休要藐视我、我同母的兄弟向我发怒、使我看守葡萄园、我自己的葡萄园、却没有看守。我心所爱的、请你告诉我、你在何处放羊、午间在何方使羊歇息、免得我在你同伴的羊群中来往游行。女子中至美丽的、你若不知道、只管跟随羊群踪迹、将你的绵羊羔放在牧人的帐幕旁。我的佳偶、我看你如法老辇上的骏马。你脸有珠串妆饰、你颈戴珍珠项圈、甚为美观。我要为你作金串、嵌上银星。王正作席时、我的那珥达发其香味。我看我所亲爱的、如没药香囊常在我怀中。我看我所亲爱的、如古珀露花生在隐技底葡萄园中。我的佳偶、你甚美丽、你甚美丽、你眼犹如鸽眼。我的良人、你也俊美、也甚可爱、我们床榻也青绿。我们室房屋的栋都是香柏、我们护墙的花板都是松木。

浅文理版：此所罗门之歌中歌也、惟愿与我接吻、尔眷爱之情、愈于酒霖、尔之膏、馨香甚美、尔名如香膏倾注于外、故众女爱尔、愿尔引我、我侪趋于尔后、王携带我入其宫室、我侪因尔欢欣喜悦、念尔眷爱之情愈于酒霖、彼众诚然爱尔、耶路撒冷众女乎、我虽黧黑、而仍秀美、虽如基达之幕、仍似所罗门之幔、我受日暴、色虽微黑、毋藐视我、昔同母之兄弟怒我、使我守葡萄园、我之葡萄园、反不得守、我心所爱者、请尔告我、尔于何所牧羊、亭午在何方使羊憩息、免我在尔同伴之群中、往来游行、女中最丽者、如尔不知、则随群羊之迹、以山羊之羔、牧于牧人之幕旁、我之佳偶、我视尔如法老车之骏马、尔脸饰以璎珞、尔项垂以珠串、甚为美观、我侪为尔作金璎珞、嵌以银星、王坐席间、我之那珥达发其馨香、我所亲爱者、我视如没药香囊、恒在我怀中、我所亲爱者、我视如古珀露花、生于隐基底葡萄园中、我之佳偶、尔甚美丽、尔甚美丽、尔眼犹如鸽眼、我之良人、尔亦俊美、亦甚可爱、我侪之床、亦青亦绿、我室之梁、制以柏香木、护墙之板、制以柏木、通过对比这二个《雅歌》中译本，可管窥它们在读者对象、语体风格、语言措辞、句式文法、标点注释等诸方面的差异及施约瑟的翻译策略与跨文化实践。

1. 以读者为导向的翻译目标

蔡锦图认为："西方基督新教的传统（尤其是18世纪宣教热潮涌现之后）认为，圣经具有自我展现福音信仰的功能。当圣经在人面前展开，因着圣灵的工作，可以让人心开启，从而领受福音的信息，生命得到改变。所以，把圣经翻译为福音对象可以理解的语言，往往是传教士在传扬福音地区中最重要的工作之一。"① 施约瑟很早就意识到圣经的翻译目标应为日常生活中的中国读者提供易于阅读与理解、发问与讨论的译本。其官话（白话）版与浅文理版圣经可以满足不同的阅读对象，前者服务于文化水平较低的普通读者（或给不识字的文盲听见），后者服务于知识修养层次高雅的士大夫或精英人士。不难看出，其官话版《雅歌》的遣词造句通俗易懂，口语化，情感直接浓烈，富于浪漫抒情色彩。相比之下，浅文理版《雅歌》面对的读者大多是讲究文辞的上层精英人士，其遣词造句力求典雅，书面语，表达情感含蓄敦厚。如用"眷爱"代替"爱慕"，"牧养"代替"放

① 蔡锦图编注：《遗珠拾穗：清末民初基督新教圣经选辑》，台湾新北：橄榄山基督教出版社，2014年，编注者序第1页。

羊”，“日暴”代替“日晒”，“憩息”代替“歇息”。希伯来语《雅歌》的主要诗体是排比和头韵，没有使用韵脚，这与中文诗善用谐音字、排比、对偶等修辞手法较为接近。施约瑟的两个《雅歌》译本使用了大量的排比和对偶句式（parallel construction and couplet），保留了《雅歌》原文优美典雅的诗意风格。瑞士汉学家冯铁（Raoul David Findeisen）指出：“在大多数情况下，他们（中国译者）可采用历史悠久的词汇，而无需填补词典的空白，不像欧洲后文艺复兴时期的翻译家，他们要把圣经翻译成新兴的未来民族语言……汉语诗歌和散文写作传统中具有丰富的排比运用，以及一套相对受限的音节，完全适合用来对调希伯来语《雅歌》的艺术手法。”① 这似乎从另一个角度说明汉语与希伯来语在抒情表意、修辞上的接近反倒有助于《旧约》的翻译，尤其是那些富有诗意的篇章。施约瑟对中国古典文学尤其是白话文学掌握得熟稔地道，对如何区别使用文言文与白话文运筹帷幄，其汉语之炉火纯青令人惊叹。

从以上译文选段中，我们看到这种清晰而不晦涩的翻译风格，证明了施约瑟熟悉希伯来圣经原文、经义解释及如何把它们转化成新的汉语语法的能力，并充分考虑到了中国信徒或普通读者的不同需求。

2. 采纳风格各异的语体形式

以上两个译本皆采用地道的归化语言。官话版《雅歌》力求让普通的中国老百姓理解接受，采用的是北京官话，追求口语化，朗朗上口，富有节奏，适合于朗诵，喜用四字成语，如“诚诚实实”。浅文理《雅歌》使用文白交加的浅文理，单音词代替

---

① Raoul David Findeisen（冯铁），‘God Was Their Soul’ Love，Women Their Bodies’ – Two Chinese Versions of the Song of Songs（1930/32）’，Edited by Raoul David Findeisen and Martin Slobodnik，*Talking Literature*：*Essays on Chinese and Biblical Writings and Their Interaction*，Wiesbaden：Harrassowitz Verlag，2013，pp. 133 – 134.

双音词，如用“幕”代替“帷幕”，“幔”代替“帐幔”，“守”代替“看守”，“告”代替“告诉”，“丽”代替“美丽”等。在人称代词上，用文言文的“尔”代替“你”，“彼众”代替“他们”，“我侪”代替“我们”。在连接词或虚词上，用“之”或“者”字代替“的”，“故”代替“因此”，“于”代替“在”，“亦”代替“也”，“愈于”代替“胜于”。同时，“之”“亦”“惟”等文言表达赋予了《雅歌》更多的诗意色彩。在句法结构上，官话版突出主语“我”，语法完整，与日常口语接近；浅文理版更为简约，往往省略主语，切合文言文的书面表达方式。例如，官话版“我同母的兄弟向我发怒”转换为浅文理版为“昔同母之兄弟怒我”，后者省略了主语之代名词“我的”，用一个“怒”字代替了“向……发怒”。总而言之，施约瑟发明了一套浅文理替代白话的语法规则，适用于整本圣经语汇的转换。

3. 倡导诗意化的语言风格

施约瑟强调中国丰富浩瀚的文学传统，对中文保持高度的敏感。为了让中国人接受并尊崇圣经，他深知自己的翻译必须符合中国的文学标准，达到善与雅、神圣与通俗的统一。“《圣经》一方面要展示神的话，另一方面要让人明白，因此，‘神圣典雅’与‘浅白易懂’就好比同一轴上的两端，如何在两者之间取得平衡，正是问题的核心。①”《雅歌》作为《旧约》中风格最抒情、情感最热烈的一部，其译文更能显示出译者的文学修养。在翻译中，施约瑟小心翼翼地选择让读者、观众和听众容易接受、了解的语言形式；他根据汉字蕴含的文意来为宗教意念赋形，并尽可能追求精炼典雅的文学效果。如用“馨香”代替“香味”，“诚然”代替“诚诚实实”，“念尔”代替“称赞你”，“宫室”代替

① 庄柔玉：《基督教〈圣经〉中文译本权威现象研究》，香港：中国圣经协会，2000年，第83页。

“宫殿”，“引我”代替“引导我”，“酒霖”代替“美酒”，等等；前者在字句上更加优美、紧凑与精炼，富于节奏韵律，并大量使四字成语或惯用语、对偶句，如“我之良人、尔亦俊美、亦甚可爱、我侪之床、亦青亦绿”“尔眷爱之情、愈于酒霖、尔之膏、馨香甚美”，这深得《诗经》、汉乐府、唐诗宋词等古典文学之精髓。此外，在个别词语的翻译上，浅文理版更为精准，如《雅歌1：8》用“山羊之羔”代替了“绵羊羔”，切合对“goat”的翻译（和合本为：“把你的山羊羔牧放在牧人帐棚的旁边”）。浅文理版《雅歌1：10》翻译为：“尔脸饰以璎珞、尔项垂以珠串、甚为美观”，官话版为“你脸有珠串妆饰、你颈戴珍珠项圈、甚为美观。”相比而言，其浅文理版更为准确。和合本翻译为“你的俩腮因发辫而秀美；你的颈项因珠串而华丽”（Your cheeks are beautiful with earrings，your neck with strings of jewels），借鉴了施约瑟的中译本。又如，对于地理、物质、日常生活的专用名词，施约瑟采用“音译法”“合成词”，既有效地传达了原文的韵律，又为中文增添了不少新词（当然他也借鉴了前辈圣经译者的翻译）。如“没药”（myrrh）、“那珥达”（nard，和合本译为“哪哒”）、隐基底（En Gedi）、书拉密（Shulammite）、所罗门（Solomon，又作 Salma）、沙仑（Sharon）、香草山（spice-laden mountain）等特殊名字或音译新词，极大地丰富了现代汉语，促进了中文白话句法的变革及其欧化词汇的表达。

4. 使用标点、字体、序号与注释

施约瑟的圣经译本皆采用传统的文言文竖版排列。官话版《雅歌》采用顿号和句号，字体较大，旁边用“一二三”等序号表明每一章的节数，清晰明了。浅文理《雅歌》一律采用顿号而无句号，每行旁边用“一二三”等序号标明每一章的节数外，还用“甲乙丙丁”等标明脚注次序，便于读者查询《雅歌》与其他圣经章节的关联，互文参考。正文顶部是顶注（教会的神学释义），正文中夹有旁注和文中注（下文将详细分析），所有这些注释构成了圣经文本间的循环阐释，为读者深入研读圣经提供了行之有效的帮助。尤其是浅文理版本的阅读对象是文化水准较高的社会精英，其文白相夹的典雅语体、大量的注释与参考有助于他们深究圣经义理。同时，这些不同类别的注释好像是填平两种不同文化沟壑之间的砂石或沙土，使得彼此沟通的道路变得便捷、平坦，从而减少基督教文明与中国传统文化之间的正面摩擦或冲突。当然，施约瑟在寻求目标语言中的合适词语时，在第一时间内可能不太容易发现两者之间的语义差异。而经过了一段时间（几乎是20多年后），随着他对汉语和中国文化的掌握与理解，更加熟稔各种圣经版本和研究资料，他持续不断地对其中译本进行修正、补充和完善。

施约瑟的浅文理译本除了语体风格上的整体转变，在注释上如此殚精竭力，这为圣经汉译史立下汗马功劳。遗憾的是，《和合本圣经》虽在翻译上借鉴了施约瑟译本的硕果，却删去了许多注释和参考标示。随着其权威地位的确立，逐渐掩盖（遮蔽）了施约瑟具有开拓性的翻译功勋①。

三、《圣经》之本色化：施约瑟的翻译策略

译者既要关切自身与他者的文化，又要了解译文所面对的读者群及其所需。为了基督教的广泛传教，传教士在翻译圣经时不

① 在1890年9月上海举行的基督教传教士大会上，官话修订委员会的报告拐弯抹角地提及，将以施约瑟的北京官话译本为蓝本进行修订。1919年《和合本圣经》获得独尊地位，逐渐取代了施约瑟的圣经译本，被视为“最具权威的白话文《圣经》”，这体现了英国圣经公会与美国圣经公会之间的较量与平衡。施约瑟毫不隐晦地说：“我认为要再翻译一个新官话译本的提案，主要原因是出于民族本位的与名称上的嫉妒。”（转引自伊爱莲：《施约瑟传——犹太裔主教与中文圣经》，胡聪贤译，台湾新北：橄榄山基督教出版社，2013年，第210页。）

得不考虑到译入国语言的文化背景和读者需求。施约瑟主张传教士应为本土文化服务（Trained on the soil and for the soil），倡导《圣经》翻译的“可译性”（translatability）和汉语传达“神旨”的调适性（suitability）与可读性（readablity），并且形成了一套独特而行之有效的翻译原则和阐释策略，从而激发了中西文化在圣经诠释上的对话和交汇。

1. 可译性：忠于原始文本的意译

圣经翻译实质上关涉不同文化之间的交流和互释，其目标是尽可能让预期的读者获得对原本的理解。乔治·斯坦纳（George Steiner）认为，“翻译的原理为：源语言的信息经过转化而成为目的语”。① 故依据何种版本的《圣经》之“源语言”，对于“目的语”的翻译与理解尤为关键；对于所进入文化的适应是由福音的可译性决定的。虽然译者力图准确地翻译原文，但是译者的语言能力、意识形态、教义认知、宗教团队、不同层次的预期读者，往往左右着他们对圣经的诠释和翻译。由此不难理解施约瑟对于《和合本圣经》的翻译小组持怀疑态度的原因。施约瑟曾多次婉拒1890年中国基督教传教士代表大会邀请他参与官话和浅文理圣经版本翻译的工作，声称新译者们的希伯来语、希腊语和汉语的水平不可能超过他本人和北京译经委员会成员，不能指望新译本会超过自己的译本，故只需修订已有的译本，而无需重新翻译②。此话虽然显得有点自负，但事实证明，《和合本圣经》大大得益于施约瑟的译本。最近的圣经翻译研究表明，译经后面存在着不同国家传教势力之间的对抗与话语争夺权。那些依据英语圣经本来翻译汉语圣经的译文，容易出现一些关键性的错误，从

① George Steiner, *After Babel*, *Aspects of Language and Translation*, London: Oxford University Press, 1975, p. 28.

② James Muller, *Apostle of China*: *Samuel Isaac Joseph Schereschewsky* 1931 - 1906, Harrisburyg: Morehouse Pub. Co., 1937, pp. 226 - 227.

而导致对宗教文本的错误理解或不同文化之间的误读。例如，将《圣经》中的“tannin”，希伯来文的原意为“海怪”，希腊文、七十子本与英语钦定本翻译为“dragon”，中文则译为“龙”，这导致了“一种压迫性的基督教观念：圣经中的上帝长期与中国文化争战，制裁着中国文化和宗教的罪恶”①。比起《和合本圣经》，施约瑟译本的准确可靠性归于它是依据希伯来文原本（Masoretic Text）和希腊文原本，例如，用“夏娃”翻译希伯来语的“Hava”（英语 Eva）；根据具体语境使用“国”“地”或“地方”翻译希伯来语的“eretz”（英语 land/country）；用“割礼”翻译“circumcised”，巧妙地避免了直译为“割去包皮”的尴尬之语（尤其是在中国儒家为主导的传统文化语境中）。

《圣经》翻译研究专家尤金·奈达（Eugene Nida）提出了著名的翻译“动态（功能）对等原则”（dynamic or functional equivalence），强调“信息在译入语使用者中的可交流与可理解性”②。翻译意味着交流，取决于译文的读者或听者的了解能力。施约瑟的翻译策略与奈达可谓异曲同工，他坚持翻译者对于翻译的原文和译入国的文化、习俗必须非常熟悉，才能找到两种文化、语言上适合的对等表达。在 1874 年版的《官话旧约圣经》序言中，施约瑟明确提出：“译以官话，书中定义悉照原本不敢增减一字。无非曰译者易也，易字画而已，读者勿以浅显而藐视之。”③ 这里所谓的“不敢增减一字”强调了对原文内蕴的忠实而非表面的字

① 李炽昌：《多神与一神之张力：圣经翻译处境化的商榷》，《深圳大学学报》，2013 年第 1 期。该文亦指出“从‘dragon’的翻译来看，施约瑟比之前诸如 1852 年的委办译本等版本使用了更多的‘龙’字”，第 16 页。这说明有时候，施约瑟的译本也难以避免翻译中的文化误读现象。

② Zetzsche，J. O.，*The Bible in China. The History of the* Union Version*or the Culmination of Protestant Missionary Bible Translation in China*，Sankt Augustin：Monumenta Serica Institute，1999，p. 349.

③ 施约瑟：《官话旧约圣经》，上海美华圣经公会，1874 年，例言。

义，既尊重原文又以汉语的承受程度为限。在翻译过程中，施约瑟并不拘泥于字面义，而是特别注重汉语的表达方式："按字面义译成中文是错误的翻译，不符合语言惯用法。翻译应该是恰到好处，不拘于表面文字；其风格清澈明了，且合乎目标语的习惯用语。"[①] 因此，施约瑟提出了一套忠于原文的可译性与可解性的意译原则："他坚信在不直译的情况下仍可能忠实于原文，而且重现圣经的风格和诗情，这一点尤其重要。因此，维护诗歌和散文之间的差异，这也是译者义不容辞的责任。"[②] 在希伯来文经文具有暗示性意涵时，施约瑟往往避免照字直译，而采用符合惯用语法的更明白易懂的诗意表达方式。如《雅歌 5：6》中的句子："My soul failed when he spoke"（希伯来文为 nafshi yatsah be'dabro），施约瑟恰恰到好处地使用了成语"神不守舍"。这种精炼而富有诗意的四字惯用词或惯用句式在其译本中随处可见。一旦没有对等的某些词汇，施约瑟便根据希伯来的原文发音，新造中文词汇，并赋予它一种特殊的趣味与诗意表述风格。

2. 可读性：多样的翻译语体与风格

成功的翻译是以读者接受为导向，在新的文化语境中获得接纳与传播。译者既要关切其自身的文化特色，又要了解译入国的读者群及其所关注的问题。与北京译经委员会和后来的和合本圣经翻译团队等许多 19 世纪后半叶的在华传教士一样，施约瑟重视白话、各种方言和不同的中文语体，是因为随着对中国文化的深入理解和传教方式的改变，普通中国读者而非仅仅是精英人士成为福音的主要阅读者。在翻译《雅歌》（及整部《圣经旧约》）的过程中，施约瑟使用多种语体、风格、修辞、注释来翻译和注

① S. I. J. Schereschewsky, 'Translation of the Scriptures into Chinese', *Records of General Conference of the Protestant Missionaries of China*, Shanghai: American Presbyterian Mission Press, 1890, pp. 41 -42.

② 同上。

解，正是为了满足文化层次不同的信徒和接受者对《圣经》的阅读需求，让圣言变成下里巴人和文人雅士都听得懂、看得明白、易于理解的话语。试比较以下《雅歌 8：6－7》中有关爱情话语的三个中译本。

官话版：求你将我放在你心、如你带的印、如你臂上带的印、因为爱心坚强、至死不息、爱的切情极其固结、入墓难消、爱情甚急、犹如大火、仿佛烈焰。大水不能熄灭爱情，江河也不能冲没，人虽将家中所有的财宝要换爱情，也必被人藐视。

浅文理版：愿尔怀我于心如佩印、如佩印于臂、因爱强如死、由爱而生之妒心、酷如示阿勒（示阿勒有译黄泉有译阴府有译坟墓）、爱情之烈、如火如巨焰（因爱强如死由爱而生之妒心酷如示阿勒、爱情之烈如火如巨焰或作因爱情坚强至死不息、爱情极其固结入墓难消、爱情甚急如大火如烈焰）、大水不能灭之、江河不能冲之、人虽以家之全业易爱、亦必被藐视。

和合本：求你将我放在心上如印记，带在你臂上如戳记；因为爱情如死之坚强；嫉恨如阴间之残忍；所发的电光，是火焰的电光，是耶和华的烈焰。爱情众水不能息灭，大水也不能淹没。若有人拿家中所有的财宝要换爱情，就全被藐视。

在这个片段中，官话版和和合本直接使用了“墓”“阴间”；浅文理版则依据希伯来语中的“Sheol”，采用音译翻译为“示阿勒”，同时用文中注的方式，对该词加以解释；并专门解释了爱情之强度与“示阿勒”之间的关系（见浅文理版引文中的括号部分），这对于那些意欲钻研《雅歌》修辞与隐喻的高层次读者很有帮助，令人联想到中国爱情诗中“共赴黄泉路”等类似的修辞手法。和合本的翻译则明显借鉴了施约瑟译本，如最后一句“被藐视”的用法。

显然，《圣经》的翻译是一项跨文化的事业（interculatural understaking）。在翻译《雅歌》时，施约瑟必须克服中西文化的巨大差异（不同于中国本土的翻译家），考虑到中国读者在感情上的接受（爱情抒情诗）与信仰上的理解（基督教释经法），以及中国深厚久远、优秀的古典文学与文化根基（如古典诗词、通俗白话小说和儒佛道禅思想），力求让圣经“中国化”（sinification），让译文“本色化”（indigenization）。诚如郭沫若所言：“一部《新旧约全书》不知道有多少译本，单是我们中国所有的便有文言、有官话、有甬白、有苏白、更有注音字母的。他们广来翻译，惟恐其不普及，惟恐一般人难以接近，基督之所以能传播世界，这种通俗化的办法实在是最有力的因素。”① 随着时间的推移与时代的发展，《圣经》中译本越来越走向通俗化或中国化，从文言文、浅文理、官话再到现代汉语，是一个逐渐发展的历史趋势。在这个过程中，施约瑟圣经译本之贡献，诚如丁韪良所言“具有无法被取代的地位”，是“译者一生的冠冕之作”②。

3. 注释的可解性：多元的阐释空间

译者在发挥主体性的同时，译入语传统文化和语言必定规范制约着译者对翻译活动的理解和翻译的决策过程。施约瑟的两个译本都特别强调导读（guides）、注释（notes）和参考（references），这得益于施约瑟曾经获得的犹太拉比“米德拉什”训练，体现了译者在翻译过程中的主观努力和意识形态的操控。因此，施约瑟的犹太身份和教育经历成为他从事中文圣经翻译的特殊助力或优先条件。在施约瑟看来，必不可少的“注释”一方面

---

① 郭沫若：《郭沫若文集》（第10卷），北京：人民文学出版社，1986年，第56页。

② William Alexander Parsons Martin: “Notes on Schereschewsky’s Bible in Chinese”, *The Chinese Recorder and Missionary Journal*, Vol. 34, No. 3, 1903, pp. 148–149.

有助于规范译文、读者、译者之间的理解框架，另一方面也提供了一个译者与读者、读者与经文之间展开对话与批评的多元阐释空间。通过“或作”“或译”的方式，译者标明了圣言翻译与阐释的多种可能性，这在施约瑟后期采纳“神”“上帝”或“天主”三个译名翻译“God/Lord”就可见一斑。

比起官话版，浅文理版的注释或索引更多，在排版上增加了三处：位于顶注和正文之间标明了节数，正文中添加了大量的文中注，添加了底注。浅文理译本中的大量文中注，其目的是避免接受者对某些重要字句、专门术语（地理、人物、生活用品、历史文化等特殊名词）、特殊意象与象征意蕴等方面理解的陌生、尴尬情形或文化误解，使得其内容更为充实、资料更全面、论证更充分。浅文理版《雅歌》中的文中注可分为几类：（1）具备了词典的某些解释功能，以便读者理解上一个词或句子的相关意义。如《雅歌 1：4》“念尔眷爱之情胜于酒霖”，在“念”字下面，文中注为“念或作称赞”。在此，“称赞”是对“念”的进一步解释或替换。官话版《雅歌 1：4》的翻译正是如此：“称赞你的爱情胜于美酒。”（2）具有进一步的阐释功能，规定了对某些文本的理解。如浅文理版《雅歌 1：4》：“彼众诚然爱尔”，文中注为：“彼众诚然爱尔或作丽人恋爱尔者亦其宜也。”“亦其宜也”是译者对原文中“爱情”之魅力的一种补充说明。（3）具有扩展或说明的功能，在使用汉语时，进一步补充希伯来原文之意。如浅文理版《雅歌 2：3》：“我喜坐其荫下、以其果之味为甘”，文中注为：“以其果之味为甘原文作其果甘于我上颚。”《雅歌 2：4》：“引导我入宴所、披我以宠爱”，文中注为：“披我以宠爱或作宠爱我如以旗遮蔽我。”在此，“或作”等标明了译文与原文的差异。读者通过文中注，对于原文中不可传达或模糊的地方得以洞悉。（4）帮助读者避免不必要的误读或理解歧义，对希伯来特殊地名、人名或计量单位等特殊语境加以说明。如浅文理版《雅歌 8：12》：“尔得一千”“守者可得二百”，下面的文中注为以色列当时使用的计量单位：舍克勒（而官话版却没有对这一计量的说明），这有助于中国读者避免把以色列人货币单位“舍克勒”（Shekel）混同于中国的“千”，进而熟悉圣经和以色列的历史语境。类似的例子举不胜举，如浅文理版《雅歌 6：12》：“我之爱情使我如民长之车”，这个句子读起来令人困惑。文中注为读者提供了某种解惑之径：“使我如民长之车或作使我如亚米拿达之车。”读者由此得知，“亚米拿达”（Amminadab）是《创世纪》中记载的一个重要人物，他是犹大的后代，亚兰的儿子，作为王子和族长，其车一定坚固无比。又如，浅文理版《雅歌 3：17》文中注：“层峦叠嶂之山或作比特之山（the hill of Bether)”，此处指出了爱情故事发生地之具体山名，有助于读者更好地置身于以色列当时的地理环境中，感同身受。而官话版《雅歌》却未提供有关叙述场景、人物与大量比喻所蕴含的希伯来历史与文化知识。由此可见，注释成为施约瑟译本的重要特征与翻译特色。1910 年出版的《浅文理串珠本圣经》则把这种阐释特色发扬光大。

《雅歌》中译本的注解不仅提供了对爱情诗所蕴含的隐喻的启示性解读，恰当地回避了译文可能导致的晦涩难懂、误解或尴尬之处，而且也弥补了源本语言（希伯来语）与目标语言（汉语）之间语法的模糊性和弹性，在规范限制与开放自由之间赋予了对圣典的多元阐释。如在正文的顶部导读中，我们可以找到权威教会对《雅歌》每一章节的神学阐释。官话版第一章顶注为：“此歌之义奥秘，所言之良友佳人系暗指救主与教会。教会深慕救主，自认有瑕，求引至群中，救主谕之往牧者之慕，主颇悦之，许以恩宠，救主夸教会，教会颂救主。”浅文理版的顶注大致一致，只是省略了“求引至群中，救主谕之往牧者之慕”这一句，显得更为简洁。个别地方的修辞略有修正，如官话版《雅歌》第五章顶注为：“救主颇爱教会召其随从、教会切慕救主以致病膏、教会历赞救主之诸美。”浅文理版则删去了“以致病膏”

几个字，措辞更显典雅。这些导读试图为基督徒读者提供经文的神学阐释。但对于那些非基督徒读者而言，他们或许可以忽略这些导读或注释，直接把《雅歌》视为世俗的爱情诗。同样，这些注释或解释亦可引发对圣经的批评性理解与阐释。显然，施约瑟不知不觉地把犹太教的“塔木德”传统与中国古籍的注疏传统进行了恰到好处的结合。

四、施约瑟《圣经》翻译的跨文化实践

英国学者苏珊·巴斯奈特（Susan Bassnett）认为翻译是一种改写，它受文化、文学、诗学和意识形态的操控，故《圣经》翻译史就是一部“缩微了的西方文化史”。神学家拉明·桑纳（Lamin Sanneh）明确指出圣经翻译是教会的胎记和传教的基准，他十分强调“基督教的本土语言性”及“福音的可译性”：“可翻译与否，是以文化的共存性为前提，并且设定语言是多元的，这样才能翻译出神的话语来。”① 由此而言，《圣经》汉译史亦是一部自唐代以来中西文化在不断冲突、对抗与交流、对话之复杂进程的缩微版：“《圣经》所体现的外来文化在进入异质文化领域之际，必定会引起二种文化的深层冲突与磨合，宗教与文化之间错综复杂的关系，使宗教如何在不同文化中能适切地被传播甚至被接受成为广受重视的问题。消解本土文化与外来文化之间的张力，也使《圣经》翻译构成了一个特殊的斗争场所。”② 而《圣经》在19～20世纪的中国被不断地翻译、传播与阅读，见证了中西文化在近二百年中充满争斗、调适与本色化的艰难进程。施

---

① Lamin Sanneh, *Translation the Message: The Missionary Impact on Culture*, Maryknoll, 1990, p. 205.

② 傅敬民：《〈圣经〉汉译的文化资本解读》，上海：复旦大学出版社，2009年，第24页。

约瑟恰逢其时，做出了至今无人超越的卓越贡献。他的圣经翻译策略与跨文化实践源于其复杂的文化身份与无可比拟的语言天赋，具有开放与包容的博大胸襟，善于与中国学者（包括参与的同工）之间保持密切合作和持续的学术性对话，尊重中国文化和语言的悠久传统，强调基督教的中国化、本土化与圣经的可译性、可读性、调适性和诗意化风格。

W. 巴恩斯通（Willis Barnstone）认为：“翻译并不是镜子，也不是模仿复制。它是另一种创造（creation）。当然，每一个译本都拥有原本的形式与内容，但它却变成了一个新文本（a new text）。”① 在把旧约翻译为白话和浅文理的过程中，深悟犹太文化、欧洲基督教文化与中国儒家文化的施约瑟具有跨文化的认知方式与理解他者的同情心，能在高雅的文言文与通俗的白话文之间游刃有余，其不同风格的译本满足了不同文化层次的中国信众、读者之需求。通过其翻译，圣经文本从希伯来和希腊（或英语）文化语境进入到中国的文化语境中，新文本既置根于原本又使之变得可以阅读，福音生命在中国文化中得以更新并获得全面发展。在1860年的一份报告书中，施约瑟声称：“若要与中国知识分子沟通，传教士们必须在讲述时引经据典，唯有如此，才能以中国人的思维模式，表达自己的心灵和精神层面……应该在向中国人讲道时，像是一名中国人。”② 施约瑟的信念令人想起为德国贡献了标准德语版《圣经》的马丁·路德，想起身穿儒服、翻译传播中国经典的天主教传教士利玛窦（Matteo Ricci）。

自19世纪以来新教徒开始的中译《圣经》成为近二百年的宏伟大业，承接了6～7世纪玄奘西天（印度）取经并组织佛经

---

① Willis Barnstone, *The Poetic of Translation*, *History*, *Theory*, *Practice*, New Haven-London, 1993, pp. 261－262.

② “Report of S. I. J. Schereschewsky”，转引自伊爱莲：《施约瑟传——犹太裔主教与中文圣经》，胡聪贤译，台湾新北：橄榄出版社，2013年，第226页。

翻译的第一次大规模中印文化交流，极大地促进了中西文明的交流与融合，推动了中国现代文明和现代文学的形塑与丰富。早在1920年，周作人已预言到，最早用来翻译欧洲文学的国语将“与中国新文学的前途有极大的关系[①]”。包括周作人、鲁迅、许地山、茅盾、郭沫若、郁达夫、徐志摩、王独清、冰心、向培远、陈梦家等在内的诸多中国现代文学的开拓者都与《圣经》尤其是《雅歌》结下不解之缘。《雅歌》被（多次、重复）翻译的过程正是它不断被诠释、再创作和融化的过程，它对中国年轻一代追求男女平等个性解放、爱情自主和五四以来的中国新文学（自由体爱情诗）之建构起到了激发与引领作用，正如朱自清所言：“近世基督圣经的官话翻译，也增富了我们的语言，如五四运动后有人所指出的，《旧约》的《雅歌》尤其是美妙的诗。”[②] 而施约瑟两种不同风格的圣经译本成为了白话圣经的标杆之一，开启了中国儒释道文化与犹太—基督教文化的深层对话与交汇之路，为中国现代文学和现代汉语注入了源源不断“活水的泉源”（The Fountain of Living Waters）”（《耶利米书》17：13）。美国圣公会高度评价施约瑟之伟业：“作为一位从事圣经翻译工作的人，他在译经方面的影响，比他作为一位主教的影响来的深远。中国的基督徒将会存着感谢上帝的心，永不遗忘这位被上帝从软弱变为刚强的伟大学者——他已经适当地和正确地为圣经的中文翻译工作奠定下基础。”[③]

在中国从事圣经翻译的神圣使命赋予了既是犹太人又是基督徒的施约瑟以存在的意义和人生的价值，或者正是在中国、在中

---

① 周作人：《圣书与中国文学》，最初发表于1921年12月1日《小说月报》，又载《艺术与生活》，上海：岳麓书社，1989年，第45页。

② 朱自清：《新诗杂话》，合肥：安徽文艺出版社，1999年，第69页。

③ “Samuel Isaac Joseph Schereschewsky. Scholar, translator, bishop, patron saint of the Anglican Mailing List Cyberparish”，参见：http://www.stsams.org/photo/SIJSbio.html

文圣经中，四处漂泊、身份游移的施约瑟最终找到了心灵的皈依和伟大使命的栖息地。同是犹太人的以色列汉学家伊爱莲以其敏锐之见洞察到其中深藏的奥秘：“他知道自己一生必定处于这两种文化之间，而当时他已不再伫足于自己的文化中，于是希望精通中文的语言和书写，其实是一种表达归属的方式。”① 在19世纪下半叶古老的中华帝国之紧闭大门被迫向外打开、融入到全球一体化进程的年代，施约瑟漂洋过海，徙居中国，心系华夏，通过圣经翻译、福音传播与大学教育，开启了希伯来（以色列）—中国两个古老民族在语言、信仰、文学、教育、友谊等各个领域的跨文化交流与合作。站在施约瑟去世（1906）百年后的21世纪，当中国人阅读和合本中文《圣经》时，或许有必要怀着感恩之心铭记施约瑟的翻译硕果及其卓越贡献，并让这份长期被湮没、被遗忘的宝贵遗产得到“光与真理”的照亮②。

（作者：北京第二外国语学院文学院教授）

---

① 伊爱莲：《施约瑟传——犹太裔主教与中文圣经》，胡聪贤译，台湾新北：橄榄出版社，2013年，第226页。

② 1873年，施约瑟与包约翰协力，历时三年翻译出版甘立宗派官话本《公祷书》（*Prayer Book*）；后来施约瑟又把福音书翻译为蒙古文。1879年施约瑟将圣公会下属的两所学校培雅书院和度恩书院合并为圣约翰学院（St. John's College），1905年改为中国第一所近代意义上的大学圣约翰大学（St. John's University），首创校训“光与真理”（Light and Truth）。如今华东政法大学校园中的“怀施堂”（现名“韬奋楼”）即为纪念施约瑟而建。1952年，历时73年的圣约翰大学在大陆被解散，其相关院系并入同济大学、复旦大学、华东政法大学等校。复校为1967年10月台湾的新埔工专（2005年改名为圣约翰科技大学），美国渥克兰圣公会救主堂特地赠送《施约瑟旧新约圣经》（1913年版）祝贺，如今这本圣经成为该校的镇校之宝。

马来西亚华文教育与鲁迅

王秀琳

一、前言

马来西亚华人600多万，占马来西亚总人口的24%。在整个东南亚10国中，马来西亚是除中国大陆、台湾、港澳地区以外唯一拥有小学、中学、大学完整华文教育体系的国家，也是海外华文教育最为发达的国家，华文教育可谓成就斐然。实绩之一是马来西亚华校在华人社区中享有巨大的影响力，保持着强劲的发展势头；实绩之二是马来西亚华人作家在东南亚各国脱颖而出，创作了一大批高质量的文学作品，在海外华文创作领域独领风骚，成为东南亚华文创作的引领者。尽管这些作家的成功离不开旅台、旅港的经历以及接受包括大陆在内的华文创作的影响，但三代马华作家次第更迭、人才辈出的盛况，也与马来西亚长期扎实的华文教育直接相关，是良好的华文教育与优秀的华文创作之间产生良性循环的结果。

马华在教育与文学创作方面取得的卓越成就近年来吸引了不少研究者的注意。本文以马来西亚华文教育中的鲁迅为视角，了解马来西亚华文教育以及文学创作如何挖掘与利用中国文化的传统与现代精神，同时考察鲁迅在马来西亚教育和文学创作中的特殊意义。

二、新纪元学院师生对鲁迅的印象及评价

2015 年 11 月 28 日，由马来西亚新纪元学院组织的华文师生一行 32 人来到北京第二外国语学院参加本土汉语教师短期培训（其中教师 27 人，大学生 5 人）。我承担了中国文学课程，几经斟酌，决定跟他们谈一谈鲁迅。选择这个题目原因有二：一是鲁迅作为中国现当代文化和文学的标志性人物，在历史上包括当今都对马来西亚文学有着深远而广泛的影响，他们对鲁迅有一定的了解，因此有话题讨论的基础，便于活跃课堂。二是马来西亚中学、大学的华文教学中，也选入了鲁迅的几部代表性作品，他们在课堂上如何讲解鲁迅，老师和学生们如何看待鲁迅等等，都是我感兴趣的问题，希望能够通过这次对话交流，在鲁迅文学作品的教学方法和教学内容等方面互相有更多的了解。

此次参加培训的学员中有教育管理官员、幼儿园以及中小学华文教师、中文系教师、新纪元学院传播专业和管理专业本科生等。他们代表了马来西亚华文教育从基础阶段到中高级以及专业教学阶段的华文教师。学员的年龄从 18 岁到 50 多岁各个阶段的都有，大部分是三四十岁左右的中青年中坚力量，他们受中学、大学教育的时间跨越了 20 世纪 60 年代到 21 世纪前 10 年，在这漫长的半个世纪时光里，马来西亚的华文教育经历的巨大变化，这些师生有直接的感受。

通过课堂对话和问卷调查，我发现马来西亚华校华文教材中的鲁迅与我们视界中的鲁迅有着不一样的意义，在马华的视界中，鲁迅的意义更为多层，而且随着社会环境、文化发展的需要，新的意义被不断开掘，在这些师生眼中，鲁迅不但是值得敬佩的历史人物，而且是对他们今天的思想和文化具有影响力的了不起的作家。

马来西亚华校与大陆中学一样，从初中开始引入鲁迅的作品，而且鲁迅也是所有现当代作家中引入作品最多的一位。据他们回忆，最熟悉的鲁迅作品分别是《狂人日记》《阿Q正传》、《祝福》《孔乙己》和《药》，喜欢读《野草》的学员中，最熟悉的作品是《〈呐喊〉自序》和《颓败线上的颤动》。其他作品如《藤野先生》《风筝》《故乡》等都有人提及。

课堂教学方面，马来西亚华校对鲁迅作品的教学根据教学对象及教材所选的篇目不同而有所不同。对阅读能力较差的初中学生，则采取课堂上朗读、播放电影等方式进行。高中、大学里的学习大多数以学生课前阅读、查阅资料、选取不同角度切入、课堂上提问及呈现报告等方式进行，有时会与同时代的其他作家进行对比，还有制作简报等作业。

对于是否喜欢鲁迅的问题，有12位学员表示，自己喜欢读鲁迅的作品，5位学员明确表示不喜欢，原因是他的许多作品（指杂文）是非文学的，再加上对社会背景很陌生，所以阅读有难度，因而兴趣不大。还有一些老师表示，上课时学生们对鲁迅作品的感觉一般，并没有表现出特别感兴趣或者不感兴趣。几位大学生则表示，喜欢阅读鲁迅的部分作品，感兴趣的地方除了他很有思想以外，还对他“对恐怖的写法有兴趣”。

我们还就鲁迅最值得敬佩的品格和成就问题做了交流。在新纪元学院师生的心目中，鲁迅是一个在多方面值得敬佩的文化伟人：11位学员提到了他很有想法，影响力巨大；8位学员认为鲁迅的成就在于致力于改变中国；7位学员认为他的成就在于揭露旧传统的弊端；6位学员提到了他的爱国精神和忠于祖国；5位学员认可他坚忍不拔的革命精神；还有5位学员提到了鲁迅培养后人的精神，其他诸如宽以待人、好学、正义凛然、有教育价值等都有提及。特别是有一位老教师指出，现在的人们还在学习鲁迅的作品，有兴趣了解鲁迅这个人，主要是因为鲁迅能够以“生命影响生命”，这一总结我十分赞赏。

应该说，新纪元学院师生对鲁迅的理解是个性化的，他们根据自己对鲁迅作品有限的阅读和理解，纷纷提出了自己的想法，说明他们心目中的鲁迅各自呈现出了不同的面向，是鲁迅对他们个人产生影响的具体反映。

三、鲁迅在马华教育中的特殊作用

新纪元学院师生对鲁迅的熟悉不是偶然现象，而是鲁迅作品在马来西亚华文教材中被长期推崇的自然结果。在马华教育史上，无论是被日本、英国殖民时代，还是独立建国、建构多元民族国家时期，鲁迅都以其崇高的声望、广泛的影响，以及作品中表现出的独特的民族与现代思想意识，成为马来西亚华文学习、文学教育、文化熏陶不可多得的典范，这种经典性超越了狭隘的民族文化关怀，从多方面激发学习者人性中最基本的力量，激发人内心的想象力和创造力。

（一）鲁迅精神是马华教育在困境中突围的力量

在马华，鲁迅影响的深度、广度是中国现代文学其他作家难以企及的。“鲁迅往往以政治文化的符号登陆东南亚的殖民地，他被推崇为伟大的思想家和革命家，最具有反殖民主义的个性与勇气”①。他所确立的批判精神和韧性的战斗精神，“不仅是在文学领域，就是在星马社会运动的各条战线，影响也是巨大和深远的”②。鲁迅精神在马华已被视为精神资源，曾经在反对英国和日本殖民统治时代发挥过重要作用，并不断被一代代马华后人传

---

① ［马来西亚］王润华：《新马华文教科书中的鲁迅作品》，《中国现代文学研究丛刊》，2012 年第 4 期，第 2 页。

② 章翰：《鲁迅与马华新文艺》，新加坡：风华出版社，1977 年，第 48 页。

承。如果说马来西亚华人将华语教育视为一项正义事业来经营的话，那么在其艰难坎坷的历程中，离不开鲁迅精神的支持。

资料显示，马来西亚人口三千万，是一个多民族组成的多元文化为特征的国家。主要民族有马来民族、华族及印度族。马来西亚的华文教育经历了英殖民地统治者的压制、日本侵略者的摧残时期，1957 年马来西亚独立后，政府又极端地推行马来语文及其文化，强行实施“一个国家、一个民族、一种文化、一种语文”的单元同化政策，排斥中华语文与文化，实行限制开办华校政策，拒绝为独立华校提供补贴。

尽管如此，马来西亚华人从来没有对华文教育有所懈怠，他们将华文教育置于影响华族生死存亡的重要地位，在压制与限制中求生存，千方百计为华人子弟争取和创造学习机会。在他们的意识中，华文教育不仅是一种文化知识教育，而且是影响华族在多元文化环境下生存与发展的民族文化认同与传承教育，是弘扬与继承民族文化的根基。半个多世纪以来，马来西亚华人坚持捐资助学，立志通过教育捍卫民族文化发展。面对政府对华文教育采取的经济打压政策，华人被迫提出“宁可不要补贴，也要办华语独中”的口号，这样的困境与决心让我们看到了韧性的战斗精神，也使每一个参与及接受华文教育的华人都能够产生民族责任感和使命感。

如今，马来西亚现已建有华小 1294 所，报读华小的华裔学生占 90% 以上①。独中 61 所，大约 10% 的华小毕业生可以升入独中。独中的统考证书也获得许多国家、地区，如新加坡、中国台湾、中国大陆、日本、美国、英国、法国、澳洲、纽西兰、俄罗

---

① Ministry of Education（2012）. Preliminary Report Malaysia Education Blueprint 2013 – 2025.（p. 95）Ministry of Education Malaysia. Retrieved December 20, 2012, ［EB/OL］. http://www. moe. gov. my/jpnsarawak/index. php/en/policies/malaysia-education-blueprint – 2013 – 2025

斯等著名大专院校承认①。

马来西亚现有华文大专院校 3 所（南方大学学院、韩江学院、新纪元学院）②。除了华小以外，独中和华文高校均被排除在马来西亚正式国民教育体系之外，依靠华商和华人企业家捐款办学。这些华校的建立与发展过程可谓筚路蓝缕，但无论怎样艰难，当地华人都不会放弃子弟接受母语教育、学习华文和接受中华文化熏陶的机会，华校的存在与发展本身就是华人为了民族文化的生存空间长期、坚韧地斗争的结果。

此次培训的外方组织者正是马来西亚新纪元学院。该校由马来西亚华校董事会及马来西亚华校教师会总会联合申办，为马来西亚华人子弟，特别是华文独立中学毕业生升学开辟了新渠道。新纪元学院于 1997 年申办成功，实现了马来西亚华文教育从小学、中学到大学完整母语教学体系的建立，该学院虽然办学时间较短，但在马来西亚华文教育领域具有标志性意义，承担着为马来西亚华文学校培养师资的重任。从该校师生所展现出的华文水平以及他们对鲁迅精神所持的全面、客观的态度和对鲁迅作品的真实感受，可见鲁迅和鲁迅精神在新一代马华人中依然不可替代。

（二）鲁迅作品在不同时代被赋予不同的典范意义

鲁迅的作品早在 20 世纪三十四年代就已经在马来西亚受到推崇，当时的影响主要在文学界，在马来西亚脱离英国和日本殖民统治的抗争中，鲁迅的战斗精神极大地鼓舞了马来西亚华人争

---

① 马来西亚华校教师会总会（教总）调查研究及资讯组：马来西亚华文教育简况［2009］，教总教育资讯网，http：//web. jiaozong. org. my/doc/2009/rnr/malaysia_edu/huawen，2013 年 4 月 5 日。

② 张继焦：《马来西亚华文教育：华人社团和企业家的重要作用》，《民族教育研究》，2015 年第 6 期，第 126 页。

取国家独立的斗争勇气。

1957年之后，马来西亚独立，华人在马来西亚的身份也由原来的华侨转变为马来西亚华人。作为华人文化的优秀代表，鲁迅的地位不但没有被削弱，反而得到了加强。只不过由政治上富有战斗力的精神象征转变为中华现代文化的代表，成为马来西亚华人教育子弟“认识华族固有之文化”的重要精神资源。从20世纪50年代到80年代，马来西亚国中的华文课本基本上是中国语文的海外版，课本内容基本取材于中国，以中国现代文学和古文为主，中国特色浓郁。而鲁迅的作品一直是各版本华文教材中收录最多的，对鲁迅作品的解读也随着社会发展的需要不断变化。

例如1959年由马来亚文化事业有限公司出版的中四或高中的课本《中国文学史》中，对鲁迅的小说和散文的介绍回归了文学的审美特点：“他用极简练的文字，曲笔描写浙中农村的风土人情和那些小人物的声音笑貌，是那样的逼真生动。”“他的散文短小精悍犹如匕首，辛辣的讽刺，冷酷的嘲讽，用简练而含蓄的笔触表达出来，额外有一种风趣。”①

又如20世纪六七十年代通用的《新标准语文课本》，选材标准和教学主旨设定为“适应马来西亚的实际环境并发扬全民性的立国精神；表现中华文化之特性及华人之高尚品格；贯彻现代科学的见解与民主观念；培养流畅的语文技巧，提高一般的理解能力、欣赏能力与表现”②。而同一时期，马来西亚华文独立中学工委会拟订的“华文独中建议书”中，也有类似的内容：“……华文小学六年级不足以维护及发扬博大精深的中华文化，必须以华文独中为堡垒，方能达致目标；华文独中兼授三种语文，吸收国内外的

① ［马来西亚］王润华：《新马华文教科书中的鲁迅作品》，《中国现代文学研究丛刊》，2012年第4期，第7页。

② ［马来西亚］王润华：《鲁迅在海外》，《中国现代文学研究丛刊》，2012年第4期，第9页。

文化精华，融会贯通，实为塑造马来西亚化的重要熔炉。课程必须符合马来西亚多元民族的共同利益，且应具备时代精神。”①

此阶段收入教材的鲁迅作品有《秋夜》《好的故事》《雪》《风筝》《一件小事》《我的伯父鲁迅先生》《故乡》《鸭的喜剧》《孔乙己》，鲁迅翻译日本学者鹤见佑辅的《读书的方法》，等等。对鲁迅作品的解读也以思考作品的人文意义，关注鲁迅的国际情怀，培养对自然、美好生活的热爱等为主。尽管《秋夜》《雪》《好的故事》的背后都有作者更深层的隐喻，但这些更深层的思想内涵在课堂文本分析中被精彩传神的景色描写、作者对大自然的欣赏与热爱之情所替代。鲁迅的留学经历以及对待国际友人的真诚态度也是被大力张扬的一面，表现了马华教育倡导不同民族的融合、培养学生适应多民族共同利益的时代精神。

在 80 年代的《友联文选》和独中华语课本中，分别收录了鲁迅的《风筝》《秋夜》《给颜黎民的信》《〈呐喊〉自序》及《藤野先生》。国民型中学华文课本与 SPM 中国文学科篇章选读中，收录了鲁迅的《一件小事》《风筝》《阿 Q 正传》《祝福》②。此时期对鲁迅作品的解读注重现代性的阐释，特别是鲁迅作品中所包含的旧国民性批判、跨领域思考的意义，适应了华裔年轻人阅读与思考的需求。

在新世纪，收入教材的鲁迅作品篇目没有更多的调整，但是解读方向有了新的变化。

鲁迅作品对多元种族与文化环境下文化交流、理解、包容的启示作用得到了强化，如对《藤野先生》的解读，充分肯定的是日本教师的师德修养、师生之间的国际友谊；《鸭的喜剧》也同

---

① 张应龙：《海外华文教育的典范：马来西亚华文独立中学》，《比较教育研究》，2003 年第 9 期，第 78 页。

② ［马来西亚］王润华：《新马华文教科书中的鲁迅作品》，《中国现代文学研究丛刊》，2012 年第 4 期。

样表现出国际文化交流的意义。鲁迅在作品中书写的跨国界及种族主义的意义，是马来西亚华人在特定社会生活环境下，对鲁迅作品所做的独特理解，也是一种具有现实意义的新开掘。

马来西亚华文教育在内容上的不断变化，一方面反映了社会发展对文化教育的新要求得到了积极回应，另一方面也表现了华文教育积极主动参与社会文化建设的一面。参与培训的学员中，不同年龄阶段的学员对鲁迅的不同认知情况，恰好证明了马华教育不断变化带来的差异，培训学员对鲁迅并没有形成一个跨越时代的统一的刻板印象，而是展现了一个丰富多彩的形象，正说明他们心目中的鲁迅是生动的、灵活的、亲切的，不是教条的、死板的、高高在上的。对于鲁迅这一精神资源，他们没有禁锢思想，而是创造性地利用，培养了对鲁迅及其作品的集体感应及特殊感情。鲁迅作品的现代性，在马华教育中因与世界性多元声音的回应得到了彰显。

（三）以生命影响生命

文学与马华教育息息相关。鲁迅对马华教育的影响与马华文学创作领域对鲁迅的推崇不无关系。20 世纪 20 年代，鲁迅在北平倡议并领导了未名社，该社以译介外国文学为主，兼及文学创作。据未名社重要成员李霁野回忆：“未名社所出书刊，尤其是先生（鲁迅）的译著，很受南洋各地侨胞欢迎，但因为汇款受限制，向国外邮寄书刊也诸多不便，书刊总供不应求，鲁迅先生听说上海有家和记文具店，愿意总包未名社书刊，由他们分发到南洋各地，那就便利多了。这样，就有更多的侨胞通过书刊受到鲁迅先生的教诲。”① 由此可见，当时鲁迅和其他作家的文学作品对

① 李霁野：《吴天才著〈民族魂〉序》，见《李霁野文集》（1），天津：百花文艺出版社，2011 年，第 528 页。

马来西亚的影响与大陆几乎是同步的。再加上抗战期间大陆作家大量逃亡南洋，在南洋兴办报刊杂志，传播中国大陆的思想和文化。因此，马来西亚作家在文化思想和文学观念上深受以鲁迅为代表的现代作家影响。其中代表性的有从事编辑出版等文化传播工作，对鲁迅理解深刻的著名散文家、马华文学史研究学者方修；有以鲁迅为精神追求的榜样，以研究鲁迅为事业追求方向的著名学者、诗人吴天才。

方修（1922~2010）16 岁由祖籍广东潮安到吉隆坡与父亲团聚，在吉隆坡曾做《民生报》记者，后迁居新加坡，先后担任小学教师，《星洲日报》《马来亚新闻》等编辑。20 世纪 50 年代开始专门致力于马来西亚文学史料的挖掘和整理工作，60 年代到 70 年代兼职新加坡大学中文系讲师，主讲新马文学、中国新文学以及鲁迅研究等课程。方修是马来西亚第一个系统编辑整理马华文学史料，研究马华文学史的学者，治史之功使他在马华文学界影响巨大。他的马华文学史研究建筑在对中国现代文学广泛阅读的基础之上，其中就包括对鲁迅《呐喊》小说集的熟悉。20 世纪 50 年代，方修对鲁迅进行过全面研究，接连写了 8 篇关于鲁迅研究的理论文章，结集为《评论五试》，文章对鲁迅本人以及与鲁迅相关的现代作家的回忆与评价都非常有价值。在《鲁迅为什么被称为新中国的圣人》一文中，方修态度鲜明地批评了曹聚仁肤浅、荒谬地否认鲁迅的做法，表达了自己的鲁迅观。他全面地认同毛泽东对鲁迅的评价，坚定地维护鲁迅在中国文化领域的崇高地位，对鲁迅赞赏有加。面对曹聚仁文章中对鲁迅思想有矛盾的质疑，方修写道：“鲁迅尽管有过思想上的矛盾，却很少犯过思想上的错误，他是三十年如一日，为了民族的事业，也为了自己的颈部在斗争着的，鲁迅的伟大处在此，他之所以成为新中国的圣人也在此。”①

在《鲁迅二三事》（1956）中，方修赞扬鲁迅是真正的猛士：“鲁迅的一生，正是在跟某一群人对峙，在揭发某一制度的烂疮。打开鲁迅全集，尤其是《二心集》以后的八部杂文集来看，几乎每一篇文字，都是题旨十分鲜明的。他对于真正黑暗势力的抨击，不但在当时显得非常锋利，即使到了现在，时过境迁，也仍觉光芒四射。”②

鲁迅的文学精神和创作思想对方修也有具体的影响：首先，方修坚定地坚持现实主义的创作方法，认为真实地描写现实，表现时代特色的作品才是好作品。另外，方修创作了大量议论性散文，其对时事的评论、对人物的褒贬、对文艺作品的评论，均有构思奇特、逻辑性强的特点，一些辩驳文章往往一针见血，颇得鲁迅之风。他的叙事散文则崇尚白描手法，以精彩对话刻画人物，文字朴素自然，不事雕琢，理趣盎然。陈望衡教授曾评价道：“方修先生的诗文均有鲁迅的韵味，堂堂正气，苍劲老辣，活泼痛快。”③

吴天才，1936 年生于马来西亚吉隆坡，毕业于新加坡南洋大学中国语文学系。曾经任教于华中，后在马来西亚大学中文系任教并担任系主任职务，马来西亚国家文化咨询委员会文学组委员、大马华人文化协会出版与史料保存组主任，曾在香港大学、台湾中央研究院、日本东京大学、英国伦敦大学从事研究工作。吴天才在马来西亚大学为中文系学生开设了《鲁迅研究》课程，对鲁迅崇拜有加。他曾先后编辑出版了诗集《鲁迅赞》（1991

① ［新加坡］方修：《鲁迅为什么是新中国的圣人》，见《评论五试》，辽宁：辽宁教育出版社，1997 年，第 19 页。

② ［新加坡］方修：《鲁迅二三事》，见《评论五试》，辽宁：辽宁教育出版社，1997 年，第 27 页。

③ 杨青龙：《方修作品国际学术研讨会总结演词》，见甄供编：《方修研究论文集》，董教总教育中心出版，2002 年，第 269 页。

年）和《民族魂鲁迅》（1996年）。

《鲁迅赞》是1991年为纪念鲁迅诞辰110周年而收集整理的鲁迅纪念诗集。诗集中搜录了1936～1989年间由鲁迅的师友、学生、家人以及研究者所做的纪念诗词。吴天才教授多年专注于收集此类诗篇，专集之勤，也表现了他对鲁迅的崇拜和热爱。该诗集的《编辑说明》中他写道："皆是歌颂鲁迅的人格、著作、思想及其影响，表扬鲁迅的高风亮节、正气凛然的伟大精神的。"①可见编辑诗集的目的也正是要将鲁迅的精神在海外发扬光大。正如李霁野为其作的序中所讲："青年时代即以'我以我血荐轩辕'的伟大思想家、革命家、文学家鲁迅先生无愧'民族魂'的称号，能够使轩辕的后裔心连心，并从而使伟大的民族精神和优良的文化传统后继有人。这是一件可喜的事！"②

在诗集中，吴天才也收录了自己的诗作，表达了对鲁迅的敬佩、赞叹和鲁迅对自己人生的启迪，短诗《悼鲁迅》创作于1962年，诗人写道：

悄悄地
您睡着了
却惊醒了
神州大地上
亿万人的恶梦
静静地
您远去了
留下璀灿的

---

① 曾敏之：《吴天才著〈鲁迅赞〉序》，见《紫荆花书系曾敏之美文》，北京：中国文联出版社，1995年，第332页。

② 李霁野：《吴天才著〈民族魂〉序》，见《李霁野文集》（1），天津：百花文艺出版社，2011年，第527页。

思想结晶
象无声处的惊雷
震醒了
愚弱国民
麻木的
精神。[①]

这首诗形象地表达了鲁迅对中国以及整个华人世界的巨大影响力，同时也表现了鲁迅思想永久的生命力。

鲁迅及鲁迅思想、鲁迅风格在马来西亚以及世界各国华文领域不断被探索、被开掘，正是鲁迅以生命影响生命的最好形式。巧合的是，方修和吴天才都曾经在大学里教授鲁迅专题课程，实际上，他们也以自己的实际行动影响着马华的下一代，是生命影响生命的接续。

（作者：北京第二外国语学院汉语学院教授）

① 转引自彭定安：《至诚之音见心性——吴天才诗集〈鲁迅赞〉序》，《锦州师院学报》（哲学社会科学版），1991 年第 4 期。

在“写实”中发现“日本”

——论和辻哲郎巡礼古寺的美学取径与精神史意涵

柏奕旻

引　言

和辻哲郎（わつじ てつろう，1889～1960）成为深入20世纪日本思想与文化时难以忽略的对象之一，原因当与其贯通融合日西哲学、致力向世界推介日本哲学的努力紧密相关。比之日本本国与西方学界对他的关注，中国大陆的翻译与研究成果仍然较少①。

和辻哲郎1889年3月1日生于日本兵库县仁丰野（今姬路市近郊），1909～1912年就读于东京帝国大学文科大学哲学科，1925～1934年执教于京都帝国大学②。和辻哲郎对18～19世纪西欧哲学浸润颇深，他于1927～1928年留学德国，受海德格尔《存在与时间》（1928）的影响并与之论战。1934～1949年间，

① 截至目前，和辻哲郎的著作在中国大陆已翻译的仅三部，分别是《风土》（陈力卫译，北京：商务印书馆2006年版）、《原始佛教的实践哲学》（该书编委会译，贵阳：贵州大学出版社2016年版）、《古寺巡礼》（谭仁岸译，上海：三联书店2017年版）。和辻哲郎其他负有盛名的著作如《日本精神史研究》《伦理学》《作为人间学的伦理学》《日本伦理思想史》等都尚未被译介。又及，本文对《古寺巡礼》内容的讨论以《和辻哲郎全集》第二卷中的日文本《古寺巡礼》为底本，而考虑到谭译本的翻译大体忠实于原文，故引用时参引谭译本。

② 东京帝国大学即今日本东京大学，京都帝国大学即今日本京都大学。

和辻哲郎任东京帝国大学伦理学教授，并在退休后长期担任日本伦理学会会长，他的《风土——人类学的考察》（1935）、《伦理学》（1937～1949）、《日本伦理思想史》（1952）都已成为研究日本哲学、伦理学与思想史的重要著作。

和辻哲郎“哲学家”“伦理学家”的持重面貌如此深入人心，以至于人们间或忘记他心灵深处洋溢的文学性情，求学期间对西方文学经典的大量阅读与对诗歌、戏剧创作的投入晕染了他热情感性的精神底色①。1918 年寻访奈良古寺途中完成的鉴赏笔记《古寺巡礼》（连载于 1918 年，正式出版于 1919 年）正是和辻哲郎早年所追求的“拜伦般诗人性情”② 的一次集中迸发。

《古寺巡礼》对古日本佛教艺术予以栩栩如生的描摹、细腻入微的鉴赏、热烈自由的咏歌，这一书写特征已是普通读者与研究者的共识。这进一步对应于下述理解，即该著作重在感悟与想象、不拘实证与系统。由此，现有研究路径主要可分两大类：一是从书中提及的古建筑与美术作品出发，兼采新视点与新方法，重新对日本的文化遗产加以田野调查或实证研究③。二是以和辻哲郎在艺术评论中阐发的观念为基点，归纳、总结其理论思想，具体而言又可细分为其建筑论思想与其前期美学理论中的文化阐

① 熊野纯彦：《和辻哲郎——文人哲学者の轨迹》（《和辻哲郎——文人哲学家的轨迹》），东京：岩波书店，2009 年，第 67～69 页。

② 参考网络资料：Stanford Encyclopedia of Philosophy：Watsuji Tetsurô（斯坦福哲学百科全书：和辻哲郎），http：//plato. stanford. edu/entries/watsuji-tetsuro，2017 年 9 月 26 日。

③ 代表性研究成果如：（1）仲岭真信：《大正期における臼杵石仏の研究について》（以大正时期臼杵石仏的研究为中心），《芸術学論叢》（艺术学论丛）1997 年第 12 期，第 1～38 页。（2）阿部玄、铃木毅、奥后信、木多道宏、松原茂树：《法隆寺五重塔に対する生態幾何学的分析》（基于法隆寺五重塔的生态几何学分析），《日本建築学会年度学術講演梗概集》（日本建筑学会年度学术讲演集刊）2006 年 7 月号，第 993～994 页。（3）松田真平：《CGが模写に勝る点と美術研究のためのCGの価値について——法隆寺金堂壁画を例にとって》（以 CG 复制的优势及其对美术研究的价值为中心——以法隆寺金堂壁画为例），《東大阪大学短期大学部期刊》2007 年第 4 期，第 109～110 页。

释学思想①。相较而言，和辻哲郎看似不羁挥洒的鉴赏视角与展开方式本身，即使是在从美学视角切入探讨的研究中，也尚未能被视为有意味的美学—历史议题而加以充分认真的讨论。

对这一研究现状的反思构成了本文的写作前提。本文围绕和辻哲郎品鉴佛教造像艺术过程中确立的“写实”这一核心批评概念与审美标准展开，在大正时期日本的历史语境中考察他重构“写实”意涵背后的美学思考与现实动因，由此尝试捕捉其年轻时的思想情感轨迹，深味其对时代精神与人文理想探求背后的独特意涵。

一、重思写实：“作为技巧的”与“艺术本质意义上的”

“写实”（写実）在日语中属于汉字词，而“写实”在汉文古籍中已有不少使用②。在中国古代文献的语境中，写实作为动宾型词汇，其核心意旨在于强调真实，根据事情、事实本有的样貌情状加以描绘。尽管考察“写实”在日本的引入与使用确切始于何时颇有困难，但从文化史角度切入，明治时期日本对“写实”的使用在承继了上述意涵的同时，还赋予其新的内容，而这与明治日本知识界受西方文艺及其理论发展的影响无从分开，即

---

① 讨论其建筑论思想的成果主要有：三鳩辉夫：《和辻哲郎の建築論》（和辻哲郎的建筑论），《青山史学》2013 年第 31 期，第 79 ~ 102 页。讨论其文化阐释学思想的成果已翻译为中文，可参见小田部胤久：《和辻哲郎前期美学理论中的文化阐释学——以古寺巡礼为中心》，梁青、梁艳萍译，《长江学术》2010 年第 3 期，第 81 ~ 91 页。

② 如曹操《让九锡表》中“惶悸怔营，心如炎灼，归情写实，冀蒙听省”的“写实”意指记录真实。又如刘勰在《文心雕龙·诔碑》所写“写实追虚，碑诔以立；铭德慕行，文采允集”中的“写实”则是指真实地描写事物，据事直书。

把“写实”与所谓“现实主义”（リアリズム）的意思加以勾连①，而这一结合了汉字词本身形式与意涵之后生成的新语意，使得“写实”作为一种批评范畴与艺术手法在日本明治时期被广泛使用于文学、电影、绘画、戏剧等艺术门类。

和辻哲郎的艺术批评著作中，“写实”可说是一个高频词汇②。作为其早期鉴赏作品，他在《古寺巡礼》中充分阐发了他关于写实的认识。面对着奈良各座古寺古庙中的佛像、壁画、建筑等，如何观察与揣摩它们的细节塑造与整体风格，怎样在此基础上对其艺术价值的高下提供足以令人悦纳信服的判断，这是和辻哲郎在文本中展示的核心问题意识之一。在他看来，这些佛像、壁画、建筑既属于造型艺术，而考虑到写实乃是所有造型艺术不可动摇的基础③，那么是否满足于写实的要求便是观察艺术对象外观时首先需要思考的问题。印度佛像中的女性形象尽管在人体的身材表现上较为符合事实，但置于整幅画面的构图中看就因人景之间的比例失真而逊色，只能称得上是一种“特殊的写实性”，而犍陀罗壁画摹本中的人物虽然粗粝简朴，却因对人体构造加以朴素直截的呈现而反具有写实之美。在这里，写实是在作为技巧的层面上被讨论的，和辻哲郎以符合物质世界客观规律的确切标准注视着作品的色彩、线条、材质、结构乃至作品与周边

① 最为典型的例子之一是坪内逍遥（1859～1935），他在青年时期通过大量接触西方、尤其是英国文学作品，对其从小培养的江户戏作文学文艺观加以扬弃。在其文论著作《小说神髓》（1885）中，坪内逍遥高举写实主义小说的新旗帜，在此，写实小说即是现实主义小说，是指对人情与世态风俗的描写，以此反拨江户时代以至明治初年文坛的劝惩之风。参见坪内逍遥：《小说神髓》，刘振瀛译，北京：人民文学出版社，1991年，第47页。

② 和辻哲郎在其《院展遠望》（院展远望）、《院展日本画所感》（院展日本画所感）、《夏目先生の追憶》（追忆夏目先生）、《『劉生画集及芸術観』について》（以《刘生画集及其艺术观》为中心）等艺术随笔中都突出了“写实”这一艺术概念与标准。

③ 《和辻哲郎全集》（第二卷），东京：岩波书店，1961年，第48页。

环境之间恰切的平衡感。

但是，假如写实仅仅是“作为技巧的写实”而存在，那么这些作品也不过是体现了可以被轻易模仿的、千篇一律的工匠之技。在此，和辻哲郎的语义发生了有趣的翻转，适当的写实技术与手法诚然必要，但与其说他看重的是这一技巧本身，毋宁说是隐遁于其后的更为高扬的艺术个性。以兴福寺之作为例，该寺院的写实手法虽然巧妙却缺乏深度，它在架构上的无可挑剔反而使艺术品的神韵失之于小气，大安寺木雕像即算比三月堂派更齐整，却丧失了新鲜的生命力，相较之下，唐招提寺金堂竟因其瑕不掩瑜的破绽反添一种有机的和谐感。由上，和辻哲郎实际指出：造型艺术追求写实，但却不是单纯的写实手法①。就此，他试图在佛教造型艺术的语境中对“写实”予以重思与再定义，真正透彻的写实既非显著的不自然，也非停留于技巧上的浅薄的写实，而是符合“艺术本质意义上的写实”（芸術の本質としての写実）。

从单纯作为技巧到符合艺术之本质意义，写实之美的孕育与焕发必须经由作为能动主体的艺术家自觉、自然、自信地把捉与塑造，和辻哲郎所言的艺术在相当充实饱满的意义上即是“人”的艺术，而唯洞悉此艺术写实之奥秘的艺术家才能真正从“精通写实”到“超越写实”②：一方面，就基础而言，他们熟练掌握了人体的塑形技术；另一方面，他们又从精神上领会了佛像作为超越者的姿态。这从千百模型中脱颖而出的能力来源于艺术家坚持以自己的双眼捕捉美，以自己的直觉与热情赋予自然之美以适当的形态，将内心深处翻滚汹涌的宗教与艺术之意念加以结晶。

和辻哲郎流露出对拥有自由之眼、灵巧之手、敏感之心的塑

① 《和辻哲郎全集》（第二卷），东京：岩波书店，1961 年，第 54 页。

② 《和辻哲郎全集》（第二卷），东京：岩波书店，1961 年，第 118 页。

佛艺术家高度的敬意，这种佩服所含纳的内容不仅是其艺术气质，更在于其生命能量。药师寺东院堂圣观音像的能量不仅冲击着他的视线，激荡着他的魂灵，甚至给予他一种肉体上的直接冲击。对这尊佛像的分析中，和辻哲郎将它所展现的“艺术本质意义上的写实”提升为最伟大的古典之美，他的创造性在于，在对肩头、胸部、手臂、手掌、肢体、脸部的最为拟人的形态细致表现中展示出超越人类的威严。以人类本身来表现神灵，若说宗教与神佛本身即是人的心灵的投射，那么此佛像所流露出的古典心灵中充溢着的是对于人类之本质的探索与求解，是对于潜藏于人体之佛性的深刻神秘力量的敬畏，蕴含的是人类与更广大世界之间开放式的、交互式的关系想象与生命气息。与之相比，人们通常所论述的写实在和辻哲郎眼中就只能是一种脱离古典语境的现代之写实。现代的写实尊重个性，描绘的是某个具体的人或某个具体艺术流派的写实倾向，通过摹写一个个体而表现人类，却失之于对更为广阔深刻的内部情感的表现。

如此来看，就不难理解和辻哲郎为何会对表面看去差异不显的作品或似乎并不符合现代写实性格的作品予以高度肯定。单看外形，天平伎乐面具与镰仓伎乐面具都是夸张滑稽甚或是丑陋的，但和辻哲郎却扬天平之作而抑镰仓之作①。伎乐面具是艺术家通过某一表情类型传达人类情感的手法，其制作首先基于严密的面部写实格局，其次是捕捉某种表情特征并一举使之类型化的

① 天平时代（へいあんじだい）在广义上即奈良时代（ならじだい），指从710年迁都平城京（今奈良）至794年迁都平安京（今京都）的这段时期，有时特指其间圣武天皇统治时期（724～748）。镰仓时代（かまくらじだい，1185～1333）是指日本历史中以镰仓为全国政治中心的武家政权时代。伎乐是日本的一种乐舞形式，最初源于中国的隋代，归化日本的百济人将之传授于日本。由于当时圣德太子（しょうとくたいし，574～622）的喜爱与推崇，日本青少年跟从学习，后更把伎乐定为佛教祭仪，使之在日本逐渐盛行并对能乐形成了很大影响。

努力[①]。但是，天平面具所表现的是人类内心真切涌现的喜怒哀乐，它对一瞬之神情的把握与凝结可令观众一目了然其夸张背后的生命实感，而镰仓面具“为夸张而夸张”的骇人则拘泥于外在的表现或基于物欲的激情，只能被视作以刺激末梢神经为目标的空虚病态。天平时代的伎乐面具或许无法在现代关于描摹实际生活原有模样的意味上被纳入写实之作，但在和辻哲郎处，其蓬勃的创造力使之无异于“艺术本质意义上”的古典写实典范。

二、何以独特：宗教、艺术与风土的交响变奏

和辻哲郎对“写实”的探讨由天平佛教美术而兴发，就应先坦诚面对构成“佛教美术”这一范畴前提的两个概念并有所思考，即“宗教”与“艺术”。具体而言，可以进一步追问的问题是：在现代人一般的常识认定中，宗教所服膺的通常是具有超越性的存在或抽象性的义理，而艺术所表现的则是具体鲜活、纷繁多样的世界，二者表面特性的不同是否会使其凝结品——宗教艺术成为包含内在张力的作品？进一步说，天平美术作为高尚的宗教艺术品质从何而来，又该如何洞悉？和辻哲郎的讨论内在包含世界性宗教艺术的比较视域，在他看来，日本天平时期的佛教美术中蕴含着与他者相连带，但同时也是独树一帜的特殊性。

希腊雕刻中表现的是由人类愿望所投射的最高理想之美，也就是希腊艺术通过塑造人的理想形态，将之直接指认为神，令人们得以在其人体美的细节中观察神秘并抵达对理想之神性的认同，因此，希腊雕刻诚然和谐高贵，却未能超越生命本身的美[②]。

① 《和辻哲郎全集》（第二卷），东京：岩波书店，1961 年，第 59 页。
② 《和辻哲郎全集》（第二卷），东京：岩波书店，1961 年，第 176 页。

而文艺复兴时期的宗教画既是古代艺术在基督教内部的复活，亦是人性为求解放而对中世纪的反抗。此间圣母玛利亚享有丰满的肉体与优美的面容，其形象一方面承继着古希腊神话以阿佛洛狄忒为美之化身的精神表达，却又隐现出圣母如永恒处女般不可侵犯的洁净[①]。因而，圣母像也好，或如人们津津乐道的蒙娜丽莎[②]，她们闪耀的美艳中隐喻着引人颤动的感官美，而这一肉体美又因对宗教世界中原罪、地域的恐惧之反抗而饱含张力，交响着自由与禁锢、光明与黑暗、人性与灵性的多重主题。与西方脉络中的宗教艺术相比，作为佛教源起的印度，其宗教艺术则流于肉欲、过于美艳。印度宗教壁画的趣味是淫靡的，尤其是在阿旃陀[③]壁画的摹本中，和辻哲郎甚至无法在天人、恋女的身姿中觅到一丝阿佛洛狄忒般的理想姿态与心境，而完全只是凡人女性自身——高耸的乳房、丰满的腰肢，非但没有流露出神性的提升，竟反以直逼触觉的肉体之柔软凹凸冲击着出家人的感官。

由上，和辻哲郎从宗教与艺术结合处迸发的身心感受中提炼出两个面向，即宗教的法悦[④]与艺术的陶醉。他反对将宗教、知识、道德等范畴抽绎出人类生命力的整体与具体的生活，认为对之加以单独讨论的前提在于，始终将其从属于整体性生活的意义铭记在心，以之为对象的暂时观察是为更好地了解人类生活。而对于纯粹的信徒来说，即使是提升精神、净化心灵的艺术也本不必然能够进入热烈信仰宗教者的生活内部，他们对于宗教真理的拥抱本可经由严苛环境中的自我修炼达到。但是，佛教艺术通过

① 《和辻哲郎全集》（第二卷），东京：岩波书店，1961 年，第 188 ~ 189 页。

② 《和辻哲郎全集》（第二卷），东京：岩波书店，1961 年，第 184 ~ 185 页。

③ 阿旃陀是位于印度中西部、阿姆拉瓦蒂西南部的一个村庄。其附近岩洞可追溯到约公元前 20 年至公元 650 年，被誉为藏有辉煌的佛教艺术典范。但在和辻哲郎的笔下，阿旃陀的壁画呈现出印度佛教美术发展为极端唯美时的颓废特征。

④ 法悦（ほうえつ）是佛教的专用词，意思是听闻佛法而心中虔信，由此在内心感受到充溢的喜悦之情，也可写作“法喜”。

引发审美移情，确然展现出刺激信徒追求更高自我的可能性，并催生其进一步实践善好的动机。而古天平佛教造型更重要的意义还在于，它经由透彻的写实而使艺术本身获得相当意义的尊严感。艺术不仅作为宣扬教义之手段而存在，不但能够净化佛徒信团之心性，还能以其艺术自身独行的力量感化无数平凡的善男信女。在这种艺术境界中，艺术的感性非但没有被宗教的严厉理性所超克，反而使后者焕发出活泼有机的生命力。

简言之，天平佛教美术的独特就在于其写实，在于其对“作为技巧的”与“艺术本质意义上的”写实的兼融，前者使得佛像的造型尽然符合人脸的普遍性形态，这一人类形象看似与常人并无特殊之处，因而呈现为一种突出的人性。而后者则令佛的脸上表现出某种更高的神秘，这种神秘经由佛的神情与气质在观者的心灵深处隐然传递，她的脸上隐现着纯粹的慈悲与彻底的温柔，让人不得不相信这只能是佛的容颜，相信其超人性的存在。在和辻哲郎的佛教理解中，佛教教义从不是抽象的，佛教经典中细致描摹着佛祖菩萨的形象与净土诸佛的幻象，而观佛行为本内在于信徒的生命。天平佛像真正使佛应有的那种普度众生，却又让众生无所惧的形貌成了真——从理想出发，运用写实，因而不是将人直接提升为神，而是让神在人的形态中显现①，这时，人体是宇宙人生体会到的神秘崇高的结晶，是举世无双的超脱洁净之作，即使是未能完全挣脱人间爱欲束缚、奔向宗教法悦的尘世中人，也将在观赏与膜拜古佛像时获得人情心性的疏导，留下真挚解脱的眼泪。

和辻哲郎提出，日本古佛的独特性与他者之间并非呈对立关系，宗教艺术的特征与功用在他者处亦有不同程度的显现，而无论是日本的佛教本身，或是天平佛教的造型艺术，都深受他者的

---

① 《和辻哲郎全集》（第二卷），东京：岩波书店，1961 年，第 134 页。

影响进而对其长处予以吸收。日本偏处一隅小岛，却能在放空自己、努力模仿的过程中，经由写实打造出一种迥异于他者的独特品格，那是在日本的自然风土中独蕴的甘美、清净与哀愁的抒情诗气质。和辻哲郎对古佛写实个性的咏歌始终扣连于对其自然风土的细腻感知，他于此处酝酿的“风土”思考雏形，潜在包含对明治以来其他讨论日本佛教时倾于排外或言必称他者观点的反拨，后者或将日本文化视为对外来文化的因循效仿，或视为是固有的日本文化包容、摄取了外来文化，而和辻哲郎力图避免过度夸大自我或他者的任一倾向，他将日本文化视为独创力贫弱的国人在外来文化氛围之中培育自己的个性①。重要的是，日本在汲取佛教文化时以真正适合自我个性的方式安顿全民之心，并非存在本质的佛教，亦并非具有本质的日本性，日本风土趣味对外来式样的有机包融使得即使是外来的铸造工匠也可被视为“日本人”②。通过发掘日本佛教造型的独有品格，和辻哲郎尝试以此安放日本在世界文明中的位置。

三、心灵考古：艺术—历史之眼中的“天平精神”

以美学视野进入《古寺巡礼》并将其读解为一部鉴赏笔记，确能有效引导读者将关注点聚焦于和辻哲郎对奈良古都悠久寺院及其佛教美术的品鉴评赏，而在此视野上加以“精神史”这一历史之维，或将有助我们以更均衡全面的方式把握该著。与其说和辻哲郎所关注的是天平古佛造像本身，更确切的说是天平佛教美术得以在奈良风土中形成的伟大意义。因而，不仅是对那些真正伟大艺术品的颂赞，和辻哲郎在巡游前后观察与记录的周边环境

① 《和辻哲郎全集》（第二卷），东京：岩波书店，1961 年，第 114 页。
② 《和辻哲郎全集》（第二卷），东京：岩波书店，1961 年，第 44 ~ 45 页。

也变得意味深长起来。一旦将此书写纳入视域，文本便内在隐现出一种紧张气氛：一方面是和辻哲郎对古寺古佛热情洋溢的歌颂，另一方面却是荒废黯淡的现实。这些多被他惊为东洋美术高峰的作品，却完全湮没在历史中无人发见、无迹可寻，他甚至不时自嘲其观赏之举的不合时宜，点明这些古佛处于“该出现的地方变成了不该出现的地方”这一尴尬处境①。

对此，除情感上被激起慨叹不安与深深的寂寞而外，更应追问的是：究竟是怎样的历史因果打造了这一现实？和辻哲郎对圣林寺十一面观音的描画中透露出一丝端倪。通过借引他人的说法，他指出这尊高贵的观音偶像曾常年横卧于尘埃杂草之中，实是迫于明治维新神佛分离运动时②古神道的权威，而被抛弃在野外。与此同时，即使此后它被视为古美术国宝而收入博物馆陈列也未尝没有同样的寂寞，其写实之美中蕴含的古典心灵尚无法以恰切开放的方式与普通日本民众的心灵相遇。

由上，透过天平佛教造型的写实美，和辻哲郎欲真正洞悉与高扬的实是天平时代中人的敏感心灵，而在他的笔下，对此精神动向的发现也只能是天平佛教美术而非其他。经由明治维新的现代化强国之路而走在大正道路上的日本，已逐渐确立起颇强的民族国家概念与忠君爱国意识，而与这一自我感、政治感相配合的则是国家层面与知识界对日本的古代历史与文化传统予以重新解释与确认。在这一语境中，《日本书纪》被视为诠释日本建国史

---

① 《和辻哲郎全集》（第二卷），东京：岩波书店，1961 年，第 36 页。

② 明治元年（1868）前后，明治政府为确立天皇神威，基于政教一致方针颁布了“神佛分离令”。该令禁止天皇所遵从的神令与佛教混合，命令将神佛佛具从神社里撤出，将与神社有关的器物从寺院撤出，并命令原属神社的僧侣还俗。在此过程中因误解引发了“废佛毁释”运动，造成佛教空前的迫害浩劫，大量佛寺佛像被毁，反之，神祇官职逐渐上升并形成神道国教主义。神佛分离令及其一系列事件对日本近现代史产生了深远的影响。参见村上重良：《国家神道》，聂长振译，北京：商务印书馆，1990 年，第 74 ~ 75 页。

的正统叙述[①]，成为现代日本国民了解古代日本生活的首要参照。和辻哲郎对此提出异议。在他看来，《日本书纪》不过是当时官府的文书记录，它的记事目的并不在于表现民族的意志或情感[②]。

那么，文学史传统所肯定的《万叶集》是否可被视作打开天平时代人们心灵的钥匙呢？和辻哲郎的答案也是否定的。天平时代通常被视为外来文化大量输入的年代，在内外新旧的节奏转换之间，人们的精神生命因新文化的进入而迅速成长。固有的语言贫乏到尚不足以表达丰富的心灵世界，而使用熟练的外语进行自我表达也并非易事，此时，即便是在具备复杂情感的人中间也只可能诞生较为单纯的文艺[③]。由上，抒发着恋人间赠答之情的万叶恋歌，其意图并非在于客观描写，而它对于时代精神的代表性也需要审慎的相对化考量。

当官方叙述与民间文学都不足以帮助我们伸展触角，开拓对天平时代的充分感知，和辻哲郎认为真正重要的问题是：当时的文化实际上究竟由谁担当[④]？他试图从历史的角度给出答案：发酵与酝酿着巨大文化潜力的天平时代，却囿于语言文字与历史辗转而终未能留下同时代人经验、观察、记录的有效文献。但是，巨大佛塔、佛像的修建作为社会事件却强有力刺激到一般民众的心灵，天皇对于佛教哲学的吸收与推崇必将渗透于人心深处。这一时代氛围培育了艺术家群体成长的土壤，这些制作了高贵造像的工匠虽籍籍无名，末身于历史深处，但透过其无与伦比的写实而结晶的作品却永远地，但也是无言地留在了历史的舞台上。因此，和辻哲郎突出强调了《万叶集》世界与佛教艺术世界的不

① 《日本书纪》是日本最早的编年体史书，为六国史之首。参见小岛毅：《东大爸爸写给我的日本史》，王筱玲译，台北：联经出版事业股份有限公司，2013 年，第 72 页。

② 《和辻哲郎全集》（第二卷），东京：岩波书店，1961 年，第 123 页。

③ 《和辻哲郎全集》（第二卷），东京：岩波书店，1961 年，第 91 页。

④ 《和辻哲郎全集》（第二卷），东京：岩波书店，1961 年，第 124 页。

同，而这种不同并非是抒情诗与造型艺术的差异，而是趣味、要求、愿望等精神本质的差异①。

就此，和辻哲郎对其时代观察天平女性方式的批评眼光亦可适用于对整个天平时代历史理解的批评，乃至对现代日本确立的日本史观的商榷，也就是，对于历史及历史中“人”的研究常常彷徨于“极端缺乏同情”（極端に同情のない観察）与“过度理想化”（著しく理想化の加わった観察）之间②。那么，如何使艺术考察的品质“富有同情”的同时又“具现实感”？和辻哲郎的努力预示着：必须从深解最适合一时代风气的历史对象出发。比起当时人们所注目的皇家、高层历史或能直接彰显日本主体性的载体，他更为在意的是真正代表该时代整体文化与“一般民众”心情的精神史诉求。他将天平美术本身的写实艺术，尤其是这一艺术美在洞穿天平时代精神史方面的重要意义擢升到如此高度，使得其艺术分析浸透于相当的历史厚度中，因而不再是单纯的审美抒发，而带有很强的知性对话特征。

和辻哲郎此书的写作并非严格意义上的学术著作，即便如此，依然可从中发现大正前后关于天平佛教艺术的既有态度：如以《万叶集》及其中显现的日本特有感受方式为根据，否认天平佛教与国民精神生活的有机关联，又如，认为日本人生性乐天，因而日本不存在吸纳以厌世观为根本的佛教主张。对此，和辻哲郎的论述中隐现着他的佛教观，即假如佛教需要以人类的苦难体验为必须条件而追求灵魂的洁净，那么天平频发的饥馑瘟疫及其激发的忧郁苦痛，普遍人性的相通诚然构筑了接受佛教的基底。借由对“佛画越往东，就越显得清净高洁”这一艺术特性与鉴赏直感的把握，和辻哲郎走向了对日本接受乃至更新佛教、佛教艺

① 《和辻哲郎全集》（第二卷），东京：岩波书店，1961 年，第 94 页。
② 《和辻哲郎全集》（第二卷），东京：岩波书店，1961 年，第 91 页。

术的肯定，“更新”之义体现为对“写实”意义的再发现。由此，他探问美术变迁与佛教教义变迁的关系，也就是与当时各民族内心欲求、问题意识的关系。此处，铸造者的心灵、朝拜者的心灵、历史—艺术感知者的心灵，三颗透彻的心灵最终相遇。

结语：美学鉴赏“于道何益”？

和辻哲郎怀着何种心情开始古寺的巡礼？出发伊始的笔记呈现了他的特殊心境：

> 昨夜父亲说：你现在所做的，于道有何益？对救赎颓废的世道人心，能有多少贡献？我无言以答。［……］实际上，我自己也认为古美术研究乃是旁道。这次的旅行，无非是想通过享受古美术之力，来洗心革面、丰富精神而已。本来，鉴赏也是需要一些研究的。写一些印象记，给同胞传达古美术的卓越之美，也不是没有意义的事情。但是，这些显然不是能够满足我的根本欲求的工作。虽然兴致勃勃，但还没到可以下定决心把它作为自己的唯一事业、第一事业的程度。①

这段文字中，提示着和辻哲郎行前反复思想的是他那身为医生的父亲所提的“于道何益”问题。和辻哲郎认为，以古美术之力自我熏陶并介绍给同胞虽有意义，但仍不足以满足他救赎世道人心这一“根本欲求”。另一方面，字里行间“教养主义”的大正文化气氛如此鲜明②，使得和辻哲郎的自我责备与自我反思唯有置于大正历史语境中才能被充分理解。后人对大正时代气氛冠

---

① 《和辻哲郎全集》（第二卷），东京：岩波书店，1961 年，第 18 页。

② 坂部惠：《和辻哲郎：異文化共生の形》《（和辻哲郎：异文化共生的形态）》，东京：岩波书店，2000 年，第 132 页。

以“大正民主”之谓，但“民主”实不足以概括大正时期纷繁复杂的社会动向与思想状况。以日俄战争后城市民众的骚乱为契机，大正民主作为民本主义潮流兴起，但此潮流是与日本对外关系的帝国主义倾向并行不悖的。国内诸种思潮泛起、言论纷呈，各阶层从自身的立场出发提出基于各自身份认同的社会改革方案[①]，在1914~1918年的世界大战中，在作为“国民”与作为“日本人”的认同摇摆中，日本迎来了自身的机会与混乱。日本民众的身心气质究竟具有何种被打造的可能？日本国家与社会究竟会往何处去？在书写巡礼札记时孜孜求“道”的和辻哲郎面对的1918年日本正是处于此种蕴藏着豁口亦是暗礁的历史分叉点[②]。

值得注意的是，当和辻哲郎正式开启他的古寺巡礼后，他深深沉浸于天平佛教艺术的写实之美中。是他忘记了自己对“唯一事业、第一事业”的追求而专注于美术享乐？还是他在化佛典中抽象的“天”为具象脱俗的古佛造型上，在“佛”的写实人形中，找到了自我理解与自我安顿的契机？时隔多年后（昭和21年，即1946年）和辻哲郎为该书再版所作的序言暗示了他的昔日心情。这篇前言的核心议题是修改之难。具体而言，直接的原因是20世纪30年代日本“社会局势的变化”使得书籍的重刊不合时宜以至最终绝版。但更重要的原因是，最初的印象记虽幼稚却具有机关联，很难进行局部的修改，更进一步则是该书蕴含着他已然丧失的青春热情与深刻感动[③]。

经历近30年的社会变迁，和辻哲郎再动手修改时感到无法

---

① 成田龙一：《大正民主运动》，李铃译，香港：中和出版有限公司，2016年，第292页。

② 今西顺吉：《和辻哲郎の縁起研究》（《和辻哲郎的思想起源研究》），《国际高级佛教研究院期刊》，2004年第8期，第10页。

③ 《和辻哲郎全集》（第二卷），东京：岩波书店，1961年，第4页。

动笔，这预示了他为大正思潮所激发的艺术潜力与思想努力难以在全然不同的历史情境下再复制。彼时，他对早已荒废的天平佛教美术加以重新开掘与探讨，歌颂与高扬天平风气，实是在历史中重新思考日本人精神走向的可能性。和辻哲郎认为，“艺术本质意义上的”写实，是脱胎于人形却超越常形，是对人心的提升、净化与提纯。他的赞美并非盲目肯定，而是试图复归于历史之怀中，这意味着：每一时代都需找到最适合自己时代精神的艺术形式，唯此，大正日本才能在拥抱佛教艺术的过程中模仿天平古典心灵最本真的内涵，以此觅求并找到真正符合自己时代气质的审美形式与艺术作品。综上，在对古日本宗教艺术大胆而富想象力的讴歌中，隐现出和辻哲郎代表的大正知识分子借由凝视文化母体、力图激发历史传统内在生命力的尝试，包含其形塑与打造现代日本民众生命情感的时代努力。

（作者：北京师范大学文学院博士研究生）

新时期中国作家访美游记中的美国形象

陈国战

1979 年 1 月 1 日中美正式建交以后，双方交流的大门重新打开，中国派出了各个领域的代表团赴美交流访问，这其中就包括通过各种方式到美国参观访问的中国作家。此时，中国和美国刚刚结束长达 30 年的相互隔绝和对抗，很多作家都是第一次踏上美国的土地，面对这个既熟悉又陌生的国度，他们在访问期间或回国以后，写下了大量的访美游记，这些游记一方面记录了他们与美国同行的交往；另一方面也记录了他们对美国社会的观感，是了解新时期中国社会中的美国形象的重要文本。

新时期是新旧两种观念的交替期，也是中国人心目中的美国形象的转型期。一方面，自中华人民共和国成立以后，主流媒体不断强化关于“美帝”的刻板印象，“仇视、鄙视、蔑视”美国的社会心态根深蒂固，不可能立即消除。另一方面，中美建交意味着双方由对抗走向合作，中国媒体上的美国形象也陡然变化。在 1979 年初邓小平访美期间，“中国的新闻传播媒介对美国作了广泛报道，除各大报纸每天都在头版显要位置及时报道有关消息外，包括中央电视台在内，各地电视节目把陌生的美国展现于中国人面前，活生生的事实与过去的硬性宣传大相径庭”①。处在这

① 杨玉圣：《中国人的美国观——一个历史的考察》，上海：复旦大学出版社，1996 年，第 259 页。

两种观念的转型期，新时期中国作家的访美游记必然显现出各种意味深长的矛盾和裂隙，映照出改革开放初期中国社会现实的某些侧面。

一、新时期中国作家访美概况

1979 年 1 月中美建交时，《中美文化交流协定》作为中美之间最先签署的三个重要文件之一，确立了两国官方和民间文化往来的框架。此后，两国的文学交流频繁展开。在新时期中国作家的访美交流中，华裔作家聂华苓与其丈夫保罗·安格尔（Paul Engle）创办的爱荷华大学“国际写作计划”发挥了重要的桥梁作用。该计划创办于 1967 年，每年邀请来自世界各地的作家到爱荷华进行为期数月的写作、交流和旅行。1979 年秋天，“国际写作计划”在创办 10 多年以后，第一次迎来了来自中国大陆的作家萧乾和毕朔望。此后，该计划每年都邀请来自中国大陆的作家，1980 年邀请到的是艾青夫妇和王蒙，1981 年是丁玲、陈明夫妇，1982 年是剧作家陈白尘和作家刘宾雁。此后数年中，吴祖光、茹志鹃、王安忆、徐迟、谌容、张贤亮、冯骥才等中国作家相继来访。到 1988 年聂华苓从爱荷华大学退休时，该计划共接待了大约 30 位来自中国大陆的作家，“国际写作计划”成为中美建交以后中国作家赴美交流的重要途径。

在新时期中国作家的访美交流中，美中学术交流委员会、哥伦比亚大学美中艺术交流中心、哥伦比亚大学翻译中心等机构也发挥了重要的作用。1979 年 4 月 16 日至 5 月 16 日，美中学术交流委员会邀请中国社会科学院代表团访美，包括作家钱钟书在内的来自各个领域的专家一行 10 人访问了美国，这是中美隔绝 30

年后中国派出的第一个社会科学界的访美代表团①。美中艺术交流中心由哥伦比亚大学教授、华人作曲家周文中于1978年10月创办，旨在促进美中文献资料和专家的交流，以及表演和视觉艺术的推广。该中心成立以后，也陆续邀请了一些中国作家赴美交流。比如，1980年3月，该中心与美中学术交流委员会共同出面邀请曹禺、英若诚访美。1985年，该中心邀请由铁凝、秦牧等人组成的中国作家代表团访美。哥伦比亚大学翻译中心的主要负责人之一是华裔女作家於梨华。早在1979年6月回国期间，她就向丁玲提出了访美邀请。但是，“丁玲那时正在努力争取恢复党籍，她不愿以一个‘改正右派’的身份出访美国”②，因此，这个计划最终没能实现。1980年秋天，翻译中心迎来了卞之琳、冯亦代两位中国作家。

除了这些个人和机构的贡献，还有一些作家利用参加会议的机会访问了美国。1982年9月，第一次中美作家会议在美国洛杉矶举行，这是中国作家在美国的一次集体亮相，参加会议的中国作家代表团由8名成员组成，包括冯牧、吴强、陈白尘、刘宾雁、李准、张洁、李瑛、蒋子龙，这是30多年来第一个正式访问美国的中国作家代表团。会议结束后，这些作家在美国各地进行了为期一个多月的参观访问，并到访爱荷华大学“国际写作计划”。此外，1981年8月，老作家萧军、吴组缃等应美国印第安纳大学的邀请，赴美参加了鲁迅遗产学术会议。1982年5月，王蒙、黄秋耘应美国圣约翰大学亚洲研究中心的邀请，参加了该中心举办的当代中国文学研讨会。

此时，中美刚刚建交不久，能够有机会到美国去的中国人少

---

① 周宁、朱徽、贺昌盛、周云龙：《中外文学交流史》（中国—美国卷），济南：山东教育出版社，2015年，第418页。

② 李向东、王增如：《丁玲传》，北京：中国大百科全书出版社，2015年，第681页。

之又少。对于以写作为职业的中国作家来说，他们的访美之行不仅肩负着中美文学交流的使命，同时也承担着向国人介绍美国这个老对手、新伙伴的责任。因此，在目睹了美国社会的状况以后，这些作家写下了大量的访美游记，巨细靡遗地记录了他们与美国同行的交往、他们在美国的所见所感，并尽其所能地向国人介绍了美国的历史与文化。这些游记在20世纪80年代结集出版的有丁玲的《访美散记》、冯骥才的《美国是个裸体》、蒋子龙的《纽约的刺激性》、张洁的《在那绿草地上》、冯亦代的《漫步纽约》、茹志鹃与王安忆的《母女同游美利坚》等。此外，还有大量游记散见于各种报刊上。20世纪90年代出版的《我说美利坚》《美国的月亮》等文集也收录了大量包括作家在内的出国人员的访美游记。

二、美国观的确证与调整

新时期访美的中国作家大都是第一次来到美国，但对于他们来说，美国并不是一个完全陌生的国度，一些作家在中华人民共和国成立以前就与美国人有过交往，并结下了友谊；更多的作家通过阅读美国的文学作品对美国社会有所了解。但更为重要的是，在新中国成立以后，美国一直是一个重要的他者，是中国建构自我身份的重要参照，经过30年的反复宣传，中国社会中的美国形象已经定型。从中国作家的访美游记中可以看出，在踏上美国的土地之前，很多作家都秉持一套根深蒂固的先入之见，如美国人情冷漠、金钱至上、精神空虚等，这决定了他们的访美之行必然是确证或调整这种美国观的过程。

在去往美国的飞机上，丁玲与坐在自己身边的一位美国华裔有过一段对话：

我问他愿意住在美国，还是在中国？他有点为难的样子。我便说："生活可能是美国方便，条件好些。"他自然地笑了。我又问："人情呢?"他不等我说下去，赶忙道："还是中国，还是中国人嘛!"他笑得更舒适了。①

从这段文字可以看出，当这位华裔正为如何回答而为难时，丁玲的话明显具有暗示性，在她的引导下，这位华裔终于给出了她想要的答案，即美国生活条件虽好，但缺少人情味。接着，丁玲又通过飞机上的另一位华裔之口，表达了自己对美国的看法："美国的生活是紧张的、活跃的……为了生活，为了日子过得好些，为了花钱而赚钱。许许多多人生活不错，可是空虚，一片空虚。"② 显然，不管是对于中国人来说，还是对于美国人来说，只有物质富足而没有人情味的生活、精神空虚的生活都是难以忍受的，更不值得羡慕。

当时，这种先入之见在中国作家中非常普遍。蒋子龙在登上去美国的飞机后写道："从现在起，我们开始接触美国人的作风：一切以钱为轴心，讲求实际。礼貌有助于赚钱就要，妨碍盈利就不要。"③ 张洁也在赴美的飞机上发出感慨："在美国讲究干活付钱，现买现卖，我担心连开玩笑也会卖钱。"④ 可见，在很多中国作家笔下，美国都是唯利是图的，一切以金钱为中心。值得注意的是，这些评价都出现在作家到达美国之前，因此，它们并不是来自对美国社会的观察和体验，而是来自作家头脑中根深蒂固的先入之见。

---

① 丁玲：《丁玲全集》（第6卷），石家庄：河北人民出版社，2001年版，第127页。

② 同上。

③ 蒋子龙：《纽约的刺激性》，北京：中国华侨出版公司，1989年，第9页。

④ 张洁：《在那绿草地上》，北京：中国文艺联合出版公司，1983年，第14页。

这种先入之见一旦形成，便很难改变，它已经成为形象学中所说的“套话”，即“在一个社会和一个被简化了的文化表述之间建立起一致性关系的东西”①。作为“思想的现成套装”②，套话制约着人们对一个社会的认识和评价。在中国作家游历美国的过程中，这种先入之见的影响无处不在。黄秋耘在总结美国社会生活的特点时说：“在美国人看来，有钱就有了一切。哪怕人命关天，假如你拿出二三十万美元来收买个百发百中的‘神枪手’干掉你的仇人，真是易如反掌。”③ 冯骥才发现，美国社会中的广告像细菌一样无孔不入，对此，人们虽然愤怒，却也无可奈何，这是因为，“在金钱万能的世界里，有钱的就欺负没钱的”④。蒋子龙一到美国，就去参观一个私人修建的博物馆，面对那些花重金买来的无价之宝，他不由得惊叹于主人的慷慨。这本来是一个纠正他关于美国人金钱至上的先入之见的机会，但他并不做如是想，而是将此看作一个值得嘉许的例外，他写道：“一个资本家不用钱生钱、利滚利的办法赚更大钱，却用来收藏和购买这些艺术品，倒也难能可贵。”⑤ 此后，在这种美国观的影响下，他到处都能发现美国社会“一切用钱说话”⑥ 的例证，而这又反过来强化了他的先入之见。这向我们表明：面对一个陌生的社会，套话提供了一个现成的解释框架，一方面为人的认识带来了便利；但另一方面也会造成智识上的懒惰，导致文化误解的加深。

---

① ［法］达尼埃尔－亨利·巴柔：《形象》，孟华译，见孟华主编：《比较文学形象学》，北京：北京大学出版社，2001 年，第 160 页。

② 这是以色列符号学家吕特·阿莫希给“套话”下的定义。转引自孟华：《试论他者“套话”的时间性》，见孟华主编：《比较文学形象学》，北京：北京大学出版社，2001 年，第 185 页。

③ 黄秋耘：《两个 C 和三个 M》，见杨玉圣、辛逸、胡玉坤编：《我说美利坚》，济南：山东人民出版社，1995 年，第 46 页。

④ 冯骥才：《美国是个裸体》，北京：中国华侨出版公司，1989 年，第 63 页。

⑤ 蒋子龙：《纽约的刺激性》，北京：中国华侨出版公司，1989 年，第 14 页。

⑥ 蒋子龙：《纽约的刺激性》，北京：中国华侨出版公司，1989 年，第 139 页。

实际上，这些作家的访美见闻也并非全都确证了他们的先入之见，当作家的所见所闻明显有悖于他们的先入之见时，他们的美国观就会做出调整。在去往美国以前，很多作家都从媒体宣传或朋友口中得知：美国社会种族问题严重，黑人生活悲惨，抢劫犯罪高发，尤其是纽约的黑人区和地铁更是罪恶的渊薮。张抗抗写道："凡是有人听到我要去纽约，总要告诫我：不要一个人上街！小心你的钱包！……凡是有朋友听说我要去纽约，总要告诫我：不要一个人坐地铁，小心你的照相机！"① 然而，她到黑人居住区实地参观后却发现，真实情况并非如此："比起大多数白人居住的市郊花园别墅，住这种一家一个单元的公寓房，显然生活水准较低，但绝不像我们以往的宣传那么可怕。"② 关于纽约的地铁，谌容通过自己的亲身经历发现："在我坐的那一趟地铁，在我坐的那一节车厢里，我看到一些普普通通的美国人。他们都乘车去办自己的事。我相信他们是一些善良的人。当然，那个地铁应该修整一下。"③ 在她看来，纽约的地铁固然破旧，但并不像传说中那么可怕。在观看了一场橄榄球赛后，邵燕祥也对国内流行的美国观产生了怀疑，他写道："人们常说美国人的主导思想是个人主义，只顾个人，不顾集体，但是我在球场上看到的是一种强烈的集体荣誉感。"④ 就连政治意识一向很强的丁玲在看到"天真的洒脱的"美国大学生后，也不禁发出感叹：

我很难完全相信一些人对他们的传说，说美国青年人都没有信仰，没有理想，只知道玩乐，吸大麻。我想，这可能吗？如果

① 张抗抗：《地球人对话》，北京：中国华侨出版公司，1990 年，第 143 ~ 145 页。

② 张抗抗：《地球人对话》，北京：中国华侨出版公司，1990 年，第 161 页。

③ 谌容：《纽约地铁探险记》，《人民日报》1982 年 11 月 21 日。

④ 邵燕祥：《打足球》，见汪曾祺、邵燕祥选编：《美国的月亮》，北京：华夏出版社，1997 年，第 142 页。

真的都是这样，美国的物质生活是从哪里来的？难道不是美国人民、美国的青年人的劳动创造而全是掠夺与剥削得来的吗？是不是有些人习惯看外表，或者只凭一时的一知半解就下结论，容易夸大缺点呢①？

总之，新时期中国作家的访美过程也正是他们的美国观念与美国观感不断碰撞的过程，是他们的美国观不断得到确证或做出调整的过程。此时，旧观念的影响依然强大，很多作家都自觉不自觉地将自己的观感纳入这一现成的解释框架中。但是，当这种解释框架无法容纳作家个人的观感时，他们的美国观就会做出调整。如此一来，旧观念动摇了，而新观念又没有成型，很多作家都感到了言说美国的困难。鲁彦周在回国的飞机上感叹："没到美国，脑子里还有个美国，到了美国，却不知所以然了。"② 王安忆在美国漫游了 120 天后也说："我不明白美国，我越看得多，就越是不明白。"③ 其实，这种由明白到不明白的过程，也正是他们固有的美国观发生动摇，而新的美国观正在形成的过程。

三、访美游记中的美国形象

处在新旧两种观念的转型期，新时期中国作家访美游记中的美国形象必然不是清晰的、统一的，而是充满矛盾和裂隙。纵观这些游记，可以发现一些出现频率很高的主题，除了高楼大厦、汽车、高科技产品这些现代物质文明的象征外，很多作家都还写

① 丁玲：《丁玲全集》（第 6 卷），石家庄：河北人民出版社，2001 年，第 165 页。

② 邓刚：《汽车文化的感受与感叹》，见汪曾祺、邵燕祥选编：《美国的月亮》，北京：华夏出版社，1997 年，第 23 页。

③ 茹志鹃、王安忆：《母女同游美利坚》，香港：三联书店，1986 年，第 406 页。

到了美国的色情行业、赌场、信用卡、橄榄球赛等。从某种意义上说，这些被反复书写的意象已经成为美国社会的象征，通过它们，我们不仅可以窥见新时期中国作家笔下的美国形象，而且可以反观他们对中国社会的理解。

在中国作家笔下，美国的红灯区和色情行业是出现频率最高的主题之一。韩少功写道："在纽约，我们住中国领事馆。这里靠近曼哈顿42街红灯区，出门就可以看到美国文化的另一面。性影院、性商店、性杂志、性磁带、性表演，比比皆是，聚合着全纽约的疯狂淫欲。"① 秦牧也在自己的游记中不厌其烦地描绘了美国"色情气氛的弥漫"，其中写道："至于纽约街头，好些商店门口，挂着全裸妇女相片以至性行为相片的，更是寻常的事。"② 不仅纽约如此，美国其他城市也一样。萧乾发现："几乎所有较大城市都有一条像旧金山百老汇那样的大街，那里兜售着淫书、淫画和淫器，昼夜不停地放映着色情电影。"③ 可以看出，在新时期中国作家的访美游记中，美国简直就是一个淫欲泛滥之地。由于色情行业在白天基本上都是隐匿的，随着夜晚的来临才开始粉墨登场，所以在中国作家那里，它被视为美国社会光鲜外表之下不为人知的阴暗面。它能引起中国作家的普遍关注，一方面是因为新奇感——中华人民共和国成立以后，色情行业就被全面取缔了，再加上长期的革命禁欲主义文化的影响，使得色情行业对新时期的中国作家来说具有无可比拟的冲击性。另一方面是因为，美国的色情行业印证了中国作家对美国的先入之见，符合他们的心理预期。透过美国的色情行业，中国作家看到了美国社会的

---

① 韩少功：《红卫兵与"红灯区"》，见邓刚：《汽车文化的感受与感叹》，载汪曾祺、邵燕祥选编：《美国的月亮》，北京：华夏出版社，1997年，第73页。

② 秦牧：《秦牧全集》（第四卷），北京：人民文学出版社，1994年，第112页。

③ 萧乾：《差距·疑窦》，见杨玉圣、辛逸、胡玉坤编：《我说美利坚》，济南：山东人民出版社，1995年，第94页。

“疯狂淫欲”，这使他们获得了道德优势和文化自信，从而部分消解了面对美国发达的物质文明所感受到的压力。

在新时期中国作家的访美游记中，另一个被反复书写的主题是拉斯维加斯的赌场。白桦写道：“每一家旅馆的底层都是赌场，数以千计的‘老虎’机同时在吞吃美金，轮盘在旋转，发扑克牌的声音就像在下小雨。”① 冯骥才写道：“夜间是赌城生活的高潮，赌城内外，灯光通明，据说赌城一夜耗电相当于一个小城市一个月的用电量。有的赌场迎门放一大玻璃箱，形似玻璃棺材，塞满整整一箱百元面值的美钞，传说是一亿美元。”② 王安忆写道：“看完演出，赌场里仍然人声鼎沸。街上，灯火通明，形同白昼，一排大字在天幕上变幻着刺目的颜色：黄金大门，黄金大门，黄金大门！这是不夜的城。”③ 不难发现，美国赌场在中国作家笔下呈现出相似的形象，即灯火通明、穷奢极欲、变幻不定。正如冯骥才所说的“玻璃棺材”所隐喻的那样，它看起来流光溢彩，实际上却在吞噬人的生命，把人引向死亡。从某种意义上说，赌场就是中国作家心目中的美国社会——一方面财大气粗、极度奢华，另一方面却动荡不安、瞬息万变。通过赌场这一意象，中国作家诉诸人们追求生活安稳的普遍心态，再次实现了对美国社会的否弃与对自身社会的认同。

对于仍生活在凭票供应时代的中国作家来说，信用卡绝对是一种新鲜事物，因此，它也引起了访美作家的普遍关注，很多游记都详细介绍了美国的信用卡消费。冯骥才写道：“有的银行，你去登记领取信用卡时，他先借你几千块给你用。借了，当然要

---

① 白桦：《美国奇谈》，见《我说美利坚》，杨玉圣、辛逸、胡玉坤编：《我说美利坚》，济南：山东人民出版社，1995 年，第 43 页。

② 冯骥才：《美国是个裸体》，北京：中国华侨出版公司，1989 年，第 86 页。

③ 茹志鹃、王安忆：《母女同游美利坚》，香港：三联书店，1986 年，第 392 页。

还。你敢借，说明你有能耐还，证明你有本事。所以西方人欠债时心理毫无负担，相反心安理得。大公司大买卖都设法向银行贷款，一边承担债务一边赚钱。”① 张洁发现：“在美国，商业、银行都鼓励人们借债，以刺激人们的购买力，而且谁借的债越多，好像信用越高，说明他偿还能力强。”② 丁玲也领会道：“这个社会鼓励你花钱，鼓励你做生意，谁的胆子越大，越敢借钱，越敢买空卖空，谁就可能会越有钱，钱越多，生意也就越大。”③ 通过对信用卡的认识，中国作家似乎发现了美国繁华背后的秘密，意识到美国人并不像人们看到的那样富有，正如丁玲所说：“原来这些别墅、小院、高楼、大厦可能都是空的！都是欠账赊来的！”④ 这就在一定程度上打破了人们对美国社会不切实际的艳羡和向往。从这些作家对信用卡的介绍可以看出，他们对信用卡的态度基本上是接受的，联系到当时改革开放的时代背景，这种态度也隐含着对国人保守心态的批判，带有一种鼓励人们大胆去闯的教导意味。

由于聂华苓夫妇主持的“国际写作计划”的存在，很多中国作家到美国后都会到访爱荷华。爱荷华是一座只有五六万居民的小城，但爱荷华大学的橄榄球队却是一支拥有百年历史的球队，多次获得赛区冠军，是这座城市的骄傲。每当球队有重要比赛，整座城市就会陷入节日狂欢的气氛中。当时，橄榄球运动对于中国人来说是非常陌生的，但很多中国作家还是在自己的游记中专门记录了观看比赛的过程，如丁玲的《橄榄球赛》、邵燕祥的《打足球》、冯骥才的《一次橄榄球赛》等。这些作家坦承，他们

---

① 冯骥才：《美国是个裸体》，北京：中国华侨出版公司，1989 年，第 120 页。

② 张洁：《在那绿草地上》，北京：中国文艺联合出版公司，1983 年，第 108 页。

③ 丁玲：《丁玲全集》（第 6 卷），石家庄：河北人民出版社，2001 年，第 238 页。

④ 同上。

看不懂橄榄球赛，只是看热闹。既然如此，他们为何还不约而同地详细描摹赛场内外的热烈气氛和激烈的比赛过程呢？丁玲提道："那种强烈，那种欢腾，那种狂热，实在表现了美国人民的精力充沛，勇猛如雄狮，执着如苍鹰。"① 冯骥才在观看比赛的过程中意识到：这项运动显示出美国人"强于进取、崇拜彪悍的民族性格"②。邵燕祥也提到，他从橄榄球赛中看到了美国人的"争强好胜之心"，他感叹道："一个没有争强好胜、'敢为天下先'的精神的群体，不可能在今天的世界上做出有益于人类的贡献，做出真正足以自豪和骄傲的业绩。"③ 可见，这些中国作家都是"醉翁之意不在酒"，他们关心的并不是比赛本身，而是在比赛过程中显示出来的美国人的民族性格和精神状态。进而言之，他们真正关心的也不是美国人的民族性格和精神状态，而是在此对照之下显示出来的中国人的民族性格和精神状态。如果说美国人的竞争意识和进取精神让这些中国作家印象深刻，并发出由衷的赞叹，那显然是因为在他们看来，这些恰恰是中国人所缺乏的，也是急需要唤起的。

当然，色情行业、赌场、信用卡、橄榄球赛等都是中国作家观察美国社会的重要窗口，除此之外，他们还记录了美国社会生活的方方面面。比如，白桦记录了自己在万圣节期间的见闻——他在一群鬼怪的行列里竟然发现了青面獠牙的里根总统夫妇的肖像，这让他大为震惊，经过与店员的交谈他才意识到，原来在美国戏谑总统并没有什么严重的后果④。汪曾祺在参观林肯故居时

---

① 丁玲：《丁玲全集》（第6卷），石家庄：河北人民出版社，2001年，第174页。

② 冯骥才：《美国是个裸体》，北京：中国华侨出版公司，1989年，第70页。

③ 邵燕祥：《打足球》，见汪曾祺、邵燕祥选编：《美国的月亮》，北京：华夏出版社，1997年，第143页。

④ 白桦：《美国奇谈》，见汪曾祺、邵燕祥选编：《美国的月亮》，北京：华夏出版社，1997年，第1~8页。

也对游客纷纷去摸林肯铜像的鼻子感到不可思议，他写道：“回到住处，我想：摸林肯的鼻子，到底要得要不得？最后的结论是：这还是要得的。谁的鼻子都可以摸，林肯的鼻子也可以摸。没有一个人的鼻子是神圣的。”① 显然，白桦和汪曾祺记下这两个细节，是为了反衬中国人对政治领袖的尊崇态度。到美国后，很多中国作家都会被问到中国人与美国人的差异，冯亦代的回答是：“美国人的走路是冲的，香港人的走路是追的，而我们走路却是迟迟疑疑地在踱方步。”② 他在这里所说的走路速度，显然是有深意的，隐含着美国、香港、中国在现代化之路上的行进速度，表达了他对中国社会长期陷入停滞状态的焦虑。

可见，在访美过程中，中国作家眼里看到的是美国，心里所念的始终是中国。通过游记书写，他们一方面对美国社会进行审视和批判，另一方面也对中国社会进行反思。从总体上看，他们呈现出的美国形象是矛盾的——既对美国社会的欲望泛滥、精神空虚深信不疑，并大书特书；又看到美国社会的确创造了高度发达的物质文明，而这靠的正是美国人充沛的精力和强烈的进取之心。一方面说美国人欲望泛滥、精神空虚；另一方面又说美国人精力充沛，有强烈的进取之心，这其中的抵牾之处是显而易见的，正如丁玲提出的疑问：“这可能吗？如果真的都是这样，美国的物质生活是从哪里来的？”③ 于是，通过对美国的访问，很多中国作家心目中的美国形象非但没有变得更加清晰，反而变得更加模糊了。与此相比，借助美国这面镜子，他们却真切地看到了中国与美国的差距，看到了中国社会中的种种弊端，并由此产生

① 汪曾祺：《林肯的鼻子》，见汪曾祺、邵燕祥选编：《美国的月亮》，北京：华夏出版社，1997 年，第 166 页。

② 冯亦代：《漫步纽约》，天津：百花文艺出版社，1985 年，第 12 页。

③ 丁玲：《丁玲全集》（第 6 卷），石家庄：河北人民出版社，2001 年，第 165 页。

一种革故鼎新、奋起直追的紧迫感。如此一来，这些作家就通过自己的访美游记加入到对改革开放时代精神的呼吁之中。

四、美国形象背后的中国社会

不管处在哪种历史情境中，一个作家到异国后看到了什么、写下了什么，都不全然是作家个人选择的结果，而是与其自身所处的社会环境密切相关的。研究异国形象，并不是为了认识异国，而是为了认识自己。正如巴柔所说：“异国形象也可说出关于自身文化（‘注视者’文化）有时很难设想、解释、承认的东西。异国形象可将本民族的一些现实转换到隐喻层面上去，这些现实尚未被明确确定，因而它可属于某些人称之为意识形态的范畴。”① 因此，新时期中国作家访美游记中的美国形象就如一面镜子，它映照出的是中国社会现实的某些侧面。

从最显而易见的层面看，新时期中国作家笔下的美国形象之所以充满矛盾和裂隙，是由当时中国社会中的美国观决定的。20世纪50年代，中国社会中的美国观就得以定型，即以“三认清”为内容、以“三确立”为目标：

> 认清美国民主的欺骗性和它的帝国主义本质，认识美帝国主义是中国最危险的敌人，以确立“仇视美帝”的观念；认清美国文化思想的浅薄、生活方式的堕落，以确立“鄙视美帝”的观念；认清美国经济与军事力量的下降趋势和反动本质，强调完全可以战胜，以确立“蔑视美帝”的观念。②

---

① ［法］达尼埃尔－亨利·巴柔：《从文化形象到集体想象物》，孟华译，见孟华编：《比较文学形象学》，北京：北京大学出版社，2001年，第123页。

② 张济顺：《中国知识分子的美国观（1943—1953）》，上海：复旦大学出版社，1999年，第203页。

1979年中美建交以后，这种美国观发生了微妙的变化。邓小平在访美期间提出："美国人民是伟大的人民，在短短的两百年时间里创造出了巨大的生产力和丰富的物质财富，为人类文明做出了杰出贡献。美国在发展生产的过程中积累的丰富经验，也可以让其他国家从中学习受益。"① 从他的这番表述可以看出，随着中美关系的调整，关于美国是中国最危险的敌人的观念、关于美国的经济实力与军事实力正在下降的观念，都为官方话语所否定，对美国的"仇视"和"蔑视"失去了依据。

但与此同时，中国社会中对美国文化思想和生活方式的批判并没有偃旗息鼓，对美国的"鄙视"依然大行其道。1978年11月26日，新华社播发了"人民圣殿教"900名信徒集体服毒自杀的消息，并评论说："这件惨案震惊了科学和物质文明高度发达的美国社会，突出地反映了在资本主义制度下人们精神上的压抑、空虚和颓废。"② 1982年7月25日，《人民日报》报道了武汉大学外语系教授许海兰的事迹，她出生在美国，父亲是中国人，母亲是美国人。1978年，83岁高龄的许海兰赴美探亲，面对美国亲人的挽留，她不为所动，并回答说："论物质享受，美国确实比中国好；论精神享受，美国不如中国。"③ 由于《人民日报》的特殊地位，她的这番话实际上也代表了官方对美国社会的基本评价。另一个能够说明这一问题的例证是：1978年到1979年两年时间里，中国共译制、公映了16部美国电影，其中卓别林编导主演的影片就占13部之多。这些电影大都是1910~1950

① ［美］傅高义：《邓小平时代》，冯克利译，北京：生活·读书·新知三联书店，2013年，第340页。

② 杨玉圣：《中国人的美国观——一个历史的考察》，上海：复旦大学出版社，1996年，第269页。

③ 李玉秀等：《她有一颗赤诚的爱国心——记武汉大学外语系教授许海兰》，《人民日报》，1982年7月25日。

年代出品的，也就是说，“打开国门”以后，中国观众看到的美国电影几乎都是几十年以前的。有学者分析说：

> 以《摩登时代》为代表的卓别林电影如此密集地公映，与其说是要让观众通过这些影片看到美国社会即西方世界的面貌，不如说是大陆再一次从思想和文化层面，也就是从人生观、世界观、审美观上，强调和延续其对西方世界，尤其是美国社会全盘否定的思维和逻辑，看清“资本主义社会的丑恶面貌。①

由此可见，即使在中美建交的时代背景下，中国官方对美国也不是全盘接受和肯定的，而是在物质领域和精神领域之间做了区分，一方面承认美国在科技和物质领域的领先地位——这构成了改革开放的合法性所在；另一方面又延续了对美国文化思想和生活方式的批判，以确立中国人的民族自信和国家认同，并防止改革的呼声触及不能触及的领域。于是，一个无法调和的矛盾出现了——如果说美国人精神压抑、空虚、颓废，那他们何以创造了领先于世界的科技和物质文明呢？正如前面所分析的那样，这种美国观隐含的矛盾和裂隙，也如实地反映在新时期中国作家的访美游记中。

其实，这种在物质与精神之间做出区分、在物质方面肯定西方而在精神方面鄙弃西方的做法并不新鲜，而是西方主义惯用的话语策略。赛义德曾经批判过东方主义，他提出，东方主义建构出来的“东方”是不真实的，是带有文化偏见的，有助于强化西方对东方的统治。伊恩·布鲁玛和阿维赛·玛格里特则反其道而行之，提出了“西方主义”概念，在他们看来，西方主义建构出

① 袁庆丰：《美国电影与中国社会的历史性关联——从1978年译制公映的〈摩登时代〉（1936）说起》，《当代电影》，2015年第7期。

来的“西方”同样是不真实的——西方通常代表物质主义、人情冷漠、精神空虚等①。如果说东方主义在客观上维护了西方对东方的统治，那么西方主义则通过对西方的丑化和妖魔化，化解了自身作为落后者的认同危机。因此，西方主义可以看作经济上落后的国家在面对强大的对手时所唤起的心理防御机制。从新时期中国作家的访美游记中可以看出，这种心理防御机制是普遍存在的，正如冯亦代所说：“如果物质上的享受成了精神上的桎梏，这样的物质享受，又何贵之有？”② 就中国而言，这种西方主义话语策略实际上还得到了中国传统文化的强大支撑，即重视精神而轻视物质，甚至将物质享受当成精神自由的桎梏。

中国作家之所以如此呈现美国，还与他们的社会身份和当时的社会环境密不可分。新时期访美的中国作家大都是体制内作家，他们的访美活动具有不同程度的官方色彩，因此，在访美过程中，尤其是在写作访美游记时，他们必然会对自己的言行进行仔细检查，以符合官方对中美关系的定位。1981 年 1 月 4 日，邓小平提出：“这两年我们也做了一些蠢事，引起了一些人的错觉。有不少这样的代表团和那样的代表团往美国跑，我们没有控制住，而一些代表团的言论行动又不谨慎。本来去访问不是坏事，是好事，但却引起了一些人的错觉，以为中国现在有求于人。”③ 处在这样的社会环境中，中国作家必然会时时处处注意自己的言行。于是，我们在这些访美游记中看到，尽管中国作家与美国同行的交往总体上是友好的，但也经常会出现一些让人不快的场面。这主要是因为美国人想要听到中国作家对刚刚结束的那个时代的个人评价，而中国作家则闭口不谈或给出一些官方说法。在

① 参见［荷］伊恩·布鲁玛、［以］阿维赛·玛格里特：《西方主义：敌人眼中的西方》，北京：金城出版社，2010 年。

② 冯亦代：《漫步纽约》，天津：百花文艺出版社，1985 年，第 25 页。

③ 邓小平：《邓小平文选》（第二卷），北京：人民出版社，2001 年，第 376 页。

改革开放初期乍暖还寒的时代氛围中，这种选择是非常普遍的，也是可以理解的。

结 语

异国形象必然是一种想象，是自我需求和欲望的投射，因此，它常常呈现为两个极端：当被塑造者比塑造者强大时，塑造者就会用理想化的方式来描述对方，赋予其强大、先进、文明、发达等特征；反之，当被塑造者比塑造者贫弱时，塑造者就会以轻视甚至傲慢的态度来描述对方，将其看成低劣的、愚昧的、落后的、黑暗的①。但是，新时期中国作家访美游记中的美国形象却不属于以上两种情况中的任何一种，它一方面是一个金钱至上、欲望泛滥、精神空虚的社会；另一方面又是一个科技领先、经济发达、充满进取精神的社会。这种矛盾和裂隙实际上是由当时中国社会中的美国观决定的，即通过对物质和精神的区分，既肯定了美国在科技和物质方面的领先地位，从而为改革开放提供合法性；同时又在文化思想方面延续了对美国的批判，以避免出现全盘西化的危险。可以说，新时期中国作家笔下的美国形象就是这种美国观的如实反映，通过游记书写，这些作家加入到对改革开放时代精神的奏鸣之中。

（作者：首都师范大学文化研究院副研究员）

① 姜智芹：《美国的中国形象》，北京：人民出版社，2010 年，“前言”第 5 ~6 页。

太宰治《惜别》中的青年鲁迅

李玉锦

二战时期，日本出版了三部关于鲁迅的著作，分别是1941年小田岳夫的《鲁迅传》、1944年竹内好的《鲁迅》和1945年太宰治的《惜别》。其中，只有《惜别》采取了小说的形式，叙述了青年时期的鲁迅在仙台留学时不为人所熟知的一面。太宰治（1909～1948）是日本现代文学史上最重要的作家之一，被称为"昭和文学的金塔"。为了创作《惜别》，太宰治阅读了大量鲁迅本人创作以及关于鲁迅的作品，积累了丰富的资料，经过了细致的考察和请教，甚至亲自赴仙台取材。同时，《惜别》释放着细腻丰富的情感，太宰治以其擅长的心理描写刻画鲁迅，写出鲁迅的内心挣扎与精神波动，在传记的真实性和小说虚构性之间，创造了独特的"太宰鲁迅"。《惜别》描写青年鲁迅1904年9月至1906年3月在仙台的留学生活，通过鲁迅的朋友"我"（医师田中卓）的回忆，讲述了青年鲁迅到仙台学医，后弃医从文的经历。太宰治"对鲁迅晚年之文学论无兴趣，打算仅仅描写作为一位清国留学生的'周先生'①"。《惜别》令人了解到鲁迅不为人知的另一面——鲁迅不仅有中晚年的尖锐、严厉，还有青年时的孤独、彷徨和激情。《惜别》中的青年鲁迅，是潜藏自我意识的

① ［日］太宰治：《惜别》，于小植译，北京：新星出版社，2006年，第135页。

孤独者，忧国忧民的批判者，陷入医学、文艺、革命旋涡的彷徨者，力挽狂澜的革命者。

一、潜藏自我意识的孤独者

奥野健男认为："太宰治对拥有知识分子的孤独感并潜藏着自我意识的鲁迅有特别的亲近感。"① 在《惜别》中，青年鲁迅以腼腆、羞涩的孤独者的形象出现，"他那时十分聪明又很沉默"②。跟"我"初次见面时，他"白净的脸变得通红，很害羞地笑了"③，跟"我"谈天时，他"结结巴巴地说不下去了④"，"脸微微有些发红"⑤。他"似乎很喜欢孤独这个词"，他一边自言自语着"Einsam（德语，孤独），一边看着远方思考着什么，突然说："但我是 Wandervogel（候鸟），我没有故乡。"⑥ 鲁迅幼年时父亲去世，从此全家各奔东西，自幼无依无靠，"虽说故乡仍在，但宛如没有。在相当不错的家庭里长大的孩子突然失去了家，就必须要看到'人世'的根本面目。我寄居在亲戚家，被说成是要饭的。可是，我没有服输，不，说不定已经服输了"⑦。在"我"看来，当时周先生一定实在难以忍受自己身上的那种孤独、寂寥，于是一个人悄悄地来到与家乡附近的西湖风景相似的松岛，但还是不能解除忧愁，又无意间遇到了日本医专的学生（"我"），就真诚地想结交朋友。⑧ 新的学年，鲁迅从东京回到仙台后对

---

① 奥野健男：《〈惜别〉解说》，东京：新潮文库，1973 年。
② ［日］太宰治：《惜别》，于小植译，北京：新星出版社，2006 年，第 5 页。
③ ［日］太宰治：《惜别》，于小植译，北京：新星出版社，2006 年，第 18 页。
④ ［日］太宰治：《惜别》，于小植译，北京：新星出版社，2006 年，第 19 页。
⑤ ［日］太宰治：《惜别》，于小植译，北京：新星出版社，2006 年，第 22 页。
⑥ ［日］太宰治：《惜别》，于小植译，北京：新星出版社，2006 年，第 21 页。
⑦ ［日］太宰治：《惜别》，于小植译，北京：新星出版社，2006 年，第 23 页。
⑧ ［日］太宰治：《惜别》，于小植译，北京：新星出版社，2006 年，第 22 页。

"我"说："我最近是 Kranke（病人），所以很久没有和大家见面，完全成了 Einsam（孤独）的鸟"。[①]

青年鲁迅的孤独感与他的自我意识是分不开的："同样羽色的鸟，如果汇集数百的话，反而看起来猥杂，因此有种同类相互嫌弃的可笑心理；另外，自己总也是清国留学生，还曾经怀有被特别选拔派遣的秀才那样的自豪感，但是被选拔的秀才太多了，他们徘徊在东京的大街小巷，所以我不能不有一种格格不入的感觉。"[②]"我渐渐无法忍受和这些秀才们在一起了[③]。""我终于下定了决心，暂时脱离留学生群体，单独生活。也许是自我厌倦吧，一见到自己同胞们漫不经心的面孔，就感到羞愧、可恨、无法忍受。啊，我真想到一个支那留学生都没有的地方去呀[④]。""我最近感到留学生同胞的革命运动，有种不祥的夸张动作的气息。我不能与他们狂热的动作合拍，也许是我不幸的宿命[⑤]。"正如川村湊所说："周先生置身于革命的旋涡中，对于实践革命运动的人们，'私'的不和谐感不可避免地强烈起来。"[⑥]

二、忧国忧民的批判者

鲁迅在松岛第一次与"我"见面时，二人一同欣赏松岛的风景，此时鲁迅的言辞中就已经透露出对中国文学的不满："我不相信我国的那些文人墨客，那些人和贵国的浪荡子弟一样，他们

---

① ［日］太宰治：《惜别》，于小植译，北京：新星出版社，2006 年，第 101 页。
② ［日］太宰治：《惜别》，于小植译，北京：新星出版社，2006 年，第 41 页。
③ ［日］太宰治：《惜别》，于小植译，北京：新星出版社，2006 年，第 43 页。
④ ［日］太宰治：《惜别》，于小植译，北京：新星出版社，2006 年，第 47 页。
⑤ ［日］太宰治：《惜别》，于小植译，北京：新星出版社，2006 年，第 108 页。
⑥ ［日］川村湊：《『惜別』.——「大東亜親和」の幻》，《国文学解釈と教材の研究》，1991 年第 4 期，第 68 ~69 页。

的文章脱离现实而且很堕落。"[①] 鲁迅对"装腔作势"这个词十分感慨："日本的美学实际上十分严格。'装腔作势'这种戒律，世界上大概哪儿都没有，而现在清国的文明却是极其装腔作势的。"[②] 但是，鲁迅的批评源于他对国家的热爱，正如"我"和鲁迅所说："您也正是因为过于热爱自己的家乡，所以评价的标准才会这样严格吧！"[③]"真正的爱国者，反而会经常说国家的坏话[④]。""我的爱国之情绝不逊色于任何人。正因为喜爱，所以不满也很强烈[⑤]。"随着与"我"交往的深入，鲁迅对中国的批判也愈发深刻，他不满清国的现状："清国政府面对科学的力量无能为力。一面受着列强的侵略，一面装出大川不在意细流污染的自信，不肯面对失败，一味地只是急于弥补老大帝国的面子，完全没有正视并研究西洋文明的本质即科学的勇气。现在的清国，若一言蔽之，那便是怠惰。得过且过的这种自负心一定会导致支那自取灭亡。"[⑥] 鲁迅还看清支那的医术"不过是一种有意识的或无意识的骗术"[⑦]。而且，"在支那有'他妈的'这样的脏话，这个才是真正的辛辣，是很过分的话，很下流卑劣，我不想说它的意思，除了支那，恐怕世界上没有其他民族能发明出这种致命的脏话了。仅此一点支那世界第一。"[⑧] 鲁迅对传统文化的糟粕也提出批评："在支那，'孝'原本就是包含着政策意味的，被统治的人从早到晚都战战兢兢，很夸张地孝顺父母，因此最后才有'二十四孝'那样愚蠢的传说流传在民间。"[⑨] 鲁迅认为老莱娱亲

---

① ［日］太宰治：《惜别》，于小植译，北京：新星出版社，2006 年，第 24 页。
② ［日］太宰治：《惜别》，于小植译，北京：新星出版社，2006 年，第 28 页。
③ ［日］太宰治：《惜别》，于小植译，北京：新星出版社，2006 年，第 26 页。
④ ［日］太宰治：《惜别》，于小植译，北京：新星出版社，2006 年，第 26 页。
⑤ ［日］太宰治：《惜别》，于小植译，北京：新星出版社，2006 年，第 29 页。
⑥ ［日］太宰治：《惜别》，于小植译，北京：新星出版社，2006 年，第 29 页。
⑦ ［日］太宰治：《惜别》，于小植译，北京：新星出版社，2006 年，第 36 页。
⑧ ［日］太宰治：《惜别》，于小植译，北京：新星出版社，2006 年，第 89 页。
⑨ ［日］太宰治：《惜别》，于小植译，北京：新星出版社，2006 年，第 86 页。

"是 Wahnwitz（德语，"精神错乱"），不是正常的精神行为"。[1]在谈到郭巨埋儿时，鲁迅说："我突然觉得家庭这个东西很可怕。这样一来，儒者先生们好不容易得出的教训也便毫无意义了。倒是产生了相反的作用。"[2] 因此，"支那的圣贤们所说的话，已经成为骗子行骗的利器，我们从小就是一边被迫背诵着圣贤的话，一边成长起来的。东方引以为荣的所谓'古人之言'，已经堕落成了社交的诡辩辞令。完全是令人憎恶的伪善和愚蠢的迷信。这些思想产生时的内涵业已面目全非了。西方无法企及的东方精神界多年来沉醉于怠惰的自我迷恋之中，裹足不前，原本丰富的思想已经开始干枯了，这样下去是不行的"[3]。鲁迅讨厌那些口口声声讲着孔孟之道的人，连平日敬佩的藤野先生也不例外，"你也曾对我说过：我虽是支那人却不说孔孟之语。对你们来说，这有些不可思议，其实我是尽力不说的。像藤野先生那样的好人，当他说古圣贤的话时，我便捏把汗，暗自想：停止吧"[4]。

鲁迅虽然怀抱救国的志向学习西方文化，却能够批判地看待西方文化，他不满基督教"装腔作势"的姿态："周先生和我一样，敬重基督教的邻人友爱，对于被钉到十字架上的耶稣的宿命也深表同情。周先生曾对我说过，他看不惯教会职业牧师那伪善家一样的悲怆表情，以及往来于教会的青年男女的装腔作势的态度，因此对于大量散布在仙台市内的教堂采取了敬而远之的策略，尤其是周先生他们断定耶稣的使者不是真正的耶稣，如同支那的儒者先生们歪曲了孔孟精神一样，外国的传教士也使基督教堕落了。"[5] "我现在的确是 Kranke（病人），于是便信步去了教

---

① ［日］太宰治：《惜别》，于小植译，北京：新星出版社，2006 年，第 86 页。
② ［日］太宰治：《惜别》，于小植译，北京：新星出版社，2006 年，第 87 页。
③ ［日］太宰治：《惜别》，于小植译，北京：新星出版社，2006 年，第 33 页。
④ ［日］太宰治：《惜别》，于小植译，北京：新星出版社，2006 年，第 106 页。
⑤ ［日］太宰治：《惜别》，于小植译，北京：新星出版社，2006 年，第 101 页。

堂，不过，对于西方夸张的礼仪，还是有不能接受的地方，很失望"[1]。"我非常尊重基督教的'像爱自己那样爱邻人'的思想，有时很想追随基督教，可是教会中夸张的动作却阻碍了我的信仰。[2]"

三、陷入医学、文艺、革命旋涡的彷徨者

为了挽救中国的危机，青年鲁迅感到必须果断地进行某种革命，可是他"又想到此时最紧要的莫过于更深层地探究各国文明的本质，而自己现有的知识还远远不够，可以说近乎无知"，所以"我现在的热情比起实际的政治运动，更燃烧在探究列国富强的根源上"[3]。于是他决定留学日本，想到自己即将在日本钻研新学问，"从未体验过的、难以言表的温暖的喜悦涌上心头"[4]。可是不久，当他到达弘文学院学习、遇到不务正业的清国留学生时，渐渐从这甜美的陶醉中清醒了，还常常会被往昔的疑虑和忧郁笼罩。[5] 他"打算暂时离开东京，忘却往事，独自研究医学，已经不容再迟疑了"[6]。

青年鲁迅是带着远大的理想来仙台的——成为支那的杉田玄白，挽救那些不幸的病人。[7]"为什么在西洋科学之中，自己特别关注医学呢？一个重要原因就是我幼年时的悲伤体验[8]"。"告诉我新学问必要性的，是少年时代遇到的那个骗子医生。那时的愤

---

① ［日］太宰治：《惜别》，于小植译，北京：新星出版社，2006 年，第 102 页。
② ［日］太宰治：《惜别》，于小植译，北京：新星出版社，2006 年，第 106 页。
③ ［日］太宰治：《惜别》，于小植译，北京：新星出版社，2006 年，第 37 页。
④ ［日］太宰治：《惜别》，于小植译，北京：新星出版社，2006 年，第 40 页。
⑤ ［日］太宰治：《惜别》，于小植译，北京：新星出版社，2006 年，第 41 页。
⑥ ［日］太宰治：《惜别》，于小植译，北京：新星出版社，2006 年，第 47 页。
⑦ ［日］太宰治：《惜别》，于小植译，北京：新星出版社，2006 年，第 66 页。
⑧ ［日］太宰治：《惜别》，于小植译，北京：新星出版社，2006 年，第 29 页。

怒，使我离开了故乡。学习新学问的志向，从开始就与医术紧密相连。我首先在日本学习医学，回国后，治愈那些同我父亲一样受庸医蒙骗、只能等死的病人，让他们了解科学的威力，竭尽全力地让他们早日从愚蠢的迷信中清醒过来。如果支那同外国交战，我将以军医的身份参战，为建设新支那不惜粉身碎骨，这就是我的人生目标”①。

鲁迅在二年级的夏天去东京时接触到了日本青年掀起的文学热潮，便开始畅游于文学的汪洋大海之中。回仙台时他带回了大量的文学书籍，“文艺热情在他的心目中徐徐燃起的同时，无时无刻不萦绕在他心里的是本国青年们的革命呐喊。医学、文艺、革命，换句话说，科学、艺术、政治，他被卷入三者的混沌旋涡中”②。从东京回到仙台后，鲁迅不无迷茫地对“我”说：“我今年夏天去东京后，更加迷失在痛苦的竹林深处了。对我来说，不明白那是怎么回事，不，即使明白，我也不敢明确地说出来。如果我的疑惑不幸实现了，我可能除了自杀，别无他选。啊，这种疑惑仅仅是我的妄想就好了。”③“凭借科学的威力，让民众觉醒，鼓励他们抱有新生的希望并为之努力，不久又引导他们怀抱维新信仰，这不就成了三段论法了吗？全是可耻的办法、是屁道理。我已全部抹杀了科学救国论。我现在必须更踏实地重新考虑怎样才能拯救支那④。”鲁迅最终选择了文艺。太宰治在《惜别》中借“我”之口，细腻地描写了鲁迅内心的彷徨：“周先生后来大量的著作，我几乎都没有读过。因此，我不知道什么是所谓大鲁迅文艺的功绩。可是有一点我知道，他是支那最初的文明患者。我所知道的仙台时代的周先生，苦于近代文明之病，为寻求其病

---

① ［日］太宰治：《惜别》，于小植译，北京：新星出版社，2006 年，第 46 页。
② ［日］太宰治：《惜别》，于小植译，北京：新星出版社，2006 年，第 114 页。
③ ［日］太宰治：《惜别》，于小植译，北京：新星出版社，2006 年，第 108 页。
④ ［日］太宰治：《惜别》，于小植译，北京：新星出版社，2006 年，第 109 页。

床，甚至叩响了教会之门，可是，那里也没有救济之法。像往常一样，他又退了下来。懊恼的结果，这个品质高尚、正直的青年，脸上甚至浮现出了奴隶的微笑。混沌的产物是自我厌恶。他对于文明的感情，的确可以称之为支那可怜的先驱者之一。这样，这种痛苦内省的地狱，越来越接近所谓人间百感图的文艺了。文艺原本就是他喜欢的路，疲惫的他爬上了这个病床，稍感舒适”①。

四、力挽狂澜的革命者

《惜别》虚构出的“大雪夜事件”体现了鲁迅作为革命者的一面。在一个大雪之夜，鲁迅在美以教堂听到《出埃及记》的说教内容——摩西为了带领以色列人逃离埃及，去往迦南，四十年间历尽艰辛，却受到同胞们的曲解和责怪。鲁迅联想到祖国愚昧无知的民众，打算弃医从文。“文艺好像国家的反射镜一样。国家艰苦奋斗的时候，便会诞生出好的文艺。虽然表面看文艺不过是柔弱男女的玩物，似乎和国家兴亡没什么关系，可其的确能显示出一个国家的国力。可以说是无用之用，不可小视……想找到那些被压迫民族的反抗作品译成支那语，让我的同胞们读”②。

在经历了幻灯事件后，鲁迅告诉“我”：“亏了那张幻灯片，我终于下定决心了……精神革新！国民性改造！如果像现在这个样子，支那将永远无法确立真正的独立国家的尊严。灭清兴汉也好，立宪也好，只是改变了政治口号而已，东西的质地不变，不是没有用吗？因为我这段时间离开了那些表情茫然的民众，心里就定不下来明确的目标，迷茫、不知所措。今天我的目标确定

① ［日］太宰治：《惜别》，于小植译，北京：新星出版社，2006 年，第 115 页。
② ［日］太宰治：《惜别》，于小植译，北京：新星出版社，2006 年，第 116 页。

了。看了那个片子，挺好。我马上弃医回国。”① 鲁迅打算回国之后发起文艺运动，来改变那些民众的精神，为此奉献一生。他将和作人一起办文艺杂志，而杂志定名《新生》。“他微笑着回答。那笑中一点儿也看不出周先生自己称之为‘奴隶的微笑’那种卑屈的影子”②。

在《惜别》中，太宰治借“我”解读1907年鲁迅写于东京的论文《摩罗诗力说》：“我觉得，该短文的主旨，指出了与他从前说的那种为‘帮助同胞的政治运动’的文艺多少有些差异的方向，不过，‘不用之用’一词让人感到丰富的含蓄。终归还是用。只是不具有像实际的政治运动那样对民众的强大指导性，而是渐渐地浸润人心，发挥使其充实之用的东西。这样解释文艺我认为一点儿都不保守，反而非常健全。这种写法让我们这些文艺的门外汉都能隐约感受到其巨大的力量。这个世界上如果没有文艺这种东西，就会像注油少的车轮那样，无论开始时怎样流畅地运转，也许马上就会损毁。”③《惜别》的这段话，与竹内好那种极大地误读了《摩罗诗力说》的“无力的文学因为无力所以必须进行政治批判”④ 的“革命文学迟到论”相比，真正理解了鲁迅的文学观和革命观。

五、结语

在《惜别》中，太宰治借藤野先生之口说：“我想东洋整体是一个家庭。我所希望的，是各民族历史的开花结果。应当称作

---

① ［日］太宰治：《惜别》，于小植译，北京：新星出版社，2006年，第124页。
② ［日］太宰治：《惜别》，于小植译，北京：新星出版社，2006年，第125页。
③ ［日］太宰治：《惜别》，于小植译，北京：新星出版社，2006年，第118页。
④ 高远东：《仙台经历与弃医从文——对竹内好曲解鲁迅文学发生原因的一点分析》，《鲁迅研究月刊》，2007年第4期，第22～28页。

‘东洋本来之道义’的潜流在任何时间、任何地点延续着。而且，在其根本之道，我们东洋人都连接在一起，可以说背负着共同的命运。像刚才我提到的那个家庭，尽管人各有志，却还是一朵大的花儿。”[①]《惜别》曾一度被贴上“国策小说”的标签：昭和十九年（1944）一月，太宰治参加完文学报国会召开的作品协议会后，便写下了近6页的《惜别》创作意图说明书并上交给文学报国会，表示愿为实现中日两国全面和平共处效力。一向不理会日本政治的太宰治的“政治意图发言”的行为显得不寻常，太宰治却说：“这本《惜别》确实是应内阁情报局和日本文学报国会的请求进行创作的小说。但是，即使没有来自这两方面的请求，总有一天我也会试着写一写，搜集材料和构思早就进行了。”[②] 发表于二战结束前夕的《惜别》，看似不违背军国政府的意图，实际上太宰治并非迎合时局，也不支持战争。《惜别》中的送行会赋予了鲁迅的仙台生活一个圆满的结局，太宰治在小说中抚平了生活给青年鲁迅造成的心灵创伤，太宰治于鲁迅的友善同时表现为对中国的友好，正如《〈惜别〉之意图》所说：“让现代中国之年轻知识人阅读、使其产生‘日本也有我们的理解者’之感怀。”[③] 这种创作意图体现了藤野先生所说的包容了互相尊敬、爱与正义等内容的“东洋本来之道义”。通过《惜别》中的青年鲁迅形象，太宰治表达了对鲁迅的尊敬和对中国的友好，这种写作姿态也唤起了读者对其自身的钦佩。

（作者：北京外国语大学博士研究生）

① ［日］太宰治：《惜别》，于小植译，北京：新星出版社，2006年，第68页。
② ［日］太宰治：《惜别》，于小植译，北京：新星出版社，2006年，第128页。
③ ［日］太宰治：《惜别》，于小植译，北京：新星出版社，2006年，第136页。

中西差异比较视野下《霸王别姬》海外研究之审视①

石　嵩　韩政锋

一、序言

1993年1月1日《霸王别姬》在香港上映。这部影片由香港和中国大陆联合拍摄，陈凯歌执导，根据李碧华同名小说改编，众多影星如张国荣、张丰毅、葛优、巩俐等参演。凭借此片，陈凯歌摘得1993年第46届法国戛纳电影节金棕榈奖，并获得1994年第66届奥斯卡金像奖最佳外语片和最佳摄影奖提名。“这是迄今为止，陈凯歌最为成熟的一部电影，可以从历史、人性、性别的角度进行多方位的解读，整部影片华丽苍凉的风格，几乎可以算是为整个第五代做了一次中场谢幕”②。正如周星老师所评论到的，《霸王别姬》作为陈凯歌最成熟和有国际影响力的代表作品，

---

①　本文受2014年度北京市优秀人才青年骨干个人项目“中国电影海外传播与北京都市国际形象建构研究”（2014000020124G175）、2015年度北京市社会科学基金青年项目“中国电影海外研究视野下的北京影像‘走出去’策略分析”（15WYC072）、2017～2018年度北京外国语大学中国文化走出去协同创新中心项目“中国电影走出去：基于海外研究情况的策略分析”（CCSIC2017－YB09）、2017年度国家社科基金后期资助项目“中国电影走出去：一种海外研究的视野”（17FYS021）项目资助。

②　周星：《中国电影艺术发展史教程》，北京：北京师范大学出版社，2005年，第244页。

亦引发了海外学者从多角度运用不同的理论方法对其解读，产生了许多相异于本土解读的观点看法。“基于异质文化语境，运用西方文学理论、文化研究理论将中国电影当作审视的对象进行分析解读是英语世界中国电影研究的显著特点”①。《霸王别姬》在中西方之间的跨文化接受之旅，极其鲜明的体现了上述特点，英语世界学者运用西方文化理论，对影片中承载的东方文化形式——京剧，展现的中国式爱情与男女关系，讲述的中国近现代史变迁等问题进行了深刻剖析与读解，尤其是从历史结合的视角重审中国女性角色的影像表达，并基于西方有关同性恋的理论论述而建构起想象中国的文化暴力表达体系，体现了跨文化传播接受的变异性特点。

二、历史结合视域下被凝视的中国女性

海外学者将《霸王别姬》的阐释放置在阿尔都塞有关历史结合（historical conjuncture）的理论框架之中。历史结合是指在社会转型的过程中，存在于同一社会中的多股矛盾力量处于相互制衡状态的时刻。也就是说，没有一股力量能起着决定性作用来引导历史的发展。他们将这种“结合”的观点延伸至有关中国电影的文化研究领域，勾连《霸王别姬》中的三大主要元素——中国京剧、东方爱情、历史变迁——从历史结合的视域审视中国女性形象的影像表达。

京剧是影片将故事主人公（程蝶衣、段小楼和菊仙）联系的纽带，且对三人关系的嬗变起着推动作用。从结构上来说，京剧不仅仅是这出爱情故事的背景，而且也是剧中主角们追求或摒弃的目标，是有其自身历史和“角色”的。对这一特殊“角色”的着迷或排斥决定了电影中的事件发展。影片讲述了在20世纪初

① 石嵩：《论海外华裔女学者对中国电影的女性视角研究》，《南昌大学学报》，2016年第2期，第134页。

期的中国，程蝶衣、段小楼和菊仙之间爱恨情仇纠缠了30年的一个三角关系的爱情故事。两个男孩从小一起在京剧戏班里接受严苛残忍的训练，并一同长大，长大后他们成了舞台上的搭档和舞台下的好朋友。其中一个小石头（艺名为小楼）被选为饰演楚霸王，而另一个小豆子（艺名为蝶衣）则饰演虞姬，小豆子爱上了他的朋友小石头。当小楼娶了风尘女子菊仙（巩俐饰演）后，一段三人之间纠缠一生的爱恨情仇开始了。后来，他们的生活受到了各种政治风波（从抗日战争到文化大革命）的冲击。最后，蝶衣和菊仙自杀了，只留下了迷茫的小楼在世间。

陈凯歌对《霸王别姬》最大的改编是将原著结尾在影片中以自杀的场景呈现。这种改编不仅使影片更具故事性和观赏性，而且为解读分析留下了意味深长的阐释空间。这样一种“留白”似的改编，被美国主流媒体《万象》评价为：“陈凯歌的《霸王别姬》表明，他已经学会了以更容易使西方人明白的方式讲故事。”[①] 海外媒体评论显然有些居高临下的意味，以好莱坞式的故事结构来评价陈凯歌影片的叙事方式。而海外学界对这一结尾改编更多是从历史结合的角度，关注香港回归中国的历史节点，探讨中国大陆与香港之间的历史互动关联。例如刘帼华（Jenny Kwok Wah Lau）指出：“大陆对香港的主权统治导致了其对香港主体地位和自治权的否定。在《霸王别姬》中，将香港元素从电影中移除符合大陆将其忽视和边缘化的心态。在过去的一个世纪中，每当大陆发生任何政治动乱，香港便成为许多中国人的另一个社会，正如《霸王别姬》小说的结局所反映出来的那样，我们由此便可看出香港的历史意义，但这一点在电影中完全没有得到体现”。[②] 按照刘帼华的

① *Variety*, May 24, 1993, p. 46.

② Lau, Jenny Kwok Wah, “Farewell My Concubine: History, Melodrama, and Ideology in Contemporary Pan-Chinese Cinema”, *Film Quarterly*, 49 (1), 1995, p. 25.

解读，由于忽视了香港这一叙事空间，使观众在电影中看不到任何香港元素。大陆中央主义的态度在大陆看来是非常自然的，但在中国统治之下的香港看来却存在许多问题。这就使我们理解当影片《霸王别姬》在香港上映时，观众口碑并不理想，评论界也颇有微辞，甚至有香港评论家将其称为“霸王电影”。

中西方学界对《霸王别姬》影像叙事的绚烂恢弘，镜头语言的华丽多彩，剧情表达的细腻入微等达成共识。而大多数西方评论家在影片的故事表达背后，挖掘出了影片中所体现出的弗洛伊德式寓言。弗洛伊德对女性特质的解读定义为女性是非男性；而女性身体是缺乏某种生理器官的身体。为了构建弗洛伊德寓言在影片叙事发展过程中的清晰面貌，《霸王别姬》被解读为由几个两部分构成的故事情节穿插进行：“艺术（梦想/非现实）和生活（物质/现实）、忠诚和背叛、女性和男性。”① 对艺术理想的执着追求与生活现实的客观制约；对恋人与事业的忠贞虔诚，以及在特定的历史条件下不得已而选择的背道叛离，而交织于前两组矛盾冲突线索发展过程中的——的确是影片中剪不断理还乱，如弗洛伊德寓言似的男女情结。但是，当运用弗洛伊德理论将“蝶衣天生多出的一根手指被母亲剁掉，这象征性地体现了阉割。然后，在小豆子初次登上舞台时，他始终拒绝饰演旦角，小楼不得不将一根烟管（象征阴茎）塞入小豆子的嘴中，这是象征性地表现强暴。而这个过程奇怪地出现了血，这是一种明显的夸张处理，让人不得不联想到女性初夜之后果”② ……时，西方理论之于《霸王别姬》的解读终于走向了过渡阐释的彼岸。究其误读的原因，运用比较文学变异学的理论方法可归结为“东方的影像流

① Lau, Jenny Kwok Wah, “Farewell My Concubine: History, Melodrama, and Ideology in Contemporary Pan-Chinese Cinema” , *Film Quarterly*, 49 (1), 1995, p. 23.

② Lau, Jenny Kwok Wah, “Farewell My Concubine: History, Melodrama, and Ideology in Contemporary Pan-Chinese Cinema”, *Film Quarterly*, 49 (1), 1995, p. 24.

传到西方，或是在被西方选择性接受的过程中所衍生出的不仅仅是英语世界学者同仁富有创造力的解读或建设性的建议，同时伴随着有意识或无意识的误读曲解或是变异现象的发生"[①]。

男扮女装的艺术表现形式东西方皆而有之并源来已久。京剧中的女性特质是一种转化，而非一种违反。蝶衣作为一名旦角，其男扮女装的角色在中国有着悠久的历史渊源；男扮女装的现象在西方的舞台历史上也同样存在，却有着不尽相同的阐释表达。例如，罗杰·贝克（Roger Baker）在他的著作《表演艺术中的女性装扮史》中（*Drag：A History of Female Impersonation in the Performing Arts*，London：Cassell，1994）所提到的："最初，这些男性因其相貌和能力被选中表现女性特质，身着女性服装。用男性来饰演女性角色是因为……由于道德原因，女性禁止抛头露面。"[②] 同样在讨论英国的男扮女装剧时，另一位西方学者史蒂芬·奥格尔（Stephen Orgel）在他的代表论文《无人完美：英国舞台上的男人演绎女性现象及其原因》（"Nobody's Perfect：Or Why Did the English Stage Take Boys for Women?"）也指出："禁止女性登台表演的原因是，那样会损害她们的贞洁，这就意味着她们会成为不守妇道之人。在公众的侮辱背后是对女性性欲的真正恐惧。"[③]

基于这样的西方理论背景，影片中的"两个""女性角色"引发了海外学者的研究兴趣。他们进一步把对中国女性的审视置于历史结合视域之下进行：一个是真实存在的女性菊仙，另一个是男扮女装的蝶衣。真实的女性角色作为妓院中的头牌出现——

---

① 石嵩：《中国电影在西方的想象性接受与变异性研究》，南昌：江西人民出版社，2013 年，第 1 页。

② Baker，Roger，*Drag：A History of Female Impersonation in the Performing Arts*，London：Cassell，1994，p. 72.

③ Orgel，Stephen，"*Nobody's Perfect：Or Why Did the English Stage Take Boys for Women?*" In The Violence of Representation：Literature and the History of Violence，Nancy Armstrong & Leonard Tennenhouse，London and New York：Routledge，1989，p. 7.

菊仙已被大众下了定义，即一个高级的性玩物。在海外学者看来，虽然菊仙不同于被动的、毫无反抗精神的传统中国妇女，她一直在追求与小楼厮守终身，但她的追求也仅限于成为小楼的妻子。她与小楼第一次约会的对手戏，成为被细读的重点，国外研究者特别强调影片中描写他们举杯饮酒的反切镜头符合西方电影语言传统，即女性是被凝视的对象同时是男性目光的传达者。因为，反切镜头下的菊仙在这场对酒戏中，其目光一直是向后看，她坚定的表情强化了她是被男性凝视的性爱对象。在余下的电影情节中，菊仙主动追求小楼，而巩俐饰演的这类攻击型的女性形象在第五代导演的电影中较为常见。刘帼华认为："这很容易使西方观众将这种角色误认为是中国女性解放的标志。但是，如果我们将这一形象与社会主义中国过去30年中的电影女性形象对比，我们可以看到，'巩俐形象'只不过是传统女强人与社会主义女强人的复合体，她在社会主义之前封建主义式的男权社会中毫无畏惧地追求革命似的个人目标。这两种'女强人'实际上并不代表结构差异。她们之间唯一的区别就是她们的主人不一样——一个是国家；另一个是旧父权社会中的男人。"① 总结刘帼华的核心观点，即影像中的中国女性并未成为自由自主的自我命运主宰，而是从一个男主人被让渡到另一个更大的"男"主人。因为在海外研究者看来，中国女性并没有独立的地位而且始终是从属于男性的，他们指出："中国文化认为男人是社会的中心：他是主人——是社会规范、道德意义和政治秩序的起源与终点。在中国旧社会中，一个男人的男子气概和社会地位通常是由他的

① Lau, Jenny Kwok Wah, "Farewell My Concubine: History, Melodrama, and Ideology in Contemporary Pan-Chinese Cinema", *Film Quarterly*, 49 (1), 1995, p. 26.

妻妾人数来体现的。一个女人的地位完全取决于她的丈夫”。[①] 然而在西方文化中，如西蒙妮·波伏娃所说，“女人是第二性（the second sex），并且她是‘他者’（she is the Other）”[②]。由此可知，中西方对女性及其性欲的恐惧来源于相同的霸权价值观，都是半封建、男性统治和一夫多妻式文化的产物和体现，而这又决定了中国社会中所谓“常态”的价值观念。

理解男扮女装的蝶衣，需要回到《霸王别姬》最初的故事原型——楚霸王项羽与其爱妃虞姬的故事。项羽兵败垓下身陷重重围困，唯虞姬伴其左右不离不弃。伴随着“汉兵已掠地，四面楚歌声，君王意气尽，妾妃何聊生”的悲戚歌尽，虞姬割喉自刎，倒在楚霸王怀抱之中。历数中国数千百年来的历史，“霸王别姬”的故事一直作为一个爱情经典广为传颂，它已成为一个体现中国传统男性统治价值观的文化缩影，并彻底结合融入中国历史本身的建构之中。评析这一与融入历史结合的文化缩影，海外学者提出了不同观点：“这不仅是对女性的歧视也是对呈现出女性特征的男性的歧视与排斥。男性中心主义以及以项羽为代表的传统男子气概，习惯似的已成为中国文化里一股正统的主导力量。与这种正统力量有偏差或相反的任何力量都在历史的长河中被边缘化、遭到谴责抨击和破坏了”。[③] 这一观点的提出有助于我们了解影片《霸王别姬》中入戏颇深的蝶衣的情感困惑。项羽（代表主导的男性气概）和虞姬（代表屈从的女性特质）这两个不同的人物模型完全符合男性统治、异性恋的正统力量，这是中国文化里

① Zhang, Benzi. “Figures of Violence and Tropes of Homophobia: Reading *Farewell My Concubine* Between East and West”, *Journal of Popular Culture*, 33 (2), 1999, p. 104.

② de Beauvior, Simone. *The Second Sex*. Harmondsworth: Penguin, 1987, p. 6.

③ Zhang, Benzi. “Figures of Violence and Tropes of Homophobia: Reading *Farewell My Concubine* Between East and West”, *Journal of Popular Culture*, 33 (2), 1999, p. 105.

的主导思想，而影片中男扮女装的“蝶衣的女性特质体现在男性（小楼）接受或拒绝他的爱”。[①] 刘帼华的研究进一步指出：“虽然在影片中蝶衣与他所饰演的女角的完全认同是故事情节发展的主要原因，但一般而言，京剧中男扮女装的角色并不会完全照搬模仿女性，而是用一些象征手法来表现。从这个意义上来说，一个男扮女装的演员有可能比女性更有女人味。”[②] 影片中，男扮女装且比女性更有女人味的蝶衣的情感纠结，引发了海外研究者围绕着中国历史中所谓的同性恋恐惧而想象着建构起特有的东方文化暴力。

三、文化暴力威慑下的同性恋恐惧

福柯的理论话语“文化暴力”一词可被用来描述为是某个由各种力量汇聚而成的“战略领域”。在此领域中，不同的力量相互作用，以“常态和秩序”的名义生成一种受到压抑与限制的社会混合体。在西方学者看来，这种社会混合体体现在中国文化中，是男性主宰、异性恋正统的主导思想对同性恋产生压制和破坏性作用，因此中国语境中的同性恋具有贬义色彩，代表着某种“违反”，是一种颠覆和破坏正统形态/常态的行为。对同性恋的恐惧和对女性性欲的恐惧是暴力的一种体现形式，因为它们常常容易使同性恋和女性性欲成为社会问题、道德问题甚至是政治问题的替罪羊。在中国的流行文学和政治历史中，性感女性和持不同性观念的人常常被认为是腐化堕落的，特别是当她们被卷入到

---

① Lau, Jenny Kwok Wah, “*Farewell My Concubine*: History, Melodrama, and Ideology in Contemporary Pan-Chinese Cinema”, *Film Quarterly*, 49 (1), 1995, p. 23.

② Lau, Jenny Kwok Wah, “*Farewell My Concubine*: History, Melodrama, and Ideology in Contemporary Pan-Chinese Cinema”, *Film Quarterly*, 49 (1), 1995, p. 24.

政治事件中时，往往会在常态价值观体系下受到严惩和迫害，成为牺牲品。这种“文化暴力”与“同性恋恐惧”之间的较力关系成为海外学者细读《霸王别姬》的另一个着力点。

作为一部极具吸引力的电影，《霸王别姬》以其强大的讲故事的力量，将20世纪动荡剧变的中国作为历史背景，展现了两位京剧演员程蝶衣（小豆子）与段小楼（小石头）生活的复杂故事。蝶衣与小楼小时候在一个京剧戏班结识，他们之间的友谊在严苛残忍的戏班训练和艰苦的生活中逐渐得到发展，在那段日子里，严酷的惩罚是家常便饭。稍小一些的蝶衣是一个内向害羞且身单力薄的男孩，他被选为旦角——在某种意义上，他被迫“变成”一个女人——这要求他记住并唱出“我本是女娇娥，又不是男儿郎”，并贯穿了他的一生。之后，他因在“霸王别姬”这折戏中成功刻画“虞姬”而出名，电影名《霸王别姬》正是出自于此。而他身材壮实的童年伙伴小楼被选为饰演“楚霸王”。对蝶衣来说，他与他“戏台上的兄弟”之间既有感情上的联系也有戏剧中的纽带关系，他将他对“楚霸王”的感情也带入到现实生活当中。但是，小楼似乎没有注意到蝶衣的这种感情，爱上了一个叫菊仙的风尘女子。嫉妒、愤怒、悲痛、挫败、困惑，蝶衣开始放纵自己，吸食鸦片。两人之间的关系继续纠缠了几十年，经历了苦难与折磨，最后，蝶衣身着“虞姬”的戏服，在“霸王”小楼前割喉自尽。蝶衣的死亡在电影开头便有铺垫，在电影结尾完全呈现了出来，这为这个发生在中国最动荡年代的长达50多年的悲剧故事提供了一个令人悲痛心碎的框架。蝶衣作为一名柔弱旦角的优雅，与当时艰难动荡的极端暴力背景——中国从军阀时代，经历日本侵略、共产党执政一直到文化大革命——形成了鲜明对比。蝶衣历经了许多磨难、折磨、残暴和不公对待，最后，他选择以死亡来表达自己，面对真实的自己，并表明自己的同性恋身份。电影以动荡的历史以及社会和政治暴力为背景，强调了

“文化暴力”与“同性恋颠覆”之间的关联。

理解海外学者在《霸王别姬》中所阐释出的这种关联，必须回归影片故事所处的特殊历史语境。因为“当一种理论或作品由此时此地‘旅行’至彼时彼地，社会历史语境的变更会促使其历经一系列的变化，从而激发其在新语境的生命力”①。而其西方理论渊源可以追溯到法国的马克思主义哲学家阿尔都塞。他曾提出：“在一个半封建、男性统治和一夫多妻式的文化霸权中，同性恋一直处于沉默状态，这种文化认为性欲错乱是一种自我否定与自我牺牲。”② 英国学者乔纳森·多利莫尔（Jonathan Dollimore）也在其论著《性别异议：从奥格斯汀到王尔德，从弗洛伊德到福柯》（*Sexual Dissidence*：*Augustine to Wilde*，*Freud to Foucault*，Oxford：Oxford UP，1991）中提出：“对异性恋这一正统力量及其文学、历史和亚文化的反抗会被排除在当前的讨论之外（文学、心理分析和文化）。”③ 二者的观点其实都想要表明存在某种暴力力量压制了“不同性观念”的表现。海外研究者借助分析《霸王别姬》，突显同性恋现象在中国社会的独特生态，指出它缺乏其自身所谓“真理性的”表现方式，所以它在中国文化中会引起许多误解，使人们无法形成对同性恋的正面与肯定认识，并且对同性恋的恐惧与憎恶渗透到了其意识形态国家机器中的每一个层面。霍米·巴巴（Homi Bhabha）针对同性恋者的身份处境做出了回应似的分析：“由于缺少话语权，同性恋者成了弗洛伊德口中‘人群中偶尔出现的人’，是陌生的异类，他们不会去

① 曹顺庆：《国内比较文学变异学研究综述：现状与未来》，《中南民族大学学报》，2015 年第 1 期，第 136 页。

② Althusser，Louis，“*Ideology and Ideological State Apparatuses*（*Notes towards an Investigation*）”，In *Lenin and Philosophy and Other Essays*，trans Ben Brewster. London and New York：Monthly Review Press，1971，pp. 127 – 128.

③ Dollimore，Jonathan，*Sexual Dissidence*：*Augustine to Wilde*，*Freud to Foucault*，Oxford：Oxford University Press，1991，p. 21.

寻找他们能在其中重新发现自我的自恋的爱的对象，他们无话语权的存在引起了一种焦虑与攻击性。”① 而这种由于无话语权而导致的焦虑乃至攻击性与前文所述压抑和限制的社会战略领域形成了巨大的戏剧冲突，呈现于《霸王别姬》影片叙事的来龙去脉之中。

这种无话语权的沉默，限制了言论主体性的发展，成为具有同性恋倾向人群的可怜身份标记。海外学者发现为了打破这种无话语权的沉默，寻求一种合适的声音来表达隐存于中国同性恋之中的经历与焦虑，导演将这一诉求放在了中国历史上最艰苦动荡的时期里来表现。张本梓指出：“从 1924 年到 1977 年，虽然中国的统治政权一直在更换，但异性恋和男性统治的思想从未改变或受到挑战。与强奸受害者相似，同性恋者在那段恐怖历史时期也受到了最不公的对待和暴力。”② 蝶衣作为一名男同性恋者的悲惨命运是由于受到其母亲的阴影，他的母亲是一个妓女，被一个老男人强暴后生下了他。电影似乎想体现出蝶衣扭曲的性观念与其母亲被强奸这一事件有关，这又通过战争与革命的暴力背景得到了加强。在《霸王别姬》中，强奸与同性恋的并置表明，蝶衣与其母亲都受到了一种排斥同性恋和女性情欲文化的侵犯。在中国文化中，对暴力的表现特别难，并且“一般的特征是沉默、略去和模棱两可”③；强奸和同性恋都是难以启齿的事实，在文化形态中缺乏具体的表现形式。

---

① Bhabha, Homi, *The Location of Culture*, London and New York: Routledge, 1994, p. 166.

② Zhang, Benzi, “Figures of Violence and Tropes of Homophobia: Reading Farewell My Concubine Between East and West”, *Journal of Popular Culture*, 33 (2), 1999, p. 106.

③ Rooney, Ellen, “*A Little More than Persuading*: *Tess and the Subject of Sexual Violence*”, In *Rape and Representation*, Lynn A. Higgins and Brenda R. Silver eds. New York: Columbia UP, 1990, p. 87.

克雷格·欧文斯（Craig Owens）的论说“不能通过其自身的结构来表现，同性恋和强奸受害者回归成一种修辞来表现不可表象的东西[①]”成为挖掘《霸王别姬》镜头修辞表现不可表象的同性恋情结的理论动力。在电影的大部分时间里，蝶衣都是身着旦角戏服，扮上虞姬的戏妆，常常需要男扮女装或女扮男装的京剧舞台似乎提供了一处场所——一个虚构的大舞台——蝶衣可以在这里表现出和装扮成他真正的性别角色，他似乎变成了一个漂泊在两个世界之间的候鸟。在这里，装扮是一种显性形式，失实表现取代了真实表现。在舞台上，他被误认为是一位女性，而在舞台之下，他是“一个有女儿心的男儿身”，他实际上成为一个同性恋者。正如特瑞莎·德·劳拉提斯（Teresa de Lauretis）在《爱的实践：同性恋性别与禁锢的爱欲》（*The Practice of Love*：*Lesbian Sexuality and Preserve Desire*，Bloominton and Indianapolis：Indiana University Press，1984）中所论述到的，“在所有主导的文化表现形式中，欲望是取决于性差异的，也就是性别，女人和男人的区别，或是女性特质与男性特质的区别，正如这些术语的意思一样——而不是异性恋与同性恋的区别”[②]。这种异性恋男性统治的单一绝对的二元划分构成，使蝶衣失去了自我空间。他既不是男性欲望的捕获物，也不是追求女性性欲的猎物。显然，蝶衣拒绝这样一个二者选一的痛苦抉择，于是他成了异性恋社会中的公敌，彻底成为一个拒绝游离在固定身份之间的流浪汉。从这个层面上的解读，蝶衣已成为一个女性，“已被构想成是挑战异性恋、男

① Owens，Craig，“*The Discourse of Others*：*Feminists and Postmodernism*”，*The Anti-Aesthetic*：*Essays on Postmodern Culture*，H. Foster Port Townsend ed. Washington：Bay Press，1983，p. 57.

② De Lauretis，Teresa，*The Practice of Love*：*Lesbian Sexuality and Preserve Desire*，Bloominton and Indianapolis：Indiana University Press，1984，pp. 110 – 111.

性统治表现逻辑的威胁"①。这是一股排斥异类、束缚个体表达的暴力力量，最终被一股社会常态和道德秩序名义下的文化暴力压得粉身碎骨。影片中的同性恋叙事，成为西方学者研究中国同性恋现象及其深刻社会历史文化内涵的关联。

正如吉尔·坎贝尔（Jill Campbell）所提出的，"同性恋的问题始自人们将一些相互关联的问题联系起来——性、政治和社会"②。但是，坎贝尔从西方文化的立场，针对性、政治和社会的视角对同性恋问题所进行的探讨，当用于《霸王别姬》中所体现的"神秘"中国文化的解读与分析时，又显得有些远不可及。如果继续将同性恋问题的论述深入用于分析中国文化的深层次探讨，必然伴随变异现象的发生，因为"在不同的文明体系中，当一种文化传播到另一种文化中时，就必然会面对一个吸收、选择、过滤、误读与变异的再创造过程"③。在西方文化中，能够找到同性恋的具体存在或有关其性、政治和社会研究的证据；与西方文化不同，中国文化只表现出对同性恋"缺失"或"非存在"的焦虑。这根本上并不是一个简单的性问题，这更是一个政治和社会现象或构架。它表明了一种精神超越，一种被压制的"现代性"意识。"同性恋问题与被压制的'现代性'意识有关，这意识本应该在电影所发生的中国历史时期（即中国现代化时期）形成。"④ 男性性欲与女性性欲之间的不平等由于同性恋的问题变得

---

① Edelman，Lee，*Homopgraphasis*：*Essays in Gay Literary and Cultural Theory*，New York & London：Routledge，1994，p. XV.

② Campbell，Jill，"*When Men Women Turn*：*Gender Reversals in Fielding's Plays*" In *Crossing the Stage*：*Controversies on Cross-Dressing*，Lesley Ferris（ed），London and New York：Routledge，1993，p. 58.

③ 曹顺庆：《变异学：比较文学学科理论的重大突破》，《中外文化与文论》，2008 年第 17 期，第 10 页。

④ Zhang，Benzi. "Figures of Violence and Tropes of Homophobia：Reading Farewell My Concubine Between East and West"，Journal of Popular Culture，33（2），1999，p. 105.

很复杂，同性恋问题跨越了男性与女性范畴的假定边界，不仅否认了男性的“支配地位”，而且还要求一个由不同价值观、标准规范和权力力量组成的新“战略领域”并挑战了那些憎恶同性恋，由男性统治并占主导的既有霸权力量。

在中国文化中，在取悦于男性的男扮女装与威胁到男性常态的同性恋之间似乎有着清晰的分界线，像同性恋这样的异常行为多年来一直被视作是一种“违反常态”的标志，并且按照中国传统的衡量标准是不能容忍的。因此在中国，同性恋并不是一个纯粹的“性”问题，而是一个向统治地位文化发起挑战的问题。占压倒性地位的异性恋一直被视为常态规定的统治性力量——“正如陈凯歌通过影片《霸王别姬》所体现出来的，处处都有一股坚持封建、男性统治和一夫多妻式文化的力量存在，这使人们产生了对同性恋的恐惧与憎恶①”。基于此，那些在影片中被发现是背叛者和反革命的人会被认为是自身堕落和遗害他人堕落的罪孽之人。海外学者通过《霸王别姬》具有卓越而鲜明的艺术特征以及深刻的思想内涵，大胆地探索了中国文化中一个最令人不安却少有人涉及过的领域——同性恋恐惧，并将其与福柯的“文化暴力”理论相关联，透晰同性恋对中国既有权利秩序战略领域的潜在颠覆力量，在跨文化语境的变异解读中强化了戏剧张力，延展了影片故事的解读空间。

四、结语

对中国女性形象的差异化关注是海外学界审视中国文化艺术作品时尤其突出的特点，而以《霸王别姬》为个案研究，将其置

① Zhang, Benzi. “*Figures of Violence and Tropes of Homophobia: Reading Farewell My Concubine Between East and West*”, *Journal of Popular Culture*, 33 (2), 1999, p. 105.

于阿尔都塞的“历史结合”理论框架之中，重申突显女性作为中国历史发展进程中不可忽视的重要力量，有其合理性和进步意义。而挖掘《霸王别姬》中晦涩的同性恋表达，构建所谓的同性恋恐惧，并想当然的把福柯的“文化暴力”理论话语以《霸王别姬》为媒嫁接到中国的历史语境之中，进而与中国历史发展过程中被压制的现代性意识相关联阐释，描绘出一副同性恋恐惧驱使下对主流“战略领域”的颠覆与反颠覆激斗景象却值得商榷。会出现这种阐释的变异，是因为东西方文明都各自拥有一套属于自己的话语体系，有自己特有的话语规则。用西方话语来阐释中国电影时，由于阐释的标准属于西方话语体系，与中国话语体系存在异质性，不仅会给中国影片崭新的理解维度，同时也会在阐释中出现种种变异。但是，理想是丰满的，现实是骨感的。在中国的现实文化语境中，即使当中国正在迈入一个现代社会时，现代性意识以及同性恋意识彼此之间仍然是隔阂的和剖离的，而关于同性恋的影像表述依旧是委婉隐晦的，更不宜将所谓的“文化暴力”理论话语置于其他中国特色的文化产品及其现象之中加以分析运用。虽然，海外学者指出“《霸王别姬》是国内制作和国际制作的交叉口，诸如电影这样具有象征性的艺术制作可被视为是一个讨论不同文化传统的阵地，解读电影《霸王别姬》就有必要考虑到象征性艺术制作和艺术处理的中西方传统惯例。①”但是，通过研究梳理我们发现，海外学者所考虑的中西方传统惯例更多是将东方文化产品置于西方的理论框架中重新归置整理，分析提炼；东方作品之于西方理论更多充当了被实践演练的角色功效。“中西方文明的异质性决定了英语世界学者在审视研究中国电影时，必然站在异质的文化语境中，运用不同的学科知识和理论方

① Lau, Jenny Kwok Wah, "*Farewell My Concubine: History, Melodrama, and Ideology in Contemporary Pan-Chinese Cinema*", *Film Quarterly*, 49 (1), 1995, p. 26.

法，解读分析来自东方异域的影响文本或文化想象”①。而以中西差异比较的视野重审西方文化理论关照下的《霸王别姬》研究，“以兼容并收的心态、海纳百川的胸怀，将英语学界中国电影研究的丰富成果和先进理念客观理性地引入我们自身的学科建设和知识体系架构中，必将极大地推进我们自身研究的广度与深度”②。

（作者：石嵩，中央民族大学外国语学院副教授；韩政锋，中央民族大学外国语学院硕士研究生）

① 石嵩：《论海外华裔女学者对中国电影的女性视角研究》，《南昌大学学报》，2016 年第 2 期，第 139 页。

② 石嵩：《论海外华裔女学者对中国电影的女性视角研究》，《南昌大学学报》，2016 年第 2 期，第 140 页。

朱雯1940年代行藏考

郭　刚

中国现代文学史上的朱雯（1911.10.12～1944.10.7）以文学家和翻译家闻名于世。朱雯1924年入读苏州东吴大学附中，1928年进入教会创办的东吴大学读书。1929年翻译了英国诗人丁尼生的《诗人之歌》和苏联作家高尔基的《回忆柴霍夫》并发表在《真美善》杂志。同年，小说创作集《现代作家》由真美善书店出版。1929年与陶亢德、邵宗汉等创办白华文艺研究社并编辑出版《白华》文艺旬刊。一·二八淞沪战争爆发后，朱雯进入国立暨南大学学习，结识傅东华、洪深等文学前辈，后在洪深主持的《晨报》副刊《每日电影》撰写电影评论。1932年大学毕业后，进入省立松江中学教授中国语文和外国文学史。1937年8月中旬，淞沪会战爆发后携家眷先后避居浙江桐庐、湖南长沙、广西桂林等地。逃亡途中，朱雯女儿病亡。1939年初返回孤岛上海，翻译《地下火》《爱国者》《人的希望》等反法西斯作品。上海光复后的1948年，朱雯翻译出版了雷马克的《凯旋门》等作品。由于建国后有关雷马克的译介、研究系统展开，因而学界对于朱雯的关注，也多集中于他翻译雷马克系列著作这一点。对于朱雯曾参与的诸多重要的政治、宣传和文教活动，尤其是他在1940年代从孤岛时期到抗战胜利之后这一阶段的上海文坛上的各方面表现，则向来缺乏探察，几乎形成文学史叙述中的一处空白。

一、重新发现朱雯

1945年8月24日，《申报》刊出“盛大欢迎中，吴副市长昨莅沪”的标题，报道了抗战胜利后，吴绍澍由渝返沪，担任上海市副市长的消息。报道分四个板块，分别是欢迎盛况、来沪要员、发表谈话、吴氏略历。值得注意的是，在“来沪要员”中的信息：

昨日与吴副市长同时抵沪要员，计有机要秘书朱雯，军事委员会上海市军事专员周孝伯，……上海特别市委党部毛子佩，三民主义青年团上海之团干事曹俊，X随员等一行三十余人①。

这里，机要秘书朱雯六个字值得特别关注。身为吴绍澍的机要秘书，那么吴绍澍本人情况如何？根据彼时《申报》关于吴绍澍的介绍，其职位包括上海市党部主任委员、青年团上海之团部干事长、上海副市长兼社会局长、上海市政治特派员、军事委员会上海市军事特派员，等等，可谓权倾沪上。作为吴绍澍机要秘书朱的朱雯，无疑地位显赫。但是朱雯为何人？翻查权威的《中国国民党百年人物全书》，其中对朱雯有如此介绍：

朱雯 Zhu Wen，1946年9月被选派为三青团第三届中央监察会监事，1947年7月当选为党团合并后的中国国民党第六届中央监察委员。②

与本书介绍其他党员的详实介绍不同，作为权倾一时的吴绍澍的重要干部，朱雯的介绍仅仅50多字，也没有照片，两条简

---

① 《申报》，1945年8月24日，第二版。

② 刘国铭编：《中国国民党百年人物全书》，北京：团结出版社，2005年12月，第612页。

短的信息只告诉我们，朱雯系抗战后的三青团高级干部。另根据冒舒湮对朱雯的回忆文章《人生得一知己，足矣！》的记载：

抗战后期，国民党在重庆召开六全大会，雯兄随同国民党上海地下工作领导人之一吴绍澍，自屯溪来渝，住在胜利大厦。这时我才知道雯兄从政了，当了吴绍澍的机要秘书。他们原本是东吴同学，又都属松江老乡，经吴力挽，情意难却；但我想，从政并非朱雯的志趣。果然，吴在“上海市副市长”任上罢官以后，朱也重返文坛，并在多所大学执教。①

三段记载参照对比，文学家、翻译家的朱雯似乎有过一段从政经历。那么既然是抗战后三民主义青年团的高级干部，朱雯在抗战前后必然有着非同一般的经历和作为；一个吴绍澍的高级官员，也必然和吴绍澍有着非同一般的关系。考虑到吴绍澍曾在孤岛上海时期领导上海地下统一委员会，是孤岛轰轰烈烈抗日救亡运动的重要领导人之一，我们不免将朱雯的史料探索引向孤岛时期和光复后的上海，以期发现朱雯更为真实具体的行藏出处。

二、1945～1946 年《申报》中的朱雯

1945 年 12 月 26 日，《申报》报道“李时雍等请严惩敌宪兵”：

中国国民党党员李时雍、朱雯、钱剑秋、庄鹤礽、曾俊等十余人，抗战期间，奉命留沪，担任敌后工作，先后遭敌宪兵沪南部队逮捕，不下数次，饱受各种责罚，尤以张冰春、杜天闻两同

① 参见舒湮：《人生得一知己，足矣！》，http：//blog. sina. com. cn/s/blog_505c95e10100wrtr. html

志，出狱不久，俱X伤发身死，殊堪悲愤。……

此段透露给我们的信息是，此时的李时雍、朱雯、钱剑秋、庄鹤礽、曾俊等十余人当是“八一三”战役后，国民政府西撤的留沪特工人员无疑。朱雯在抗战时期的孤岛上海似乎有了一丝线索。当然，如果资料仅止于此，似乎是一个孤证，难以说明朱雯的抗敌经历。不过可以印证这一点的是，1946年2月中旬，蒋介石、宋美龄夫妇抵沪后的新闻报道。2月11日，蒋介石夫妇抵达上海，除慰问抗战八年上海的各界人士、接见中外记者，参观美国第七舰队旗舰外，还慰问了蒙难同志代表。蒋在沪的活动，《申报》进行了跟踪报道。2月14日，《申报》记载蒋介石接见“蒙难代表”时的情形：

总裁亲自接见蒙难同志代表：训话十分钟慰勉有加

（本市讯）记者招待会后，主席即至秘书长办公室内，以总裁身份接见蒙难同志之代表蒋伯诚夫人、吴开先、戴济民、陶广川、XX民、姜梦麟、王X君、钱剑秋、万墨林、吕恩泽、毛子佩、陈宝联、吉震昌、罗亚西、朱雯、闻大声、陆应民、张小通夫人等五十人。对诸同志在过去八年之艰苦奋斗，慰勉有加，并希望今后继续努力，训话约十分钟完毕，即与全体蒙难同志合留一影，以志纪念。同时，蒙难同志向总裁面递书面要求五项，要求严惩汉奸，设立蒙难同志子弟学校，救济殉难同志家属等。总裁对严惩汉奸一点，连答“应当应当”。①

以上两则报道可以说明，上海孤岛时期和沦陷时期确有国民党留沪人员朱雯。但此朱雯是否就是曾在三四十年代活跃的小说

---

① 《申报》，1946年2月14日，第一版。

家、翻译家朱雯呢？申报的另一则消息似乎可以证明二者的关系。1945年12月18日，《申报》报道中华全国文艺协会上海分行成立，参加会议有于伶、巴金、李健吾、朱雯、罗洪等，会议要求言论自由并检举汉奸。这则消息透露给我们，“检举汉奸”的要求，显然和蒙难同受蒋介石接见时所提要求吻合，且朱雯和罗洪同时出现在新闻报道中，绝非偶然，这很可能就是我们熟知的文坛伉俪朱雯、罗洪夫妇。

当然，仅凭《申报》① 记载，似乎难以建立确凿的联系。那么，我们看看朱雯的晚年回忆文章《思往事，惜流芳》。从自述中我们知道，朱雯在“八一三”战火燃起后的第三天，先是避居邻县小镇，后撤至浙江桐乡，再绕到淳安，去江西南昌，去湖南长沙，再“意外接到广西省教育厅的电报”，后附桂林高级中学任教。1939年初，从广西返回已经成为“孤岛”的上海，在松江高级中学任教②。在孤岛的情形，有朱雯自述：

那个时候，我工作确实很忙，除了教书，还同《宇宙服乙刊》的主编陶亢德一起，创办并合编一个综合性翻译刊物《天下事》月刊，年底又与吴铁声共同筹备合办一个同样性质的翻译刊物《国际间》半月刊。《天下事》合编到1940年初，《国际间》一直出版到1941年12月8日。除此之外，我还被一位朋友拉去英国驻华大使馆新闻处工作，先是为他们翻译宣传文稿，并代送上海各大华文报刊发表。后来新闻处建立民主广播电台，我才正式受聘去电台工作……③

---

① 《申报》，1945年12月18日，第五版。

② 朱雯从八一三事变后到1938年底之间的活动，可参考其散文集《百花洲畔》，宇宙风社出版，1940年7月；小说集《不愿做奴隶的人们》，烽火社，1938年5月。

③ 朱雯:《思往事，忆流芳》，《外语教育往事谈》，上海：上海外语教育出版社，1988年，第136页。

在朱雯的这段自述中，我们实难找到其参与国民党地下工作的确凿资料。但是接下来的一段自述，则非常重要：

“1945年8月，日本无条件投降，我从屯溪返回上海，不久就回迁返上海的上海法学院工作。”

抗战胜利后，返回光复的故乡，进入上海法学院。这一点恰好和1945年12月4日上海《申报》的一则报道吻合。

“青年团改组——沪法学院分团”：

三民主义青年团中央直属私立上海法学院分团，业于九月中旬随校返沪。前因改组，未能及时开展工作，今已该组就绪，选定褚凤仪，朱雯，李秋生，冯晓钟…等九人为干事。①

这里，清楚地可以证明此朱雯就是我们熟悉的那位翻译家，在自述中可以很容易发现他对国民党政府腐败的抨击，以及出于避祸心理，对自己当年参与政治的有意回避。

回过头我们再看朱雯的自述，还会发现，朱雯自述和陶亢德、吴铁声合办过《天下事》和《国际间》。再次翻阅《申报》，我们将有更大的发现。

1946年5月14日，《申报》刊登附逆文人陶亢德的审判记录：

（陶亢德）声称落水经过谓：国军西撤后，上海形势恶化，乃至香港，筹划《宇宙风》等之复刊，往来广州香港之间，继续

① 《申报》，1945年12月4日，第二版。

文化抗战。至三十年十月，因家事回沪一次，本欲即行返港，转赴内地。奈太平洋形势恶化，交通断绝，未得成行，逗留在沪，生活大成问题，曾函请老舍，徐吁等友人在内地觅事，未获佳音，适有友人介绍入《中华周刊》，充任编辑。自度可做之事，仅报贩，印刷工人，编辑三者，而前二职，可能助长敌伪宣传，仅后者可破坏彼等之宣传工作。为谨慎计，并向三民主义青年团宣传处代理主任朱雯等商酌，获得赞同，乃向伪方提出条件三项……

《申报》的这则报道，给我们提供了重要的线索，朱雯在孤岛时期是三民主义青年团宣传处代理主任。这则消息，可以和曾经在孤岛的国民党员吴仁勋回忆文章《国民党上海地下总部》相互印证。吴文称：

1941 年 12 月，日军进入上海租界，重庆国民党驻在上海的地下党主要负责人蒋伯诚、吴开先等先后被日伪逮捕，原国民党市党部大批骨干投敌叛变，重庆驻沪机构全部瓦解。此时国民党中央组织部长朱家骅建立新 CC 系的羽翼渐以丰满。当即任命原三青团上海支团筹备主任吴绍澍为市党部筹备委员，重新布置党团骨干，培植势力。然而为时不久，这个地下市党部接连被日本宪兵队和汪伪特工组织破坏，先后被捕的有情报室主任蒋梦麟，行动处长谢大荒，宣传处长朱雯，三青团书记庄鹤礽等，重庆国民党在上海的组织以难立足。①

吴仁勋的描述详实可信，国民党地下党部宣传处长朱雯在太

① 吴仁勋：《国民党上海地下总部》，《二十世纪上海文史资料》（第 2 辑），第 28 页。

平洋战争爆发后被捕。由此我们可以得知，朱雯在孤岛时期担任了国民党方面重要的宣传工作，已然确凿无疑。但是在印证的同时还牵扯到一个问题，就是吴文中声称朱雯的被捕时间与朱雯本人描述有出入。在朱雯的《思往事，惜流芳》中记载，“1943 年 5 月，我自己也因抗日罪被日本沪南宪兵队逮捕，关押了一个多月，释放后我逃离上海，去内迁安徽屯溪的上海法学院任教”。如果被捕时间是在 1943 年 5 月，那么就和朱雯发表在《现代中国》1 卷 2 期的文章——《划时代的一天》的写作时间“三十一年十一月廿五日于屯溪”相冲突①。这篇详细记录 1942 年 12 月 8 日这一天朱雯在孤岛行踪的文章，写于 1942 年 11 月 25 日的安徽屯溪，这表明，在此时间之前，朱雯已然在安徽屯溪②。如果是 1943 年 5 月被捕，那么与吴仁勋记录的与 1941 年 12 月之后的“为时不久”不太吻合。再次翻阅《申报》，我们发现 1941 年 9 月后《申报》再无朱雯的任何消息，这个与《申报》记载“失联”的情况，似乎反映出朱雯似乎有了意外，是撤离孤岛，抑或被捕入狱？朱雯自述被捕时间是 1943 年 5 月，则恐怕是记忆错误，笔者倾向于朱雯在 1942 年被捕，而非 1943 年 5 月③。

通过 1945 年至 1946 年《申报》资料的考察，我们基本可以

---

① 《划时代的一天》的篇末还特别刊登了朱雯的创作和译作，再次确认了朱雯就是在孤岛从事国民党系统内的抗敌宣传工作。

② 安徽屯溪也是《中央日报》所在地，中央社上海分社社长冯有真等均在安徽屯溪从事抗敌工作，安徽屯溪也是从孤岛上海到内地重庆的撤退路线。

③ 根据朱雯《划时代的一天》的描述，朱雯在 1941 年下半年就买好船票，做好了撤离准备，只不过是“太平洋战争”的意外爆发才滞留孤岛。但是不可忽视的还有 1941 年后越来越紧张的国际形势。从 1941 年开始，英美开始撤侨，孤岛形势愈发恶化，朱雯减少活动似乎也可以理解。至于朱雯在《申报》中的再次出现，则到了抗战胜利后的 1945 年 8 月。从 1932 年朱雯笔名使用开始至 1941 年 9 月，朱雯的名字也一直出现在《申报》相关栏目中，仅有 1937 年抗战开始后至 1938 年 11 月这段时间难寻朱雯的痕迹。但在 1938 年 12 月 30 日申报关于松江高级中学的招生宣传中，朱雯作为教师被列入，这表明朱雯即将返沪，而其掩护身份则是松江高级中学的教师。

确认朱雯的政治身份。而确认政治身份，对于考察朱雯甚至抗战时期的政治活动、文化活动提供新的线索。从政治参与的视角重新梳理朱雯的行藏，我们似乎可以弥补现有研究资料的不足。如朱雯在1938年12月署名王坟出版的《初恋的情书》，之前并没有被研究者发掘，这部书信体小说借男主人公共之口探讨了交友原则、新女性的内涵、友谊、人道主义、体育等孤岛乃至中国青年普遍遭遇的思想问题。在第三封信中，署名左群的男主人公告诉他的恋人薇芳："你要找一个同道的朋友，是的，这个问题有好多人得不到满足。这时代中间，一切不安定的状态，使很多的人沦落，消沉，有的竟是颓废。于是稍稍觉醒的人，一面要求现实的美满，或者要探求未来的光明，半意识到另一个新的时代的伟大；但环境中又大半是一些落伍的人们，自己便感到无可奈何的苦闷，而要找同道的朋友了。我不知道你是否也这样？然而我是连自己也不敢信任的，在这紊乱的年头，我也许只能在漩涡中流转而已。"① 青年问题是孤岛时期重要的社会问题，失业、苦闷、颓废、荒淫是孤岛时期报刊出现的高频率词汇，王坟的这本书，显然是着眼于其所要从事的青年宣传工作的，如果撇开作者的政治身份，则无法理解这本情书集在国民党三青团与共产党在孤岛上海对青运工作的争夺。

朱雯另一本被湮没无闻的书是《谢晋元日记钞》。这本署名朱雯编的日记钞由孤岛时期上海统一委员会领导之一，蒋介石驻沪军事代表蒋伯诚题字，吴绍澍亲自作序，标题有"描写孤军营生活内幕，发扬大中华民族精神，纪念抗战唯一的手册，革命军人最好的典范"的描述，出版社正是吴绍澍主持的正言报出版社，时间则在吴绍澍、朱雯等返沪不久的1945年10月。这本日记钞并不见朱雯的著作目录，与其小说和译作相比，也没有太多

① 王坟：《初恋的情书》，文化励进社出版，1938年12月1日。

传世价值和经典意义，但若从朱雯此刻担任的吴绍澍机要秘书、三青团上海法学院分团骨干的政治身份来看，此书则对朱雯、吴绍澍等孤岛国民党地下特工的政治意义远超一般文学作品之上。中华人民共和国成立后，出于政治避祸考虑，朱雯并不提及此书的目的无外乎是这本书暴露了朱雯与所谓国民党励进社的关系。

三、“光复”后朱雯的政治参与

上海光复后，朱雯与吴绍澍等抗战时期留沪人员重返上海，本是功勋之臣，按理说应该在政治上大展身手，但是检索《申报》，朱雯的行迹仅仅如下诸条：

1945 年底，进入吴绍澍的母校上海法学院任教（或任政治学系主任①），同时担任三民主义青年团上海法学院分团干事。同时为《正言报》翻译雷马克的《凯旋门》，四个月后中断。②

1946 年 8 月 31 日，朱雯与曹俊、陈汝惠、王微君等五人作为上海青年团代表随吴绍澍赴江西牯岭出席青年团全体干事会。

1946 年 10 月 31 日，蒋介石 60 岁生日，全国举行盛大庆祝活动。上海市文化运动委员会主办“国剧公演”，朱雯与徐蔚南、陶百川等同列为演出干事会成员③。

1946 年 12 月 4 日，朱雯当选上海抗战蒙难同志会第二次理监会监事④。

1947 年五四青年节来临之际，朱雯与徐蔚南、陈汝惠、储玉坤等被聘为青年节论文竞赛评委⑤。

---

① 见《申报》，1947 年 7 月 20 日，第 7 页，关于上海法学院的介绍。

② 朱雯：《思往事，忆流芳》，《外语教育往事谈》，上海：上海外语教育出版社，1988 年，第 139 页。

③ 《申报》1946 年 10 月 31 日，增刊第 8 页。

④ 《申报》1946 年 12 月 4 日，第 6 页。

⑤ 《申报》1947 年 3 月 25 日，第 5 页。

1947 年 4 月—11 月，朱雯连续在《申报·春秋》发表《读诗偶记》22 篇，论及苏平仲、关秀印、郁永河、杜甫、王昌龄、方回、左思、王筠、范浚、王褒、白居易、陆游、司马相如、谢榛等。

1948 年，朱雯翻译雷马克《凯旋门》，文化生活出版社发行。

由《申报》提供的线索，初步可以判断朱雯在战后回归到文教界，虽然也有部分社会活动，但基本退出政治领域，成为文化工作者。但是我们在得出这样的判断的同时，也不禁反问，难道朱雯真的做到了“功成身退”，考虑到朱雯与吴绍澍的密切关系，这样的判断，未免武断。

重新考察朱雯行藏，朱雯自述的材料再次发挥作用。朱雯作于 1987 年的自述文章《思往事，忆流芳》提到了其参与的一次关于赛珍珠小说《爱国者》“抢译”事件[①]。在文中，朱雯提及自己使用司马圣的笔名写作了《我对于爱国者的感想》。这篇感想特别值得重视的是，朱雯在此文中的观点与之前以朱雯之名发表的《译完了爱国者以后》的观点大相径庭，且化名司马圣的这篇“感想”刻意回避了与译者朱雯的关系，且看原文：

“很早就把《爱国者》的原书读了一遍，颇有许多感想要发挥；可是其时正有许多人动用翻译，大有轰轰烈烈的情况，似乎未便凑趣多嘴。”

这里，朱雯似乎要明示读者，此处的论者“未便凑趣多嘴”，

① 1939 年初，随着美国作家赛珍珠关于中国抗战的小说《爱国者》的发表，孤岛上海出现抢译《爱国者》的热潮，先后出现 4 种译本，包括哲非、何之、步溪、任霖、梅蔼、蔚廷、吕锡、满红合译本，上海群社版；朱雯、唐齐、冯煃合译本，万叶书店版；戴平万、叶舟、舒湮、茜园、黄峰合译本，香港光社版；钱公侠、施英合译本，古今书店版。

所以并不是《爱国者》的译者，读者自然也不会将朱雯与司马圣联系起来一并考虑。这种刻意的隐瞒直到 1987 年自传性作品《思往事，忆流芳》的发表。由此，我们确定朱雯的另一个笔名就是司马圣。翻检《申报》，司马圣的名字仅仅出现过一次，就是 1939 年 6 月 23 日《申报 · 自由谈》上的这篇《我对于爱国者的感想》。确定了司马圣与朱雯系同一人，那么翻检朱雯参与编辑的期刊《天下事》和《国际间》，我们发现司马圣是这两个刊物的重要译者，参与翻译众多国际时事新闻和评论且司马圣的笔名仅见这两个期刊，基本可以排除重名的可能。

1941 年 12 月 8 号以后，随着日军占领孤岛，朱雯主持的《国际间》停刊，此后从 1942 年至 1945 年 7 月间，司马圣的名字并不曾出现在孤岛。1945 年 8 月，随着朱雯返沪进入文教界，司马圣的笔名再次出现。不过这次，不是出现在《申报》，而是出现在一个颇具政治背景的刊物《中坚》上。

司马圣在《中坚》创刊号上的第一篇政论文章是《毛泽东论》。这篇文章在国共重庆和谈背景下，从毛泽东在《大公报》发表的《沁园春 · 咏雪》开始说起，论及毛泽东的党内领导权的巩固、毛泽东的党内地位、新民主主义的内容、毛泽东的婚姻等。在论及党内斗争时的论述如下：

对于中共党内领导权的争取和巩固，这在毛泽东也的确是用过无数心计，流过无数血汗，经过无数的残酷斗争，而才削平群雄，鹿死我手，造成了今天在中共党内惟我独尊的地位的。

我们这里虽没有足够的篇幅可以详尽的来叙述毛泽东究竟是怎样通过了此起彼伏数次中共党内的斗争，才一一击败了他的政敌，而攫取到了中国共产党领袖的这个宝座；但我们只要将滎滎大者提纲挈领地表一表，也已足能了解毛泽东已经走过的斗争道路，是若何的紧张和艰难的。那么，这些重要的斗争便是（一）

推翻陈独秀；（二）清算李立三；（三）赶走向忠发；（四）暗杀瞿秋白；（五）打倒恽代英；（六）开除张国焘；（七）压制陈绍禹；（八）打击周恩来；（九）收服朱德；（十）解决项英。

仅从此看，司马圣的这篇政论文并不成熟，除了史实的问题，就是文章落入了一般内幕性新闻报导的窠臼，难以形成有力的论点和结论。接下来，司马圣依次写了《中共共产党与中产阶级》（1卷2期）、《论中间诸党派》（1卷3~4期）、《中产阶级活不下去了》（1卷6期）、《七一勖中共》（2卷1期）、《中产阶级反对内乱》（2卷2期）、《访问张国焘》（3卷1期）、《周恩来论》（3卷2期）、《论中共的党内斗争》（3卷3期）、《下总动员令以后》（3卷9期）、《透视共军战略》（4卷1期）、《战局动向》（4卷2期）、《意识前线》（4卷6期）、《意识前线》（5卷2期）等。这些政论是表面上的中间立场，而实际的政治态度是反共的。为何署名司马圣的朱雯会采取如此的政治态度，一种可能的设想是与吴绍澍的得势和失势有关。1945年8月，抗战胜利。各种大员纷纷抵沪，开始接收日伪“逆产”。身为孤岛时期上海统一委员会的主要领导人的吴绍澍一人身兼上海市副市长、社会局局长等职，同时凭借其党团系统的庞大势力，攫取了大量资源，招致党内排挤，很快失势①。从1946年开始，吴绍澍自认正言报社社长，从事文化工作，试图摆脱政治斗争的漩涡。朱雯在这个阶段的政治活动，也是随着吴绍澍政治态度的变化而起伏。在1946年初，朱雯此时的政论多属于长篇，尤以《毛泽东论》和《中间党派论》为代表。中后期随着吴绍澍的失势，朱雯在政治上逐渐消极，而文章中虽对民生疾苦多有暴露、对政府虽有批

① 吴绍澍与军统戴笠之间相互倾轧，1945年11月，吴绍澍辞去上海市副市长、社会局局长职务，主要职务仅剩上海市委党部主任委员一职。

评，但更重要的是对共产党的抨击。可以说，朱雯的根本立场还是站在国民党一方的。1947年后到1948年，朱雯逐渐开始研究古诗词、诗论和他喜爱的文学翻译，在《申报·春秋》发表的论诗文章和对雷马克的翻译就是在这种远离政治斗争和逃避现实的复杂心态下产生的。1948年底，随着《正言报》被停刊，朱雯彻底远离了政治，退回到翻译领域。

至此，我们可以大致勾勒出朱雯在抗战时期的活动地图：1937年8月16日（“八一三”后的第三天）携家人逃出上海。后在桂林从事教育工作。其间翻译列普曼的报告文学《地下火》。1938年，朱雯丧女；同年10月，编《谢晋元日记钞》（正言出版社）；同年12月，署名王坟发表《恋爱的情书》（文化励进社出版）；1939年返回孤岛，从事国民党地下宣传工作；1939年5～6月间，翻译出版赛珍珠小说《爱国者》；1939年11月25日，与陶亢德合编《天下事》月刊。1940年1月10日，与吴岳彦（吴铁声）合编《国际间》半月刊。1941年12月8日太平洋战争后滞留孤岛，1942年被捕，获释后撤退至安徽屯溪进入上海法学院任教。1945年8月与吴绍澍重返上海，后入上海法学院任教，同时翻译雷马克的《凯旋门》，在《正言报》连载。1946年开始在《中坚》月刊写作政论。1947年开始在《申报·春秋》发表《读诗偶记》22篇。1948年出版雷马克《凯旋门》。

四、朱雯政治身份的认定及其他

朱雯的政治身份的确认，给我们一种重新认识历史的可能性。如朱雯参与的那场著名的“抢译”《爱国者》的翻译事件，其中是否掺杂党派立场？朱雯与《申报·自由谈》编者胡山源的关系如何？朱雯与《天下事》编者陶亢德的关系怎么样，陶亢德是否也肩负政治使命？《国际间》这种国际时政翻译杂志的政治取向如何？

朱雯编辑的翻译性杂志与抗战时期董显光、曾虚白负责的国际宣传处的关系如何？孤岛上海和沦陷时期上海的文学翻译的生产机制是怎样的？这些问题都是由朱雯的政治身份引发的一系列相关思考。

如果进一步追问，朱雯的政治身份的确认，是否会部分改写孤岛上海的文学史叙述呢？回答是肯定的。在20世纪80年代的那套《上海孤岛文学回忆录》中，我们基本上看到的是囿于意识形态的左翼话语，国民党的文化活动多被屏蔽，甚至歪曲和改写。朱雯和徐开垒合作的《上海抗战时期文学的回顾》虽然迥异于一般的左翼叙述，但国民党的文化活动也根本没有体现①。可喜的发现是海外学者的论著和近年来看到的两本关于上海孤岛时期和沦陷时期的博士论文，这些研究打破了上海抗战时期文学的既有框架，给了文学史叙述新的可能②。朱雯的国民党三青团宣传处长的政治身份，至少可以表明，其在孤岛的主要文化活动（翻译和编辑杂志）是属于国民党系统的，而不应归为中间派立场或纯商业立场的文化活动。有了朱雯，孤岛上海国民党阵营的文化活动变得丰富起来，这势必影响文学史的书写。

近年来，文学史上出现“历史还原”的说法，也有针对“民国史视角”和“民国机制”的讨论③。从民国史的视角看待文学现象并深入研究处于其中的作家，不能不细致挖掘民国时期的原

---

① 参见彭放、李春燕编著：《中国沦陷区文学研究》，黑龙江：黑龙江人民出版社，2006年。

② 这类研究包括耿德华的《被冷落的缪斯—中国沦陷区文学史1937－1945》，（新星出版社，2006年）、傅葆石的博士论文《灰色上海，1937－1945：中国文人的反抗、隐退与合作》（生活·读书·新知三联书店，2012年），王鹏飞的博士论文《孤岛文学期刊研究》（华东师范大学，2006年）和李相银的博士论文《上海沦陷时期文学期刊研究》（华东师范大学，2006年）。

③ 参见秦弓：《现代文学的历史还原与民国史视角》（《湖南社会科学》2010年第1期）；《三论现代文学与民国史视角》（《文艺争鸣》2012年第1期）；李怡：《民国机制：中国现代文学的一种阐释框架》（《广东社会科学》2010年第6期）；李怡、周维东：《文学的“民国机制”答问》（《文艺争鸣》2012年第3期）等文。

始报刊、书籍、档案等。没有对原始资料的整理分析，将无法达到“历史还原”研究要求。本文所揭示的朱雯这段行藏个案表明：处于大时代和大变动中的知识分子，难以回避政治潮流的裹挟，从政治角度切入文学文化活动，对此所做的史料开掘和整合工作，或许也是“历史还原”中必需的一个环节。

（作者：北京第二外国语学院文学院副教授）

跨文化语境下的茶道、茶文学现代性变迁

耿晓辉

在经历了古典世界的文化辉煌之后，近现代以来，中华民族遭逢一系列危机，救国图强在一段时间内成为最为紧迫的民族诉求，致使不论知识分子还是一般民众均无暇他顾。中国优秀古典文化在与西方现代文明不断的冲突、斗争以及重构中，一度面临青黄不接、后继乏人的历史窘境①。传统茶文化和茶道思维亦不幸被卷入受时代大潮严重冲击的行列，随着中国国力和文化影响力的式微而逐渐走向衰落。日本人冈仓天心对此曾一针见血地指出："对晚近的中国人来说，喝茶不过是喝个味道，与任何特定的人生理念并无关联。国家长久以来的苦难，已经夺走了他们探索生命意义的热情。他们慢慢变得像现代人了，也就是说，变得苍老又实际了。"② 作为一个对日本茶道的狂热崇拜者，冈仓天心的话虽语带讥诮，但无疑是值得我们进行深入反思的。

正因为不甘于落在日人之后，近现代以来的知识分子在寻求救亡图存之道的同时，也在寻求一种足以与汉唐雄风相媲美的新

① 参见李宗桂著：《传统与现代之间：中国文化现代化的哲学省思》，北京：北京师范大学出版社，2011 年版，第 58～60 页。

② ［日］冈仓天心：《茶之书》，谷意译，济南：山东画报出版社，2010 年，第 36 页。

文化的建立①，而恢复传统茶文化的强大影响力，创立符合现代社会需求的现代茶道显然也是新文化建设中的题中之意。然而，要想实现创立现代茶道的梦想，乃至将世间已然为天下而裂的道术借由茶道一统和重新整合起来，这对于现代中国来讲绝非易事。而现当代文学是不是能像古代文学作品那样与茶道结合紧密，并担当起复兴茶文化和创新茶道的重任，同样也是一个无法预测的未知数。当然，梦想也并非遥不可及，在当前茶文化和茶道将要走向崭新面貌的路途上，依然可以看到儒释道传统文化在现代施以影响的影子。同时，现代茶道及其表现形式之一的现代文学也在与世界最新思想、文学的交流中茁壮成长，这些都为我们将来的茶文化、茶道和茶文学的发展打下了坚实的基础。

一、现代性的困境和困惑：在新文化运动和传统文化复兴背景中的茶道和茶文学形态

自人类文明进入轴心时代以来，世界的解释权逐渐被东西方几大哲人掌握。东方的老子、孔子、庄子、释迦牟尼等，与西方的苏格拉底、柏拉图、亚里士多德等，共同缔造了人类世界辉煌灿烂的古代文明②。然而，随着时间的流逝，古老的东方文明渐渐落后于西方，当西方已经出现了机器大生产，出现了摩天大楼时，东方居然变成了一片现代工业文明的不毛之地。西方的现代工业成就有目共睹，而今天我们所能看到的关于西方的一切，无不都是建立在以苏格拉底、柏拉图、亚里士多德等为代表的希腊古文明的基础之上的。因此，这就不得不令人深思并生发疑问，

① 参见李宗桂著：《传统与现代之间：中国文化现代化的哲学省思》，北京：北京师范大学出版社，第61页。

② 参见［德］雅斯贝斯：《历史的起源与目标》，魏楚雄、俞新天译，北京：华夏出版社，1989年，第8～13页。

难道古老的东方文明就没有种下发展现代科学技术和文化的种子吗？难道东方的古代社会就天然没有向着现代文明发育的基因吗？

为此，有识之士纷纷呼吁，在当前中国社会发展的进程中，最不可或缺的就是对国学的提倡和对儒释道传统文化乃至信仰的坚守。在此背景下，传统茶道和茶文化复兴亦不断被有心人提及。从重申炎帝神农茶祖地位，到尊陆羽为茶门宗师，茶道和茶文化在当代的传播和接受，首先是藉由中华古老文明的外衣才重新走进国人视野并被国人认识。在这方面，林语堂、周作人等现当代散文大家创作的大量关于茶的现代散文，虽说未必出于他们希望重振中华茶道雄风的责任意识，但他们也在无形中为推动茶文化复兴发挥了重要作用。而且，林语堂、周作人等还是“五四”以来新文化运动倡导者的杰出代表，当他们依次写出在新文化、新文学发展壮大过程中的重要篇章时，也在有意无意间将茶涉及在内，从而创作出大量关于茶的现代散文和现代诗，并由此宣告了一个“茶、文汇通”的茶道、茶文化和茶文学新时代的到来。

现代文人倾向于用一种符合现代语言习惯的方式去创造出茶与散文相结合的最佳形式，这其中既融合了现代文人自身的身世、境遇之感，又使用了大量古代茶文学作品中的相关意象，同时又在行文上兼采西方文法之长①，最终现代文人为我们呈现出了一种全新的茶文学形式——现代茶散文。比如林语堂的《茶和交友》一文中就有如下段落：

因此，茶是凡间纯洁的象征，在采制烹煮的手续中，都须十

① 参见张南章：《论林语堂文化选择的现代性》，《湖北教育学院学报》，2007 年第 9 期。

分清洁。采摘烘焙，烹煮取饮之时，手上或杯壶中略有油腻不洁，便会使它丧失美味。所以也只有在眼前和心中毫无富丽繁华的景象和念头时，方能真正的享受它。和妓女作乐时，当然用酒而不用茶。但一个妓女如有了品茶的资格，则她便可以跻于诗人文士所欢迎的妙人儿之列了。苏东坡曾以美女喻茶，但后来，另一个持论家，"煮泉小品"的作者田艺恒即补充说，如果定要以茶去比拟女人，则惟有麻姑仙子可做比拟。至于"必若桃脸柳腰，宜亟屏之销金幔中，无俗我泉石"。又说："啜茶忘喧，谓非膏粱纨绮可语。①

这段文字娓娓道来，自有一种现代白话文的语言亲切感扑面而来。文章中所表现出的轻松惬意和文人情趣，与作者当时的生存环境之间形成了鲜明对比。在林语堂的文章中，他总是故意隐藏起其所作文章的时代感，凡是能标明具体时代的词汇完全被他给屏蔽掉了，从而演绎出一种"浪漫的骑士风度"与"闲适的士大夫情趣"相结合的文本写作风格②。这种风格最根本的特点就是东西方文学写作传统的融合，在茶文写作上，一方面表现为他仍然无法忽略传统茶文学作品带给他的影响，例如他总是很津津乐道于苏轼的以美人喻茶，又比较倾心"啜茶忘喧"中的杳渺趣味。这些都可以超越时代的局限，而令一个现代人对茶之精神气质也能心领神会。另一方面还表现为，林语堂所能领悟到的，恐怕比之古人还要更多，不然他就不会将茶与交友联系起来，而反复告诫人们交友的重要性。在他看来，茶最为纯洁，爱茶的人自然也能够保持人格独立而不会为乱世所裹挟和污染，所以茶才会

① 林语堂著：《林语堂散文》，范炎主编，杭州：浙江文艺出版社，2009年，第39页。

② 参见吴周文、张王飞、林道立：《关于林语堂及"论语派"审美思潮的价值思辨》，《中国现代文学研究丛刊》，2012年第4期。

成为林语堂一生最为信赖的朋友，并一直陪伴着他既可悠然穿越乱世，又能在寂寥独处中参悟人生。在与茶作伴的短暂一生中，茶还不经意间成为了林语堂散文现代性的一个代表意象，暗含着现代性的三个主要母题，包括精神取向上的主体性、社会运行原则上的合理性、知识模式上的独立性等①，用个人笔调与自己声音沉重地履行五四以来知识分子使命的时代召唤②，都能在林语堂的写茶散文中窥见一二。

林语堂是如此，周作人则更甚。相比于林语堂，周作人犹独爱苦茶，在其《苦茶随笔》一文中，起笔即描写了一场由中国本位的文化宣言而引起的风波，看似与苦茶毫无关联，实际上却是道出了他因而迷上苦茶的一大缘由。不管是用来逃避现实，还是用来模拟、深味现实乱局之苦涩，周作人总之是在并未多吃的情况下，对苦茶进行了一番破费功夫的考索，并因此得出结论："口渴了要喝水，水里照例泡进茶叶去，吃惯了就成了规矩，如此而已。对于茶有什么特别了解，赏识，哲学或主义么？这未必然。一定喜欢苦茶，非苦不喝么？这也未必然。那么为什么诗里那么说，为什么又叫作庵名，是不是假话么？那也未必然。"③ 几个"未必然"，表面上是在极力否认并撇清自身与茶的关系，其实却欲盖弥彰地将自身与茶的密切关系更为显明地表现了出来。这是周作人一贯的狡黠笔法，但却也是现代文人在乱世饮茶的一个最真实案例。茶在现代文人那里逐渐失去了它勾起文思的魔力，然而有失必有得，茶也着实加深了现代人对其在现实社会中始终处于尴尬地位的直观印象，显示着一个时代一批文人与其人

① 参见张辉：《审美现代性批判》，北京：北京大学出版社，1999 年版，第 4 页。

② 参见沈永宝：《论林语堂笔调改革的主张》，《复旦学报》（社会科学版），1998 年第 1 期。

③ 周作人：《苦茶随笔》，北京：北京十月文艺出版社，2011 年，第 8 页。

生历程同步的人生态度变化轨迹和更加变化无常的社会"世相"，以及那无处不在的人生苦涩体验①。总之，周作人对于饮茶的不同方法和仪式的纵情列举，也是一个现代文人逐渐内在化的过程，更是他在政治上、美学上和文化形式上的清晰批判思路的反映。因而，某种程度上，周作人借助于茶散文的写作回应了"五四"新文化运动的内在抱负，并由此构筑了一个绝妙的、同时又满是苦涩的反讽，正如与其同时的那些激进启蒙知识分子所恐惧的那样，最激进的工程往往由于它根本没有完成，而被证实是一个落后的东西，就如同一个早先的、从未被完成的目标和"一场谈不上革命的革命"②。

在现代文学发展的历史上，周作人关于饮茶的独特感觉和体悟并不孤单，可以说周作人的切身感受其实就是那个时代赋予一代知识分子的专属人生经验，而如果这份经验要是不分青红皂白地施加于一个外柔内刚的女子，尤其是一个受过良好现代教育的风华绝代的才女身上，那么其所呈现出来的便又会是另一番风景。林徽因的两首现代茶诗就是这另一番的风景的最佳体现，其中之一言道：

冬有冬的来意，
寒冷像花，——
花有花香，冬有回忆一把。
一条枯枝影，青烟色的瘦细，
在午后的窗前拖过一笔画；

---

① 参见刘学忠：《茶——透视周作人人生观与审美观的符号》，《安徽师范大学学报》（人文社会科学版），1999 年第 2 期。

② 参见张旭东著，谢俊译，陈丹丹、彭春凌校：《散文与社会个体性的创造——论周作人 30 年代小品文写作的审美政治》，《中国现代文学研究丛刊》，2009 年第 1 期。

寒里日光淡了，渐斜？
就是那样地
像待客人说话
我在静沉中默啜着茶。[①]

其另一首诗又言：

当我去了，还有没说完的话，
好像客人去后杯里留下的茶；
说的时候，同喝的机会，都已错过，
主客黯然，可不必再去惋惜它。
如果有点感伤，你把脸掉向窗外，
落日将尽时，西天上，总还留有晚霞。
一切小小的留恋算不得罪过，
将尽未尽的衷曲也是常情。
你原谅我有一堆心绪上的闪躲，
黄昏时承认的，否认等不到天明；
有些话自己也还不曾说透，
他人的了解是来自直觉的会心。
当我去了，还有没说完的话，
像钟敲过后，时间在悬空里暂挂，
你有理由等待更美好的继续；
对忽然的终止，你有理由惧怕。
但原谅吧，我的话语永远不能完全，
亘古到今情感的矛盾做成了嘶哑。[②]

① 林徽因：《静坐》，《大公报·文艺副刊》，1937 年 1 月 31 日。
② 林徽因：《写给我的大姐》，《学文》，1947 年 7 月。

两首茶诗，其一名为《静坐》，其二名为《写给我的大姐》，虽然都不是专门写茶的习作，但正因为如此才成就了茶在诗中的独特艺术形象。第一首诗很像是民国大家闺秀的少女时代，茶在其中承担的是一个“为赋新词强说愁”的角色，将林徽因的少女情思和古典情怀展露无遗①。此时，茶也是一副少女时代的面孔，即使经过现代社会的洗礼，茶也仍然没有失去它最初保有的本真，那就是古典式的享受孤独和寂静。少女时代的林徽因也是如此，她喜欢在静坐中啜茶，当然也就能忍受寂寞，并在寂寞中发现自己。而第二首诗却是在林徽因重病之中写成的，此时的一代才女已经人到中年，且身染重疾，大有一发不可收拾之势。疾病本身就是一个非比寻常的隐喻，“疾病是生命的阴面，是一重更麻烦的公民身份”②，在疾病和茶的双重开悟下，林徽因身上开始表现出了更多的现代性，更加能够以一种现代智者的心态重新审视自己，包括审视自己所属的国家。经历了国家在抵抗侵略中的新生，也经历了自己人生的跌宕起伏，重病中的林徽因更像是一个已经参透人生的女哲学家，而且她的深刻程度丝毫不亚于绝大多数男子。在诗中，林徽因超越了单纯情感的表现，而追求一种灵思和顿悟或生命哲学，这是现代知识女性对生命存在的理解和感悟。从她的诗中，还可以看出，她有系统的宇宙观和生命哲学观，对生命本体有着清醒的认识。在她看来，整个宇宙处于不断的轮回变化中，对于任何一个个体而言，生命只是一次不可逆的

① 蓝棣之指出，林徽因“一生都在写一首诗”，也即林徽因所有的诗是有一个核心主题的，这个核心就是抒写一位深受西方文化熏陶的新女性在爱情中的体验和成长，从而探索爱情在生命中的意义、诗在人生的地位。参见蓝棣之：《作为修辞的抒情——林徽因的文学成就与文学史地位》，《清华大学学报》（哲学社会科学版），2005 年第 2 期。

② ［美］苏珊·桑塔格：《疾病的隐喻》（汉英对照本），程巍译，上海：上海译文出版社，2014 年，第 17 页。

旅程①。在她深邃的思想中，茶就像是人类生命的终途，也是生命行将就木时的最后挽歌。即便如此，茶也并不是一味地惹人悲伤，而是像“落日将尽时，西天上，总还留有晚霞”的绚烂辉煌。所以，对哲人林徽因来说，死亡并不可怕，她可以安静地享受这一切，就像她的少女时代总是能安静地享受啜茶的静谧。

总体来看，现代文人在对茶的抒写上还停留在不自觉的阶段，他们从来没有生发过要专门为茶树碑立传的想法，当然也没有留下纯然是为了写茶的文学作品。但不可否认的是，在他们的笔下，茶一方面还残留着一丝古典社会的美丽幻象，甚至不经意中还表现出了他们对古典生存状态的怀念，反映出潜藏于他们内心的要复兴传统文化的私心。另一方面，茶同样是现代生活中不能缺少的良伴益友，偶尔，茶甚至还能让人联想到现代生活中的冷漠和孤独，揭示出现代文人所面临的那个充满现代性的生存困境以及人生困惑。更为重要的是，当茶与现代社会的某些极具隐喻和象征色彩的意象（比如疾病）相结合时，茶所能表现出来的内在张力也是十分丰富和深刻的。虽然不是出于有意和计划，但某些现代文人和知识分子的涉茶文学作品的流传，无疑给已经日趋没落的中华茶文化及茶道打了一剂强心针，也掀开了传统文化复兴和新文化运动背景下，茶道和茶文学同样在谋求复兴及新生的面纱。

二、于新、旧学术交汇中重新发现自我：当今茶道与茶文学现状及发展趋势

西方对茶的最大贡献，无疑是发明了“下午茶”这种饮茶风

---

① 参见郑娟：《论现代女性哲理诗的创作——以冰心、林徽因、郑敏为例》，《名作欣赏》，2008 年第 6 期。

俗习惯，并由此形成了一个特定的“下午茶”人群，他们之中会有高谈阔论，加强了人与人之间相互连接的纽带联系，这在人们已日渐疏离的大工业社会是尤其难得的。除此之外，“下午茶”还造就了布朗肖一样的哲理思考，虽说只是关乎个人经验，而未尝像以往的东方品茶圣贤一样关乎宇宙生命乃至天道，但这对于漂洋过海的东方树叶来说似乎已经足够欣慰了。如果再联系“下午茶”甚至能融入被誉为西方文明源头之一的希腊古典神话中的文学史事实，以及茶能承接古典与现代对话、深谈的独特作用，我们也就有理由相信，茶在沟通东西方之间彼此差异明显的特色文明方面也是大有潜力可挖的。尤其是在世界已然充分扁平化的现代社会，东西方之间交流和沟通更是日渐频繁，单就茶文化一个领域来说，就不只有东方茶文化向西方的强力渗透和顽强生长，更有西方茶文化对东方的反哺和提升。其中，一个最显明的例证是，“下午茶”不再是西方人的专利，而是逐渐成为了某些中国文化人一生的坚守。百岁人瑞杨绛在其回忆录《我们仨》中，就专门回忆了她与钱钟书是如何养成“下午茶”这一饮食习惯的来龙去脉，如其言：

同学间最普通的来往是请吃午后茶。师长总在他们家里请吃午后茶，同学在学院的宿舍里请。他们教钟书和我怎么做茶。先把茶壶温过，每人用满满一茶匙茶叶：你一匙，我一匙，他一匙，也给茶壶一满匙。四人喝茶用五匙茶叶，三人用四匙。开水可一次次加，茶总够浓。

每晨一大茶瓯的牛奶红茶也成了他毕生戒不掉的嗜好。后来国内买不到印度‘立普登’（Lipton）茶叶了，我们用二种上好的红茶叶掺合在一起作替代。

我们两人的早饭总是钟书做的。他烧开了水，泡上浓香的红茶，热了牛奶（我们吃牛奶红茶），煮好老嫩合适的鸡蛋，用烤面包机烤好面包，从冰箱里拿出黄油、果酱等放在桌上。我起床和他一起吃早饭。然后我收拾饭桌，刷锅洗碗，等着他穿着整齐，就一同下楼散散步，等候汽车来接。①

在这段饱含深情的文字中，我们不难看到，早年留学英伦的经历，着实对钱钟书、杨绛夫妇产生了难以估量的深远影响。钱钟书的一首《容安室休沐杂咏》古诗更直接印证了杨绛回忆的可靠性，诗中钱钟书自谓“灌溉戏将牛乳泼，晨餐分减玉川茶”，句下又有其自为小注云，“余十馀年来朝食啜印度茗一巨瓯”②。细读之下，差可发现无论“钱诗”还是“杨文”，都不止于谈论钱杨二人的饮食习惯变化。由于留学期间养成了“下午茶”的习惯，也让他们逐渐适应了英国“立顿”红茶的异域味道③，反而对故乡红茶的滋味无所适从。归国后，他们依然放不下英伦“下午茶”回味中的美好，要么将三种上好红茶混合以模拟英伦浓而不化的口味，要么竟不惜舍近求远地聊以印度茗茶代替。可以说，钱杨二人的品茶、评茶口味已经发生了巨大变化，他们刁钻古怪的滋味需求最终成就了他们中西合璧的饮茶习惯，同时也打造出他们“无所不用其极”的审美品位。

从更深层面讲，钱、杨在诗文中对生活品质的选择和日常生活琐碎的描述，都不同程度地反映出一些精神实质方面的东西。

---

① 杨绛著：《我们仨》，北京：生活·读书·新知三联书店，2004 年，第 50 页。

② 钱钟书：《槐聚诗存》，北京：生活·读书·新知三联书店，2001 年，第 98 页。

③ 英国的茶叶虽然最初都是从中国进口而来，其味道与国内也不会有太大差别，但是随着英国在其殖民地印度和锡兰积极开辟大茶园，制茶业便不再由中国独占，而是被印度和锡兰的生产者取代。像立顿（Thomas Lipton）这样积极的零售商，就是直接从印度及锡兰采购茶叶。据此历史线索推断，钱、杨夫妇在英国留学期间喝到的，正是带有浓郁印度和锡兰口味的红茶。参见［美］戴维·考特莱特：《上瘾五百年：瘾品与现代世界的形成》，薛绚译，上海：上海人民出版社，2004 年，第 18 页。

他们思维习惯的养成，他们处世为人态度的转变，他们的文风变化以及他们对心目中茶文化的文字抒写，都在不经意间悄然与先前的文学传统分道扬镳了。钱钟书曾说过这样一段话：

> 百读不厌的黄山谷《茶词》说得最妙：‘恰如灯下故人，万里归来对影；口不能言，心下快活自省。’以交友比吃茶，可谓确当，存心要交‘益友’的人，便不像中国古人的品茗，而颇像英国人下午的吃茶了：浓而苦的印度红茶，还要方糖牛奶，外加面包牛油糕点，甚至香肠肉饼子，干的湿的，热闹得好比水陆道场，胡乱填满肚子完事①。

此语，以钱钟书擅长的幽默讽刺笔法，在谈论交友之道的同时，不免对英伦“下午茶”的混搭方式也进行了一番辛辣嘲讽和揶揄。这就多少有点自嘲的味道了。钱钟书似乎是想说明他明知自身“中不中、洋不洋”的饮茶习惯实是于交友不利，但他就是忘不掉、放不下，正如他在《予不好茶酒而好鱼肉戏作解嘲》诗中所阐明的那样，“有酒无肴真是寡，倘茶遇酪岂非奴。居然食相偏宜肉，怅绝归心半为鲈。道胜能肥何必俗，未甘饭颗笑形模”②。其意思是说，“下午茶”虽然沾荤带素、口味颇重，就如同自己偏偏喜欢鱼肉、大快朵颐一样流于世俗，但其中未必没有“道”的真义存焉。钱钟书的话看似不讲道理，但却正中现代人徘徊于东西方之间、怅然若失的文化软肋，很少能有人像钱钟书一样虽旧学功底深厚，但却能放下旧学包袱，一边利用西学重新审视自己及其背后的文化，一边又能充分吸收旧学营养而恣肆为文、痛快生活。钱钟书的夫人杨绛也是一样，她是如此地倾心或

---

① 语出钱钟书文《谈交友》，收入钱钟书、杨绛著，文祥、李虹编：《钱钟书杨绛散文》，北京：中国广播电视出版社，1997 年，第 10 页。

② 钱钟书：《槐聚诗存》，第 48 页。

者说喜欢钻研“孟婆茶”，所以宁愿在一篇短文中花大量篇幅来调侃专卖“孟婆茶”的店面，她幽默诙谐地写道：

> “孟婆店”是习惯的名称，现在叫“孟大姐茶楼”。孟大姐是最民主的，喝茶决不勉强。孟大姐茶楼是一座现代化大楼。楼下茶座只供清茶；清茶也许苦些。不爱喝清茶，可以上楼。楼上有各种茶：牛奶红茶，柠檬红茶，薄荷凉茶，玫瑰茄凉茶，应有尽有；还备有各色茶食，可以随意取用。哪位对过去一生有什么意见、什么问题、什么要求、什么建议，上楼去，可分别向各负责部门提出，一一登记。那儿还有电视室，指头一按，就能看自己过去的一辈子——各位不必顾虑，电视室是隔离的，不是公演。①

文采飞扬中，原本民间故事、仙话传奇中的孟婆本事，俨然瞬间被现代化了，其现代化程度丝毫不亚于任何一间连锁茶馆或咖啡店。杨绛出色地为“孟婆茶”在现代社会的推广做了一番广告，至少是在名义上竭力申明“孟婆店”绝不是黑店，其卖茶首要讲究民主。可是，一碗能让人忘掉所有一切甚或自己是谁的茶汤，即使包装得再豪华诱人，其本质仍是在掩盖真实。所以，杨绛果断地拒绝了一切形式的“孟婆茶”，也即表明，她绝不会被旧学的甜言蜜语蛊惑，同时，她也有能力分辨出西学包装下的旧学糟粕。她拒绝遗忘，更排斥掩耳盗铃，她的态度亦和钱钟书一样，现代人要在东西文化的夹缝中、在新旧学术的阴影下，认清自我，并保持自我的人格独立和精神自由，唯其如此，才能在现代社会的纷繁复杂中求得生存下来的一席之地，并斩获不断提升的空间。

因为现代作者早已习惯了西方文法和文字的应用风格，就像

---

① 杨绛：《将饮茶》，北京：生活·读书·新知三联书店，2010 年，第 4 页。

钱钟书很早就习惯了“下午茶”一样，所以，现当代作者笔下的茶总是围绕着他们对于古代的想象和西方思维的断续侵入而展开。古典与现代的冲突，正好借着茶的意象运用而被凸显了出来，令人可以清楚地看到现代作者在创作时的挣扎与不安。他们心中压抑了太久的创作热情一旦爆发，便会如同下泄的洪水一样，依靠声嘶力竭地呼喊，达到振聋发聩之效果。于是，痖弦忍不住在《我的灵魂》一诗里，大声宣布：

我的灵魂要到峨眉去
藏在木鱼中做梦
坐在禅堂里品茶
趺在蒲团上悟出一点道理来①

从诗人想要回到峨眉、藏在木鱼、坐在禅堂等一类宏伟愿望中，可以清楚看出，久居海外的诗人离这些东方故乡的什物越来越远是不争的事实。在现代社会中，他们无力改变东方文化正被西方文化一点点侵袭、吞噬掉的局面。整个东方正变得再也没有什么令人惊艳的特点，而东方人似乎也只空留下木鱼和禅堂这点宗教手段了。诗人心中大概是十分认同古人视茶为“涤烦解渴”之神物的观点的，所以，诗人渴望借助于品茶获得的清醒和思想认识的提高，以解决在现实中面临的种种问题。那么，现代人到底能不能在饮茶的当儿，“趺在蒲团上悟出一点道理来”呢？答案还需要去另一首诗中寻找，时间和机会对每个人都是平等的，只要肯花力气去寻觅，他就会像翟永明在《时间美人之歌》中所表现出来的那样敏感，面对“时间美人”，与朋友“偶作茶园”聊天，恐怕会是一个不错的选择：

① 痖弦：《痖弦诗集》，桂林：广西师范大学出版社，2016 年，第 246 页。

某天与朋友偶坐茶园
谈及开元、天宝
那些盛世年间
以及纷乱的兵荒马乱年代
……
某天与朋友偶坐茶园
谈及纷纷来去的盛世年间
我已不再年轻，也不再固执
将事物的一半与另一半对立
我睁眼看着来去纷纷的人和事
时光从未因他们，而迟疑或停留①

“偶坐茶园”的好处是，可以一边欣赏茶树之青翠欲滴，一边品尝茶园自产的纯天然、无污染的上等好茶。然而，将一个现代人置于如此纯粹古典的情境中，多少还是有些不够和谐的地方。因为年轻的现代人是无法打量出“时间美人”之美的，他们只会“谈及开元、天宝/那些盛世年间/以及纷乱的兵荒马乱年代”等令现代人匪夷所思的事件，这事件的背后迎合了现代人对时间流逝的感叹，但却没有点明感叹的缘由。直到“我已不再年轻，也不再固执/将事物的一半与另一半对立”，“时间美人”才开始真正成为现代人的朋友，之前谈论的古典事件突然也获得了新生，从而勾起人们对于时间的悼念和对生活的憧憬。这毋宁说也是一种全新的自我审视方式，对于重新发现并找回自我意义的深远至关重要。

① 翟永明：《潜水艇的悲伤：翟永明集 1983～2014》，北京：作家出版社，2015 年，第 140～143 页。

诗人总是敏感而神经质的，尤其是对一个现代女性诗人来说，她的时间世界更是一个令人匪夷所思的奇妙存在，但却充满诱惑力。或许，“偶作茶园”的女诗人已经跌入某种时间陷阱，她用“兵荒马乱”暗示人们她正在为现代性的时间所吞噬。在快节奏的现代生活和智能革命的双重打击下，人类不幸成为彻头彻尾的流浪者，无休止地被驱逐出自身①。女诗人明白，历史上的“盛世”似乎总是惊人的相似，当她依靠想象力将其中的片段或瞬间“从它的系列中取出来，把它再现为跟随它的源泉点（source-point），似乎它就是现在，这样，它就变成了一个具有它自己的持存与延展（这些延展最远可以触及到我们实际的现在）的视野的核心”②。所以，“时间美人”在一盏茶的功夫，最终模糊了现代人“心灵的时间”和“世界的时间”之间的界限，至少在诗歌文本上是如此，她既不温婉也不驯服，而是如脱缰的野马，诱使着包括女诗人在内的所有现代人，迅速冲破现代主义的临界点，并屡屡尝试“用过去直面现在，从主流文化的围墙里颠覆主流文化，再现当代生活反讽的复杂性”③。某种程度上，“时间美人”的意图得以实现与女诗人“偶作茶园”似乎不无关系，她们就像是一对始终纠缠在一起却永不可测量的“量子”，而茶就如同一次“量子”信息的完美释放，将被时间反复加密的现代性全息解码，女诗人则命中注定把握住了这一偶然契机，她在将“茶”写入诗歌的同时，也写出了现代人心中不置可否的现代性自我意识的膨胀。

---

① 参见［墨］帕斯：《批评的激情》，赵振江译，昆明：云南人民出版社，1995年，第253页。

② ［英］奥斯本：《时间的政治：现代性与先锋》，王志宏译，北京：商务印书馆，2014年，第80页。

③ ［美］詹克斯：《现代主义的临界点：后现代主义向何处去？》，丁宁等译，北京：北京大学出版社，2011年，第117页。

三、小　结

综上所述，茶道和茶文化的复兴，在当今社会其实存在着两种不同路径。一种是将茶道、茶文化视作是传统儒释道文化的一部分，要复兴茶文化就要在传统儒释道复兴的大背景下进行，并逐渐通过自己的切身体验，将现代茶悟与现代茶学区分开来。另一种是对西方茶文化采取完全地信任和包容，时刻认识到茶文化在逐渐走向世界的同时，也不忘眷顾它的故乡，茶道总是行走在它不断提高、攀升的路上。因为，“道”只有一个，某种程度上“道”就是普遍真理的代言，由于普遍所以唯一，根本不存在古今和东西方的差别①。但就目前的茶文学作品和其背后文化现状而言，东方创作者意欲变革的心理占了相当大的比重，汉语也正在一次次的现代革命中与茶相遇，最终这一切都落实在了当代不断涌现出的与茶相关的重要文本上，并形成了一小波与茶相关的实验写作风潮。茶对于现代写作者来讲，首先关乎其自身的文化承袭，即使经过了不断的西化和现代性变异，中华传统的儒释道思维仍然会时不时在现在写作者的笔下露出马脚；其次，茶在承袭传统的同时，也面向未来，成为来自于未来时空的一个重要意象，并发挥着其模拟未来、展望未来和体验未来的重要作用。特别是当现当代人深处现代社会喧哗骚动的无形深渊，面临无处不在的形而上焦虑之时，就更加需要一种能够抚慰其受伤心灵的安慰剂。茶很显然在有时候是能胜任这一角色的，并通过现当代少量但不失经典的茶文学作品显现出其足以由传统跨入未来的能力。总之，世界瞬

① 参见牟宗三：《中西哲学之会通十四讲》，上海：上海古籍出版社，1997 年，第 2 ~ 8 页。

息万变，茶道自然不会一成不变，但万变不离其宗的是，茶文学作品总会在现实问题的刺激下做出有力回应，而茶道也会在茶文学作品的回应中不断给人以启迪。

（作者：北京电子科技学院人文社科部讲师）

· 当代景观 ·

“主体间性”视域下的少儿散文创作

彭笑远

散文是五四新文化运动的产物，其既与中国传统“文”有着不解之缘，更与西方文学、文化有着千丝万缕的关系。朱自清说：“但我们得知道，现代散文所受的直接的影响，还是外国的影响；这一层周先生不曾明说。我们看，周先生自己的书，如《泽泻集》等，里面的文章，无论从思想说，从表现说，岂是那些名士派的文章里找得出的？——至多‘情趣’有一些相似罢了。我宁可说，他所受的‘外国的影响’比中国的多。而其余的作家，外国的影响有时还要多些，象鲁迅先生，徐志摩先生。”①而鲁迅本人也认为：“到五四运动的时候，才又来了一个展开，散文小品的成功，几乎在小说戏曲和诗歌之上。这之中，自然含着挣扎和战斗，但因为常常取法于英国的随笔，所以也带一点幽默和雍容；写法也有漂亮和缜密的，这是为了对于旧文学的示威，在表示旧文学之自以为特长者，白话文学也并非做不到。”②周作人在《〈中国新文学大系·散文一集〉》导言中对五四新文化运动以来的散文从中外两个方面的影响做了一个概括：“我相信

---

① 朱自清：《论现代中国的小品散文》，佘树森编：《现代作家谈散文》，天津：百花文艺出版社，1986 年，第 46 页。

② 鲁迅：《小品文的危机》，佘树森编：《现代作家谈散文》，天津：百花文艺出版社，1986 年，第 151 页。

新散文的发达成功有两重的因缘，一是外援，一是内应。外援即是西洋的科学哲学与文学上的新思想之影响，内应即是历史的言志派文艺运动之复兴。假如没有历史的基础这成功不会这样容易，但假如没有外来思想的加入，即使成功了也没有新生命，不会站得住。”①

新时期以来，有研究者指出：“所谓与小说、诗歌、戏剧并驾齐驱的散文，乃是‘五四’以后拥抱并改造西方‘文学概论’的成果。”② 而对于散文兴起于“五四”时期的原因，陈平原在1996 年写成《中国散文小说史》时将其概括为：第一，使用白话而不是文言；第二，报馆促成了“新文体”，即借报章改造古文，有效地打破了文体界限；第三，外国散文的译介、特别是英国随笔的译介，是现代中国散文形成与发展的重要一环。③ 此后，对于中国现代散文的兴起以及中国现代散文理论的现代转型，研究日益深入。有从外国散文译介对中国散文的现代性转型的影响角度来研究的，强调了外国散文译介对中国现代散文的观念重建、视域拓展、偏至发展的作用，还详细考察了鲁迅、周作人、梁遇春、朱光潜等人对外国散文的译介和转化以及外国散文译介与中国现代散文文类，如随笔、散文诗、报告文学、科学小品、传记文学的关系。④ 还有的从媒体生态与现代散文角度来研究，即“我们这里给出媒体生态的视角，是对媒体与散文关联进行系统性、整体性的研究。近现代发展起来的媒体，其存在与变化关联着诸多方面。媒体生态是一个巨大的历史场域。通过对晚清至

---

① 周作人：《〈中国新文学大系·散文一集〉·导言》，佘树森编：《现代作家谈散文》，天津：百花文艺出版社，1986 年，第 249 页。

② 陈平原：《中国散文小说史》，北京：北京大学出版社，2010 年，第 3 页。

③ 陈平原：《中国散文小说史》，北京：北京大学出版社，2010 年，第 185 ~ 195 页。

④ 黄科安：《叩问美文：外国散文译介与中国散文的现代性转型》，北京：北京大学出版社，2013 年，第 12 ~ 29 页。

“五四”时期有意味的媒体生态场域的呈现，可以深入分析媒体独特的文化生态的建构，观照媒体生态与散文之间存在的逻辑联系，由此进一步探寻中国散文现代转型的文化机理和实现路径”。①

不光是现代散文创作实践如此，就是现代散文理论也存在着现代性转型。颜水生在其《中国散文理论的现代转型》中认为，现代性概念是一个非常复杂的概念，因此不再纠结于现代性概念的阐释，也无法穷尽现代性概念的所有内容，只是抓住了现代性的两个主要内容：启蒙现代性与审美现代性。虽然此种做法有简化“现代性”的嫌疑，但是也只有启蒙和审美代表了中国散文理论现代转型的方向②。

综合上述，我们可以看出，诞生于五四新文化运动后的“散文”，正是在白话文、外国散文、报纸杂志、西方散文理论观念等的综合因素影响下形成的，其身上带有强烈的“启蒙现代性”与“审美现代性”的特点。正因如此，现代散文在“启蒙现代性”方面，突出运用百姓更易懂的白话传播启蒙知识，在“审美现代性”方面，突出创作主体的个性与体验。

而“少儿散文”则是在新散文的基础上形成的，而这得益于两个方面的现代性：一个是散文文体的现代性转变，即我们在上面所述的内容；另一个是现代性视角下的“儿童的被发现”。当代人对于古代的研究，一般认为当时的人们对于儿童虽有一定的认识，但还认识的不够，只是将其视作“缩小的大人”。例如，西方史学界专门对童年史的研究，开始最早、影响也最大的，是1960年代法国学者菲利普·阿里埃斯所著的《童年的世纪：关于

① 丁晓原：《媒体生态与现代散文》，上海：上海三联书店，2014年，第2~3页。

② 颜水生：《中国散文理论的现代转型》，北京：中国社会科学出版社，2014年，第3页。

家庭的社会史》。据菲利普·阿里埃斯研究，西方在近代以前，社会、人群（主要是法国），对孩子和童年完全没有任何概念。这种观点给整个历史学界，尤其是西欧的社会史、文化史学者，造成一阵剧烈的激荡，震荡之后有人即认真对待西洋不同阶段（从希腊、罗马、中古、文艺复兴到近代）、各个不同国家（英国、德国、法国、意大利、俄国等）的儿童史和童年史，开始真正对儿童史、童年史分别做详细周密的研究，而研究的结果多认为，以前的西方人并非对儿童没有概念，只是这种概念多将儿童视为缩小的大人。真正现代意义上的儿童的概念提出是在近代以来。中国的“五四”新文化运动，带来了“人的解放”，进而是妇女的解放和儿童的发现。鲁迅发出了“救救孩子”的呐喊以及《我们现在怎样做父亲》。周作人在 1932 年由儿童书局出版了他的《儿童文学小论》，收录了他自 1913 年以来的有关儿童文学的主要文章 11 篇。

正是在以上两方面“现代性转变”中，促成了少儿散文这一文类的诞生。而最早实践少儿散文的就是冰心。她在最初写作少儿散文时就有明确的读者意识，如她写作《往事》《寄小读者》《山中杂记》等作品时，心里就明确地怀揣着读者对象——少年儿童，这使得她成为中国少儿散文创作的第一位经典作家，且对后来的少儿散文创作影响深远，其中最重要的一点就是少儿散文创作中的小读者意识以及由此带来的叙述视角、叙述态度、叙述语言等。

而当我们从文艺学创作论的角度来看少儿散文时，“主体间性”理论则可以帮助我们更加深入地看待少儿散文的文体价值。

主体间性（intersubjectivity）最早由哲学家埃德蒙德·胡塞尔提出：“作为埃德蒙德·胡塞尔现象学的重要概念，他提出这一术语来克服现象学还原后面临的唯我论倾向。在胡塞尔那里，主体间性指的是在自我本身和经验意识的本质结构中，自我与他人是联系在一起的，因此为我的世界不仅是为我个人的，也是为他的，是我和他人共同构成的……胡塞尔的‘主体间性’理论对现象学文学批评及整个西方现代批评理论发生了很大的影响，并成为西方现代批评中一个重要概念。罗曼·英伽登在谈到文学的艺术作品时说：‘由于它的语言具有双重层次，它既是主体之间可接近的又是可以复制的，所以作品成为主体间性的意向客体，同一个读者社会相联系。这样它就不是一种心理现象，而是超越了所有的意识经验，既包括作家的也包括读者的。’”①

因此，杨春时认为“最早涉及到认识主体之间的关系的是现象学大师胡塞尔。胡塞尔建立了先验主体性的现象学，把先验自我的意向性构造作为知识的根源，这就产生了个体认识如何具有普遍性的问题。为了摆脱自我论的困境，他开始考察认识主体之间的关系。他认为认识主体之间的共识或知识的普遍性的根据是人的‘统觉’‘同感’‘移情’等能力”②。所以，“主体间性”打破的是“自我论”，实现的“认识主体的交流论”。

此外，赵一凡将“主体间性”译为“互主性”，认为胡塞尔提出“互主性”的目的，一是割裂我思、打破唯我；二是将单一主体，扩张为复数主体，以期造就一种充满交往活力的互主性现象学。同时，恰恰是因为胡塞尔留下一道难题，后人才能围绕“我他关系”，在哲学及其毗邻领域，持续开拓出海德格尔填补空缺的共在观念，巴赫金另辟蹊径的对话原则，克里斯蒂娃的互文阅读，福柯当作分析利器的话语理论，哈贝马斯赖以重建一切的交往理性③。

---

① 王先霈、王又平：《文学理论批评术语汇释》，北京：高等教育出版社，2006 年，第 451 页。

② 杨春时：《本体论的主体间性与美学建构》，《厦门大学学报》，2006 年第 2 期。

③ 赵一凡：《从胡塞尔到德里达——西方文论讲稿》，北京：生活·读书·新知三联书店，2007 年，第 127～130 页。

正因为如此，“主体间性”所反映的是一种认识主体的平等交流的精神，这些主体包括“作者与主人公”“作者与作者”“作者与读者”“人物与人物”，他们之间都存在“主体间性”，而巴赫金也正是在这个意义上生发出自己的“对话理论”①。

巴赫金运用其“对话理论”分析了陀思妥耶夫斯基的小说，得出了：“陀思妥耶夫斯基继承欧洲小说发展中的‘对话路线’，创建了一种新的小说体裁——复调小说，本书所致力的就是阐明它的创新特征。我们认为，复调小说的创立，不仅使长篇小说的发展，即属于小说范围的所有体裁的发展，获得了长足的进步，而且在人类艺术思维总的发展中，也是一个巨大的进步。据我们的看法，简直可以说有一种超出小说体裁范围以外的特殊的复调艺术思维。这种思维能够研究独白立场的艺术把握所无法企及的人的一些方面，首先是人的思考着的意识，和人们生活中的对话领域。”②

因此，从“主体间性”视角审视少儿散文，会发现少儿散文是很具有“主体间性”的文体，如在面对成人读者的文学创作中，有的作家可以有读者意识，有的作家可以完全没有读者意识。但在面对少年儿童读者的文学创作时，作家普遍具有读者意识，这在少儿文学的诸种文体中均存在，而少儿散文创作中的读者意识尤为突出。

---

① 参阅《美学、文艺学与巴赫金——俄罗斯当代美学、文艺理论与中国文论的相关讨论》一文：金元浦问：在中国，有研究俄罗斯文论的专家认为，巴赫金并没有主体间性的思想，是一些学者不负责任的任意发挥，你怎么看这个问题？塔马尔钦科回答：主体间性是巴赫金的一个非常重要的概念与思想，作者与主人公，作者与作者，作者与读者，人物与人物之间都存在主体间性。胡塞尔的著作中早就谈到主体间性，作为哲学文学概念，巴赫金对胡塞尔的理论非常熟悉，并有个人的理解。见金元浦：《继承与反思：马克思主义文艺美学观念对中国当代文艺学建设的影响》，群言出版社，2015 年版，第 65 页。

② ［苏］巴赫金：《诗学与访谈》，白春仁、顾亚玲等译，石家庄：河北教育出版社，1998 年，第 360 ~ 361 页。

正如上述，少儿散文的诞生，是五四新文学运动后儿童文学的现代建立的产物，“经过五四新文学运动的洗礼与现代儿童文学先驱者的拓展，大致在20～30年代，我国儿童文学的文体已初具现代规模，这主要有儿童小说、艺术童话（含寓言）、儿童诗、儿童散文、儿童科学文艺、儿童影剧文学等。经过半个多世纪数代儿童文学作家精心培育，这些文体现在已相当成熟，相当完善①”。少儿散文在诞生之初，即有冰心的《寄小读者》这样的奠基之作，为少儿散文的形成与发展奠定了坚实的基础。少儿散文从成人散文借鉴而来，具有散文的一般特征，同时因为其读者对象的特殊性，即少儿读者群又分为幼儿、儿童、少年三个层次，所以少儿散文又表现出与成人散文相区别的特点。少儿散文正是在散文文体特征和少儿读者审美接受特点的双重制约平衡下发展。此后少儿散文作为儿童文学的一员，与儿童文学一起成长，受到儿童文学和成人文学的影响，同时又表现出自身发展的独立性和独特性。

时至今日，儿童心理学、儿童文学等学科在深入认识儿童心理特征及儿童文学的本质等方面取得了进展。少儿散文作家应在过去重视少儿读者审美接受特征的基础上，借助儿童心理学和儿童文学等学科取得的成果，对少儿读者不同年龄层次的审美心理特征有更深入、自觉的认识。在此基础上，针对不同层次少儿读者的创作要注意角度的变化，针对幼儿、儿童应多采用“童年之我的角度”，针对少年应多采用“成人之我的角度”。正如少儿散文作家吴然所说：“一如成人散文那样，儿童散文题材宽广，形式多样，写起来比较自由。它也要讲究文采，讲究笔调；也要讲究构思，创造意境，以及讲究艺术个性等等。而这一切，作为儿

① 王泉根：《现代中国儿童文学主潮》，重庆：重庆出版社，2000年，第449页。

童散文，它更应该考虑到它的读者对象——少年儿童——的一切特征。”①

站在“童年之我的角度”的创作，是少儿散文创作中一个较为突出的特点。其创作的题材来源：一方面作家应通过记忆和回忆，调动自己童年时的生活经历、体验和经验，提炼出自己童年生活中可以与今天的孩子发生联系的东西；另一方面应通过对幼儿、儿童的观察，了解他们的生活，理解他们的世界。具体在创作表现上，作家在创作心理上应最大程度地复归到自己的童年状态，直接以童年的“我”作为表达的主体，以此为出发点，表达对自然、社会、人生的体验、感受和认识，以此来达到与儿童的精神联系与对话。这种角度被很多少儿散文作家广泛使用，主要是因为读者对象的特殊性和作家的有意为之。这种角度表面看来，以儿童的“我”的眼睛看外部世界，带有很大的随意性、稚拙性，实际上早已经过了少儿散文作家主体的精心选择、加工，此时童年的“我”，已不再是也不可能是单纯的、过去童年的“我”，而是过去童年之“我”与现在成人之“我”的叠加与融合，意在更好地接近幼儿、儿童的生活，与他们发生联系，并通过童年之“我”对所写之事的有意选择、加工，提升幼儿、儿童的审美能力。因此这就要切身体验他们的思想、感情、语言及行为方式，选择从“童年之我的角度”出发，经过与作者自身的个性和情感的交融，创造出既具幼儿、儿童情趣，又和作者个性、情愫息息相通的艺术境界。

采用“童年之我的角度”进行少儿散文创作，在与幼儿和儿童发生审美联系时，可以有两种方式：一种是以抒情为主，实现对美的追求；一种是以叙述、描写为主，实现对童真、童趣的

① 吴然：《吴然论散文·关于儿童散文》，见浦漫汀主编：《散文十家》，郑州：海燕出版社，1989 年，第 302 页。

追求。

作家在采用"成人之我的角度"进行少儿散文创作时，不必像"童年之我的角度"那样进行角度的变换，而直接以现在的成人的"我"回顾过去、关注现在、展望未来，表达出"我"对世界独特的审美体验与感受，同时找到与少年读者的契合点，在审美中充分地实现与小读者情感的交流及精神的对话。

因此首要的是应该真诚地表达"我"。散文创作中的一个最大的特点即为"有我"，通过"我"这个独立大写的个体来体验、感受世界，抒发出自我的真情，传达出自我的认识。韦苇认为："新时期的儿童散文和成人散文一起，在否定和背叛 20 世纪 60 年代初形成的散文模式中回归到真诚。新时期的儿童散文呼唤理解和尊重，呼唤友爱和善良，呼唤高尚的精神情操，也呼唤童真和童趣。新时期儿童散文发展史其实是不断洗涮矫饰、弃绝'花招'，把真诚立为儿童散文第一要素的历史，是愈来愈懂得从真善美中去求取自身价值的历史。"①

少儿散文作家在摈弃矫情与虚假后，作家的"自我"应特别的突出。作家在通过"自我"的角度来看待生命、自然、人生、社会时，真切地表达自我的感受，而这种感受又是与少年读者发生联系的，因此，作家才能真诚平等地与小读者进行情感的交流、思想的对话，从而达到双方的共鸣。因为"作为一种写实的非常重感情的文体，散文自有感染小读者的许多长处，比如'真'就是它的长处之一。所谓散文的'真'，应该包括真实的内容、真挚的感情、真切的描写、真诚的文字等等。著名散文家李广田说过：'要写好，第一须先得真。'这话虽然是针对成人散文

① 韦苇：《弃绝"花招"真情在——十年儿童散文述评》，《文艺报》，1989 年 9 月 16 日。

而言，但对儿童散文无疑也是最起码的要求”①。

在共同地遵照表达“真我”这一创作原则的前提下，在实际的创作中，主要应通过两种方式实现，即“显交流对话”和“潜交流对话”。

综上所述，从“主体间性”的视域去观察少儿散文创作时会发现，少儿散文是一种极具“主体间性”特点的文体，其自身的价值很大。在未来的发展中，少儿散文自身的特点和小读者的需要决定了它会有更大的发展空间。

少儿散文作品数量远不如童话、少年小说多，其中很主要的一点就是散文自身内部的规定性，少儿散文非虚构性的本质特征使它的艺术特点表现为亲历性、真实性、自然性，因此，少儿散文更能契合当代少年儿童对于真实的、心灵化的东西的关注和兴趣。它必须是作家对自己人生精华的体验和记忆，是领悟了人生的作家与小读者的恳切之谈，这种精神对话有两方面，一是少年儿童本身的精神需求，比如渴望被理解、渴望成长等，另一方面成人作家也感到有必要向少年传达某种精神课题，少儿散文应当是这种精神对话、文化融合的最好载体。所以，在儿童文学这个多员共生的世界中，散文比小说、童话更能触及当代的一些精神问题，少儿散文要在审美之外发展一种理趣，要解决精神问题。因此，少儿散文不可能取代童话或少年小说，少年小说和童话也不可能代替少儿散文。它们在儿童文学中各有其存在的理由，它们应各司其职，适应小读者的多种需求，为儿童文学的发展做出各自的努力。

（作者：北京青年政治学院社科部教授）

① 吴然：《儿童文学札记·儿童散文漫笔》，昆明：云南少儿出版社，1990年，第16页。

东方根性的当代生成

——论梁铨的抽象水墨

邹　芒

在20世纪40年代出生的艺术家群体中，作为最早留学海外，同时也是国内抽象水墨绘画的代表性人物，梁铨以他的拼贴艺术独树一帜。四十年来的创作生涯，梁铨在时代境遇和生命经验之间，打开了个体艰难的艺术探索，激越或平淡，介入与旁观，既回应着中国社会在现代化进程中的重要起落，也见证着中国当代艺术的曲折发展。然而，梁铨的低调，以至于围绕着他的批评文本如此之少，研究领域无意间的忽略，造成了对其艺术价值重要性的严重低估。本文拟从跨文化的角度来观照，追溯梁铨40年来的创作轨迹，解析他如何从传统写实主义中出走，经过不断实验，将西方现代艺术观念还原为中国式的日常修身行为，以纯粹而极简的视觉形式，转化出古代东方美学的精神灵氛，从而贡献了一种极具典范意义的当代艺术语言。

一

回溯起来，应该是以1982年的硕士毕业作品《向传统致敬》为分界线，梁铨正式开启了自己的抽象艺术创作。此前相当一段时间里，梁铨陷入写实主义的窠臼中艰难踟躇，那是20世纪70

年代末，梁铨还在浙江美院（今中国美院）接受苏俄美术教育。虽然其油画创作也获得了官方肯定[①]，但他决心从那种社会主义现实主义风格中走出来，寻找更契合内心的艺术道路。多年后，梁铨还记得当时看过管道升的《烟雨丛竹图》，虽然自己没有接受古代书画教育，竟然也能用看素描的方式，直觉到某种传统的精神气息[②]。梁铨表示，如果当初学的是水墨画，或许会走上另一条路，但当时中国美术界的现状，刚从“文革”的封闭中解冻，既对国画传统弃置已久，也对日韩和欧美现代艺术的前沿动态不甚了解。梁铨的创作尝试，以及中国当代艺术的发展，连同整个国家的现代化改革，都在逐步酝酿中。

20 世纪 80 年代初，梁铨留学美国，就读于旧金山艺术学院（San Francisco Art Institute），这是美国现代艺术教育的老牌名校。他并没有预设这趟美国之行会带来何种具体成果，在解决温饱之余，对古典/当代、故土/异域等概念的理解，都还有一个过程。留学期间，梁铨一边在纽约大都会博物馆的中国馆观展，补上了因“文革”打乱而缺失的古典艺术教育；同时又接受了“抽象表现主义”的洗礼。要知道，冷战时期美苏两大帝国之间的斗争，从政治领域蔓延到艺术领域，即是以美国的“抽象表现主义”绘画来对抗苏东的“社会主义现实主义”绘画。梁铨从后者坚决出走，并不意味着必然倒向另一边。事实上，出国前夕他心仪的还是塞尚作品的秩序感，对抽象艺术的理解也还停留在“乱写乱画”。只是因为机缘巧合，在他学习生活的地方，正是西海岸湾

---

① 梁铨任主笔，与他人合作完成了油画《红爷爷》，入选“建军 50 周年美术展览”。参见王嘉骥：《蓄素守中：梁铨三十年绘画历程初探》，夏季风主编：《蓄素守中：梁铨三十年作品选集》，北京：中国民族摄影艺术出版社，2015 年，第8 页。

② 参见杭春晓编著：《非媒介：关于水墨的一场讨论与对话》，长沙：湖南美术出版社，第 49 页。

区具象艺术运动（Bay Area Figurative Movement）的前沿阵地①。受此影响，梁铨隐约看到了自己身上的另一种可能，他太需要一次观念上的彻底解放，或许只有针锋相对的审美经验的刺激，才能纠正多年来早已定型的写实主义经验，而经过冲击后的再度整合，才能形成新的视觉知识。

以硕士毕业作品《向传统致敬》为例，之所以需要强调它的特别意义，就在于作为梁铨抽象艺术创作的首次试验，他放弃了用笔造型的原则，改用拼贴方式，这背后是全新的设计理念。梁铨从自身专业出发，从铜版画的薄拼贴（chine colle）技法中看到了与中国传统书画装裱的共通之处。中国画的镶边、覆背、天地杆并不仅仅是外在装饰，而是与绘画图像本身构成了一个整体性装置②。换言之，中国画其实就是一种“拼贴”艺术。运用这一新的媒介形式观，梁铨将陈洪绶《水浒叶子》中“浪里白条张顺”的影印残片，加上其他染色之后的撕纸和手绘排线，压制成一幅半具象的组合图像。既保留有古代中国绘画的素材，又借用了西方抽象艺术的概念框架，巧妙地完成了一次对传统的转译和致意。虽然在技术处理上还略显生硬，但梁铨由此明确了未来创作的基本思路。

二

即使在回国后，面临着制版材料稀缺的问题，不得不放弃铜

① 梁铨在访谈中解释：“理察德·迪本科恩、艾尔莫·毕夏夫、琼·布朗这些湾区艺术的代表人物大多从学院派的人像画脱胎而来，早期也都受到抽象表现主义的影响，最终形成了半抽象的具象表现主义。”参见蒯乐昊：《非虚构丨梁铨 这个世界不需要那么多画》，《南方人物周刊》（总第543期），参见 http://www.nfpeople.com/article/7960，2018年8月6日。

② 参见杭春晓编著：《非媒介：关于水墨的一场讨论与对话》，长沙：湖南美术出版社，2013年，第53页。

板画创作，但延续硕士毕业作品的创作思路，很快找到了替代方案。通过改用成本低廉、质地轻薄的宣纸，撕成不规则的形状，经染色后按照内心拟定的大致图样，逐一拼贴成像，未达最佳效果也会揭下重裱，甚至撕掉销毁整幅作品，几近苛刻而对耐性要求极高。自此以后，包括撕纸、染色和拼贴在内的综合技法，构成了梁铨最基本的绘画语言，它们“既是材料本身，同时也是艺术家创作的手段和达到效果的目的，是笔墨”①。

回国后第二年，中国美术界迎来了当代艺术史上最具标志性的“85 美术新潮”。梁铨此时已在母校教书，对于这场新潮运动，他的态度有些矛盾：一方面，青年艺术家们激烈批判官方写实主义的陈旧遗产，固然值得肯定；另一方面，轮番引进西方现代主义艺术的各种流派，却往往失之于皮相。80 年代中后期，国内人文社科的各个领域都在呼吁改革，都在号召“观念更新”，艺术又关乎自由和超越，美术界自然反响最为强烈。当时大家心照不宣的批判武器，主要还是西方现代美学理论和哲学思想。然而，秉持着“拿来主义”的策略，既未加详察观念自身的原初涵义，也没有充分考量本土语境的适宜性，喧嚣过后势必造成肿胀和零碎感，如何消化的问题也随之而来。如同美术史家吕澎所总结的：

的确，中国的艺术家们面临了一个复杂的现实。过去的偶像和天经地义的事物的溃败。道德、价值的转换和变革。自我解放和个性化潮流的诱惑。这一切都在短短数年内同时呈现于艺术家面前。旧有秩序的破产使他们不得不重新去寻找精神的支撑与归属，寻找自我和艺术的落脚点。但在一个本身动荡不安、一切都

① 夏季风：《心智之河——从去中心化的后现代主义到东方绘画诗学的归途》，夏季风主编：《蓄素守中：梁铨三十年作品选集》，北京：中国民族摄影艺术出版社，2015 年，第 34 页。

在变化的现实中找到支撑和基点的可能性微乎其微。[①]

不进入这一历史语境，便无法理解梁铨在该阶段的创作理念。我们可以看到，呈现出非常鲜明的“重彩”特征[②]——那些不规则的大型块面，在用色搭配上偏好藏蓝、黛紫、乌黑、墨绿，偶尔用到暖色系，也是暗红或殷红。加上五花八门的内容素材——既有古代绘画和善本中的残片断章，也有极具梦幻色彩的儿童涂鸦，还有来自阴山岩画的原始图腾。这些不同时空的符号元素，一方面被艺术家恣肆的想象力归置一处，意志与非逻辑的力量在此纠葛；另一方面又在拥挤和错位中，产生出奔涌的爆破感。与此同时，在大开大合的画面调度中，又隐约透出些许焦虑和顿挫，这其实暗含了艺术家对刚刚开放不久的中国社会所呈现出来的精神气候的微妙觉察。

就以 80 年代末的两幅作品来看——《妈妈》与《儿子》，仅从命名上就暗示了与那场青春运动相关。画面上夸张的手势造型、错综的线条划痕，以及冷暖色块的强烈冲突，一道营造出压抑、凝重的气氛。梁铨不是诗人或纪实文学家，他所擅长的是色彩和点、线、面的组织，借由象征手法，传达出一位人文知识分子最沉郁的情感。事件的影响或许还在于，正是因为体会到乌托邦梦想的解体，加速促成了画风的转变。梁铨从失落的集体情绪中逐渐抽离出来，当外部世界的宏大叙事已无力提供合理的支撑，便只能转向内在心性的调节。因此，梁铨接下来面临的转向，不单是创作题材和用色体系的调整；如果渴望厘清观念中的杂质，打开更为纯净的绘画空间，还需要寻求更高的规整力量。

这就是《中国册页》诞生的契机。1990－1992 年期间，梁铨

① 吕澎：《美术的故事：从晚清到今天》，桂林：广西师范大学出版社，2015 年，第 362 页。

② 策展人夏季风将梁铨不同时期的画风归纳为“写实”“重彩”和“空寂”。

专门参照古代书画中“册页”的形制，创作了三套，共计42幅作品。他在同名画册的“前言”中说道：“先前作品的内容中虽然潜伏着不少喧嚣混乱，欲念纷争的分裂空间，但我希望能用些象征性的符号来加以约束。人总是需要理性，只有正当的理性才能带来文雅。”① 由此可见，梁铨是要借助“册页”的规范，促成艺术作品在内容与形式上的和谐统一，这是理性和文雅的力量，此力量在一个价值混乱的过渡时期，显得尤为不合时宜。但梁铨似乎早已习惯了这种状态，在个体的精神取向与时代的流行趋势之间，总是有着一层疏离和旁观。这一进路现在再来看，才能显现出弥足珍贵的意义：梁铨不是现实政治的激进批判者，却又无不在个人的审美理想中表明立场；并且，还要克服商业资本的征用，在市场表现和绘画格调的角力中，坚持后者。②

三

如果说“中国册页”系列已经开始有意靠拢古典美学资源，那么，梁铨还需要在此基础上继续推进。90年代中后期，他尝试过很多技术上的调整，从有意减笔到淡色薄染，但始终还缺少点什么，他一时也说不上来。直到2000年，一次平常的返乡之旅，为梁铨开启了个人艺术生涯的重要时刻，而这先要从一块“搓衣板”说起——

梁铨回到广东老家整理旧物时，意外发现了外婆用过的搓衣板。那经久使用过后的均质化齿痕，因人力搓揉衣物带来的磨损，以及肥皂水的浸染而露出深深浅浅的印斑，仿佛一件静待修

---

① 梁铨：《中国册页》，杭州：浙江美术学院出版社，1993年，前言。

② 20世纪90年代初，梁铨在香港做展览，一幅未卖掉！画廊老板劝他降低格调，梁铨反思后认为，不是格调太高，而是还不够高。参见《南方人物周刊》（总第543期）。

复的木板画。面对这块中国家庭里最常见的老物件，梁铨似有所悟，做艺术不就是以用最温存的抚摸经验，来抹平凹凸奇峭的观念实验，来淡化事件造就的创伤或崇高吗？就如同搓衣板之所以余留了时光的铭写，仅仅是以日复一日的磨洗，唤醒了最为恬静的身体记忆，这是与年岁和生命相关的家族故事①。

梁铨回来后，彻底激活了搓衣板带来的精神启示，落实在接下来的创作中，他一改使用了15年之久的撕纸习惯，也逐渐抛开不规则的印刷拓片，而是以工整的裁剪和打孔纸，作为新的造型元素。并且改用灰白色调，晕染出层层细微变化的韵致，建置出层次舒朗、色感丰富的视觉画面。也正是在同一年，爱好品茶的梁铨，无意中从桌布上的茶渍得到启示，尝试引茶入画，创造性地增补了极具个人辨识度的“茶染”。

将茶渍置于宣纸上，以杯底盖印，残留的汤汁也就扩散开来，晕染出一个个茶圈。这些或圆或缺的斑点，待风干、裁剪后重新拼贴，在错落有致的排列中，产生出流动的走势，带来一种轻松愉悦的观感享受。如果对比草间弥生的作品，相较于后者带有梦幻气质的密集圆点，梁铨则从每日服饮的茶水中吸取灵感，将现代艺术的抽象观念还原为中国式的养生行为，试图再现传统文人创作所具有的自然气息，在日常雅趣中寄予“茶禅”的哲思。在著名的禅宗公案里，赵州禅师三呼“吃茶去”，意在将至高佛理拉回到人伦日用，梁铨则更进一步，茶渍之为残渣，本是茶水饮过之后的剩余物，已然是最为低微或卑微的存在。但也正所谓“道之所在，每下愈况”，放弃人为判断的分别心，仅仅是尊重物自身的特性，以茶渍为媒材，即是以极简之道，焕发出中国艺术的生命精神。这里既有遵循“现成品”创作的逻辑，但更

① 参见夏可君：《论梁铨的绘画：抽象自然主义的幽微诗意》，见赵野、臧红花编：《心性自然——朝向未来的中国绘画》，北京：华夏出版社，2012年，第37页。

多还是文化根性的构筑。

关于这点，梁铨是有所自觉的，他曾剖白心迹：

一直以来都以禅宗的信徒自居，但真正将之印证到自己的创作上，也就是这几年的事。翻看十多年前的作品，如烟的往事虚无缥缈得就好像没有发生过一样，那些五彩斑斓的经营位置和年轻时的豪情壮志，遥远的好像是别人的事。我已经从一个阶段迈向另一个阶段，我的画面不再固守于面面俱到的“满”，而转向对于“空”的追求，风格转变之时，我的心情很平静，甚至没有任何心情。①

的确，对比“重彩时期”的作品，梁铨的转变不可谓不大。从早期的繁复和瑰丽，到人生行至过半，从禅宗的“空观”出发，建构出一个素色打底的空灵世界，传统文人画的审美意境在视觉中苏醒过来。据说王维经过了安史之乱的家国悲剧后，晚年隐居在辋川，以“雪景图”开创了文人画。而以“自落低微”为人生信条的梁铨，想必更能体会到摩诘“晚年惟好静，万事不关心”的避世态度。这就是“素雪澡心”，让茫茫白雪来倾空内心，或者说内心仅仅保留着雪的空白，让身心进入晚岁之后，让那些余闲的时光，之为生命的空白，慢慢来调节过往记忆，让一切变得静谧与柔和。

梁铨追求平复心情，甚至连心情本身都被悬置起来，这是来自倪瓒的启示。生性洁癖的倪瓒，从不将绘画作为倾泻一己之愤懑的手段，反而具有明显的“非情感化倾向”。“他要求感情的纯粹性，强调非对象性、非物质化、非欲望化，真实只有在纯粹观

---

① 梁铨：《自述》，夏季风主编：《蓄素守中：梁铨三十年作品选集》，北京：中国民族摄影艺术出版社，2015 年，第 138 页。

照中才能照面。他的无爱嗔的哲学正是奠定于此。”① 梁铨以倪瓒为师，体现在自己的绘画中，愈是繁密的色块排列，愈是要拓出通透和层次，一股内在的理性逻辑在整合布局，维系着画面的平衡感，这也即是他所谓的“在淡墨里面寻找空白的秩序”——“这些线条无意义，从一块到另一块‘之间’并没有必然联系，似乎是随意的，但是，这些线条之间，在艺术家服从宁静的召唤中，有着控制，最终，我们总是体会到有一种力量在安顿我们的视线，长久的凝视之后，我们会渐渐平和下来②”。——这些线条仅仅是色块的边缘或边界，但是当一条条色块排比、叠合之后，就出现了如同铅笔划过的浅淡痕迹，它们在分割画面，似乎是在解构，又像是在重新编织，让空白之间的间距，有着彼此应和的节奏，如同心电图的波纹默然流动，成为个体心绪的隐秘书写。

这里的精妙或高妙之处就在于，梁铨在秩序感和偶然性中取得了细微的平衡。对比类似的几何造型构图，蒙德里安追求的平静和内省来自于逻各斯的理性建构，梁铨同样需要理性的力量来过滤画面，但又因为手工拼贴所保留的几分随机和意外，从而避免了僵硬或刻板。梁铨真正做到了“从心所欲不逾矩”，他通过置换传统水墨的基本形态，从笔墨材质到审美意境，都以现代抽象完成了重构。概言之，没有中国传统文化及审美经验的支撑，梁铨的艺术创新是无根的；但如果阙如了西方现代艺术的知觉、触感和语汇系统，又会失却现代性的洗礼，则必然落入复古的窠臼当中。

以 2010 ~ 2013 年的《潇湘八景》系列组画为例，一经亮相便被批评家称赞为“以当代的艺术思想与形式激活传统，从而开拓性地创造了一个前所未有的、全新的图景与语言，试图呈现当

① 朱良志：《南画十六观》，北京：北京大学出版社，2013 年，第 125 页。

② 夏可君：《平淡的哲学》，北京：中国社会出版社，2009 年，第 284 页。

代艺术的一种东方高度。”① 众所周知，以“潇湘”为主题的绘画作品，在中国美术史上代不乏人，其中五代董源的《潇湘图》最为有名，有所谓“平淡天真，一片江南”之美誉，更是被董其昌视之为“南派山水”的典范。那么，身为当代艺术家的梁铨，又该如何打开新的视觉景观？

梁铨调整了过于琐碎的窄细色块，启用相对规整的宽幅色块，井然有序地逐一裱贴、叠加，首先从视觉上还原出平远或平阔的泽国风光；又由于宣纸裁剪后毛茸茸的边缘，色块接触地带并非完全弥合，而是有着透气的空隙，原来看似波澜不惊的拼接界面，其实早已被气息渗透，再现出自然山水的淋漓气势；再加上淡墨的层层晕染，呈现出异常丰富的色阶层次，在灰白之间的微妙过渡，带来明暗对比，暗示着风雨晴晦或烟云变灭的瞬息景象。总而言之，梁铨通过高度压缩现实中立体的流动山水，在几近零度的界面上，虽然看不见一丝泼墨痕迹，竟也敷陈出“满纸云烟”的无限生机，直追古代山水逸品的浑圆气象。

梁铨曾遗憾不会水墨画，但从另一角度看，不也可以抛开传统笔墨法则与图式系统的束缚。事实上，当古典山水已经随着农耕文明的解体，成为我们这个时代的文化乡愁，任一通过仿古而再现传统审美意境的企图，也只是一种程式化的余续，最终还是为破碎而易逝的后现代景观，增添一个注脚罢了。而中国当代艺术家必须正视这一处境，去面对传统文脉断裂之后的苦涩，以此走向废墟（如同零散的色块?）和灵晕（陷入艺术史的复制，灵光消逝）的经验，在历史的回眸凝望中，以诗意的方式再现出一个梦境或想象的图景。对于梁铨乃至今后几代中国艺术家们而言，这将是一个永远在场，且无法修补的原初创伤。因此，说到

---

① 参见梁铨个展“被遗忘的典范：梁铨创作潇湘八景美学传统”的导言。https：//news. artron. net/20170306/n913450. html

底，梁铨的拼贴就是在书写个体—家国的废墟诗学，就是在召唤“残山剩水”的审美余韵，也是一场跨越古今的心神交汇。梁铨曾说：“《潇湘图》就是董源梦想中的家园。具有江南散雨飞花之景，但是远在荆楚蛮荒之地。深邃，悠远，与一切都充满了距离感。”① 历史上董源未曾实际到过潇湘楚地，画卷中的水天一色仅仅是勾染的幻象而已。梁铨亦然。何况在生态日益衰败的今天，哪里还有纯粹的世外桃源，“潇湘八景”也只能属于一个已然消逝的年代。梁铨用心良苦，一举挺入宋人的山水美学世界，描绘出迷人的“心像”，藉以弥补文明断裂的遗憾。

四

如今生活、工作在深圳的梁铨，持续进行着艺术道路上的探索，考察其近几年来的作品，又已悄然发生着变革。

回顾自2000年以来，梁铨着力建构一个素雅清净的精神景观，可视为画风定型的“空寂时期”。但这一创作路径延续迄今也有十多年时间，早已形成了一套相当成熟的叙事策略，再往下极有可能陷入程式化。因此，如同齐白石的“衰年变法”，年近古稀的梁铨再次寻求突破，如果偏面执空，何以避免由“空寂”滑入“枯寂”甚至“死寂”？如同华琳在《南宗抉秘》中论绘画“用白”时所探讨的“无情”与“有情”的差别：“无情之白”将陷入顽空，“有情之白”乃是不可或缺的艺术精义，“否则画无生趣矣”②。换言之，当批评家和观众还在称道梁铨作品的一味干净时，他已先行一步，开始反思极简主义画风的空泛和虚无危

---

① 梁铨：《潇湘八景》，夏季风主编：《蓄素守中：梁铨三十年作品选集》，北京：中国民族摄影艺术出版社，2015年，第291页。

② 俞剑华编著：《中国古代画论精读》，北京：人民美术出版社，2011年，第124页。

机。因此，微调之后再次以平淡和清新重置画面，经过此番否定之后的否定，如同《五灯会元》的佛偈所言——“万古长空，一朝风月”——梁铨真正进入到了禅修的第三重境界。

于是，我们可以看到，温润柔软的薄荷绿再次跃然纸上。尤其是在《一杯明前茶》（2014）中，那渗透出灰白色块之上的两点嫩绿，就如同清明时节采撷下的两瓣叶芽；而其他部分浅绿色的大幅运用，带来无限绿意的联想，那是被清明之光净化过后，一亩亩的茶海正迎春抽芽，充盈着生命的萌动。当然，这也可以看作生命归于衰败之后，在春光到来之际，重新焕发出饱满生机。在中国美学和艺术观念中，这也即是“苍秀”的辩证法，“苍”是苍老或苍茫，“秀”是秀丽或秀雅。在枯槁与新生之间，将生命托付自然的循环，才有着如此微妙的色泽，一次次来临。梁铨以个体的时间性书写进入存在本身，从此以后，他的创作将拥有另一种生命形式。“这可是老来才有的风致啊！在灰冷与淡定之间，在人世的沧桑变化之余，那嫩绿带来的秀雅，恬静而明媚，韵味无穷，平抚了自然远去与时间流逝的叹息，还带来一种幽远的期待。这是艺术对已过花甲之年的画家的馈赠，这是‘烟云供养’带来的不老的的青春气息的复归。”①

2018 年 3 月 10 日，梁铨的最新个展“坐看云起：梁铨创作风格与流变”在深圳蜂巢当代艺术中心举办。令人惊喜的是，从参展作品的筛选来看，显然已有所注意到这一时段的新变。比如 2017 年创作的《花园总是令人愉悦的》《深圳植物考组画》《坐享芬芳》等，如同生活手账，或是闲适心情的反映，或是游园观赏的记录，隽永幽长；还有像《倦勤斋的紫藤花》，由银灰和墨色条纹交织成网格，深浅不一的绿点错映其间，如绕藤攀援的紫

① 夏可君：《论梁铨的绘画：抽象自然主义的幽微诗意》，见赵野、臧红花编：《心性自然——朝向未来的中国绘画》，北京：华夏出版社，2012 年，第 38 页。

藤花，清新盎然；再看《童年的后花园》，润之以甜美的桃红色调，一个缤纷斑斓的梦幻花园，打开了童年游憩的浪漫记忆。

最终，梁铨在生命的晚岁走进了自己的作品，每日的浸染、粘连或揭开，不过是艺术家在重组生命的密码。这是梁铨的祈祷仪式，也是他的手工创作。梁铨将至高的艺术真理，还原为游戏本身；并且是在这游戏之中，一种平和的日常滋乐才能幽然生长出来，一种属于东方的审美生存风格才被重塑起来。

（作者：北京师范大学哲学学院博士研究生）

“圣像”与权力恋物癖
——从《我们像葵花》《生死疲劳》中的两个“事件”说起

李　飞

一、“文革”中的领袖“圣像”

“文革”时期的领袖崇拜，登峰造极、无出其右。崇拜当然要有物质载体，除了红宝书之外，毛主席的形象也极为值得重视。“文革”时期，毛主席的形象铺天盖地，随处可见。毛主席的第四版标准像，几年间印发了数十亿幅①；在 1966 年 5 月到 1968 年 8 月间，全国共制造毛主席像章和语录章约 80 亿枚②。这些数量巨多甚至有些泛滥的领袖形象，也提供了一个理解“文革”时期个人崇拜的入口。包括标准像（照片）、画像、像章在内的领袖形象，都要通过一定的技术或艺术手段，使得政治审美化。毛主席的照片需要修改、校正，使得领袖既庄严端正，又和

① 康胜利：《毛泽东标准像的故事》，《乡音》，2002 年第 9 期。

② 徐秋梅、吴继金：《“文化大革命”时期的毛泽东像章》，《党史纵览》，2008 年第 9 期。

蔼可亲，充满领袖风采①；其画像则给了艺术家更多的发挥空间，可以更加淡化时间对领袖的摧残②，并且可以通过改造肩宽、臂展以及身高，强化领袖气势③；毛主席像章最多的就是头像，并且常常伴随着四射的“光芒”，这给领袖添加了一些神学色彩④。

总体而言，领袖形象有如下几个特征：1. 不会衰老，给人以永恒存在的感觉（永恒和不朽恰恰是神圣的标志）；2. 既有领袖威严，又显得和蔼可亲；3. 和崇高的信仰联系在一起。这样充满着魅力的领袖形象，既不能说是真实的，也不能说是虚构的，而是一种“超真实”的存在。它所引起的情感效果与狂热忠诚，是确定无疑的。

本雅明在《机械复制时代的艺术作品》一文中，提出了一个有广泛影响的观点：传统的艺术作品和巫术、宗教有关，服务于庆典仪式，因此具有强烈的崇拜价值；而机械复制时代的艺术作品，由于大量复制，被剔除了独一无二性，所具有的不过是展览价值⑤。有意思的是，“文革”时期的领袖形象恰恰是两者的合一。领袖形象既具有崇拜价值，又被大量复制。艺术形式保证了在美学上给领袖形象提供的神圣性。在实际生活中，不管是早请示、晚汇报，还是佩戴毛主席像章，粘贴毛主席像，这些行为本身就是崇拜形式。有意思的是，领袖形象的大量复制，并没有损害领袖形象的崇拜价值。相反，领袖形象作为对领袖权威的引用，被疯狂地崇拜。

---

① 徐志放：《解放后第一张毛主席像的制印》，《印刷杂志》，2001 年第 9 期；王永：《毛主席标准像是怎样制作的》，《报刊荟萃》，2013 年第 6 期。

② 佚名：《天安门城楼上悬挂的毛主席像为啥挂画像不挂照片》，《河北农业》，1997 年第 1 期。

③ 郭子健：《领袖像：让领袖“伟大”起来》，参见 http：//daxianggonghui. baijia. baidu. com/article/22593

④ 吴进学：《毛泽东像章图案研》，《文物春秋》，1993 年第 4 期。

⑤ ［德］本雅明：《机械复制时代的艺术作品》，见汉娜·阿伦特编，张旭东、王斑译：《启迪：本雅明文选》，上海：上海三联书店，2008 年，第 240 ~242 页。

奥威尔在《一九八四》中有句名言：老大哥的眼睛在看着你。有意思的是，本雅明将传统艺术品的“光晕”也定义为回看的能力①。也就说，艺术品的崇拜价值或其神学特征，部分来自能和作品交流的感觉（你在看作品时，作品也在注视着你）。李讷夸赞第四版毛主席标准像：“无论从哪个角度看，主席的眼睛都在看你”②。领袖形象充当了老大哥的眼睛，但是，作为权力无所不在的眼睛，领袖形象并没有变成奥威尔所说的可怕的监督机器，而是具有人造光晕的艺术品。因此，笔者将“文革”时期的毛主席形象称为“圣像”。

但是，这里的“圣像”又不同于宗教意义上的圣像。领袖圣像不同于西方基督教意义上的圣像，基督教的圣像（雕塑、绘画、十字架等），运用“象征”的逻辑，讲究圣像所在场所的声音和光线环境，使观看者感觉到神的存在③。也就说，基督教的圣像是上帝神圣意志的象征，它要强调一种距离感和神圣感。领袖圣像大量复制，到处都是，随时可以佩戴，随处都会张贴，这使得民众与领袖的距离感消失，民众感觉自己无限贴近权力中心和权威中心。领袖圣像也不同于中国传统上所敬拜的关公像或是孔像。后者的崇拜，是实用性的崇拜。即使不小心损坏了关公像或者孔像，甚至是观音像，可能会觉得是不详的预兆或是过往罪过的提醒，而不是一种此时此地的罪过。但是，“文革”中的领袖圣像数量巨多，却不容许任何损坏，即使是无意的，也会被认定为反革命。这在各种回忆录和小说中都可以见到。

---

① ［德］本雅明：《巴黎，19 世纪的首都》，刘北成译，北京：商务印书馆，2013 年，第 241 页。“光晕”的定义较为复杂，在本雅明不同的论述中有不同的含义，但总体而言，光晕是指传统艺术区别于复制时代艺术的核心特征。

② 康胜利：《毛泽东标准像的故事》，《乡音》，2002 年第 9 期。

③ 李丙权：《图像时代的形而上学——马里翁谈图像、偶像和圣像》，《基督教文化学刊》，2013 年第 1 期。

二、《我们像葵花》《生死疲劳》中的圣像“事件”

如果认为圣像仅仅是领袖的符号化，那就太简单了。在涉及“文革”题材的小说中，有特别多的故事情节展示了圣像的惊人力量。《我们像葵花》《生死疲劳》中的一些细节，就充分展示了这种力量。一般而言，成为“事件”的事情，必须是对社会或个人产生了重大的、决定性的影响。在两个小说文本中，都出现了圣像“事件”，对小说中的人物的命运产生了重要的影响。

何顿的小说《我们像葵花》中，冯清明是一个参加过朝鲜战争的转业军人，在H机械厂当一个不起眼的副股长。“文革”开始，他的爱人江笑月被污蔑是国民党特务，关进厂部办公楼。冯清明本来没事儿，但是一个意外却把他拖入深渊，也影响了小说主人公冯建军（冯清明的养子）的命运。某天中午看起来要下雨，冯清明用竹竿收晾起来的衣服，竹竿太长，要往屋子里移动，却不小心戳破了墙上挂的毛主席像的一只眼睛。这一幕被一个小女孩看到，并告诉了她的爸爸。冯清明立刻被指责为反革命，并被派出所以现行反革命的罪行逮捕，判处有期徒刑十年。这个判刑在当时并不重，如果不是因为根正苗红并且参加过朝鲜战争，冯清明很可能被判死刑或无期徒刑。

《生死疲劳》是诺贝尔文学奖得主莫言的一部长篇小说。这部小说的写作手法极为“现代”：利用了动物视角和佛教轮回观念，并借鉴了“魔幻现实主主义”的叙事手法和技巧。当然，用这种写法再现毛泽东时代，其得失如何，学者们看法不一。在这部小说中，西门金龙的好朋友给他寄来了一枚毛主席像章，他兴奋地整日佩戴着。同村的杨七一直想取代西门金龙做西门屯的革委会主任，西门金龙当然不会让出。但是，西门金龙小便时不小心把毛主席像章掉到了茅坑里，又恰好被杨七看到。西门金龙立刻被打成反革命，政治前途就此断送。

在两个文本中，圣像事件在主人公的生命中都起到了转折性的作用。冯清明遭受了十年的牢狱之灾，而西门金龙则从政治新星一下成为反革命分子。在这里，圣像被赋予了极为重大的象征作用。圣像就如同伟大的领袖本人一样不容侵犯。冯清明、西门金龙明显都是无意的，但是依然逃不脱反革命指控。千万不要以为此类事件只是文学虚构，“文革”中，因为圣像问题（不小心损坏毛主席照片、画像、塑像、像章等）遭到厄运的实例并不少，甚至有人因此丧命①。可以说，圣像不止具有美学意义上的光晕，也被整个社会罩上了一层神圣的人造光晕。

更具体地看一下这两个文本。在《我们像葵花》中，冯清明不小心损坏了毛主席像，彭嫦娥告诉了她的爸爸。

彭嫦娥的爸爸听完女儿汇报后，马上变了脸色。竟敢把毛主席的眼睛杵瞎，这还得了！他保卫股股长不保卫毛主席又保卫谁？彭股长放下碗筷，大步走了过来。当时冯清明正站在凳子上，慌慌张张地企图把用糨糊贴在墙上的毛主席像取下来，结果反倒把毛主席像又撕烂了两处。“不要动！”保卫股股长愤怒地大喝一声，“你好大的胆子！”

冯清明折过头来，一脸死灰地瞥着这个严厉的保卫股股长，感到世界末日已经来临了。

“你撕毛主席像。”保卫股股长等着他尖声说，“冯清明，你好大的胆子！”

彭嫦娥爸爸的怒喝声招来了左邻右舍，大家就都看见冯清明家的毛主席像被撕烂了，而冯清明木木地站在毛主席像下，一脸

① “文革”期间，此类事件很多。可以在任何一个网络搜索引擎输入关键词“文革毛主席像反革命”，都会看到大量的搜索结果。

苍白，双眼无神，两手绞在胸前。竹竿扔在地上，穿在竹竿上的衣服自然也扔在地上了。冯清明的双眼不敢看任何人，只有有罪的样子，盯着地上的竹竿。……①

在《生死疲劳》中，西门金龙正在强硬地拒绝杨七“逼宫”，意外发生了。

也是合当有事，正当我哥（笔者注：“我哥”即西门金龙）气势汹汹地对杨七说话时，他胸前那枚巨大的陶瓷像章，挂钩脱落，掉进茅坑当中。我哥怔了。杨七愣了。等我哥清醒过来慌忙想跳下茅坑捞像章时，杨七也清醒了。他一把揪住我哥胸前的衣服，大声嚷叫着：

“抓反革命啊！抓现行反革命啊！”

……

我哥与村里那些地、富、反、坏和走资派洪泰岳等人一起，成了劳动管制对象。②

在这两个片段中，其实是没有所谓正面人物、反面人物的。当然，今天的读者可能会觉得彭股长、杨七精神不正常，而更加同情冯清明和西门金龙。但在文本中，彭股长、杨七的行动都是按正常逻辑展开的。彭股长的直接情绪反应是愤怒，而杨七反应过来后也是直觉性地大喊“抓反革命”。如果说保卫股股长的身份决定了彭股长的情绪反应，那杨七的反应则值得深思。西门金龙是杨七的竞争对手，按道理讲，西门金龙把像章掉到茅坑里，杨七应该很高兴，利用这个机会批倒批臭西门金龙。但是，他的

① 何顿：《我们像葵花》，长沙：湖南文艺出版社，2010年，第8页。

② 莫言：《生死疲劳》，上海：上海文艺出版社，2008年，第177页。

反应竟然和西门金龙一样，先是愣住了，继而看到金龙有行动，才清醒过来，大喊“抓反革命”。杨七并没有将圣像掉进茅坑这件事作为一个政治工具来利用，而是被这件事本身震惊。也就是说，圣像事件可以穿破人的功利算计的理性层面，直接抵达情感层面。

从叙事视角来看，《我们像葵花》和《生死疲劳》都有明显的叙事者，而且都以第一人称为叙事焦点。虽是第一人称叙事，叙事中却也不可避免地运用全知视角，展现叙事者其实看不到的心理活动。有意思的是，两位作者在圣像事件发生时，都没有处理当事人的心理活动。《生死疲劳》是莫言展现其惊人才华的一部作品。洋洋洒洒近 50 万字的“史诗级”作品，作者仅用了 43 天就创作完成。因此，作品不可避免地无法细致入微地探寻人物的内心世界。作者直接用“空白”处理人心理（“我哥怔了”），也就有情可原了。而《我们像葵花》中，上文刚刚描写了彭股长的心理活动，不过几行，就不再处理冯清明的心理活动，仅仅对冯清明的面部表情、神态做了刻画。两个文本，在圣像事件发生时，对当事人的心理活动都留下了缝隙。笔者相信，何顿和莫言这样优秀的小说家，不可能不去体会对人物命运产生重大影响时人物的心理活动。最大的可能就是，这种心理是无法还原的，也就是说，人物本身的心理活动就应该是停止的。意识的中断，说明意识本身无法处理这样一种突发事件。这个时候，消化这个突发事件的就是无意识或超验性，即他们认可自己有罪，这是一种不需要经由意识（理性）检验的无意识反应（本能）。

这里有一个有意思的悖论，“文革”的口号有一句是“造反有理”。但是，冯清明和西门金龙在这个时刻却毫无反抗意识。不管是损坏圣像，还是象征性地侮辱了圣像，都是意外而已。冯清明不可能真的想捅破毛主席像，西门金龙也不敢真的把毛主席像章扔进茅坑。但是，他们一直沉默，不用“无心之过”来为自己辩护。他们所默认是，即使是无心之过，也不能原谅。他们都没有丝毫的抵抗本能，更不要说反思意识了。反思意识起码能提出这样一个问题：为什么不小心损坏了私人物品就是反革命？这需要他们在圣像上投注巨大的情感，才能本能似地立刻承认自己的罪过，而不经任何抵抗与反思。也就是说，所谓的“造反有理”这句空洞的口号背后，是摧毁抵抗意识和反思能力的力量，而这种力量借助的却正是鼓吹革命意识形态。

物（圣像）在文本中变成一个超越性的能指。它既不是商品，因为人们重视的不是它的交换价值；它也不是一般的装饰品，因为人们重视的不是它的使用价值；它也不仅仅是区分社会身份的标志，因为人们重视的不是它的符号价值。物，有了生命，控制了人。幽灵一般的物，大量的充塞在日常生活中，甚至不以具体的物质形态呈现。贾平凹的长篇小说《古炉》充分地展示了圣像的多种形态。在小说中，有人因为口误，把“拥护毛主席，打倒刘少奇”说成“拥护刘少奇，打倒毛主席”（因口误被打成“反革命”有真实依据），而被指认为反革命；有人抱着猪说了句“万寿无疆”（“万寿无疆”是毛主席的御用词汇），被指责为反革命；有人买了毛主席的塑像，用绳子绑着背回来，被指责吊着毛主席像，是反革命。在《生死疲劳》中，有人因为用印有“毛主席宝像”的报纸包咸鱼，就被判了八年①。如果说，听到歌唱毛主席的歌就热泪盈眶，是可以理解的（音乐的感染力非常强），如果极为迷恋画像、像章、塑像，也是可以理解，那么“mao zhu xi”这个单纯的声响却也获得无比崇高的地位，甚至和经常与毛主席一起出现的词汇（“万寿无疆”），也获得了某种魔力。人表现出对物的痴迷状态，具效果类似毒品、兴奋剂。《生死疲劳》中，西门金龙刚获得毛主席像章时的描写，充分地展示

① 莫言：《生死疲劳》，上海：上海文艺出版社，2008 年，第 193 页。

了这种类似嗑药的痴迷状态。

> 我哥用一把锈剪刀撬开了那个木盒子，揭开一层旧报纸，两层白色封窗纸，一层黄色皱纹纸，露出一层红绸布，揭开红布，显出了一个如同茶碗口大的瓷制毛主席大像章。手捧像章，我哥眼泪汪汪，不知是被像章上毛主席的慈祥笑容感动，还是被小常的深情厚谊感动。我哥捧着像章，让在场的人们瞻仰。气氛很神圣很庄严。轮番瞻仰完毕，我的准嫂子黄互助小心翼翼地将像章别在我哥的胸脯上，像章分量沉重，把我哥的军装褂子坠得下垂。①

可以说，对圣像的这种痴迷状态，乃是一种恋物癖（fetishism）。

三、权力恋物癖

“Fetishism”对应着两个汉语翻译：拜物教、恋物癖②。拜物教这个概念一开始用于某种原始社会的信仰模式，即对无生命体的膜拜，后来被马克思借用，指对商品的拜物教。对商品的拜物，来自劳动力的商品化以及生产关系的掩盖③。最明显的商品拜物教就是苹果手机（iPhone）④，它俨然成了时代的物神，以至于被称为“肾”（苹果6、苹果6s被戏称为肾6、肾6s，因为现实中真的有人卖肾买苹果手机）。商品的使用价值、符号价值以

---

① 莫言：《生死疲劳》，上海：上海文艺出版社，2008年，第166页。

② 吴琼：《拜物教/恋物癖：一个概念的谱系学考察》，《马克思主义与现实》，2014年第3期。

③ 马克思：《资本论》（第1卷），人民出版社，2004年，第87页。

④ 孟登迎：《青少年迷拜苹果手机现象的文化经济学解读》，《中国青年社会科学》，2015年第6期。

及文化想象，不被看作是劳动和广告的产物，而是成了商品本身的特质，这就是典型的商品拜物教。同样，fetishism 这个词有另一个著名的翻译：恋物癖。恋物癖侧重的是主体的欲望过程，是对物的过度投注（强迫性的）。恋物癖的问题，不简单是偶像崇拜的问题[①]，它涉及更为深刻的主体的内在性。依照弗洛伊德的看法，恋物癖是阉割焦虑的一种表现，对内衣或对女性脚踝的迷恋，被用来替代阉割焦虑[②]。这样一种说法明显地带有性别色彩，在弗洛伊德看来，只有男性才有恋物癖，正如只有女性才有歇斯底里病。到了拉康，精神分析将恋物癖归结于不分性别的主体欲望。主体在进入象征秩序的阶段会有缺失，而用力比多的过度投注的方式填补缺失[③]，就是恋物癖。这里面涉及主体因缺失而不断发起的欲望过程，欲望需要不断地滑动、推进。欲望是什么？拉康认为，欲望是从“要求”中减去“需要”而产生的剩余[④]。人有对食物的要求，而真正的食物提供的是需求，人在吃食物时总不会完全满足，因为要求和需求是不对等的。于是，欲望总要寻找出口，却总也不可能满足。笔者在这里用“恋物癖”，强调的正是“文革”时期个人的主体状态，从上文的分析中我们可以看到圣像对主体的控制程度。

“文革”时期，圣像就是恋物和欲望的对象。圣像具有的权力魅影，诱惑着民众对其无限接近，室内挂着毛主席像，胸前佩戴着毛主席像章，张嘴就是毛主席语录。无限亲昵的欲望，导致了各种仪式（早请示、晚汇报、忠字舞）、活动（学毛著，背语录），甚至有一些极端行为，比如写血书，把毛主席像章别在肉

① 皮埃兹：《物恋问题》，载孟悦、罗岗主编：《物质文化读本》，北京：北京大学出版社，2008 年，第 61 页。

② 吴琼：《拜物教/恋物癖：一个概念的谱系学考察》，《马克思主义与现实》，2014 年第 3 期。

③ 同上。

④ 霍默：《导读拉康》，李新雨译，重庆：重庆大学出版社，2014 年，第 97 页。

里。这种无限接近、无限亲昵却又不能真正接近（永远无法真正接近）的状态，恰恰构成了一种恋物癖。这种恋物癖使得圣像穿透公共空间，进入私人空间（家庭），穿透私人空间，进入人的肉身，刺破人的肉身，进入人的无意识，和人的情感捆绑在一起，进入“灵魂深处”。我们总在讲“文革”中的荒诞情况，在当事人看来，可能一点儿都不荒诞。听到歌颂毛主席的歌曲，就热泪盈眶①，和毛主席握过手的手不舍得洗，每个人都要来沾一沾圣迹。这似乎是理所当然，每个人都如是。任何一丁点儿沾有毛主席痕迹的物，都会被无限放大、过度投注。

圣像恋物癖，不是一般的恋物癖。一般的恋物癖总是和主体的成长过程、欲望阶段有关。比如一个男生本来对一个女孩没什么感觉，突然有一天看到了这个女孩的脚踝，立刻电击一般，疯狂的爱上这个女孩。再比如很多青春期的女孩特别迷恋抽烟的男生，比如某些人疯狂地追逐苹果手机。精神分析所处理的是普遍主体（每一个主体又有自己的不同的表现）的问题，是普适的。有很多人都会恋物，但是恋物的表现并不一样。“文革”中的圣像恋物癖自然利用了主体的欲望机制，但圣像恋物癖却不是每个主体的一般症状，而是全社会的症状。

圣像恋物癖，本质上是权力恋物癖。如何理解权力呢？千万不要把权力理解为武装力量或暴力机构。最好听从福柯的意见，在微观物理学的角度理解权力②，权力是一种塑造人或者说雕刻主体的能力。在这个意义上来说，技术、资本、知识都是权力。而在“文革”时的中国，最大的权力主体就是毛主席，他所能引发的力量是巨大的，他对当时国人的塑造能力也是最大的。只要

① 尤西林：《文革境况断片》，见徐友渔编：《1966：我们那一代的回忆》，北京：中国文联出版社，1998 年，第 8 页。

② ［法］福柯：《规训与惩罚：监狱的诞生》，刘北成、杨远婴译，上海：生活·读书·新知三联书店，2012 年，第 28 页。

和毛主席沾上一丝一毫关系的物（从具体的，如画像，到抽象的，如声响），都有惊人的力量，而这种力量深刻地塑造着"文革"时期的人们。在此，我们不妨修改一下拉康的理论，用来审视权力恋物癖的运作。拉康认为，个体在成为主体的过程中，具体认同的他者是小他者（little other）；但是，还存在一个大写的大他者（capitalized big Other），大他者是主体形成时必须浸淫其中的象征秩序，需要主体不断与之同化①。用不太恰当的比喻性说法，"文革"时期的毛主席就是大他者/象征秩序的肉身化。毛主席作为大他者，作为象征秩序中绝对的权力主体，是无法真正接近，无法真正内化的，但是民众却要求无限接近、无限亲昵、无限内化，而圣像作为沾有权力光晕的物，所能提供的需求，总满足不了民众的欲望，于是填补欲望的行为就变得越来越极端，而填补的行为就是以圣像为中介的权力恋物癖。权力在这里不止要整饬公共空间（公共空间中的毛主席画像、塑像、宣传语），还要整饬私人空间（家庭中的毛主席塑像、画像）；权力不止要规训人的肉身（佩戴、手持、忠字舞、早请示和晚汇报），还要规训人的情感、无意识和灵魂（建立一种对圣像的本能反应）。而在这一步步的整合过程中，权力恋物癖起着不可小觑的作用。

可以说，这种权力恋物癖不仅仅是个人崇拜的表现，也是重要的、铸造疯狂的个人崇拜的手段。有意思的是，权力恋物癖本身就是为了重新铸就领袖权威，巩固领袖权力。在"现实中的社会主义"政权中，常常会经历集体化、饥荒、阶级斗争的发展路径。阶级斗争的发动，恰恰是因为饥荒使得领袖权威受损，领袖需要通过阶级斗争重塑权威。斯大林的方式自然是最好的：直接依靠忠心耿耿的官僚系统进行清洗，既高效又精准。但是，中国

① ［英］霍默：《导读拉康》，李新雨译，重庆：重庆大学出版社，2014年，第94页。

的城市化率在毛泽东时代一直非常低，“不曾发生过任何大规模的都市化发展”，“直到 80 年代农村人口才降到 80% 以下”[①]。因此，当时中国大陆没有能力供养一个足够庞大并且绝对忠心的官僚机构，支持清除“阶级敌人”。于是，群众运动成为最佳路径，这条路径又恰恰是领袖比较偏好的。但是，群众的斗争，没有组织化的力量，难以为继，权力偶像于是应运而生。民众借助权力的影子（语录、像章等），获得了幻觉上的权力感，而领袖借助民众，重塑权威，铲除了“阶级敌人”。因此，圣像恋物癖是当时社会的一种权力运作方式。通过恋物癖，通过对物的痴迷，权力既完成了对人的驯化，又完成了自我巩固。

（作者：南开大学文学院博士研究生）

① ［英］霍布斯鲍姆：《极端的年代：1914－1991》，郑明萱译，北京：中信出版社，2014 年，第 577 页。

解读《与狼为伴》的童话重构

付慧雨

安吉拉·卡特是英国著名女作家，原名为安吉拉·奥利弗·斯达克（Angela Olive Stalker）。她于1940年5月出生于英国南部苏塞克斯的海滨城镇伊斯特本。为了躲避二战的战火，她到英国北部的南约克郡乡村，自幼跟着外祖母一起长大。她的外祖母非常擅长讲述神秘的民间传说和故事，这给卡特留下了深远的影响，并为其以后的文学创作奠定了良好的基础。安吉拉·卡特是一位非常有才华并且多产的作家，其作品有《魔幻玩具铺》《数种知觉》《马戏团之夜》《明智的孩子》等。卡特的所有短篇小说集结成《焚舟纪》在国内出版，包括《烟火》《染血之室与其他故事》《黑色维纳斯》《美国鬼魂与旧世界奇观》《别册》在内一共五部短篇小说。卡特的作品想象奇特大胆，情节离奇，极具特色，体现着她非同寻常的才华。一直以来，国内外学者多从女性主义、哥特主义、魔幻现实主义的创作风格以及主题学方面对卡特的作品进行探讨。而且研究者更多地是关注作品的思想、意象、创作手法等方面，相对于她的短篇小说来说，长篇小说研究的更多一些。笔者通过阅读《焚舟纪》系列书籍，发现卡特的很多短篇小说都存在着对经典童话的重构。通过细读文本，同时阅读大量的分析资料，笔者以《与狼为伴》为例，解读其中的童话重构，在这些童话表面天马行空的想象、怪诞离奇的情节背后，表现了真实的现实生活，荒诞的想象其实是为现实服务的。

一、色调由冷到暖

《与狼为伴》是收集在《染血之室与其他故事》里的一个小短篇，这个文本一共包含四个小故事和一个改编的小红帽的故事。作品一开始便描绘了一种极其阴森恐怖的场景，在杳无人迹的森林，天寒地冻，危险无处不在，在森林里离开道路片刻就会被狼吃掉。甚至在家里也不安全，一个女人就在自家厨房沥干通心粉时被狼咬。这便是第一个小故事，整体读来，尤其是对于环境的描写，由纸页扑面而来的是满满的寒冷和危险，全篇都给人以一种极其寒冷阴森恐怖的色调。第二个故事讲的是一个猎人设陷阱抓到了一个曾经吃过人和扑倒过一个女孩的狼，猎人把这只狼的四肢砍下来当战利品，但是砍后，“猎人面前的狼不见了，只剩下一具血淋林的人类躯体，没有头，没有脚，奄奄一息，死去”①。这个故事也是恐怖的，毫无感情可言，但相对于第一个故事来说，少了那些恐怖寒冷的环境描写。第三个小故事是讲的在一场婚宴上，由于新郎移情别恋，女巫把婚宴上的宾主全变成了狼，并且让狼在夜里围坐在她的小屋外，不断地哀嚎。这个故事加入了一点点感情因素，但让人读来依然感觉比较悲惨，色调还是冷的。第四个故事讲的是在一个新婚夫妇的晚上，新郎因为礼貌坚持去屋外小解，但传来狼的哀嚎后新郎便消失了。伤心绝望的新娘后来嫁给了另一个人，还生了两个孩子。但是在几年后的一个冬至夜里，她的第一任丈夫回来了，发现她已经再婚并且生了孩子，一怒之下当场变成了狼咬伤了她的孩子，然后被回来的

① ［英］安吉拉·卡特：《焚舟纪．染血之室与其他故事》，严韵译，南京：南京大学出版社，2012 年，第 205 页。

第二任丈夫用斧头砍死了。倒在血泊里的狼恢复了多年前逃离新婚之夜时的模样，于是她哭了，因此还被第二任丈夫毒打。这个故事的结局是悲剧的，本应幸福的生活最后破散。但是与之前的故事相比，这个故事不再让人感觉不寒而栗，而且年轻女子会因为第一个丈夫的死去而伤心，多了一些人间的温情和生活的常态，不再是毫无感情的嗜杀和阴森恐怖的环境，并且事情的主要发生地也从寒冷、充满一切未知危险的室外转到了有一个保护屏障、有炉火的室内。最后一个故事便是《与狼为伴》的主体，也就是小红帽的故事。在一个隆冬，刚刚进入青春期的少女拿一些美味礼物去送给独居孤僻的外婆，在大家的警告下她也将切肉刀放进了提篮。在路上听见狼嚎的时候，她熟练地握住刀柄，从灌木丛跳出一个衣着整齐非常英俊的年轻男人，少女非常倾心，男子帮女孩拎着提篮还有提篮里的刀，两人并肩同行，有说有笑。快到外婆家时，男子提议打赌，自己抄小路，看两人谁先到外婆家，如果女孩输了要给男子一个吻。男子拿着少女的提篮先一步赶到了外婆家，到了以后便露出了自己是狼的本来面目，虚弱的外婆将《圣经》和衣服朝大灰狼扔去，但都没有作用，最后还是被吃掉了。少女有心让男子获胜，便在路上慢慢地走，到了外婆家后，发现了狼人的真实面目，便想要去拿提篮里的刀，可男子在边上紧紧地盯着她。窗外响起了数不清的狼的放声嚎叫，少女知道自己害怕没用，便不再害怕了。她淡定的依次脱光自己的所有衣服都扔进火里，并且也把男子的衣服都脱下扔进火里，举行了一场野蛮的婚礼，睡在温柔的狼爪间。我们可以很明显的从中看出小红帽的痕迹，而且也可以看出之前的四个小故事是为这个做的铺垫，还穿插引进了一些人与狼之间相互转换的知识。四个小故事加上最后一个小红帽的故事，《与狼为伴》这个文本的五个故事看起来似乎毫无联系，但是整体看来，由第一个到第五个，我们可以看到它的色调有一个由冷到暖的逐渐变化，而且这一变化是非常明显的。沥干通心粉的第一个故事安吉拉·卡特在环境描写上用了非常多的笔墨，营造了一种室外的、荒凉而又寒冷的夜晚氛围，危险无处不在，一切都处在黑暗和恐惧的包围中，毫无征兆和理由的人与狼之间的对抗关系，读来让人毛骨悚然，是一种极冷的色调。接下来的猎人诱捕狼、女巫诅咒宾客、狼人新郎以及最后的小红帽的故事，在这样一条线索中，故事主要发生地点由极其寒冷的室外逐渐的转向有炉火可以取暖的室内，杀人和受伤也由最初的毫无理由变为或是兽性嗜肉或是人的感情的因素，行为都变得有依据。而最初的结局也是充满受伤和哀嚎着合纵悲剧的结局，渐渐的到小红帽，通过自己的力量挽救了自己的生命，她和狼实现了共生这样一种和谐的局面。综合以上种种因素，我们明显看到了这个文本中色调由冷到暖的转变，而这种变化则是对立关系走向包容和谐关系的一个表现。

二、女性由被动到主动

在安吉拉·卡特的这个《与狼为伴》中，最重要的就是小红帽的这个故事。卡特对传统经典童话的改编离不开她前期的积累。“在从事解构以传统文学童话为主的父权神话的事业上，卡特翻译出版了十七世纪法国“童话之父”夏尔·佩罗（Charles Perrault）的著名童话集《夏尔·佩罗童话集》（The Fairy Tales of Charles Perrault，1977）与《睡美人和其他喜爱的故事》（Sleeping Beauty and Other Favourite Fairy Tales，1982），随后还编辑出版了《任性的女孩和邪恶的女人的故事集》（Wayward Girls and Wicked Women：An Anthology of Subversive Stories，1986）[①]。” 卡特的外祖母给她讲的

① 黄炜芝：《安吉拉·卡特的重构童话文本研究》，暨南大学硕士学位论文，2014年。

故事和她之前对童话的翻译整理工作，使得她在对童话进行重构时得心应手。小红帽的这个故事流传了很长时间，但是最初以文字形式出现的是法国作家夏尔·佩罗的版本，于1697年被他收录进《鹅妈妈的故事》中，故事讲的是小红帽是一个迷人而有教养乡村女孩，在去外婆家送东西的途中，被大灰狼假扮的年轻男子用花言巧语欺骗，将外婆的地址告诉了大灰狼，并设计欺骗小红帽，最后大灰狼将外婆和小红帽都给吃了，以一个悲剧的结局收场。佩罗在这个故事的最后说了一段话，来告诫大家他写这个故事的目的。“小孩子，尤其是长得漂亮、教养也好的女士，千万别去同陌生人搭讪。如果他们傻头傻脑地去同陌生人搭话，贪婪的狼会连同她们身上漂亮的红斗蓬一起把她们吞进肚去。听着，世上有真狼，身上长满了毛，牙齿很大。可还有一种狼，他们看上去很漂亮，性情温和，彬彬有礼，他们在街头追逐年轻的姑娘，向她们献殷勤。不幸的是，这些花言巧语、皮肤光滑的狼却正是最危险的动物”。① 此版本针对的是17世纪后期的法国沙龙文化，它被看作一则告诫女士们警惕男人们来袭的尖锐的寓言故事，希望当时的女性可以保护好自己的贞洁，不要听信男人的花言巧语。可见童话的受众不仅仅是儿童，还包括成年人，作者赋予了作品以深层次的内涵，这个寓言既给人以教训，又体现了当时的时代特点，是一则写给当时时代的寓言。

格林兄弟的童话里小红帽的故事是这样的：在一个村庄里，有一个可爱的小女孩，外婆给她做了一件有可爱帽子的红色披风，于是大家都叫她小红帽。一天妈妈告诉小红帽外婆病了，让小红帽去给外婆拿一些点心去探望她，临行前妈妈还嘱咐小红帽森林危险，路上要小心，不要贪玩。小红帽上路后就遇见了大灰狼，但她不知道大灰狼是吃人的坏蛋，便告诉了大灰狼自己此行

① ［法］夏尔·佩罗：《小红斗篷》，张中载译，《外国文学》，1994年1月。

的目的，大灰狼在路上企图吃掉小红帽不成就决定先去外婆家吃掉外婆再等待小红帽。小红帽在路上一边摘花一边玩耍，赶到外婆家后也被已经等待她的大灰狼吃掉了。吃饱的大灰狼在外婆家直接睡了起来。巨大的鼾声被路过的猎人听到了，于是猎人趁大灰狼熟睡之际救出了小红帽和外婆，并在大灰狼的肚子里放了石头，大灰狼最后摔死。当小红帽后来再给外婆送东西时再也没有受骗，也记住了一定要听妈妈和外婆的嘱咐。而这个故事又在告诉小孩，一定要谨记父母的教诲，那些都是生活的经验和总结，否则最后被骗上当的只能是自己。格林兄弟的版本通过部分情节的改变，使得故事的受众主要是小孩。比如没有听从妈妈的嘱托，最后再加上猎人的拯救弱化了故事的残暴性，和最后小红帽吸取教训后就再也没有受大灰狼的骗，通过以上这些改变，它起到了对小孩子的教育作用，不同的文本，都带有作者一定的目的。

在安吉拉·卡特的版本里，具体故事内容上文已经详细介绍过，在这三个版本的变化中，我们可以看到小红帽的这个形象变化是最大的。在夏尔·佩罗的版本中，女孩是要重视贞洁的，不能听信男人的花言巧语，格林兄弟则告诫大家孩子一定要谨记父母的教诲和嘱咐，不然是会有危险的。无论是在佩罗的版本中，还是在格林兄弟的版本中，女孩都是出于一个被动的弱者地位，她们或是被吃掉，或是有幸被猎人拯救，但这都是被动的，她们没有能力自己保护自己，依赖男性，一直处于一个受人压制的地位。总结起来就是之前的小红帽是要具有强烈的贞洁观、被动的、服从的女性。但是在安吉拉·卡特的《与狼为伴》中，少女是一个年轻美丽、情窦初开的少女，她会对英俊的男子倾心，并不抑制自己内心对美好爱情的向往，甚至希望男子赢得打赌而给他一个吻，可见她并不严格的恪守礼教，把女性的贞洁视为不可侵犯之物。当她发现房子被一群狼包围并且屋内的这个狼人也要吃掉她时，她便勇敢起来，开始了自救。“不折不扣的肉食动物，只有纯净无瑕的肉体才能使他餍足[①]”。在这场野蛮婚礼中，女孩拯救了自己，她的勇敢和机智是之前版本中的小红帽所不具备的，明显由一个被动的弱小的地位转变到了主动的具有操控能力的地位。男女因为性别的不同不可避免的会有生理上的差别，但这并不意味着女性就比男性低劣，就永远处于被动的地位。女性凭借自己的智慧和能力也是可以很强大的，不仅可以代替猎人这个强悍男性的拯救位置，同时也可以与狼人这个恶势力做斗争。女性不再是任人宰割的小绵羊，男性的附属品，而是可以与男性相匹敌的另一半，猎人这样的男性不再是拯救女性的唯一出路，这就减轻了男女性别之间的二元对立，男性与女性之间不再是对立的你死我亡，而是可以达到和谐状态的。

三、结论

童话不仅仅存在于古代社会，当今社会依然有，每个时代都有自己的童话。安吉拉·卡特就是创造当代童话的一个优秀作家。在她的一部传记中写道：“安吉拉·卡特是当代最重要的英语语言作家之一，她用无与伦比的穿透力立足当下，写我们当代人的生活，她的想象力在本世纪极其出色耀眼。”[②] 我们可以知道，安吉拉·卡特对传统经典童话进行重构实质上是在续写我们当代的童话，反映当代的社会实际问题以及人类面临的处境。虽是童话的题材，可是所写的都是真实的人类生活，比现实更加现实。她想用这种魔幻和想象力，对经典童话进行重构这种特殊的方式来引起大家对当代社会生活的关注和反思。通过上文对《与

---

① ［英］安吉拉·卡特：《焚舟纪．染血之室与其他故事》，严韵译，南京：南京大学出版社，2012 年，第 216 页。

② Edmund Gordon, *The invention of angela carter*, New York: Oxford University Press, 2017, p. xii.

狼为伴》这个文本的分析变化来看，卡特之所以会在重构童话时做这样的改变，在于两点：一是打破男女之间性别的二元对立状态，二是体现人与动物间的生命的不断流动和生成。

传统将男性与女性对立起来，认为男性比女性优秀，男性有男性气质，他们是刚强的、有利的；女性有女性气质，她们则是柔弱的、依赖于男性的。伍尔夫就在她的作品中举了一个事例说道："奥斯卡·勃朗宁先生常说，看过任何一份试卷，都会让他以为，不管他打的分数高低，最优秀的女人在智力上跟最差的男人相比，还要等而下之。"① 正是传统中认为的这种女性要劣于男性的观点，导致了长期以后男性和女性之间的二元对立。而《与狼为伴》这个文本中，卡特将狼设置为狼人的形象，时而是狼，时而是人，虽然他一直想要吃掉少女，但是他这种不固定的男性状态就减弱了身为男性的他与少女的矛盾，也就是男女性别之间的对立。卡特还取消了猎人的这个形象，虽然猎人是个正义的、来拯救少女的形象，可是他的存在也意味着女性不能自己拯救自己，要想生存，只能依附于男性，自己是没有能力生存的。猎人这个人物的消失，就没有事物再印证女性的弱小和男性的强大，这就给了女性以自主的权利。少女勇敢的面对自己遭遇的困境，在试图拿起刀自卫未果后，智慧而果敢的用通过牺牲自己肉体的方式来化解危机，并将狼人永远变为大灰狼，由防守变为进攻，这可以说也是对大灰狼的一种惩罚。她的生存与否不由他人决定，更不由男性决定，强者和弱者不因性别而定，少女和狼人随时都可能转换强弱的位置，谁都可能是受害者。最后就是故事的结局，并没有像夏尔·佩罗的小红帽那样，最后被大会狼吃掉，或是格林童话中大灰狼被猎人杀掉，二者只能择其一，属于两级对抗的关系，而是

① ［英］弗吉尼亚·伍尔夫：《一间自己的房间》，吴晓雷译，西安：陕西师范大学出版社，2014 年，第 69 页。

少女与狼人都生存了下来，文中写道："看！她在外婆的床上睡得多香多甜，睡在温柔的狼爪间。"① 二者达到了一种和谐共生的状态。通过对小红帽这个经典童话的重构，展现出世界上的矛盾不仅仅是两性间的矛盾，还有人与动物，而且这些矛盾都不是定性的，没有固定的强弱限制，矛盾也可能和解，这就消解了传统的性别二元对立，实现男性与女性的互融共生的关系。

在《与狼为伴》整个文本看来，还体现了卡特的一种人与动物间生命不断流动生成的观点，这也是当今社会出现的一种对人与动物关系的看法。传统中人是比动物高级的生命，人与动物之间有着不可逾越的界限，不可否认当今社会也有很多人持此观点，哈拉维就在文章中说过这一现象："赛博与伴侣动物都无法取悦于追求追求物种纯粹性的人们，那些人渴望更好地保护物种之间的界限并且清除种群中的异类。"② 但是同时包括哈拉维、安吉拉·卡特在内的有些人看到了人和动物间的更加亲密的关系，这在近几年的电影上也有所表现。从《疯狂动物城》中兔子与狐狸的和谐共存到《一条狗的使命》中人与狗的温馨美好的画面，这些电影的大火印证着越来越多的人认为人与动物之间是和谐共存的，不断流动的。《圣经·以赛亚书》中写道："豺狼必与绵羊羔同居，豹子与山羊羔同卧，少壮狮子与牛犊、肥畜同群。小孩子要牵引他们。"《与狼为伴》中就印证了后者，而且这是有一个变化过程的。文本中的前四个故事加上改编的小红帽的故事，这是有一个递进变化的过程。前两个故事中，人和动物是完全对立的，人是人，狼是狼，界限非常明晰，人对动物是抵触的。到了女巫的这个故事中，那些狼就是由女巫诅咒的宾客变成的，也就是由人变成了狼。在第

① ［英］安吉拉·卡特：《焚舟纪．染血之室与其他故事》，严韵译，南京：南京大学出版社，2012 年，第 216 页。

② 汪民安编：《生产（第 6 辑）："五月风暴"四十年反思》，桂林：广西师范大学出版社，2008 年，第 226 页。

四个新婚夫妇的故事中，新郎本是男人，但是却不知何故变成了狼，回来后还可以在人和狼的状态中转换，表现了人和动物之间生命的非固定、不断流动的状态。狼不会永远是狼，人也可能生成狼，但也可能又恢复成人。在这之后卡特还讲述了人和狼逐渐变化的方法，恶魔有种药膏，一抹上身就会变成狼，若烧掉狼人的衣服，他这辈子就永远困于狼。在第一任丈夫死去后，女子为他哭了，她会为一个狼人的死去而哭泣，表明了人与动物间并不是完全对抗的，此时的界限已经不那么明确，而且人和动物之间有了温情的存在。小红帽这个故事中，最后的结局是少女烧掉狼人的衣服，也就意味着他将永远是狼，而少女也烧光自己所有的衣服，走向狼，两人在外婆的床上香甜的睡去。这也就意味着少女接受了狼的动物性这个身份，对动物不再是抵触和排斥的状态。少女脱掉人类所必需的衣服，去除一切装饰，回归到人类最原始的动物本能的状态，她不光接受了狼的动物状态，自己也由人类生成动物，最后在二者不断生成、靠近的基础上达到和谐共存的状态。通过这五个故事的层层递进，一步步展示出人与动物生命间的不断流动、生成的状态，由此实现社会的和谐。

综上所述，安吉拉·卡特在《与狼为伴》中，通过故事结构的层层递进，对传统经典童话的重构，引起我们的注意和反思。文本整体色调由冷到暖的变化，削弱了人与动物的敌对状态，由悲剧走向温情，体现了人与动物间生命的不断流动。童话的重构和人物的改编打破了传统的性别二元对立状态，男女由对抗实现融合，矛盾在各自的拯救中得以化解。卡特通过这种对童话重构的方式，展示了真真实实的现实生活，创造了当代社会的童话，以童话写现实，任何奇幻的想象都是为现实服务的。关注社会中的对立，努力实现男女性别的和谐，人与动物的和谐，这样才能更好的生活。

（作者：河北师范大学文学院硕士研究生）

贫瘠世界里的温暖回忆

——论马金莲小说《1987 年的浆水和酸菜》的文本创作特点

张 蕊

引 言

对于马金莲《1987 年的浆水和酸菜》（以下简称《1987》）的解读，第一部分，从文本出发，从小说里的所运用的“比喻”修辞手法、地域化的语言风格和小说的叙事逻辑三个角度出发论述，可谓之为小说阅读的初体验。第二部分从不同视角看小说所反映的蕴含：第一为人与人之间，主要是血脉亲属之间的情义；第二为小说中的女性地位问题，这也是涉及历史传统的一个问题；第三为民谣等民俗的东西在小说中的凸显。第三部分也就是最后部分将讨论小说主题的问题。主要是有人（邹军）将主题归为底层叙事中的苦难书写，我个人觉得这只是作者以小说的形式回忆小时候的生活，作家所倾注的是对那片养育自己的土地的热爱，以及对贫瘠土地上生长延续出的劳动人民富有的精神和与自然连接到一起的生活体验。这无疑是厚重的，也是作家最想挖掘和表现的。

一、《1987》的文本写作

（一）文字上的突兀和繁冗

虽说小说并不是很注重对文本细节的润色和磨练，其主要目的是叙事，而非追求散文式的语言唯美，但是在《1987》里面，作者的对某些文字的使用不但没有唯美和平淡，甚至有些突兀。

小说在形容旧干菜串子时，径直用了“死尸”这一词。“旧干菜串子被堆积在门口，一串一串死尸一样仓皇地躺着”，若是把这一句单独拎出来看，倒也没什么毛病。若放在小说平和的叙事语境中，便显得格外突兀，这是其一。其二是小说的叙事角度是作为懵懂孩子的作者本人，一个稚嫩的小孩在看见旧干菜串子怎么可能会想到死尸呢？这显然超出了孩子的叙事角度，有一种作家只为修饰而修饰的嫌疑。即使作者想加入生死、生命的瞬间感触，用老人也能参与比喻。因此后面作家形容新鲜菜变干的过程为“就像我有一天终将会长成奶奶一样的衰老。时间是一把刀子，悬在头顶上，一直一直地削切着我们的生命，虽然这刀子隐藏得很深，可是它削砍的结果确确实实摆在每一个人面前”就让人舒适多了。然诸如形容枯掉的冰菜“像一团解剖的肉，再也回不到当初赖以生长的骨架上去”的描述仍让人觉得诡异。即使要带有命运色彩，也在小说初阅读过程中与小说所营造出来的童年和看奶奶做浆水的气氛俨然相反。

还有小说中的一些文字显得很繁冗，比如我问奶奶那些干菜是不是去年挂上的时候：“我从尘屑团里抬起头来喊，奶奶，奶奶这还是我们去年挂的那些干菜吗？咋老成了这个样子？奶奶很忙，不回答我，我也没十分渴望她回答。因为我记得十分清楚，这些干菜除了我们去年此时挂上去，难道还会自己冒出来吗？”

看得出来作者想显出小孩子的童真和稚嫩，不管上文已经说清楚是去年的干菜了，下面又通过小孩子的语言行动来说明干菜是去年的，在文字和叙事上都显得重复。

马金莲在得奖后接受采访时自己也说：“我有个习惯，不喜欢修改作品，懒得反复推敲，一般都是一口气写完就丢开了，但是具体写的时候，是全身心投入面对每一篇作品的。”因此，文本中也难免有让读者个人觉得有缺憾的地方，当然，个人的感受因人而异，不尽相同。

（二）地域化的语言风格

地域化的语言风格也就是方言写作。方言在地域上有着丰富而迥异的分布。大家都说属于世界的文学也一定是要属于民族的，而民族的就要有民族自己语言的风格。这也成为造就地域性文学差异的主要原因。中国有很多方言，每个地区都保留着自己的方言传统。在接受普通话为官话的规定的同时，方言在各个地方仍旧有着顽强的生命力。甚至在西海固这样的地方，经济条件的限制就制约了方言的广泛传播，方言在民众的语言使用中占据首要地位。这样的情况在很多地方也适用（如陕北、山西、湖南等地）。在马金莲的小说中，很让人欣喜的，也见到了方言的存在。比如“羞脸鬼”在方言中指“不好意思的人”，“卧一缸酸菜”中的“卧”，“瓜女子”“呱呱牛”“沟子”等。

第一，这符合现实主义的写作方法，特定地域环境下的特定语言，没有跳出作家所描绘的地域背景。第二，这些方言的使用更加鲜明地塑造了人物形象和性格特征。因为语言规定和受众问题，文本也不可能全部用方言写作，方言与普通话的杂糅，更加增进了文本的张力和可读性。

（三）小说的叙事逻辑

小说以插叙的方式将二奶奶要我家浆水的历史展现了出来，

通过插叙，也将二奶奶的性格特征（好吃懒做等）刻画了出来，为人物形象增加了色彩，还有通过插叙爷爷把自己珍贵的皮衣送给弟弟这一件事，展现了爷爷对弟弟深厚的兄弟之情。

作者又通过事情发展的顺序将奶奶投浆水的经过详细地描写，小说中对这一过程投入了很多笔墨，构成了小说的主体。这突出了作者对浆水和酸菜这两个同缸异形事物的写作重视。小说中很多处运用了细节描写，比如“案板上渐渐地空了，缸里满上来，奶奶将那锅烧开又晾了一会儿的开水倒进去，再抓两把荞麦面，用长擀杖慢慢地搅散在缸里。清水浮上来，菜叶沉下去，面粉打散了，水不那么寡淡了。一层温暖的乳白冒着热乎乎的水泡儿浮在最上面。奶奶剥两根葱，不用切，囫囵个儿投进去……”将奶奶如何投浆水的过程写得细之又细，足以看出作者的回念目的和对那片土地上所滋生出来的事物（浆水和酸菜）以及所养育出来的人（奶奶）的热爱。

在后面一家人等待浆水发酵好的叙事中，作者在文本中加入了焦灼、迫不及待的感情。这也是为了突出浆水在人们生活中的重要性，同时也是心理上对浆水的倚重和喜爱。没有酸菜时，爷爷懊恼不耐烦的语气和动作，作者用了好几个场景来表现。其实浆水不是一日三餐都得必须要有的，只是人们的饭菜选择太单一，如果不吃酸饭，就只能吃甜饭，也就是洋芋面。所以浆水在饭菜中的重要角色就是换口味。这个角色在的时候大家不太注意，吃厌了甜饭吃顿酸饭就行，但是这个角色突然缺失了，人们便焦灼了起来。作者对这部分的叙事很写实，但在每个场景的连接上也是刻意有为：将几个“酸菜缺失”的场景有序地堆在一起，表现人们对于酸菜发酵成型的渴望，酸菜对人们生活的重要性凸显无疑。

再者，小说以儿童视角来叙事，里面夹杂了孩童的天真，以孩子的角度看待大人世界，看奶奶怎样投浆水，家庭成员如何相处，也让叙事有了客观的情感投入，而且也表现了作者对于童年事物的怀念。

二、从不同视角看《1987》

《1987》里面其实包含了很多我们应当注意的问题，一个小说在凸显主题的同时不免也会掺杂进作家自己的意见或者小说文本历史语境中的文化问题。这有作家主观的感情，可能有意也可能无意，是作者本身意识的反映。另一方面，小说中事件发生的时间、地点、人物以及人物所处的物质环境，都会在小说中显示出特定的内涵意味。

（一）人与人之间的情义

马金莲在写这篇小说时是带着浓厚的个人感情的。在描写浆水和酸菜的同时，也着重将根植于这片贫瘠土地上的人的深情厚谊写了出来。爷爷好不容易做了一件皮衣，看到弟弟没有，就直接把皮衣送给了弟弟。即使要禁受寒风和家人的抱怨，但爷爷心中对兄弟始终都给予一份厚爱。他严格地按照传统，肩负起作为一家之主的责任，成为家庭里面最有威严的一个人。即使他是回族，在伦理和礼仪上还是严格遵守着儒家的传统。因此，他对兄弟的爱，对家庭的关怀维系了整个家庭的团结与和睦。

与爷爷无私的爱相比，二爷爷就显得薄情很多，也许是受了二奶奶的影响，二爷爷的性格中沾上了自私和溜滑。二奶奶在小说中是一个不招人待见的人，她好吃懒做，虚伪圆滑，但也不见得是完全属于“那些火上浇油、雪上加霜的‘反面人物’”①，她

① 邹军：《赫拉巴尔式的底层写作——从马金莲小说集〈1987 年的浆水和酸菜〉谈起》，《南方文坛》，2018 年第 6 期。

的坏还不至于火上浇油，雪上加霜。比如她除了懒之外，看见“我”家没浆水便也讪讪地走了。穷苦的环境能够塑造出坚韧善良的人，也同样会衍生出浑水摸鱼、贪图小利的人。

（二）小说中的女性地位

小说中所呈现的家庭氛围是温馨朴实的，然而在这种小农家庭的框架下我们可以看出女性地位在当时的西海固地区的表象。因为家里没了浆水，第一天晚上吃饭，爷爷以懊恼的神态对待奶奶；第二天吃干粮，爷爷又发了脾气，瞪着眼睛责问奶奶怎么没有酸菜？晚饭的时候“饭桌上爷爷终于无法忍受，拍着筷子不看奶奶，说家里有两个女人呢，连一口浆水都做不好，要你们是做啥的？奶奶一看这场面，气短了，一点都不敢犟嘴”。作家用爷爷焦急的等待来证明浆水在人们生活中的重要性，爷爷对浆水的依赖和喜爱，同时也表露了女性在当时历史语境下的地位问题。

中国自古以来的男主外女主内的习惯在20世纪80年代的西海固地区依旧被稳妥地继承和延续着，即使在今天，这种家庭模式和思维习惯也在中国社会占据主导地位。从理性角度看这种分工也并没有什么平等不平等之说，男女根据各自的优势进行社会分工，是有利于社会生产的。不如意的地方是在这种模式下产生的偏见，男性认为女性在家里所做的或都不是拿得上台面的大事。长期以往就出现大男子主义，男主外的层次明显高于女主内。中国古代对女性有“贱内”的说法，现代也有“保姆”的戏称。比如小说中爷爷觉得家中有两个女人，居然在伙食上没有了浆水，于是便说出“要你们是做啥的”话。这话听起来就好像娶媳妇就是为了操持家务，伺候一家老小生活起居。在这些话语中我们可以看出女性是屈服于父权和夫权这些由男性主导的权利的。小说中的二奶奶由于生性懒惰，经常使唤她幼小的女儿，让女儿做饭劳动。其实这只是一个缩影。在西海固这样的偏远地区，女儿从小就要接受这样的教育，及早地学习做饭等家务，照顾一家人的日常生活。这样才能成为一个贤惠的人，能继续为以后的家庭服务。女性地位低下是长期以来社会共同面临的话题，中国五四以后的女性解放运动也一直在不断延续，如今女性地位已经得到了很大的提高，和谐社会我们也讲求男女平等，但是女权问题并非已经得到彻底解决。

（三）顺口溜儿在小说中的贯穿

顺口溜儿是民间流传的艺术形式，它由劳动人民创作，是来自民间的声音。由于长时间的积累，使得每个地区的顺口溜儿都各有特色。有的顺口溜儿经过长时间的洗涤已经固定，其他的总是在不断地创作与繁衍中交替，呈现着繁冗而不消亡的趋势。因为顺口溜儿来自民间，所以聚集了不同民族，不同地区，不同人群的各种特点。毫无疑问，民间的好多顺口溜儿也是民俗的重要组成部分。《1987》以顺口溜儿“羞脸鬼，羞脸鬼，端个瓦盆要浆水”开头，一下子就将小说的故事情节铺开了。简短精悍的几个字就为小说营造了一个小叙事环境。

顺口溜儿读来朗朗上口，又兼有韵律，便于人们听说读唱，因此流传很广。而且顺口溜里又有具体的描绘对象，实用性强，言简意赅，人们运用起来生动形象。这篇小说不仅以顺口溜儿开头，还在叙事中担当了一个重要角色。当作家用大篇幅文字描写家人等待浆水酿好，想到二奶奶总是到他们家要浆水的时候，用这一顺口溜儿将叙事瞬间拉到现实中来——“羞脸鬼，端个瓦盆要浆水！果然又来了。”这句话也是对二奶奶的经典型描绘。将二奶奶好吃懒做，爱占便宜，不好意思又舔着脸来要浆水的神态刻画得入木三分。

这就是民间艺术的魅力，而小说将这一艺术形式运用其中，也增加了小说的趣味和耐读性。同时也是一句极富宁夏地域色彩的顺口溜儿。

三、小说主题

马金莲的这篇小说以“浆水”和“酸菜”命题，浆水和酸菜是西北地区特殊的饮食风味，特别是在天气炎热的情况下，吃一顿浆水饭是很解乏解暑的；再者对于饮食单调的劳动人民，浆水和酸菜是偶尔换换口味的不错选择。这两者也是属于当地民俗里面的物质材料。马金莲以此为题，以奶奶投浆水的过程为重点进行小说创作，明显是对西海固那片生她养她的土地的热爱。即使那里很贫瘠，但是劳动人民的心是热忱的，他们热爱生活，在艰苦的条件下顽强生存。更难能可贵的是，在他们身上有着宽厚仁慈的胸怀和坚韧不拔的品质。这样的物质生活环境，这样的人与事，都是马金莲心中无法割舍的爱与怀念。因此这篇小说的主旨是作家怀念往昔岁月的风土人情，歌颂贫瘠土地上孕育出来的民风民俗。

邹军在《赫拉巴尔式的底层写作——从马金莲小说集〈1987年的浆水和酸菜〉谈起》中认为，马金莲和赫拉巴尔相似，都是典型的底层叙事文本：“他们都执着于叙写那些生活‘在社会的垃圾堆上而没有掉进混乱与惊慌’① 中的人，他们都‘懂得目睹破坏和不幸的景象有多么美’②，他们都能用奇妙的笔为破败的生活创建诗意的花园……”他说在小说的结尾，“马金莲总喜欢涂上一抹亮色，而不是以太多浓重强烈的苦涩去窒息我们”。我认为并不如此，马金莲写作这篇小说本来就是回忆性的体系，她并

---

① ［捷］博·赫拉巴尔：《我曾侍候过英国国王》，星灿、劳白译，北京：中国青年出版社，2003 年，第 6 页。

② ［捷］博·赫拉巴尔：《我曾侍候过英国国王》，星灿、劳白译，北京：中国青年出版社，2003 年，第 17 页。

没有写苦难，写苦涩的生活体验，她写的那片贫瘠艰苦的土地是客观现实的物质环境，这个环境不是痛苦，而是让她以及生活在那片土地上的人们孕育精神的地方。贫瘠是西海固的客观物质表象，但风土人情才是马金莲怀念并想表达的东西，从她的字里行间我们可以看出她对那片土地的热爱。她写作的对象是底层劳动人民，但不见得这就必然要符合某些底层叙事所要表达的展现隐晦暗角，艰苦生活，人民苦难的主题。而邹军就把她的写作笼统地归为了这一类，并且与赫拉巴尔相连接，我认为这并不合理。他说马金莲在小说结尾总是喜欢增加亮色，但我觉得并不是有意为之，而是在马金莲整个这篇小说的叙事中都是暖暖的，有亮色的，她心里所投射到作品中的温情色彩在小说中一直存在。即使有二奶奶这样的人物出现，马金莲的重点还是在对浆水和酸菜以及家人的歌颂上面。二奶奶是生活在那片土地上性格迥异的人中的一个，也是一个性格有劣迹的正常的人中的一个，不是作者要去着重描写的小说人物对象。

因此，在这里，我更倾向于，在马金莲的世界中有一个特殊而又形象完整的“西海固世界”，它的存在类似于沈从文笔下的“湘西世界”。虽然两个地区地理风貌不一致，湘西世界充满翠绿和宁静，马金莲的西海固世界贫瘠而苍凉，但是它一样让马金莲热爱而怀念，如同湘西世界让沈从文那般热爱。在西海固这片土地上，有着哺育作家成长起来的民俗风物，更有着给她带来无穷精神力量的人民群众，她在这里汲取营养，相应地，也为这里带来了回报。这种回报就是以文字的方式将这个世界展现在世人面前，在中国社会不断向前发展的过程中，也涌入地域性的力量，也让这些小世界为中国的现代化进程给予自己独特的贡献。这也是马金莲所属的宁夏作家群崛起所带给我们、警示我们所要关注的东西。

（作者：北京第二外国语学院文学院硕士研究生）

身体的游戏

——《一出好戏》的乌托邦转向与反乌托邦叙事①

王　姮

黄渤导演并主演的电影《一出好戏》自2018年8月10日在中国内地上映以来便引起轰动，仅仅10天票房就突破10亿。影片讲述了公司员工团建出游遭遇海难，众人流落在荒岛之上，为了生存，他们共同生活，并面对一系列人性问题的寓言故事。评论界多从精神病学、社会学、人类学等角度挖掘其作为喜剧片的现实意义，展现人性在苦难中的蜕变与重生。《一出好戏》的自我定位是喜剧片，这一定位自上映以来便引起广泛评论。公司员工团建出游遭遇海难，荒岛求生中充斥着嬉笑怒骂，有温情脉脉的相互舔舐伤口、抚慰情绪，也有为争夺有限食物和资源而大打出手的流血暴力。有人说它是恐怖片，以事件的突发性没收了人类文明演进进程中的一切文化的因素，将人们打回到物资匮乏、茹毛饮血的远古时代，唯有苦难与不断的妥协永存。也有人说这是一部历史片，在搞笑的对话中讲述着资源分配、资本积累、空间割据的社会发展变化，道尽人类文明演进和秩序建立的历史。然而在我看来，这部电影却是一个掩藏在喜剧元素之下的反乌托

① 本文系天津市哲学社会科学项目青年课题“媒介融合视域下文学作品的影视传播研究”（TJZWQN18－001）阶段性成果。

邦寓言。伊格尔顿在《文学事件》中指出以文学为代表的艺术作品具有“家族相似性”，即艺术作品成为一种原发的、纯粹创造性的活动，不对自己以外的事物负责，可以看作一种模拟的创世行为。文本可以被视为众多历史因素的产物：“文类、语言、历史、意识形态、符号学规则、无意识欲望、制度规范、日常经验、文学生产模式、其他文学作品等等。”① 因此，发现表层文本之下蕴含的潜文本，揭示文本象征空间内无意识的“变容之光”便显得尤为重要。我们以这样的视角反观《一出好戏》这部电影，就会发现在对人类历史发展进程的模拟和戏讽中，暗含着从乌托邦憧憬到反乌托邦结果的吊诡逻辑，在这个与世隔绝的独立空间中，位于权力底层的人类身体时刻处于等待领受刑罚的情境之中。

一、作为被监管场域的身体

反乌托邦的概念由“乌托邦”一词延伸而出。一方面，乌托邦精神指向尚未到来的更好状态的趋向，而另一方面，乌托邦一旦落入实体则接近于反面乌托邦，是人类妄图僭越造物，将理念中的乌托邦变为实体，以暴力手段为保障，依靠高科技所建构的高度整齐划一、外表精美实则压抑个性存在的社会。20 世纪以来，反乌托邦题材在文学、电影中的展现比之前任何一个时代都多。如赫胥黎的《美丽新世界》、乔治·奥尼尔的《动物农场》《1984》、艾拉·莱文的《这完美的一天》等作品，表面上展现了一派祥和、井然有序的社会表象，实则却充斥着各种无法控制，甚至无法言说的弊端，如阶级矛盾、资源紧缺、政治迫害等，未

① ［英］特里·伊格尔顿：《文学事件》，阴志科译，郑州：河南大学出版社，2017 年，第 158～159 页。

来令人绝望。

电影《一出好戏》多次通过蜥蜴的眼睛来审视人们所生活的孤岛，蜥蜴眼睛提供了全景式镜头，将人们生活的一点一滴都拍摄在内，形成一种类似纪录片的真实。一车人成为这个星球上最后的生存者，颇有诺亚方舟的味道，由此，在这片打回到原始形状的土壤上开始新生活，便具有了乌托邦意味。影片通过展示以小王、张总、马进为代表的几种统治形式，隐喻着人类历史进程中曾经或者正在面临着的诸多生存困境，实际上总是包含着两个相辅相成的因素，一是对现存状态的批判，二是对新社会图景的描述。因此，自产生的那一刻，这片荒岛上的乌托邦就蕴含着它的反面：建构会毁灭并存，新世界中无限蕴含着旧世界的糟粕，乌托邦自开启之时就打开了反乌托邦转向。

影片中，最初被困于荒岛的人们凭借体力和基本的自理能力，自发形成一个秩序井然、无智、无趣、个体失去自由的秩序。惊涛巨浪之后被击溃世界，捕食、生火等野外生存技能成为生存之必需，因此谁拥有灵活的身体去捕食、发现新的遮蔽环境，谁就拥有了话语的主导权力。荒岛之外原本秩序井然的世界形象逐渐模糊，取而代之的是群体居住的洞穴，每个人都被置于敞开的空间之中，原本私密的生活环境被无孔不入的相互观看取代。同时，洞穴中的治安与管理演化为一个单独的机构，它的职能一方面承袭了一般意义上为维护捕食工作进展、等级秩序稳定的任务，另一方面也为安置试图逃离出秩序的所谓“犯思想错误”的人而设，因此，它实际成为乌托邦制度化后的权力机器。影片中，原本是导游的小王凭借卓越的觅食能力，一跃成为荒岛上的“王”，享有着分配事物和得到女性眷顾的权力，以及对人员进行分配和监管的权力。主人公马进和弟弟小兴不堪忍受逐渐暴虐的“王”的统治，扎起木筏逃跑，却在行驶中意外发现死掉的北极熊的尸体，反而更加深了两极崩坏、世界崩塌的观点，不得已返回，因此遭到重罚。为了对他们进行惩罚和改造，这个近乎原始父系氏族的社会体系发展出一套特别的管理制度，直接的鞭笞和嘲讽辱骂带来了对人员更加严格的控制和管理，越来越多的人变成了表面上中规中矩，实际上已经失去探寻新生活可能的行尸。个体的全部思想、感情和行动都受到监管，这事实上构成了极权主义和极端国家主义的一个重要特征。奥威尔在《文学与极权主义》一文中概述道："极权主义除了废除思想自由，其彻底程度是以前任何时候闻所未闻的……它不仅不许你表达甚至具有一定的思想，而且它除了规定行为准则以外、还想管制你的感情生活。"①《一出好戏》中在这方面的展现，仿佛与《1984》有异曲同工之妙。在洞穴中位于权力制高点的"王"利用原始的手段——大棒加恐吓控制个体生活，不仅控制着每个人要捉多少条鱼回来才有饭吃，在私人生活空间中，如男女恋爱和性生活的对象，也被统一设计。寻路失败的马进被视为自视甚高还不服从管教的白痴，他对于姗姗的爱慕在"王"和众人的话语中变为笑柄，而从前公司的性感美女凭借火辣的身材端坐在"王"的座椅旁，成为众人可望而不可即的存在。在此反乌托邦的生活困境中，个体彻底失去自由和价值。

在影片中不乏具有反叛精神的人，他们蛰伏于"王"的大棒之下，试图找寻新的生存可能。张总便是其中之一。这位原是成功商人的企业家运用自己善于精妙算计的头脑，成功的以洗脑的方式将马进等人带出洞穴，登上一所颠倒过来的废船。船上富足的物资改变了人们之前靠吃鱼度日的状态，红酒、餐具、肥皂、热水等现代文明产物唤回了人们曾经的记忆，这其中有文明，也有资本占有和掠夺的各种手段，反乌托邦的故事便由洞穴转移到

① ［英］乔治·奥威尔：《奥威尔文集》，董乐山编译，北京：中国广播电视出版社，1997年，第135~136页。

废船之上。在人类历史上已有的乌托邦工程，都是以改造人性，制造适合社会发展的“新人”为主要目的，这在张总的废船上也不例外。不同于“王”的洞穴中那根永远竖起的大棒，这里的权力往往并不直接以类似国家机器的面貌出现，而是表现为一种更广泛意义上的控制力与支配力。它通过经济制裁的手段巧妙运转，权力体制中的管理者（打手）并不直接作用于被管理者的身体。张总在船上找到两幅扑克牌，跟所有人详细介绍了扑克牌上的数字对应的鱼的数量、如何进行换算等。那些想着文明与生活质量的器物被放置于崇高的位置，人们的劳动逐渐被扑克牌的数字简化，人的价值、生命和身体的尊严被规训于强制劳动中，身体以物化的形式得以异化。张总在这片贫瘠的土地上依然找到了肥沃的部分，资本的运转链条悄然形成。

无论是洞穴中身体遭遇直接的惩戒与监管，还是在废船中身体被异化为资本运作中的简单一环，肉身被权力扭曲的方式其实并无根本性的差别。也就是说，在人类社会的历史进程中，在从美丽乌托邦的开始到反乌托邦局面的逐渐形成中，只有受刑的身体本身，才是具有高度抽象和象征意义的人生境况。

二、作为奖品的女性身体

如果说身体的受难成为永恒的主题，那么女性的身体受难则比男性又多了一层内涵。参照卡尔·曼海姆在《意识形态与乌托邦》中对乌托邦的定义——“超越性的思想状况”。那么无疑，女性的身体表征诉求在乌托邦中占有重要位置，性别平等几乎是每一个经典的蓝图式乌托邦文本都会涉及的重要命题，尽管它附属于乌托邦社会建构所追寻的“人人平等”的命题之下。

在诸多反乌托邦电影中，女性身体往往成为一个尴尬领域。如经典的反乌托邦电影《饥饿游戏》三部曲，它改编自美国作家苏珊·柯林斯的同名小说，讲述了北美洲在一场大战中被摧毁，重建起来的新家园为防止暴动，每年开展名为“饥饿游戏”的残酷活动。这一活动要求在管辖的12个区必须选出一男一女参赛，与各种野兽对抗并杀死其他辖区的对手，才能获得存活的资格。游戏被设定在一个高度精密的隔绝空间中，选手毫无逃脱的可能，全国人民通过显示器观看比赛，以观看的形式形成了对选手的监视。在这一游戏中，科技的滥用达到了极致。技术被占据资本和权力的少数人所拥有，沦为血腥娱乐的工具，底层民众沦为仅供消遣和娱乐的肉身。在对影片中男女角色的刻画上，镜头语言的使用有着鲜明的差异：往往使用追身镜头追寻着女主人公的奔跑与喘息，多次使用仰拍镜头将女主人公身体曲线甚至是细节进行从下往上的展示；女配角死亡也往往通过原本线条优美、肌肉紧致的身躯的撕裂，伴随着飞溅的血液和凄厉的惨叫，表达着未来社会科技畸形发展所带来的阴暗图景和人类生存危机。

在《一出好戏》中，女性的身体不仅仅是为了引发观看和体验，更成为男性话语争夺场中的未经之地。也就是说，女性的身体被忽略到根本无需进入话语言说的范围之内，她们更多的是被置于“奖品”的位置，等待男性身体博弈之后自动领取。性感美女从“王”的座椅转移到张总身边仿佛理所当然，在马进怒喊了一通“我们要团结”的宣言之后，这具身体更加理所当然地成为共有财产：衣衫大开地跳绳给大家看，而这一过程中没有丝毫强迫，全是处于她的一厢情愿。在此，女性身体从朱迪斯·巴特勒意义上“生理性别”这个看上去稳固的事物，很可能是文化建构的产物的认知，退回到波伏娃《第二性》开头讽刺的比喻：“女人吗？这很简单，喜欢简化公式的人这样说：女人是一个子宫，一个卵巢；她是雌的：这个词足以界定她。”① 在这一切关于女性身体的看似客观的描述中，既有的性别秩序悄然形成。人群中唯一的知识分子史教授骄傲地挂起基因链的图谱，号召女性要尽可能多的与男性交配以优化生育。性、生育等身体特征被严苛地打上了“女性专属”的印记而被驱逐出话语争夺的范围，成为奴役和控制的手段并被赋予合法性来源。人口动力论消解了乌托邦叙事的精神性和社会性，逐渐迈入曼海姆所谓的“乌托邦消失”，即乌托邦“从一种社会想象与社会建构，转而退入了人自身的神秘领域”②。听闻史教授的话后，镜头转移给全体女性，她们面露娇羞之色，七嘴八舌地嘀咕着。说出否定话语的依旧是身为男性的马进，他一把扯下基因链图谱，声称不能忽略掉最重要的因素——“爱情”。女性基本的话语权为女性身体经验所围困，构成了不平等的存在，消解掉构成成为一种新的、具有颠覆性的力量的可能性。

三、狂欢：身体争取主动性的特殊方式

争夺对身体和性的控制权构成了权力体制与被监控者之间一场特殊的争夺主体性的对抗。正如福柯在《规训与惩罚》中所说：“肉体也直接卷入某种政治领域，权力关系直接控制它，干预它，给它打上标记，训练它，折磨它，强迫它完成某些任务，表现某些仪式和发出某些信号。”③ 权力机制使用暴力摧残肉体从而直达灵魂改造。在电影叙事层面，马进与小兴不满张总把控废

---

① ［法］西蒙娜·德·波伏瓦：《第二性》，郑克鲁译，上海：上海译文出版社，2011 年，第 27 页。

② ［德］卡尔·曼海姆：《意识形态与乌托邦》，黎鸣、李书崇译，北京：商务印书馆，2005 年，第 261 页。

③ ［法］福柯：《规训与惩罚》，刘北成、杨远婴译，北京：生活·读书·新知三联书店，2003 年，第 27 页。

船资源，与其大吵一架之后发现无路可走，便回来要鱼吃，却遭到张总手下的痛打。贴身镜头的使用将马进血肉模糊的脸清晰展现在屏幕上，肉体被拳头猛烈击打的声音和仿佛骨头碎裂的咔嚓声比打架时爆的粗口更加响亮。在此详细刻画肉体受惩戒的过程，也展现个体灵魂被碾压的过程。极度痛苦与羞愤的情感体验后，“活下去”成为唯一动力。

对身体进行控制和摧残，实际上是权力与身体的故事。权力通过规训与刑罚作用于身体，控制身体，摧残身体，对它进行异化与物化。相应的，身体的反抗则是各种狂欢。叛逆者马进身上所展现出来的游戏精神与行为模式，构成了叛逆个体在高压之下重获主体性的一种独特抗争方式，它成功地改变了个体的存在感受，是寻求生存诗意，避免被物化和异化，沦为工具性、生产性身体的有效途径。

《一出好戏》中，达成和解的人们利用船上灰白条纹的布料裁剪出统一的服装，整日围绕在篝火旁唱歌跳舞，全然不见海难之初妻离子散、事业倾覆的痛哭流涕和权力争夺之时的头破血流，人们对发电机的重新启用和灯光的出现表示满足，轻松获得一种天启之后的自我心灵净化。影片在《最好的舞台》动感十足的音乐声中达到高潮，马进站在聚光灯下通过高音喇叭呼唤团结的语言具有浓厚的诗化色彩，触发了现代人的思维模式仍然保存着的原始巫术和宗教的痕迹，荣格意义上的群体精神气质得以彰显。借助于群魔乱舞般的狂欢，自我身体被投掷于不同于现实生活方式和管理模式的情境之中。一边是逃避权力体制压迫的夙愿，一边是逃离的不可实现与暂时麻痹，狂欢成为“一种自愿的活动或消遣，这种活动或消遣是在某一固定的时空范围内进行的，其规则是游戏者自由接受的，但又有绝对的约束力。游戏以自身为目的而又伴有一种紧张、愉快的情感以及对它‘不同于日常生活’的意识”①。也就是说，权力压制下人被异化为符合统治秩序的片面的存在，而狂欢的状态则可以恢复人的全面性。在此反乌托邦电影中，狂欢的审美实践意义在于反对各种对肉体的监控与蹂躏，彰显个体力量，给予精神愉悦合法化言说。然而，被放置于被观看地位的狂欢实际上具有了功利性的因素，它的自我实践方式并没有实现对权力的超越。也就是说，在《一出好戏》中，狂欢只是对秩序的不满而又清醒地知道现实无可更改的精神麻醉剂，弱者只能被动接受自己处于被规训地位的真实处境，甚至与权力对话的可能也在狂欢中被消解。

因此，狂欢之于影片，既是叙事方式，又是深层心理结构与价值趋向。它试图消解政治与权力的意识形态，却始终无力建构起一种新型主体的肉体与精神地位。《一出好戏》中的反乌托邦想象经历了双重编码，经由社会蓝图的建构到对身体的控制，在视觉上轰轰烈烈，在叙事逻辑上依旧落入想象式解决的窠臼，也就是说，对人类生存跌宕苦难历史的想象式解决无法承担历史的厚重，“只能权作对意识形态的铭文式书写”②。

（作者：南开大学文艺学博士研究生）

① ［荷］胡伊青加：《人：游戏者——对文化中游戏因素的研究》，成穷译，贵州：贵州人民出版社，1998 年，第 28 页。

② 尹兴：《归来》的“超政治化”叙事与“历史屏蔽”——从《陆犯焉识》的电影改编管窥张艺谋电影叙事模式，《西南科技大学学报》（哲学社会科学版），2016 年第 2 期。

小说作为一种“策略”书写

——《吃瓜时代的儿女们》的荒诞解读

孙立武

一、“奇异的现实主义”——一种创作策略

小说作者刘震云一直被奉为新写实主义的代表人物，所谓新写实主义，与现实主义有几分相似，但又有着明显的不同：现实主义有一个经典要求，即塑造典型环境中的典型人格。它强调的是对生活进行剪裁、概括和提炼，取自生活，高于生活；而新写实主义则强调还原生活、诉诸生活本身，让生活现象地裸露，反对对生活原生态做任何更改。这恰恰与典型理论相悖，是对典型理论的一种消解①。但是到了新世纪，这种声称致力于真实的写作流派或者称写作风格，已经发生改变：新世纪的长篇小说的创作实践，已经要求我们把“现实主义”看作是一种与特定时期的知识范式与意识形态紧密相关的创作意识与文体形态②。所谓的“写实主义”也在中国这样具体的语境下发生了转变。

《吃瓜时代的儿女们》正是“现代主义的现实主义”的一个

① 王丽丽：《现代情结：揭示生存本相——新写实主义探微》，《北京大学学报》，1992 年第 4 期。

② 周志强：《现代主义的现实主义——21 世纪长篇小说的五种文体图景》，《天津师范大学学报》（社会科学版），2011 年第 2 期。

写照，小说的作者致力于给读者塑造一种“现场感”，试图还原一种真实的现场，尤其是将现实中的真实事件，小人物的生活状态，以一种近似原生态的笔法呈现。实际上，他只是把现实主义的“生活现实”改造为“现场现实”，把历史作为一种“隐喻”投入到文本中，而不是作为“被反映”的真实“发生”在文本中①。具体来看，这种“现场现实”的制造和“隐喻”主要体现在小说的语言以及小说的结构之上，小说作者力求用“最简单”“最流畅”“最粗暴”的语言来点燃人们对于塑造的“现场现实”的冲动，利用“语言建构一种文本和现实的想象性关系”②；小说结构布局上的奇异逻辑更是让人将小说中塑造的情节与现实中的“乱象”勾连起来，在感叹小说奇异逻辑的同时，又能够透过这奇异的逻辑去构想一个总体性的世界图景。小说的价值或者意图此时并不在于其内容，而更多地在于其语言的表达和结构的布局上。

小说在语言上的生活化，在叙事结构上带来的奇异感，一时间会让读者沉浸于这种奇异之中，忘记了小说的真实“背景”——“吃瓜时代”，这正是小说安排最巧妙的地方：让人在“现场感”之中迷失于“真生活”，其实这隐喻的是真现实，人们总会迷失于眼前，为网络等现代科技所奴役，被异化为吃瓜群众的一员，而忘记了自己真实的处境，这就产生了一种主体认同上的危机意识。要消除危机意识，人类要正确处理主体性困境的问题③。从“吃瓜群众”这一群体中解放出来，真正获得一种自由全面的发展。这就是对“吃瓜时代”最好的解读，也是对“吃瓜

① 周志强：《现代主义的现实主义——21 世纪长篇小说的五种文体图景》，《天津师范大学学报》（社会科学版），2011 年第 2 期。

② 周志强：《小说语言的史学建构与文体政治视野》，《云梦学刊》，2014 年第 2 期。

③ 徐国昭、李晓东：《试论危机意识与主体性困境》，《理论界》，2006 年第 10 期。

群众”最大的讽刺。

在此，将“奇异的现实主义”归为一种创作策略，是指伊格尔顿意义上的策略，伊格尔顿借用了伊瑟尔的“策略”。在伊瑟尔的阅读理论看来，策略在作品的意义、技法、语境、结构等多个层面发挥着作用，伊格尔顿在此基础上认为：策略并不仅仅是动态组织的问题。它更像是内置了某种意向的结构，被组织起来实现特定的效用。它是一项工程，而不仅仅是一个系统，它的内在取向有赖于它和它的受叙者之间的积极互动。策略既非对象，亦非单一的行动。如果它们都是入世的，那不是因为它们“反映”或者“顺应”现实，而是因为——有点像维特根斯坦对语法的观点——它们采用特定的统治技术，将现实组合成有意义的样式①。小说与现实之间的关系是复杂的，《吃瓜时代的儿女们》中所呈现的这种“真生活真现实”的图景只是众多图景中的一种。按照其策略的解读方法，文本采用的是一种特定的统治技术将现实加以整合，进而由文本的读者或者解读者共同参与文本的“结构”化过程。在《吃瓜时代的儿女们》这部小说中，完成整部小说整合的除了小说的读者之外，更主要的是被命名为“作者”的主体。整合的方式恰恰是奇异的语言、独特的叙事以及对真生活和真现实之间张力的利用。

二、语言的奇异与“荒诞”

早在维特根斯坦看来，语言的使用会误导人，大量的哲学难题根源于语言的误用，一部文学作品亦是如此，其在语言上的策略会给解读带来众多的困难。正如维特根斯坦所认为的那样，哲

① ［英］特里·伊格尔顿：《文学事件》，阴志科译，河南大学出版社，2017年，第255页。

学家的任务不是解决这些疑问，而是消解它们——去揭示它们所产生的根源，即各种他所谓的“语言游戏”之间的相互混淆①。所以说，从语言的角度去解读一部作品，就是对语言保持高度的敏感，无论是文字的声音肌理，还是文字中的含混，或者是语法和句法的结合，都属于语言的范畴。通过对语言这一“微观”层面的审视，去分析作者的意图，发现小说背后隐含的意义，甚至是对小说“宏观”层面的问题的审视也有很大的帮助。

在刘震云的《吃瓜时代的儿女们》这部小说中，奇异的一个突出表现是语言文体上的奇异。首先，小说的语言带有浓郁的生活气息和小说作者的私人体验。整部小说给人带来阅读上的首要体验就是非常的顺畅，这正是因为其语言生活化的一个结果，没有过多的长句，许多简短的对话占据了小说的大量篇幅，平铺直叙很少见。在刘震云的许多小说中，语言已经引起了人们的极大关注，尤其是对大量“说话”的出现，有研究者认为其语言构建起了一个寓言化的世界：“‘说话’简直压倒了主人公和叙事——‘话’成为绝对重心，它摆脱了人而成为主角自行言说，人则‘异化’成为‘说话’的道具。”②《吃瓜时代的儿女们》延续了此前作品中“说话”的风格，大量的说话也正是这个吃瓜时代的特质，只是为了说话而说话，成为“说话”的道具。说话的时代隐喻的就是这样一个众说纷纭、人云亦云的吃瓜时代。

此外，语言的特殊之处更体现在一些语言在不同场景下的重复出现，这种重复一方面起到了强调的作用，也是一种特殊的隐喻，更暗含着情节发展的反转。

“第二天吃早饭的时候，牛小丽看到哥哥牛小实偷偷在笑，

① ［英］特里·伊格尔顿：《人生的意义》，朱新伟译，译林出版社，2012年，第6页。

② 周显波：《走不出语言的层峦叠嶂——刘震云新世纪小说创作一瞥》，《文艺争鸣》，2014年第1期。

长出了一口气”。①

“第二天吃早饭时，看到牛小实偷偷在笑，牛小丽才长出一口气”。②

以上两句话分别出现于两个不同的场景之下，第一句出现于牛小丽为哥哥买妻（宋彩霞），哥哥结婚后的第二天早上。第二句出现的场景是哥哥牛小实结婚后五天，宋彩霞携钱逃跑，牛小丽内心的发问。相比于一开始的叙述，第二个场景下的语言几乎没有什么变化，但是一个多了一个“才”字，说明这是牛小丽始料未及的，是没有预测到的变化。“偷偷在笑”更是暗含着一个群体的存在，吃瓜群众一直在作为一个不在场的群体，为这一切推波助澜。

“杨开拓小时候挨过饿，后来四十多年没挨过饿，现在终于又知道挨饿的滋味，胃里似乎有千万只虫子在爬，在咬，在愤怒地呐喊”；③

“冯锦华八岁那年，与同学打架，一砖头扔过去，将对方的头砍破了，夜里不敢回家，怕他爹打他，挨过一回饿，后来十几年没挨过饿，现在终于又知道挨饿的滋味。晚上和夜里还能忍受，到了黎明，肠子里似乎有千万只虫子在噬咬；接着在爬动，在寻找，在仰着小脑袋愤怒地呐喊”。④

前后两个关于挨饿的场景，小说作者的描写如出一辙，第一个场景是“微笑哥”和“表哥”的化身公路局局长杨开拓在接受纪委调查时的表现；第二个场景是牛小丽在质问其丈夫出轨一事时的遭遇。看似形象的比喻其实是对不在场的群众的一个隐喻，

---

① 刘震云：《吃瓜时代的儿女们》，武汉：长江文艺出版社，2017 年，第 9 页。
② 刘震云：《吃瓜时代的儿女们》，武汉：长江文艺出版社，2017 年，第 14 页。
③ 刘震云：《吃瓜时代的儿女们》，武汉：长江文艺出版社，2017 年，第 211 页。
④ 刘震云：《吃瓜时代的儿女们》，长江文艺出版社，2017 年，第 246 页。

相比较于牛小丽寻嫂被迫卖身的故事，“微笑哥”“表哥”的故事让人更有现实感，这样饥饿场景的描写，当然不仅仅是用幽默的方式来表达一种生理上的渴望。它除了表示一种饥饿的状态外，又何尝不是一种隐喻，饥饿的时代早已离人们远去，现实的饥饿只是吃瓜群众带着饥饿感在参与进“现场现实”的这一切。

“但于得水也是只知其一，不知其二，只知道李安邦和朱玉臣过去有矛盾，不知道李安邦现在要消除矛盾”①；

“于得水又是只知其一，不知其二。李安邦一笑，问县委书记，那老汉在法院工作的表外孙是咋回事”②。

李安邦试图调和与朱玉臣的矛盾来维护自己的仕途，李安邦的下司市委书记于得水并不知情，只是随声附和着。当李安邦与朱玉臣的事情彻底破裂之后，于得水也仅仅是作为“吃瓜时代”的吃瓜群众的一分子，参与进了“吃瓜时代”的构建之中。在小说中，作者试图揭示的时代中的吃瓜群众的特质，通过小说中的人物语言自然地展现，让人在一种虚构的真实之中，仿佛置身于故事发生的环境，融入说话人的语境，真真切切地体验到了这一切。

小说语言上的另一个特点是许多“暴力型”语词的使用，这些语言，已经不是情绪的抒发与表达，它更是一种涌动的洪流，成为了一种携带冲动的力量，让人在这样的“暴力型”语词中迷失于作者的叙事之中，这种冲动的力量会让读者在阅读上与作者的书写产生一种情绪上的互动。殊不知，奇异的现实主义正是通过这种语言的魔力让人迷失于现实与生活的悖论之中，生活不等同于现实，小说中的现场感并非“吃瓜群众”所参与的生活的现

---

① 刘震云：《吃瓜时代的儿女们》，武汉，长江文艺出版社，2017 年，第 107 页。

② 刘震云：《吃瓜时代的儿女们》，武汉，长江文艺出版社，2017 年，第 111 页。

实，但是真正的现实却隐喻在小说的这种现场感之中。

这里的暴力书写主要体现在对谩骂语言的使用上，像“这个王八蛋”“混账娘们”等这样的谩骂词语，在整部小说中多次出现，这样的谩骂一方面是言说者谩骂情绪的发泄，另一方面用谩骂来发泄不满更是一种隐喻。牛小丽用谩骂来表达自己流落异乡的无助；李安邦用谩骂来“斥责”仕途上遇到的阻碍；杨开拓用谩骂来发泄对网络舆论的憎恨；“吃瓜群众们”用谩骂来谴责“微笑哥”“表哥”这样的恶行。殊不知，所有的这些人，无论是官场上的李安邦、杨开拓，还是普通人牛小丽，都是“吃瓜群众”的一分子。此外，小说中对于性的描写也是赤裸裸的，不加掩饰的，无论是牛小丽卖身的场景还是马忠诚嫖娼的场景，对于性的描写都很细致，这样的描写越细致，给人带来的“现场感”就越强烈。所有的这些暴力书写看似将人们带入到了生活的真实场景之中，让人感觉到这一切充满着无限的生活情形，给人以“生活中就是如此”的错觉，其实这是作者借用一些暴力书写塑造出来的。

语言上的这些特点，让小说看起来的荒诞，事实上是为了荒诞而荒诞，语言的背后也暗含着隐喻，但这种隐喻并不是隐喻的某种真实和规律，而是指向了作者的私人经验化的表达主体——吃瓜群众或者吃瓜时代。语言带给人的也仅仅是“现场感”却非“真实感”“历史感”，其真实也是为了真实而真实。与其说是一种荒诞，还不如说是对当前中国社会处境的一个巨大隐喻，语言的反复和暴力书写背后是对社会矛盾和吃瓜群众本质的隐喻。“嘲笑”“只知其一不知其二”“谩骂”“充满饥饿感”，这些正是吃瓜群众的特质，吃瓜群众所主导的这个“吃瓜时代”也是一个“现场感”远比“真实”重要的时代。

三、“板块叙事”与“荒诞”

小说的叙事相较于小说的语言，属于文学批评的“宏观”层面，其创作架构并不是一成不变的，每一个作者都有一个不同的选择。作者在小说叙事架构上的技巧、方法都是作者创作策略的一部分，也是达成其创作意图的途径。伊格尔顿在《文学事件》一书中，对于叙事表达了这样的观点：也许把叙事当成一种策略更便于理解。和所有策略一样，它也需要动用某些资源，使用某些技巧，以便完成具体的目标①。《吃瓜时代的儿女们》的叙事并不是传统的线性叙事，而是一种类似电影拍摄中的叙事手法——“板块叙事”，或者近似于“碎片叙事”。无论是“板块叙事”还是“碎片叙事”，都是后现代主义的重要的结构术语，它可以这样解释：将一个整体打碎，分成许多模块，而这些模块看似没有什么关联，其中却有着千丝万缕的联系②。这种有别于传统的线性叙事是作者创作策略的一个新的尝试，也是“奇异的现实主义”的一个表现。即总是在历史叙事中破坏叙述的稳定性，力求产生堂皇、迷离的阅读效果，从而击碎传统现实主义的叙事幻觉，让读者有契机获得与日常生活经验完全不同的体验——不妨称之为“奇异现实主义”③。“板块叙事”是在小说表达上一个新的尝试，刘震云用这样一种方式将现实中的事件，进行了巧妙的“拼接”。

在《吃瓜时代的儿女们》中，作者描写了这样一个众多模块

---

① ［英］特里·伊格尔顿：《文学事件》，阴志科译，河南大学出版社，2017 年，第 120 页。

② 公绪峰：《贾樟柯电影叙事的板块结构分析——以《天注定》为例》，《戏剧之家》，2016 年第 22 期。

③ 周志强：《现代主义的现实主义——21 世纪长篇小说的五种文体图景》，《天津师范大学学报》（社会科学版），2011 年第 2 期。

累积在一起的“荒诞”故事。四个毫不相关的人物牛小丽、李安邦、杨开拓、马忠诚，有着不同的生活境遇，不同的人生经历，却在作者的笔下发生了生死攸关的联系。遭遇骗婚而追债的牛小丽，最终通过出卖肉身而“讨回了债”；省级干部李安邦为自己仕途找大师出谋划策；公路局局长因在事故现场的不当“微笑”被“讨伐”；市环保局被突然提拔的马忠诚。发生在四个人物身上的事件，在现实中的“吃瓜群众”看来似乎太寻常不过了，小说作者巧妙的构思，却让碎片化的人物事件构成了一个荒诞的故事。一方面，是结构上安排的巧妙，让不同的主题连接在一起营造了一种“现场感”；一方面，这种“碎片化”叙事更趋近与电影镜头，一幕幕场景最后由在场的和不在场的吃瓜群众的视野中完整的呈现，其关键还在于对几个小人物的塑造之上。

“骗婚追债”“官场政治”“性交易”这些主题可以将发生在四个人物身上的事件概括，作者有意地让人物的命运最终终结于“性交易”这个层面上，每个人最终的事发都是因为“性交易”这样一个与人物事件的主要问题相偏离的主题之上，于是“性交易”这样一个主题成为了每一个人物命运的“爆破点”。牛小丽本来是为了“追债”而来，最终的命运却是因为卖淫被抓；李安邦为保仕途请大师出主意，最终却跌在“性交易”之上，东窗事发；杨开拓因为一个拉皮条的苏爽最终完全招供；马忠诚更是因为嫖娼，以一个“吃瓜群众”的视角将这一切联系在了一起。碎片化的叙事在“性交易”这样的主题之下构建起了一个整体，这可以说是逻辑上的严谨，结构上的巧妙，或者说情节发展上的巧合，但是不可忽视的是故事再热闹、再荒诞，与“吃瓜群众”这一主体是相对立的，荒诞还不足以撼动“吃瓜群众”的“看客”视角，结构上的悖论就在于此。

另外，几个小人物的塑造成为整部小说叙事的关键之处。“皮条客”苏爽、房地产人傅老板、赵平凡、落马高官妻子康淑萍，这三个人成为了小说叙事结构得以完整的关键，也正是这三个小人物成为了小说结构上的点睛之处。“皮条客”苏爽将小说的三个主要人物牛小丽、李安邦、杨开拓串联在了一起，通过“皮条客”，三个不相关的人物在某一情景下得以相遇；落马高官的妻子康淑萍又将马忠诚和李安邦联系在一起；房地产老板赵平凡又联系起了牛小丽和李安邦……这些小人物成了小说叙事结构上的关键连接点，使得原本碎片化的叙事结构以一种不可思议的方式勾连在一起。尽管小说在章节安排上有两处“一年过去了”这样的叙述独立成章成节，但是这样看似线性叙事的表达不足以掩盖小说叙事结构上给人带来的“碎片化”“板块化”的感觉，这种非传统的叙述方式，给人以新颖、惊奇的感觉，让人获得了与日常经验所不同的现实。

小说的章节分布上，前两个部分都是作为前言出现的，讲述了三个勾连在一起的荒诞事件，最终落笔的正文，又是一个简短的故事。从篇幅上看，前言的两部分足以成为小说的主体，但是正文马忠诚的故事却很短。这样的安排正是作者有意而为之的，小说的题目叫“吃瓜时代的儿女们”，这样的安排与“吃瓜时代”有何关联呢？前言两部分可以说是对几个重大的新闻事件做了一个巧妙的处理，而正文部分则是对新闻事件的变体做了一个冷处理，让一切以一种波澜不惊的方式落幕。这种结构上的安排正是和“吃瓜时代”的群众们所处理问题的方式一样，“吃瓜群众”在众声喧哗中将一个事件推上舞台，当热度渐渐退却，热闹成了“吃瓜时代”的一个特质，随着热闹退却，一个事件也就随之被遗忘，人们关心的早已不是事情的真相，也从没有意识到这个时代的真实处境。

四、吃瓜时代的“荒诞”

无论是小说的语言还是小说的结构，都是“奇异的现实主义”这一策略的构成部分，而这种“奇异的现实主义”所塑造的“吃瓜时代”的“荒诞”，事实上是一种“真生活真现实”，最独特的地方在于“吃瓜时代”的主体在场与不在场的悖论。我们可以通过语言中的“笑”或者“饥饿”去联想吃瓜群众的在场，也可以通过结构上的安排去将小说的正文看作是吃瓜群众的一个场景还原。终究小说中没有一个明确的吃瓜群体的出现，但吃瓜群众作为“吃瓜时代”的主体又是一个真实的存在。

我们来看有研究者试着给“吃瓜时代”的主体——“吃瓜群众”所下的定义：“吃瓜群众”一般指“不明真相的群众”，喜欢参与各类网络活动，却又对事情不了解，看不懂其中缘由，只好说自己是一名普通的围观群众，对讨论、发言以及各种声音持保留态度①。最基本的含义是“不明真相”，在“吃瓜时代”的热闹氛围中，真相早已难以寻觅，热闹成了主旋律。《吃瓜时代的儿女们》通过语言的刻画和结构的安排，塑造了一众人物，成为了“吃瓜群众”的代表，在这些代表的背后还有一众没有出现的更庞大的吃瓜群体，他们让“微笑哥”“表哥”成为事件的焦点；他们让落马省长的夫人沦落为卖淫女成为茶余饭后的谈资；他们更会让某位明星的花边新闻遮蔽更多的生活苦难。

当论及吃瓜时代的“荒诞”的时候，有必要将目光聚焦于小说的结局。作为一部长篇小说，理应有其开端、发生和结局。几个新闻事件，碎片化的结构，小说的结局是什么，小说中的人物的确有了一个名义上的结局，牛小丽、李安邦、杨开拓、苏爽等人在各自的“罪行”败露后，难逃法律的制裁。但是逍遥法外的赵平凡呢？目睹这一切又参与其中的杨开拓呢？他们就是那样生活着，热热闹闹地去制造下一个“微笑哥”“表哥”，这就是吃瓜的时代，不在场和不明真相的吃瓜群众却成为事件的爆发力的来

---

① 赵莉：《哪类人称“吃瓜群众”》，《语文建设》，2016 年第 12 期。

源，吃瓜时代的“荒诞”正在于此。

当故事的结尾变成了一种“荒诞”，我们才会追溯“荒诞”背后的原因，这正是齐泽克所说的事件性的循环结构，事件性的结果以回溯的方式决定了自身的原因或理由①。也就是说我们可以把小说作者塑造的吃瓜时代的“荒诞”看作是一个事件，当“荒诞”感被人感知到的时候，人们才意识到去追溯“荒诞”的原因。刘震云所描写的“荒诞”，“他表现的是生活意义上的荒诞，其基础是生存的艰难、现实的困惑②”。小说本身的情节是虚构的，语言是生活化的，叙事结构也是有意为之的，其“荒诞”也是一种被塑造的“荒诞”，但是其隐喻的现实问题和困境却是触动人心，令人发醒的。

当我们吃着瓜，热热闹闹地参与着新闻事件，无忧无虑地发表着言论，殊不知，我们正是作为那一部分“不在现场”的吃瓜群众，迷失于“现场感”之中。不明真相，时不时的嬉笑或发声谩骂，制造一种热闹氛围，实际上却忘记了我们自身生活的困境。从某种程度上说，小说的作者运用奇异的语言和独特的叙事结构完成了自己的策略性创作，其意图也在这种策略中显现。小说的作者一方面充当了“吃瓜群众”这一主体的代表，一方面他又是那个最智慧的吃瓜群众，让自己从“吃瓜群众”这一主体中解放出来，走出自身的困境，看到一切并用独具特点的文体去呈现，悄无声息地完成了对这个“吃瓜时代”的批判。作者正是用一种塑造的“荒诞”，亦是说用一种“真生活”，向我们呈现的是一个真现实。

（作者：南开大学文学院博士研究生）

---

① ［斯洛文尼亚］齐泽克：《事件》，上海文艺出版社，2016 年，第 3 页。

② 贺仲明：《刘震云小说荒诞意识的生成和意义》，《小说评论》，2015 年第 3 期。

论日常化叙述在网络空间中的变异

王　琦

“日常生活是一切活动的汇聚处、纽带和共同根基”①。因为其常被作为创作活动的基本素材而一度被视为充满可能的艺术武库和领域，是艺术变革的希望，也是艺术变革的理由。尤其是在后现代境域中，艺术对日常生活现实世界场景的呈现，文学对日常生活现实世界的叙述，往往被视为拯救“宏大叙述”崩溃之后审美和艺术的灵丹药石而具有十分重要的价值。一方面，“唯有文学艺术中的日常叙述才能走出疲沓、重复、有意无意间与现实合谋的境地，才能真正自我激活，不断充实关于美学的想象和认识”②，另一方面，把日常生活世界和具象性的商业形象直接运用于艺术作品，“完成了与传统美学原则所主张的生活世界与艺术分离的观点的对立，从而使艺术的自律性和美学的自律性被彻底打碎”③，从而迎来了美学理论的自我更新。在文学和艺术实践上，由于包含了丰富而复杂的理念、愿望、想象和人生取向，关于日常生活的文学叙述逐渐充实发展起来，艺术（绘画、雕塑、

---

① 吴宁：《日常生活批判——列斐伏尔哲学思想研究》，北京：人民出版社，2007 年，第 165 页。

② 彭松、唐金海．：《日常叙述的困境与当下文学的批判性反思》，《广西社会科学》，2014 年第 10 期。

③ 宋国栋：《论后现代艺术的反美学特征》，《美与时代》（下），2016 年第 12 期。

舞蹈、音乐等）对日常生活的呈现也日趋泛化，于是审美和艺术呈现出一个共同的趋向，即它们“都属于视觉和触觉的世界，这是一个物体的世界，一个日常生活事件的世界”①。

然而，日常生活理念的变动不居和媒介技术文化的不断发展，又往往使得“文学的日常叙述日趋窄化，其中包含的可能性逐渐弥散”，美学也逐渐地被边缘化了。特别是当日常化叙述进入到人机合体的网络空间以后，“日常化”成了理解网络社会生活状况的关键点，对日常生活的叙述本身也呈现出从时间性到空间性的变位移易的可能，叙述主体也在话语、思维、感受方式等方面发生着深刻变化。这些变异往往表征着当下美学发展的症候。对这个症候的关照，却往往很容易被日常化叙述自身的日常化状态掩盖，以致于没有被充分关注。

一、日常化叙述进入网络空间的契机

事实上，如果我们在宽泛的意义上使用“日常化叙述”这个概念，使它不仅仅包括对日常生活现实世界的叙述和呈现，还包括各种叙述与呈现行为的经常化和平民化，那么，在与“前现代”或“现代”境域中的传统叙述进行宏观比对的前提下，我们可以认为，日常化叙述实际上已经成了网络社会世界中艺术和审美，以及具有根本性的人的存在方式之一。因此，反思并把握网络社会世界中日常化叙述的普遍性和可能性，厘清其在网络虚拟空间中的存在方式和变位移易情形，对于使文学艺术摆脱叙述的日常化的困境，激活包括日常状态在内的整个美学系统，认识网络虚拟空间中的主体及其主体性，都具有不容忽视的理论意义。

---

① ［美］H. H. 阿纳森：《西方现代艺术史：绘画·雕塑·建筑》，邹德侬等译，天津：天津人民美术出版社，1994 年，第 599 页。

经过利奥塔、福柯、德里达、德勒兹、让-吕克·南希等后现代理论家的一致解构，“前现代”和“现代”时期传统叙述中的“理性”“崇高”“知识”“权力”“同一”“整体”“系统”“总体”等“宏大叙述”话语逐渐为“差异”“重复”“生成”“共通”“拟像”“多元”“游牧”等话语所取代。在艺术领域里，理性、平面、宏大叙事的传统艺术正逐渐被感性、立体、无深度、多元叙事的现代艺术冲击，具有解构和消解特征的后现代艺术正逐渐成为大众文化广泛接受的艺术形式，“崇高”被游戏和娱乐的“宣泄”易位。于是，宏大、整体、真实、高雅和严肃的传统叙述，也逐渐为差异、多元、平民、庸常的日常化叙述所挤压。后者往往采取琐细化的叙述视角，并以人尤其是个人的日常生活为叙述内容，以模仿和拼贴、杂揉与混搭、随意与跨界为叙述方法，在整体上呈现出微观、琐碎、虚拟、世俗甚至戏谑的叙述特质，明显具有后现代艺术所具备的解构与消解特征。

由于“技术中心化”常常“使技术成为一种霸权”，以至于“任何艺术、宗教、文化不与技术联姻，不成为技术中心的附庸，就将不具有价值”①。尽管这种言说一定程度上轻视了艺术自身的独立性，并容易导致简单化理解，但它对技术重要地位的强调无疑是十分中肯的。事实上，技术的迅猛发展改变了日常生活的方式和内容，从而在话语、思维、感受等方面深深影响甚至改变了人们的日常化叙述，并进而带来审美话语结构的重新调整。

计算机和网络技术的飞速发展，建构了一个不同于日常生活现实世界，也不同于传统艺术（包括文学）所想象的艺术世界的虚拟空间，这个虚拟空间的特性及其带来的影响，无疑呼应并强化了上述日常化叙述所具备的“解构与消解特征”，进而从技术

---

① 王岳川：《中国镜像——90年代文化》，北京：中央编译出版社，2001年，第51页。

上为日常化叙述进入网络空间提供了外部条件。1991 年，因特网的数量才仅 3500 个①，而根据 2017 年互联网趋势报告的最新统计数据，全世界网络用户已突破 34 亿，并且这一数字还在继续攀升②。如果说，网络虚拟空间诞生以前也存在日常化叙述的话，这种日常化叙述也只能是分散的、即时的、差异的、一次性的。随着网络虚拟空间的发展以及网络用户数量的增加，这种零散的、一次性的日常化叙述获得了发展的崭新可能，因为它可以在网络虚拟空间被无限制的重复和整合，从而不断地进行着意义的再生产。这种意义的再生产，既充分说明了网络虚拟空间的无限和自由，从而保障了一种互文的、间性的、互动的日常化叙述产生的可能。

网络带来了人类交往方式的一次革命，这早已成为现代社会人们的普遍共识，甚至网络的发展会带来“主体异化”的风险也为先觉者所发现，并呼吁网络交往中“交往理性”③ 的介入。但不管怎样，计算机及网络技术发展所带来的日常化叙述现象的出现和变化，是一个不容忽视的重要事实。网络技术常常以文字、声音、图画、影像等方式融入到日常生活，并逐渐形成一种新型的文化，一种与时俱进的人类文明。并且，由于网络传播“持续的不稳定性使自我去中心化、分散化和多元化”④，日常化叙述由此获得了空前自由的、虚拟的、琐碎的和互动的展现，并在与网络空间和网络用户之间的错综关系中进行庞杂、多元、循环往复

---

① 欧阳友权编：《网络传播与社会文化》，北京：高等教育出版社，2005 年，第 3 页。

② 根据《2017 年互联网发展趋势报告》，截至 2015 年 12 月，全球手机用户规模接近 71 亿人，占总人口规模的 98.3%，移动用户基本已实现对全球人口的覆盖。在 2016 年全球 34 亿互联网用户中，移动互联网用户约占六成，至 2020 年预计将仅以每年 2% 的增速增长。http：//www.askci.com/news/hlw/20170110/16330587193_15.shtml

③ ［德］尤尔根·哈贝马斯：《交往行为理论》（第 1 卷），《行为合理性与社会合理化》，曹卫东译，世纪出版集团，上海人民出版社，2004 年，第 1 页。

④ ［美］马克·波斯特：《信息方式：后结构主义与社会语境》，范静哗译，北京：商务印书馆，2000 年，第 13 页。

的信息往返。由此，日常化叙述获得了进入网络审美空间的契机。不过，需要注意的是，这种契机还来自于网络空间对它的接纳和传统审美话语的赋权，而不是仅仅停留在日常信息的交换上。

在传统的审美活动中，艺术或者美的承载媒介及其呈现方式，往往与艺术或美本身存在着相对遥远的距离。也就是说，艺术或美与其承载媒介之间并不存在严格的对应或回应的关系，并不严格甄选能与之产生回应的媒介载体。正如席勒所言："艺术必须摆脱现实，并以加倍的勇气越出需要，因为艺术是自由的女儿，它只能从精神的必然性而不能从物质的欲求领受指示"。① 因而传统的审美活动并不十分受承载媒介的影响，审美便自然地被认为是高贵的、圣洁的，其中显示着根深蒂固的精英话语的优越性，有着明显不平等的权力差异。

然而，网络作为一种新的传播媒介，其微观、琐碎、虚拟、世俗、多元的媒介形态及其品性，却足以改变上层社会、主流话语的权力结构和话语秩序，极速地消解着主流理论话语的优势地位，实现着话语权的民间回归。这正是利奥塔的崇高美学所说的瞬时性、不确定性、对不可表现性的否定性呈现的特点。"后现代主义为了给自己的创造活动提供最大的自由，总是避免使自身陷于现实中，尽可能不使自身在现实中停顿，也从不以'现实'作为其活动目标；它要尽可能使自己朝向现实的变动过程，处于各种可能性中。换句话说，后现代主义并不想使自己成为'什么'，而是永远处于'成为'的过程和状态中"。② 在网络空间中，主体对日常化叙述的审美认可度的提升，包括视觉和听觉在

① ［德］席勒：《美育书简》，徐恒醇译，北京：中国文联出版社，1984 年，第 37 页。

② 高宣扬：《当代法国哲学导论》（下卷），上海：同济大学出版社，2004 年，第 769 页。

内的多种感知方式的调动和整合，审美对象的大规模变异，都导致了审美话语发生了变革：精英审美大众化，高雅品位日常化。尼葛洛·庞帝指出："我们已经进入了一个艺术表现方式得以更生动和更具参与性的新时代，我们将有机会以截然不同的方式，来传播和体验丰富的感官信号。数字化使我们得以传达艺术形成的过程，而不只是展现最后的成品。这一过程可能是单一心灵的迷狂幻想、许多人的集体想象或是革命团体的共同梦想。"① 显然，日常化叙述便是这种迷狂幻想、集体想象、共同梦想的日常化表达，其无疑与大众的日常消费、物质欲望、精神消遣、社会交际等混淆在了一起。这种日常化叙述，在对传统话语的颠覆和重建中，与网络虚拟空间一起，预示着传统的审美活动正在接受现代、后现代的洗礼和检阅，二者之间构成了不可忽视的呼应和对位关系。

由此，外部的网络技术和日常化叙述内部发展的媒介诉求，使得日常化叙述获得了进入网络审美空间的契机。这种契机的获得，也是网络社会"日常生活美学化"观念的一种集中体现。威尔什（Wolfgang Welsch）发现，波德里亚所说的"仿像"，不仅有"模拟功能"，更重要的还有"生产功能"。微电子学的发展，媒介社会的形成，以及虚拟空间的出现，使得物质层面的美学化同时也导致了非物质层面的美学化——亦即"我们意识的美学化和我们对现实理解的美学化"②。比如，电视等图像设备所创造的虚拟空间和现实，不再像物质实体的现实那般笨重、不可移动和不可改变。通过媒介，现实呈现为可改变和可选择的了，图像不再是现实性的真实保证，而是越来越倚重于虚拟性。也就是说，

---

① ［美］尼葛洛·庞帝：《数字化生存》，胡泳、范海燕译，海口：海南出版社，1997 年，第 345 页。

② Welsch, Wolfgang, *Undoing Aesthetics*, London: Sage Publications, 1997, p. 4.

日常化叙述进入网络虚拟空间之后，日常化叙述与网络空间以及与主体之间的意义往返，往往在对方的领域发生意义变迁并获得再生产的可能。也就是说，日常化叙述在进入网络空间时突破了传统现实的界限，并在网络用户的审美语境中去重新生产意义，甚至重建审美标准。在这个过程中，日常化叙述展现了更为自由的游移和重组，并发展为一种突破现实牵制的力量。

如果把威尔什的理论与波德里亚的仿像和模拟概念结合在一起思考，一个问题便出现了："日常叙述进入网络空间（日常生活）的'美学化'是否隐含着一种危险，即消解实在世界与虚拟空间的界限，打碎艺术与日常生活的边界，进而掩盖或削平一切差异和矛盾，最终使得'美学化'变成为一种遮蔽本真现实的媒介？普遍化、标准化的大批量美化装饰和生产，是否会形成了某种"伪感性"和"伪体验"，最终导致真正的审美感性衰落？"① 这实际上是提出了网络社会里一个新的美学命题。就网络空间的日常化叙述而言，为了避免上述问题的出现，"变异"必须被纳入这个问题的思考，即：日常化叙述对日常生活的自我关照和表现、其日常化的方式和它与世界的关联性，以及审美主体的感性关照等，在进入网络虚拟空间的过程中是否发生了变异？这些变异是如何展开的？它又关联着哪些审美话语，有着怎样的意蕴内涵？这些话语和意涵之间又有着怎样复杂的关系？

二、日常化叙述在网络空间中的多重变异

变异，强调的是事物的非整一性和流动性，在根本的意义上和德勒兹所说的"生成"（becoming）、"差异"（difference）具有

① 周宪：《日常生活的"美学化"——文化"视觉转向"的一种解读》，《哲学研究》，2001 年第 10 期。

相同的语义内涵。变异的动力来自于事物本身内在的一种“能动力”或者是德勒兹式的“欲望机器”① (desire machine)，所有变异的结果都来自于事物本身的自我生产，而不是来自于外在的其他事物，这构成了后现代以来哲学所理解的事物最根本的属性。如果用这个观念来关照网络虚拟空间中的日常化叙述，我们会发现，由于网络虚拟空间的草根性，由于日常化叙述进入网络空间过程的复杂性，日常化叙述衍生出了多种层次、多种形态的变异。

显而易见的是，日常化叙述进入网络空间的过程，既是存储、还原、复制日常生活现实世界的过程，又是对零碎的、非连续性的日常信息进行不间断循环、重组、调整并生成新的意义的过程；既是将日常生活的现实性转化为网络存在的虚拟性的过程，又是日常化叙述不断越出自我固有辖域、不断解辖域至域外再重返自身的“永恒回归”(eternal return) 的过程。这个过程本身的复杂性，决定了日常化叙述本身在时间与空间上呈现出的连续性和非连续性、日常化叙述的主体在自我生成和主体间性上的建构性和解构性、日常化审美话语在审美对象与概念范畴上的差异性和游牧性，这些都可以看作是日常化叙述在网络空间中多重变异的表现形态，有着极其丰富的、多层的美学意涵。

(一) 日常化叙述的时空连续性与非连续性

进入网络空间的日常化叙述，由于网络空间的虚拟性和日常化状态自身的现实性的双重影响，而表现为“虚拟现实”(Virtual Reality) 的存在形态。这种形态既在网络中获得了宽泛的虚拟空间，又使人产生了真切的现实感。相对于日常化的原初状态，

① Deleuze, G&F. Guattari, *Auti-Oedipus*: *Capitalism and Schizophrenia*, R. Hurley et al. (trans), Minneapolis: University of Minnesota Press, 2000, p. 4.

它被赋予了一定程度的虚拟性；相对于网络空间的虚拟状态，它又获得了日常生活的真切感和现实性。这种形态的“虚拟现实”，是在人与计算机之间相互作用的基础上产生的新的空间模式，它既是日常生活现实世界在时间上的电子信息化绵延和连续，又是日常生活现实世界在空间上与实际物理空间的非连续性发展。因为这种新的空间模式既没有实际存在的实体，但又实实在在地让人感觉到它的存在。单独将计算机拿出来看，“空间”本身并不存在，计算机上的图形仅仅是显示器呈现出来的光电信号而已，它没有任何的实体，传统的显示器的方形的体积也仅仅是显像管用来发射电子的腔体而已，并不是图像上的空间。那么这个“虚拟空间”从何而来呢？它来自人与计算机交互作用中“虚拟感”和“空间感”的二重组合，来自一种元素与背景缺一不可的空间“想象”，它虽然不是实际的实体，但它又是实实在在存在的①。这种虚拟空间的存在，决定了日常化叙述本身在时间与空间上呈现出的连续性和非连续性，这种形态构成了日常化叙述进入网络空间的第一重变异。

虽然，“虚拟现实/虚拟空间”与传统艺术虚构的艺术世界有着相似性，因为两者都用符号和喻指来构建意义空间，“都是在模仿整个世界结构的同时又建构了自己的世界”；但是，“虚拟现实/虚拟空间”的特性又使得两者有着显著的差异：“最明显的就是网络虚拟空间极端的开放性、多元性带来的组织上的极端自由和无序，以及其中交流手段的丰富与发达。”② 正如前引利奥塔所述，这种自由“总是避免使自身陷于现实中，尽可能不使自身在现实中停顿，也从不以‘现实’作为其活动目标；它要尽可能使

① 靳铭宇：《褶子思想，游牧空间——数字建筑生成观念及空间特性研究》，清华大学博士学位论文，2012 年。

② 张江南、王惠：《网络时代的美学》，上海：上海三联书店，2006 年，第 155 页。

自己朝向现实的变动过程，处于各种可能性中”。也就是这种自由，赋予了日常化叙述在网络空间中的非连续性特征。事实上，当日常化叙述进入虚拟空间时，它同样面临着虚拟与现实的两相交融。可以说，它既是日常现实的真实表达，也是日常现实的虚拟呈现，既可等同事件的实际发生，又可等同事件的叙述虚拟。

不过，网络空间中的日常化“虚拟”叙述，早已溢出了虚构的意义范畴。玛丽－劳勒·莱恩指出，“虚拟不仅仅是‘真实’的对立面”，“虚拟之物不是剔除真实之后的剩余，而是可能发展为实际存在事物的潜力”①。日常化叙述表现出的虚拟，也并不意味着对真实现实的消解，它蕴含着日常现实以及日常需求的真实存在。正因为这种存在，现实化的原初意义在进入网络语境中所生成的意义，也就必然受到它的强力牵制。这个意义的生成过程，借用德勒兹的术语，就是不断“辖域化——解辖域化——再辖域化”的过程。日常化叙述的主体首先对他所掌握的日常生活信息进行取舍和编码（辖域化），再将其按照“虚拟空间”的规则发布到网络空间，众多潜在的网络用户对其日常生活信息进行解码与重组（解辖域化），通过网络渠道反馈给日常化叙述的主体，主体对反馈的信息进行再取舍和再编码（再辖域化），并不断地重复。但是在每一次重复中，重复并不重要，重要的是新的意义的生成（becoming）。

这个过程也可以在网络空间本身的结构中得到理解。网络的超文本、超媒体、超链接的特质使之能够轻而易举地解除其封闭性，促使它呈现开放性，通过超链接打开一个个“窗口”，让条纹空间转化为光滑空间，亦即解辖域化，实现快乐的逃逸线功能，并且由此与形形色色的网页链接起来，形成新的辖域（“块

① ［美］玛丽－劳勒·莱恩，戴卫·赫尔曼主编：《电脑时代的叙事学：计算机、隐喻和叙事》，见《新叙事学》，北京：北京大学出版社，2002年，第64页。

茎空间”）即再辖域化。这个过程永恒流转，充满差异，恰如尼采的“永恒回归”。只不过尼采谈的是时间，而德勒兹关注的是空间而已①。德勒兹以兰花和蜜蜂的相互生成隐喻了这个“块茎空间”的相互生成的基本图式：蜜蜂采蜜时为兰花授粉，双方由此延续了生息繁衍的生命链，构成了一种异质共生的“块茎”图式。这是异质事物间相互生成和具有后结构主义意味的多元拼贴图式，表示了差异性、差异关联性、多样性和动态性。显然，网络虚拟空间中的日常化叙述本身的变异，也具有这种相似的“块茎空间”的基本图式。

这样，这个空间与日常生活世界的现实空间、艺术中的想象空间构成了非连续性的逻辑关联。这些网络空间自身的特性及其多种可能与广泛潜力，将日常化叙述带入了复杂多样的多层次语境关系中，使其受到日常生活的叙述者、解码者、话语机制、言说情境等多重力量的作用，因而在理论上、逻辑上以及实践层面上都获得了变异的无限可能性，从而“可能发展为实际存在的事物”。

（二）“新型主体”的自我生成与主体间性

格妮丝·赫勒认为，日常活动具有“在生活的给定时期”“每一天都发生”的“无条件的持续性”，它的基本图式是实用主义、可能性、模仿、类比、过分一般化、单一性事例的粗略处理等。② 日常活动中的主体，其对世界的理解方式和言说方式也受到这种基本图式的深刻影响，其作为主体所进行的日常化叙述和对这种叙述的解码，也就呈现出琐碎、混杂、机械、不确定、零散、浅化、混乱等特征。正如美国传播学者丹·吉摩尔（Dan

① 麦永雄：《光滑空间与块茎思维：德勒兹的数字媒介诗学》，《文艺研究》，2007 年第 12 期。

② ［匈］阿格妮丝·赫勒：《日常生活》，衣俊卿译，重庆：重庆出版社，1990 年，第 178 ~192 页。

Gillmor）在其《草根媒体》中所正确指出的，在网络（新媒体）时代里，传统意义上的受众已越来越多地成为新闻和艺术的参与者，写作者和接受者的界限已经变得越来越模糊，涌现出各式既是消费者又是生产者的“草根媒体”（Grassroots Media）。[①] 网络及那些借助网络平台发展起来的媒体形态，无疑是这种“草根媒体”的代表。网络的草根性，一方面极大地动摇了主流媒体叙述在信息发布方面的垄断性的话语地位，把“宣讲”变成了“对话”，另一方面也标志着信息传播互动性的巨大改善，使网络用户的自主性的得到巨大提高[②]，从而在网络虚拟空间与日常生活现实二重状态的重新整合中，主体表现出更为广泛的自由和自主性，以此来区别于传统主体的言说和解码方式，表现出强烈的悖反传统的意义降格、本体自我化和创新变革的诉求。相对于传统，这种自我生成的“新型主体”构成了日常化叙述进入网络空间的第二重变异。

网络虚拟空间人机对话中的“新型主体”可以去任何想去的地方，对虚拟空间有绝对的观察权和指导权。他可以瞬移、跳转、突然转向，可以观察在日常生活实际中不可能观察的角度，甚至可以“为所欲为”。这个人的视点移动是非线性的，“新型主体”与传统受众的最大区别更在于，他们不愿被动地接受单向性的信息，其共同点是诉求个性化、交流圈子化、分享主动化。而集草根性、参与性和互动性于一体，并且能够在一个平台上实现多媒体融合传播的新媒体，此种无距离、非对立的网络空间中的日常化叙述，其审美关照的核心关键词就是互动、联动和参与。[③]

---

① ［美］丹·吉尔默：《草根媒体》，陈建勋译，南京：南京大学出版社，2010年版，第53页。

② 苏畅：《“草根媒体”的传播与发展初探》，重庆大学硕士学位论文，2010年。

③ 汤伟军：《拥抱“参众”：传统主流媒体提升舆论引导力的路径选择》，《视听纵横》，2013年第3期。

由于网络虚拟空间带给人类全新的认识和实践方式，改变着人类的感觉和知觉世界，并通过将人的本质对象化、虚拟化而深化了主体的内涵，赋予知识进化以新的解释和机制，引发人类对主体性的思考，使我们有必要重新审视传统的主体性理论，充分认识到虚拟空间对日常化叙述主体性产生影响。网络公共空间的形成常常集中呈现为由某个日常生活信息的互动式叙述，如发帖、转帖、跟帖、回帖、拼贴等网络行为中。

换言之，具体的网络热点事件引发的网络围观构筑了特定的网络公共空间，它以叙述主体的假面性、匿名性以及网络传播的“零审查”性使得主体的叙述具有很大的自由度。[①] 于是，在日常化叙述的叙述者与受述者之间便建构了一种虚拟的真实。“新型主体”对日常化叙述既有的散乱进行了重新秩序化，但这种秩序化更多的是在潜移默化之中或者以自然发展的方式来进行的，并没有与传统主体及其言说和解码方式产生激烈的对抗。这种非紧张的状态，以及它对连续性或片段化的时间、延展性或虚拟化的空间、严肃性或精英化的高雅、琐碎性或平面化的世俗等的包容和涵纳，为“新型主体”提供了宽广的心理空间，从而为其能够以一种审美化的立场，无距离、非对立的观照网络空间中的日常化叙述奠定了坚实的心理基础。

（三）日常化叙述的审美变异与游牧体验

以这种变异后的“新型主体”去对变异后的日常化叙述进行审美观照时，必然带来审美意识、审美话语、审美姿态、审美范式、审美思维等多层面的“审美变异”，这构成了日常化叙述进入网络空间的第三重变异。由于日常化叙述本身具有混杂、机

---

① 李有光、曾超：《网络回帖写作：民间意识形态的公共论域》，《中州学刊》，2013 年第 4 期。

械、重复、意义淡化等特征，为了不被传统审美话语同化和吸收，在进入网络空间时，它既要重新组织秩序和生成意义，又要保持其自身的话语姿态和自主性。这种姿态性和自主性反转了日常化叙述在传统审美领域中的地位，使之获得了一定程度的自主能动性和话语权力。它常常通过有意放逐意义的深刻性来确保自己的独特性，从而在与既有审美规范发生冲突时，表现出一种多元的、悖离的、片断化的审美取向。

这也正是利奥塔后现代性艺术中的感觉模式，在这种无形式的感觉模式中，利奥塔“解构”了时空，并强调崇高感中的“此处——现在”的当下性，强调一种瞬时感悟中人的呈现。利奥塔重申了他关于崇高的不可呈现性的观点，不可表达性不是处于一个“那儿”、另一个世界、另一个时间中，而是处于“这里”（某种事物的）此在；因此，崇高也许是构成后现代性艺术的感觉模式，在对此在和艺术的当下性的追寻中，它实际表现出来的是一种否定性，一种用非人化来对抗非人的倾向①。这样，利奥塔崇高理论的核心和真正魅力就在于对于这种纯粹感觉的追求，对于“此刻”的追求，因其不可能，因其难以企及，却依然去追求呈现这种不可呈现之物，才更见其崇高。这实际上也揭示了进入网络虚拟空间之后的日常化叙述在审美取向上的一个重要特征。

同时，这种审美取向的转变不只停留在技术层面，而且作用于审美话语的转变。在形式上，它反映了日常化叙述在网络空间和审美活动中的力量延伸，也映现了媒介作为“新型主体的延伸”的感性力量。在与审美话语相关联的权力关系上，由于网络空间将审美泛化到生活的各个角落，并给每位日常活动的主体都赋予一定的话语空间和审美权力，主体可自由地进行审美取舍，

① 姚君喜：《利奥塔德的后现代崇高美学》，《哲学研究》，2006 年第 8 期。

对一切日常化叙述做或褒或贬、或喜或恶的审美评价，这本身就意味着审美话语及其权力的不断下移，以及一个德勒兹意义上的“游牧美学”的呈现。

在德勒兹看来，游牧空间是一个多触觉空间，是一个关注人的全方位感知的空间，对这个空间的美学阐释就形成了“游牧美学”，它同时是关于多触觉的美学，也就是人的全方位感觉都是游牧美所要表现的内容。传统美学重视视觉体验，将视觉的美学定义为美的认知，渐渐地，美的方式发生转变，已经向人的体验发展，而德勒兹强调多触觉的认知和自由中的欲望宣泄，美转向了人的各个知觉器官的体验。在这个意义上，潘知常所提出的追求差异性、不确定性和反常话语的“反美学的美学”①，同样适用于网络空间中的日常化叙述的审美活动。后现代境域中的审美和艺术注视于日常生活的审美化并通过对现实世界场景的描绘和再现而具有一个共同的倾向，即它们“都属于视觉和触觉的世界，这是一个物体的世界，一个日常生活事件的世界，以此来作为创作活动的基本素材”。它们致力于把日常生活世界和具象性的商业形象直接运用于艺术作品，完成了与传统美学原则所主张的生活世界与艺术分离的观点的对立，从而使艺术的自律性和美学的自律性被彻底打碎，美学也就被彻底边缘化了。这种审美转向不仅构成了对传统审美话语及其权力的某种反拨和悖逆，还蕴藏了构建新型审美话语和权力关系的因子。日常生活美学化（日常化叙述）实际上就是反美学的，因为它钝化了人们的审美趣味和辨别力。

简言之，网络空间一方面促成了日常化叙述自身的变异，使其在时间与空间上呈现出连续性和非连续性；另一方面又生成了日常化叙述的“新型主体”，凸显了其自我生成性和主体间性上

① 潘知常：《反美学》，上海：学林出版社，1995 年，第 38 ~42 页。

的建构性和解构性；同时，它还形构了日常化叙述的“审美变异”，将琐碎、短暂、宽泛转化为一种新的审美秩序、审美时效性和审美取向；在突破传统的同时，又表达着建构新型审美话语的诉求，表达出网络社会时代审美和艺术在审美对象与概念范畴上的差异性和游牧性。不过，值得注意的是，这种变异、突破、表达，并非只是某种毫无价值或只具有平面化意义的随性作为，相反，它实际上深蕴着多种深邃的意义内涵和阐释空间。

三、日常化叙述多重变异中的美学意义

皮埃尔·布迪厄在谈及文学秩序时，指出：“在一个达到高度自主和自我意识的场中，竞争机制本身允许和推动不同寻常的行为的寻常生产，不同寻常的行为是建立在拒绝一时的满足、上流社会的满意和寻常行为的目标上的。”① 借此说法，日常化叙述在网络空间中的变异，也可以说是在一个有自我意识的场中发生的，它同样遵循着“不同寻常的寻常生产”的意义生成机制。从整体上看，这紧密联系着审美日常化、审美消费化、审美当下化等诸多“不同寻常”的意义内涵，可以进行不同向度的深入阐释。

由于网络空间的介入，以往审美活动中的精英意识开始日趋分散并走向平面化，使得审美活动趋向日常化。虽然这并不意味着众多话语权力的平均分配，但却从一个侧面显示了日常活动主体的审美民主参与权及其日常表达的可能。固有的话语秩序，已经丧失了对日常化叙述的丰富性和复杂性进行有效阐释的能力；传统的精英阶层，也不再拥有绝对的优势地位和话语权力；每个

---

① ［法］皮埃尔·布迪厄：《艺术的法则——文学场的生成和结构》，刘晖译，北京：中央编译出版社，2001 年，第 83 页。

日常主体都可以通过匿名的、虚拟的、平等的、自由的方式进行审美取舍。这种变异背后的深层意蕴在于：审美活动从精英到大众的转化，实际上昭示了传统的言说范式正逐渐丧失其阐释的有效性，从而呼吁建构一套贴合实际的新的言说方式和话语结构。

根据已有的研究，“感性的网络决定网络的感性力量，而这种感性形象反过来又加强着全社会的感性化迁移，从而导致人纷纷从传统文化规则场域中抽身反顾感性的王国”。这一结论明确揭示了网络空间作为人的身体的感性延伸的重要作用。在日常化叙述进入网络空间的过程中，人的身体的、感性的、经验的、情感的等多方面言说，既获得了一种自白式的虚拟呈现，又表征着作为观念形态的大众心理。在更深层的意义上，这更是日常活动中的主体在本质意义上的感性延伸。显然，这种延伸常常体现为对实际的物质、虚幻的表象、对象化的情感等对象的某种“生产”和“消费”，从而关联起哲学意义上的人之本体和现代意义上的经济行为。这在一定程度上深化了我们对于网络空间中的人的理解，也拓展了我们对网络时代经济活动的理性认知。

不容忽视的是，日常化叙述之进入网络空间，对它的审美似乎容易导致主体习惯性的当下立场，导致审美超越性的某种消解，导致审美活动的当下化，甚至一定程度上可能取消美本身。但是，主体总是处于复杂的变化之中，网络空间正是为主体提供了一种新的范式、新的思路、新的理解，这种“新”恰恰凸显了主体对于美与审美活动的新的诉求和期待，蕴藏了丰富的人性内涵，是人类的审美需求在新的审美情境中的变相表达。只要人类审美需求的无可替代性、人性本身的丰富复杂性仍然是审美活动的前提，这种审美的当下化，它所改变的就只是审美话语和内在秩序，并不能取消审美活动的本体意义。只要我们能在日常活动主体、人性话语、日常化叙述、网络空间之间找到那个互相交合的契入点，那么，审美的当下化仍然是可以解释的。

当然，日常化叙述的审美活动的日常化、消费化、当下化，并不是各自孤立的，而是以一种错综复杂、纷纭繁复、彼此纠缠的结构多层面、多样态地联结在一起的，它们既互为前提、互相佐证，又相互对抗、彼此牵制，共同作用于网络空间中日常化叙述的审美活动中，使这种活动成为无法忽视、不需证明、可以解释并含纳着丰富意蕴的存在。上文所做的，仅是对这丰富意蕴冰山一角的揭示。

综上所述，外部的网络技术和日常化叙述内部发展的媒介诉求，使得日常化叙述获得了进入网络空间的契机。网络空间一方面促成了日常化叙述自身的变异，另一方面又生成了日常活动的“新型主体”，进而形构了日常化叙述的“审美变异”。这些变异进而建构了新的审美话语范式，生发了更深层次的审美意义，联系着审美日常化、审美消费化、审美当下化等诸多“不同寻常”的意义内涵。这不仅仅体现在大众审美、身体感性、消费意识、人性意蕴等方面，还存在着许多其他需要理清的相关因素。这里对日常化叙述在网络空间中的审美问题的探究，虽然更多停留在较浅层次的描述和梳理上，但无疑从契机、变异、意涵三个方面提供了问题展开的新思路。

（作者：大连大学外国语学院副教授）

世纪末的疾病

——于斯曼《逆流》中的神经官能症

陈淑仪

《逆流》（*A Rebours*）是于斯曼（Joris-Karl Huysmans，1843～1907）的转型之作，它的出现也标志着法国颓废主义运动进入巅峰时期。在《逆流》中，故事的开端是主角德塞森特患上了神经官能症，决定在远离巴黎的乡下丰奈特过隐居的生活。于斯曼用16章的篇幅记录了德塞森特装修房屋、训练仆人等生活的方方面面，事无巨细，并且长篇大论地讲述了德塞森特对文学、香水、花卉、绘画等方面的看法，记叙了他的一次失败的离家行动——一场未完成的伦敦之旅。《逆流》一反传统的现实主义文学，不再依靠迭起的情节推动故事发展，而是模糊了时间线索，通过不同空间里的人物行为构建了德塞森特作为颓废主义者的形象。值得注意的是，《逆流》中德塞森特的所有行动，都是在神经官能症的影响下实施的，但在最后一章，神经官能症开始威胁德塞森特的生命，此时他就必须重返他厌恶的巴黎接受治疗。神经官能症既是整个故事的开端，又是结束。在于斯曼同时代人的书评里，也特意提到了神经官能症。1884年，《逆流》出版的同年，爱德蒙·德·龚古尔（Edmond de Goncourt，1822～1896）在《文学生活的日记》中将德塞森特称为“好一个漂亮的神经官能症患者”[①]，巴贝尔·多尔维利（Jules Barbey d'Aurevilly，1808～1889）也认为书中主角“被世纪的神经官能症俘虏了”[②]。这两位评论家都将视线集中在神经官能症上，那么德塞森特的神经官能症代表了什么？为什么多尔维利将患病的德塞森特看作一种“现象”，认为他是一个悲剧性的英雄[③]？为何神经官能症能被称为一种世纪的疾病？

强烈的自我意识

德塞森特出身贵族，从小便身患淋巴腺结核，童年孤独，与阅读为伴。在这种环境下，他养成了对文学艺术的敏锐洞察力，认为中产阶级毫无鉴赏力，但文人阶层又谄媚于金钱，于是“他对人性的蔑视与日俱增”，不指望他人能与他有相同水平的欲望、智力，也“不指望从一个作家或者文人那里找到一种跟他一样尖锐、突兀的精神”[④]。在这种厌烦的情绪下，哪怕最能激起感官享受的肉欲在他那里也变的索然无味了。他感到清醒而孤独又厌倦，而神经官能症又加剧了。最后他决定离群索居，用以抵抗尘世生活的喧哗。

在这种情形下，德塞森特选择了一处交通便利但僻静的地方作为隐居的地点。他日夜颠倒，将房间的色彩和装饰布置得适合

① 转引自于斯曼：《逆流》，余中先译，上海：上海译文出版社，2015 年，第 291 页。

② 转引自于斯曼：《逆流》，余中先译，上海：上海译文出版社，2015 年，第 298 页。

③ 于斯曼：《逆流》，余中先译，上海：上海译文出版社，2015 年，第 299 页。原句为：“于斯曼先生笔下的神经病患者是一个患有无限之病的心灵，他不幸生活在一个只相信有限的物质社会中。”

④ 于斯曼：《逆流》，余中先译，上海：上海译文出版社，2015 年，第 10 页。

夜间行动和观赏，又给仆人设计衣服，尽量免受他们的打扰。在这间屋子里，德塞森特不用呼吸巴黎庸俗的气息，醉心于人工的物质世界，文学和艺术的想象力不受拘束。

他的兴趣多变，保持好奇心是其医治厌烦情绪的良方。但由于生理机能的退化，德塞森特选择强化自己的精神性体验。回忆、想象和梦是他主要的精神性活动。但过度发展的精神性体验和退化的生理机能之间的失衡让他的神经官能症逐渐恶化。

全书共有3次疾病恶化的纪录，第1次在《说明》中，如上所述，德森塞特因无法在巴黎找到思想上的知音而产生了厌烦情绪，加重了病情，因而来到丰奈特隐居①。第2次出现在第7章。他回忆了自己在巴黎引诱一个青年堕落的恶行，这次回忆触发了他对教会学校的记忆，紧接着又在脑海中展开了一段神学辩论，最后领悟：屈从宿命源于对无能改变世界的清醒认知。无法改变现实世界的厌烦情绪再次浮现，加上他在宗教信仰上的紧张思辨，造成了第2次机体退化。这一次病情恶化巨大，他开始消化不良，甚至失眠，一直至昏迷。第3次恶化出现在第15章。这时他刚刚整理完图书室，按照自己的意愿选择了文学中的精华，这时疾病卷土重来。德塞森特的神经官能症的一大特点是精神状况能够极大地影响身体机能。自隐居以来，只要在精神体验上有所突破，必然伴随着机体的恶化。而德塞森特在机体机能恶化时，通常又选择一种新的“精神刺激”来缓解机体的痛苦。例如第2次恶化后，他稍停了神学思考，将兴趣转向人工花卉。在隐居状态下，他的生活状态是“精神体验的满足——厌倦/疾病恶化——新的精神体验”的循环，他不得不以多变的爱好维持着精神上甚至机体上的健康。

---

① 作者认为第一次衰弱是由荒淫无度的生活引起的，但这只不过是最后一根稻草，不是主要原因。见 Ruth Plaut Weinreb，“Structural Techniques in *A Rebours*”，*The French Review*，Vol. XLIX，No. 2，1975，p. 224.

治疗神经官能症，德塞森特通常给自己开出“保持好奇心”的精神药方，不过有一次例外。第2次病情恶化昏迷后，他决定去伦敦旅行散心。因为“早先为减轻精神负担去阅读狄更斯的作品，却只达到了恰好去预期相反的卫生效果，而现在，这一阅读……形成了一些关于英国人生存的幻觉……要体验一些新印象，要由此摆脱……精神空想”①。但是这场旅行并未成功。在路上他想起去荷兰的旅行，那场到达了目的地的旅行毁掉了他对荷兰的幻想。为了不重蹈覆辙，这次他决定来一次精神上的旅行——雨景、英语报社、英式咖啡馆和来来去去的英国人营造了一种置身英国的幻觉。巴黎的雨和外乡的英国人让他体验了一种新印象，就这样，他的精神旅行完成了。

虽然这次自我治疗有外出的行动，但归根结底还是一种“精神治疗”。德塞森特的矛盾之处在于，他一方面热爱人工造物，但又抗拒医生开出的药方。他不愿意服用人工合成的药剂，试图用精神控制身体状态。这从另一个侧面说明德塞森特自我意识的极度膨胀。他认为人工造物取自自然的形却胜于自然，即艺术在人的自主精神的作用下，能够创造出胜于自然的东西。不过德塞森特最终的结果是身体恶化，不得不返回巴黎，在死亡和苦役中做出选择，他选择了苦役。这仿佛印证了他之前的思考，无力改变现实的一种屈从。

德塞森特的三次衰弱和未成形的旅行，暗示了他在“回忆—想象—梦境”和现实中的矛盾，他的精神在膨胀，现实中的行动却在延宕。精神上的过度发展与退化的机体之间的不适应造成了疾病的恶化，但他的神经官能症是自我意识、自我精神的集中体现。

① 于斯曼：《逆流》，余中先译，上海：上海译文出版社，2015年，第165页。

高涨的审美意识

17 世纪时，笛卡尔主义盛行，它不重视非理性的活动，但是对外部世界的理性书写难以再深入地探讨人性，因此在 18 世纪末 19 世纪初，文学上转向对内心世界的探索，试图以空想家、疯子等极端的人物形象为主角，超越此前文学的局限①。在《逆流》中，于斯曼选择一个神经官能症患者为主角，希望以此突破自然主义方法的桎梏。这个神经官能症患者与空想家或者疯子不同，他的意识十分清醒，自主地选择过一种审美的生活，借此摆脱庸俗的中产阶级生活，具有高度的审美意识。

德塞森特悉心布置家居，找到最适合夜晚灯光的颜色做内装；又为了配合地毯的花色，让珠宝商在一只活乌龟的壳上镶嵌宝石。此外，他对酒、香水、花卉和音乐等方面都有特别的研究。在文学和绘画方面，他也有独特的鉴赏力。文学上，他偏爱古罗马帝国衰微时期的拉丁语文学和马拉美的作品。衰微时期的文学语言上已经成熟，它在寻求新的突破，而马拉美用拜占庭风格的细腻语言、意外的新形象遥远地还原事物的本来面貌。绘画上，他欣赏的两幅画，都是与莎乐美有关的，色彩绚丽，蛊惑人心。他认为这两幅画“如同波德莱尔某些诗歌中的诅咒……突破了绘画的界限，从写作艺术中借鉴了它最微妙的联想能力”②。除此之外，他在巴黎生活时，刻意打扮，与主流格格不入，被人们称为怪癖者。形式至上、追求感官刺激，体现了德塞森特的颓废—唯美主义倾向。

于斯曼塑造了一个具有审美意识的神经官能症患者。

---

① Laurence M. Porter, “Literary Structure and the Concept of Decadence: Huysmans, D'Annunzio and Wilde”, *The Centennial Review*, Vol. 22, No. 2, 1978, p. 199.

② 于斯曼：《逆流》，余中先译，上海：上海译文出版社，2015 年，第 81 页。

在《逆流》中，于斯曼以审美体验、文艺批评等方式讨论文学艺术等需要鉴赏力的话题。这些话题需要强烈的自我意识作为支撑，甚至在讨论文学批评的文本内，于斯曼似乎取代了德塞森特，为自己言说。于斯曼笔下的主角具有强烈的自我意识和审美意识，但这种强烈的自我意识，并非以爱情、肉欲、野心为中心的自我意识，而是清醒、内省、克制，且以审美意识为主导的自我意识。

但是于斯曼为何会选择让一位神经官能症患者[①]承载这种隐喻来反映人类共同生存的状态？

于斯曼写《逆流》，是为了突破自然主义的桎梏。《逆流》出版后第20年，于斯曼作自序，谈到了创作动机。他早年参与了左拉为首的自然主义文学流派的活动，是“梅塘集团”中的成员。但由于对小说美学和诗学的追求与左拉相左，遂逐渐离开了自然主义流派。于斯曼认为，自然主义“本应对把真实人物定位与确切的环境中作出令人难忘的贡献，却落得一个反复唠叨、原地踏步的下场”[②]。自然主义本应逼真地描绘人类共同生存的状态，却将目光放在鸡毛蒜皮和通奸上。文学上对美德、罪孽的描写和观察几近枯竭，在这种状况下，于斯曼质疑自然主义的出路。他说自己要关注的是“一种更精细、更真实的艺术”，而《逆流》是他逃离自然主义桎梏的手段[③]。在《逆流》中，于斯曼关注的是文学、艺术和鉴赏力这几个方面，并以整整两章的篇幅集中讨论文学。他有一种“强烈的欲望，要打破偏见，打破小说的界限，让艺术、科学、历史进入小说，让更严肃的内容进入其中”[④]。于斯曼以小说的方式讨论文艺，极大丰富了文学的材料。

---

① 19世纪90年代，在弗洛伊德出版的 *Studies on Hysteria* 中提到，精神解离的状态或倾向、意识界的异常情况，是神经官能症的一种基本表现。神经官能症是由自我和欲望的冲突导致的，是于斯曼这类文化精英常有的一种状态。

② 于斯曼：《逆流》，余中先译，上海：上海译文出版社，2015年，第1页。

③ 于斯曼：《逆流》，余中先译，上海：上海译文出版社，2015年，第5页。

④ 于斯曼：《逆流》，余中先译，上海：上海译文出版社，2015年，第19页。

首先引起注意的是《逆流》的标题。逆流，法语为 à rebours。Rebours 在这里是名词，有三层含义，分别是回流（backwards）、歧路（the wrong way）以及反自然（against nature）。有意思的是，英语译本采用“against nature”做书名，直取“反自然”之意。于斯曼用 rebours 为题，若按照法语来解释，也应该有三层含义。第一，德塞森特向往的时代，不是中产阶级庸俗品位主宰的 19 世纪，而是“当一个天才艺术家被迫生活在平庸而又愚蠢的时代中，不知不觉，他会怀念另一个世纪来”[①]。另一个世纪，是过去的世纪，德塞森特希望能够回溯时间，在旧时代寻找知音。第二，在时人眼中，德塞森特是一个怪人，他隐居后的生活和看待世界的方式是“错”的。所以在最后，医生让他去巴黎，回到一个“正常”的社会，这样才能治好神经官能症。第三，很显然，德塞森特步入“歧路”，他的生理、心理和行动均是“反自然”的。其一，他是家族里的最后一人，没有后代，在他这里，家族无法延续；其二，他从小患病，在他身上不存在自然的和谐状态（即健康）；其三，他意识清楚地选择了“反自然”的精神生活，这才是德塞森特反自然的实质。除了主角的反自然，于斯曼写作这本书的目的也是为了将自然主义撕开一道口子[②]。疾病不符合自然的和谐状态——就这层意义而言，它是反

① 于斯曼：《逆流》，余中先译，上海：上海译文出版社，2015 年，第 235 页。

② 左拉在后期常用“la nature”表示自然界、人类社会，也就是客观世界。根据左拉的说法，“自然”有两重含义：一是外在世界，即自在和认为的客观之物，也就是“自然世界”；二是内在特性，指与生俱来的内在性情，侧重人的生理特征，即所谓的“自然状态”。详见宋虎堂：《论左拉自然主义小说理论的内在逻辑》，载《西南石油大学学报（社会科学版）》，2017 年第 4 期，第 91 页。从这两种意义上来说，《逆流》是一部反自然主义的作品。但是值得注意的是，《逆流》尽管为反对自然主义而作，作者于斯曼仍然采用了自然主义的创作手法。例如在《说明》一章叙述了主角的家族衰微史，这是一种自然主义式的家族遗传史溯源，将生理上的不可抗拒的反自然与精神上反自然的自主选择相互对照。详见杨希：《‘颓废’的末路英雄——于斯曼《逆流》主人公形象辨析》，《东岳论丛》，2016 年第 10 期，第 188 页。

自然的，可以“à rebours”，而德塞森特的神经官能症更加接近了“反自然”的本质。

于斯曼选择神经官能症患者作为主角，除了因其本身具有的反自然属性，还有一定的文学史原因。1883 年，《逆流》出版之前，有一部名为 *Les Néuroses*（Maurice Rollinat）的诗集问世，诗集将神经官能症的痛苦编写成诗，肆意模仿波德莱尔①。而爱伦坡的短篇作品中，也有人物因神经官能症而癫狂。神经官能症不再是个人的症状，它仿佛成了这个时代的流行病。

精神的结核病

如果单纯从精神科学的角度来看，神经官能症是一种精神解离的症状，但在文学中，它有象征性的含义。19 世纪的流行病症结核病在文学中或者审美意义上成了一种“高雅的疾病”，同世纪末期的神经官能症则可视为“精神上的结核病”。

当一种疾病获得了审美意义，大规模出现在文本中，这意味着它必然经历了美化。结核病在文本中被美化成了一种“灵魂病”②，因为它作用的器官是肺部，而肺部与“呼吸、生命”（aspire）有关，是精神化的部位。这种灵魂病让人的生命加速，在短暂的时间里放出火花，虽然最终不免死亡，但浪漫派又将结核病的死亡添上了崇高的道德色彩——人的肉体得到消解，但精神上大彻大悟，变得空灵，通过死亡获得了无限。除此之外，在浪漫派的笔下，结核病又是一种“热情病”，热情侵蚀了人的肉体；

---

① Gustave Roosbroeck，“Huysmans the Sphinx：the Riddle of *A Rebours*”，*Romantic Review*，Jan，1927，p. 317.

② ［美］苏珊·桑塔格：《疾病的隐喻》，程巍译，上海：上海译文出版社，2003 年，第 18 页。

这种热情常常想象成爱情的热情，结核病又成了爱情的化身①。灵魂的释放和爱情无疑是浪漫派的中心主题，在文本中，结核病以其症状表现获得了“高尚灵魂”和“爱情”的隐喻。在治疗结核病方面，医生开出的药方是“远离城市”。对于结核病人而言，城市意味着死亡。② 但在后期，结核病人隐修意味着灾祸，因为隐居意味着生命在幽闭中消逝。

是否可以认为，19 世纪前期流行的结核病的隐喻影响了 19 世纪中后期文本中的神经官能症？它们具有相似的特点。神经官能症直接作用在精神上，直接成为灵魂的疾病；它保持着对感官享受、对文学艺术的热情。③ 在治疗方案上，病人要么进疗养院，要么选择隐修。神经官能症几乎就要变成精神上的结核病。但是，细查之下，两者截然相反。结核病作用在精神上，它的精神是向上的，走向无限的，在浪漫派的笔下，它燃烧着生命的热量，要用精神将自然界的万物加以改造，包含大无畏的气概，向往着无限的生。而神经官能症，尽管直接作用在精神上，醉心于形式的美和创造，但它最终受缚于肉体，要归于世俗。因此它无法追逐燃烧了生命的激情，而是克制理性且尽感官享受的思索兴趣。在行动上，它无法抛弃有限的肉体进入无限的生命，不断地延宕。所以如果站在崇尚无限精神的角度看，它是萎靡而颓废的。神经官能症在文本化的过程中，获得了“具有自我和审美意识的精神”“颓废”等隐喻。

德塞森特如果要治好自己的神经官能症，就必须喂养自己的肉体，按照医生的建议，回到巴黎。巴黎没有他的知音，是精神

① ［美］苏珊·桑塔格：《疾病的隐喻》，程巍译，上海：上海译文出版社，2003 年，第 20 页。

② ［美］苏珊·桑塔格：《疾病的隐喻》，程巍译，上海：上海译文出版社，2003 年，第 66 页。

③ 《逆流》中，德塞森特从疗养院里出来，对文学和艺术设计等方面保持着高度热情。

备受折磨的地方。因此，他不禁自问——是选择死亡还是苦役①。他选择的是苦役，宁可忍受精神上的折磨，也不愿肉体消亡。正照应了他之前的观点：清醒地屈从于命运。德塞森特向往着个体自由，但丧失了行动欲望，到头来，他无法自我安慰，无奈地处于颓废的生命状态，陷入对现实的深刻绝望和反叛。这样的选择困境迫使他成为一个悲剧性的“英雄”：清醒地走入绝望。

世纪末的疾病

当《逆流》中的神经官能症获得了颓废的隐喻，它在何种意义上可称为世纪性的疾病？

世纪的疾病，其实多尔维利指的是“世纪末的疾病”。第一，德塞森特的病症——“颓废—唯美”的生活方式并非他一人独有。一般认为，世纪之交，经济和政治上中产阶级逐渐掌握话语权，贵族精英阶层难以接受巨大的变故，只能采用文化精英的策略，抬高身份地位，在这一阶段，出现了许多颓废—唯美主义者。第二，集体性疾病的出现，意味着存在某种集体性的精神诉求。正如于斯曼所言，他看到的传统文学已经用尽资源，即将走到尽头，才试图将文学之外的学科变成新的小说材料。将其他学科纳入文学，波德莱尔在诗里尝试过，而于斯曼用《逆流》做出的这种尝试应该是成功的。而且当时科学主义盛行，科学与文学之争白热化。自然主义试图以科学的方式定义文学，于斯曼则试图在文学中表达科学。世纪末的精神诉求是寻求突破困境的，是创新多元的。第三，多尔维利的话仿佛成了预言。自于斯曼之后，颓废—唯美主义在法国盛行，在英国影响广泛，甚至通过日本传至中国，成了世界性的思潮。王尔德的《道连·格雷的画

① 于斯曼：《逆流》，余中先译，上海：上海译文出版社，2015年，第278页。

像》中，道连也深受《逆流》的影响。不过，在这时，神经官能症患者的颓废倾向，已经成为浪荡子的标签。

但是，以神经官能症为线索生成的文学人物，无论是前期的德塞森特，还是后来的道连，他们有一个明显的特点：将自我的意识寄托在审美性的物品之上。对人工造物的迷恋，可能通向美，但也有可能通向自恋或者虚无。世纪末在经历了疾病的阵痛之后，又该何去何从？

为了找到自然主义的出路，于斯曼寻找到了文学的新材料——艺术、历史、科学，借此扩展文学的可能性。在他之前，神经官能症患者可能具有“强烈的自我意识”的隐喻，但随着德塞森特的出现，神经官能症患者又多了对艺术的思辨，增添了“审美意识”的隐喻，形成了独特的颓废—唯美主义风格。自此之后，法国的颓废—唯美主义运动走上了巅峰。德塞森特的病症不仅是个人的悲剧，也是一部分处于世纪末的文人的精神危机，是一种世纪性的疾病。这种疾病，既是困境，也是突破困境的诉求。

（作者：北京师范大学文学院博士研究生）

编后记

在一年最美的时刻，“北京十月学术论坛”如约而至。国内外学者雅集京城，坐而论道，墨泽云香。

北京第二外国语学院这项常设的学术交流活动，起始于2012年，缘起于学科建设的紧迫要求和全球时代学术国际化的强大召唤。2006年，二外的比较文学与世界文学、美学两个二级学科硕士学位授权点顺利申请和成功获批。2010年，中国语言文学一级学科硕士授权点申报成功。外国语言文学、工商管理、应用经济学、中国语言文学，四个硕士授权一级学科支撑起北京第二外国语学院的学科格局。在全球化时代外语人才的培养中，中国语言文学应该起到不可替代的作用。“山河大地，皆吾遍现，翠竹黄花，皆我英华”，康有为在《中庸注》中憧憬的是天人合一、六合同风的世界文化乌托邦境界。这种境界引发了现代中国人一百多年来的想象，直至今日它依然在激发着文化伟大复兴的热望。毋庸置疑，在全球化时代人类命运共同体的建构中，中国文化的优秀传统将发挥引领世界的关键性作用。

审时度势，怀藏世界，以天下观天下，当时组织和领导中国语言文学一级学科和哲学美学二级学科的王柯平教授提出外国语大学学科建设和学术研究的“跨文化视野”命题，在理论上提出跨文化研究的“文化间性”“文化越界”“文化超越”三个维度，组建了中国第一个跨文化研究院，凝练出“大其心以体天下之物，虚其心以受天下之善，尽其心以谋可为之事，淡其心以求问学之道”的学术文化精神。以“跨文化研究”为基本方法，以中国人做世界学问为理想境界，二外的中国语言文学学科建设起步就致力于研究中国文化与世界的问题，立足中国传统，关注人类共同问题，融世界眼光于家国情怀，扬中国意识为全球境界。本着这种立意，创办“北京十月学术论坛”，每届论坛聚焦一个主题，汇集国内外专家、学者，围绕但不局限论坛主题，坦诚交换学术心得，率性畅谈治学为人之道。

从2012年到2018年，论坛共举行六届，论题分别以“浪漫灵知与古典诗学”“跨文化视野下的历史与文学”“文化涵濡与诗学创化”“历史诗学与现代想象”“全球时代文学研究方法论与中国问题意识”“跨文化研究与人文命脉探寻”展开，旨在为汇通中西、涵濡古今寻找新路。论坛的这些命意，乃是对当代世界之根本关切的学理回应，理所当然地牵涉到中国文化的世界使命与人类命运共同体。

六年来，论坛汇聚中外学者数千人，其中三分之一为在读中外高校和科研机构的硕士及博士候选人，三分之一为中外学界新崛起的青年才俊，三分之一为学界德高望重、享誉中外的学术名家。自古英雄出少年，这些少年学子让人感受到“少年强则国强”乃是颠扑不破的真理。长江后浪推前浪，学界青年才俊让人没有理由不相信，在全球时代中国学术前景辉煌。而老一辈学者手泽德传，赐予后生的绝不止于知识与学理，而是学术的方法与人生的境界。因学结缘，以文会友，诸多人各自西东，原本陌路，藉着这方平台而彼此接近，相互温暖。感谢并感念这些学人长期以来对“北京十月学术论坛”的关注支持，倾情奉献。仰赖这些朋友的指点、开示，不仅我们的论坛年年出彩，而且我们的学科也节节攀升。

论坛也见证了北京第二外国语学院的快速，甚至弯道超车式的飞跃发展。从跨文化研究院、国际传播学院、文学院到文化与传播学院，机构和院系经历多次调整，而中国语言文学学科和哲学美学学科经历了第四轮学科评估、学位点合格评估，以及本科教学水平自我评估与合格评估，以美学为基础申报哲学一级学科硕士点顺利获批，学科定位从模糊到准确，从准确到高度自觉，从高度自觉到自我超越。名相可易，学道有常，院系或者机构作为教学与研究的组织方式可变，世界意识、国家情怀、学宗博雅、行止至善的精神定力永恒。二外的中国语言文学、哲学和新闻传播学，将立足于外语优势，应对全球教育差异发展和人工智能的挑战，整合资源，志在融合，打造具有跨文化特色的人文学科。

论坛上交流论文多达几百篇，已经出版论文集《古典诗学与浪漫灵见》《历史诗学与现代想象》《文化涵濡与诗学探源》《古典传承与博雅教育》四册。种种原因，从 2015 年到 2017 年论文集没有如期刊行，借此机会对此三届论坛的与会者诚恳地表达歉意。2018 年论坛如期举行，其最亮的看点，乃是美国南卡大学的专家、学者远道而来，《中美比较文学研究》《跨文化研究》联袂在论坛上亮相，论坛的话语聚焦于“跨文化研究与中西人文命脉”。幸得二外研究生处（学科规划与建设办公室）和科研处的大力支持，2018 年“北京十月学术论坛”成功举办，《跨文化人文命脉探寻》《现代文学新传统》两册论文集顺利编辑和出版。

鉴于论坛论文集缺席三年，我们商定，整合 2015 年至 2017 年的合适论文，将 2018 年“北京十月学术论坛”论文集编辑为两册，一本侧重于基础理论和古典学，一本偏重于中国现代文学和世界文学，分别由胡继华教授和赵京华教授担任主编，两本论文集的栏目设置与论文安排，尊重二位主编的立意，编辑时略有微调。

《跨文化人文命脉探寻》所辑论文集聚焦中心人文精神以及

人文学科体制，意在对人文进行考镜溯源，振叶寻根，上溯“义利之辨”“君子德行”，以及俄狄浦斯王悲剧及柏拉图神话的微言大义，下至库尔提乌斯（Ernst Robert Curtius）的“中世纪语文学”和丹洛诗（David Damrosch）的“世界文学”，同时特别注重近现代的学理辨析和文本实践。尤其值得一提的是，篇幅占相当大比重的“文本实践”，作者们活用“文本精读”的方法，力求让古今中外经典自己活出意义，演示诗学结构，启示读者们自由地运用自己的理智与想象，积极地动员自己的情感与知觉，叩显开隐，烛照幽微。

《现代文学新传统》所辑论文瞩目远缘交汇、范本引领，文气贯通域外域内，神思融构当代景观。从苦难书写、人文象征到网络书写新潮，本书所选论文烘托出“文化诗学”的构想，将文学和文化呈现为一种复杂的互动与建构。鲁迅、老舍、茅盾、朱自清、曹禺、左翼批评家及其经典之作，在这些论文作者富有新意的解释之中依旧焕发出日月常新的魅力。以跨文化眼光重审《圣经·雅歌》，重新描绘中日文化关系地图，在复杂的语境下描摹中国形象，本书所辑论文将文学与文化关系建构为现代文学新传统的一个重要维度。特别值得重视的是，那些青年学子在崭新的学术视野下对文学、美学和文化现象进行了通透的分析，呈现了中外文学的当代景观。

本书的编辑出版得到了二外学科建设支持经费（2018 年）和北京语言资源高精英协同创新中心——“一带一路沿线文化互动与语言交往创新模式研究”（240030080220）项目的支持，感谢研究生院、科研处、财务处，以及文化与传播学院全体同仁的支持。特别感谢邹统钎教授、谢琼教授、郑承军教授、王成慧教授，在组织论坛和划拨支持经费方面的大力支持，令这两本文集得以顺利编辑和出版。感谢文化与传播学院学科建设管理小组和专家小组在论文评审和选用方面给予的多方面支持。感谢丁莉、宋锐阳、张蕊、朱凤娟四位助理编辑的辛苦劳动。感谢中国大百科全书出版社郭银星女士、程广媛女士对学术著作的厚爱，以及在本书的出版流程之中付出的心血，还有责任编辑对论文的高水平处理，他们将“粗头乱服”的一堆杂草变成了“书香诗韵”的一园春色。

在人与人交往更加快捷的人工智能、大数据时代，学术研究真的不是闭门造车的自娱自乐。“如切如磋，如琢如磨”，为的是“鹤鸣九皋，声闻于天”。是为跋，是为至望。

“北京十月学术论坛”组委会